人间四月暖阳天

乱世狂刀 著

北京燕山出版社

图书在版编目（CIP）数据

人间暖阳四月天 / 乱世狂刀著. -- 北京：北京燕山出版社, 2024.12. -- ISBN 978-7-5402-7381-1

Ⅰ. I247.5

中国国家版本馆 CIP 数据核字第 2025ED9617 号

人间暖阳四月天

著　　者：乱世狂刀
责任编辑：满　懿
封面绘画：刘　婷
出版发行：北京燕山出版社有限公司
社　　址：北京市西城区椿树街道琉璃厂西街 20 号
邮　　编：100052
电话传真：86-10-65240430（总编室）
印　　刷：北京金康利印刷有限公司
成品尺寸：700mm×1000mm　1/16
字　　数：376 千字
印　　张：20.5
版　　次：2024 年 12 月第 1 版
印　　次：2024 年 12 月第 1 次印刷
定　　价：48.00 元

目录

第一部分
那个交通案背后的孤独孩子

1　九二六交通肇事案　003
2　曾经的爱情　041

第二部分
新闻工作者的操守

3　前尘旧爱　067
4　心病与握手　099
5　重新开始　131

第三部分
解开心结

6　大学　165
7　成长　197
8　重拾亲情　227

第四部分
终到的爱情

9　另有隐情　261
10　我愿意　295

第一部分

那个交通案背后的孤独孩子

- 1 -
九二六交通肇事案

"白头村有一个传说。但见芦花纷飞起,眷侣同心结白头。"肖跃皱眉听着录音笔里传来的淳朴乡音,对照手中白头村的资料,不时抬头向车窗外看看。

"肖哥,这荒山野岭的黄土坡,哪里来的芦花。"

"你这人,还不能让人保留个念想了?"

扇扇从车窗缝里挤进来的尘土,肖跃忍不住打了个喷嚏。

小吴倒没说错,白头村不仅地处西北,还偏偏地势高风沙大,他们一路上转遍了村子,满目过去尽是黄土乱飞,别说芦花了,连棵正经的绿树都少见。那美好的愿望一代代地流传下来,倒让人不知道这白头村的村民们究竟是对爱情还是对池沼绿树芦苇荡更憧憬一些了。

"肖哥,你家离这里不远吧?"小吴名叫吴志强,是肖跃专职开始自媒体创作之路后招聘到的第一个应届生助理,人如其名一般意志坚定又身强体壮。自从跟着肖跃以来,身体力行地帮了他不少忙,只是有一点让肖跃有些头疼,初出茅庐的大学生,总有些悬于人世的样子,不仅单纯,而且话多,满肚子里全装着意气和好奇。被他这么一打岔,肖跃也就顺道放下录音笔歇歇神,白头村的山路七弯八拐,离拜县县城还有十几公里的距离,车行颠簸,再加上尘土一吹,任凭他跑遍了全国也不由得眼晕。

"还远呢,我家那边是特级贫困县,条件比这里还差点。"肖跃看着车窗外渐行渐远的白头村淡淡说着,仿佛那是一场过于久远的记忆,再提起也不过是陈年旧照似的打个照面也就罢了。

"嚯,比这儿还穷?"小吴咂嘴摇头,使命感极强地不住念叨,"那怪不得你对洪庆国这事儿上心了,在我浅薄的人生里,可还真没见过比他家看起来还困难的。"

"胡说八道,我上心是因为洪庆国吗?"肖跃白小吴一眼,"九二六交通肇事案闹得那么大,还不到一个月,出来的各种内幕揭秘新闻稿换成纸都能压死人了,还有那些专挑人血馒头吃的同行,唉……"

"你说世相头条？嗐，他们那是惯常操作，但凡看见点儿荤腥就跟秃鹫似的，不吃干抹净不是他们的风格。"

"噢，酒后驾车、违规路段再加上疲劳驾驶？编故事也得有点儿逻辑，现如今交通查得这么严，洪庆国一个给人跑车的司机胆子就有这么大？"肖跃从鼻子里哼出气来，连这气息都仿佛带着白头村黄土的干苦。虽然他自己本就是做自媒体创作的，但从不信那些为博人眼球而不断加码的自媒体账号，在他眼中永远是真相为大，只是多年从业经验告诉他，探寻出的真相仿佛每每都自带着扭转预设的本领，文章一发出，反而石破天惊一般窥穿了现实、打破了规则。这是他从华城报业辞职走上自媒体道路的原因。"真相就是真相，不管如何粉饰，都改变不了它正正当当存在着的现实。"似是与小吴对话，又像是在给自己一遍遍确立信念，肖跃喃喃说出这句话。

小吴车开得稳，很快就又回到拜县的新建大街。这里是洪庆国事发的地方，肖跃抬眼细看，黑灰色的矿渣路面上已经难寻那场震惊世人的特大事故的踪影，两死十八伤啊，他边叹边寻事故后那模糊的真相，路面早在事故发生不久后就又铺上了一层薄薄的矿渣，走在上面的百姓对曾经发生在这条主干道上的事故毫无兴趣，他们只把它当作踏在路上时而提起的谈资罢了。

"就在这，啧啧，喜事变丧事，肇事的还是白头村的人，肖哥你别说，还挺邪行。"小吴车开在新建大街上，也为洪庆国感叹，"但也怪哈，按说这么一个十恶不赦的肇事者，咱们一圈采访下来，反倒大半个村子的人都在帮他说话。"

"不明白？"肖跃收了收心思，冲小吴笑笑，"说你性子直不爱分析你还不信，你就没发现放话说洪庆国罪该万死的，都是新郎家的人？"

"也是。"小吴脑子一转就想明白这个道理，"兄弟两人乐乐呵呵去接亲，结果命丧当场，连带着十八口亲戚都受伤，这事儿搁谁谁能心平气和啊！这新娘也真够冤的……那肖哥，咱回去拟个什么新闻稿？"肖跃却没有接小吴的话，而是目视着新建大街，许久才说："事情没调查完，写什么稿，等完事儿再说。"

"啥？"小吴忍不住回头猛地看肖跃一眼，"肖哥，不至于吧，洪庆国这案子立案调查都这么久了，眼看着也翻不出什么风浪来，咱们苦哈哈地跟这儿查，没酬没饷的说不定还惹一身腥！""刚跟你说完你就忘了！媒体人的原则是什么？是协助审判还是发新闻？"

小吴干笑："嘿……是传递真相……"

"是，我们既然选择这条路，就要把最真实的情况带给大众！"肖跃朗声说，"审判犯罪那是公检法的事情，我们做媒体人的，负责的是传递真相！"

"对对对，我们不负责生产真相，我们只是真相的搬运工！"小吴看肖跃提到真相又是老样子,连忙赔笑说,"否则也对不起网友们给你安排的'真相检验员''反转之神'的称号嘛,那肖哥,咱们接下来怎么做?"

"洪庆国到底是不是醉驾,又为什么醉驾,车辆是不是失控,到底有没有在违禁时段进入禁行路段,这些细节都还没有挖出来。"提到细节,肖跃一阵头疼。他拿起资料再翻起来,白头村里已经绕了一大圈,结果得到的信息却好像还藏在那迷蒙的黄土里。"还得再深入采访,拿到更多资料才行。"最终他做出决定,将手上的资料往人腿上狠狠一拍,像是要棒喝自己一般。

"咕……"像是配合肖跃的棒喝似的,小吴的肚子先响应了起来。不等肖跃揶揄的目光瞟过去,小吴先嘿嘿一笑:"哥,走访一上午,饿了。"拜县虽然不大,但好吃的也不少。西北地区物产不够丰厚,拜县百姓早年间可食用的花样不多,便自己动脑又动手,把对小麦的利用做到了极致。两人开车在县城晃晃悠悠地看,最后还是决定吃一吃当地有名的轧面。轧面馆位于拜县一中旁,由于价钱便宜分量又足,也成为一中师生的心头好。肖跃吩咐小吴将车停稳就准备一探老店手艺,却不想刚下车就在一中校门口看到了围成团的学生。

"还有脸来学校?"为首的男孩儿个头不高,但在孩子中也显得膀阔腰圆,肖跃被声音吸引去看,他正伙同几个学生,推搡着圈中一个瘦小的男孩。几人拎着男孩的书包乱扔,还将他推倒在地,更有甚者直接上去拳打脚踢,围观少年们非但不阻止,还有几人不住拍手叫好……

"肖哥,这地方还有校园霸凌呢?"小吴的正义感涌上来,难以置信地边问边上前轰散了学生。肖跃跟上去蹲在已是鼻青脸肿的男孩身旁,默默地替他捡起散落一地的课本文具。"谢谢叔叔。"男孩站起身,脸上灰扑扑的污秽也不去管,只扑打着身上洗得发白的校服,冲肖跃和小吴鞠躬道谢。肖跃与小吴对视一眼,问男孩:"他们刚才欺负你,你怎么不反抗?"小吴也问:"刚才赶走他们的时候,那群坏孩子还嚷嚷什么杀人犯,什么儿子不配上学的,搁我早揍他们了!"

男孩眼睛垂了垂,只道谢却并没有回答他们的问题。记者出身的本能让肖跃觉得这中间大有文章,他没多做考虑就将男孩一同带进旁边的轧面馆,向老板要来清水和毛巾给男孩清洁一番,又多要了一碗面。

"叔叔,我有钱的!"男孩见状急忙从口袋里掏着,稚嫩的小手捧出一堆揉皱的毛票。肖跃按住男孩的手:"叔叔请你吃饭。"

"不行的!"男孩有些惶恐,慌忙摇手,"我爸……呃,我家人说不能麻烦别人……"

小吴吸下一口面,含混不清地冲男孩说:"该吃就吃!还有你爸就你爸呗,都说出来了,还改口什么玩意儿……"

正说着，被肖跃一个眼神瞪过去，也就噤了声默默扒饭。

男孩听到小吴的话之后却十分窘迫起来，垂头不语，手指无措地来回搓着。

"小朋友，你爸爸……是洪庆国吗？"肖跃想了想，拉过孩子的手尽量温柔且低声问道。他感到手中传来一阵僵硬的颤抖。面前的男孩脸色瞬间涨得通红，眼睛也不自主地眨动，像在寻找可以挤身进去的洞穴。

"你不要怕，我们……不是坏人。"肖跃想了半天，用尽可能最舒缓的语气劝慰着。

直到小吴吃完饭，剩下的两碗轧面都已经泡涨在碗里的时候，男孩才犹犹豫豫开了口，细碎的童言里流淌出的那股深深无奈立刻就让肖跃失去了进食的心情。"三胜子他们还有我，都是白头村的人……我爸爸，撞死人，不好……不还手，我要，赎罪……"人们往往囿于灾难本身去探索去追寻，包括他在内，对真相的挖掘也难免止步于此，可很少有人去问一问那些灾难的延续。而那些延续的，往往才是人世间最深切的悲哀。肖跃收起想要叹息的情绪，轻轻擦掉孩子脸上滚落下来委屈又懵懂的泪珠，掏出钱重新要了一碗轧面。

"小朋友，能告诉我你叫什么名字吗？"他轻声问。男孩抬起头，早早被未来人生抛弃的变故还未来得及在他明亮的瞳仁里投下阴影。"我叫洪小元。"

"刚才你说的三胜子，是你的同学吗？"趁洪小元终于放下瑟缩的神情开始吃面的时候，肖跃徐徐地问。

"他比我大一级，是初二的。"洪小元的狼狈劲儿缓过去，见肖跃不似旁人那样对他粗暴慢待，心头有了好感，有问必答，"大名叫陈壮，是……陈家二叔的孩子。"陈家，是两兄弟命丧车轮下的那家迎亲人。小吴恍然点头："难怪他下那么狠的手，还伙同孩子们一起欺负小元，但这事儿再怎么说和小元有什么关系？真是愚昧！"

"孩子哪会懂那么多。"肖跃抬眼斜睨小吴一眼，又低下头问默默扒饭的洪小元，"总这样也不成，你家还有什么人？实在不行，回家住段时间，旁边有人照顾还能好些。"原本就不太吃得下饭的孩子这会儿更是直接放下了筷子。半晌，洪小元才闷闷地说："奶奶年纪大了，而且学校不允许我们中途走读。"

"洪小元，洪小元！"肖跃正想往下继续问，就听到轧面馆门口传来一声高喊，他扭头看过去，一个穿着有些显旧的衬衫和长裤、戴着眼镜的中年男子正在用目光睃巡面馆里的人。中午时分面馆人多，但他还是很快将目光定位到洪小元身上，急匆匆走过来的时候，肖跃才发现他额头的薄汗。洪小元本能地站起身，叫道："刘老师。"

肖跃和小吴也紧跟着站起，在刘老师对他们二人审视的目光中堆满笑容，问候着："刘老师，我叫肖跃，他是我的助理吴志强，我们是记者，刚才恰好在学校门口……"

刘老师急性子，听肖跃这么说，连忙收回目光，上前一步握住他的手不住拍着："记者！好，好，记者！""洪小元，先吃饭吧。"刘老师目光闪过有些无措的洪小元，交代一句之后才拉着肖跃又坐回位置上。

他又说："记者，好，好！"

小吴被刘老师这一连串的"好"逗笑了："刘老师，记者也没那么好。"

刘老师坐直身子正色道："这怎么能呢？记者专门来学校，一定是了解这孩子他爸的事情吧？专程过来，就是来帮助这个孩子的吧？"

肖跃听着有些不对味儿，用眼神制止了对面想要说话的吴志强，才反问刘老师："老师，我们确实是在采访相关新闻，不过您说的帮助是？"

"就是中午那回事儿！"刘老师放下手，眉头蹙起深深的沟壑，叹息着掏出一根烟来，象征性地在肖跃和吴志强面前抬了抬之后点燃，"孩子他爸出事儿，学校本来是为了保护孩子学习不受影响，也就没有准备相关的通报，但初二那个陈壮刚好就是白头村的人，正式结果还都没有，就先带头把洪小元给贴上了'杀人犯儿子'的标签！"看肖跃了然，刘老师狠狠地抽了一口烟继续说："这孩子老实，学习又好，我是很不愿意让这样的事情耽误他的，但记者同志，我们老师再怎么保，也只能保眼皮子底下啊！"说罢，忧心忡忡的目光挪在乖巧吃面浑然不觉的洪小元身上。

"记者同志，你们是从市里来的吧？能不能替孩子想想办法，可不能让这件事糟蹋了个好苗子啊，孩子是无辜的。"

一根烟抽完，刘老师把目光收回来，再看向肖跃的眼神中竟然带着些难得的恳求。

肖跃有些动容，这是位明事理的好老师，一如当年他家中惨遭变故后，为他的事情操碎了心的好心人们。"刘老师，我尽力。"不管小吴在对面如何挤眉弄眼，肖跃还是视若无睹地点了头。留了刘老师的号码，目送他带着洪小元回去上课后，肖跃思考片刻，吩咐小吴回程。

"肖哥，你还真准备帮啊？"小吴憋了一肚子的话好容易找到发泄口，"不是，就算帮，咱们怎么帮啊？"肖跃想想还是说："查明真相。"

……

真相的线索都隐藏在那支半旧的录音笔里。

村里百姓一年到头也看不到几个新鲜面孔，好不容易来了两个白白净净的记者，话犹如驱着牛羊一般往出涌，前情背景纷乱复杂，肖跃需要的线索糅在这些朴实又啰唆的乡音中。经过好几个小时的反复聆听和其余资料整理，窗外已是深夜。

"洪小元，男，13岁，拜县一中初一一班学生，母亲窦春蕾半年前因肺癌晚期去世，父亲洪庆国常年为晋西煤化集团下的销售运输公司跑运输，是临时工，主要运输原料为煤渣等……"

晚饭好不容易才下肚，小吴念资料的声音都洪亮了几分，肖跃靠在工学椅上仰着头养神聆听，脑中的思绪早就铺成了一张蛛丝密网。从中午强行请了洪小元一碗轧面后，他就一直心绪不宁，直到回到西京的办公室后也一直神色怏怏，连体力透支的小吴嚷嚷着要犒劳犒劳两人，他都下不了筷子。

"肖哥，这些咱们第一天都知道了，为什么又让我念一遍啊？"小吴抓着薄薄两页纸翻来覆去地看，满脸困惑地问肖跃。

"这哪是两页纸，"肖跃不睁眼，声音仿佛也受到一整天的摧残似的疲乏，"这上面写的，可是他们一家三口的半辈子。"小吴吐吐舌头不再言语，目光又继续瞟上手里轻薄的纸页，像要把它们看出重量一般。

前往白头村之前，肖跃本没有想过事情会如此复杂。九二六交通肇事案恰好卡在全省加大力度整治交通的时间点上，各大媒体闻风而动，多少细节早就被抠出了轮廓，在这将近一个月的时间里四下流窜，微博抖音更是疯狂转发，哪怕是西京市对民生最不感兴趣的学生孩子都能知道三分。更何况还有那个不震惊不成活的世相头条。世相头条关于这个案子的新闻标题极尽耸动之能事，带着点儿"关系户"一般的犀利眼光——"探访白头村，独家披露运煤路上的血腥罪恶"，内容一如标题那样，痛斥洪庆国所作所为不仅拆散了鸳鸯眷侣，更将矛头正对洪庆国的内心世界，将他塑造成了一个因为痛失爱妻而因妒成狂、对工作丝毫不负责任的人。文章一经发布便引起轩然大波，饶是西京市检察院微博上后脚就放出"案件正在审理，尚无定论"的消息，也因为没有点名而显得不咸不淡。这年头阴谋论成风，这不，案子还没审完，帽子倒先扣下来了。

但录音笔里却是另一个世界一般。还是洪庆国这档子事儿，到了村民口中，就被整整齐齐地划分成了两个阵营。新郎方破口大骂洪庆国是个十恶不赦的杀人魔，这种人必须严判重判，非死刑不能解气，而其他村民却又拉着肖跃语重心长地说做人凭的是良心，他洪庆国老老实实一个跑车的临时工，上有70岁老母亲，下有个还在求学的儿子，干不出这种丧良心的事儿。两边各持论点论据，汇合在一起的语言像子弹般你来我往，很有点儿水火不容的意思了。大抵是因为中午的一顿饭，肖跃对洪小元多了几分关注，录音笔中的采访内容听了几个来回，得到的信息却很有限，除了一个"乖巧老实孝顺"的大概轮廓之外，其他的信息就很少了。

大概是住校的缘故吧，肖跃想着，复而收了心思，继续埋头整理洪庆国的资料。

村民的立场肖跃不太在意，却在整理中发现殊途同归的一道草蛇灰线。那就是无论新郎方的家族亲戚还是可怜洪庆国的村民，都提到他妻子因病过世后，瞎子都能看出他三分的沮丧和恍惚。

"看来这八成才是洪庆国出事的主要原因。"肖跃自语道，抬头问小吴，"禁行路段那边的目击者呢？"世相头条中报道的是，洪庆国因醉驾货运车，在大车禁行时间，也就是早上7点后，拐入禁行路段抄近道，上了新建大街之后撞上迎亲车辆。而巧合的是，那段禁行路段恰好也是新建道路，肖跃打过电话旁敲侧击地问公安局就职的校友，那里目前还没有安装任何监控设施，好在时间点并不算晚，他安排了小吴去探访，确认目击者。

小吴马上翻出之前的探访所得，边查看边回答："新建成的道路目前往来行人车辆都不多，旁边一个小卖部的店家说，没见过什么大货车经过。"

"记忆准确？"肖跃确认道。小吴点点头："准确，我问了好几次，还买了他店里不少东西呢。"那就怪了，禁行路段上一天都没经过大货车，世相头条是从哪儿打探来的消息？肖跃垂头沉吟半晌，一拍大腿："小吴，抓紧时间休息，明天我们再去一趟白头村。"小吴呆愣在那里，难以置信得说不出话来。

站起身笑着拍拍小吴的肩，肖跃撂下一句"早上8点半出发，赶早不赶晚"就揉着已有些发僵的脖颈转身开门，走去另一个房间里临时搭建的行军床上休息。只剩下小吴目瞪口呆生无可恋地低声自语："8点半……还剩下不到仨小时了啊……"

西京市似乎不知从哪一年开始，夏和秋的界限就似乎渐渐模糊起来，时值10月中旬，仍旧热得人发慌。肖跃是被热醒的，他一抬眼就看到从窗帘外挤进来的明艳阳光向他招手。闹铃还没响，本想再多休息片刻，却又不由自主地想到洪小元在面馆中忍辱负重的样子，肖跃叹口气，干脆按灭闹钟的提醒，爬起身洗漱。他觉得自己已经摸到了九二六交通肇事案的靶心。其实靶心一直都在那里，就像清晨起来时看到的阳光，它在遥远的地方向你伸过来，可不知为何，竟然没有一个人喜欢在清晨被它迎接似的。洗漱完毕回房之后，小吴已经睡眼蒙眬地坐在床边醒神了。

肖跃带着些意外地调侃："竟然能起来？"

小吴呆滞又蒙眬地瞥一眼过来，含含糊糊地说："要做搬运工，可不得早点儿，何况搬的还是真相呢……肖哥，今儿天真好，你看那太阳，简直直指人心啊！"

阳光伴随了二人一路，虽然早上8点多就出发，但白头村距离西京本就偏远，等黄土渐渐弥漫起来的时候，已经又是快到中午的时候了。

"肖哥，我们先去哪儿？"小吴眯着眼开车问道。肖跃想了想："洪庆国家。"抵达洪庆国村中的老房时，他70岁的老母亲正端着一碗稀粥往嘴边送，看到二人后先一愣，继而面色多少带着些不悦地回过头继续喝着粥，从嘴里哼出声音来，那声音肖跃听着却不大像是70岁的高龄，浑厚有力得很。"现在这人还怪，不出事也不见上赶着送钱来。"

小吴在门口听得一愣一愣的，悄声问肖跃："肖哥，老太太啥意思啊？"

"要当记者，就要会观察环境。"肖跃也侧过头给小吴快速解释着，"之前肯定有人来采访过，还专门塞了钱，八成是要搞些什么惊爆眼球的东西出来。"

"我看老太太好像不太欢迎咱们……"

肖跃拍拍他，给了他一个鼓舞的眼神之后，就笑着往里走，边走边招呼："奶奶，您是洪庆国的母亲吧，我们想了解一些洪庆国的事情您看方便吗？"

老人冷哼，头也不抬："娃，不敢瞎称呼，我可不是你奶奶，我娃都被你们来来回回问了多少次，还问？还问！"

"哎！我说这老太太怎么这样……"小吴性子急，看肖跃好心被当成驴肝肺就有些上头。

"小吴！"肖跃喝止小吴，回头笑着说，"奶奶，我们昨天在拜县一中门口看见洪小元了，还和他的老师有过接触，洪小元是个好孩子。"

听到孙子的名字，老人才把碗放下，半是狐疑半是愤怒地看着肖跃和小吴："你们找我孙子做啥！他爸的事儿，扯娃做啥？！"

小吴这一下彻底没忍住，两三步走上前，嗓门也高起来："你这老太太怎么这么喜欢给人扣帽子呢！亏我们昨天吃饭碰见洪小元被人欺负还救了他……"

"小吴！怎么说话的！"肖跃回头瞪小吴，刚准备再训斥两句，却听到老人上扬着的颤抖声线。

"你说啥？唉，我娃可怜，是不是又是三胜子他们？唉，他爸的事情嘛，咋能怪到娃头上！"

肖跃忙扶住不断捶着腿懊恼的老人，柔声说："奶奶，我们跟学校反映过情况了，这一次过来就是专门查清楚洪庆国这件事的真相，还您和小元一个公道的。"老人缓缓抬起来的眼神中终于有了一种期盼的光："你、你说的是真的？""当然是真的。"被肖跃喝止两次，小吴虽仍在腹诽却还是低下了声音，"为这事儿，我们好久都没好好睡过觉了。"

"奶奶，"肖跃把名片恭恭敬敬地递过去，想了想又抽出纸条大大地写了自己的名字和电话号码，"这是我的电话，如果有需要的时候，您可以随时找我。"

"唉！"老人看看肖跃又看看小吴，终于长长叹息一声，为了配合这声叹息，手臂也重重地落在桌案上，倒让肖跃吓了一跳。这位老人，年纪虽长，但精神仍旧显得矍铄，但想一想又觉得可以理解，洪庆国常年跑车不在家，儿子住校，妻子又病着，家里上上下下里里外外都靠这位老人打点，比起城里养尊处优的老人来说，是得显得精神些。

"我那个儿，可怜啊……"随着长叹，老人主动开始讲述有关洪庆国的琐碎信息，肖跃适时打开录音笔，小吴也跟在一旁不时做起记录来。

洪庆国是白头村土生土长的村民，也一如平常村民一般生活、娶妻生子，下岗潮时没有保住原有的工作，家里原本因妻子长期患病就显得有些局促的经济状况因此更显得难熬，幸亏有一手开大车的本事，才挤到销售运输公司车队，成为一名临时工。但车队不像原先，运送煤渣的时间一般都在晚上，时间又长，一趟下来车队的正式职工都免不了腰酸背痛，何况是没有编制的临时工。于是，洪庆国几乎没有什么时间照顾家小，一心都扑在跑车下来的收入上。

"好在我小元娃懂事。"老人说到这里的时候连连点头，"人家娃都在外面疯跑着耍，他不，他看不得我累，只要是在家，就早早地把活儿抢着干了，照顾我，照顾他妈，忙完还不睡，要看看书呢。"肖跃心里点点头，看来他对洪小元的认识果然不错。

紧接着，老人眼眶就有些红起来："本来啥都好好的，但是儿媳妇病故，唉……"洪庆国的妻子是在半年前去世的。那会儿洪小元已经开始住校了，老人一个人在家中打点一切，除了给妻子办丧事时公司批了三天丧假之外，洪庆国仍旧一直扎在车队，这份不算铁饭碗的饭碗，成了洪庆国的家庭支柱，也成为他的束缚。"他回来的时候，不敢勾我难过，就一直笑，但是背后自己偷偷躲灶房哭，哭完媳妇哭娃，说他谁都对不起……"

"奶奶，"肖跃看老人有些泫然欲泣，便点到为止地换了话题问道，"洪庆国平常在家喜欢喝什么酒？"

老人脸一板："胡说啥啊，他能喝酒？他当初结婚的时候，好么，让别人给硬倒了三杯，结果浑身红通通的，过敏！他就喝不成！"肖跃感觉自己心里猛地咯噔一下，他不动声色地把目光瞟到小吴身上，小吴马上点点头，紧接着飞快地记录起来。"他平时省得，小元娃上学之后一件新衣服都不舍得买，这下好，省下来的钱全部赔出去，娃的学费都成问题。"老人絮絮叨叨边说边叹，终于还是忍不住，用衣角揩了揩眼泪。

"老人家，你刚才说，不是有人来专门资助过？"小吴不解地问道，他分明记得他们来的时候，老太太说的那句话。

"呸！"老人将手愤愤地放下，"我要是拿了那钱，老脸就扔了算了！我当他关心我们家，结果问的全都是些乱七八糟的问题，问我儿和他陈家咋了？说我儿是媳妇死了，见不得别人好，我直接就把打出去！"

肖跃心想，想必是世相头条干的事情了。当下拉住老人安慰："奶奶你放心，我们是正经的记者。"他从来都不屑于搞引导提问那一套，这是一个媒体人的自觉。

从洪庆国家里出来之后，小吴拿着本子跟他聊："肖哥，今天还真来对了，洪庆国一个喝酒过敏的人，怎么可能醉驾？再加上小卖部店家的话，哼，世相头条那边也敢！"肖跃却笑得胸有成竹："世相头条当然不敢，再怎么说都是要受到规则制约的媒体，直接编造消息可是要直接退圈的。再说了，如果世相头条要直接编新闻，他们还专门来找洪庆国的母亲做什么？"

"世相头条来找洪庆国的母亲？肖哥你怎么知道的？"

"看看看，又来了，不分析的毛病不改，就离记者还远着呢！"

小吴讪笑："嘿嘿，肖哥，我不是不分析，我这不是……没分析出来嘛。"

肖跃好笑地看他一眼，说："洪庆国母亲一开始对我们的表现，包括她最后提到'有人送钱'这件事的时候，特别反感，就说明她肯定对来访者很厌恶，为什么厌恶？"

"因为……采访出发点就有问题啊！"小吴拍掌，"正经采访谁会去问那种一看就是为了博眼球的问题？"

"没错。"肖跃点点头，"能跑来白头村实地采访的，一定都是业界有话语权的单位，平常那些没人关注的，跟着后面转发转发也就罢了，而那些有话语权的单位里，能这么博出位的，除了世相头条没别人了。"

小吴茫然地挠挠头："对啊……那，那为什么世相头条都实地采访了，还会有这样的消息？"

"想不通？"肖跃抬眼看着他，仍旧笑着，"想不通的话，我们就该去采访采访那一对新人了。"

真相似乎就在眼前渐渐清晰起来，肖跃想到刘老师泛起薄汗的脸，心里暗暗地说，快了。白头村是拜县下的村子里相对较为贫穷的村子，虽然没有肖跃出生长大的村子那样困难，但能有钱盖小两层房子的却也是寥寥无几。陈兴业家的房子，就是白头村为数不多的小两层其中的一个。小吴看着陈兴业家门口粗糙却显得威武的石狮，不住咂舌："肖哥，你别说，次次来，次次都觉得这俩石狮子莫名其妙地霸道。"

肖跃笑道："何止是狮子霸道，我看人也挺霸道的，得理不饶人啊……"

"话不能这么说，好好的喜事被洪庆国一脚油门碾成白事，这道理得的也太惨痛了点儿，能饶人吗？"上次过来的时候，这家人的态度就给肖跃留下了极其深刻的印象。一对新人看着没有丁点的喜气，就坐在屋里专门给兄弟俩设下的灵堂里，既像是诉苦，又像是挑衅。最后还是父亲陈兴业满脸悲愤地过来，冲肖跃讨冤屈："三个儿子，他洪庆国一脚下去没了俩？这是杀人不是？他一条命都不够偿！"彼时肖跃很为这家人的遭遇共情，丧子之痛何其伤也，而好好的一对璧人因此影响，整个婚姻都笼罩在这样一种阴影下，也怕是无心享受新婚了。这一次肖跃仍旧为这些感到深深的遗憾，但遗憾中却多了一些探寻。

"陈老，我们又来叨扰您了，实在是不好意思。"肖跃安抚过陈兴业的情绪后，开口笑着说。

陈兴业只是摆摆手:"我上次跟你说过,他洪庆国一天到晚开大货车,肯定是疲劳驾驶,再加上那个货,结婚的时候都能喝成那个样子,你去想他的人格吧,想吧!还要说啥,就这样写就完了!"

这句话一出口,肖跃身后站着的小吴立刻就明白过来是怎么回事儿了。世相头条接触洪庆国母亲未果,被轰了出来,于是直接来找陈兴业。尤其这种添枝加叶的话,大都是村民心中对某个场景或行为的后续推测,并不一定是真实情况,而世相头条却不管。他们只要有爆点的新闻就好,而新郎家这种极具偏见的态度立场,以及说出去的话,恰恰就迎合到了他们的口味。

肖跃心里有一种隐痛渐渐地扯出来。所有以讹传讹的传说大抵都这样,经由不同的嘴巴一个接一个地艺术加工下去,到最后面目全非,误人子弟。

"关于洪庆国禁行路段那里,我们还想了解了解……"

"这有啥好了解的?"陈兴业干脆利落大手一挥切断了肖跃的问话,"他能这么老实?噢,那条路平常连个人影都没有,从他拉煤的地方回销售运输公司近了不知道多少!他老老实实地从原路走?怕傻子都不会信!"说着说着,陈兴业来了情绪:"他就是看不惯!穷尿一个,干啥啥不行!还有他那个娃,让三胜子撂不死他个货!"

小吴不高兴了:"这事儿跟他孩子有什么关系,过了吧!"

果然陈兴业立起身,像是斗鸡一样冲小吴迈了两步:"咋没关系?啊?就我娃有关系,我娃是白死的?我的娃……"豆大的眼泪突然从陈兴业的眼眶中汹涌而出,连带着身后之前还有些虎视眈眈的新人都嘶声哭起来,肖跃一个头两个大,回头用手指尖狠狠地冲小吴指了指。

"人家世相头条就说过,你们这种个体户,算个屁的媒体人!我发现果然就是这样!"陈兴业擦干眼泪回头怒道,倒让肖跃想起了他们门口的石狮来,眦眦欲裂,"不关心我们被害者,关心个杀人犯?不顾我们的需求,倒替杀人犯的儿子考虑起来了!"

眼看再聊也不会有什么结果,肖跃和小吴草草告了辞便走了出来。

肖跃第一件事就是教育小吴:"心里有想法也不能说出来,媒体人代表的是中立,听取意见,不要带任何情绪。"

小吴撇嘴:"不带情绪还是人吗?再说了,你不也带情绪?"

"我什么时候带情绪了?"

"你吃完面都敢当着老师打包票了,还不算带情绪?"小吴不清楚,肖跃曾经也是被好心人关怀着资助着长大上学的事,于是对肖跃这种情绪触动无法感同身受,也是自然之事。只不过肖跃扪心自问一下,又觉得小吴所言非虚,他确实带情绪了,而且很深重。他摆摆手："那会儿又没在采访中，不算。"

看小吴无语的表情，肖跃又笑着上来搭他的肩："不过虽然这次被人赶出来了，具体信息咱们没漏掉，也算收获，现在就还差一件事情没有完成。"

小吴眨眨眼："什么事儿？这不都查清楚了嘛。"

肖跃笑："洪庆国到底是不是因为醉酒、违行肇事，我们已经知道真相了，不是，那既然不是因为这些，又是因为什么呢？疲劳驾驶吗？"

"不就剩下这一点了吗？"

"小吴，你自己也是会开车的，你觉得疲劳驾驶出事，最容易在什么时间什么地方？"

"那还用说！夜里，高速！那空空荡荡的路面，但凡有一点点累都会给你催得昏昏欲睡了！所以还是人越多的路面反而越保险……欸？"

肖跃挑眉看他："想通了？"

小吴猛地一拍脑袋："对啊，这点这么明显，我怎么早就没想过呢！那新建大街上人来人往的，出事时间又是大早上，小心翼翼都来不及，还敢疲劳到直接睡过去？"

肖跃带着欣赏笑着点头，继而说："不过还不能完全确定，这只是我们的推测。"

"嗐……那有什么意义啊？"小吴刚提起来的一口气又被肖跃冷酷拍了下去。

"意义就在于，它虽然是个推测，但我们可以去验证它的真伪。"肖跃眯着眼，从黄土中看向拜县的方向，"走一趟销售运输公司。"

车行一路，肖跃就为自己目前得到的信息欣慰了一路。无论如何，他总算是在一步步地接近九二六交通肇事案最真实的样子了，也就可以还孩子一个"平反"，好让他在学校中不至于遭受更多的欺凌压迫。想到这里，他突然心尖动了动，扭头问小吴："离拜县还有多远？"

小吴看了看导航，答话："最少得40多分钟吧，怎么了？"

肖跃又将头垂向小吴刚才记录的资料中，淡淡地说："没什么，想吃轧面。"

……

轧面馆到了下午时间人不多，厨子和老板坐在一起休息，看见肖跃和小吴进来，才慌慌张张地站起来点单做饭。

"对不住，面都是现做，这会儿一般人少，得稍等会儿。"老板迎上来赔着笑容说。

"不碍事儿。"肖跃抬头微笑。

"欸，你不是就昨天……"老板是个人精，既然昨天见过肖跃，眼睛一转也就将他们的来意猜了八成，"一中这会儿还没下课呢，不过也快了，等二位吃完，就差不多了。"

老板摇摇晃晃走掉后小吴才趴在桌子上问肖跃："这老板不简单啊。"

"不简单的人多了,不过你看看你啊,还没人家老板心细。"

小吴嘟起嘴来:"肖哥,你可真行,什么话到最后都能绕到我业务水平还需要提高上来。"

肖跃心情好,听小吴自嘲也乐不可支起来:"这话倒是没说错,我啊一个大毛病,好为人师!"

忙活一天,轧面吃得飞快,匆匆结束后还引来老板的打趣:"吃这么快,学校铃也不跟着你俩的节奏打啊。"老板这句歪打正着的打趣恰好打在肖跃的心上。他不清楚为什么,自己好像在面对洪小元的时候,总莫名地带着一股子责任感,这种责任感不是任何人强加在他身上的,而是他自己心底生长出的枝丫,渐渐顺着血脉攀爬上来,将他的热血捧上了脑袋。所以,事情有了眉目,他虽然知道不能说得太过具体,但总想提前给洪小元一些隐晦的暗示,好让这样一个乖孩子不至于太过忧心。脑中想着事情,时间就过得快了起来,几乎是放学铃声一响的工夫,肖跃就先站起身往一中门口走过去。然后他看到了浑身湿答答、怀中抱着书包的洪小元低着头走出来。

"他们又欺负你了?"肖跃三两步迅速走到洪小元身边,蹲下身去接过他手中的书包,眼神中有隐隐怒意,语气也不由自主地强硬了些。

洪小元见是昨天请他吃饭的哥哥,勉强扯出一个浅浅的笑,笑容浅得像是浮在脸上,很快就散得无影无踪。"也不算。"洪小元盯着被肖跃接过去的书包,含糊地将自己受欺负的事儿抹了过去,"就是书包带子断掉了,今晚回宿舍要缝一下。"

肖跃这才注意到洪小元的目光从一开始就紧紧地吸在书包上,这会儿提起来,眼神中有焦急也有可惜。这是一个把课本,或者说知识,看得比受到霸凌还重的孩子。

"小吴,拜县的百货大楼有吗?"肖跃回过头冲一旁站着的小吴问道。

小吴抓起手机查了查:"肖哥,有,离这儿不远。"

肖跃点点头,站起身一只手拉着洪小元又回到轧面馆里,要来毛巾一边给孩子擦拭,一边说:"先擦一擦凑合一下,我带你去买书包。"

拜县百货大楼坐落丁县城最繁华的十字路口,耸立在新建大街边上,在一众矮楼里显得鹤立鸡群。洪小元的眼睛不住地向新建大街里面瞟,却遮遮掩掩的,像是在似是而非地掩盖着歉意。

"小元,你穿多少码的衣服?"肖跃拉着洪小元,心里有些不忍,便直接打开话匣子想要拉他进去。

"叔叔……"洪小元惊愕地抬起头,满脸拒绝。

肖跃打住他的话,俯下身半是玩笑半是严肃:"我知道你有钱。"

洪小元摸了摸裤兜,微红了脸浅笑了一下,低下头去说:"谢谢叔叔。"

肖跃牵着洪小元的手走进拜县百货大楼，小吴跟在后面不断称奇，作为拜县唯一的囊括百姓生活的消费场所，比起西京这样的大城市来说，这里显然要朴实也粗糙得多。洪小元也像小吴一样用眼睛不断地吸收着这里的一切，小脑袋随着琳琅满目的商品来回摆动。

"肖哥，你看这孩子跟我这个外来人似的打量呢，嘿嘿。"小吴乐呵呵地跟着聊。

洪小元有些不好意思，又有些像是解释："我……我很少过来，但是校服是我爸在这里按学校的样式找裁缝做的。"

肖跃听了心酸，怪不得洪小元那样宝贝那件校服，连被欺负的时候都要死死护着。

"校服不是统一发的吗？"小吴有些不解。

洪小元的头又低了低："校服要买，我家钱不够……刘老师跟学校说了说的。"

看来这位刘老师，倒是真正关切着孩子的，肖跃心里有了底。采购过程中，洪小元看着那些打着价码的标签恐惧地摇头，摇过了十数个柜台之后才终于买到了一身式样相同而材质或许要差些的同款校服，以及一个帆布书包。肖跃心里多少有些难过的，他看着洪小元抱着好不容易才接受的廉价衣服和书包露出欣喜的笑容，觉得这孩子懂事得有些过分了。

"小元，你爸爸的事情我们已经调查过一些，相信很快就能找出真相了。"

从百货大楼出来，一身简单而崭新的洪小元逆着光抬头看肖跃，听到这个信息。太阳将落未落，一道道染上红霞的光束从肖跃背后照过来，他的脸暗暗地隐在光芒中看不清。洪小元点点头，不知怎的觉得这些光芒衬得肖跃仿佛像是一个天使。

"扑哧。"洪小元突然忍不住，笑出声来。

肖跃和小吴面面相觑，不明就里，小吴干脆蹲下来问："小元，这么开心啊，你放心，我们一定会尽快把真相查明的。"

洪小元却指指肖跃："肖跃叔叔少了一对翅膀，所以才来到拜县的吧。"

这句话一直伴随着肖跃到拜县宾馆。晚上送洪小元返回宿舍后，他与小吴草草解决了吃饭的问题，就在拜县再次入住。第二天的任务是拜访销售运输公司，两个人都没怎么好好休息，再开车回西京太舟车劳顿，干脆就住在这里。这会儿小吴的鼾声已经响起，他却一直在想洪小元说的这句话。

"少了一对翅膀，说我是精灵还是天使？"肖跃喃喃，心里暖融融的，脸上的线条也在床头昏黄的台灯下显得柔和许多。他像是告诫自己似的："肖跃，你可不能当个折翼的鸟人。"

…………

充足的睡眠让肖跃和小吴起床时都精神百倍，简单洗漱吃过饭后，两人就赶往销售运输公司。由于物资和合作方经常往来，销售运输公司的大门常年敞开，门口的保安并不怎么盘问二人，就放了他们进去。车队位于公司厂房一侧，里面除了货运用的几十辆大车之外，也有专供销售部门使用的小轿车，成群的车辆停在那里瞪视着肖跃和小吴两个外来人士。

"你们俩，干啥的？"肖跃和小吴正想去车群里找找线索，车队这边就钻出来一个中年男人两手揣兜仰着头疾步走过来。

介绍了自己的身份之后，车队人撇嘴看看记者证和名片，目光一抬又扫到肖跃，警惕道："是记者啊，我们车队最近整改，没有发车，没啥可采访的。"

"您误会了，我们是想来了解了解洪庆国的情况。"肖跃笑着说。

"洪庆国？"车队人缓慢地点着头，"这事儿不是都给派出所说过了嘛，还能有啥好采，糟践了一趟车，还让我们公司都跟着赔付，你知道我车队里亏下去了多少钱？一个临时工，闹得还大得不行，按我说你们采访还不如采访些我们这些管理人的苦，临时工多不好管，再出个事，我们这些人夹在中间里外不是人，咋活呢！"

肖跃这才知道面前这个中年男人原来就是车队的负责人，根据之前的资料来看，他叫张跃进。

张跃进的话也不是没有道理，这种事情放在哪个企业都是一桩苦事，手下的员工撞死了人，公司不但会赔付受害者家庭，还会因此而对出事部门进行追责，哪怕只是个临时工，在受害者家庭看来，却都一样顶着公司的名号，自然一视同仁。

"张师傅，我们就是为了查明真相来的，您说的这些，当然也都是非常宝贵的信息。"肖跃回复。张跃进的脸色明显好转，他又看看肖跃的记者证，对了对肖跃的脸之后才将记者证推回去："这还差不多，派出所不管我们，你们当记者的再不管，那还不翻了天了？"

"是，是……"肖跃边笑边掏出一盒好猫香烟递了上去。

"那个洪庆国，倒还算是临时工里头老实本分的。"张跃进自然而然地接过香烟，当场点燃一根叼在嘴里，伸手朝着办公室方向虚请了肖跃和小吴一下，三人边走边聊，"他平常也不咋爱说话，也从来不跟司机们吃吃喝喝打打牌，人眼里有活儿，勤奋得很，但你说，车队这么重要的地方，他干的又是煤渣货运，我们敢给他分太多任务吗？我们还怕出事呢！"

肖跃抬眼看小吴，有门儿。"那洪庆国一般做完自己的工作之后，会不会有外出继续替别人跑车的可能？"肖跃举着录音笔问。

"嗐，那咋可能嘛！"张跃进嫌弃地摆手，伸长了脖子冲肖跃表达自己车队的合规合法，"那拉煤渣的大车，一趟下来就是六七个钟头，人开完一趟累半死，而且记者同志我跟你说,别的单位我不知道,但咱销售运输公司有明文规定,所有车辆你哪怕是没任务,停坏了都不能挪用干别的!"也就是说,洪庆国不存在私自开车出来的可能性了。

肖跃点点头,想了想又问:"洪庆国这边有出车任务的时候,工作流程一般是什么样的?"张跃进又抽出一根烟,弓着背点着头:"常年都是这样,一上班,先检查车辆是否有故障,是否需要更换配件维修啥的,所有这些东西检查完毕才能上路,现在效益不比当年,环保局查得严,煤化集团整个亏损着,就要求各个车间部门车队都要进行6S管理,这些东西,没人敢不做。"

小吴从记录本里抬起头:"肖哥,6S管理是啥?"

肖跃稍稍直起身子:"就是整理、整顿、清扫、清洁、素养、安全,一般厂矿企业都会要求这些。"张跃进笑了笑:"哎哟,肖记者还了解我们,看来是真心实意来采访问题解决困难来了。"

"都是应该了解的。"肖跃谦虚下来,"咱们车队的货运车,在这种6S管理要求下,应该很少出故障吧?"

"那可不!不是我说,虽然煤化集团效益不好,但管理一上去,还真就出了洪庆国这一次事,我也奇怪小洪他年轻气盛又踏踏实实的,怎么会偏偏就是他呢?出事之后派出所来问我,我还专门说小洪看起来就不是那样不负责的人!"

肖跃渐渐地有了思路,他听出张跃进的话里似乎有些什么。

"张师傅,派出所过来查问的,是不是洪庆国车辆安全相关的问题?"

"是嘛!"张跃进急急挺起身子,长长的烟灰随抖动落在地面上,"按说小洪一直都老老实实地检查车辆,但是警察说的是,他开的那辆车制动管路出了问题,记者同志,制动管路可是大隐患啊,一旦有点儿问题就出事!"

"洪庆国那一段时间的心理状态怎么样?"

张跃进两三口吸完剩下的烟,将烟头狠狠砸在地面上,又用脚踩了踩:"最近半年不是媳妇死了嘛,有些魂不守舍,任务上虽然没出过啥大问题,但是看他那个恍恍惚惚的样子,我也专门不敢去给他做啥事,结果好了吧,刚给他出个车,就酿成这么大的事故,记者同志,你把这事情可得好好地报道一下,我们车队简直是太憋屈了!"

肖跃懂了。半年来由于洪庆国妻子的死亡,让他的工作状态也产生了不小的变化,虽然看起来并没有出什么严重的问题,可实际上却在出大车任务的时候,由于自己的恍惚导致行车安全检视中有关制动管路的部分没有得到充分视察,上路后酿成大祸。

"谢谢张师傅,我们这边一定如实报道。"肖跃点着头,带着小吴在张跃进的一路目送下走出了销售运输公司大门。

"肖哥,事情好像弄清楚了。"小吴抱着笔记本冲肖跃说着,言语间有些兴奋,但同时也有些叹息。肖跃也不由得一叹，抬头看看阳光："是，可以准备新闻稿了。"

深夜的西京办公室里，肖跃校对完新闻稿的最后一个字之后，轻轻地点击了发布。从白头村回到西京，再将资料归纳整理，最后输出为一条不过千余字的新闻稿发布到网络，已经过去了好几天。只不过这一次他心里却不像之前一样感到如释重负的轻松，反而感觉越发责任重大起来。

"肖哥，咱们这个稿子里的观点，可几乎就是在跟世相头条对着干啊，你说能行吗？"小吴在一旁准备着其他平台的发布，一边随口问道。是啊，能行吗？这也是肖跃按下发布键后萦绕于心头的问题。倒不是害怕世相头条会有什么举措，他们手中趋利避害的笔杆子总有出路，犯不着来寻他一个小小自媒体的事情，况且前有他打下的江山在，哪怕世相头条就是动了心思，也不好操作。他脑海里无时无刻不在转着的，是洪小元。靠他一纸单薄的新闻稿，到底能不能将真相有效地传递到民众眼中，又会不会被曲解成其他故事，肖跃不知道。

好在各方面的反馈从第二天就给他带来了好消息。

从肖跃发布这条——纪实：探访九二六交通肇事案背后的故事——之后，一夜之间这条再度扭转了事实的新闻便成为网友们微博上、朋友圈里的常客。就连许久都没有动静的检察院官方也再度闻风而动，针对九二六交通肇事案又发布了一条消息——"客观冷静，不忘初心"。虽然照常没有点名，但网友们却早就从这条内容中解读出了不少意蕴来。有说检察院这是默认了肖跃的考证有理有据，专门发博鼓励的，也有世相头条的粉丝说这是检察院专门发博告诫自媒体不要想当然的。小吴看着来气跳脚，肖跃却淡淡一笑，心思好像还不安稳。"肖哥，新闻点击量很高，而且越来越多的人相信咱们的说法，你怎么看着还不高兴呢。"

肖跃沉沉点头："咱们的说法也只不过是基于实地考察得出来的可能性，具体结果还是要以检察院那边调查为主。"

"……哪有那么多可能性，我看就是板上钉钉的事儿！肖哥，你话也说得太谨慎了点儿。"小吴的积极性被泼了冷水，撇撇嘴说。

"这不是谨慎，而是公正。"肖跃从椅子里抬眼看小吴，严肃的目光让小吴有些不好意思，"我们不是公检法机构，事情全貌是什么样是要看证据的，如果带着偏见去做事情，那你也只能得到你想要的结果。"

"给洪庆国洗脱污名也算偏见啊？"

"无论你目的如何，你在有倾向性的时候，就已经带上偏见了。我们的目标一直都是尽可能接近真相，而不是要为了谁去翻案。你啊你，把这点牢牢记住！"

小吴尴尬地挠挠头："噢，嘿嘿……不过肖哥，现在能让洪庆国从被世相头条的胡说八道里跳出来，也算是好事一桩，你这么心事重重的是怎么回事儿？是因为那孩子吗？"

肖跃愣了愣，半晌才缓缓点头："是，也不知道这个新闻出来之后，能不能给他带来一些帮助。"

"嗐，那有什么难的，咱们跟刘老师那边问问不就得了？"小吴一脸轻松，"实在不行，再去一趟拜县就是了！"

肖跃沉吟着，片刻才说："再等等吧，看看这两天的情况。"

肖跃口中的"看看情况"，指的是目前新闻的发酵程度以及网友们对此的舆论倾向。平常他一般很少去在乎这些事，但现在多了一个悬系在心里的承诺，这种看似稀松平常可以置之不理的事儿就变成了重头戏。一连又过去几天，网友们对洪庆国的八卦讨论渐渐地越来越少，有关白头村的那个眷侣传说也渐渐地失去了讨论度，逐渐被行车安全和车队规范化管理占据了热度，甚至连带着职工心理健康测评等都冒出了头。没人去关注的事情趁着肖跃的新闻小小地出了一把圈，他这才冲小吴安排。

"成了，去拜县吧。"

"还真去啊？"小吴惊讶，"前几天不是说再等等吗？我看这两天也没人讨论洪庆国。"

肖跃却坦然一笑："都已经开始关注职工心理问题了，这就说明，洪庆国这件事情，我们的报道起作用了。"赶在立冬之前得到这样的结果，肖跃一路上心情都很愉快。他还记得上一次带着洪小元买书包的事情，孩子一身都被水泼得湿漉漉，如果放在冬日干冷时，怕又要惹起不小的病灶。车开到拜县一中的时候，还是在那家轧面馆，肖跃拨通了刘老师的电话。没上面的工夫刘老师带着洪小元急急忙忙赶过来，来不及坐下就先劈头盖脸地问："记者同志，是调查有结果了吧？我看前一阵您的新闻稿发出来，还引起网上不少争论，这段时间忙，也没看多少……"

肖跃笑着拉过刘老师和洪小元坐下："刘老师，先坐下咱们边吃边聊。"说话的工夫，眼睛一直在目光期待的洪小元身上睃巡，没看到受欺负的痕迹才渐渐放下心。

"刘老师，小元，现在根据我们的探访，得到的一个可能性是洪庆国也就是小元的父亲，应该没有醉驾或者其他违规行为。"肖跃一字一句认真地说着，刘老师和洪小元互相对视一眼，都难掩欣喜的表情。"不过确实由于……"肖跃看看洪小元，想了想还是没有把"妻子去世"说出口，"由于一些家庭原因，导致心绪不宁，所以在行车检视中出了问题，导致事故发生。"这句话说完，刘老师刚刚开心的笑颜又淡下了一些，洪小元也顿了顿，扭着衣角低了低头。

"唉，这个说白了，也是他的责任。"刘老师叹着气说，"不过起码确定了，洪庆国不是故意要出这么个岔子。""刘老师说得对。"小吴点点头,"该担的责任要担,但莫须有的罪名我们是不会乱安的,您放心。"

说话间,轧面已经做好,老板笑呵呵地端了4碗面上来,除此之外,还有一荤一素两盘凉菜。

"哎哟,怎么还给我们准备了!"刘老师看着桌上的吃食坐直身子,眼神中尽是感慨。

肖跃笑道:"我们对拜县也不熟,本来想着请您和孩子吃点儿别的,但又想着离学校近,刘老师还得多担待点儿才好。"刘老师听肖跃说完话,满脸的不高兴,轻拍着桌子发牢骚:"你们这么说就是故意端着了,之前那些采访的不是没有来找过学校,但真想着帮孩子能实实在在办点事儿的有几个?小元都跟我说了,你们带着他去买书包买衣服,还这么快就写了新闻稿出来,我怎么还能让你们请客!"

"刘老师,这是我们应该做的。"眼看着刘老师就要起身去掏钱,肖跃和小吴马上站起来制止。

"肖跃叔叔,谢谢你。"

正为付账的事情争来争去的时候,一旁默不作声好久的洪小元突然抬起头冲肖跃说道。声音中带着一点点甖甖的鼻音,眼眶也有点泛红,是努力忍住不哭的样子。

"我爸爸虽然不是故意的,但是他也有错,"洪小元看着静下来的大人们,忍泪继续说,"他跟我说知错就要改过,改过就会得到原谅的,对吗?"不知怎的,肖跃看着面前这个隐忍的孩子,心肠不由得软下来。

"是,不过现在具体的判刑结果还没下来,等下来之后,爸爸改过结束,你们就又可以生活在一起了。"

洪小元抽了抽鼻子,忍耐许久的眼泪终于顺着稚嫩的脸庞爬了下来:"我、我想爸爸。"孩子的眼泪像巨石一样砸在肖跃的心上,他扭身过来擦掉洪小元的眼泪:"好孩子,会见到的啊,不哭……"

他也想父母。从那个雨夜之后,他无时无刻不在想念那时由于暴雨导致山体滑坡而故去的父母。或许就是因为这一点,他才对洪小元这样父母都不在身边的可怜孩子,有着更深的理解吧。

小声哭了一阵子之后,洪小元将校服的袖子撸上来,用胳膊擦了擦眼泪,继而抬起头,红红的眼眶对着肖跃说道:"肖跃叔叔,学校里之前每个人都说我爸是因为嫉妒别人结婚才做的这件事,没有人愿意帮我们去查一查,来这里找我的大人们,都是问我爸是不是跟陈家有矛盾,根本就不管我说的真话。肖跃叔叔,刘老师告诉我你发了新闻稿,还说别人都在骂之前找过我们的那家新闻,说好多人相信爸爸不是故意的。

我要好好学习，我也想成为这样的人，要不然，那些被冤枉的人，实在是太委屈了！"

在肖跃的印象中，自他第一次见洪小元到现在，他都没有看到过洪小元如此激昂的表情、如此流畅的谈话。

刘老师倒比肖跃还要欣喜几分："好，好！记者同志，之前一段时间小元虽然什么都不说，但是整个人也闷起来了，看得我着急啊……现在好了，孩子有目标，这是好事！不行，我得跟孩子奶奶说说这件事儿去，让老太太也高兴高兴！"

小吴看了看桌上几人都没来得及动的饭菜，苦笑着冲刘老师说："刘老师，不管什么事儿，咱们也得先吃饭不是？"

"哟，你看我……"刘老师不好意思地呵呵一笑，慈爱地看着洪小元，"小元，先吃饭吧，下午老师带你回白头村！"

长久的努力最终换来了还不错的结果，看着眼前的其乐融融，肖跃心中暖阳一片。

"一起去吧。"肖跃笑着说。

网络上的讨论之风并没有刮到白头村来。在洪小元出现在白头村口，从肖跃的车上下来之后，便吸引了所有村民意味深长的目光。那些目光里或是可惜或是疑问或是好奇，都如深夜中的灯柱一般射向这个只有十三岁的孩子，像是在将他扒光之后拉至审判台上接受四面八方的无声审判。洪小元明显地抖了抖，却没有向后退。刘老师是来过这里家访的，拜县一中的学生大都来自附近几个村子，他也在家访中熟悉了不少村民。看洪小元窘迫，他于是立刻领头似的堆笑冲上去向村民们嘘寒问暖，为的就是让这些探究的目光少一些，让洪小元心里的压力也少一些。

陈兴业的儿子儿媳也在其列，见到洪小元，丈夫恨恨地想向前冲，被冷着脸的妻子一把拽住。洪小元自然是察觉到了的，他没有说话，只是替爸爸鞠了一躬之后，仰头看着肖跃。

"走吧。"肖跃轻声说。好奇的村民在刘老师的热情寒暄下并没有打消一探究竟的念头，跟在肖跃等人身后看热闹一般亦步亦趋地跟在身后，浩浩荡荡地向洪庆国家的老房子走去。小吴四下环视，低声跟肖跃耳边说："肖哥，有点儿大军压境的意思了。"大军一路压到洪庆国的老房子门口堪堪止住脚步，洪庆国的母亲原本坐在房门口的小凳上剥蒜皮，见到这种场面也不由得愣愣站起身。

"奶奶！"洪小元快跑几步冲过去，背后的书包跟着一晃一晃，他干脆将书包放下来，仔仔细细放在小凳上，才接过老人手中的活计蹲下身来自然地继续做着。

"小元怎么这个时候回家啦？还没到周末……"老人先是怜爱地摸摸孩子的头，才抬头冲着肖跃、刘老师等人问："刘老师，肖记者，这是……"

"好消息！"刘老师不等肖跃说话就大步冲老人走过去，一把握住她的手，"肖记者的新闻稿出来了，你不知道，网上评论都翻了天了！"

刘老师声音洪亮，说着话还不忘用目光扫过站在外围看热闹的村民。果然话音刚落，村民中就响起了窸窸窣窣的讨论声。老人眼中带着难以置信的喜悦，有些颤抖着向肖跃走过来，迎住了肖跃向前伸出的手："肖记者，新闻稿出来了？那我儿……"

"老人家，根据我们这边的探访和排查，您儿子洪庆国不是因为嫉妒酒后故意杀人，很大可能是由于车辆故障……"有刘老师在先，肖跃的声音也不由自主地大了些，他心里是怕外围那些村民们听不真切。白头村交通生活环境都很闭塞，一旦世相头条的假新闻占了上风，一个再硬朗的老人家也扛不住同村人的口水。只是他没想到，自己话音未落，面前这个硬朗的老人就从眼中进出泪来，身子一歪，竟然想要下跪！

"好人、好人啊！肖记者，感谢你，我实在不知道怎么感谢你啊，我给你磕头，给你磕头……"老人呜咽着就要低头下跪，肖跃和小吴吓了一跳，赶忙来拦。

刘老师也赶忙冲过来制止："你看你干啥嘛，这么大个年纪再把腰闪下了，快起来快起来！"接地气的乡音让围观的村民忍不住都笑了，七嘴八舌的讨论中，大家也纷纷地劝慰起流泪不已的老人。

"哎呀，我就说那个娃他老老实实的，不会干这事，你看看说着了吧，人记者年轻，哪能扛住你一跪嘛，这凡事都有讲究哩……"

"就是，我说庆国妈，你再不要折腾人家城里娃了，人是给你送好消息来了嘛又不是图你个啥。"

…………

老人终于在多方劝阻下颤巍巍站起身，感激的泪眼看向肖跃，满脸沟壑里都盛满了欲说却难言的欣慰："我是知道我儿的，他真的不会……肖记者，吴记者，谢谢，谢谢你们了。小元，把蒜放下，你过来替我给肖记者磕个头！"

洪小元应声乖觉地站起身，拍拍手上的尘土就要过来跪下，肖跃赶忙一边搀扶一边冲老人说："孩子已经谢过了、谢过了。"

"奶奶，我以后也要当记者。"洪小元拽着老人的衣角抬头说，"我跟肖跃叔叔说过了，我也想像他一样，不让别人受委屈。"

"好，我的娃，好！"老人激动地笑笑，布满老茧的手掌不断地摩挲孩子的头发。

"不让别人受委屈？你有脸说！"村民中突然爆发出一阵呵斥，肖跃猛地回头去看，原来是陈兴业的儿子儿媳。丈夫忍了一路没有说话，妻子拉也拉不住，在洪小元说到"不让别人受委屈"的时候终于忍耐不住，爆发出声。

"你别拉我！"他扭头冲冷着脸的妻子怒吼，随即三两步扒开面前的村民站在老房门口，伸出手指着肖跃："你还是个记者，简直亏你的先人！我家白白死了两个人，到你这啥不是故意的，啥车辆故障，你啥意思！他洪庆国撞死人是事实，说那么好听，给你啥好处了？现在记者这么好当？"

"你干什么？"小吴一个箭步蹿出来站在肖跃身前怒视着陈兴业儿子，"我们只是想探明事实！"

"事实？我告诉你啥叫个事实，事实就是你后头那个老东西，生了个杀人犯！"陈兴业儿子脖颈上露出青筋，凶神恶煞。妻子看拦不住，一跺脚转头钻出了人群，村民看热闹的情绪为大，也没有人真的伸出手去拦一拦她。

"你嘴巴放干净点儿！现在是法治社会！"小吴被陈兴业儿子这么一激，本来就冲动的性子就有些拦不住，再加上他和肖跃差不多一般高，都是一米八三的大个子，身形又比肖跃壮了许多，他这么往出迈一步，倒真让陈兴业的儿子不由自主地往后退了退。

两方正僵持不下时，陈兴业急匆匆地跑了过来，身边的儿媳还不住地在说着什么，一边说，一边伸出手指着肖跃几人。转眼陈兴业走到肖跃等人面前，一张涨红的老脸满面怒容："咋，我就剩这一个娃，你们还要弄死他是不是？"

"你怎么说话的？在场谁动他一下了吗？"肖跃却劝住正在发火的小吴，自己缓缓地站出来："老人家，我们这次过来，是带洪小元回来看看的……"

"他还能看，我地下的两个娃还能看吗？"陈兴业暴躁地打断肖跃，两行老泪又落下来，引得身旁的儿子也忍不住哭起来。

"你们颠倒黑白啊，他洪庆国再怎么说，是他杀的人不？是要负责不？光赔钱就算了，我娃那是两条人命！你咋不拿命赔？"陈兴业哭号的声音透着哀恸，将刘老师护着的庆国妈和洪小元都震了一震。

"老人家，孩子和老人是无辜的，洪庆国当然应该为这起事故负责，但是……"

"没有但是！"陈兴业大手一挥怒号道，瞪视了肖跃等人一眼之后，将几近杀人的目光死死盯了洪小元好一阵，才转过身冲着村民说，"大家评评理来，我娃无辜不无辜？他洪庆国赔钱能不能买回我两个娃？洪小元踏踏实实高高兴兴地活着，我们呢？现在的记者，啥职业道德根本都没有的，一天到晚不为我们受害者申冤，倒为杀人犯求情起来了！天下有没有这样的道理！"

"那你要咋办，我老婆子现在跟这磕死行不行！够不够！"庆国妈按捺不住，要从刘老师身后冲出来，被刘老师狠狠地拽住。

洪小元也哭起来，不知所措地立在当场。

"你！你个老婆子快死的人了，你拿啥赔我娃的两条命呢！"

洪小元再也忍不住了："我奶奶不会死！我给你赔，我给你赔……"

"你赔！你现在就赔！"

两边的情绪逐渐被挑动起来，陈兴业和儿子咄咄逼人向洪小元逼近。洪小元则大哭不止，在庆国妈怀里挣扎着要出来"赔命"，庆国妈哭号着拉紧孩子。一旁的刘老师和小吴死死将二人拦护起来，而肖跃却大感不妙，他用最快的速度拉着一位村里年轻人的手，求他去找村委书记，说完话又赶忙回来拉住怒火冲天的陈兴业……

…………

一场本意是带来好消息的行动，最终没有如肖跃想象一般是在网络掀起否认，但却比键盘敲出的否认还要让他难耐。他又一次感到了自己的短视。村委书记皱着眉头两边调停，愁眉苦脸哀叹着肖跃几人突发奇想给自己招惹来的大麻烦。

"哼，你看刚才，村里人劝老太太的时候怎么说的，真出事儿，没个人站出来！"小吴听完村委书记的指责后，粗着声音低声冲肖跃抱怨，"现在还来怪我们给他找麻烦，他村委书记不就吃这碗饭的嘛！"

肖跃心情沉重，他疲倦地抬手打住小吴的话头："陈家在白头村有权有势，村民们明哲保身也没什么，而且这件事，说白了洪庆国确实是肇事者，失去亲人的痛……唉……"失去亲人的痛，他比谁都体会得更加深刻。最终陈兴业一家人在村委书记好说歹说下总算是骂骂咧咧回了家，但庆国妈和洪小元，却早已经失去了刚得知消息时的好心情。送刘老师和洪小元回拜县一中的时候，车上的氛围与来时已经天差地别，但以肖跃的敏感却怎么都想不到，这件事会成为更加激烈矛盾的开始。结束这一次探访之后，肖跃和小吴原本计划着的庆功大餐，也因糟糕的心情而搁置了下来，只是简简单单买了几瓶白酒，配上一碟花生毛豆和一袋鸭脖，窝在办公室里闷头吃喝。

两人没有说话，默默碰过三巡之后，小吴脸上就浮起了红晕。他比肖跃小几岁，平常很少饮酒，何况是这种入口绵柔但极易上头的西凤，三杯过去就让他已经有些云山雾绕的样子了。

"肖哥，这明明是件好事儿，怎么就能变成这个样子呢！"

肖跃盯着手中的酒杯，杯中的酒散发着令人愉悦的幽香，他晃一晃，酒就随之荡漾着，漾出浅浅的波纹来，像是庆国妈脸上泪水涟涟的沟壑。抬头将杯中酒一饮而尽，肖跃说："真相有时候并不是什么好听话，正常。"

"可他们不能拿孩子和老人开刀啊！孩子做错了什么？老人又做错了什么？"小吴的脸越发红起来，目光却分外有神。

"小吴，你不能要求所有人都可以接受这个道理。"肖跃的思维飘回自己的回忆中去，缓缓而言，"在我当年没有重回学校时，也想不通。那么多杀人越货的案子里，受害者们总归还有个目标去憎恨去埋怨，但我呢，我能埋怨谁，老天爷吗？也是，我在山上抬头骂过、哭过也闹过，可是谁来为老天爷担责呢？"

"重回学校？这是什么意思？"

又将杯子倒满之后，肖跃再饮一口，轻飘飘的感觉涌上来，带着喷薄而出的表达欲望一起："我家是国家级贫困县的一个小山村，家里常年收成不好，上学就成问题，考上县里的学校之后，爸妈为了多赚点钱，天天摸黑起来拉着菜去县里卖，就是为了供我上学。"

小吴听闻，带着惊讶和敬佩的感情与肖跃碰杯："真不容易肖哥，我跟你这么久，都没听你说过这些……那然后呢？"

"然后嘛，有一年华西秋雨下了很久，我爸妈凌晨赶路的时候，山体滑坡，就再也没有回来。"肖跃说到这里，顿了顿之后苦笑着加了一句，"那会儿我刚好要交学费，没辙，交不起了，日子都过不了了。"

正举杯的小吴震惊起来，手中杯子端在半空中。

他直愣愣地看着肖跃，有些不知所措："肖哥……对不起，我……"

"不碍事，多少年了。"肖跃浅笑着挥挥手，"我还算幸运，也就那半年多自己在家死活想不通那个问题，谁来给我负责的问题，然后村里人虽然穷，但都好心，让我勉强活了下来，再后来，县里来人送钱，告诉我有人资助，这才重返校园。"

"噢……怪不得你对洪小元的事儿上心呢！"小吴一拍大腿，"我就说平常跟你跑新闻的时候，也没见你这么动摇过，看来这世道上的事儿还真是有点儿轮回的意思，偏偏这件事儿还就发生在咱们这片，还偏偏让你给关注到了，嘿……"

"只不过我还是想太少，没考虑过陈兴业他们家里人的感情。"肖跃的头开始有些犯晕，他伸出手想拿酒瓶来让自己的酒杯丰盈起来，一看，却已经喝完了一瓶。

面前的菜还几乎没动过，他想了想，又打开一瓶酒："他们也可怜。"

"我看他们能给世相头条说那些话，也好不到哪去！哼！"

小吴瞟肖跃一眼，晕晕乎乎继续喝酒，他脑子里全都是今天在洪庆国家里那一幕。

"这么想就错了。"肖跃按了按小吴的杯子，示意他别喝太多，"家里人去世，情绪激烈是肯定的，世相头条那个报道是他们的错，但绝不是陈家的错，你啊，身为一个媒体人，要记得时时刻刻都要把自己抽离出来，看到事情的本质里去，不要凭情绪冲昏了头脑，或者干脆图省事，做出有偏差的报道来。"

"行行行……肖哥，怎么喝个酒还絮絮叨叨说我业务水平的事儿呢，真烦。"小吴红着脸皱着眉醉醺醺地摆摆手，"你这个性格，还怎么找女朋友，是个姑娘就得烦死！"

肖跃一愣，继而又干笑了两声："是，是得烦。"酒后感官灵敏，小吴一下子就抓住了肖跃的不自然，揶揄他："哟，肖哥，看你这样子，经验不少啊，嘿嘿，快，分享一下！"

"这有什么好分享的，你这人，正经新闻不跟，八卦倒比谁都积极。"肖跃好笑地瞪小吴一眼，撇过头，掩饰似的抓起毛豆剥着。

小吴抓准好机会，哪能让肖跃就这么逃过去？趁着酒劲儿他不断地缠着肖跃传授经验，肖跃最后终于被缠得不行，还是说了。

"大学时候谈的了，一开始还行，结果自从我在学生会开始写新闻，就开始不断产生矛盾，再说了，人家家境好，父母也不同意，就算了。"

肖跃淡然地说完，小吴眨巴着眼睛等了半天都等不到后续，急了："就没了？"

"嗯，没了。"

"那……那姑娘漂亮吗？"

"漂亮，有气质，只不过……对新闻的看法不太一样吧。"肖跃无奈地笑笑。

"哎哟，我说肖哥，你真是，你这辈子又不和新闻过！又漂亮，家境还好，到你这儿都能给放了，啧啧，不为五斗米折腰，佩服，实在佩服。"小吴一边感叹可惜，一边不无敬意地拱手举杯，"那现在呢，都28岁了，也该考虑考虑了。"

肖跃被小吴一本正经的样子逗笑："你才多大，自己还没个着落呢，劝我？可真有你的。与其操心我，倒不如赶紧把业务水平提升一下，记者证可不是什么泛泛之辈都能拿到的。"

"又来了又来了！"小吴假装捂着耳朵拒绝，"肖哥，你劝我，不如去好好教育教育洪小元，从娃娃抓起！"这话让肖跃想起洪小元在白头村洪庆国家中那个既期待又坚定的眼神来，想想之后一叹："还别说，那还真是个好孩子。"

小吴又倒了一口杯的酒，边听边仰头猛灌一口，然后龇着牙感受辛辣："是啊，好孩子，要不是在那个环境该多好……"

热络的聊天随着酒意弥漫渐渐平息下去，西京市早已沉睡，只剩下皎洁的月光抚摸着这片土地。

…………

酒醉中醒来的二人只休息了不长时间，就又投入日常紧张的工作中，从入冬之后的百姓民生到过年春运人潮再到开春后的求职高峰，虽不至于会忙到脚不沾地，但也算是最兢兢业业勤勤恳恳的那一批。他们谁都没有提起过半年前的那篇九二六交通肇事案的新闻稿，却都一直在心中惦记着这件事的后续发展。尤其是肖跃。从结束白头村的报道至今，他已经坚持不懈日日关注裁判文书网很久了，几乎每天都要上去刷新一下，看看有没有关于九二六交通肇事的审判结果公示出来，这几乎已经成为他每日清晨起床除洗漱外多加上的一个固定行为，连小吴都笑话他多大的人了，怎么还一大早起来就抱着电脑。

今天是劳动节，要做的稿件头一天已经发布出去并且反响不错，他也就早早给小吴放了假去和家人过节，自己则继续窝在办公室。照例，他还是在洗漱完毕，从锅里端出来热好的馒头稀饭，坐在电脑桌前打开裁判文书网。然后他停下了口中的咀嚼。

裁判文书网今天有一条新增的信息——"洪庆国九二六特大交通肇事案审核刑事裁定书"。肖跃不知道自己盯着这个标题用了多久的时间，他只感觉到窗外的阳光似乎有些刺眼，清晨鸟儿啁啾清脆动人，面前白粥泛起的腾腾热气好像已经蒙住了他的眼睛。喉头开始一阵阵酸涩，他回过神来，努力地将口中剩余的馒头咽下肚去，有些迫不及待地点开这条公示信息，仔仔细细地翻看着。

终于，他看到，洪庆国九二六交通肇事案事发原因是由他在行车检视时的疏忽而导致，因案情重大，审判量刑结果是有期徒刑十年并处罚金。他感到冥冥之中仿佛有一只巨手自空中抽去了他的力气，使他一下子松弛下来，狠狠地靠在椅子上。

"不是死刑，我们的分析是正确的，不是死刑……"直到面前的早饭已经冷下来，肖跃仍喃喃着。

"零——"桌面上放着的手机突然一振，将肖跃从虚空中拉回来，他看看来电——小吴。

"肖哥！你看微博了吗？官方发言了！不是死刑！和咱们推断的一模一样，洪庆国不是故意杀人，他不是死刑！哈哈哈肖哥，不是死刑……"肖跃心中一阵激荡，小吴对这件事的关注他是没有想到的，欣慰之下他向小吴感慨了两句后，连忙打开微博一看，消息已经席卷全网，网友们纷纷发表着自己的意见看法，顺便也将世相头条这种吃人血馒头的行为又拉出来吊打了一番。还是好人多，还是明眼人多啊！肖跃感到自己一直悬着的心总算放了下来，兴冲冲地准备将粥再热一热时，电话又响了起来。

放下粥，他以为小吴又有什么乐事要表达，可一看却是他丝毫没有想过会来电的号码——刘老师。

"喂，刘老师，今天您看了吗？洪庆国判了，不是死刑，真相和咱们推理的一样！"肖跃喜上心头，接起电话就开心地通知这个消息。可电话那一头，却传来刘老师焦虑忧伤的声音。

"肖记者，能不能麻烦你再来拜县走一趟，洪小元这孩子……唉……"

"刘老师，不能吧？"听完刘老师的大概描述之后，肖跃震惊得从还没坐热的椅子上站起，连摆在桌边的白粥被碰倒，洒了一地都没有注意。这和他原本的预期相差得太远了。在新闻稿发布并且大获好评之后，肖跃第一时间将这个消息带到了白头村，虽然陈兴业家仍然对此颇有微词，但成千上万双明晃晃的眼睛盯着，总会还洪小元一个清清白白。可事实却大相径庭。

刘老师的话语简练，声调急促得像一颗颗已经从枪膛射出的子弹般拦不住。

"本来是件好事，但小元这孩子越来越自闭，问些什么又不说，学习成绩掉得厉害！这眼看着要考试了，他逃课逃成这样，成绩不抓紧，以后对升高中乃至考大学都大有问题啊！肖记者，我们实在是没办法了，解铃还须系铃人，能不能劳烦您再过来看看孩子？哪怕……哪怕就是问问他到底怎么了，我们做老师的也好对症下药。"

"刘老师您别急，我这边安排一下就过去。"劝是这么劝的，但肖跃此时此刻却比刘老师紧迫的语气还要再心焦一些。他把没吃完的馒头胡乱地往旁边一放，地上的食物也来不及管就立刻在电脑上查看起自己手头上的工作，用最短的时间整理完毕之后，就迫不及待地给小吴打电话。

"喂肖哥，想起来问候我节日快乐了？哈哈我就说咱们劳动人民，不应该忘了……"

顾不得小吴在电话另一边的揶揄，肖跃只扔下了几个掷地有声的音节："小吴，休假结束，来办公室接我，我们去拜县。"

…………

西京市虽然地处西北，气候干燥，但相对来说也有雨季，通常来讲，是在每年八九月。

但今年不知怎的，从4月开始，绵绵细雨就好像特别青睐这座古城，裹着它赖了月余也迟迟不见离去，早上还是艳阳四射，待到现在又下了起来，仿佛为了应景一般。小吴的车开到办公室楼下，就看见肖跃一身单薄的外套撑着伞在细雨中瑟瑟发抖。

"肖哥快进来！你看看你，怎么急成这样？"他一边赶紧停稳车打开车锁，一边从窗户里招呼脸色都有些白的肖跃。

"大过节的让你跑回来，实在不好意思……"肖跃收了伞挤进副驾，看小吴的目光中有感愧，更有掩盖不住的焦急。被叨扰了好不容易得来的假期，小吴却并没有不开心，反倒朗声笑着安慰肖跃："看你说的，该忙活的时候，咱们过年不回家也有的是，劳动节嘛，可不就是该劳动劳动？"肖跃知道小吴这是为了让他好受一些，也领情地不再矫情。细雨霏霏，通向拜县的路程就越发难走了。

"肖哥，是洪小元的事情吗？"小吴一路开出城门也不见肖跃讲话，主动问道。

"是。"肖跃没有打趣的心情，想想路途还远，就一五一十地将刘老师的话给小吴原原本本地学了一遍。

事情始于那次白头村的洪庆国家。那日他们前往白头村，告诉庆国妈新闻稿的事情，引来无数围观，还因此差点与陈兴业一家人起了冲突。虽然村委书记的调解尚算有效，可他们都忽略了一件事，那就是洪小元始终不是在白头村生活，他生活的主要地点，是拜县一中。拜县一中有九二六交通肇事案后洪小元的死对头三胜子。

"就是那个陈壮，陈兴业小了十多岁那个弟弟陈兴德老来得子的孩子？"小吴边谨慎地开车边问，"他不是都知道真相了吗？"

"知道真相可能才更可悲一点。"肖跃沉重地叹气。

对于三胜子来说，他的三个堂哥是他在白头村生活的童年中极重要的人，现如今三个失了俩，又偏偏被曝光出来是过失原因导致，报复的怒火无处发泄，便把目光更加钉死在了瘦削又话少的洪小元身上。

"刘老师说，应该还有霸凌情况，但具体是什么样，他怎么问洪小元，洪小元都避而不谈。"肖跃说。

小吴梗着脖子："我要是他我就反击回去！干什么啊，又不是他的错！"

肖跃侧眼看看义正词严的小吴，又苦笑着摇摇头："有时候道理很像个小姑娘，经过不同人的手就可以装扮成不同的样子，这是人之常情，不是重点。"

"这还不是重点，那什么才是重点？"小吴立刻反问。

肖跃清楚，小吴毕业不久，性格单纯刚烈，所以有时候难免有些不接地气，他没有绕着道理再解释过多，而是重重地说："洪小元本来是个前途光明的好孩子，这才是重点。"说完话他想起来刘老师字里行间的痛心，自己也感同身受起来。三胜子拉帮结派变本加厉，对洪小元的欺凌也好，报复也罢，都让这个本来就苦于不知如何偿还父辈错误的孩子心态濒临崩溃。

刘老师口中的洪小元与他见过的那个，仿佛根本就不是同一个人。新闻的火热没有让洪小元得到应有的尊重，他像是被一只深渊巨手拉扯着，不断地滑落，从越来越少的笑容到不断地逃课，再到原本数一数二的学习成绩在短短半年里一落千丈，甚至还与校外不三不四的混混们勾结一处。这种变化令肖跃咋舌。他不明白这究竟是怎么了，为什么一桩好事竟然能演化成这样极端的模样。

"小吴，还有多远？"肖跃目光直指窗外，却似乎无心观赏细雨中山峦草木的曼妙模样。

"还得一会儿呢，肖哥，雨天路滑，我尽快。"小吴听到洪小元的事情也难掩心焦，没了平常大大咧咧的模样。肖跃皱起眉，右手揉了揉前额："也不用太心急，安全第一。"但他的心似是已经早早地飘到了拜县一中，伸出手来猛烈摇晃着洪小元的肩膀，质问他为何这样。时间一点点地过去，车开到拜县一中时，阴雨已扯过了云层，缓慢地把光亮一点点地遮掩下去。肖跃看见刘老师不住地在一中门口踱步，时不时抬眼望着门前的路，等他们的车灯亮起来，刘老师认了半晌，才猛地一顿，甚至小跑着迎上来。

小吴没说话，只是停住并且打开车锁，刘老师拉开门，尽管打着伞但仍落了满脸雨的一张脸探进来，不好意思地说："两位记者，实在是不好意思，怪我，我没料到今天会一个劲儿下雨，这样，我们先去吃饭，暖暖身子！"

肖跃本想现在就上白头村，但雨不停，山路又陡，于是只能压住心里的焦虑下了车。况且小吴知道自己心急，好几个小时的车程粒米未进。

"刘老师，孩子到底怎么回事儿啊？我看肖哥今天表情都不对了。"

肖跃有些感激地抬眼看看小吴，这个年轻人既能吃苦又体谅人，倒让肖跃自己觉得每天都耳提面命地对小吴强调业务，是不是有些太苛刻了。

"先吃，先吃……"刘老师带着二人坐下，虽然是笑着招呼，但紧缩着的眉头和手上燃起的香烟告诉肖跃，他根本没有胃口。

几人草草地动了下筷子，都不是很有兴致，刘老师看再劝也是无果，便开了口。三胜子是九二六交通肇事案之后带头欺负洪小元的孩子。由于陈兴业的家世在白头村算得上首屈一指了，弟弟陈兴德自然也差不到哪里去，三胜子陈壮相对于村中土生土长的孩子们来说，算得上含着金汤匙出生，于是打从一开始，他便不喜欢与这些同龄孩子往来，反而和自家三个堂哥天天处在一处。欺负洪小元，也就是因为从陈兴业家那里听来的多方指责，再加上对穷苦出身但成绩优异的洪小元充满嫉妒，才轰轰烈烈地开始了。家境殷实让他并没有受到什么应有的惩罚，他通常都是在从学校到宿舍的路上展开报复，就算有老师瞧见，也大都睁一只眼闭一只眼，刘老师是学校初中部的主任，因事务庞杂并不代课，于是虽然有心去多照顾洪小元一些，却无力分出精力来。新闻稿的爆火也让拜县一中对洪小元的观感大改，本来就是成绩一流循规蹈矩的孩子，这样一来更是为学校青睐。

但三胜子的报复却更猛烈了。

刘老师不是没有插过手，有一次他恰好在放学回家的时候看到三胜子集结了一伙少年对洪小元拳打脚踢，自己上去制止的时候，却被怒火冲天的三胜子诘问。

"我堂哥难道就白死了吗？"孩子的眼神射出尖锐的视线，他一遍遍地阐述着杀人犯的儿子不配上学、父债子偿天经地义等话，让哄惯了孩子的刘老师也一时语塞。

洪小元却还是老样子。应该说，他本来在新闻稿发布反响热烈后，还会据理力争几句，但现在却更沉默了。沉默地挨打、沉默地收拾残局、沉默地生活。

"记者同志，我本来是不愿意让你们那么远再跑过来的，我也知道，这不是你们的本职工作，但我是真的没有办法了……"刘老师猛吸一口手上的烟，有些恨铁不成钢地将烟头甩在脚边。

"三胜子勒索也就勒索了，洪小元这孩子什么都不说也没事，我就再辛苦点还能看得见，但是有一次他上学，是直接跟着县里的混子们啊！他跟那些人要到一起还有好？那些人天天不干正经事，小小年纪就开始抽烟喝酒打架，洪小元就跟他们整天在一起，还有好吗？"刘老师装满哀恸的眼睛盯着肖跃，好像是在恳求着一个答案。

"刘老师，您别急，洪小元他可能……可能是在寻求保护，孩子们都是很怕这种凶神恶煞的人……"肖跃觉得自己说出口的话自己都不信。学校里那么多老师不去求助，偏偏求助街边混混，这种可能性又能有多少？

"唉，记者同志，我不是没劝过孩子，但是还是那句话，他什么也不说。"刘老师的头颓然垂下，失落地说，"果不其然，考试成绩下来之后，别说是我了，全学校都吓了一跳！之前都是班里数一数二的排名，这次考试，好几门都不及格！记者同志，我真的黔驴技穷了，我、我愧为人师啊！"

肖跃就这样无力地看着一个比他还要大上许多岁的中年男人，在自己面前这样崩溃地无声流泪。夹着烟的右手微微轻颤，烟灰蓄积起来，再随着颤动跌落在脚边，轻飘飘的像是无根雪片，又沉重得像刘老师擦不断的泪水。

"刘老师，我明白您的苦心。"肖跃看得心里难过，"只要能用上我的地方，我一定义不容辞。"

小吴也眼眶泛红，默默地掏出纸巾递给刘老师。

雨还在下，肖跃无心吃饭，看着饭店门外的细雨，问小吴："也不知道这雨什么时候能停。"

劳动节学校放假，孩子们趁着难得的假期回家与父母亲人团聚，洪小元现下自然也在白头村。

小吴知道肖跃问话，也是因为心急上山，他起身看看窗外，又低头搜了搜天气预报，欣喜地抬头说："肖哥，天气预报说应该晚上就会停了，你看现在，比咱们刚来的时候小得多。"

"嗯，那明天一早，我们就去白头村。"

……

天气预报准确度很高，肖跃在拜县宾馆翻来覆去了一晚上，清早起来的时候就从窗帘外看到了阳光。

"肖哥，老天都催咱们呢。"小吴揉着眼睛乐，紧赶慢赶起床收拾。两人到了楼下就看到刘老师等在门口抽烟，还顺手替他们买了早饭，肖跃心里有愧，上去要给钱却被刘老师拦住了。

"咱们有争这几块钱的时间，还不如早早过去，别一会儿又下雨了。"刘老师说。

肖跃两人对刘老师不由得更敬佩了几分。上一次来，只是知道他作为初中部的主任，对教学和孩子的生活十分上心，但若硬要按"城里人"的理性思维去考虑，学校对于九二六交通肇事案的处理必须低调再低调，才能防止学校内部不谙世事的孩子们不至于乱起来，所以那会儿，他们对这位中年男人的评价最多也不过就是认真负责几个字。

但这一次，却真真实实地让他们感受到了一个偏远小县城的中学老师，不仅尽职尽责，而且真正将孩子们的身心健康视为己任。

他对自己之前的评语有些羞愧，心中暗骂着自己从山村出来却沾染上了这样冷漠的评价标准，实在不该。雨后山路更加难走了，盘山的水泥路还算顺利，但从盘山路上下来，到白头村的这一段纯粹的煤渣路上，就难熬了起来。

"嚯，肖哥，这一趟下来，我敢说我的车技，绝对同期排第一！"小吴紧紧把着方向盘，目光灼灼地盯着前方路面还不忘调侃，缓解车里看不见却能感受到的逐渐升高的焦虑气氛。

"接下来就是纯泥土路，还得走上一段。"刘老师边说边看看表，"等咱们过去，村里应该到午饭时间了。"

刘老师估计得没有错，车子缓慢地开到白头村的时候，远处的村庄各家已经升腾起了阵阵炊烟，打远看过去，好像云霭。

"下过雨没什么灰尘，空气一下子就清新起来了啊！"小吴下了车感叹着。

往日的尘土在雨水的抚慰下回归了土地母亲的怀抱，虽然不再像之前那样呛眼，却和着雨水将地面搅成了泥，湿滑不堪。开车来的两人出来得忙，根本没有考虑过这种情况。肖跃还好，他毕竟从山村成长起来，见到这种泥泞路面甚至有些重回家乡的感受，但小吴却是实打实的城里人，这么走上一遭，脚上的 AJ 肯定是要报废了。他抬眼看看小吴，想说让他干脆在车上等等，但话未出口就看见小吴大大咧咧地与刘老师肩并肩地向白头村走去，什么 AJ 不 AJ，根本不在乎的样子。

肖跃心里一笑，也连忙跟了上去。

这次探访和上次心境大不相同了，那种由内而发的喜悦早被雨水打了个七零八落，肖跃感到脚步非同一般的沉重。也不知道那位老人，会怎么想？到了饭点的村子，家家户户都在房门内，不时有几个端着海碗蹲在门牙子上的村民，看着肖跃一行人往洪庆国老房走过去，眼中都是戏谑。

"刘老师，他们这是？"肖跃对这种目光感到不解。

刘老师垂着头摆摆手："还能是什么情况，陈兴业家的人也没少在村里说话，有村委书记和村主任在那管着，他们不至于把冲突搞得那么大，但是言语上也没少说。"

小吴跟上来："都说什么啊？"

"说洪小元。"刘老师闷闷地说，"阴阳怪气地说洪小元好学生，不上课都知道学的是啥，跟三胜子玩得好，三胜子多喜欢他，就这种，把正经话硬给你反过来说，没办法没办法……唉，庆国妈，你看谁来了！"

老房的样子和半年前无异，庆国妈看着却好像一下子苍老了很多，不管是脸上的沟壑还是神色都大不如前，只一双眼睛里还是一如既往的藏着沧海桑田的样子。

"肖记者、吴记者！"庆国妈听到刘老师一声招呼，停下洗衣服的手，惊喜地站起身，"哎哟，你看这地都成啥了，你们还专程跑来，快来屋里头坐！"

边说边迈着小碎步迎过来，粗糙的手掌在身侧的衣服上来回擦了几遍才颤巍巍伸出来与肖跃相握。肖跃心情复杂，他看到庆国妈看着他的眼神，竟然是一种看着英雄的眼神。

"老人家，您快坐下！"肖跃带着这种复杂的心情连忙反手搀扶着庆国妈回了房间。

"庆国妈，洗衣服呢？小元呢？"刘老师坐在折叠凳上问。

庆国妈脸上露出笑容："娃出去买菜去了，还没回来，我才在这洗衣服。唉，刘老师，这个娃烦人得很，一回来就啥都不让我弄，给我闲得发慌，这不，趁他赶紧出去买菜，我洗洗娃的校服，要不然回来他又不让我动。"

肖跃和小吴对视一眼，洪小元对自己的奶奶倒还保持了一如既往的孝心。从中可以得出一个信息，那就是洪小元的本性其实一直都在，只是由于学校这些行为导致他偏离了实际的轨道。

"洪小元最近还好吗？"肖跃问。

"好，好得很！"庆国妈提起这个孝顺的孙子，似乎是有说不完的夸奖，"回来给我学了，在学校同学和老师都理解他，也交到朋友了，我一开始还不信，但是村里头也这么传，说三胜子跟娃和好了！我就想冤家宜解不宜结，那三胜子原来欺负他是心里有气，气过了，两个娃还都是好娃对着嘛，好得很我娃。"

肖跃心中一阵凄凉。洪小元为了不让奶奶担心，选择了这样一种报喜不报忧的方式，再加上陈兴业家的传言，竟然将这样一个老太太就真的蒙在了鼓里。但是洪小元毕竟还是一个心智未全的孩子，他懵懂地选择了这种方式，却没有能承担隐瞒事实带来的压力。

"那个，庆国妈……"刘老师听完话，也张嘴愣了半晌，之后才鼓起勇气说，"这次来呢，主要就是为了谈一谈小元的问题。"

庆国妈看三人表情有异，心里狐疑起来："噢，啥事啊？小元是不是有啥小问题？"

"恐怕，不是小问题了。"刘老师叹一口气，将自己告诉肖跃二人的话，尽可能揉碎了放缓了一点点地告诉给庆国妈听。饶是这样，老太太的神色也一点一点沉重起来，到最后，竟然气得站起身，满屋里寻着笤帚。

"好啊，好！他爸现在这样子，家里就盼着他争气，结果他好的不学，学会骗人了！要这娃做啥，打死算了！打死刚好给陈家赔命！"

老人气得满脸通红浑身颤抖，三人看着心里发慌，赶忙上去劝。

"老人家，洪小元是个好孩子，他这样做肯定有他的苦衷。"肖跃感到自己的胸腔里似是有奔马一般，跳得他喉头都发哽，"孩子不懂事儿，我们跟刘老师过来就是想帮助他，您先消消气，消消气。"

小吴也手忙脚乱地把房子里的笤帚收起来堆在门外，才返回来劝说："小元这是一时情绪上接受不了，过一阵肯定就好了啊，奶奶！"

"庆国妈，你看你要这样，我还敢不敢再跟你说啥啊？"刘老师也急得泪都快下来了，说话也带上了乡音，"你前一阵刚晕过，本来医生就反复交代让你心平气和不要动怒，我一直没说不就是怕这个嘛，咱们都是为了娃好，不敢这样啊，老太太！"

肖跃和小吴这才知道老太太这次看起来精神明显没有上次好的原因。

几人轮番劝说下，庆国妈才渐渐地收了情绪，缓缓地又坐在小吴扶起来的矮凳上。刚坐下，眼泪就从老人脸上的沟壑中又渗了出来："他爸要关那么多年，我身体又渐渐不行了，他再不懂事，以后我不在了，他要咋活啊！"爆发似的哭声震碎了三人的心，庆国妈失望又心疼的眼泪止不住，让人无比动容。

"奶奶，你咋了？"几人闻声回头，洪小元拎着菜，愣愣地站在门口。

肖跃等人还没来得及反应，庆国妈就又站起身，边哭边骂："你个不肖子孙，别叫我奶奶！我没你这样的孙子！"

洪小元是个聪明的孩子，他神色先是一凛，继而就从现场几人的状态中迅速地得出了结论，含怨带怒地诘问其他三人："你们跟我奶奶说什么了？有什么事儿冲着我来就是，找我奶奶干什么？"

肖跃明显地感受到洪小元与半年前截然不同的状态。

那个时候他眼神单纯积极，怀揣着对未来人生的巨大使命和希望，以至于肖跃此时此刻面对着这双满是戾气的眸子时，竟然有些恍惚，半年前的那个孩子究竟是不是眼前人？

"你自己干的好事儿，还冲别人发火！"庆国妈更是生气，被肖跃二人拦住让她无法上前。她气喘吁吁地流着泪，满眼满心都是不愿相信事实的懊恼愤懑，怒气涌上来，让她一时气郁，身形也站不稳地晃了晃。

"奶奶，你别生气！我给你拿药！"刚才还对这种情况怒目而视的洪小元见奶奶似是要晕，赶忙扔下手中提着的菜去床头柜旁的抽屉拿出药来，又倒了一杯温水半跪着举向流泪的老人："奶奶，先喝药吧。"

庆国妈被搀扶着坐在矮凳上，喘了半天的气，好容易缓过来之后却一把打掉洪小元递上来的水和药，哀切地低声道："喝啥药，一个个都不听话，我活着就是造孽，早死早托生！"

"奶奶！"洪小元盯着滚落在地面上的药，心头一酸，也流下了泪，"我错了，我不该瞒着你。"一直没有说话的肖跃这时才张了张口，他感到喉头干紧，蹦出来的话语也干巴巴的："小元，上次你答应过我要好好学习的。"

话刚出口，他就感到了自己站着说话不腰疼。

洪小元眼眶泛红，抬起头盯着肖跃，童言声音不大，却像一把刀子一样剜在肖跃心上。

"肖跃叔叔，你有过这样一个天杀的父亲吗？"肖跃很想告诉洪小元他多么希望自己的父亲还在世，还可以看到、参与他的人生，可他只是努了努嘴，并没有多说。短短半年，这孩子对父亲的态度天差地别，就算肖跃讲了那么多大道理，也无法替洪小元去思考去选择。于是他只能让自己去聆听。洪小元在刘老师、小吴的鼓励下，终于向庆国妈吐露了自己的遭遇。原本一切都很美好，洪小元得知自己的父亲不是因妒成狂去主动作孽，而是相思成疾过失伤人之后，腰板终于能够挺一挺了，也确实一如肖跃所料般地立下了要成为记者的心愿。他没有忘记父亲的失误以及三胜子两位堂哥的性命，依旧保持一股倔强的低调继续学习着，以为用这样的姿态可以让其他人看在眼里，认可他对事实的尊重以及对生活的努力。

然而他期望的这一切并没有到来，取而代之的，是三胜子变本加厉的报复式霸凌。

"也不是每天，不过一个礼拜总有两三次吧。"洪小元讲述着，声音平静而空洞，"打也不会真的打多狠，主要就是要钱，说是要赔命，还有就是让其他同学怕我，他们说，龙生龙凤生凤，杀人犯的儿子也总会杀人的，呵，我还真是有个好爹。"委屈、伤心的情绪没有在洪小元脸上表露出来过，在讲述过程中，他甚至连些许的情绪起伏都没有表露。

肖跃感觉自己的心脏被越揪越紧，多少次的求助无援才能让一个不到十四岁的孩子竟然如濒死之人一般了无生趣？

"小元，你应该来找老师的！"刘老师忍不住地掏出烟，皱起眉头走到窗边点燃，重重地吸了一口，将烟圈吐出窗外，远远看去，和那些袅袅炊烟层叠在一起飘向天空。

洪小元自嘲似的冷哼一声："刘老师，有什么用呢，之前我找过您，换来的是更重的拳脚，没用的。"庆国妈又心疼又埋怨地流着泪问："我娃，那过年的时候三胜子隔三岔五找你出去耍，也是……"

"嗯。"洪小元平静地点点头，眼睛盯着奶奶那片被打在地上的药，现在它已经在温水里被泡得一点点散开，像是地板上长了一颗刺眼的"青春痘"。

"那你就不知道反抗？"小吴的暴脾气还是控制不住，"给陈家的赔偿判决下来就算你们不执行法院也会执行，问你要钱算什么？"

"一条人命值多少钱？"洪小元抬起眼反问，木然的眼神浇熄了小吴涌动的怒火。

"你说、说什么？"小吴有些转不过弯来。

洪小元撇了撇嘴："过年的时候，我说我爸的事情该赔会赔，砸锅卖铁也赔，但是三胜子也这么问我，他说'一条人命值多少钱？你赔得起吗？'"生命无价，赔不起。肖跃知道洪小元心中的那杆秤已经估算了生命的价值，于是，他默默地挨打，给钱，然后终于不堪重负地堕落了。

"没钱的时候，是大奇哥给我匀了一碗饭。"洪小元继续盯着地上那颗"青春痘"娓娓道来，"那天刘老师也在，三胜子把我打完跟刘老师嚷嚷几句就走了，我也走了，身上钱被抢完，没钱吃饭，旁边大奇哥叫我过去吃饭，这才认识。"

"你怎么不说呢，我还专门问过你！"刘老师猛地一颤，烟灰掉在窗台上。

"刘老师，我也总不能让他们说，你包庇杀人犯的儿子吧。"洪小元淡淡地说着，无悲无喜，"况且大奇哥从来也没让我干啥坏事，事实上，他自己也没干啥坏事……"

"洪小元啊洪小元，那都是外头的混子你不知道啊？"刘老师急起来，干脆把烟头怼灭走过来拉住洪小元说，"抽烟喝酒打架，啥事不干？"洪小元却很平静，提到大奇哥反而带着一点感恩。他看向刘老师，诚恳地说："他们从来没有欺负过我，也从不问我要钱。"

"好了，我大概知道是什么情况了。"肖跃不忍心再听下去，忍了忍想要流泪的冲动打住了洪小元的倾诉。

"肖记者，我老了，你帮帮娃吧，我没用……"孙子在自己面前的剖白让庆国妈无力承受，她止不住自己的心焦和眼泪，好容易等到肖跃开口，便直截了当趁着没人注意时突然跪在地上冲肖跃俯下身子，口中破碎的哭腔声不大，却好像充斥了整个房间。

肖跃还在愣神，洪小元先哭着赶忙跪在奶奶身旁要扶她起来，却被老人坚定地拒绝着，就连三人再去拉，她也挣扎着不愿起身。庆国妈哀求的眼睛直愣愣地看着肖跃："肖记者，我小元娃是个好娃呀，我们家这个样子你也看见了，实在是帮不了娃，就当我求求你了，我一定每天念经求佛求菩萨保佑你啊……"

"老人家你快起来！"肖跃顾不得面前老人年事已高，使了使力将老人拉起，"您就算不说什么，我也会帮小元的！刘老师我们昨天下午商量了一下午，您放心，放心啊……"

"谢谢！谢谢……肖记者，你是个好人，好人有好报……"庆国妈这才顺势又坐回矮凳，裤腿上的泥灰也不扑，只用袖口捂着眼泪。

"记者同志，你看娃这样的情况，咱总得想个切实的办法，咱们一起努力，就直接帮到位。"刘老师立刻跟着点明重点。

其实对于这一点，肖跃已经考虑了一路。他本来是想，洪小元面临的情况如果是三胜子的欺负和与校外混混的勾结，还可以以自己记者的身份利用一些工作之便来让学校专门出面处理，但通过孩子自己的口述，他发现这件事不能简单地这么办。洪小元提到父亲的次数不多，比起半年前他会时不时说"我爸告诉我……"，这一次却从未再谈起过，取而代之的，是对父亲的冷嘲热讽和深深的恨意。

这个孩子，在被霸凌的过程中，随着自己曾建立起的信念的崩塌，父亲的伟岸角色也一并在他心中崩塌，化为一滩不堪的泥泞刺激着他，让他无法面对自己的人生。

"刘老师说得对，要帮孩子，就得从根上帮。"肖跃沉思很久之后终于下定决心，抬头对庆国妈和刘老师说，"换个环境吧，换个环境最好。"

刘老师一愣，思忖一会儿才点着头："对，娃脱离一中现在这个环境，估计会好很多，起码没有乱七八糟的人再来欺负他，娃心也会静一些。"

"好是好……"庆国妈似乎是在犹豫着什么，想了想又发狠一般拍着腿，"换！只要对娃好，老婆子干啥都行！娃呀，你别担心，明天我上隔壁村问问你姥姥姥爷……"

洪小元却打住奶奶的话："问他们干啥！家里一出事比谁跑得都远，就知道围着他家那个小儿子转！不许去！我爸没本事就算了，咱也不能把一家人的脸都丢到隔壁村吧！"

肖跃拉住洪小元，问他："小元，让你转学，你愿意吗？"洪小元低着头，想了半天才说："不转，家里没那个钱，而且在这也没啥不好，打就打呗，早就习惯了。"

"钱的事情你不用考虑了。"肖跃冲他笑笑，抬头看着为难的庆国妈，"孩子愿意的话，这件事我来办就行，您年纪大了，不要东奔西跑。"

"那怎么成！"所有人都很惊讶，庆国妈更是当场就想拒绝。

小吴也神色古怪地盯着肖跃，想要说什么却被肖跃制止。

"没什么不成的。"肖跃淡笑着，又拉过还在震惊中的洪小元问，"但是你得跟我保证，你必须按照自己的目标，好好去努力，好吗？"

洪小元的神色从震惊渐渐变为感动，又最终化为斗志："好！我一定努力！"

确定了方向，肖跃感到一种思路被破开的畅通感，也明白了自己为何一直悬心于此事。半年的时间说长不长，也并没有扎根在这一件事情上，可每每工作之余总会想起这个白头村的孩子，这曾经一度让他理性的自我感到有些奇怪，却又找不出原因。今天貌似冲动而为的一番话说出口之后，他才感受到自己仿佛这半年来心底压藏着的，原来就是这样一份领悟。

这不是单纯的施以援手，这是对和自己出身有些类似的穷苦孩子的感悟至深的理解。

有初中部主任刘老师在场，关于洪小元转学的事项进行得顺风顺水，不多时肖跃就将转学需要办理的各种手续了然于胸，并且暗下决心，既然要脱离环境，不如就离白头村再远一些。

"肖跃叔叔，奶奶年纪大了，还生着病……"洪小元听完肖跃的建议，有些隐忧地说。

庆国妈赶忙摆摆手："别听娃瞎说，身体好着呢！远些好，远些就没有人一天到晚说些怪话影响我娃！"

肖跃这次来，并没有问庆国妈到底生了什么病，他本能地觉得自己不该多嘴，自己认为的善意有时会成为压力，他时刻叮咛自己不要越界。

但这种情况却是他必须考虑的。

好在洪小元马上要到暑假，他尚有时间来详细地规划一番，于是在叮嘱了洪小元在剩下的时间里好好学习争取考试排名可以靠前一些之后，也就抓紧时间离开，准备回到西京进行周边学校的摸排。

临走时，庆国妈和洪小元几乎将肖跃一行人一脚深一脚浅地送到村口，眼神依依不舍。

"肖记者，大恩大德不知道什么时候才能报答。"庆国妈拉着肖跃的手不断上下握着，感佩之情不知如何表达，眼神和动作就显得无比投入，"小元娃呀，你一定要好好学习，不要辜负人家对你的帮助。"洪小元点点头，认真地说："我会的。"

"在村子里，不对，不管村子里还是学校里，这事情都不要说。"刘老师在学校处理的事务多，自然也明白这种事情应该如何应对，"一来是防止学校村里那些人再叨叨点儿啥出来，二来是不要让别人知道记者包揽下来这事，别给记者添麻烦。"

这点让肖跃对刘老师的好感和敬重又多了几分。

"老人家，刘老师，还有小元，这件事还需要时间去完成，等手续全部办完，我再联系你们，就是得麻烦你们多等等。"肖跃笑着说。

"不急不急！等！"庆国妈感激地握着手，从随身带了一路的包里拿出一小筐土鸡蛋和两张不大不小的锅盔。

肖跃一开始出村时就觉得老太太包里鼓鼓囊囊带着东西，想去接但被制止了，也便没有想太多，谁知到了村口，才知道这些是庆国妈带了一路，想要回馈给他的礼物。

他不能收。洪小元买回来的菜，明眼人一看就知道已经不是最新鲜最好的那一批，再加上这土鸡蛋可比菜要贵上不少。

"老人家，孩子长身体的时候，鸡蛋就留着给孩子吃。"肖跃拒绝着，但看见庆国妈那样无以为报的眼神，想了想又接过锅盔，"不过这锅盔西京倒没有，我就收下了，谢谢老人家。"

庆国妈终于露出如释重负的表情。

…………

- 2 -
曾经的爱情

送千恩万谢的刘老师回到拜县一中后,肖跃和小吴终于踏上了回程。雨已经不再下了,难得的好天气持续到了今天,竟然也有了些艳阳高照的喜乐意味。

肖跃斜睨着小吴没有表情的侧脸,心里笑了笑,张口问:"怎么,从听我说要资助孩子转学开始就闷闷不乐好几个小时了,是觉得他们家不用资助?"

"肖哥!你明知道我不是这个意思!"小吴气哼哼地说,"现在资助哪有实名的啊,你这样等于是把自己给暴露出去,万一出点儿什么事儿,你怎么办?"

小吴说得不无道理。从毕业接触媒体行业以来,肖跃跟在新闻屁股后面跑了不少的地方,不说各行各业都精通,但至少都有过了解,与贫困资助相关的新闻,也是有跟进过一些的。

其中有一条就是一位实名资助了几个孩子的人,待到孩子长大成人步入高等学府后,便因想鼓励孩子们勤工俭学而停止资助的事情。本身这是一件普通得不能再普通的事情,但恰好那位资助者是娱乐圈巨星。在巨星停止资助后,谁都没有想过被资助的孩子会倒打一耙,对该巨星出口成恶。这种本应健康且充满温暖的关系,竟然变成了一厢情愿的农夫与蛇。那时的社会舆论极尽耸动之能事,巨星因此备受压力,而被资助的孩子也被很快挖出信息,战战兢兢生活在阴影下。

肖跃他们当时做的,不是为谁站队,而是抛出了一个引人深思的观点,那就是:接受好意的人们,是否会反过来被这种善意禁锢?在去采访全国不同的被资助者时,肖跃的目光放在了那些孩子的真情实感上去,那些孩子大都看似稚嫩却早熟,对"被资助"本身有着非同他人的感受度。

更令肖跃惊讶的,是那些孩子对这种名号的排斥。每每遇到表彰,或者接受了本没有期盼过的援助后,他们就要上台去表达自己的感恩戴德,哪怕自己不希望如此,但无论是学校还是舆论都告诉他们——你们要领情。领情的表现让他们不堪重负,一边必须接受这种善意才能让自己更加贴近梦想,另一边又内心焦灼,想要摆脱这种被另眼相看的枷锁。于是肖跃的观点抛出之后，自然引起了广泛的关注，而他本人也赞同，如果有能力有想法去以这样的方式献爱心，还是匿名比较妥当。

但在洪小元这里，他破戒了。

"肖哥，你比我年长几岁，经验也比我丰富，按说我是完全没有任何理由去说你些什么的，但是你在这件事情的处理上真的很欠妥！"

小吴看肖跃不回复自己，更是语重心长地打开了话匣子。

"实名这件事情其实也还好，没见过面，中间通过个……比如刘老师吧，通过刘老师给孩子一些补助，也算没太大关系，但是你倒好，整个人干什么的住哪个市都给暴露得明明白白，这件事情其他人不知道还好，要真他们谁说漏嘴，被有心人知道了，你猜猜行业里怎么评价你？沽名钓誉！懂吗？一个记者，哪敢接这么大的帽子戴？"

肖跃忍不住笑了："你替我考虑得还挺深入啊，小吴，这几年没白跟着我，业务水平见长啊！"

小吴皱眉咂嘴："啧，肖哥我跟你说正经的呢！你就不担心吗？"

"嗯，现在担心也没用了啊，话都说出去了，总不能一推六二五，不管不顾了吧。"肖跃靠在头枕上，眼睛渐渐从小吴身上挪到右手边车窗外。

雨后的天色湛蓝，映衬得路旁所有景物都鲜亮得很。

"而且我相信，洪小元他不会的。"肖跃轻声说，"我相信他。"

"肖哥，我可真的不是怀疑这孩子，小元是个好孩子，但是你这么相信，总得有点儿事实依据吧？"

"他对父亲的怨恨其实是一种不解，不明白父亲为什么在母亲活着的时候总不在家照顾，直到母亲去世才去痛苦，反而造成更大灾祸。"肖跃解释着，"他还不明白，人世间的事情有很多无奈，现在他把父亲当成敌人，在对敌人的不解没有得到回答时，他不会做多余的事情的。"小吴仍旧有些不明白，对肖跃在这件事情的处理上仍有微词，他皱眉想了半天，终于还是摇摇头说："虽然我还是不赞同吧，但是肖哥你见多识广，对事情判断也比我准确，你说怎么办就怎么办吧。"丧气认命的声音传到肖跃耳朵里。

"你可能不太明白，这也正常。"肖跃笑笑，"其实我之前一直也是秉持这个原则，不实名的……"

小吴有些惊讶："肖哥，听你这个意思，是原来还资助过？不止洪小元一个？"

肖跃点点头："对，四个，都是匿名。"

"啥？肖哥你也太强了点儿，做好事不留名啊，我都不知道，当代雷锋啊你！"小吴惊讶地瞥了肖跃两眼，之后马上好奇起来，"讲讲呗肖哥，离西京还远呢，刚好让我学习学习好人好事，领会一下您的精神，提高我自己的思想品德！"

肖跃失笑，白小吴一眼："八卦就八卦，还说得这么好听。"

随着小吴认同一般的"嘿嘿"一笑，肖跃的思绪也飘回了还在华城报业做一名小记者的日子。那个时候他刚毕业不久，由于本身就是在西京大学新闻与传播学院学了4年的新闻学，毕业之后就直接意气风发地面试了华城报业，顺利上岗，而他去采访的第一条新闻，就与他人生中第一次匿名资助息息相关。"也碰巧了，当时临近过年，南方农民工回乡潮采访报社里那些老记者都不愿意去，一来赶着办年货，二来嫌这种采访辛苦，这么推下来，就落到了我一个刚进报社半年的愣头儿青身上。"

肖跃边笑边说，将8年前的画卷在小吴面前缓缓铺了开来。

2008年，肖跃的人生中发生了几件大事。

第一件大事，是他在校期间针对汶川5·12特大地震进行的采访新闻稿一举获得了西京市新闻媒体新锐奖。那时举国上下都沉浸在悲痛中，肖跃作为心系苍生的新闻学学生，人生中第一次感受到了使命的召唤，虽然他根本不可能深入震区去进行一些实质性的工作，但他从别样的"观察者"角度出发，撰写出了一篇感人至深的报道。这则新闻稿最初不过是发表在校刊上，在学生们的大肆讨论后被新闻与传播学院的主任注意到，当即推荐给了对接的媒体单位。肖跃没有想到，这样一篇看起来情感过于激荡、文笔有些稚嫩的文章竟然获了奖，还让临毕业的他成了全校的风云人物。有了这样出名的新闻稿在先，肖跃第二件大事就来得理所当然。他在论文还没有完成之际就收到了西京市最出名的报业集团——华城报业伸来的橄榄枝，对方对他在就学期间的品学兼优赞赏有加，更为他出色的灵气和共情所折服，诚邀他成为华城报业的一员。于是，肖跃在学校的名气更盛，他是新闻与传播学院中，为数不多还未正式毕业就获得了大好前途的优秀学生。

在工作与学业都成为一片坦途时，第三件大事却给肖跃带来了不小的打击。

与他同窗4年的女友在讨论到他未来的工作和生活时，二人产生了不小的分歧，肖跃认为自己的工作神圣不可侵犯，是高悬于顶的达摩克利斯之剑，警醒世人，导人向善，但在女友那里，则只不过是一个"赚不到钱事又多"的苦差。

女友建议肖跃，为了二人的美好未来，让她的父亲顺便将肖跃安排在电视台工作，环境好又轻松，与新闻传播业务也很对口。但肖跃还是拒绝了。他对女友的失望并不是从这一刻开始的，此前交往的几年里，他渐渐发现了女友的身家背景以及她与自己认识世界的不同，只不过这一次，女友是在逼他从感情和志向中选择一个罢了。这对他们来说，是一场零和博弈。

踏进华城报业的大门时，肖跃接到女友的分手电话，这段他付出了满腔爱意的恋情终于落下帷幕，也紧紧地闭上了他的心门。华城报业的工作并不像肖跃曾经期望中那样神圣，肖跃在步入工作后近一年的时间都在反思，是否世间万物大都这样只可远观而不可亵玩，当你靠近之后，才能发现那些掩藏在美好光辉下的乏味与无趣？他做了几乎整整一年的资料员，每天都在和各种文件校对打交道，当初离开学校时有多么志气高昂，现在就有多沮丧。那个新锐奖的奖杯就在他身后的文件柜里，让他每天工作起来都有些芒刺在背，公司同事关系有一种平淡疏离的和蔼，但唯独这个奖杯，好似一直在嘲笑他的无所事事。

....

事情的转机来得突然又有些草率，像是所有人都避之不及的烫手山芋，实在是接不住了，才扭头想到办公室还有个新来的"老实人"一样，转交到了肖跃手中。那时领导心虚的赞美成堆地吐在肖跃身上，生怕眼前这个年轻人不肯接受似的，东拉西扯地找了无数理由，但肖跃却一个字都没有听进去，也并不在乎，他只在乎一件事：

他终于，可以向自己从上学时就怀揣着的信念前进一步了！这一年，肖跃23岁，在华城报业是一个丝毫不打眼的小透明。欣然接受了这份人人嫌弃、没有油水又费劳力的采访后，肖跃马不停蹄地开始了奔波。

临近春节，这一年的春运大潮即将汹涌来临，在春运大潮中向来占比最大的农民工群体成为这次肖跃需要采访的对象。在肖跃只身一人抵达被采访人家所在的村庄时，他前后院地寻找，只看到了一个孩子。

"小朋友，请问这里是李建业和赵秋霞的家吗？"肖跃寻了半天，看见孩子警惕地瞪着他，有些不好意思，笑眯眯地开口问。

孩子狐疑半晌，身上的衣服像是几年都没有换过，显得十分破旧，离得近些甚至还能闻到一些若有似无的酸腐味道。孩子看着眼前这个相较于村庄来说已是光鲜无比的年轻人，慎重地问道："有事吗？"西北小村落的冬日往往都伴随着凛冽的寒风，年纪轻轻的孩子脸上尽显刺骨罡风掳掠过的痕迹，颧骨上是一团团扎眼的潮红，连同刚做完农活的手指节也有着城市里难得一见又令人心惊的冻疮。

"小朋友你好，我是华城报业的记者肖跃，"肖跃尽可能小心又温和地递上自己的名片，不让自己眼中的心疼流露得太过明显，"是来采访的。"

或许是由于感同身受，他仿佛看得见孩子骨子里的倔强与自尊，不愿以华城报业记者的鼎鼎大名居高临下，在努力攀谈了好一会儿之后，才终于让面前这个叫作李强的孩子放松下来。这一次的采访并没有如他计划中一般顺利。海城地处南方，气候四季如春，在改革开放后经济发展也一如春风般扶摇而上，很快就成为南方众多城市的领头军。经济的腾飞同时带来的，是民众日益增长的物质、文化、体育等需求，于是从肖跃毕业那年开始，城运会确定在海城举办的消息已传遍了祖国各个角落，而为了迎接这场声势浩大的文体活动，海城城运会的基建也轰轰烈烈如火如荼地展开，为了来年9月召开的城运会，华城报业特别安排肖跃针对参与基建的农民工进行采访。

李建业和赵秋霞就是参与了这场基建的农民工夫妇，肖跃在华城报业给的名单信息上翻了半天，才一看到他们的家庭情况就下了决定。要说原因也很简单，相较于其他外出务工的农民工家庭来说，李建业和赵秋霞的家庭属实有些特殊，而这个特殊的根源就在他们的孩子——李强身上。不像其他农村家庭那样人丁兴旺，李建业和赵秋霞的家庭关系都十分简单，并没有几个亲戚，再加上头两年李建业的老母亲去世，家里拢共也就只有这一家三口了。城运会基建开始，夫妻俩纷纷外出务工，年纪尚轻的李强便只能独自留守，翘首盼着父母回家。

"爸妈说，城里的活儿急，去年雪灾都是就地过年的，今年票也难买，再加上工地不放人，就没回来。"李强说这些话的时候，连眼睛都没有抬，声音平静得不像是一个刚满12岁的孩子，但肖跃听得出他字里行间的赌气。

"李强，那过年的时候，爸爸妈妈没有说你一个人怎么办吗？"肖跃不由自主地想到自己的童年，虽然这次打算采访李建业和赵秋霞的计划扑了个空，但面对这样一个形单影只的孩子，他还是不落忍。

李强撇撇嘴："说了，让我到隔壁二婶家，但那是他们家，一家人高高兴兴的，我过去算什么。"

肖跃哑口无言。

他想起父母罹难后自己的日子，那会儿他也还小，虽然多有人来照顾，可毕竟完满的家庭版图被硬生生让命运剥去了一大块，总让他心中无限哀恸，从小到大学习过无数赞美感怀亲人的诗句，直到那时他才将"每逢佳节倍思亲"理解得通透而艰辛。

"不过，回不回来不重要，重要的是爸妈身体要好好的才行。"冷下来的场子里突然响起李强稚嫩倔强的声音，一下子划穿了刺骨细密的风，"现在他们辛苦也是为了我嘛，等以后我长大出息了，做了警察，就不让他们抢票，我给他们买飞机票！宽宽敞敞地回家！"

肖跃有些意外，笑笑问："李强，你的梦想是要做警察啊？"

李强抬起头，认真地冲着肖跃点点脑袋，一字一句地说："爸爸妈妈这么久没回来，我们镇子上的警察叔叔还特地来家里帮助我生活，我以后也要帮助别人。"

孩子的世界往往就是这样单纯，从哪里得到馈赠之后，第一反应首先是如何回馈。肖跃心头一暖，采访对象选择错误的懊恼已经全然消散殆尽，他记得自己走上记者这条道路也和李强一样，稚嫩却盈满热血的胸膛中揣着一颗回报众人的心。不过同样紧要的是，他的求学之路并不太容易，九年义务教育之后的学杂费激增，如果不是有好心人的帮助以及一位"长腿叔叔"的善款资助，他或许一辈子也追不到做记者的梦想。想到这里，肖跃心思突地一动。

他再度认真地打量李强和周围的环境，父母在外务工的李强显然并没有摆脱家徒四壁的情况，海城的高消费，让得到酬劳的夫妻俩也剩不下多少钱来给儿子提供一个足够好的教育条件，而现如今孩子已经12岁，翻过年之后，九年义务教育可能也就结束了……

回到西京的路上，肖跃思绪万千，似是在犹豫又像是焦急万分。

终于，在以"长腿哥哥"的昵称向李强进行了指向性的资助之后，几天来的焦虑好像才突然找到了落脚点，肖跃的心境也随之平和下来。他突然意识到自己好像找到了一条真正给予这些孩子一些实质帮助的道路，一条似乎没有尽头但一定会汇涓成海的宽阔大道。

肖跃的"初体验"讲完，小吴已经将车缓缓地开进了西京市绕城高速。

劳动节长假是目前居民们难得的连休时间，这几年又恰好赶上节假日高速免费，各路车辆来来回回，将原本畅通无阻的高速道路堵得严严实实。小吴从车窗探出半个脑袋，看了看前面排成长龙的车队嘟囔："好家伙，自从免费开始，高速就比低速还慢。"

"等等呗，反正该办的事儿也办了。"肖跃笑笑。

"不等也没辙嘛，总不能掉头是不是。"小吴看前面车辆基本没有发动的意思，干脆嘻嘻笑着扭过头对肖跃说，"而且肖哥你这不才说了一个嘛，还有时间，再聊聊呗！唉，刚才那孩子你后来还见过没？长腿哥哥？"

"嘿，说你八卦，你还干脆就认下了。"肖跃笑着白小吴一眼，"要对其他民生新闻也能有这么敏锐的嗅觉，还愁找不到好新闻？"

说归说，肖跃还是在小吴死皮赖脸的嘿然笑声中讲述了起来。

"那次农民工的采访因为我一开始的判断失误没有成稿，快过年了，时间又紧张，所以工作任务也比较大，除了一些信件往来以外也就再没有见过李强了。"

……

化身"长腿哥哥"之前，肖跃一度陷入了是否直接将工资划分出一部分给到李强手里的困扰中。

这样做的好处是可以百分之百确定这些为数不多的资金能准确无误地流向被资助人，免除了中间一系列看起来可能有些烦琐的手续。但在面对李强倔强坚韧的眼神时，肖跃最终还是有些退缩了，他明白那种眼神中传递出来的含义，也不希望自己过多地渗入李强的生活之后，不可避免地开始"指点"孩子的人生方向。最终他找到了希望工程，在与负责人对接后，选择了以化名的方式默默地贡献。希望工程让肖跃仿佛看到了另一个世界，从对李强的资助开始，他时不时就会关注一下需要被资助的学生信息。本身工资就不多的他无法再献出更多的爱心，可每每看到除他之外，还有很多人在默默关注着这样一群孩子，他自己仿佛也受到鼓舞一般，暗自下定决心要将这份"事业"坚持不懈地做下去。

一年多的时间里，肖跃在华城报业的工作通过那次农民工采访渐渐打开，随着工资水涨船高，他登录希望工程网页也越来越频繁，想要再尽一尽自己的微薄之力。

这一次点开网页后，他看到网页上多了一个新项目，点开之后才有些意外地发现，项目已经启动了有些时日，而旁边页面上显示的已捐款人数却寥寥无几。

他认真地查看项目介绍，才知道这是一个针对大学生的资助项目。

贫困大学生一直以来都是学校乃至社会各界帮扶的对象，但恰好因为这样的印象，导致很多贫困大学生实际上能收到的帮助反而杯水车薪。

前有社会捐款、后有学校设立的各种奖学金助学金，贫困大学生就处在这样一个略显尴尬的位置上，伸手多要一些仿佛太不懂事，但高昂的学费又实打实地摆在那里，压得他们喘不过气。

肖跃在这些贫困大学生中间，看到了一个略显特殊的对象。与其他实打实从贫困山区出来的大学生不同，苗香寒亲手写下的陈情信让肖跃看来更为动容。

她是今年考上西北师范教育学院的一名新生，是小村落飞出来的金凤凰，本应成为全村人骄傲的她却因为刚刚出生的弟弟而有可能失去接受教育、成为一名老师的机会。入学通知书与弟弟的降生几乎同时向她的家庭报喜，但一张薄薄的纸片远没有一个呱呱坠地的大胖小子来得实在，苗香寒贫苦了大半生的父母合计了好几天，最终还是决定服从命运的安排，苦求着苗香寒放弃学校去工作，省下来的学费在村子里，可以让她的弟弟有一个差强人意的人生。

苗香寒写道，梅花香自苦寒来，她在苦熬了18年之后考上了大学，可不正应了这句话吗？于是兴冲冲地改了名字，等待着自己绽放的那一天。可她更清楚的是，在改名之前，她叫苗眘娣。眘娣，想弟。

不用过多笔墨解释，肖跃看到她的本名时，就已经想到了。这个姑娘的陈情信写得令人动容，字里行间并没有流露出过分苛求的意味，也不全是对命运的不甘，而正如那句梅花香自苦寒来一般，有一种了悟现实却又不低头的孤傲，这反倒让肖跃看着眼热，心也跟着揪了起来。没有什么事情是比一个好苗子无奈之下得不到资源更让人心疼万分的了，肖跃几乎没有经过过多的思考就联系到网站关于该项目的负责人，指名要为这个大学生进行资助。

他有些没有料到的是，大学生的资助与小初、高中不同，费用是一次性缴纳，并且金额上也要大得多。项目负责人在电话中听出肖跃的犹豫，并表示理解，他说："其实也有一些刚参加工作的好心人来问过情况，不过现在大学的费用比较高，再加上这个捐助模式，确实压力是要大些的，不过现在好心人这么多，我们也是很欣慰。"

挂掉电话之后，肖跃头一次感到了一股火辣辣的刺痛感。

他明白项目负责人的好意，对方不愿打击自己助人为乐的积极性，甚至对他能来多问一问情况而表达了敬佩，可这些还是让肖跃心头发堵。座位旁边的日历让他了然了自己心头发堵的原因——距离开学，还有不到半个月的时间了。火热的夏日无差别地灼烧着芸芸众生，肖跃直到下班都被这股子热气炙烤得坐立难安。

第二天一早，肖跃就趁手头的工作处理干净之后，跑到银行去将卡上的钱查了一遍，脑子里不停地计算着要如何将这些虚空的数字更加妥帖地运用在实际的生活中。华城报业内部人员闲散八卦惯了，看肖跃嘴里不停地念叨着金额，兴起了探究嘲弄的心思，他刚坐在位置上，就有同事趴过来摇头晃脑地刺探："肖跃，看样子这两年干得不错啊，都开始算账了？"

肖跃始终无法很好地处理这种复杂的人际关系，听到问话只是笑着敷衍："李哥，你说笑了。"另一个同事将文件夹在手中拍得啪啪作响，眼神暧昧地冲李哥努努嘴："小肖年纪也到了谈女朋友的时候，你还别说，人一个山村出来的穷孩子，给女人花钱嘛还是舍得，专程跑一趟银行呢……不过小肖，现在这女人可是会吸血啊，你那点儿工钱，小心让人给你卖咯！"

"张师，你这就是小看咱肖跃了，他这一人吃饱全家不饿的，花就花了呗，要不然把钱放那里干啥？哈哈哈……"

肖跃心头一阵火起，眼看着就要发作，想了想又硬生生忍了下来。

"给女人花钱当然要舍得，我可没有张师身体那么好，嫂子打骂都能扛得住。"肖跃冲两位不怀好意的同事笑着说完之后扭头便走，完全无视二人在背后冷下的脸，他理直气壮地想，给苗香寒资助，不就是给女人花钱嘛，让孩子有一个更良好的教育，不就得舍得嘛，没毛病，一点儿毛病都没有！以"长腿哥哥"的名义从银行汇款出来之后，肖跃才感到一直威压于头顶的烈日仿佛被驱散了。工作了一年多努力存下来的不到一万元瞬间去了一大半，这些钱原本是他想要好好地给自己犒劳犒劳，换个质量好些的录音笔、相机之类的，这一趟说是冲动也好计划内也罢的资助过后，录音笔和相机是彻底与他无缘了。他一边在公司楼下要了一碗最便宜的油泼面边吃边想，好像除了录音笔和相机之外，华城报业的这份工作，也快要无缘了吧。

…………

"我的天啊，终于下高速了，肖哥我跟你说西京市这个路是真的难走，啥时候都是一窝蜂一窝蜂的人。"堵了几个小时之后，小吴终于将车挪出了高速，行驶速度也渐渐快了起来，"但是肖哥，你好好地资助就资助呗，怎么还能扯到工作无缘上去？华城报业可不是谁想进都能进的！"

肖跃哼道："也不知道是谁应聘的时候说，就是看中了我从华城报业辞职这一点的。"小吴听到肖跃说起自己应聘的事，不好意思地嘿嘿一笑，解释道："就是因为华城报业难进，所以能辞职的人肯定都不是一般人嘛！再怎么说也是西北地区最大的报业集团，是咱们西北媒体人眼睛里肥得流油的差事！"

肖跃点点头："这话倒没错，现在这几年报社利润不行了，但华城报业还是站得稳稳当当，老牌子又资本雄厚，不简单，要不是他们给的工资在业内都是数一数二的，苗香寒这个孩子我还真的资助不起。"

"这孩子后来怎么样了？"

"师范学院，应该是当老师吧。"肖跃嘴角露出一抹浅笑，"本来资助也就是一次性，由项目负责人那边去对接的，我也就了解并不多。"小吴却有些不以为然："师范学院也不一定当老师啊，你看我，不就没找对口工作嘛……"

"嗯，就你这个对待业务的态度……"肖跃刚开个头，小吴就开始求饶："肖哥我错了，我投降，在我看来啊，你才应该当老师，什么话都能绕到业务上来，业界良心啊！"

相比高速路上的拥堵，西京市内要好得多，才下高速没多久，小吴就将车开到了办公室楼下。许是听肖跃的故事听得兴起，本该在肖跃劝说下回家与父母吃饭的小吴偏生要顺路买上几瓶好酒几个好菜，硬生生缠着肖跃回到办公室，说是要把领导的辉煌过往听完才能解馋，肖跃拿他无辙，只好半推半就地首肯。才进门小吴就吸吸鼻子，疑惑地问肖跃："肖哥，你这房间里怎么一股子馊味儿？"

肖跃一拍脑袋才想起来，自己急匆匆赶着去白头村，胡乱打扫完的粥饭根本没顾得上彻底清洗，5月的天说热不热，但下了一场场雨之后，本就朝西被曝晒的办公室就越发地像蒸笼一样，那些堆在垃圾桶的剩饭被这么一孕育，早就不知道经过了几番变化。

他加快步伐冲向厨房，捏着垃圾袋就往外蹿，小吴在一旁咋舌："肖哥，你这可一点儿辉煌的样子都没有！"死死喷了好几下空气清新剂，又将窗户大开之后，屋子里的味道才好了些，肖跃坐在沙发上懊恼着要打开小吴买的菜，被对方一把拦下来："肖哥别急，这会儿打开别串味儿了……"

肖跃抬手就是一个栗暴："我看我对你还是太温和了！"小吴赔着笑，打开酒给肖跃倒满："嘿，这不是看你一路上忆往昔忆得颇有几分惆怅吗，开个玩笑。肖哥，你路上聊了俩孩子，还有俩呢？"

"后面就简单得多了。"肖跃端起酒杯与小吴的相碰，轻抿一下，"资助了苗香寒之后，很长一段时间我都是吃馒头就咸菜过的，中间隔了两三年的时间才又开始继续，为了防止自己再逞匹夫之勇，干脆就只捐款，让项目负责人去分配了。"

"嚯，肖哥你也太自谦了，做好事都能叫匹夫之勇啊？不过中间怎么隔了那么久，按你的性子，八成耐不住要献爱心吧。"

肖跃看着小吴打趣促狭地笑，也低头苦笑一下："要是没那两三年的间隔，你也不会来我这里了。"对苗香寒的资助使得肖跃的生活立刻捉襟见肘起来，本来就与夹枪带棒的同事们相处不好的他那时在单位越发显得可笑起来。

"张师，还是您老成持重看人准，你看看，你才说完小心让女人给卖了，咱们肖跃同志果然就着了道。"李哥在看到肖跃几次三番默默无语地吃馒头咸菜之后，几乎已经确定了肖跃"为女人花的钱"打了水漂儿，就好像忍不住要为自己曾经的话做个验证似的，拉住张师就开始冷嘲热讽。

"唉，这都是没办法的事儿。"张师一脸可惜地垂头擦眼镜，眸子里却是幸灾乐祸的光，"不听老人言，吃亏在眼前，小肖还是年轻，说他嫂子什么打骂我，但我们媒体工作者嘛，要辩证地看问题对不对？打骂归打骂，她还不是给我生儿育女伺候我，对不对？"肖跃在工位上听得一阵恶心，嘴里的咸菜好像要发霉似的。

从进到华城报业之后，肖跃无论工作还是人际关系都一直十分边缘，不是他不想深入这个行业或者同事关系中去，而是他根本没有想到，偌大的一个报业集团里面，上上下下的部门中间竟然没几个人是真正怀揣着梦想走进这个大门的。工资高、事清闲、名声大、福利全，这四样东西将从业者的热忱死死地压在最垫底的位置上一动不动，以至于肖跃终于在工作方面有了点起色，周围的同事们便变了态度，说起话来一个比一个阴阳怪气。他想到前女友跟自己分手的理由，就这样一个在对方眼中"钱少事多"的单位，竟然都能藏污纳垢至此，也不怪自己工作几年来有多寒心了。

于是他在那一刻的犹豫动摇都化为一腔孤勇，蒸腾喧嚣着鼓舞他自立门户。

"那会儿互联网刚发展起来，势头很猛，但是除了几大门户网站之外，几乎没有其他热点新闻入口，更别提自媒体了，我一开始也是试着给其他网站投稿，慢慢地才有了些收入的。"肖跃迅速地回忆完毕，笑着说。

"2011年，啧啧，肖哥不是我说，你是真的爷们儿，那会儿华城报业发展得多好啊，光是国家表彰都好几次！你还偏偏就在那会儿急流勇退了！"

"也不是急流勇退吧，辞职之前我就开始针对互联网进行投稿了，当然是披着'马甲'，结果巧不巧的，刚好让那个阴阳怪气的李哥看见我投稿，我心一横，在他往上面捅之前，干脆辞职算了。"

"那领导能放你？"

"哼，面子话说一说也就罢了，华城报业哪里会缺人呢。"

肖跃没有告诉小吴的是，除了这个尽人皆知的原因之外，还有一件事才是催动他辞职的重中之重。那位非常看不上他工作的前女友，竟然在机缘巧合之下，由父亲直接安排来了他们部门，并且直接成为他们几人的直属上司。在前女友于晴走马上任的第一天，肖跃就那么坐在工位上就着咸菜啃馒头，一抬眼对上于晴半是可惜半是嘲弄的眼神，让他立刻就吃不下去了。晴天霹雳来得非常快，于晴中午才来到公司，还不过一顿饭的工夫，八卦已经飞遍了办公室各个角落，饶是肖跃想充耳不闻都没辙。

于晴是因为怀孕，才特地被安排到这样一个清闲的岗位上来的，她的丈夫是与她家业相当的西京商业精英，据说两个人刚刚从大学毕业便相识相知如胶似漆，好得蜜里调油，实乃模范夫妻。肖跃没滋没味地想，可不是模范夫妻吗，根本就照着"成功"的模子去找的。就这样，他开始如坐针毡，心中不知是对那段恋爱的回忆多一些，还是对现下的丢脸多一些。

相安无事了没两天，于晴趁着午饭时特地溜达到他的工位前，纤细如初的指尖轻轻地敲了敲肖跃面前的桌面，清亮动人的声音就响了起来："肖跃，之前你的新闻稿我看了一下，写得不错，比大学那会儿笔锋犀利了许多。"肖跃感到一股热气轰的一下从脖颈处冲上脸，不用照镜子都知道，自己现在说自己是关公像都会有人信。

他抬头看，孕期的于晴似乎只是比大学时候胖了一圈，但也是因为这圆润，倒显得她看起来更加年轻了，白皙的皮肤衬得水汪汪的眼睛含情脉脉，一抹明亮的笑容带得脸颊处两个酒窝都有些醉人风韵。

"下午来我办公室一下，有个专题，你先看看资料能不能接手。"

于晴半点了点头便笑着走开了，肖跃还没来得及说什么，就听见周围窸窸窣窣的议论，感受到四面八方射来的探究眼神。

他本能地想逃。从于晴的办公室出来之后，肖跃感到一阵恍惚，他工作以来从没有接触过建党 90 周年这样大的系列专题报道，这让他原本想要辞职的话语卡在喉咙里说不出来，最终还是纠结着接下了这一份极富锻炼性的工作。这可是他大展身手的好时机啊！几个月的工作下来，他和丁晴之间互相配合，将这个系列专题报道推进得无比畅快淋漓，而他自己仿佛也回到了大学时光中，和丁晴一同进行小组专项作业的时候。努力的成果喜人，这一系列专题报道在年底前大获头彩，受到了国家表彰，为华城报业的金字招牌又镀上一层真金。

肖跃自然是高兴的，他的能力再度被认可，哪怕名字是排在第三位。

但他的同事却不这么想。风言风语不知道从何而起，可一旦乘上风，就会刮得四野皆知。

肖跃为求利益，与既是校友又是领导的女上司于晴暧昧不已的小道消息经由一个又一个同事传播，最终成了一场不堪的闹剧。于晴的老公怒气冲冲地找上门来，肖跃血红着双眼挂了彩，同事们表面拉架，实际上却巴不得看些更热闹的场面，而于晴只是在一旁寒着脸流泪，半句肖跃的好话也没说过。国家表彰的奖金还没下来，肖跃就头也不回地辞职了。

　　辞职当天于晴犹豫着拿出一个信封，里面鼓鼓囊囊，她将信封塞在肖跃手上，垂眸皱眉轻声说："对不起。"

　　肖跃愕然，他看看信封，又看看眼前的旧日恋人，哑然半晌才笑笑："本来无一物，何处惹尘埃呢！"他没有拿那个不知道是否代表着歉意的信封，他觉得烫手。

　　…………

　　"肖哥，肖哥？想什么呢？"小吴的声音打断了肖跃这个难堪的秘密，他边挥手边问，"你还没说后来的事儿呢！"

　　肖跃挡住小吴的手，好笑地说："后来啊，后来就是一个愣头青，简历也不带，作品也不准备，就这么大大咧咧地冲到我面前问'肖跃在吗，我要来工作'，没了！"

　　小吴的脸红起来："肖哥你不带这样的，当时工作室正招人，家人催着我先来看看应聘有什么要求，那你说，看看罢了，谁还会专门准备啊……"

　　"懒就懒，还找理由。"肖跃白小吴一眼，笑着跟他喝酒。

　　"嘿嘿嘿，肖哥，看破不说破，看破不说破……"

　　是啊，不管是信封还是传闻，他该学同事们一样，看破不说破才对嘛……肖跃想着于晴，仰头将酒灌进肚子里。

　　西北人性格豪爽洒脱，再带上些酒气，几回合下来酣畅的肺腑之言就伴着气势如虹的骄傲姿态如倾盆般被倒了出来。肖跃和小吴自是土生土长的西北人，酒量如何尚且不论，但这气势如虹的姿态也在推杯换盏中渐渐厚积薄发起来，掏心窝子的话不分辈分贵贱，直截了当地被摊平铺展在小小的办公室里。

　　"肖哥，今儿咱兄弟俩可聊了一路了，到了儿你都没提，为什么就那么想不通，非要实名资助洪小元呢？"小吴这个问题憋了一路，趁酒正酣壮了壮胆，终于说了出来，"你刚才说的那些孩子，个顶个的特殊，都还能把住原则，怎么到了他这里就眉眼都寻不见，一抹黑地扎进去了？"

　　还别说，这个问题不只困扰了小吴一路，甚至就连肖跃自己也有些迷糊，怎么就连半点考虑都没有便应了下来。杯中琼浆映着灯光氤氲起一股莫名的气韵，波纹柔和，肖跃感到一种在人生长河中漂浮的跌宕。

　　"大概还是像吧。"他终于说，"小元这孩子，跟我有些像。"

"就因为是一个地区出来的？不对啊，那肖哥你资助的这些孩子，不都是从西北山村里走出来的嘛。"

肖跃摇摇头："我是说这孩子性格，跟我很像。"

"净瞎说。"小吴别过头嬉笑一声，"才见过几次啊，就知道性格了？别的不说，就咱们头一回去拜县的时候，那孩子多乖啊，结果谁能想到半年工夫不到就变了个人似的！"

"怎么能想不到呢。"肖跃沉默一会儿，苦笑了声。

在小吴有些意外的微醺目光中，肖跃将自己求学时期的过往轻描淡写地讲了出来。那些曾经给稚嫩的自己带来伤害的，已经如云如月一般遥远无法触摸，却也如云如月一般静谧轻巧地笼罩了他整个人生。

"我父母的事情，你也知道了。"

小吴连忙摆摆手："肖哥，我不是故意要提起伤心事……"

肖跃打断他："无妨，小吴你要知道，有时候伤心的不是这件事情本身，而是它带来的后续，就好像我父母去世之后，我好不容易重返校园，却差点也因为父母的去世，连学业也没能继续下去。"

"啊？肖哥……虽然这话听起来有些马后炮了，但是这么好的机会，你怎么……唉，幸好，最终还是学业有成。"

看小吴一脸劫后余生的样子，肖跃忍不住笑了："看不出来，我们小吴还是个热心肠。"

"肖哥……"

"好好好，不打趣你。"肖跃点着头沉了笑，继续说，"孩子的世界往往很简单，这种简单是不谙世事的、没有杂质的，却也蕴含着一种'不明理'的残忍，他们只模糊地懂得伤害别人的手段，却完全不明白这种伤害带来的后果。那个时候我回到学校，本以为可以沉下心来学习，但却没有，周围的孩子们说我是没爹没妈的野孩子，更有甚者，觉得我的悲伤痛苦都是过分惺惺作态了。"

"……这……"小吴有些哑然。

肖跃理解，小吴从小就在西京市里长大，不明白这些深埋在乡野间，毫无恶意的恶举。

"其实孩子们懂什么呢，他们只是贪好玩，不明白丧失亲人的痛楚，也对话语的威力预估不来。所以很快地，我的成绩掉得非常厉害，变得不合群又易怒起来。"

"肖哥，我懂了……"小吴的语气酸涩沉重，"那后来……"

"后来是一个过来我们镇上支教的老师带我走出来的，他跟刘老师那种风格差不多，爱操心，看起来婆婆妈妈却实在心地善良得不行。"肖跃浅笑着说。

愣了半天，小吴才似是起誓一般重重地叹道："事端易解，心结难解啊。"

"其实你一路上问我为什么实名，我也一直都没闹明白，直到刚刚才想通。"肖跃受到小吴感染，也起誓一般，"洪小元是个好孩子，他缺个人拉他一把，就像拉我那个老师一样。"

两人的话题又在洪小元的帮扶上继续了很久，直到舌头开始打结才结束，假期末尾的一顿酒下来，肖跃感到自己不能再陪着小吴疯闹了，再照这么掏心挖肺地喝下去，他之前所有小秘密非得被这个热血又八卦的助理探得一清二楚不可。原本要给小吴的假期因这次临时"出差"错过，肖跃起床后的第一件事就是想要通知小吴不必过来上班，工作室的工作目前进度都不紧张，他也好抽空去选择一下学校。谁知道电话还没打出去就听见门口传来的开门声，肖跃握着电话探头看，果然是小吴站在门口笑得阳光明媚，手里还不忘拎着热气腾腾的早饭。

"嘿嘿，肖哥，刚出锅的羊杂，香！"

不等肖跃招呼，小吴就大大咧咧笑着自顾自进门，从厨房端出两个大碗来麻利地将羊杂汤盛好端来。

"你……"

"肖哥，先吃饭，这几天应该没什么其他工作安排吧，咱不得一起去摸排摸排学校嘛，眼看着小元还有一个月就暑假了，咱可不打无准备之仗！"

肖跃心里一热。这个吴志强，虽说平日里看起来没心没肺的，但往往到了关键时刻，总又显得无比贴心。休假的事情就这么被搁置了过去，两人就着蒸腾的香气三下五除二地吃完早饭，就马不停蹄地开始了对学校的摸排。对于洪小元来说，学校的选择并没有一般学生转学那么简单。首先是不能距离白头村太远，洪小元的奶奶尚在白头村住着，这样一个乖巧孝顺的孩子若是跑来西京市里上了学，来回探亲都成了麻烦。其次是学校内部环境，拜县一中虽然与西京市的学校设施不能相比，可放在拜县也是数一数二的中学，无论是教学设备还是师资力量放在那个片区都是有名的，洪小元本来就是天资聪颖的好苗子，如果随随便便换一个中学，说不准还真的会让他成了"方仲永"。最后也是最麻烦的，就是九二六交通肇事案的后续影响了，肖跃无法保证换了一个学校之后，其他孩子真就能与拜县一中的三胜子他们不同，洪小元转学之后会不会再因为这件事受到排挤和欺负。带着这三个要点，肖跃和小吴开始了对白头村周边学校的探查。

有了小吴灵巧的车技和热心的性格帮助，二人没过几个小时就确定好了方向。

拜县属西京市管辖，从地理位置上看，它一脚踩在西京市的边上，而白头村就恰好在拜县东北的山坳位置里；从地图平面上看，白头村与拜县、西京成为一个有着尖锐顶角的不等边三角形，只是这个尖锐的顶角白头村处在深山，盘根错节的土路拐上去着实太过困难，路程也就显得尤为漫长起来。在这个三角形的底边上，夹在拜县和西京市中间的地方恰好还有一个杏林县，离西京稍微近一些，距离白头村的位置从地图平面来看，与拜县差不多。杏林县自然也属西京市的辖区范围，但与拜县不同的是，杏林县早在西京市高速发展后，隐隐约约有了升区的架势，不仅政府的各种政策多有倾斜，各方面的资源也比拜县要优渥得多，更难得的是，肖跃和小吴几次来杏林县采访，都是与这里的杏林中学有关。

杏林中学不仅仅是杏林市的重点中学，两三年前，也凭借着自己强大的师资力量和教学氛围成功跻身于西京市重点中学，向全国各地乃至国外的知名高校输送过不少品学兼优的学生。于是，它理所当然地成为肖跃心中的首选。

只是第三个要点还在折磨着肖跃的心，他不太确定自己这个选择究竟是对是错，尤其杏林中学这样大体量的重点中学，学生数量是拜县一中无可比拟的，万一真的出了什么事，那么洪小元岂不是刚出龙潭又入虎穴吗？

"肖哥，不至于的，咱们上次去的时候，杏林中学都已经开始启动心理咨询室了，怎么会放任这种行为呢？"

肖跃叹气："不怕一万，就怕万一。洪小元这孩子心思细腻敏感，我怕他接受不了。"

"也是。"小吴沉思着点点头，摩挲着下巴，不多时后猛地一拍大腿，"要不就直接不告诉那边呗！"

不告诉？可行吗？

九二六交通肇事案的风波之广肖跃是清楚的，这个西京市尽人皆知的案件，难道能简简单单地凭一句"不告诉"就能抹过去？

"小吴，咱们的新闻稿里没有出现过洪小元的名字吧？"肖跃想了想，问，"世相头条还有其他地方的新闻稿里，有没有？"

小吴二话没说立刻翻出资料来仔细核对，越看越笑了出来："放心吧肖哥，咱们没写，世相头条、华城报业那些媒体关注点都在洪庆国因妒杀人上，孩子连提都没提过！"

肖跃感到自己的心稍稍地放了下来，如果是这样的话，说不定先瞒着些，反而是好事呢？

"小吴，开车，我们去杏林中学！"

杏林县紧靠国道，距离西京市只有三十多公里，大抵是为了升区做准备，整个杏林县的规划都显得恢宏不少，宽敞的道路两旁尽是市建项目大刀阔斧的改革痕迹，老旧的街巷都被掩藏在朝天大路背后，很有种时代在同一空间下更新迭代的气息。相较于拜县，杏林县的规模大上了不少，也先进不少，作为县里唯一的重点中学，杏林中学自然也是气势恢宏的。气势恢宏的学校自然有其严格的规矩，小吴开车来到学校门口，费了好一番唇舌才突破安保大爷的防线，大爷犹疑着按开电动伸缩门，认真盯着小吴登记完毕之后才放了二人进去。

"肖哥，是不一样哈？"小吴下车看着开阔霸气的教学楼广场感叹。

肖跃的心思却完全不在这些东西上，他纠结了一路到底要不要隐瞒洪小元的身世背景。从本能出发，他是比较反对小吴这个提议的，他向来认为人生的选择最终还是要落在个人身上，无论是否要越过高山蹚过大河，都需要当事人自己去考虑琢磨。在他看来，他肖跃不过是施以援手的一个"好心人"，绝非足以引导其他人走向康庄大道的"教主"。何况洪小元本身又是一个有脾气又有主意的孩子。但再有主意，洪小元也正如小吴口中所说的，只是一个孩子罢了，还尚未来得及形成自由的世界观价值观，就这么一推六二五地只是掏钱，似乎也不是什么好主意。

正想着，一道铃声回旋在学校上空，随着这道铃声，教室中的孩子们潮水一般涌出来，熙熙攘攘笑着闹着，青春肆意。肖跃看着孩子们的身影渐渐停下脚步，那些单纯无瑕的笑脸上满载着他们摸不到的幸福神色。

"妈的，就这么办吧！"

没头没尾爆发出一句短促的脏话后，肖跃凝了神，大踏步地往校长办公室走过去。

…………

"洪小元，今年13……噢不，等再开学的时候就14岁了。孩子什么都好，脑子又聪明，人也乖巧，就是这件事……所以我们想，看是不是给孩子换个环境，帮帮孩子。"

办公室里，肖跃老老实实地跟校长沟通着情况。

"14岁啊，那转过来就是初二吧……"50多岁的校长慈眉善目，一双粗糙的大手上隐隐能看到粉笔灰，他认真听肖跃将因果讲了一遍之后，点着头翻看学生册说，"倒是没什么问题，针对这样的学生，我们学校都是会给予一定照顾的，稚子无辜嘛，不过我们毕竟也算是重点中学，升学率是需要得到保障的……"

"那没问题啊，洪小元这孩子之前在拜县一中也是数一数二的名次！"小吴忍不住接话。

老校长点点头："拜县一中我是知道的，都是一个系统，多少有些了解，如果期末能在那边考到前三名左右……前五名吧，应该进我们的入学考试就没什么问题了。"

小吴刚刚的热情迅速冷却下来，冲肖跃伸伸舌头。肖跃虽然面无表情，但心里也是震惊的，他没想到，杏林中学的入学考试会有这样的难度，再加上洪小元这半年来的成绩退步,也罢,能进来就是好事!肖跃带着一股子莽劲,一门心思想要先给洪小元换个环境,于是干脆当场表态:"这个他没问题的,校长放心吧,那咱们这边怎么收费?比如……择校费……"

老校长的眼睛从厚厚的镜片中抬了抬,和蔼地笑着摆摆手:"先不要提钱的事,我们学校不兴什么择校费,入学考试通过之后,也是按正常收费来走的,只要孩子肯学成绩好,一切都没什么问题。"

肖跃几乎已经有些感动了。不光西京市,很多大城市的重点中学甚至普通中学,不知何年何月开始纷纷多出了择校费这样一门费用,再加上五花八门的学区房学位房,教育资源被烘托成了高不可攀的象牙塔,肖跃一开始就暗暗地考量过这方面的费用,却想不到杏林中学居然依旧保持着这种淳朴天然、实惠于民的传统。

"那实在太感谢校长了!只是……只是孩子父亲出事后,他在一中那边学习生活多多少少会受到些影响,您看能不能……"

"学习就好好学习,其他事情不是我们教师该多嘴的。"老校长不等肖跃说完,干脆利落地大手一挥,"学校有自建的心理咨询室,另外教师们对学生的引导也比较完善,这点你放心。"一席话让肖跃和小吴彻底放下心来。

"校长,我看咱们这边是第一个建心理咨询室的学校吧?那是校医负责还是专门有老师负责?"商讨妥当之后,小吴的八卦之魂便开始燃烧了起来。

"是我们负责教学的老师兼职值班,心理治疗这方面人才缺口大,水平也参差不齐,刚好我们这边苗老师头些年专门学过,拿了证书,所以能者多劳,就兼职了。"老校长呵呵笑着,十分心满意足的样子,"对了,她目前就带初一这一届,你们那边孩子转过来,刚好她带初二,我后面看看分班情况,直接分在她们班,倒也方便。"

"噢,那可就太好了!谢谢校长,谢谢校长!"小吴连忙站起身就要与老校长握手。

肖跃也跟着站起来道谢:"实在是太麻烦您了,考虑得这么周全。"

老校长却不以为意,反而直接站起身,冲肖跃和小吴说:"这会儿没课,我顺便把苗老师叫来,一起认识一下,以后有什么事情,方便照应孩子。"

"实在是太麻烦您了……"肖跃喃喃地鞠躬,感到十分词穷。

"不麻烦,你们不沾亲不带故地都能做这么多,我们再怎么说也是教育系统的,再苦不能苦孩子嘛,不麻烦……"老校长冲肖跃笑着,脚下不停地去找苗老师。

小吴受到很大震动一般冲肖跃说:"肖哥,这是我见过最不拿腔拿调的重点中学校长了。"

肖跃也叹息点头:"是啊,难得,改天得过来采访一下,把老校长形象推广推广。"

"还有那个苗老师,一边带课一边心理辅导,听起来也怪厉害的!"小吴跟着说。

"你啊说风就是雨……"

二人等了没多久，就听见门口再度传来脚步声，起身回头看的工夫，老校长已经带着一位梳着马尾辫、利落飒爽的姑娘走了进来。

"我来介绍一下啊！这二位是西京市来的记者，做自媒体行业的，小苗你平时关注这些多，应该听说过。"

"肖跃。"

"吴志强，肖跃助理！"

"啊幸会幸会！我是你的粉丝啊！"苗老师刚听完二人的名字就展开笑脸迎上来一一握手，"你们'大题肖做'的公众号我每一篇都会看，关注了好几年呢，资深铁粉啦！要个签名不为过吧？嘻嘻。"

小吴忍不住先被青春洋溢的苗老师逗乐了，他怼了怼肖跃的胳膊揶揄道："肖哥，粉丝质量挺高啊。"肖跃却没理小吴，他看着面前这张娇俏开朗的脸庞，有种奇怪的熟悉感，却死活想不起是在哪里见到过。

"小苗，净胡闹！"老校长语气严肃，脸色却是宽和，"还没做自我介绍呢！"

苗老师这才不好意思地"啊呀"一声收回手，清了清嗓子之后冲肖跃和小吴甜甜一笑："肖记者、吴记者，你们好，我是初一三班班主任苗香寒，刚才校长在路上已经跟我说过大体情况了，你们请放心，我一定会协助将孩子照顾好的！"

肖跃这才明白自己的这种熟悉感源于何处。他心里万分震惊，整个人都有些僵在那里，只能恍惚着说出一连串的"好"字，旁边的小吴也很是震惊，他前不久才从肖跃口中听到过这个名字，谁能想到这就见到本尊了呢？

小吴低语："肖哥，西京这地方还真邪啊……"

苗香寒不明就里，先扭头看看老校长，又低下脑袋将自己浑身打量一番才抬起头："记者同志，我是不是吓着你们啦？"

"不不……没有的事儿，哈……"肖跃意识到自己的失态，立刻试图找补，"那个，我听校长说苗老师专门学了心理学？"

苗香寒这才放松下来："对，自学的，不过目前学校没有招到合适的人，我就先顶上了，不要看我这个样子，专业技能还是很了得的！"

"胡闹，在这自卖自夸也不怕记者同志笑话。"老校长还是那副语气，脸上却写满了骄傲，他回头冲肖跃说，"苗老师个人经历也很励志，上进、阳光，如果洪小元同学的成绩达标，相信对孩子会有一定的帮助。"

肖跃和小吴频频点头，他们深知苗香寒的经历，洪小元交给她，反而像是冥冥之中自有定数似的。这一神奇的经历让二人出了杏林中学之后还忍不住啧啧称奇了一路，直到返回办公室后才总算平复下来心情。能让肖跃和小吴平复下来心情的，不是其他，是刘老师打来的电话。赶不及听小吴再叹"西京地方邪"，肖跃就迫不及待地接起刘老师那边的电话，将杏林中学的情况以及特意隐瞒掉九二六交通肇事案的消息和盘托出。

"真的？肖记者我真的不知道要怎么谢谢你才好了！"刘老师的声音充满雀跃。

"不用，再苦不能苦孩子嘛。"肖跃笑着将老校长的话拿来就用，"对了刘老师，是不是小元那边有什么情况？"

刘老师兴奋地说．"是了是了，你看我，光顾着高兴，忘了告诉你好消息！"

好消息？肖跃一边抬头看办公桌上的日历一边想今天是个什么好日子。

"这一次期中考试的成绩出来了，小元考了二十一名！"

二十一名？

肖跃刚热起来的心又凉了半截。老校长的话还言犹在耳，学校的教学质量和教学环境绝对没的说，可至少要考到拜县一中同级学生前五才能勉强通过入学考试，这个二十一名，属实是差得有些远了。

"肖记者？"刘老师在电话另一头表示出了疑惑。

"噢，不好意思刘老师，刚才信号不太好！成绩有上升就行，很好！"肖跃打了个哈哈，将自己的思想抛锚抹了过去。

"哈哈！是！我一开始还担心，孩子上一次那个成绩太多门不及格，结果全班拢共就那么多学生，他都考到倒数十几去了！唉，还好你们帮助了他啊，这么短的时间里能把成绩赶到这个水平，孩子不容易啊！"

刘老师的声音中有一种圆梦般的唱叹，让肖跃很不好意思将杏林中学的入学标准再说出口。

"是，不过马上期末了，离孩子之前的成绩还差很多，我这边没办法时常过去，还是得靠刘老师多关注。"

"肖记者，杏林中学那边的入学测试不容易吧。"刘老师突然发问，问得肖跃一愣。

半晌没听到肖跃回复的刘老师嘿嘿一笑："我知道你是怕打击我，才这么旁敲侧击地说，其实杏林中学这种榜样似的学校，在我们圈子里大家早就心知肚明了！"

"是我多心了。"肖跃脑子一转，想想也是这么回事儿，便不再伪装，老实承认。

"得拿到前几名吧，前十？还是前五？"

"前五。"肖跃说，想了想咬咬牙又加上一句，"最好是前二，这种中学想进去的人很多。"

这一次换来了电话那一头的沉默，好半天工夫刘老师才沉声说："小元基础都很好，只是课业上落下了一些，还有一个多月才到期末呢，我对这孩子有信心！"

"……对，我也是。"要从二十一名直接到达前三，这看起来几乎是不太可能完成的任务，但事已至此，肖跃也只能选择相信洪小元。

"肖哥，要不咱们再看看别的学校？一下子上升十几名，估计难吧……"小吴看肖跃挂机之后脸色阴晴不定，开口询问，"实在不行，找一个普通中学也是可以的，杏林县里不是还有其他中学嘛，估计也没有杏林中学那么费事，还特地要考试……"

沉默半响，肖跃才抬起头："咱们不要随意揣测这些，刘老师那么了解小元，他都有信心，我们就更不能掉链子。行了，先忙其他工作吧。"

"噢，成吧。"小吴磨磨蹭蹭地不想打开电脑，看看窗外天色，又扭过头问肖跃，"肖哥，都这个点儿了，要不明天开始呗？"

肖跃见他这个样子就知道，这八成是肚子里憋着什么话，冷哼一声："哼，说吧，又想八卦什么了？"

小吴立刻拉着椅子挪到肖跃跟前，嘿嘿笑着："看你说的，哪是八卦啊……就今儿这个苗老师，我看小姑娘长得又水灵，性格又爽利，我觉着吧，她应该不能有男朋友吧？"

"哎，我说你不好好工作，心思怎么又乱飞起来了！还一口一个小姑娘，人比你就小了两岁！"肖跃无奈地指指小吴，一副恨铁不成钢的样子。

"我不是说我！我热爱工作，工作使我快乐！谈哪门子恋爱呢我。我是说肖哥，你这……单身也够久了。"小吴忙拒绝，随后探过头来试探地看着肖跃。

"胡说八道！这是我资助过的学生！"肖跃深深地白了小吴一眼。先不说他是否有这个心思去谈恋爱，哪怕他现在再渴求爱情，也不愿去追求自己资助过的学生，这种关系在他心里总有一个模糊不清的定位，他认为这些学生无论年纪大小，在他心目中都还是孩子，与孩子谈恋爱，这不是闹呢吗！

小吴却不这么想，他扭头撇嘴，很不忿地嘟囔："都什么年代了，再说了要俩人都是单身的话，这不就是你情我愿的事儿嘛！肖哥，你真是老古板！我看这个希望工程也是奇怪，好好的干吗要给你透露被资助学生的名字信息呢，不透露不什么事儿没有，哼！"

肖跃笑："你人不大操的心倒不少，不过还别说，之前资助过苗香寒之后，再过两三年去网站资助其他学生，就还真没有透露名字了。"

"你看！网站也知道耽误事儿了不是？"

"胡说八道，人网站是因为这个吗？匿名主要是为了不多增加别的麻烦，都跟你似的天天在八卦上动心思那哪成。"

"那肖哥，你后来资助的那两个孩子，是所有信息都没有，还是只是没姓名啊？"

"只知道学校、性别什么的，"肖跃抬头想了一会儿，"说来也怪，后来资助的俩孩子，一个是贫困区的小男孩，上小学，另一个还真跟苗香寒一样，是个女大学生，好像也是学师范的。"

小吴连忙坐直身子拍手道："你看看，肖哥，这就是命，我告诉你！"

"闹吧你就！"肖跃没好气地喝止小吴。

这是不是命他不知道，他只知道从大学毕业之后，再加上华城报业那一次重击，自己早就失去了谈情说爱的兴致。他也当然明白小吴说了这么多无非是心疼自己一个人无依无靠，就连住所都直接简单粗暴地安置在办公室里，但他没有告诉小吴，住在办公室里与工作同生存，让他感到一种自由。

…………

端午过后，西京市的天气便一天比一天炎热起来，日头从清晨开始就明晃晃地挂在天顶。墙上的空调发出咝咝的轻音节，喘出的风却似乎像是初出茅庐的推拿师傅，力道若有似无小心翼翼，始终按不到客人的点子上。肖跃的焦虑还带着一些除了酷热之外的烦恼，自从进了6月开始，他便有意无意地总是往案上的日历上瞟，仿佛要追赶着日子向前跑一样的。

这两个月算是他们难得闲适的日子，除了每周紧跟热点去采访之外，西京市上下都没有出过什么大新闻，闲暇的时间一多起来，心思自然而然地就向洪小元临近的期末考试上偏。刘老师尽职尽责，明白肖跃一直关注着洪小元的情况，每周都会专程打电话来将洪小元的学习现状沟通一番，为了让孩子心无旁骛地备战期末考试，刘老师干脆给洪小元大开绿灯，让他住进自己家里，一同上学放学，课间也尽量安排他在自己的办公室复习等待，免除了三胜子等学生对洪小元的滋扰。

这样的维护加上洪小元本身心气就高，铆足劲沉下心来的结果也水涨船高，每周带来的都是成绩有所长进的新消息。可哪怕这样，眼看着今天已是27号，洪小元现下应该正坐在考场上，肖跃仍旧紧张万分。

"唉，真是比我自己当年中考还紧张。"肖跃觉得自己的行为有些好笑，忍不住吐槽。

11点刚过，刘老师的电话就打了过来，肖跃马不停蹄接起，听到刘老师同样紧张的声音："刚考完一门，孩子说了，发挥得还不错，应该没什么问题。"

"那就好，辛苦你了，刘老师。"肖跃道着谢，不由自主地点头，想到刘老师又看不见才停下来按灭手机。

"肖哥，我可没见过你这么神经质……"小吴在一旁都看傻了，缓缓摇头感叹。能不紧张吗？做了那么多努力，总不能在这个节骨眼上功亏一篑吧！

正想着，电话又打了进来，肖跃想都没想就接起："刘老师，还有什么事？"

对面却先传来一阵银铃般的笑声，紧接着一道爽朗的女声就响了起来："肖记者，才两个月，就忘记我姓什么啦？"

　　肖跃愣了半天才反应过来，是苗香寒。"这，嘿，我的错我的错，不好意思啊苗老师，这会儿打过来是有什么事情吗？学校那边有什么安排需要我们配合的？"

　　苗香寒的声音中透露着开朗的关切："没有没有，我是想着这几天是中学期末考试，想问问洪小元的情况，给他加加油呀！前面你们回去之后，我找过老校长一次，他说聊天的时候提到入学考试，你们脸色有些低落，大概猜到了些情况，所以我想跟你们说别太担心，入学考试要到8月底呢，实在不行，暑假也有时间补的！"

　　"啊，是这样，"肖跃有些惭愧，老校长火眼金睛，一下就看出了当时他们尴尬的地方，"实在是……让老校长见笑了，这会儿小元正在考试，等考试结束之后，我跟您联系？"

　　"好的好的！"苗香寒欢快地挂了机。苗香寒这一个意外来电让肖跃突然就不紧张了，反倒是咻咻地低头笑了起来，看得小吴更傻了。

　　"肖哥……你别吓我啊，好好的干吗这么笑，瘆得我都想关空调了！"

　　肖跃乐不可支，越笑越止不住，到最后干脆拍着大腿，艰难地抬眼冲小吴说："我看该考试的不是洪小元，是咱俩才对！"

　　小吴摸不着头脑："为什么？"

　　"人入学考试要到8月底呢，咱们现在紧张个什么劲儿啊！眼巴巴地等着个期末考试，也太憨了！走走走，吃饭吃饭！"

　　小吴无语半晌："……肖哥，关心则乱啊。"

　　虽说肖跃关心则乱搞混淆了最终的时间节点，但终归是强压有强压的效果，为期两天的期末考试刚结束，刘老师就兴冲冲地打来电话报喜。

　　"肖记者，我看孩子考完脸上挺高兴的，应该是成绩差不了！"肖跃听刘老师的声音欣慰又欢悦，也不赧颜，将自己的乌龙诉了一番，乐呵呵地赔礼，不过刘老师却不像肖跃以为的那样也将期末考试当成了时间节点，而是异常冷静地开口回话。

　　"肖记者，孩子学习成绩一直都不错，期末考试能考好也只不过是证明他基础打得好，时间节点不节点的倒不重要。重要的是后面进了杏林中学之后的事儿了。"

　　"是是……刘老师，按你这么说，小元这次考试成绩能进前五？"

　　刘老师呵呵一笑："就算差也差不过一两名去吧，平常就在我房间学习，我都看着。不过杏林中学和这边教学水平天差地别，哪怕咱们拜县的第一名过去，估计连年级前十都进不去。"

　　"差别有这么大？！"肖跃实打实地惊讶了，以他过往单线条的学生经历来说，是完全没有想过在中学时代就可以有这样激烈的竞争。

"是啊……"刘老师声音显得十分慎重,"所以到时候,孩子的心理落差也是个问题,不过好在提前经历了这一遭,应该还算好些。"

刘老师指的是洪小元从成绩急落又恢复状态的经历。

这个道理其实很浅显易懂,虽说只是刚升中学,但孩子中间已经微微显露出一股初上战场的冲劲儿来了,时起时落是常有的事,尤其对于本身就学习成绩优异的人来说。但经历过大落还能大起的,心理素质方面就已经有了将军的架势,在往后的无数场战斗中,也会有超乎其他人的平稳心态。洪小元就是这样一个将军似的优秀学生。肖跃忍不住为自己的选择点赞,这样一个拥有着将军意志的孩子,倘若真埋没在这一场突如其来的灾难中的话,还真的是太可惜了。

这股意志支撑着洪小元顺利地通过了杏林中学的入学测试,老校长欣慰万分,拿到苗香寒反馈上来的成绩后就开始了一系列的具体安排,肖跃这边手续和学费齐备之后,便带着洪小元来到他新人生的第一个始发站——学生宿舍。这会儿实际上还没有开学,一排排整齐的宿舍楼里只有肖跃拉着洪小元,在苗老师和宿管老师的带领下在走廊发出踢踏作响的走路声。

肖跃忍不住觉得这些声音渐渐地有节奏起来,为洪小元未来的光明前途打着夯实的节拍。了解大致情况后,洪小元有些紧张地把随身仅有的行李衣物整整齐齐码放进柜子,回过头忍不住一遍遍环顾光洁明亮的宿舍,最后才把目光对准肖跃,张了张嘴,眼泪就渐渐浮起来,带得声带也紧张微颤。

洪小元说:"肖叔叔,我真的不知道该怎么报答你。"

肖跃一把拉过孩子在自己身旁坐下,笑叹:"好好学习,不要做让自己后悔的事情,就是最大的报答了。"

他拉着洪小元强调了半晌,严禁对外透露受到资助的事情,想了想又不放心,再多掏了200元强塞在洪小元手里,盼咛着:"如果别人问起,你就说我是你西京市的表哥。"洪小元因混杂着兴奋紧张等情绪而透红的脸流露出坚定:"嗯!"

"好……啊,你如果有什么事情,也可以直接告诉苗老师,她会帮助你的。"肖跃又交代。

"嗯!我知道了!"

"还有老校长,算了,校长一般都比较忙,你还是找苗老师,不过生活上不方便找苗老师的地方,比如想回家看奶奶,或者钱不够花了,就来找我。"肖跃再次交代。

洪小元已经有些忍不住想笑了,但还是乖巧点头:"嗯!会的,不过200元已经足够了!"

肖跃虚点了点头，又看看宿舍其他床铺："还是和同学处理好关系，他们……你之前的事情就不要提了，一起学习进步，这对你也会有很大帮助。"

先前看肖跃一直唠唠叨叨个没完、忍不住都要笑了的洪小元这会儿却又沉下脸，连头也不自觉地垂了下来，哼出的声音细若蚊蚋："嗯……"

拖长的尾音拽准了肖跃的神经，让他总算想通了自己这种啰里吧唆一直不安稳的原因。

说到底，洪小元的人际关系才是他人生路上最重要也是影响最大的一块，而建立在某种刻意隐瞒下的人际关系，究竟是不是真的一如肖跃所期待的那样健康和蔼，就不是他能把握得了的事情了。

"肖叔叔，我不会告诉他们的。"洪小元在肖跃还没想好怎么劝导前突然开口，声调语气都不高，却有着稚嫩又不回头的坚决，"他自己做的事情，让他自己受罪去，不要再牵连奶奶，也不要牵连我！我没他这个爸爸！"

肖跃震惊了。他无数次地在洪小元身上震惊，却万万没有想到会有一天在这个地方震惊，这让他一度怀疑自己的努力是不是用错了方向。

"小元，这件事情确实不该你承担，但你爸爸他……"

洪小元迅速抬起头，将肖跃欲说出口的话堵回了嗓子眼："肖叔叔，我没有这样的爸爸。"看着洪小元明亮却饱含痛意的眼睛，肖跃最终还是张了张嘴，没有说话，只是将手伸出去一遍遍抚摸着洪小元的头发，有些疲劳地缓慢地点着头。灾难的延续会让人与人之间的关系逐渐崩塌，而重建它却又往往比对付任何考试都要难上太多了。

这种绵长又繁复的过程中，肖跃只能充当一个无力的旁观者，任何话语都显得过于苍白、轻飘飘的，无论以何种方式说出来都显得有些趾高气扬。肖跃走出校门的时候一直在脑海中反刍着这个问题，是真的不经历痛苦就不懂温柔，还是人们渐渐地失去了这一项本应生来即有的基本技能呢？他不知道，他只知道，从洪小元正式踏入新人生的这一刻开始，从他决意要感恩于人，尽自己微薄之力将一个又一个孩子拉出深渊开始，这些孩子的命运就已经与他扯上了千丝万缕的关系，而这些，是他能做到的温柔。

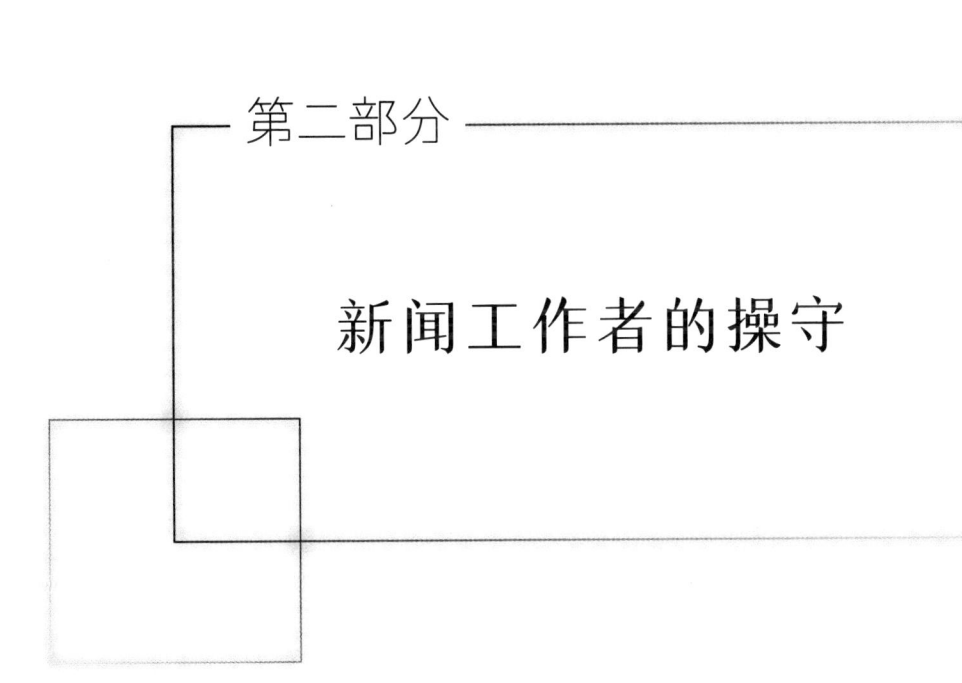

第二部分

新闻工作者的操守

- 3 -

前尘旧爱

回到办公室时，小吴已经在伏案忙碌了，即将到来的阅兵仪式无论对于传统媒体还是新兴的自媒体来说无疑都是一个重磅新闻，在抽出时间去给洪小元办理各项手续的时候，工作方面的事肖跃都交给了小吴处理。

"资料准备得怎么样了？"

小吴闻声才知道是肖跃回来了，扭头起身伸了个气势磅礴的懒腰之后才扯出笑脸："放心吧肖哥，前期资料都已经准备得差不多了，而且这种国家上下都很重视的大事儿，准备起来还算轻松的。噢对，按你吩咐的，机票也买过了，明天出发。"

9月3日的纪念中国人民抗日战争暨世界反法西斯战争胜利70周年阅兵，是从洪小元期末考试刚结束之后"大题肖做"的重中之重。在这个网络越发发达、自媒体逐渐水涨船高的时代，各类新闻犹如长了翅膀一般"扇动"迅速，"主旋律"的弘扬却在这种信息四通八达的状态下渐渐显得有些式微起来，肖跃对此主意很正，尤其是在世相头条这种习惯了带节奏的媒体林林总总出现后，他更是要求自己一定不能忘记作为一个国人的天职，于是这一次阅兵，他告诉自己一定要交出一份满意的稿件来。

小吴的话没有错，这种重大事件被全世界广泛关注，上有历史下有舆情，资料的准备是可以非常充分的，但与此同时，筛选就成为最累人的活计。这个重担被小吴这一段时间肩负在身，让肖跃感到踏实的同时，也有一丝愧意。

"辛苦了。"肖跃心里想着，是时候给小吴涨些薪水了。

"对了肖哥，我想着这么大的新闻，世相头条肯定得插一脚吧，我就专门让圈里朋友去打听了一下，你猜怎么着？"小吴神秘兮兮地冲肖跃扭过身子，压低声音说。

"怎么着？难不成还能是他们不过去了？"

"嘿，怎么可能！他们那群人不管看见什么新闻都跟苍蝇闻见……那个似的，怎么可能不去！"小吴不屑挥手，随即才又恢复到神秘的状态，"但是他们找了个合作方！"

"我当什么大事呢，常规操作，有什么好一惊一乍的。"

媒体人圈子说小不小，可说大也不算大，各路媒体之间互相配合合作的事也不算难得一见，肖跃便没当回事儿。

小吴急了，拉着椅子往肖跃这边挪了两步："事儿是常见，但是你想想，世相头条那个德行，圈子里谁待见啊？他们往常合作，都是一些名不见经传的自媒体，但是这次可不一样了，你猜猜，跟他们达成合作的是谁？"

肖跃狐疑地看着眨巴眼一副怪相的小吴，想了半天才有些难以置信地问："你别告诉我他们和华城报业合作了？！"

小吴的劲头耷拉下来："……肖哥，你这就没劲了，直接猜这么准我多没面子啊！"

"少废话，他们真合作了？"

"嗯，千真万确！我朋友说，前两天刚签了个什么战略合同！"小吴十分笃定地点头，"好像是和华城报业那个特厉害的部门，就获国家表彰那个，领导是个姑娘，叫什么……于什么……"

肖跃感觉自己的心脏被一只无形的大手狠狠地捏了一把。

"于晴，叫于晴。"

和于晴的关系被小吴琢磨出蛛丝马迹是在抵达北京之后，眼瞅着阅兵仪式已经开始准备，肖跃顾不上在酒店多待，带着小吴外出顺藤摸瓜时，在一家饭店门口恰好撞上了于晴一行人。

"肖哥，那边是世相头条的人。"小吴冲肖跃低声耳语，目光瞟到一旁金碧辉煌的饭店门口。肖跃下意识地将头摆过去，恰好对上了于晴投过来的眼光。

几年不见，虽然同属一个圈子，明里暗里也有过不少剑戟往来，但这次看到越发曼妙的于晴就明艳地立在阳光下，肖跃仍旧有些不知所措。到底还是于晴一如往常般大方，只是稍愣了愣就冲旁边世相头条的记者微微颔首后走了过来，对着肖跃坦然笑着伸出手："老同学，别来无恙。"一声老同学让旁边的小吴瞪大眼睛，肖跃有些局促地伸出手，只轻轻与于晴一碰又缩回来："还好，还好……你，也是出差吧？"

这话问得十分多余，肖跃刚脱口而出就忍不住后悔，枉他自己还是一个靠笔杆子讨生计的人，怎么问出口的话这么没水平。

于晴却不以为然，仍旧笑着介绍："对，也是出差，我来给你们介绍一下，这位是我的老同学，叫肖跃，是那个大名鼎鼎的'大题肖做'话事人。"

话事人，这词儿一个字一个字地蹦出来，既有说一不二的领导风范，又带了些侠肝义胆的江湖气，用在肖跃这样内心自有准绳的"真相验证员"身上，倒显得有些莫名的相得益彰。世相头条的众人早对肖跃这个死对头的名号如雷贯耳，不咸不淡地打了招呼便找借口离开，于晴却留了下来。于晴目送世相头条的人离开之后才悠悠开口，好听的声音从喉咙里流淌出来，让赤阳笼罩下的肖跃感到一阵凉意："业务上的合作，上面给了指标，说到底咱们做媒体的之前看发行量现在看点击，都是混口饭吃。"

肖跃知道她这是在说与世相头条合作的事情，道理没错，但怎么听怎么让人心寒。

于是他回复的话就有些硬邦邦了："做媒体的，最该看的是良心。"

小吴在一旁惊得汗都要下来了，且不论于晴的话里话外说得是不是硬道理，就单凭他肖哥这么一句撂在地上都能砸个大坑的硬话，得罪人是跑不了了。他有些想替自家"话事人"找补的意思，刻意拉开话题，对着笑容已经僵在面上的美女介绍："于总，是于总吧？我叫吴志强，是肖哥助理，很高兴认识你！"

"噢，你好。"于晴借坡下驴，应了小吴的声，"都是一个圈子里共同奋斗的同志，叫我于晴就行。"虽下了小吴的台阶，但场面自此还是渐渐冷了下来，于晴看看眼前一脸不快的肖跃，微不可见地叹了口气，似乎是自言自语，也似是在给肖跃一个交代："现在网络发达起来，信息筛选很重要，尤其像世相头条这样有庞大粉丝群的媒体，该拉的是要拉一把。行了，这边下来还有个会议，我就不耽误你们吃饭了。"

肖跃满肚子腹诽没吱声，僵硬地点了点头。待于晴走远之后，小吴还盯着她摇曳生姿的背影发愣，让肖跃拽了一把才回过神来说："肖哥，这于晴跟你一个学校的啊？"

"怎么，不行？"肖跃心里燃着无名火，嘴上就有些不饶人。

"没没没，你看你，两句话的工夫怎么还恼上了？"小吴一边赔笑一边拽着肖跃往饭馆里走，"肖哥，该不会她就是你那个前女友吧？"

肖跃没吭气，小吴就明白了七八分。

"啧，这种程度的得是你们校花了吧，根本看不出来是结婚生过孩子那样！办事儿也雷厉风行，厉害，确实够厉害的！"

"校花有什么用，你看看她对待新闻工作的态度！"肖跃越听越难忍，刚坐在桌旁就忍不住吐槽，"靠指标过日子，大言不惭地把世相头条带进体系，这都什么乱七八糟的！"跟着肖跃好几年，小吴早就清楚自己这个大不了几岁的领导实际上还保持着纯良热血的心性，尤其对待自己的事业，更有点儿容不得一丝玷污的样子了。

"肖哥，那人跟人还得有一比呢对不对，有些人也不能说人家目光短浅，只能说看到的东西更具象更现实，你倒好，非要拿你崇高的人格跟人当面对狙，那谁还能不败下阵来？"

肖跃终于撑不住苦笑："你这个业务上长进没多少，拍马屁的功夫倒让我真的无可指摘。"

小吴也跟着笑："那哪能呢，都是实话！不过肖哥，你们当年分手，我猜八成也是因为这些事儿吧？"

"算是一个主要原因吧，就跟你说的一样，她在意现实，我呢，呵，不知天高地厚，非要奔着理想去。"

"唉，你说这事物的本质它就摆在那，是个现实存在，但又跟一团棉花似的，能任人拿捏，之后形成不同的样子。"小吴颇有心得一般摇头晃脑地总结着，"也不知道世相头条和华城报业合作之后能把阅兵报道出什么模样来，世相头条那带节奏的本事大了，别说，我还真好奇。"

肖跃利落地扯开筷子外包装，像是扯开方才的不适与尴尬一般："再能任人拿捏，本质也就跟你说的一样摆在那，看的人多了，能歪到哪儿去？操你的心，赶紧吃饭，还有活儿干呢！"

…………

事物的本质在几天之后陆续发出的新闻稿上渐渐地显露出了端倪。

各路媒体的新闻大都一个路数，以弘扬爱国情怀反思战争伤痛为出发点，大批量地发布阅兵现场视频，获取了相当可观的点击率，在这些媒体的新闻稿中间，偏偏有两家媒体显得特立独行与众不同。

一家当然是"大题肖做"，肖跃本意就不愿以空泛的方式做新闻，许是与自身成长和性格息息相关的缘故，他的出发点总是取之于民众中，从街头巷尾悄无声息地扯出细细的绣线来，再将这些四面八方而来的绣线汇聚在一起，铺成一幅完整而震撼人心的绣面。

这一次也一样，肖跃和小吴走街串巷采访了不少居民，上到 80 岁下到 8 岁的人们都有，这些人眼中的阅兵仪式看似毫不相干，却冥冥中谱写了一幅历史画卷，把国人对这 70 年来的经历感悟化为一个个铅字扔向大众眼球。新闻大获成功，点击率再创新高的同时，更让肖跃欣慰的是看到了粉丝们畅所欲言、真情实感的评论。但另一家新闻的火爆就让肖跃欣慰的感受有些不是滋味儿了。华城报业联合世相头条发布出的新闻稿，与肖跃选材的角度如出一辙，字里行间也自然是慷慨激昂的，可细细琢磨之下，又仿佛让他品到了一丝阴谋论的味道。

"哼，不愧是于晴和世相搞出来的东西，一个了解我，一个了解节奏。"肖跃看着世相头条的新闻闷闷不乐地说，"倒是齐活儿了。"

小吴至此才彻底明白过来肖跃与于晴分手的最核心问题，这哪是简简单单的理念不合啊，这分明就是他肖哥碰见了一条美女蛇！

"肖哥，也没什么，咱们的点击量还是比他们高得多的，而且你看，他们那下面的评论褒贬可是五五开，哪像咱们这边，风景一片独好！"

"只怕是到后面还会有这种迷惑人的操作出来。"

肖跃担心的不是点击量，而是华城报业与世相头条这种做新闻的方式，如果世相头条之前还只是单纯为博眼球而出言不逊的话，那么这次与华城报业的合作就更像是给他们的新闻硬生生地套上了一层坚不可摧的铠甲，打眼一看满满的正能量，可字里行间渗出来的，却是让人心惊胆战的深思。这种新闻，挑的就是那一群蠢蠢欲动、对真相语焉不详的粉丝。

小吴显然也明白这件事的重要性，拿不定主意地问："肖哥，那……那现在要怎么办啊？"肖跃沉吟半晌，才说："不怎么办，做好我们自己的分内事，别心浮气躁。"

随后想了想，又重重地加上一句："我就不信能有那么多人真把真相不当回事儿，跑去听他们胡说八道！"一边说，一边暗自给心里渐渐地设立了一个看起来有些过分理想化的目标，肖跃认为，自己虽然做不到玉宇澄清，但也绝不会放弃在这方面的努力。

毕竟他此时此刻已经不是在华城报业时的孤军奋战了，在他身旁还有小吴，在不远的未来，还有像洪小元一样被他资助又给予他动力的孩子们。

想到洪小元，肖跃的眼睛离开电脑，喃喃自语："小元应该已经开始上课了吧。"

"嚯，都上好几天了，肖哥，你还真是一忙起来啥事儿都不记得。"赶着阅兵，胜利日连休了三天，杏林中学开学的时候恰好是在周日，也就是肖跃刚动身飞回西京那一天，他算算，洪小元已经开学3天了。要不要打个电话问问情况？肖跃这个想法刚出来，手机已经不知道什么时候被自己掏出，开始准备按键了。

可还不等他打电话给苗香寒，手里的手机就闪烁起了一个陌生号码。

肖跃狐疑地接起来，对面是那个熟悉又动听的声音："肖跃，你有时间吗？"

"……你们的新闻稿我看了，我再说一次，跟我在学校说过的一样，我非常不赞同你这种做法。"肖跃听到对面是于晴，想到刚才的新闻稿，就有些不快。

"呵呵，还是老样子，事业高于一切啊……"银铃一样的笑声中有些许寂寥，"不过现在也到了下班时间，能不能不谈工作？"

"于晴，你真的是体制内待惯了吧，我们自媒体可谈不上什么下班不下班，我们……"肖跃话没说完，电话对面好听的声音已经急匆匆地打断了他："我离婚了。"

进入9月，西京市的早晚就开始渐渐渗出凉气来，到了夜里九十点的光景，一层层若有似无的晚风拂过，冷虽谈不上，却还是让清凉穿着的于晴抱紧了手臂。

"回家得了，别看现在白天还热，这晚上的风贼着呢，当心生病。"肖跃看着面前有些单薄的于晴，忍不住又拿出当年的语气劝道。

于晴抬眼看肖跃，她啤酒已经喝下去了三瓶，此时眼波氤氲，柔媚得不像话。轻笑一声说："爱操心的性子倒没怎么变。"

肖跃浅浅皱眉，正色道："换成谁也是这样。"

"对，你肖记者心怀天下，见不得世间凄凉……"于晴故意拖长了音摇摆着说，看到肖跃鼓着腮帮子才好笑地停下来，"好了，不闹了，我不冷，你别担心。"

"孩子呢？"

"孩子在我爸妈那，他现在跟新欢正甜蜜，也顾不上看，每个月抚养费倒也没少给，饿不着。"肖跃忍不住又提高了声音："我说的是抚养费的事儿吗？再说了你家能差那点儿抚养费？我说的是孩子面对你们这件事，他会不会受影响！唉，好好的日子不过，非要闹成这样。"

"谁告诉你我家不差抚养费啦？你知道不知道就现在这个情况，孩子一个月得花多少钱？"于晴白一眼肖跃，继续说，"真是理想主义者，跟之前一点都没变，你也不考虑考虑，眼前这些实际的问题，有谁能长出八只手来兼顾着。"

肖跃确实不知道，他没有孩子。但他又似乎不是不知道，从某种意义上来讲，他的"孩子们"可比于晴要养大的还多一些。

"身在福中不知福，你孩子还小，现在不会说也表达不了难过，等他渐渐大了想要再找补可就难了！"肖跃想起洪小元的心理变化，嘴一秃噜就说了出来，"九二六犯人的孩子，短短半年时间不到就从品学兼优直接变成不及格还打架，这都是小问题容易解决，但他对他爸的态度，唉……"

同样身为媒体人的于晴一下子就发现了关键，她眼睛亮了亮，问："九二六，你是说那个姓……洪的犯人，他的孩子？你怎么这么了解？这条新闻不是早先就跟完了吗？这都一年了吧。"

肖跃在心里暗骂自己定力不够，当着前女友的面几瓶啤酒下肚，居然这么轻易就暴露出了这个信息。

"怎么，不愿意告诉我？"于晴似笑非笑地顶肖跃的话，"怕我去深挖？还是说，你和那孩子有什么别的关系？"如果不是这件事点到了肖跃的软肋，他都实在想要夸赞于晴的敏锐了，短短一句话带着他自己的反应，于晴竟然咂摸出了这么多信息，这可比小吴要强得多，只不过事关重大，于晴的敏锐在肖跃眼里反而可怕起来，让他感觉周围的空气都又冷了几分。

"一个案子后续罢了，哪那么多有的没的！"肖跃抬起手挠挠头，又重新举起杯，"也不知道该祝你单身快乐还是脱离苦海，总之，一个人也挺好，操心的事儿少，来，喝。"

于晴定定地看了肖跃一会儿，才浮起一个富有深意的笑容举起杯："你祝我大富大贵最好。"

"你又来了，我说你家里够有钱了，怎么还想这些事儿？"

"那不一样，钱这个东西，谁会嫌少？"于晴不以为然地仰头干杯。

话题总是这样，和当年上学时没有什么区别，聊着聊着，就会回到理想与现实的冲突上，让肖跃再也无法将话题继续下去。两人就这么干巴巴地沉默了一会儿之后，于晴仿佛捏准了节奏、摸到了肖跃性子上的关窍似的，又悠悠地开了口。

"我知道，当初咱俩能分手，也是因为这个。"于晴低下头，粉红色的脸庞在昏暗的路灯映照下显得娇柔无力楚楚可怜，她轻启朱唇，嘴角扬起一个带着凄苦的微笑，"那会儿因为这事儿咱俩还吵过好几次呢，我磨破嘴皮子也没能让你扭转心意。你呀，就是倔！但也怪，我还真就喜欢你这种倔。"

肖跃听着听着，就听出不对味儿了。陈年往事在他心中可算不上美好，但套了个初恋的滤镜，总是如梦似幻一般，现下眼看于晴就要撕破这层薄雾，他有些不情愿，也有些害怕。

"过去的事儿都过去了，还提它干吗。"肖跃硬邦邦地说。

"呵，在你那是过去了。但是肖跃，你这么多年，有没有想过我为什么要因为这样一点芝麻绿豆大的事情跟你闹成这样？"芝麻绿豆？肖跃心里嘀咕，这怎么能是芝麻绿豆！

"你总说媒体人应该有媒体人的自觉，要传递真相，要坚守自己的立场……你以为我不知道？我们成天地在一起听课一起学习，我会不知道？"于晴的声音渐渐高起来，染上了酒意一样缥缈。

"你知道的话，就不该……不该这么做。你看看世相头条跟你们合作的稿子，写成了什么样子！"肖跃本想说不该自甘堕落，但终归还是说不出口。

于晴笑得寥落，连连点头："我知道，你说我不该自甘堕落，对吧？哈哈，肖跃我告诉你，你在想什么，我基本一猜一个准！"肖跃带着尴尬点点头，这话倒有几分道理，至少这篇新闻稿的视角，一看就是于晴的手笔。

"你是男人，你不明白。"于晴的声音像深夜一样开始有了莫名的凉意，"没错，我家是有钱，但是这些钱是枷锁，是威压你懂吗？家人让我去哪儿，我就要受摆布，没辙啊，我花销他们的了呀！我得孝顺得服从安排吧！总不能让我忤逆，去和我爸妈对着干，那成什么了？毕业谈对象、结婚、工作包括生孩子，哪一样我能彻彻底底遂了自己心意？噢不对，不能这么说，还是有的。"

肖跃闷闷地接话："还有什么？"

"上大学。"于晴干脆利落地灌下一口啤酒，抿着嘴，眼里带了光，"我爸希望我学医，铁饭碗嘛，但我偏不，我想做什么？做记者，做媒体，做个说大实话的人！所以瞒着家人上了学，这倒是遂了我的心意，但我没想到，这条路难啊……"

"我不觉得。"

"你当然不觉得！你没有像我这样的条条框框……肖跃啊，我知道你看不起我总提现实总提钱，可是你扪心自问一下，不打好地基能盖房子吗？不查好资料能写论文吗？我现在不给自己累积资本，还靠什么去完成所谓的理想，靠西北风吗？"

肖跃感到沮丧，他很想告诉于晴，人生从来都不是做菜，非要所有材料一应俱全才能下锅，但看着眼前的女人一副泫然欲泣的样子，话到嘴边还是不忍说出口。好在于晴并没有让肖跃沉默太久。于晴仗着醉意轻拍了拍桌子："但是出差的时候碰见你，我明白了一件事儿，咱们总归还是要脚踏实地的吧？对吗？那择日不如撞日，从一点一滴开始做，又能有多大的问题！"

"于晴啊于晴，"肖跃张嘴愣了会儿，终于笑出来，"你今天晚上总算说了一句我爱听的话。"

于晴也跟着笑："喊！我说话什么时候还要管你爱不爱听了！"

眼看昔日恋人似乎有了些"改邪归正"的劲头，肖跃整个人放松不少，心想着无论如何，当年的情谊犹在，于是开口问："那后面有什么打算？世相头条那边可不好对付，那些人油滑惯了，也没什么所谓的三观。"

"我知道，所以在上面安排下来这件事之后，我就一直很犹豫，一时半会儿还真的想不出什么好的办法。"于晴歪着脑袋，露出苦恼的样子，继而抬头用波光潋滟的眼睛望着肖跃问，"肖跃，你帮帮我，好吗？"

"好。"面对这样的求助，肖跃几乎想都没想就答应下来。

"行，那可就一言为定了！"于晴终于笑靥如花起来，伸出手握成拳，只有小指冲着肖跃勾动。

"多大的人了……"话虽这么说，肖跃还是左顾右盼见没什么人注意到他们，才配合地也伸出小指来，钩上了于晴的，好像是钩住了一张看不见的大网，泡在啤酒的香气里，渐渐向他收拢过来。

"这一次的新闻稿，我也觉得世相那边有些过，但是领导喜欢，就给发了，肖跃，我想做自己的事情。"

"你是想……做自媒体？单位能同意吗？"

于晴摆摆手："这些东西不用考虑，如果我做得好了，单位巴不得给我升官加薪呢，现在的问题是，能不能做好。"

"这些东西有什么难，多用心就是了，你在学校的时候本来就是技术了得，一个小小的自媒体，难不住你的。"

"肖跃……"于晴俯身过来，声音中带了些学生时代的娇憨，"这方面你是行家，我连选材怎么选都不知道的，你能不能给我选选材呀？"

自媒体想要做出风格，文案质量是其一，但灵魂却是在选材上，华城报业的新闻选材关注点往往拔得很高，对于百姓民生方面，倒真没有自媒体这样灵动自由。肖跃想了想，他很少见于晴这样看起来做小伏低的样子，总觉得哪里好像不太对劲。但那张大网毕竟还是渐渐收拢了过来，让他在酒气芬芳中也没有更想太多。

他点点头："行。"

从正式迈进杏林中学开始学习生活以来，洪小元总有一种飘浮在半空中的不真实感。初中的课程学习还不算太过紧凑，入学后第一个周末，宿舍同学都返回家中，他特地选择了留校，心中隐隐暗含着想要尽快将自己挤进这个陌生世界的愿望。早晨少了宿舍同学们叽叽喳喳的吵闹，洪小元起身拉开窗帘，感到阳光神圣的召唤，像一只暖融融的大手一样牵着他出门，脚下的地面也是软绵绵的，他试探性地用足尖去触碰，那种不真实感透过脚底直蹿上来，四肢百骸也软绵绵地舒展开了。他准备去学校的图书馆转一转，从来到这里之后，每日在图书馆里的学生总是熙熙攘攘，挡住他想要迈进去的脚步。在拜县一中被围攻的事情还历历在目，洪小元不得不保持着敏感而脆弱的希冀缩头缩尾地度日。

苗老师笑靥如花地冲他说过，有任何困难都可以随时向她寻求帮助，甚至还带动了初二三班所有同学在他转来时特意鼓掌欢迎，以示亲近之意。他想起自己当时不自然的体态和颠三倒四，惹得大家哄堂大笑的个人介绍，脸不由得又红了红。

图书馆离教学主楼不远，是为了方便学生们下课之后进行课外知识补充之用，洪小元一边用手扑着脸，试图让燥热的温度褪去，一边推开大门。虽然是周末，但图书馆仍有不少学生，这倒让洪小元有些没想到。拜县一中没有图书馆，却有一个小教室大小的图书室，和这边的图书馆比起来，简直是门可罗雀，几乎算是洪小元一个人的主战场了，于是在看到这些或埋头苦读或认真寻觅书刊的"战友"时，洪小元莫名地生出一种并肩冲锋的感受来，竟然是有些激动了。

"同学，想找什么书？"

大门一侧是一条长桌，声音就是从长桌后传过来，洪小元被这个突然的低声惊了一跳，脸上的燥热又席卷上来，他有些无措地扭头去看，桌后面的人似乎也是一副学生模样。

"第一次来吧？我是高二二班的刘畅，你需要找什么书，或者需要借阅，我都可以帮你。"

果然是学生，洪小元这样想着，茫然地摇摇头："那个，我、我先看看……"

说完话又觉得自己可笑，图书馆又不是商场，哪里来的"先看看"这一说，于是洪小元鼓起勇气问："刘畅姐姐，我想看看最近的新闻。"

刘畅宽和地微笑，扶了扶自己的眼镜："你应该是初中部的同学吧，对新闻感兴趣，这很好，喏，报刊都在靠窗的报刊栏上，或者直接用最后面机房的电脑也可以！不过我还是推荐用电脑，这样找东西快一些。"说罢，亲切地冲洪小元眨眨眼。

这种亲切立刻缓解了洪小元的紧张，他也浅浅地笑了出来，在刘畅的帮助下办理了校图书馆的学生借阅证件，并来到机房打开电脑，不太熟悉地开始操作。电脑虽然早已普及开来，包括拜县一中隔壁就开了大大小小好几家网吧，张开口将放学后的学生们一个个吸引进去，但洪小元家庭情况受限，不仅从来没有去过，而且初一安排的微机课程也常常被其他主要课程占用，摸到电脑的机会都不太多。不过他毕竟还是聪明的，自己埋头捣鼓了一个多小时，再加上刘畅的悉心帮助，基础操作很快就掌握了。

"如果要看新闻呢，咱们省最出名的媒体就看华城报业的就可以，大大小小的新闻都有，从国际政治到百姓民生，一应俱全，对，包括前一阵的阅兵也有很详细的报道呢！"刘畅趴在洪小元身旁耐心教导着，帮他打开华城报业的官网，"那你先慢慢看吧，等一下结束之后过来门口登记就可以！"

洪小元始终没敢说出口，他想看一看"大题肖做"的新闻。本着既来之则安之的态度，他没有犹豫很久就点开华城报业的新闻开始阅读，几篇之后翻到阅兵那一条，突然感觉到了一股难以言喻的违和感。之前他是看到过肖跃的新闻稿的，不只是肖跃，包括让他怒火中烧的世相头条，也有好几篇是他仔细读过的，可华城报业这一条关于阅兵的新闻稿，既让他感受到熟悉，又让他觉得内容方面失之偏颇。

他定定神，翻出搜索框搜索"大题肖做"，果然肖跃也做了阅兵的新闻，打开仔仔细细读过去，洪小元才发现自己的熟悉感源于哪里。两篇新闻稿的视角如出一辙，但价值导向却大相径庭，这让洪小元十分想要联系肖跃问问情况，可他却没有任何能联系到肖跃的方式。

正犹豫着，一个促狭的声音响起来。"年纪不大，胸怀倒很深嘛。"

洪小元吓得差一点扔掉手上的鼠标，赶忙回过头之后才看到苗香寒俯着身子，好整以暇地看着自己。

"苗老师……"洪小元不知哪里来的窘迫感，连忙站起身来，冲苗香寒鞠躬，身后的椅子被这么一拉，发出有些刺耳的声音，引得周围学生们频频回头。

苗香寒见洪小元更窘迫了，失笑着按着他的肩膀低声说："小元，我长得也不可怕吧，怎么像看到妖怪一样？"

"不不，不可怕！"洪小元尴尬地抬起脸，看到苗香寒笑眯眯的，料定她没有生气，才把一颗心放下来，"苗老师，是我太紧张了……"

看看电脑屏幕上并排开启的两个网页，苗香寒心里暗暗地点头，旋即拉着洪小元让他坐回椅子上,自己也在他身旁坐下说:"关心新闻是很好的事情,老师要表扬你,不过更要表扬的是,你有自己的观点,没有偏信,而是比较不同的言论,这说明你是一个很有主意、好学的孩子。"

洪小元有些局促,经过长时间地被欺压,他已经有些不太习惯应对别人的夸奖了。突然,他想到什么似的,抬头问:"苗老师,你也看过这个新闻吗?"

"当然啦,"苗香寒点点头,"不过我不太同意华城报业的观点,站在道德的制高点去考虑问题,往往会失之偏颇的。这可不是说你肖跃叔叔写得好哟,可不能飘飘然!"

得知苗老师也和自己的想法一样,洪小元就渐渐地放下心来。

"嗯,既然说到你肖跃叔叔了,你进学校有一个礼拜,也该跟他联系联系情况。给他打个电话,怎么样?"

"好!"

…………

肖跃接到电话时,他正与小吴在针对西京市一家儿童福利机构进行采访,听到洪小元说自己是如何收到了学姐和老师的帮助后,他更加深切地感受到自己之前的决策英明。尤其在苗香寒向他说明,洪小元拿出同一条新闻的不同观点进行比对的时候,肖跃更是发自肺腑地感谢自己。他感谢自己的一时冲动,没有让这个敏锐的孩子葬送在无休止的霸凌下。挂了电话之后他喜形于色地拍拍一旁翻笔记的小吴:"小吴啊,你的业务还要继续加把劲才行。"

小吴十分委屈:"肖哥,我今天忙到现在,还没起过什么话头呢!"

肖跃笑得四平八稳:"和你起不起话头没有关系,说你是为了让你有危机意识。"

"怎么的,谁还看上我的饭碗,把电话都打到你这了要跟我竞争?!"小吴装模作样地撸起袖子,"看我不收拾他!"

"你要去杏林中学收拾小元吗?"

"啊?小元?"

"对啊,小元一个14岁的孩子,现在看新闻都知道比对、知道建立自己的思维角度了,你再不抓点儿紧,几年之后估计小元都要超过你咯。"

小吴灰溜溜地把撸起的袖子放下,没好气地瞪着肖跃嘟囔:"夸人就夸人,非拉着我躺枪,哼。但是还别说,小元这孩子我一开始还担心他之前养成孤僻的性子,去杏林中学之后会吃不开受欺负呢,没想到还行啊!"

肖跃也感慨地点点头:"是啊,不过从他的口气里能听出来,也是下了很大决心的,只是效果最后会成什么样,这才一周,看不出来什么。"

"苗老师呢,她怎么说?"

"也一样，一个礼拜看不出来什么具体的，不过马上学校好像要办运动会，到时候她说希望我们能过去看看，给孩子支持。"

"不是吧肖哥，学校运动会还得让咱们过去吗？这一段时间本来就挺忙的，根本来不及吧！我看啊还是直接给苗老师回绝了算了，万一再碰到个什么要出差的新闻，哪顾得上啊！"学校运动会的时间还没有具体定下来，电话中苗香寒告诉肖跃，大概是在 10 月下旬。

小吴的话不无道理，做媒体的无法预估接下来会有什么样的新闻出现，故而没办法提早进行时间上的安排，可忙是确实忙的，"大题肖做"这种自媒体还好，更新频率和选材来讲都不像华城报业这种大新闻媒体单位一样那么频繁庞杂，如果硬要抽个半天工夫，大概还是有可能的。手上接下来的安排还有几项，肖跃默默地算了算时间，如果要抽出空来，八成前面就得加班了。

"肖哥，你可不能沉默，沉默就代表你要去杏林中学了，这可不成，咱们这边事情还很多！"小吴看肖跃不搭腔，严肃地说。

肖跃停止心算，冲小吴笑着点头："到时候再看，不急。"

"肖哥！"

"好了，先忙手头的事儿。"不顾小吴的劝阻，肖跃依旧还是加班加点地提前完成了手头的几个项目，决意要参加杏林中学的运动会。

"小元本来就心思敏感，想要融入集体也需要一个过程，家里的事情背在身上，搁成年人都不好受，既然选择帮忙，不如就一帮到底好。"肖跃如是说。

小吴拿肖跃没办法，虽说他一直认为这样实名资助总会多多少少有些隐患，但无奈肖跃态度坚定，再加上洪小元确实如肖跃所说的那样懂事乖觉，也只好领命，一边着手处理新闻稿件的发布，一边暗中准备这次去杏林中学要给洪小元带的生活用品。苗香寒的电话如约而至，除了通知校运动会的具体时间之外，还带来了一个重大消息，那就是在狱中服刑的洪庆国从母亲那里得知洪小元被资助转学的事情后，出于对儿子的关心和想念，希望可以见孩子一次。这个消息被苗香寒暂时压了下来，没有告诉洪小元，她来电询问肖跃该如何处理。肖跃对洪小元的态度心知肚明，孩子对自己父亲的憎恨并非像一般的仇视那样简单，更准确点讲，是出于一种"爱之深，痛之切"的失望。

"你看，加班加点的工作还是有意义的吧，这下是去也得去，不去也得去了。"肖跃冲一旁忙碌着的小吴说。

小吴没精打采地哼一声："也就是肖哥你心肠软，换作别人，哪能这么事无巨细地关心？唉，不过看小元的态度，怕是难。"

难，是说洪小元同意去看父亲这件事属实是很难，但再难也不能藏着掖着不告诉，况且这个心结不解，对洪小元自己的成长也没有任何好处。

"试试吧，先试试再说。"肖跃闷着声回复，更像是在给自己打气。

世间的事情往往十分奇妙，仿佛拉帮结派似的，在无事发生时都龟缩在某一处静静蛰伏，一旦有了个开头，就熙熙攘攘簇拥着跑了出来，不甘于落在后方。肖跃和小吴收拾妥当准备要去杏林中学的时候，偏生就又有新闻扑了上来。这一次的新闻和肖跃9月采访的儿童福利机构有些关联，是西京市商业协会针对爱心公益自主自发进行的一次"教育下乡"活动，联合商业协会会员单位进行教育设备、文具、生活用品等的捐献累积，随后对西京市各个儿童福利机构和几个重点贫困县进行帮扶，算得上近期非常大的新闻了。为了靠拢教育和扶贫政策，这一项目的发起也显得轰轰烈烈，还没有开始进行实际操作，关于媒体合作方面已经铺了开来，并且要突出一个"自发性"，商协特地联系了不少自媒体来进行跟踪报道，"大题肖做"就是其中一个。

这让肖跃无比为难，校运动会的时间板上钉钉，一旦接下这个需要追踪报道的新闻，很显然他就无法兑现苗香寒和洪小元的承诺，思前想后许久，他突然想起了月余前的那次消夜——于晴。

那次消夜过后，于晴与肖跃的联系并不算太紧密，只是有一搭没一搭地联络着，聊得多的，是于晴关于自媒体方面的咨询。

肖跃本以为于晴说的"完成梦想"不过是一句酒到酣处的醉话，可于晴却一点点地真刀真枪做了起来，这让肖跃意外，也许他倍感安慰。如果放在一个月前，肖跃都不敢推荐于晴去完成这件事情，但现在，眼看着于晴以老到的经验和敏锐的视角有了起色，再加上他也应承过要提供一些帮助，于是，他不假思索地向商协推荐了于晴，引起了小吴好一番不满。小吴的絮叨持续了很久，直到二人来到杏林中学的操场时还在继续。

在小吴"英雄难过美人关"之类的轰炸下，苗香寒带着一脸雀跃的洪小元来到了肖跃身边。

"肖跃叔叔！"稚嫩的欣喜声音将小吴的愤懑打断，二人打量过去，洪小元穿着运动鞋，身上也是崭新的运动服。

苗香寒拉着洪小元的手轻轻晃着："小元这次报了跳高和接力赛，我强行拉着他给他买了一身运动服，不过别看咱们小元年纪小，消费意识可真的够坚定的，一开始死活都不要我付钱，最后看拗不过，货比三家才挑了最便宜的一套！"

肖跃和小吴笑而对望，这点上洪小元倒还和之前一模一样。

"小元，有信心拿第一吗？"肖跃笑着问，伸出手摸摸洪小元的头发。

洪小元兴奋地说："那当然！刘畅姐姐也说了，我要是这次拿第一，图书馆那边可以破例引荐我过去当实习管理员呢！还有张浩和范晓梨，我们几个打赌，输了的给赢了的替值日！"

一连串不熟悉的名字下来，说得肖跃都有些愣住。趁广播里叫学生们去做准备时，肖跃才感谢地对苗香寒说："辛苦你了苗老师，孩子开朗很多，看样子，朋友也交了不少吧。"

苗香寒却不居功："主要是小元自己也有融进集体的心，其实第一次小考的时候他成绩挺差的，是班上倒数，我看他眼看着有点儿想要封闭起来的意思，准备劝来着，谁知道被他前后桌也就是刚才他提到的张浩他们提前连哄带骗地劝好了，反倒显得我这个心理咨询师什么用都不顶！"轻描淡写的诙谐话语，让肖跃和小吴都忍不住笑起来。

"苗老师，肖哥可以说是非常看重小元了，这不，放着大新闻交给别人也要过来看看，能得到这样的结果，他这下才算是安心咯！"

苗香寒有些惊讶："啊？耽误到你们的工作了吗？"

肖跃无奈地瞥小吴一眼，转过头来："不打紧，不是特别重要的项目。洪庆国那边是怎么说的？"

"噢，是孩子奶奶来的消息，说洪庆国想孩子了，希望能够见一见。"苗香寒看提到正事，脸色也严肃下来，"只不过之前小元对父亲的态度一直都很极端，又加上学校这边生活刚刚步入正轨，我怕影响孩子情绪，就没敢直接说。"

洪庆国是在监狱里专程写了信寄回白头村的，家里没有电话，家人们保持联络的方式都显得和这个时代有些格格不入，十分传统，除了与学校时常通过村口的公用电话沟通外，庆国妈仍旧保持与洪庆国的书信往来。在给学校的电话中，庆国妈不止一次地提起她眼中洪小元的变化，对肖跃和小吴表示感谢的同时，还不忘教育洪小元不要辜负大家的苦心。与此同时，她也尝试着对洪小元提起过尚在狱中的父亲，得到的却仍旧是洪小元的冷漠以对，实在想不出别的办法时，才联系到了苗香寒。

运动场上的喧闹和校园广播相得益彰，洪小元在操场上挥洒着青春的汗水，显得欢快恣意，肖跃的目光一直跟着洪小元的身影，他看到的是一个积极向上的欢乐少年。

"我试试看吧，但是孩子愿不愿意，还是要看他自己。"肖跃终于收回目光，对苗香寒说，"这种事情要从长计议，孩子好不容易能从之前的阴霾中走出来，我们最好不要强迫他什么，而且小元不像其他孩子，他自己有自己的主意，还是以引导为主。"

苗香寒沉吟着点点头："好，就这么办。"

…………

"我不去。"洪小元盯着桌子上面自己在运动会上拿到的简易却精美的金牌,眼眶有些泛红,语气却十分坚定。

"我不去,我很忙,接下来还有图书馆的事情,而且范晓梨说了,校园电视台那边正招募初中部的新人,再说,我的成绩还没上去,我不能去。"似是强调又像是在解释一样,没有什么情绪起伏却渗出委屈的童言从洪小元的口中极为流畅地说出来。肖跃可以看到洪小元正努力地抠着衣角,指节在微不可见的颤抖中隐隐泛白,或许是用力过猛的缘故,洪小元的声线也在轻轻地颤动。

"小元,学校这边的事情你不用担心的,有老师给你安排,你放心,不管是图书馆还是电视台,老师都可以帮你准备,不会让你错失机会的……"

"他凭什么能随心所欲!"洪小元脸上青一阵红一阵,在苗香寒的苦口婆心中终于爆发,拽着金牌的绶带猛地站起来反问着,金牌突然被这样猛烈的外力从桌上扯下来,磕碰在桌角,响起一阵急促的叮当声。

肖跃皱了皱眉,换上笑容试图去拉洪小元:"小元,你爸爸也正在为他的过错承担责任,当然也不能随心所欲……"

洪小元胸膛起伏,强忍着眼泪要冲破眼眶的力度,委屈地吼着:"怎么不叫随心所欲了?!他想过我和奶奶吗?!奶奶被村里人骂的时候,他承担责任了吗?我被三肚子欺负的时候,他又在哪儿!还有……还有当时他要出去跑车,妈妈、妈妈死的时候……他有什么资格让我去看他!"说完话,眼泪终于还是没有控制得住,汹涌地夺眶而出,洪小元脸上浮起悲愤的神色,胡乱地用袖子擦了擦脸,一扭身飞快地跑掉了,金牌被他甩在地上翻滚了几下,撞上了苗香寒的脚面。

她怔怔地低下头将金牌捡起来,擦擦上面的灰尘,愧疚的眸子对上肖跃的眼睛:"还是刺激到孩子了。"

"唉,这样吧,给孩子奶奶实话实说,别逼孩子了。"肖跃说。

苗香寒点点头:"我等下就去……但是,一直这样下去,总也不是个事儿吧。"

"是……对了,洪庆国那边有没有联系人?要不然我往那个方面想想办法。"

小吴惊道:"肖哥,那可是监狱,你以为那么容易就能往那边想办法?!"

"试试呗,万一呢。"肖跃闷声叹道。他当然知道这些系统是非常难以接触的,又不是亲戚,洪庆国的面都怕是难以见到。

苗香寒想了想:"还真不一定,小元奶奶说,洪庆国把家里情况告诉那边之后,一个好心的实习狱警在中间帮了不少忙,如果找他,可能还能通融通融。"

"噢?真的吗?"肖跃立刻掏出笔记本,"他叫什么名字?"

"小元奶奶说,他叫李强。"

与洪庆国的接触一如肖跃预计的那样困难重重，按照西京市的规定，需要会见的服刑期罪犯需要每月先提出会见要求，在批复过后按照确定下来的会见时间才能进行探看，并且原则上只有近亲属和监护人才能充当会见人的角色。肖跃在忙碌的工作中尝试着咨询过几次，均得到了无法探看的回复，无奈之下，只得按照苗老师给来的联系方式，尝试着碰碰运气。最开始拿到李强的联系方式时，肖跃心中也犯过嘀咕，虽然是实习狱警，但现如今各个机构都必须按章办事，就算把人情摊在面子上去谈，也应该不会有什么大效果，于是不顾小吴的催促，他还是将这档子事儿先放了下来，这会儿到了不得不找的时候才又翻出来，倒让他十分意外了。

李强的回复和规定如出一辙，依旧是无法进行正常探看的，但是由于洪庆国家庭情况比较特殊，他还是愿意给予一定的帮助，比如说，经常与肖跃沟通沟通洪庆国的情况之类的。肖跃从李强的口中得知，洪庆国在狱中表现良好，劳动抢先又极少生事，憨厚老实的性格还让他与狱友们建立了不错的互助关系，只是有一点让李强比较在意，那就是洪庆国似乎身体情况总是不太稳定，经常性地胃疼，疼起来也不言语，只是一个人默默咬着被子硬忍，一次查房时他发现，洪庆国的被角处已经被自己咬得整个破掉，露出里面的棉絮来。大概是病痛时不时来折磨洪庆国的缘故，对儿子的思念和关切也就日复一日深起来。

李强告诉肖跃，加上这一次洪庆国的请求，已经是第五次了，而洪小元那边的反馈一直是不予回应，别说会见了，就连让奶奶探监时顺便带一句话都没有。

"洪庆国不会因为这个，对孩子有什么怨言吧？"肖跃不免有些担心，一次次的拒绝给洪庆国的压力可想而知。

"不会，肖记者，洪庆国在狱中最经常提起的就是孩子，他知道自己的行为一定会对孩子产生不小的影响，常说自己没脸见孩子。可虽然话这么说，有哪个父亲是不想真见到孩子的面呢？洪小元不愿意来，他心里明白，只是懊恼自己，这方面我们也会多关注犯人的心理状态的，请你放心。"

"唉，那就好，其实小元是个好孩子，他只是……"

李强爽朗的笑声传过来："我明白肖记者，就跟我小时候似的，爸妈在外面打工，剩我一个人在家也没少受同龄人排挤，慢慢地就好了！"

打工？肖跃心里动了动，没经过脑子就不由得脱口而出："你小时候是……"

李强的声音听起来有些意外，但仍旧坦荡荡地告知肖跃："噢，是这样，我小时候那会儿家里穷，供不起我上学，我爸妈常年在海市，有一次大过年的，还因为城运会愣是没回村，哈哈，不过我算很幸运的了，有记者采访我们，后来没过多久就来了好心人资助！所以我就想，洪庆国的孩子过年是不是也没家人陪着？那作为受过帮助的人来说，只要不违法乱纪，我帮一帮也很正常，毕竟这个社会上还是好人多嘛！"

肖跃心中巨震，西京市不小，在西北五省里算得上数一数二的规模，可偏偏就在这么大的规模下，方寸间却又有着千丝万缕的联系，命运的绳索将他们这群人紧紧地扣在一起，似乎还在暗中悄然改变着每个人的一生。

他说："辛苦你了。"

自己对这些孩子的资助渐渐有了成果，这让肖跃有些赧颜，他只不过是在这些孩子最急需帮助的时候轻轻地帮衬了一把，却没想到能让他们印象深刻至此，这更加坚定了他对洪小元的信心，前方的漫漫长路看起来仿佛都短了些。

"苗老师，小元最近情况怎么样？"肖跃想了一会儿就给苗香寒打电话。

之前运动会结束后，洪小元的状态让他十分揪心，生怕好不容易让孩子建立起的愉悦生活就因为这一次谈话又重回谷底，幸亏苗香寒当时赶忙过去劝慰，洪小元虽然也别扭了几天，最后还是恢复了常态。

"挺好的，只要是不提他父亲的事情，一切都好，学习方面也有长进，上一次的作文还拿了竞赛三等奖，在校电视台播报了呢。"苗香寒快速地说完洪小元的情况后，迟疑了一会儿又问，"孩子父亲那边，是什么情况？没有怨孩子吧？"

"没有，李强说了，一切都好。"肖跃顿了顿，"这件事急不得，只要孩子心态健康，慢慢来就是，还是得辛苦苗老师了。"

他本身是想通过李强促成这件事的，但真通过电话之后，却改变了想法。他还是希望洪小元可以自己解开这个心结。

"肖哥，你眼中心里放着小元我不吃醋，真的，但是你能不能偶尔也照顾照顾我这个小助理，我快被于晴整疯了……"挂了电话没多久，肖跃就听见小吴在一旁呼号求助的声音。

"少来这套，让你跟着她这边整理材料也是对你的锻炼，而且华城报业家大业大的，人家好歹还负责一个大部门，我这都算是给你开小灶了，还不算照顾你？"肖跃嘴上没好气地训斥着，身子却已经动起来，挪到一脸了无生趣的小吴背后仔细查看起他负责的材料整理来。

看了没几眼，肖跃就开始皱眉头："这也给你扔得太多了，丁晴那边呢，她自己在忙什么？"

小吴生无可恋地瞪着电脑屏幕说："不知道。问了，说华城报业那边和世相头条的合作项目在忙，具体忙什么我也不敢问，而且你这个前女友不是我说啊，也太会说话了点儿！明明就是把什么活儿都扔给我，说出来的话还让我发不了火，你说这事儿闹得……"

"什么乱七八糟的,我可告诉你前女友这三个字不要提了啊。"肖跃板着脸,感觉一阵微热,心慌似的把桌面上散落的文件拉起来看,"再怎么忙,一个跟踪报道这么大的事儿也不能全推给你啊,我问问她。"

听闻肖跃这样说,小吴总算散发出活力来,一扭头拉住肖跃的手声情并茂:"肖哥,肖总!你可得为我们无产阶级劳动人民做主啊!"

"去去去,于晴也不是个周扒皮啊,真是。"肖跃笑骂着,套上外套往华城报业出发。

肖跃来得赶巧极了,或者也可以说,异常不赶巧。

在抵达华城报业楼下的时候,他刚从出租车下来,就看见于晴一脸怒气往外走,他站住刚叫了一声,紧跟着就看到于晴身后快步走来一个男人拽住了于晴的胳膊。

这个男人肖跃很有印象,就是在他还在华城报业时,上门找他来"算账"的、于晴的商人老公,现在变成了前夫。肖跃就在这种尴尬的情况下停住了脚步,不知道是该向前走,还是该躲得远远的。那一声呼唤让于晴注意到肖跃,她冲肖跃走过来,将身边拉住自己的前夫冷脸甩开,直走到肖跃面前时才露出笑容:"你来啦,我们先去吃饭吧,我饿了!"说完,还貌似亲昵地大大咧咧挽上肖跃的手臂。前夫紧跟两步,走到跟前打眼看见肖跃,先是有些疑惑,继而似乎想起来什么似的,脸上露出不屑的神色:"哟,再续前缘啊,得了,于晴我今儿就不打扰你甜蜜了,但是我告诉你,莎莎的抚养权我要定了!人贵在有自知之明,你家现在什么样,你可比我清楚!"

说完,似笑非笑地冲肖跃点了点头,转身走了。肖跃心里一百个不愿意,"再续前缘"四个字让他意识到这个曾经冒犯过自己的男人还保留着那时的印象,这让他不自在极了。

于晴这会儿才放下挽着肖跃的手,满脸冷漠:"呸!痴人说梦!走,我们吃饭去,别因为个烂人破坏了心情!"犹豫半天,肖跃还是点点头没有吱声,他隐约觉得于晴似乎根本不在意他在面对她前夫时的窘迫,只是虽然过去很多年,他仍旧习惯着不向她提出任何意见。说是吃饭,其实肖跃因为刚才这档子事情根本没有胃口,只是看着于晴大快朵颐。他体贴地没有问适才她前夫的话,只是针对商协爱心助学项目的跟进进行了询问,于晴的反应在他的意料之外,似乎并不认为这样有什么不妥。

"唉,最近我要忙死了,除了部门工作,刚才那个烂人还缠着我,早不争晚不争,现在跟我争抚养权?!他想得美!"于晴甩着筷子破口大骂,好一会儿才停下,"算了,你好不容易来找我一次,不提他。"

肖跃忍了忍,还是隐晦地提出关于商协项目于晴亲身参与的重要性,顺带手地说明了一下自己这边的工作进度。这样来来回回聊了半个小时,于晴终于放下筷子,嘴角露出冷笑:"行了肖跃,我知道你这是嫌我不好好工作丢你的人,放心吧,我是这段时间忙,接下来就好了,而且我跟商协打过招呼,后面要跟着一起跑村子。"

肖跃感觉自己脸上红一阵白一阵，什么叫丢他的人？他可担不起。

"对了肖跃，下个地方我看说是要去白头村，你之前那个九二六案子，洪庆国是不是白头村的啊？"于晴低头喝水，眼睛也不看肖跃却猛然说了这样一句话。

"嗯，是。"肖跃心里一紧，不自然地也端起水杯含糊地说，"不过很久没去过了，也不知道具体情况。"

于晴抬眼仔仔细细地打量肖跃好一阵，忽而笑了："怕我问洪小元？我说老同学，你啊真的是一如既往的谨慎！不提这些了，服务员，埋单……"

按照往常，肖跃是断然不会让女性埋单的，但他今天却愣在那里迟迟没有动。

他有一种不祥的预感，上一次于晴还记不清洪庆国的名字，怎么到这一次，她却连洪小元都知道了呢？

商协爱心助学项目自从于晴决定亲自接手后，小吴这边终于闲了下来跟着肖跃去进行其他工作。虽然上一次肖跃对于于晴的表现有些疑惑，但想想要去白头村，于晴提前对自己的工作有一些深入了解也是理所应当，也便没有再追问，直到有关白头村的报道照片出来之后，看着上面的照片小吴才半是闲聊半是感慨地问了一句"于晴这可别是专程为了洪庆国的事儿跑一趟才好"，他才重拾了那时的心惊。不会的，肖跃告诉自己，于晴没有理由为了一个已经落下帷幕这么久的案子再专程探访一次，没必要啊。

可心里仍旧是打鼓，对于晴的自告奋勇开始有了些超出以往的感受来。

几个月的时间里，与于晴因为跟踪报道的事情对接好几次的肖跃时不时地想追问一句于晴的真实想法，但每每话到嘴边还是被他咽了下去。怎么问？是直截了当地问她到底出于什么目的，还是拐弯抹角地探究一下她对洪小元的看法？都不成。反而是于晴大大方方地拿出白头村的报道来询问肖跃新闻稿写得如何，正色得让肖跃不得不放下心中的疑窦。

商协的项目巨大，持续时间也久，直到过完年办了一次名动西京的联欢总结会之后才最终落下帷幕，在肖跃的协助下，于晴的自媒体通过这一次深入追踪也在业界获得了大好的名气，原本肖跃还在担心于晴的"私活儿"搞得风生水起会不会影响她在华城报业的根本，谁知道内里的门道却一如于晴自己一早说的那样。华城报业不仅没有对于晴这种私自动作进行批评，反而大张旗鼓地进行宣传，到最后甚至给她整出来了一个"西京市爱心女神"的称号来，她的工作突然就展开了、规模化了，华城报业也因为坐拥女神，在行业内再创了"人才培养基地"的风头。

为表示感谢，于晴死缠烂打地要来肖跃的办公室看看，据她说，这叫"登门致谢"，肖跃被她缠得头疼，也只好答应在小吴休假的时候邀请她来。很久没有与于晴这么孤男寡女共处一室的肖跃体会到多年未曾有过的紧张，在于晴要来的这天早早地就醒了过来。他一边苦笑自己还是那副老德行，一边四处打量办公室，怎么看怎么觉得脏乱差。作为男人的那份脸面登时起了作用，他说不清自己现如今对于晴是个什么感觉，但手上却很诚实地已经开始打扫了，为的就是不让自己这一亩三分地在于晴面前失了面子。

谁承想肖跃才堪堪扫了卧室的地面，就听到门铃一阵紧过一阵地响起来。

他手忙脚乱地过去开门，还没看见于晴的身影就首先听见了她好听的声音。

于晴高声吼着："快点接一下，我要拿不住了！"

肖跃慌张地去看，于晴手上拎着两个看起来就很沉重的兜子，一个里面装了各种肉类蔬菜，另一个则是两瓶上好的白酒。

他一面接，一面不知所措地嘟囔："拿东西做什么，我也不常做饭……赶紧进来吧，家里乱，别嫌弃。"

于晴进了门，拍拍被兜子勒红的手，先是巡视一圈之后带上门冲肖跃说："还别说，真挺乱的。"

不等肖跃尴尬，她突然卷起袖子抢过肖跃手上的拖把，一边吩咐肖跃将拿来的东西码放好，一边不顾肖跃阻拦开始埋头收拾起来。肖跃木然地按照吩咐放好礼物，出来看着于晴窈窕的背影突然一阵恍惚。没一会儿，于晴便将整个办公室都打理得窗明几净，顺带手还做了饭，肖跃则像是去到别人家中一般，在沙发上呆坐着，手也不知道往哪里去放。

"肖跃，感谢你给了我这样一个机会！"午饭做好，于晴打开一瓶酒，给自己和肖跃都倒上，然后大大方方地举杯。

肖跃脸一红，赶忙伸手碰杯，有些尴尬地笑说："举手之劳，举手之劳……"

"你这个办公室倒还挺方便的，"于晴喝掉一口酒，咂咂嘴好整以暇地四周打量，"上班路只需要三秒，倒省得堵车了。"

"嘿，生活所迫……"话没说完，就看见于晴掏出手机拍照，肖跃想要去拦，于晴轻巧地一转身，将手机背过身冲肖跃巧笑："求了你多久才让我过来，我啊这算是到此一游的打卡！"

肖跃愣了愣也笑了："又不是个什么景点，还打卡。"

"谁说不是了，鼎鼎有名'真相验证员'的办公场所，不是景点胜似景点！"于晴摇摇手机笑着。

这样一笑闹，肖跃的尴尬也驱散了不少，两人借着美食好酒开始畅谈，从不久前刚结束的商协项目聊到华城报业里的人际关系，都是业内人，又有着不少的工作交集，话赶话这样聊了两个多小时，饭没怎么碰，酒倒是喝了不少。

最后聊到了大学，聊到了感情，热热闹闹的场面突然冷场下来，肖跃和于晴都沉默了，盯着同样冷下来的饭菜不吱声。

"肖跃，也该找一个了吧。"于晴柔柔地问。

肖跃不说话，半响才闷下一口酒苦笑着说："我这种情况，要房没房要车没车的，工作还不稳定，就不祸害别人了。"

于晴有些惊讶："怎么会，你自媒体做得那么火，再加上华城报业在业界算是工资很高福利很好的了，买个房买个车总归是买得起吧？"肖跃扁扁嘴没有说出口，他的酬劳并不低，但有很可观的一部分拿来资助学生了，以至于现在的办公室还只是买了老式小区的二手旧房，什么商品房和好车，他压根想都没想过。

好在于晴并没有就这个问题追问下去，可她接下来的话，却让肖跃整个人都有些傻掉了。于晴轻柔地、小心地问肖跃："那，如果有人不怕被祸害呢？"

在和于晴恢复了联系，尤其是于晴告诉肖跃自己要重拾梦想的时候，肖跃不是对于晴没有过一些不切实际的遐想，可最终还是硬生生地止住了。为什么止住？肖跃不清楚，他只知道于晴与之前相比变化很大，这种变化是好的、积极的、理想化的，可越是变化大，越让肖跃觉得哪里不太对劲。沉默再一次席卷了过来，肖跃仿佛已经感受到空气渐渐凝滞起来，正在犹豫着怎么拒绝于晴时，门铃再度响起，穿透凝滞的空气，让二人都吓了一跳。

"我去开门。"肖跃逃一样地站起身，开门过程中他在想小吴休假在家，怎么会突然折返回来？不过回来也好，现在回来，相当于把他救了。事情往往不会这样遂人心愿，肖跃开门看见洪小元时，沉坠的心里就在反复着这个念头。

"肖叔叔……你喝酒了？"洪小元眨巴着眼睛，试探地往房间里看了看，"是不是有客人，不太方便啊？"

肖跃没来得及搭话，于晴就从肖跃身后探出脑袋，看是个不认识的孩子，笑着招呼："方便的！小弟弟，你吃了吗？快进来吧！肖跃，让孩子进来，站在门口像什么话。"

本身肖跃也只能选择让洪小元进门，这是孩子第一次来办公室，如果挡着，他于心不安。

"小元，你怎么来了？是吴叔叔给你的地址？"

洪小元背着书包，腼腆地进来先向于晴问好之后才乖巧回复："是苗老师给我的，我今天放假，想过来谢谢你。"

于晴忍不住乐了："我叫孩子弟弟，结果孩子叫小吴叔叔，肖跃，咱俩可差辈儿了！不过你行啊，今天是个什么日子，谁都眼巴巴地跑来谢你！来，小弟弟，跟姐姐说，你谢他什么呀？"

肖跃感到自己心中"咕咚"一声巨响。还没来得及制止，洪小元已经脆生生地说出口了："感谢肖叔叔帮我转学、让我期末考试取得好成绩！肖叔叔，上次的期末考试，还有这次小考，我成绩都提高了！我跟苗老师说想来西京市找你，她很支持我！你看，这是我的试卷！"

肖跃不知道自己是怎么接过洪小元手中的试卷，并且坐回沙发上的，他只感受到来自于晴那边的炙热目光。

装模作样地看了好一会儿试卷之后，肖跃才心不在焉地抬起头强笑着拉过洪小元称赞："好孩子，没吃饭吧？先吃点儿东西……"他生怕于晴多嘴问他些什么，只能埋头给洪小元夹菜。但他想象中的逼问并没有发生。

洪小元笑眯眯地大口吃了好一会儿饭之后，于晴便起身去房间里，过一会儿再回到客厅的时候，手上突然就多了一个信封。她塞到有些懵懂的洪小元手上，脸上尽是和蔼亲切的表情："来，拿着！你这次表现很好，以后也一定要努力学习，我跟你肖叔叔都会为你加油的！"肖跃有些难以置信地抬头看着这一幕，信封里自然是钱，这一点肖跃没有异议，肖跃意外的是，于晴这样一个媒体人，竟然没有刨根问底？这让他感到安慰。看来于晴这一次，是真的变化很大了。

洪小元窘迫地拒绝着于晴，将求助的目光又投向肖跃。

肖跃怜爱地看着洪小元，轻轻笑着说："收下吧，这是你成绩进步的奖励，不过要记得阿姨的话，努力学习，我们都会为你加油的！"

洪小元这才点着头接下了信封，伴随着于晴笑骂"我是他姐姐"的声音，三人竟然显出合家团圆的氛围来。洪小元被肖跃送回宿舍之后，才从已经焐得发烫的裤兜中掏出了于晴递给他的信封。今天是周六，宿舍的同学们都回了家，只有他一个人在，他左思右想，还是起身关上宿舍门，才颤颤巍巍地把信封拿在手里摸了摸之后缓缓打开，将里面的一沓崭新的人民币抽了出来。

数了数，一共是一千元。

这个数字让洪小元倒吸了一口凉气，白头村是贫困村落，许多家庭努力一年也拿不到五千元，而那个漂亮得近乎尖锐的阿姨，随随便便掏出口袋的就是五分之一！他暗暗下了决定，将这一千元重新塞回信封，埋在柜子最下层的衣服里面锁好，想着下周回白头村的时候带给奶奶。洪小元没有想到这一千元一放就是好几个月。原定于下周末回白头村的洪小元在周五下课的时候被同桌张浩叫住了。

"洪小元，这周先别回家了！"张浩趴在桌子上，拉住正在收拾书包的洪小元。

"不成，我上周就没回家，这周再不回去，奶奶要担心的。"洪小元摇摇头，态度坚决。

张浩是洪小元的同桌，也是他来到杏林中学之后交到的第一个好朋友，但除了兴趣相投外，张浩却和洪小元仍有着天差地别的不同，不仅家就住在杏林县内，而且学习成绩也是全年级排在前十的水平，与洪小元常常在年级下游徘徊形成了鲜明的反差。但张浩从来不因此看低这个"又土又穷"的孩子，反而对洪小元积极上进的态度很为投缘，正是在他的介绍下，洪小元才得知校园电视台的学生招聘，从而顺利进入，并与同班一样在校园电视台的女同学范晓梨结下了友谊。

"打个电话嘛！我告诉你，校园电视台要上新节目！你要走，那走吧，想当记者的梦可就没法实现了！"张浩说完，跷着脚别过头，一副"爱咋咋的"的模样，眼角却在关注着洪小元的一举一动。

果然，听到"记者"两个字，洪小元的脸上堆上了疑惑，收拾着的手也停了下来。

"什么意思呀？我没听懂，你是说，校园电视台要加个采访节目？"洪小元好奇地坐回座位上冲张浩问。

张浩老神在在转回头，笑嘻嘻地说："这就对了嘛，我告诉你，这可是独家消息！今天中午我去于老师办公室的时候听见他跟老校长说的！说什么……教育改制，什么要关注学生的课余生活什么的……"

"你在说什么啊，我都听不懂！"

"哎呀，别打岔！这些我也听不懂，反正意思大概就是这么个意思，就是要开一个新节目，让学生采访学生，自己制作一个节目出来！"张浩挥挥手，压抑着兴奋的眼神左顾右盼了好一会儿，才压低声音说，"据说这些参与活动的学生，后面中考直接留校升高中都有加分的！"

"啊？这么厉害？"

"那是！不过当然，还是得成绩过硬才行，不过这一点你不用担心，就凭咱俩是好哥们儿，剩下一年哥一定带你飞！"虽说杏林中学的高中部在西京市周边郊县算得上名列前茅，多少学生都挤破脑袋想要进来，但学校还是给了自家学生一些直升通道的。不过洪小元其实并不太在意这个，他更感兴趣的是"自己制作节目"这一条。

这岂不是让他在追逐自己梦想的道路上提前做了实习吗？梦想的诱惑对于一个少年的影响是巨大的，洪小元几乎当下就决定，通过村里的公用电话通知奶奶自己要留在学校实习，然后和张浩一起参与到这一次的大好机会中去。

"那我们应该去哪儿报名？"洪小元拿定主意之后，就立即问张浩。

"唉，我是没法长期参与了。"张浩将自己的失落夸张地演绎出来，"家里催得紧，不让我干这些，不过我问了范晓梨，她已经被于老师内定了！刚好还缺个男生，老弟，别说哥们儿没给你机会哈！"张浩坏笑着挤眉弄眼，惹得洪小元一阵不好意思。

"死耗子一边儿去！"洪小元吐槽着张浩的外号，手上不停地把书包胡乱收拾好，转身就往外走。

"哎呀，我一边去咯，不耽误我们小元老弟找美女咯！"张浩嘻嘻笑着没动，声音却飘进走出教室门的洪小元耳中。

他确实是找美女去了，但不是范晓梨，是苗香寒。

苗香寒坐在办公室听完洪小元的请求，眉头不经意地皱了皱，才缓缓开口："小元，你这一次期中考试成绩又有些掉了，学生活动积极参与是很好，不过……如果参与活动会让成绩下滑的话，老师可没有办法支持你。"

洪小元哪想过苗香寒会拒绝他，他原本以为，找苗香寒去争取总比找范晓梨要好得多，再怎么说苗香寒也是教师，有了教师的支持才能名正言顺！

所以苗香寒不软不硬地拒绝，让洪小元几乎是立刻就急了起来。"苗老师！我、我已经跟奶奶夸下海口，说自己参与学校的节目不回家，后面还会把录像给她看的！奶奶可高兴了！"洪小元急不可耐，脸上都有些泛红，"还有，学习成绩这方面我一定努力，张浩也说了，他会协助我复习的！"

苗香寒见洪小元急成这样，扑哧一声笑出声："好啊，还没参与节目，就敢跟奶奶这么说了，这可不好！嗯……这样吧，你要参加也不是不行，但是得给我个保证。"

"老师您说，什么保证，我一定完成！"

"把你期末考试的排名提前10名，不过分吧？"苗香寒晃晃悠悠地提出要求，说完还促狭地冲洪小元眨眨眼。10名，对于一般的中学来说可能不算特别困难的事情，但对于杏林中学这样成绩咬得非常死的学校来说，提前10名的难度不亚于之前要求洪小元半年间达到拜县一中的前三名。

洪小元自然知道杏林中学的规矩，他沉下脑袋左思右想，终于咬咬牙猛地一点头，冲苗香寒说："老师，我保证！"

有了苗香寒的举荐，洪小元和范晓梨很快就被确认为这档新节目的男女记者兼主持人，他们的指导老师也自然就落在了苗香寒身上。

从负责校园电视台的于老师办公室走出来，苗香寒拿着文件夹轻巧地拍拍旁边两个孩子："你们可不能让老师失望啊，尤其洪小元，记得答应过我什么，听见吗？"

范晓梨不清楚他们师生之间的"交易"，睁着好奇的大眼睛左右看了看问："老师，洪小元答应你什么啦？"

"哎呀，你别问了，你们这些尖子生又不需要……"洪小元嘟囔着。

"洪小元，你什么态度！哼，你脑子比我转得快多了，没考好还理直气壮咯？"范晓梨不生气，反倒伸出手轻轻地戳着洪小元的脑门。

苗香寒忍着笑："洪小元，范晓梨说得很对，你啊得多向她和张浩学习学习，不能拖好朋友的后腿，知道吗？"

洪小元闷声闷气答："知道了……唉，果然男人是说不过女人的，何况还是两个女人。"童言引起苗香寒一阵大笑，范晓梨红了脸，在楼道上追着洪小元打闹。

"好了好了，别闹了，你们确定好做什么节目了吗？"苗香寒好容易停下笑，拉住两个孩子问。范晓梨喘着气，看了一眼洪小元才脆生生地说："我们想针对咱们初中部学生的消费观进行采访，采访问题还有节目形式确定了七七八八，但是具体操作的事情还没定下来……"

"消费观？"苗香寒意外了，她下意识地去看洪小元，"这个选材……"

洪小元从苗香寒的眼神中看出她怕自己受到伤害，于是坦然地打断："老师，这个是我选的方向，其他几个小组的题目基本是学生的爱好、生活、学习，我们想做点不一样的，而且……我就是贫困地区出身，所以，我觉得这个话题非常有意义。"

苗香寒内心受到了不小的震动，开始觉得让洪小元参与到这个校园电视台的活动中来，是一个再正确不过的决定。

"具体操作的事情没有定下来是因为？"

范晓梨十分老实："苗老师，我们不会呀！虽然说看过电视上的采访，但是实际情况是什么样，步骤是什么，我们都不懂……"

"而且说实话，校园电视台的那些设备……其实我也不太会用……"洪小元不好意思地搔着脑袋，"我之前见都没见过，更别提操作了。"

苗香寒失笑道："我是你们的指导老师，校园电视台的设备操作当然是我来教你们使用了，不过其他的嘛……对了小元，你可以问问你肖叔叔呀。"

"肖叔叔？噢，洪小元是不是运动会的时候来看你的那个大帅哥？"范晓梨一下就对上了号，兴奋道，"好呀好呀，小元你问问他，让他来教教咱们！"

洪小元对范晓梨的兴奋嗤之以鼻："你可真够花痴的！肖叔叔有女朋友，我上次还见到了呢！"

"噢，那看来他可能没那么多时间帮你们了，毕竟恋爱比天大。"苗香寒捂嘴笑。

"也不一定。"洪小元眨眨眼睛，突然想起来"肖叔叔的女朋友"给他塞过来的那个信封和对他的鼓励。

"我觉得肖叔叔肯定会帮我们的！"洪小元笃定地说。

"肖哥，你变了。"小吴冲着刚挂掉电话的肖跃无比沉痛地说。肖跃觉得有些好笑，小吴自从去年在北京出差回来之后，就时不时地给他暗中递小刀，虽然每次都被他的铜墙铁壁挡了回去，但这小子反而有些越挫越勇的样子，仍旧孜孜不倦地冲他递话。

"聊聊，变哪儿了？"肖跃漫不经心地说，顺手就新建了一个文档，将洪小元电话中需要的一些基本知识敲上去。

小吴难得见肖跃心情好到居然搭理他的碎碎念，干脆停了手上的活儿，从电脑背后伸出头来冲他义正词严："你不觉得吗？肖哥，你现在越来越像个爹了！"

"嗯？怎么还整得这么客气，差辈儿了差辈儿了，不至于啊。"肖跃笑着不搭理。

"哎呀，跟你说真的呢，你还消遣我！你就没发现你现在对洪小元的关注已经远超过你可爱的助理了吗？"小吴愤愤不平。

肖跃却好整以暇："噢，跟个孩子争宠可不是你的风格啊。"

"行行，咱不说小元，毕竟那孩子可怜又上进，咱说说你那前……喀，于晴。肖哥，你就没发现，她找你找得有点儿频繁了？"

频繁吗？肖跃渐渐停了敲字的手。从去年在北京重新见到和世相头条达成战略协议的于晴之后，到现在也不过半年多的时间，要按这么看下来，于晴不仅隔三岔五地叫自己出去吃饭谈心，还因为她自媒体的关系数次找过肖跃谈工作，说是频繁，倒也没什么问题。

"嗯，她现在自媒体刚起步，需要帮忙也是正常的。"肖跃试图避重就轻。

"肖哥，我觉得不太像啊，你想，她华城报业里那么大一个部门都能凭一己之力撑下来，说她做不了自媒体？怕不太可能吧！而且你看，她无缘无故地就能对洪小元那么亲切？"

肖跃不太想去恶意揣测于晴的用意，他总是会把现在这个为了理想积极进取的成熟女性和大学时期去做对比，越比较心里的天平就会越倾斜一些。再说了，洪小元的事情还是他们之前喝酒时自己不经意透露出来的，再怎么找责任，也是找不到于晴的头上去的。

"我知道了。"肖跃最终还是给了这样一个模棱两可的答案。

在肖跃的帮助下，洪小元参与的校园节目进展喜人，从前期准备到正式上线，也不过就用了几个周末的时间。新节目的第一期录制版被苗香寒通过微信传到了肖跃这里，另外配上了一句话："小元说要让恩师先看看节目，另外还特地提出，感谢'师母'的支持。"师母？肖跃愣了半天神才反应过来，上次洪小元来办公室，恰好撞见于晴。

"嘿，这孩子还怪会误会的！"小吴凑热闹，也看到这句话，"肖哥，你说现在这些小孩子比我们当年可真不一样了啊，小小年纪事儿倒是想得不少，你准备怎么解释一下？"很反常地，肖跃却并没有解释过多。

小吴眼睁睁地看着肖跃给苗香寒回了一个笑脸表情，其他的再不多说了。

"肖哥你不是吧？真成了？"

"多说那么多有的没的没必要,我冲苗香寒解释半天算怎么回事儿。"肖跃嘴上这么说,但仍旧有些心虚。他感觉,这句话更像是冲着小吴解释,又或者只是给自己一个合理的台阶下。半年的时间并不算长,可如果加上大学里那些过往回忆,时光仿佛就突然被拉展伸平开来,弥漫得整个人生路上都是。肖跃扪心自问,在于晴这一次又出现之后,自己是否还和之前一样,对她总有着一种别样的情愫在?就算有吧,那到底是因为她现如今各个方面都符合他的期待,还是仅仅为了填补大学时的遗憾?

"如果有人不怕被祸害呢?"腾地,肖跃脑海中又跳出于晴轻声细语绕指柔的话来,彼时他还是在自嘲,可于晴偏生就强行夺走了主动权,撂给他了一个时至今日他都无法作答的问题。这话的含义往浅了说,不过是于晴出于逗趣也好关心也罢的一种敷衍,可往深了说,却又含着若有似无的试探,仿佛她将自己的人生拧出了一条鲜艳迷人的红绸缎,轻巧又含蓄地一抛,恰巧就扔在了肖跃的手上,烫得他从掌心一路热到心头,竟有些坐不住站不稳的烦乱。

肖跃于是低头看看自己的掌心,试探地捏了捏,像抓着月老发下的指令。

门口一阵响动,心上正念叨的人突然出现在办公室里,一如之前那样,仍旧拎了大包小包的食材进来。于晴冲小吴笑笑,轻车熟路地拎着菜去厨房,边走边说:"小吴也在啊,幸好我菜准备得丰富,等下吃不完可不许走啊,听到没!"

小吴礼貌地笑笑,继而缩头缩脑迅速溜到还在微微发怔的肖跃身旁耳语:"肖哥你看,她还试图腐蚀我的意志!说话跟女主人似的,你一定要慎重啊,不能被糖衣炮弹打倒啊,肖哥!"肖跃被小吴这一搅,还真的从纷乱的思绪中脱离出来,他斜着眼看小吴,似笑非笑,"小吴,你拢共没见过于晴几次,怎么意见这么大?"

"嗯……不知道。"小吴皱眉苦思半天,老老实实看着肖跃说,"漂亮、身段好,能力又强,按道理来说我不该有意见才对啊,但我说不上来为什么,我总觉得她靠近你,多少都有点儿目的!"

"图我什么呢?我一穷二白的。"

"那我哪知道,再说了,肖可你别的没有,新闻价值还是很多嘛。"小吴站直身子撇撇嘴,"唉,不说了不说了,反正你也不听。哎哟,饿了,别说啊肖哥,于晴做饭还真的是香!"

"喊,神神鬼鬼……"肖跃摇头笑骂。

趁着于晴过来,三人干脆在吃饭的时候才打开洪小元的第一期节目,苗香寒发过来的是未剪辑的初稿,里面洪小元和一个女学生的准备过程也都被三人看得清清楚楚。

"肖跃,这孩子行啊,这么紧张的情况下还挺沉稳。"于晴盯着洪小元,惊喜地冲肖跃说。

"那可不！之前这孩子闷头闷脑的，没想到这么快都敢主动拉住同学采访了！啧啧啧，进步真大。"小吴也乐呵呵地跟着帮腔。

肖跃心中涌起莫名其妙的成就感，他原本以为洪小元说的校园节目不过是小打小闹，丰富课余生活的一种手段罢了，谁知道两个孩子竟然像模像样，按照他提供的方法准备好了采访稿，并且实打实地用在了实际操作上。

"孩子很专业，肖跃，你没少帮忙吧？"

"也没有，我就提供了几份文稿，最多就是偶尔周末的时候，他们班主任有时会带着他过来询问一些问题。"

"班主任？"于晴停了筷子，歪头去看肖跃。小吴塞了满嘴的饭，点头说："对，一个特别活泼的女老师，专业很厉害，对学生也好，是他们这个节目的指导老师。"于晴果不其然拖长尾音点着头说："噢，女老师啊。"然后用眼睛意味深长地瞟着肖跃。

"行了行了，还不到吃螃蟹的时候，先把醋盛满了。"小吴看气氛渐渐古怪，干脆扒拉两口饭大口嚼着端碗站起身，"火力太猛，我去忙了，你们慢慢吃吧！"

说完就溜，肖跃脸上有些挂不住，只能苦笑摇头，闷头吃饭。

"那女老师长得漂亮吗？"于晴往前凑了凑，好奇地问肖跃。

"嗯，漂亮。"肖跃诚实地回答，许久听不到回音，再抬头一看，于晴也不吃饭，干拿手中的筷子怼着碗，心里又有些想笑，"不过可惜了，人家有男朋友。"

于晴脑子转得快，明白肖跃这是在变相地撇清自己的关系，心里一喜，嘴上却不饶人："我可没说什么，你解释干吗？吃饭！"

看完节目，肖跃就将三人对节目的反馈在微信上告诉苗香寒："很不错，第一次节目紧张是正常的，后续磨合磨合会更好。"

"太好了，学校这边也认为这个节目立意很好，准备周一的时候就播出！"苗香寒的回复很快，看上去像是担心节目好坏，一直等在手机边上。

肖跃还没来得及回复，苗香寒紧接着又发来一条消息。

"还有一件事，就是这个节目会占用小元不少时间，再过不了几周就要期末考试了，他的搭档范晓梨是学校的尖子生，但是她的成绩还需要再提高。"

"需要补课？"肖跃想了想问道，"需要多少钱？"

苗香寒连忙发过来好几个"不"字："不不不，学校是不支持补课的，而且在这方面严查得比较厉害，补课私下收费影响很不好。但是小元的成绩也确实需要想个办法提高一下。"

肖跃摸着下巴想了半天，提出一个方案："要不然你带着孩子来办公室补课吧，这样也不让学校为难，同时还能让小元有个进步的环境。"

"欸？这倒还真的是一个办法！"正聊着，于晴也收拾完了碗筷，自然地走到肖跃身后时，就看到了这一幕。

"这样不太好吧肖跃，毕竟学校有规定。"她本能地想要打消肖跃的念头，话还没说完就被耿直的肖跃堵上了。肖跃说："目前没有更好的办法了，孩子考试顺利，后面对他直升高中也有帮助，收费少一点我这边也就宽松一些，就是得麻烦苗老师带着小元来回折腾。"他没有察觉自己的自然流露让于晴的眼睛亮了亮。

"我来接送就是。"于晴一改之前的说法，笑语晏晏地替肖跃分担，"反正车一直不开放在那也是闲着，还不如多跑跑，熟悉熟悉路，以后自己做新闻也方便些。"

"那可太麻烦你了。"肖跃张了张嘴，心里涌上感激来，答应了。

于晴答应了接送苗香寒和洪小元来办公室补习的活儿，小吴作为坚定的于晴反对者来说自然是颇有微词的。不过任凭小吴磨破了嘴皮子，肖跃还是没有予以理会，毕竟他和于晴那么多的过往小吴并不了解，他也就总是左耳进右耳出罢了。补习一般只在周日进行，早上于晴去接苗香寒和洪小元到办公室来，下午再送他们回去，苗香寒对此很受宠若惊，几次三番推辞，却都被于晴含糊地抹了过去。

她对苗香寒说："肖跃和小元的关系我们自家人都清楚，你再这样推辞，就是让我们都不好受了。"这句话用她略带嗔怒的口吻说出来，既让苗香寒没有回绝余地，又暗中宣誓了主权，涉世未深的苗香寒只能乖乖应允下来。

其实于晴的心里是不大舒服的。无论是上大学的时候，还是毕业之后，但凡是自己交往的男朋友，或者有意图要交往的男人们，身边一旦出现另一位异性的时候，她都是不舒服的。家里从商的她可以算是从小含着金汤匙长大的，不说万里挑一，在学校或者哪怕是华城报业这种地方，也算是众星捧月。她的前夫就是因为对她千依百顺才得了手，和她走进婚姻殿堂的。但这些毕竟都是过去式了，如果没有和世相头条的协议，没有在北京再见到肖跃，她本来已经渐渐对自己的人生光环失去了自信。

可肖跃毕竟还是出现了。

从上大学的时候开始，于晴就一眼相中了肖跃，人高马大的个子虽然看起来有些瘦削，却有一股铁一般的精神头儿，阳光自信，话却不多，再加上专业足够强，长得又排场，无父无母没有牵挂，这简直是于晴这个大小姐渴望的理想对象。事情的发展相当遂人愿，她几乎毫不费力就让这个山村出身的大男孩拜倒在自己的石榴裙下了，为此她还很是得意了一番，肖跃这样的优质男人，在学校是很受欢迎的，可偏偏就让她夺了去，这件事儿，怎么想怎么让人极富成就感。但是渐渐地，于晴发现肖跃不简单。他并不像她之前那些男性朋友或者之后的前夫那样百依百顺，不肯听从她的安排，甚至为了什么所谓的理想还能跟她吵起来！

这是他们分手最让她不能忍受的理由。

随着自己的婚姻步入平淡，于晴渐渐地开始发现前夫的无趣，等公公将她安排进了华城报业之后，她的一颗心才狂喜起来，不为别的，肖跃，这个曾经大学时期就没有向她服过软的男人也在华城报业，命运还这么凑巧地把他们安排到了一个部门中！大学时想要突破肖跃这种不受控男人的劲头突然又回来了。只是，她没有想到自己千依百顺的前夫竟然会因为她与肖跃的风言风语而闹上门来，最让她过意不去的，是自己当时为了明哲保身，一句话也没有说。

"没想到啊，该遇见的人总还是会遇见的。"于晴开着车，喃喃道。

这一次的遇见，像是冥冥之中的定数，于晴一开始还不觉得有什么，可越到后来，越觉得自己又回到了大学的时光里，到现在，甚至连肖跃身边出现个漂亮的女老师都不情愿起来了。她想起自己第一次去接苗香寒的时候。那是个开朗的女老师，五官嘛算是漂亮，但整个人的打扮归根结底还是土了些，也不化妆，素面朝天的。

苗香寒上车的时候笑得没心没肺，这让于晴心里又是好大一阵不舒服，打扮成这个样子坐别人的车，怎么能不表现得惴惴一些？多年的职场浸淫让于晴并没有表露出自己的不满，反倒越是不满，表情就越亲昵了些。

她开车的时候试探着问："苗老师，你总去办公室吧，听肖跃说你有男朋友了，是小吴吗？"苗香寒先一愣，继而哈哈大笑："于晴姐你说什么哪，我才多大啊，还没谈恋爱呢！"

"噢，这样，那倒是我唐突了。"于晴一面笑，一面对肖跃当时的谎言感到心慌。

"小元这孩子真乖巧，上次我也看到你的视频了，你肖叔叔说做得非常棒，要再接再厉，不要给肖叔叔丢脸哟！"于晴心里忖度了一会儿，笑着转了思路，"对了苗老师，肖跃对小元很是关心，也时常跟我提起孩子的学习，包括他的生活费用如果需要我们也会承担。"苗香寒把肖跃最早告诉自己的话记在心里，那就是不要与其他任何人谈起洪小元的资助问题，于是利落地挡了于晴递来的橄榄枝："学校这边没有多余费用的，而且于晴姐，小元当然有他家人管的。"

一句话噎得于晴上气不接下气，强笑着答："那是，我就多问一句。"

苗香寒油盐不进，洪小元跟在她身边，自然也不能多说什么，但于晴明明白白地知道，肖跃和洪小元的关系一定不一般。看来，解铃还须系铃人，想要将现在的肖跃了解到事无巨细，还是得从他本人着手。经过几次对苗香寒和洪小元的接送，于晴见肖跃对自己的态度也紧跟着越来越和善起来，她找准机会，向肖跃提出请求。

"肖跃，你看，上一次爱心助学的项目我还没谢你。"趁着苗香寒和洪小元在隔壁补课，于晴擦了擦手，柔声冲肖跃说。

肖跃正在盯着电脑，随口答道："怎么没谢，又是打扫办公室又是做饭的，还差点把我喝多了，还不叫谢啊。"

"哎呀，我不是说这个，我是……我是还想让你帮帮我，觉得怪不好意思的。"

"嗯？怎么了？"肖跃听到于晴需要帮助，便把头扭过来，"你说，能帮忙的我肯定帮。"

"是这样的，之前那个爱心助学项目里我学到了很多，尤其是后面跟踪下乡之后，更是感触很深。"

肖跃点点头："是，目前贫困县还很多没有摘帽，人们都活得很辛苦，别说你了，我看那些商协的领导过去都感慨良多，不是说还多捐了很多物资嘛。"

"对对对，是的！所以我在想，我这边自媒体从这个项目过后一直都是写些小打小闹的事情，我就想着，要不然再做一个专题吧？"

"再做一个专题？"肖跃沉吟一会儿，"也不是不行，你想做什么方向的？"

"就做与扶贫相关的！扩大影响力，吸引更多的人关注到贫困县，也算是变相地加速了摘帽过程嘛！"

"呵呵，想法倒挺波澜壮阔，但是哪有那么容易，你一个人做，怕做到累死也拿不出几篇准确报道来。"

于晴柔声一笑，身子就渐渐地向肖跃靠过去："我也知道，所以，这不是来求你帮忙了嘛。"

肖跃"啊"了一声，有些意外又有些为难，他往隔壁努了努嘴说："我这走不开啊，你看周末的时候他们都要过来补课，我这边人不在怎么整？"

"小元也不是外人了，你把钥匙给孩子配一把也不费事嘛！再不行，给苗老师也可以啊，难道苗老师的人品你信不过？"于晴噘了嘴，话说得又快又硬。

"我怎么可能信不过苗老师呢！你看你……"肖跃无语地安慰着，"你让我想一想。"

"噢，我知道了，肖大记者是不愿意拿自己'真相验证员'的名号跟我合作，害怕我丢了你的面子！"于晴干脆娇嗔起来，佯怒着别过头。

在大学的时候，这一招就从没失过手，于晴当时就凭借这一手在与肖跃的争吵中屡占上风，这一次也如出一辙。肖跃皱了皱眉头，无奈地说："你看你又想哪去了……行吧，我过去跟苗老师说一说，你先准备选题，看看去哪个地方比较合适，我们下周讨论一下。"

于晴看着肖跃走到隔壁去，心里一喜。选题没有什么难度，她早就已经琢磨好了，甚至就连地方都是这么长时间以来一直在挑选的，只不过要找一个合适的机会透露给肖跃而已，剩下的，就是等这个人高马大的傻男人乖乖地按照她的既定步伐走就可以了。肖跃挠着头来到隔壁，苗香寒正在给洪小元纠正一道化学式的配平。两人看见肖跃过来都有些不解，他们的辅导才开始没一会儿，一般这个时间段，肖跃都是在自顾自地忙新闻稿。

"肖跃叔叔，有事吗？"洪小元问。

肖跃摆摆手："没事没事！那个……我可能得出去一趟。"

"肖记者你去吧，我和洪小元就在这里不乱跑，你放心，办公室所有东西我们都不会乱动的！"

见苗老师这么应下，肖跃倒有些不好意思，仿佛被于晴刚才那一个反问问住了似的，立刻接话道："苗老师，我当然相信你了，不过我这次出去可能时间会比较久，周末怕是没有空……"苗香寒和洪小元立刻明白了肖跃的意思，她顿了顿："没事，在学校的时候小元遇到什么问题，到我宿舍去找我也可以的。"

"苗老师，我不是这个意思。"肖跃也不再兜圈子，直接将钥匙拆下一把放在桌上，"我的意思是，可能后面几个礼拜，你们坐车需要麻烦一点，但补课还是在我这里补，环境再怎么样都比学校宿舍方便得多，钥匙你拿着，我放心。"

终于苗香寒推辞几番之后也接过了钥匙，露出了笑容。

门口静静听着动静的于晴，也似是配合一样，浅浅地点了点头，笑了。

- 4 -
心病与握手

于晴动作很快，在第二周周末之前就带来了要与肖跃共同出发采访的地点资料。

"青玉市双德县，当地牧民居多，生存环境和生活条件都很艰苦。"于晴对着手上的资料册，给肖跃讲解着，"2012年的时候全县还有30个村落不通水、上千户没有房住，超过75%的农牧民处在贫困线以下，贫困人口比例占全省之首。"

双德县的大名如雷贯耳，肖跃不只听闻过，也深入地方上去采访过情况，对那里的贫困状况有些了解，也一直都关注着那里这几年扶贫力度加大之后的变化。如果说平常也就罢了，但现在洪小元接近考试时间需要提供地方补课，他偏偏要出发去这样偏远的地方，心头总觉得有些不妥。

"于晴，双德县是不是有些太远了？"肖跃皱着眉头，不无担忧地问。

于晴放下资料册，细声细语相劝："我其实一开始也有过这方面的担心，毕竟青玉市不在本省，双德县又属于偏远难行的地界，如果真选了这个地方，小元这边还真是让人放心不下。"

肖跃点头道："难得你也考虑得周全。"

"这话说的，我现在都多大了，难不成还要像当初上学一样欺负你吗？"于晴嗔怪地瞪肖跃一眼，"所以做下这个决定其实也很困难，一边是双德县这样的重点贫困县即将摘帽的消息，这确实是不可多得的一个民生热点，另一边又是小元没人照顾……"

说话间，她斜睨着肖跃的表情，见肖跃情绪稳定，并不提出异议，才试探地说："我想了很久，唯一两头都不耽误的方案也有，不过就是得让你高大威猛的小助理吃点苦。"

"嗯？"肖跃一愣，疑惑出声。

于晴摆正姿势，用最舒缓的声音一丝丝劝慰着肖跃："我知道小吴跟着你东奔西跑惯了，但是你想，他这一段时间不是一直在申请记者证吗？结果还没下来，那西京市这边让他离开太久也确实不太合适，再加上小元也需要有个熟悉办公室的人来照顾，虽说苗老师拿了钥匙，但万一平常有个急事需要联系呢，对不对？"

"但是……"

"你可别以为我这是故意要让你不带他啊，我只是给了一个最简单的建议，听从不听从可是在你。"于晴不等肖跃后面的话说出口，连忙坐直身子撇清关系，这反倒让肖跃心里动了动。于是肖跃犹豫的天平最终还是靠向于晴一侧："行吧，这样安排也好，有个熟人在，起码放心很多。"

…………

洪小元已经连续好几周都是在苗香寒的带领下来到肖跃办公室补习了。这几周时间里，他的肖叔叔还在双德县采访，只是时不时会给他打个电话，了解一下复习进度，顺便再问问学校节目的情况。周末的办公室里静悄悄的，除了桌上散乱的文件可以看出来小吴一周内的忙碌以外，仿佛被空置了一样。

"苗老师，肖叔叔他什么时候回来啊？"这是洪小元从不知何时开始，会经常问苗香寒的问题。

苗香寒也总是摊手："不清楚，目前应该采访还没结束，结束之后就回来了。"

"看来记者也很辛苦的，要经常出差，不能在家里待。"洪小元一边从书包里往外掏课本，一边感慨。

"怎么，被吓怕啦？"苗香寒拢拢头发，笑着问，"准备换一个轻松的理想？"

"才不是呢！"洪小元停下手，不服气地说，"理想是能随便换的吗？我只是觉得，要传递真相，原来是要付出这么大的努力和辛苦，怪不得人人都爱说谎，说谎一点成本都没有。"

苗香寒有些震惊于洪小元的敏锐了，她抿着嘴想了想才说："小元，说谎不是没有成本，说谎的成本非常高，高到它的后果可能你一生都承担不起。只不过它不是翻山越岭披星戴月的成本，而是众叛亲离无人相信的成本，你明白吗？"

洪小元歪着头想了想："明白，狼来了的故事嘛！"

正说着，门口传来一阵响动，二人回过头去看，原来是小吴。

"小吴叔叔，你怎么来了？"洪小元看着小吴手上拎着一大包零食满脸堆着笑，有些惊讶地问。

对小吴来说，周末是休息日，在没有特殊情况需要加班或者出差时，他都会返回家里看望家人，也是为了给苗香寒和洪小元留一个良好的学习环境，他基本上周末是很少出现在办公室的，这一次突然过来，让苗香寒和洪小元都有些意外。

"肖哥昨天打的电话，他那边准备回来了！"小吴咧着嘴笑，"算算时间应该是今天下午到，所以我干脆就到办公室等他，看看新闻稿这边要怎么处理。"

"小吴哥，肖哥那边这次怎么去了这么久啊？"

由于洪小元的关系，苗香寒与肖跃和小吴也渐渐熟悉起来，每天"吴记者""肖记者"地叫着太过生分，在肖跃和小吴的强烈要求下，她也渐渐地换了称谓。

"这次去的地方远，而且事件也不简单。"小吴顺手从一大包零食里翻出几袋递给苗香寒和洪小元，自己也撕开一包，大大咧咧坐在沙发上开始了自己的分享。

双德县在2012年曾经发生了一件不大不小的事情，这件事一开始连登上省级新闻的资格都没有，那就是县上的几个闲散人员由于没有收入，干脆上街闹事的消息，县里对此似乎有些见怪不怪，以为很快就能劝压下去，就也没当回事儿，谁知道这些闲散人员数量竟然越来越多，事也闹得越来越响，县上后知后觉地想要再去镇，也早就镇不住了，最终还是捅到了青玉市那里去。

这一次事件小吴记忆犹新，这是他刚被肖跃招来没多久，就直接参与的大事。

"青玉市那边领导没有采取硬性镇压的方式，因为都知道双德县贫困，所以考虑是不是有更深层的原因。"小吴眉飞色舞地描述着，"结果你们猜怎么着，这事儿直接被青玉市报到省里去了，省长都被惊动了！"

"哇，这可是大新闻！"苗香寒不由得惊呼出声。

"那是！不过省长是真有办法啊，当下就做出决定，带着市级和县级的领导干部直接到双德县去跟群众对话，就这么一直掏心掏肺，终于把那些人的眼泪都说崩了。"

"可是吴叔叔，闹事原因呢？"洪小元问。

闹事原因，无非一个穷字。带头的闲散人员拉着省长的手泣涕不止，反反复复说的一句话是："我们这里太穷了！"百来个村庄不通路、几十万牲畜饮水都困难，成千户家里没有水电，这让从小不愁吃穿的小吴无比震惊，已经2012年了，怎么还会有这样的地方？

"小吴哥哥，那后来呢？"苗香寒和洪小元都是贫困出身，听到这里难免代入，也就更加期待后续的情节，不断地催促着。

小吴笑开了："后来，后来当然是省长回去就下了铁令，整整花了四年时间，筹集了几十亿资金，调研无数次，还专门设立了省级扶贫产业园拉动就业，终于到今年，要'摘帽'了！所以啊，你肖叔叔待的时间长，就是为了去做这个报道的。"

这个消息给了洪小元很大的震撼，从一个极端贫困的地区到脱贫，足足用了四年，还是由上至下、社会各界压倒式的帮扶和关注下才达到的。他不由得想到了自己的家乡白头村，那里也是贫困县，但相比双德县来说，又似乎要好上太多了，只是至今都没有更多的人去关注到那里，唯一的一次，还是因为那个作恶的父亲……

"吴叔叔，我能不能……能不能把这件事写一写稿子，然后做在学校的节目里？"洪小元鼓起勇气问小吴。

"哟呵！可以啊，苗老师你这个学生可了不得！"小吴哈哈笑着，"还挺会近水楼台先得月！行，写吧，看看到时候咱俩谁写得好，怎么样？"

小吴开心地冲洪小元眨眼睛，搞得洪小元不好意思极了。

不过最后，小吴并没有得到与洪小元一较高下的机会。肖跃回到办公室的时候已经是傍晚，翻山越岭披星戴月之后，他的身体和大脑都已经疲乏到极致，根本顾不上与一直等在办公室的几人聊工作，只是简简单单吃了顿饭便由小吴送他们回学校了。直到第二天，小吴再次来到办公室兴致勃勃准备撸起袖子处理新闻稿的时候，才从肖跃口中得知，这一次的新闻稿已经让于晴那边处理好了，也一样在于晴那边优先发布，而"大题肖做"不过是联合创作人。

小吴当场就炸了："肖跃！你还有没有点儿认知能力了？！那个于晴巴着你这么久，你落下什么好处没有？反而她那边是风生水起了不得的样子，你平常对待新闻的火眼金睛怎么搁自己身上就擦不亮了呢！"

肖跃心知肚明，小吴从跟着他之后，就一直把自己当作恩师甚至是兄弟来尊重来关怀的，这还是他第一次冲自己这样不管不顾地发火。理智告诉肖跃，他不愿也不能驳斥小吴，可于晴那一把软刀子似乎一直以来都紧紧地抵在他的腰间，让他进退两难。

"我做好的决策，什么时候轮得到你来指手画脚教我怎么做了？！"肖跃在爆发出这句话之后，自己都觉得有些难以置信，一种深深的后悔盘桓在他脑海中，他想去收回这句该死的斥责，却在对上小吴冰冷的目光时退缩了。

两人僵持许久，窗外的阳光穿不透内心的阴霾。

"肖总，是我冒犯了。"最后，小吴冷哼一声，淡淡地撂下这样一句话之后，便夺门大步走了出去。

小吴这一怒，让肖跃有些不是滋味起来。且不说此前小吴无论是做事还是做人都勤勤恳恳兢兢业业，哪怕单看与肖跃相熟的这些人，也就只有小吴"死心塌地"地关心着他。不管是逢年过节还是日常生活，肖跃但凡有点儿头疼脑热，还没来得及说，小吴就早早地挺着一张嫌弃脸替肖跃递水送药安排妥当。按小吴调侃的话来说，这是两个"单身狗"的互相慰藉。但现在，肖跃身边突然冒出一个经久不见的于晴来，"单身狗"联盟就这样被撕开好大一个口子，从没红过脸的两人头一次言语冲突的冲击力巨大，倒让肖跃有些"心有戚戚焉"，不知该怎么收回覆水了。

他决定冷处理。这个冷处理，不仅是他对小吴这边的决定，也是从他自己心底出发，对于晴这边的决定。因为肖跃冷静下来仔细思量之后发现，小吴跟着自己几年下来，根本就没有对任何事情藏过掖过，以至于他对小吴的了解甚至比对于晴要多上许多，这样的两三句吵闹，要说伤了兄弟感情也确实如此，但反过来想，却也不至于，小吴乐天派的性子在那里放着，何况这件事本身就是肖跃之前走得急，没交代清楚，一顿赔罪酒下去也就没事儿了。但于晴不一样，于晴的出现尤其是她与大学时期那种跋扈张扬截然不同的变化让肖跃实打实地欣喜，这女人仿佛经历了一场无人知晓的重造似的，带着她之前就咄咄逼人般的美貌与崭新沉淀下的内涵向肖跃发起无硝烟的进攻。肖跃的感情线一直都过分单薄，外加父母早早离世，对爱情求而不得的愿望让他往往站在情动门扉处不敢冒进，如若不是于晴和他在大学就有过几年的恋爱，他是绝不至于在这方面如此激进的。只是冷静下来想想，小吴那些叮咛又涌上心头，于晴这样骄傲的人为什么会这么快就对之前的故事一笔勾销？又为什么他们不断深入的接触往往是与工作相关？

俗话说，江山易改，本性难移。于晴是真的改了本性吗？肖跃拿不准，所以他决定还是放一放。这一次对于双德县的采访就当成一个节点。由于这篇采访被于晴以华城报业做底子宣传得铺天盖地，再加上肖跃本身的名头加持，于晴自媒体的关注量再创新高，从公益助学到扶贫成果，于晴在业内的地位更加稳固了，她本人也成为华城报业响当当的一面金字招牌。这样就可以了，不用再多做什么帮助了，肖跃如是告诉自己，不像是劝于晴，倒像是劝自己。

他仔细将这件事埋在心里过了好几天，最终还是决定给于晴打个电话告知一声，这样的举动实在多此一举，肖跃自己也知道这一点，他拿"仪式感"当心理安慰，但却本能地觉得，这是在试探。说是试探也有些不准确，是他太想听到于晴这边一个确切的答案了，仿佛只要听到于晴的答案，他蠢蠢欲动的情愫就有了位置可以安放，足够让他拿出理由来坦荡地向于晴表达自己与大学时有些类似却又不同的爱意。电话拨通的时候，肖跃满手心都是汗，他稳了稳神告诉于晴自己此后比较忙碌，不再协助于晴的事情。

另一头沉默了下来，肖跃觉得这种沉默有一种奇妙的延展力，仿佛时间只过了一秒，又被他忐忑的心情拉长到了一世纪。

最后于晴含怨带怒的娇声响起，打破了肖跃预设的幻想。她说："肖跃，送佛送到西啊，你这样半路扔下我，不太好吧？"

时间的指针在肖跃脑中停住，他很意外自己为什么并不感到难过，只是再次说话时，声音陌生得仿佛自己都没听过："我真的很忙，而且现在你的体量已经足够支撑自己继续做下去了。"陌生的声音里蕴含着一种不容置喙的冰冷。

于晴再次隔了很久之后回应，这一次什么怨怒也没了，只有小女儿情态的柔软："那好吧，你也确实很辛苦，谢谢啦！不过如果后面需要你帮我一些小事的时候，你可不许不答应哦！"

肖跃感到心更凉了，他木然道："到时候看情况吧，不急。"

挂掉电话，肖跃感到自己人生中本就贫瘠的一条感情线，竟然到现在已经死了两次，还同时死在了一个女人手里。

"呵，作孽吧就……"他苦笑，本能地想要给小吴打电话出来喝酒，临到按号码时才想起来，小吴自从那天吵架过后，就自己跑了出去，到现在为止还没有回过办公室。他本身就没有强制要求过什么坐班打卡，两个人的小工作室，关系又好，还不是全凭自觉？所以到这会儿形单影只，也只能默默扛着。好在肖跃本身就已经扛过多年，这一点寂寞虽然难挨，但挨一挨也就成了习惯，大不了当小吴是去休长假了嘛，对生活上是没有什么影响的。

只是每每看到这篇关于双德县的报道，肖跃总会隐隐约约感到痛心，越痛心越忍不住自己的手去一次次点开，好像要跟这种痛心死磕下去一样的毅力。紧接着他就看到这篇报道下面的其他滚动新闻，其中一条就让他在与痛心的战斗中占了上风，情绪好不容易在这些日子之后第一次激昂起来。这是来自杏林县的报道，由于本年度国家对贫困地区的帮扶力度逐渐加大，针对贫困地区的教育也不断地加大力度，在西京市内的贫困地区内，尚有很多师资力量不足的中学，为了回应和支持教育扶贫，杏林中学将要与周边地区中学的贫困学生进行联动，由杏林中学举办的走读夏令营即将在学生暑期开展。

肖跃仔仔细细地往下读着，这篇报道里还特地提到了杏林中学校园电视台中有关双德县的新闻，这是洪小元从小吴口中得知采访之后，自己回到学校查阅资料后撰写出的文章，虽然文笔十分稚嫩，但也因为稚嫩更见真情实感，尤其在最后，洪小元还将自己的家乡白头村的情况简短地做了说明，从一个贫困出身的学生角度，呼吁各界对贫困地区教育的重视。

洪小元的这篇校园新闻毫无意外地出了圈，肖跃发自肺腑感到高兴。尤其是看到，校园小记者洪小元在学校下达了有关夏令营的通知后，积极主动地报名参与要进行持续报道之后，肖跃就更高兴了。这是一个媒体人最初始的自觉，也是一个媒体人最厚重的良心。还不等肖跃高兴完，苗香寒就开门带着洪小元进了办公室，他这才发现距离小吴跟他生气已经过去了一周。

"肖跃叔叔！我有一件大事要告诉你！"洪小元脸上洋溢着兴奋的笑容，书包也不放就直接两三步跑到肖跃跟前。

"嗯，让我猜猜是什么事儿……噢，我猜到了，是不是你要去做夏令营的小记者啦？"肖跃故弄玄虚，哄得洪小元一愣一愣。

"哇！肖跃叔叔你怎么知道的！太神了吧！"

苗香寒笑眯眯跑过来，冲洪小元脑袋上敲了下："你呀，你肖叔叔不是说过，要做记者就要有足够敏锐的观察力，你连他电脑上看的什么都没观察到，还怎么当记者？"

洪小元这才注意到肖跃的电脑屏幕上大大咧咧地铺着夏令营的新闻，才嘟着嘴揉揉被苗香寒敲过的地方："肖跃叔叔还说当记者要传递真相呢，他给我传递什么真相啦，真是。"肖跃乐不可支起来，笑着说："别说，吐槽得还挺精准。"

苗香寒也笑，边笑边环顾着办公室，眼睛不断地寻找着："嗯？小吴哥怎么不见啦？上周不是还说这周我们过来一起好好庆祝的嘛。"

"噢，他……有点事出去了。"肖跃脸上挂着的笑容陡地僵住，掩饰一样地低下头，尽力用稀松平常的声音说道。

"小吴叔叔是不是谈恋爱了？每个周末都不在！而且上周不都说好了嘛，我今天都没带课本。"洪小元不满道。

"瞎说，你肖叔叔我都还没个着落，怎么能轮到他？"肖跃故作欢欣，强行开朗，"真去忙了，今天我们三个庆祝一样的。"

洪小元表情古怪，忍了忍还是忍不住问："肖跃叔叔，你不是有女朋友嘛，就那个于晴姐姐？"苗香寒早从肖跃提到小吴时那个蹩脚的玩笑就看出肖跃情绪不佳，洪小元脱口而出之后，她赶紧不动声色地拽了拽小元的袖子。

肖跃不以为意："没有，她只是叔叔的一个老同学。"

"啊，这样啊……"洪小元若有所思了一会儿，扭过头对苗香寒说，"那苗老师，肖跃叔叔现在没有女朋友，小吴哥哥就更没着落了，你要不换个人喜欢吧。"

腾地一下，苗香寒脸上就铺满了红霞，她见肖跃不敢相信地看着自己，赶紧拉过洪小元试图解释："肖跃哥，你别听孩子瞎说，他最近图书馆去多了，看了几本小说之后就喜欢拉郎配！"一边说着，一边还慌乱地低头怒斥洪小元："你什么时候看见我喜欢他啦！好好学习！小小年纪的，不要操心老师的个人问题！"

肖跃看着师生两人闹腾，失笑起来，同时又有些心酸。有些感情还没开始就要灭亡，但总有感情是在暗暗滋生的。他决定和小吴好好谈一谈了。

暑假来得很快，洪小元怀揣着兴奋的心情掐着指头算日子，终于到了临近夏令营的时间。

在奶奶的连番嘱咐下，他踏上了返回杏林中学的路，一想到能在学校之外的地方实现自己的记者梦，他就有了说不出的一股冲劲儿。可这股冲劲儿在他看到参与学生的名单时却消失殆尽。

一个熟悉的名字出现在那里，洪小元怔怔地看了好久，目光灼热得就快要把手中的薄纸烫出一个洞来，将这个名字烧得干干净净。

"小元，怎么了？刚才说的行程安排你听到了吗？"范晓梨说了半天的话，看洪小元似乎一点反应都没有，这才反应过来，拉着他问。

洪小元的脸色不好看，嘴唇也紧紧地抿着，手指上微微使了力，将纸张搓得微微皱起来："这次夏令营，我不想参加了。"

"你说什么？！"范晓梨震惊的声音惊动了一旁正在备案的苗香寒，她是负责带队的老师之一，又是洪小元和范晓梨的指导老师，这个节骨眼上算得上是最焦头烂额的时候。范晓梨的这一声惊叫，让她不由自主地感到有些什么事情在偏离方向。

"我说我不想参加了。"洪小元闷闷地说。

范晓梨急得跺脚，冲看过来的苗香寒说："苗老师你看他！本来都好好的，突然说不想去了，现在还怎么不想去啊！再说了，不去的话谁去采访啊！"

苗香寒用眼神安抚了范晓梨，再向洪小元看过去，只见男孩脸色有些苍白，眼神也侧向一旁，像是在回忆着什么不好的事情一样。

"晓梨，你先去做你这边的准备吧，剩下的事情交给老师。"支走了气鼓鼓的范晓梨之后，苗香寒走了两步来到还在发闷的洪小元旁边，拉过椅子让他坐下面对着自己，问道："小元，有什么事都可以告诉老师，让老师看看怎么样能协调。"

洪小元仍旧保持那个眼神，没有去看苗香寒，这是还沉浸在回忆里的表现。

就这么等了好一会儿，洪小元才不情愿地收回夹杂着愤怒不甘还带了恐惧的目光，伸出手默默地指向名单上的一个孩子。

赵健生，16 岁，拜县一中初三学生。

苗香寒看到拜县一中的时候，就想起肖跃曾经提起过的有关洪小元的身世来，她想了想，柔和地问："是不是担心你父亲的事情？"

洪小元点点头，又摇了摇头："苗老师，他和三胜子一个班，两个人关系很好。"

这话一说出来，苗香寒已经全然了解了。之前肖跃就提起过，洪小元的转学在很大程度上是由于不堪忍受校园霸凌，实施霸凌的领头人就是陈壮，也就是洪小元口中的三胜子，由此可见，能成为三胜子的朋友，这个赵健生在当年对洪小元的霸凌里，也一定没有少参与。解铃还须系铃人，苗香寒深切地明白这个道理，这个时候她无论怎么劝说洪小元，收效应该都不大。从孩子那种畏惧又愤怒的抗拒目光中，她看得清清楚楚，这一次洪小元已经下定决心不参加这个夏令营了。

"小元，你先别打退堂鼓。"苗香寒很缓慢地说着，试图先让洪小元激荡的心情平静下来，"虽然之前你们曾经是一个学校的，也经历过……一些不好的事情，但是你现在已经来到杏林中学，是我们学校的一分子，老师一定会保护好你的。"

"刘老师当时为了我的事已经操碎了心，不一样保护不了吗？而且那会儿每个年级只有一个班。"洪小元的话将苗香寒堵死，言下之意就是，杏林中学可比拜县一中要大上许多，一旦这件事发酵出来，情况差起来，他就会受到成倍的霸凌。

"小元，学校和学校的制度是不一样的，咱们学校虽然学生很多，但是关于这方面的治理也一向很好，不信你看你转学过来这么久，有见过一次同样的事情吗？"

"那是因为他们还不知道我爸的事儿！我爸是个杀人犯，我是杀人犯的儿子，杀人犯的儿子，不配上学！"洪小元红着眼吼出这句话，眼泪也在最后喷薄而出。

苗香寒一阵心疼，想要安慰安慰这个心灵如此受创的孩子，可洪小元却猛地一吸鼻子，扭过头就跑远了。等苗香寒再追出办公室的时候，洪小元已经向着宿舍跑远了，她本想追上去，跑了两步又停下脚步，想了想还是掏出电话来。

"肖跃哥，你在忙吗？出事了……"

…………

肖跃此时正在和小吴把酒言欢，说把酒言欢也算不上，主要是肖跃基于之前的事情，对小吴感到十分愧疚，于是强拉着小吴吃饭赔罪，让小吴哭笑不得只能奉陪。这种把酒言欢已经好几次了，小吴总觉得肖跃嘴上说是赔罪，实际就是找个人陪他发泄情绪，至于发泄什么，他不清楚也懒得问，反正肖跃这一系列举动让小吴感到了自己的重要性，那些生过的气早就扔到脑袋后面去了，陪一陪兄弟简直再正常不过。但这一次小吴从肖跃接电话的表情中感到了事情有些不对。

"什么？！唉，这孩子……好好，我马上来！对！……就麻烦你在宿舍先安慰安慰他吧，唉……好的好的，谢谢苗老师。"

一连串话赶话似的说得又快又急，小吴端着酒坐在那，喝也不是不喝也不是，好容易忍到肖跃挂了机刚想问问情况，谁知道肖跃却忽地站起身冲他吩咐："走，快，杏林中学。"

"……肖哥，走不了。"

"什么就走不了！有急事儿！"肖跃皱着眉瞪小吴。

小吴则十分无奈，扁着嘴指了指另一只手上的酒杯。

"哎呀，你看我……"肖跃反应过来两人喝了酒，急得转了好几个圈之后才重重地说，"这样，我们打车去。"

小吴愣愣地看着肖跃的脸，根本就找不到一丝不严肃的地方，那种孩子惹了事之后的担心忧患让肖跃有了父亲一般的伟岸身姿。"肖哥，我真是佩服你对小元这个心，兄弟服了，走！"小吴重重地放下酒杯，随着肖跃一起出发。

一路赶到杏林中学宿舍，肖跃和小吴打眼就看见把自己缩在被子里的洪小元和一旁细心劝慰的苗香寒。

"苗老师，怎么样了？"肖跃压低声音问，换来的是苗香寒一个无奈的摇头。

"我来试试吧。"肖跃说着走上前，苗香寒乖觉地让出了位置，顺便径直走到了门外的小吴身旁。刚走到小吴身边，苗香寒就皱着眉吸了吸鼻子："你们喝酒了？"

"没喝多少没喝多少，嘿嘿，这会儿酒气都散得差不多了。"小吴笑着回。

苗香寒眉头皱得更紧了："那也不能酒后开车啊！多危险！"

"谁说酒后开车啦！天大的冤枉！"小吴一边说，一边凑过脑袋顺手指了指劝慰洪小元的肖跃，"里头那位老父亲，听你电话这么一打，急得挖心挠肝，专门打了个车过来的！啧啧啧你算算啊，杏林县说近不近说远不远的，好歹也几十公里吧？肖哥对小元是真舍得！"

"肖跃哥是个好人。"苗香寒有些情不自禁地被震动了，"能对一个非亲非故的孩子上心成这样，不容易了，我当时上大学那会儿也有好心人帮我，唉，世界上还是好人多啊。"小吴喝了酒，过来的时候在出租车上被大风一激，这会儿酒劲儿一点点涌上来，头脑也有些短路，想都没想就说："长腿哥哥嘛，好人，都是好人。"

"小吴哥，你怎么知道长腿哥哥？！"苗香寒大惊失色。

她仔细地搜索了一下自己的记忆，这应该还是第一次她提起自己的过往。

小吴这下才知道失言了，看苗香寒震惊的眼神也不好解释，干脆假装醉酒试图糊弄过去："咯，哎呀我这个胃，我躺会儿去……"

"哎，哎！"苗香寒拦不住，小吴已经溜进房间内，装模作样地躺倒在一张架子床上，为求逼真，甚至还故意挤出两声呼噜来。

这算是怎么回事呢……苗香寒心里开始嘀咕了。

小吴突然闯入根本没有让肖跃注意到，他的注意力全放在正犯别扭的洪小元身上。从大道理到小细节，肖跃几乎把自己能说的词儿劝了个遍，最终也没能打动洪小元一丝一毫。洪小元就一个回复："我不想去了，我不想再像之前那样。"

因为经历过黑暗，所以渴求光明，可反而在拥有光明之后，却再也不敢踏足黑暗了。这是洪小元的心病，其实也是肖跃的心病。他渐渐地感到自己似乎也没什么立场去劝洪小元，孩子害怕再受欺凌，就和他害怕多向感情迈出一步会得到让自己失望的结果一样，说到底，他们都曾经受伤太深，也都是胆小鬼罢了。

"肖跃哥，还……不行吗？"苗香寒看着有些颓然走出宿舍门口的肖跃，先望了望依然缩在被子里的洪小元，继而担心地问。

肖跃摇摇头："实在不行，就算了吧，我不想逼孩子。"苗香寒却有些生气了："什么叫逼孩子呢！家长在孩子的教育过程中有义务给予正确的引导！明明是这么好的机会，也是他一直以来就想要去努力完成的事业，怎么就叫逼孩子了？！"

肖跃听得脸一阵一阵地发热，他心虚不已地想，或者"不想逼孩子"就和"不想逼自己"一样，不过是个看似完美的借口吧。他沉下心去想自己曾经人生中的痛苦经历，又想到近期和小吴的矛盾与和解，很突然地，一个方案从脑子里冒出来。

"苗老师，洪小元不是有几个好朋友吗？让他们来试一试，成吗？"

肖跃的计划听起来简单，但是实施起来却有一定风险。

"肖跃哥，直接告诉他们洪小元的身世，是不是……不太好？"苗香寒听完肖跃的想法之后，不无担忧地说，"万一他们知道这件事，看洪小元再戴上有色眼镜怎么办？那不等于把孩子好不容易建立起的友谊都掐断了？"

"说实话，这件事我也确实不能打包票，但是小元现在这个样子，单靠我们说不会有问题是不行的，在他看来，这件事的不确定性非常大，再加上对父亲的厌恶，就几乎都是负面想法了，所以只有让他知道，哪怕是了解了他的身世也不会歧视他，才能让他真正放下心结。"

"可是……如果他们会歧视呢？要不我们再想想有没有其他主意，这个作为备选方案？"苗香寒的忐忑让已经结束装睡跟着商讨方案的小吴嗤之以鼻："哎呀什么备选不备选的，苗老师你就说吧，你这些孩子是不是都是好孩子，之前对于一些社会新闻的看法是不是都是同情善良居多！"

"是倒是，"苗香寒回忆片刻答道，随后瞪着小吴，"不过你怎么出来了？噢，想起来临睡前的问题了？"肖跃一头雾水："什么问题，你们两个说什么呢？"

小吴立刻奔上来就想阻止苗香寒，但苗香寒灵巧一转身，话已经说出来了："我被资助上的大学，但是我还没说是谁，他就知道那人叫长腿哥哥！"

"……哈，哈哈，那个……"小吴尴尬地停下手，眼睛却瞥到肖跃那里，"肖哥，这，喝酒了嘛……扯平，咱俩账清了，好不好？"

肖跃刚要发火，小吴就一溜烟地跑远了，边跑边说："肖哥那个我先楼下等你啊，明天还有一个新闻要上，你忙完叫我……"

无奈回头，才看到苗香寒盯着自己的灼灼目光。"肖跃哥，是你，对不对？"苗香寒难掩激动，"谢谢你，你改写了我的人生！"

肖跃一边心里腹诽着小吴，一边不好意思地阻止了苗香寒的话："不至于，都是苦孩子……而且眼前是小元的事情更重要些。"苗香寒于是收起自己满腔的感动，想了许久才回答："好吧，就按肖跃哥你说的办，就算后面和我们的期望有些偏差，我作为老师也是总有些办法的。"

"这么说你同意了？"

苗香寒粲然一笑："当然了，我可是很相信恩人的话的！"

这一步险棋重重落下之后，得到了令人欣喜的好结果。

苗香寒找来刘畅、张浩和范晓梨，用最打动人心的方式向他们还原了洪小元的身世，几个孩子听了之后都被洪小元的经历震撼了，紧接着就是深切的同情，范晓梨是女孩子，年纪又小，听到这样的事，都忍不住哭了起来。几人中刘畅年纪大些，高考结束之后暑期无事，在校园电视台于老师的邀请下回学校协助夏令营工作，她听过洪小元的事情之后也不由得动容不已，不等苗香寒吩咐，就主动自发地说："苗老师你放心，我们不会把这件事说出去的。"

押宝押对了，苗香寒一阵欣慰，同时也感到了作为教师传道授业解惑的神圣感，不住地说："好，好！"

孩子们之间的话题往往比成年人之间的话题要容易深入得多，尤其在几人已经知道了洪小元的身世后，当事人的苦楚仿佛随着看不见的空气流淌到了其他几人身上，虽不能完全感同身受，但这种同心同德的信念却是实打实地被建立起来了。在同伴们或温柔或严厉的劝说下，洪小元终于在最后关头鼓起勇气，加入夏令营中。肖跃得知这个消息的时候，开心程度没有那么高，他对面正坐着殷切的于晴，这一次过来情理之中又是向他寻求帮助的。

他自己也没想到那个"到时候再看"居然来得这么快，快得让他想要嘲笑自己的软弱和盲目。

于晴也是冲着夏令营来的。

"肖跃，这个扶贫新闻上面刚巧就有提到咱们教育帮扶这一块，如果是平常我一定不会来找你的，但是你看，这么好的机会，不趁着一起上线就太可惜了！"于晴离肖跃很近，妆容精致的脸庞看上去吹弹得破，岁月仿佛舍不得在这样的美人身上留下痕迹一般。

"你的自媒体热度已经够高了，倒不用非要凑这个热闹才行。"肖跃想了半天，终究没直截了当地斥责于晴就是为了蹭热度。

于晴愣了愣，没发火却低下头苦笑了："我是想，双德县毕竟是青玉市地界，能靠这样一个特殊贫困县的摘帽让大家注意到之后，我们本土的一些地区就更容易被大众视野看到罢了。"

"于晴，你脾气好多了。"肖跃突然定定地看着于晴的脸，说道。

"嗯？"于晴不明白为什么肖跃在这个节骨眼上会没头没尾地说出这么一句话来，但看肖跃今天这样不对劲的态度，她还是忍不住有些心虚，只能顺着肖跃应付着，"看你说的，都多少岁了，哪还能像在学校里似的不懂事儿呢……我去个洗手间哈，等下说。"从随身的背包中掏出化妆包，于晴有些慌乱地来到卫生间，盯着镜子里明媚动人的女人，她心里一阵阵地打鼓。是不是上一次她说错了什么话？总感觉肖跃表现得十分古怪……难道他发现了什么不成？但自己的自媒体好不容易才做到了这个程度，要她现在就放弃，是绝对不可能的事情！于晴打定主意之后，补了补妆，做了几个深呼吸才迤迤然走回客厅，正看见肖跃一手抚着自己的背包似乎是在发愣。

"喜欢这个牌子？你快生日了，我送给你呀？"她笑着走上前，从肖跃手中接过背包，情意款款地看着肖跃。

肖跃笑了笑，摇了摇头："无福消受啊，我东奔西跑，再给包糟践了。天也不早了，先回吧，省得家人担心。"

于晴心里一急："那夏令营的事？"

"嗨，都一帮孩子，有什么好采访的，而且他们具体去哪了我也不大清楚。"肖跃站起身，这是送客的信号了，他其实非常清楚夏令营的举办地点，退一万步讲，如果真想帮于晴联系，给个苗老师的电话也是可以的，但他没有，他只是在裤兜里紧紧握着自己的左拳，说完这句就不再吱声了。

碰了钉子的于晴纵是万般无奈也只好告辞，肖跃这边走不通，就只能利用其他的方式了，直到于晴的身影消失在楼道深处，肖跃才将左手从裤兜里拿出来，摊开之后，掌心静静地躺着一个U盘，上面贴着的标签纸上只有两个字——肖跃。

…………

虽然有身边朋友们的劝说和支持，洪小元参与到了夏令营中，但他第一眼就从数十个学生中看到了赵健生，他们四目相对，空气中有看不见的某种暗流在缓缓涌动。但是洪小元毕竟还保持了镇定，有老师和同学的协助，他仍然保持了一贯的善良态度，甚至为了展现自己的勇气，他主动去采访了赵健生。

赵健生虽不自然，但也碍于人数众多，很给洪小元面子，两个仇敌一样的孩子就这样渐渐地被夏令营活动拉在了一起。这次活动是在杏林县附近的龙牙水库，这里靠山，风景秀丽，民风淳朴，杏林县为了维护生态促进旅游发展，特地将这大块地圈下来，作为旅游生态公园对外开放，龙牙水库是公园里最知名的景点，虽然是人工打造，但因其雄伟的造型广受好评。在水库上的大面积草坪上，专门设立了一些挑战设备，孩子们在老师的带领下被分为几组进行挑战，玩得不亦乐乎，同时也都产生了强烈的团队合作意识。

洪小元恰好就与赵健生分在了一组。几天的夏令营中间，两人被迫绑在一起完成了不少任务，从一开始尴尬得不知如何是好到后来破冰握手言和，也是因为一件事。挑战项目中有一项是从旁边林立的山崖上进行吊索速降，老师们早早地将设备准备齐全，又再三检查了安全性之后，才耐心教导了学生们，有条不紊地安排速降。洪小元和赵健生一组，一人进行速降，另一人在下方持绳接应，帮队友查看山崖上的合适落脚点。他万万没有想到的是，贫困县出身的赵健生从小到大没有体验过一次这样的半高空作业，所以根本就不知道自己居然恐高。下落的时候还没觉得有什么异样的赵健生在半山腰上卡住了，他往下看了看，只见得一片绿油油的草地，当时腿就软了，手也不听使唤地松了松，就是这么一松，让站在底下持着另一端绳子的洪小元吓得够呛。

这一松让赵健生的身体猛然下坠，洪小元感到手上绳子一紧，根本来不及多想，二话没说就牢牢地用自己的身体坠下，将绳子死死抓在手中，一旁的老师看见也纷纷赶过来，可这时赵健生的声音都已经不对了，握着绳子在半山腰晃荡，说出来的话都是哭腔。

"救命！救命啊！"赵健生无力地一遍又一遍喊叫着，老师帮洪小元将绳子缓缓放下的过程中，他就一直这样叫着。刚落地，洪小元就气呼呼地走上前："赵健生，你号什么！你自己抬头看看实际上你降了多远？"

赵健生蒙眬着双眼抬头望过去，本来在半山腰看起来无比深邃的地面实际上不过几米距离，他含着眼泪瞪洪小元："你懂什么！上去之后就控制不了了！"说着说着，就想起洪小元之前在学校里唯唯诺诺的样子，越想越来气，刚要骂出之前那刺耳词汇的时候，赵健生的眼睛却不小心瞟在了洪小元手上。滴滴鲜血顺着洪小元的掌心滑下来，虽然发了手套，但质量却参差不齐，赵健生刚才那一下猛然下坠直接让洪小元这一头的绳子磨破了手套下的手掌，鲜血就这么滴在赵健生的心坎上。他抬头再看看洪小元，那眼神哪里是气呼呼，分明就是担心与关切。

憋了半天的赵健生终于哼唧出一句话来："你不要紧吧？"

就这样，赵健生和"救命恩人"洪小元反倒玩在了一起。甚至在这个过程中，赵健生渐渐地痛恨起自己之前的那些举动，悔不该仅凭三胜子一人之言就对洪小元拳打脚踢，他想道歉，却总觉得随随便便说出口的歉意分量太轻。对待救命恩人，随随便便的一句对不起合适吗？赵健生扪心自问，不合适，太不合适了！洪小元对赵健生的心理浑然不觉，他根本没有把手掌上的伤当回事，虽然遗憾因为手掌有伤，老师们都不允许他再参加一些需要用到手的挑战项目了，不过好在他还可以采访写稿，倒也乐呵呵地跟着大家玩闹了好些天。

夏令营没有特别安排讲课，杏林中学一贯以不给孩子加负为原则，这一次活动也是希望通过贫困县与杏林中学的学生进行接触，让大家有所感悟，对贫困地区学生的认识也更深刻一些。同样地，这些作为夏令营参与者的贫困地区孩子，杏林中学与他们的学校之间也进行了有关后期互助的沟通。敞开心扉这样"玩"了好些天之后，贫困地区的孩子们从一开始的敏感自卑逐渐放开天性，与杏林中学的孩子们玩在一起，到了最后竟然也有些难舍难分起来,这点难舍难分在夏令营的结束晚会上体现得淋漓尽致。这一次晚会结束之后,第二天学校就会派车将孩子们送回自己的家乡,这些在短时间内建立了深刻友谊的孩子面临着即将到来的分别,都有些难过,有些女孩子,比如范晓梨,面对这样的场景也早就泪眼蒙眬起来。

晚会就在大家开心忧伤参半的情绪下徐徐展开,一开始是大家分别表演节目,有唱歌舞蹈,当然也有洪小元和范晓梨的"夏令营新闻播报",甚至到最后,随行老师们也兴之所至,各自拿出绝活儿来展示给孩子们。

到后来,气氛就越发伤感起来。孩子们的伤感往往是最让人揪心的,他们眼中很少掺杂世俗规矩,眼泪掉在地上,都是实打实的情谊。也不知道是谁先开始的,站起来讲了讲自己在夏令营中的感受,讲着讲着声音就颤抖了,眼泪也流下来了,那股子不舍的劲儿在微风中被传递下去,很快地,在没有人安排的情况下,孩子们一个接着一个地起立,和上一个发过言的人一样抽泣着讲述了自己的感受。

空气中有一根看不见摸不着的接力棒,轻巧地从一个孩子身上跳到下一个孩子身上。最后一棒递在了赵健生手中。冥冥中,赵健生觉得,自己报答"救命恩人"洪小元的机会到了。他有些激动,站起身的时候还冲洪小元感激地笑了笑,洪小元也十分配合,抓起笔准备记录,本子上已经有了很多人的感想,他想记下这个特殊的时刻。

赵健生的感谢很长,他本身学习成绩不错,再让情怀这样一激,更是话语滔滔,将当时洪小元临危不乱当机立断救了他的那一幕场景描述得绘声绘色又感情充沛。围坐一圈的学生们都忘了擦眼泪,他们在赵健生讲述过程中时不时地将自己钦佩的目光转向洪小元,看得洪小元不好意思极了。

"其实,我和洪小元曾经就读于同一所中学,我比他大一级,在学校也不多见。"讲述完洪小元如何救助了自己之后,赵健生极符合作文标准地展开了有关洪小元的主人公故事,"在这里,我还有一件事需要向洪小元同学道歉,那就是在拜县一中上学的时候,我们对他进行的不恰当的欺压,我一直觉得,这件事才是导致他转学的原因,而我,就是其中一名罪魁祸首!"

洪小元突然瞪大了双眼。他很想告诉赵健生不要再往下继续说了,这个时候老师们刚好去收拾东西不在附近,而对他身世知情的范晓梨也去帮忙,没有人在他身边,一个人都没有!可赵健生并没有理解洪小元目光中的意思,他只是单纯地以为,洪小元是在惊讶。

"……虽然洪小元的父亲因为交通肇事,让我同学家的叔叔不幸去世,但洪小元本人是无辜的!我们不应该对这样一个优秀的同学进行欺负,在此,我要对洪小元同学说一声,对不起!"

赵健生说到最后几句时，神色已经激动难耐，眼泪也顺着眼眶汩汩流出，他的身体冲洪小元弯下去，是一个标准的90度。洪小元感觉自己脑中有一颗惊雷轰然炸响，让他看不清眼前投射过来的无数目光。但那些目光是存在的。所有孩子们眼中写满了从未有过的惊讶，一双双稚嫩的眼睛将洪小元死死地钉在草地上无法动弹，那些目光像极了闪光灯一般，刺眼的光芒甚至晃得洪小元连声音都听不见了。

他听到赵健生提了自己杀人犯的父亲。他从没有像今天这样憎恨着自己的杀人犯父亲。

"洪小元，洪小元你怎么了？"给老师帮过忙的范晓梨刚返回现场就看到洪小元呆滞地愣在当场，而赵健生则不知所措慌乱地站在洪小元对面。

她气从心头起，猛地推了一把赵健生，将他推倒在地："你说！你干什么了！又欺负洪小元吗？他怎么就躲不过你们这群人呢！"这一句话，算是坐实了赵健生刚才的言论，周围学生们纷纷了然起来，互相交流着眼神，虽然没有说话，但洪小元却仿佛听见了无数人对他的指责："杀人犯的儿子！"

洪小元猛地站起身，嘴唇紧闭，浑身散发出不可侵犯的凛然之气。

"洪小元……你怎么了，别生气啊！"范晓梨有些怯生生地说。

旁边的赵健生也怯了起来，更多的是懊恼，他这会儿才明白过来洪小元为什么如此暴怒："洪小元，我……我不是有意的，我只是想谢谢你，想跟你道歉！"洪小元没有搭腔，他自嘲地笑了笑，平静又深邃地看了看范晓梨和赵健生，转头走了。苗香寒听见孩子们的动静赶到现场时，洪小元已经往大巴车上走过去了，她一脸不解，直到哭成泪人的范晓梨和懊悔不已的赵健生找过来告诉她发生的事情之后，她才明白过来。

"现在这样，刘畅，你来带着学生们先进行下面的活动，洪小元这边我去劝劝，不要引起大范围的骚动，明白吗？"苗香寒心急火燎，冲旁边前来夏令营帮忙的刘畅稍做安排之后就转身要往大巴车上去，正走着，却撞上了一个身影。

"哎呀……"来人发出一声娇嗔，苗香寒在夜幕里看了半天，才发现是于晴。

"是你？你怎么来了？"整个夏令营的过程中，苗香寒都没有见过于晴，此时此刻看到她脖子上挂着相机就站在自己面前，自然十分意外。于晴刚才被心急火燎的苗香寒撞了个满怀，直接一屁股坐在了地上，但她知道这会儿不是生气的时候，连忙利索地爬起来拍拍屁股上的土，冲着苗香寒赔笑："苗老师，我之前跟进的那个扶贫项目后续也和教育有关，杏林中学这个夏令营活动很新颖，所以我就过来了，没给你打招呼是怕担心影响到咱们的正常进度……"

苗香寒来不及听她絮叨，摆摆手就要往前走："实在不好意思于记者，这边我还有学生要照顾……"于晴伸出手拦住苗香寒："苗老师，我刚才都看到了，是洪小元吧？"

"怎么？"苗香寒眉毛挑了挑，她从第一次看到这个于晴开始，就发现这个记者特别地喜欢盘问，要不是洪小元说于晴和肖跃有关系，她本能是不喜欢于晴的。

　　"苗老师，其实就是因为洪小元这次是第一次参与这种活动，肖跃本人工作多，来不了，我这不是刚好要来收集素材嘛，他特地告诉我，让我照顾小元的。"于晴笑着柔声说，"小元这个孩子命苦，又乖巧，别说你肖跃哥了，我也是很放心不下的。"

　　于晴的口气让苗香寒感到一阵奇怪，之前去找肖跃的时候，他明明说过于晴并不是自己的女朋友，怎么到了于晴这里，字里行间就暧昧起来了呢？着急的苗香寒不想对这个自己不喜欢的女人多费口舌，干脆直接说："于记者，你和肖跃哥也不是男女朋友吧。"

　　于晴闻言脸上的笑容僵了又僵，无奈之下只好回答："你肖跃哥这个人你清楚的，他吧，哪里都好，就是太谨慎……其实我们去双德县的时候有谈过这个问题，只是我们都是事业型……不说这个，小元这边还是我来劝吧，毕竟来之前，肖跃跟我说了不少关于孩子的事情，既然交到我手上了，我总不能推辞吧。"

　　苗香寒毕竟还是年轻，看于晴话语诚恳，脸上也是担忧的神色，也就不太好说什么，再加上学生那边只靠刘畅一个人撑着，她还是不放心，最终还是点了点头。于晴得了令，道了声谢之后，立刻钻上了洪小元所在的大巴车。苗香寒往刘畅的方向走，一路走一路回头不住地看着，心仿佛总是落不下地。她于是掏出电话，干脆直接把情况告诉肖跃，让自己的恩人给她解答。讲述了晚上的事情后，苗香寒第一次听到肖跃这样暴怒的声音。

　　"快，拦住于晴！"

　　肖跃挂上电话，便与小吴马不停蹄地向龙牙水库赶。

　　车开得很快，小吴一语不发，从来没有这样认真过，肖跃坐在副驾驶，也是一副如临大敌的样子，他双手微微颤抖着，也不知道究竟是因为心惊还是愤怒。脑中一遍遍回荡着的，是于晴那个U盘里的资料，肖跃自嘲地想，不得不说于晴确实是一个好记者，那些有关他的资料完整又翔实，非一个经验老到的记者所不能及。那天于晴离开座位的时候，身体牵动了一侧的背包，U盘就这样滚落到肖跃脚边。他本意是替于晴捡起放好的，如果不是恰好看到U盘上的标注的话。

　　好在于晴当时并没有发现这一情况，肖跃才得以在于晴走后怀着既犹豫，又有些奋不顾身的复杂心情打开它里面的资料。这些资料让肖跃的心凉到谷底。如果说一开始肖跃对于晴的感情总有些旧情复燃的向往，到了后来又放弃的话，这一次看到这些满满当当的资料，则是让他彻底地感受到了于晴离开大学之后天翻地覆的变化，这种变化令于晴在肖跃脑海中原本姣好的倩影变得可怖阴森，更向他六年来好不容易才从心中生发出的爱情火苗狠狠地泼了一盆冷水。

他几乎是带着艰难堵塞于喉头的干裂感看完的资料。

资料从他们去北京做阅兵新闻之前就已经开始，那是世相头条发来的相关要求。肖跃打开那些要求细细看起来，带着一种验证一般的目光，他从看到世相头条和自己的名字结合在一起之后，就已经大抵推测出了他们的逻辑，但他仍然不敢相信，这些人居然找到了于晴。事情仍旧源于那一场九二六交通肇事案。自从肖跃深入采访之后写下了几乎完全推翻此前媒体猜测的新闻稿，世相头条便被骂得体无完肤，虽然以世相头条的一贯做法，他们从成立那一刻开始就没少挨骂，可刑事案件和普通新闻的概念大相径庭，肖跃这一举动，直接导致了世相头条不仅大范围的粉丝流失，甚至还失去了很多和正统单位合作的机会。新仇旧恨加在一起，世相头条决意报复，而他们选择的报复形式也十分符合他们自身的基调，那就是，从肖跃身边找到一个熟悉他的人，将他私下的生活全部暴露出来。

当然，肖跃的私人生活并不重要，甚至说，世相头条根本不关心肖跃在生活中是否也如同真相的卫道士一般，他们看重的，只是不起眼的"失误"。人无完人，漫长的人生道路中不会有人永远立于阳光之下，世相头条需要的只是一个足以撼动"大题肖做"的微小支点而已，至于如何去发挥、扩大影响力，那是他们常做的事情，根本就不用操心。

他们找到了在华城报业、曾担任过肖跃的领导，同时也是肖跃前女友的于晴。话语权是媒体的咽喉，对丧失了一部分话语权的世相头条来说，肖跃就像是已经发炎严重的扁桃体，而于晴，应该就是那把割掉它的利刃。只是谁都没有想到，于晴的机会会来得那么快，北京之行恰好就是于晴与世相头条达成协议的当天，而当天肖跃就仿佛受到感召似的巴巴地送上了门。

从第一次与于晴深夜聊天一直到当下，所有的会面谈话都有录音，肖跃甚至不知道，于晴是如何在他看不见的地方拍了那么多照片，做了那么多工作的。这种调查还牵扯到了小吴，于晴希望肖跃协助她去做助学公益跟踪时，很不正常地把前期所有的工作都扔给小吴，自己却给肖跃解释是太忙了。

肖跃心里苦笑，是的，她太忙了，忙着去因为肖跃一句口误提到的洪小元而进行大肆调查。小吴不是没有提醒过肖跃，这让肖跃更加懊恼和愧疚。一切虚假都被于晴演绎得如此真实，真实得几乎让肖跃相信了于晴口口声声提到的信仰。这一把替世相头条斩杀自己的刀，被肖跃自己递到了于晴的手中：一旦于晴确定了肖跃和洪小元的关系，那么他对九二六交通肇事案所披露的真相，就会立刻变了味道，甚至被扭曲成一场利益交换，甚至会联系到他在华城报业离职时那场闹剧。

这是足以让肖跃在行业内被看低甚至被封杀的信息。

肖跃觉得可笑，就如同哪本书上看到过的那样，道理仿佛是一个可以任人打扮的小姑娘，在不同人的口中总有着不同的样子。他更觉得可悲，对于于晴的全部期待和想象，最终竟然变成了这样不堪的一个秘密。于晴这样做的原因被肖跃安排给小吴去查，他自己只是看着这些资料就已经有些喘不过气了。

小吴带回来的信息似乎是在肖跃的意料之外，但仔细想想，也好像是情理之中。

原本家世显赫的于晴由于父亲在炮火连天的商界失利而一夜垮塌，就连华城报业的这份工作，外界人或许不清楚，但于晴心知肚明自己这个炙手可热的位置究竟还有多少同样家世显赫的二代们虎视眈眈。她要保住这份工作，要保住自己仅存的这些资产。于晴的前夫对老泰山的垮台似乎早有预见，在于晴父亲宣布破产并欠有一大笔外债的消息刚露出苗头时，他就向于晴提出了离婚，并且与于晴争抢起了孩子的抚养权，理由当然也简单粗暴：以于晴家现如今的惨况，根本支撑不起他对孩子教育方面原本预设的道路。

好强的于晴咬紧牙关毫不退让，努力寻找其他机会的同时，收到了来自世相头条的橄榄枝。说到底于晴还是原来那个于晴，她眼中的现实从来不曾变化过，唯一变化的是她更加圆融的处理方式，以及越发深沉的心计。

肖跃不知道，于晴已经在私下查到了洪小元几乎所有的信息，只不过肖跃对洪小元的资助并没有经过任何组织或者机构，没有留底，所以只要这件事还没有暴露得彻底，于晴那边就无法轻举妄动。风驰电掣中，肖跃心里一直告诉自己，洪小元是个乖孩子，他答应过不向任何人暴露这件事的。

"肖哥，你别太紧张，小元明事理。晚上车不多，路好走，咱们过一会儿就能到。"小吴从后视镜看到肖跃铁青着的脸，心中有些不忍，开口劝着。

肖跃正绷紧心弦不住地思索，听到小吴的话之后越发愧疚："早该听你的话，也不至于变成现在这个样子……"

"嘿，感情的事情谁说得清，再说了，我那主要是出于不被重视的嫉妒，可不是真就看出来点儿什么了啊。"

肖跃当然明白小吴这是为了让自己的心里好受些，只是小吴越是这样善解人意，肖跃就越对自己之前与他爆发的争吵感到难过。他有些恨自己的感情用事。不能这样了，肖跃望着窗外明灭的远处灯火暗暗下着决心，对于感情，他已经全然不信了。

…………

苗香寒冲上车的时候，于晴正拉着神情恍惚的洪小元不断摇晃着，口中还一直不断地问着洪小元与肖跃的关系。

"于晴姐，孩子这时候需要静一静，不要再逼问他这些问题了。"苗香寒心里着急，两三步跑到洪小元的座位面前挡住于晴,"你要不还是先下车吧,我是他的指导老师,有什么事情我来开导他。"

言下之意很简单,于晴不在学校,对洪小元并不了解,就算是谈心,也不可能谈到点上,更何况她问的那些问题和她上车时的借口完全不一致。于晴哪会轻易放过这样的大好机会,之前她一直在肖跃面前旁敲侧击却没有太大的收效,几次看出端倪还都是出于意外情况,再加上她已经感觉到肖跃对自己的态度变化,更不愿意错失今天这样的大好良机。

"苗老师,还是我来吧,你肖跃哥也打过电话交代我……"看于晴这样不死心,苗香寒虽然不明白到底她和肖跃中间发生了什么事,却也察觉到眼前的女人目的不纯。

洪小元怔怔地呆坐在一旁,眼眶里盈满泪水,苗香寒看得心疼不已,再听到于晴这样一句谎言就更是气愤起来:"于晴!这是学校的内部事务,请你下车!"

语气的严厉让于晴眼中瞥过一道怒意,眼看着时间一点点流逝,再不久等同学老师们纷纷回到车上,她就再也没有机会了。她干脆掏出记者证:"苗老师,实在不好意思,在我们记者眼中只有事件。"

"呵,好笑了,同学之间有一些小误会,算什么事件!"苗香寒愣了数秒才冷笑出来,眼前这个女人就像是一只偷到腥的饿猫,不管不顾要霸占住眼前的美食。

于晴也笑了,她笑眯眯地冲苗香寒说:"同学之间的小误会当然算不上事件了,不过,洪庆国在狱中没有收入,洪小元如何顺利入学以及民众对他们父子之间种种揣测,算是事件了吧。"这下苗香寒才知道了于晴特意跑来水库的目的、知道了在接送他们的时候不断试探的目的。

"你还有没有点操守!"苗香寒近乎咬牙切齿。

"媒体人的操守?"于晴笑得仍然志得意满,"用你肖跃哥的话说,是传递真相,那么,洪庆国九二六案件的背后到底还有什么?肖跃在中间隐瞒了什么不为人知的秘密?我要向大众传递这份真相,又有错吗?"

"你!"苗香寒气得发抖,却一时语塞,不知道应该如何反驳。

"你想要什么样的真相,大可以直截了当地提出来,不必用这么肮脏的手段!"一个声音突然出现在大巴车门口,紧跟着,男人散发着怒火的身影也走了上来。

于晴和苗香寒都脸色大变,与苗香寒的惊喜不同的,是于晴顿失的血色。

她不由得脱口而出:"肖跃,你怎么来了?!"

肖跃是跑着过来的。留了小吴去停车以及与学校沟通,他自己则抱着满腔的怒火和担心急匆匆地赶了过来,靠近大巴车的时候恰好听到了于晴不以为忤的谈话,便连忙踏上车来。

于晴越过苗香寒开始解释自己的行为，他懒得听，也听不见，他的目光锁定在洪小元身上。洪小元看到肖跃的时候嘴扁了扁，一副不知如何开口的样子，但就只是扁了扁嘴，所有的委屈就好像山洪一般没了遮挡，眼泪随着他滚滚的委屈一同倾泻而出，还没开口，就哭得不成样子起来。肖跃生怕这个时候洪小元因为情绪所致说出什么话被于晴利用。

　　"……所以我刚才都是气话，肖跃，你是知道我的对吗？今天这件事我相信苗老师也是因为着急才这样，平常……"肖跃终于把目光转向喋喋不休的丁晴，动听的声音和姣好的面容此刻看起来仓皇如鼠。他打断于晴的话，冷冷地说："下去。"

　　"什么？"于晴一番慷慨陈词被肖跃不动声色地打断，一时有些领会不了，愣在当场。

　　"我说你，下去。"

　　"肖跃，你该不会是信了我的气话吧！"于晴流露出哀切委屈的表情，"我脾气不好，有时候就会说错话，我……"话语的声音在肖跃将U盘扔向她时戛然而止。于晴脸色苍白，难以置信地看着手中的U盘，又像是想起什么似的将背包翻了许久，才恨恨抬起头，眼神里哪还有半点委屈的样子："肖跃，你竟然翻我的包！"

　　肖跃却哀切了："呵呵，于晴，若要人不知，除非己莫为。你走吧。"

　　苗香寒在洪小元身旁，一边将洪小元搂在怀里护着，一边用警惕厌恶的眼神瞪着于晴，肖跃站在于晴对面，却连看都不想看于晴一般。于晴就这样环顾了一圈，脸色十分难看，她冲着肖跃还想张张嘴说些什么，可最终只是长叹了一声，握紧手中的U盘头也不回地下了车。

　　"肖哥……"苗香寒看到肖跃在于晴下车后，若有所思地回过头捕捉着于晴最后的身影，想了想才开口问，"你没事吧？"

　　"没事，现在主要是小元这边，我看孩子有些受了刺激。"

　　肖跃摇头，趴在靠椅上关切地看着洪小元，从他上车开始，洪小元就一直在默默地流着泪，不是一滴滴，而是汩汩地一串挂在脸上，他试图去擦掉那些眼泪，但却怎么也擦不掉。

　　"肖跃叔叔，我恨死洪庆国了。"

　　"没事了，没事的，这只是一个短期的夏令营，而且学校也不会传开……"肖跃劝着，自己都觉得心虚。如果真的不会传开，那拜具一中的霸凌就不会存在，如果真的不会传开，那网络上之前铺天盖地的谩骂就不会愈演愈烈……世界从来都是残酷的，天地不仁，以万物为刍狗，在这一点上，它永远都是平淡地看着所有事情发生，不对任何人事偏爱，也不向任何苦难伸出援手。洪小元对父亲直呼其名还是第一次，这让肖跃感到，劝说洪小元去狱中看望父亲在夏令营这件突如其来的事情刺激下越发显得不可能了。

"小元，我相信你的父亲也不愿意见到这种结果的。"苗香寒拍着洪小元的后背，有些心疼地喃喃说着。孩子的手在苗香寒掌心动了动，渐渐地捏成了拳头。肖跃不知道应该如何给予洪小元安慰，一路上他都急于将洪小元从于晴的逼问中解救出来，可真到了这个时候，却又有满腹的话不知道从何说起，几个人就这样突然沉默下来，像是在等待时间给予他们力量。

"苗老师，没事的。"也不知道隔了多久，洪小元的眼泪才干了下去，脸上犹有泪痕，声音也低沉，"大不了就是再被排挤一次，无所谓的。"

"小元你不能这样想，你看看张浩、范晓梨他们，不一样也知道这些事情的来龙去脉吗？"苗香寒连忙劝解。

"那是因为，他们是我的朋友，当然向着我……"

肖跃也跟着说："小元，三胜子他们欺负你，本质上是因为他的家人是事故受害者，他不能代表所有人，你要对你的同学们有信心，相信他们有明辨是非的能力。"

洪小元抬头看看肖跃和苗香寒，没有吱声。肖跃清楚，这是洪小元内心中目前还无法越过的鸿沟，可他说出的话，也恰好就是洪小元内心的期盼。这种期盼在举办晚会的草坪上慢慢地化为现实。开车抵达后，肖跃去劝慰洪小元，而小吴则停了车，直接找到了晚会上的学生们了解情况。等他抵达现场的时候，正看到一群学生围着一个大声痛哭的孩子劝慰着什么，上前问清情况后他才知道，这个痛哭着的学生，就是之前在拜县一中欺负过洪小元的赵健生。

赵健生哭得上气不接下气，讲出口的话也断断续续："我、我没想到……我不是、故意的……"

好言相劝之后，小吴才明白赵健生的"故意"指的是说出了洪庆国案件的事情，本意是想要给洪小元道歉，却变成了让洪小元崩溃的导火索，在无比愧疚和后悔的情绪驱使下，赵健生感到一种无法挽回的错误。这件事让小吴出乎意料，但更让他出乎意料的，是那些听到了洪小元往事的同学。和拜县一中不同，这些同学在赵健生"爆料"了洪小元的身世后，不仅对洪小元没有任何歧视，甚至连带着自暴自己曾经进行校园霸凌的赵健生都没有过分苛刻。他们围着赵健生安慰，并且用同样稚嫩的语言表达着自己对校园霸凌的反对观点。最后他们告诉赵健生："知错能改就好。"

小吴当即自己做出了决定，带着赵健生和一些自告奋勇要来安慰洪小元的同学一起来到大巴车上。

在看到赵健生那一刻，洪小元的脸瞬间涨得通红，整个身体都绷直了。

赵健生原本已经止住的哭泣又迸发出来，他走到洪小元面前，诚恳地表达着自己的歉意："洪小元，对不起！我不知道自己说错话了，我是想认真跟你道歉的，之前是我们做得不对，我们不管怎么样都不该做那种事，对不起！"

洪小元愣了愣，本能的善良让他没法说出拒绝的话。他抬头看见跟着小吴进来的那些学生，眼神中流露出一丝惊恐，握成拳的手不由得在苗香寒掌心缩了缩。"洪小元，你就原谅他吧，只要他知错能改就好。"一个学生这样说着。"对啊，还有你不要这么难过，我们都认为你是很棒的记者！"另一个学生也跟着冲洪小元鼓励。

"你好坚强，我们应该向你学习！"

"对呀对呀，洪小元的节目做得那么好，肯定也是因为不希望家人担心而努力吧！"

…………

第一个勇敢的同学开口之后，其余几个学生也七嘴八舌地对洪小元开始劝慰，一字一句从洪小元的耳朵里钻进去，像一道道涓流抚平了他紧张的身体，令他也不由得热泪盈眶起来。

肖跃和苗香寒的紧张感终于在这些孩子你一言我一语的谈天中消除了。他给苗香寒一个放心的眼神，不由自主地带了笑容看着这些孩子，他们温柔地笑着，上前来扶起半跪在地上的赵健生，手也搭上了洪小元的肩膀。这种笑容竟然有些像是嘲笑了，是嘲笑洪小元和赵健生"像个女孩子一样哭哭啼啼"，理所当然地，被以范晓梨为代表的女学生们又攻击了回去。

笑声渐渐地大起来，夏令营最后的这场闹剧以一个不怎么完美但又温馨感十足的结尾画上了句号。

"对了洪小元，那你爸爸，你怎么没有去看过他呀？"洪小元脸上的笑容僵硬地卡住了，看了看一旁的肖跃才嘟囔着说："我要学习，没去。"

"哎呀，你是不是还觉得你爸爸的事情影响到你了？"范晓梨接过话茬儿，"你千万不要这么想，咱们每一个人怎么活，还不都是在我们自己手上嘛，你已经很坚强了，要相信自己！"

肖跃和苗香寒本以为洪小元会因为父亲这档子事情再度情绪失控，然而并没有。

洪小元只是思索了半天，然后笑着回复范晓梨："你还操心得挺多。"

听到洪小元这句话，正值青春的孩子们立刻起了哄，闹得范晓梨当场就成了大红脸，追着洪小元打。原来可以这样，肖跃忍不住想着，孩子们看到的世界可能过于简单和偏颇，但他们总有自己一套独特的逻辑，那些成人无法解释的，放在孩子们身上仿佛根本就从来没有成为过问题。虽然拿不准洪小元对范晓梨的话究竟能听进去几分，但肖跃相信，洪小元对父亲的抗拒总会在好朋友的帮助下消弭瓦解的。直到孩子们的重心已经放在互换联系方式、赵健生和洪小元已经开始约定下次见面游玩的时候，肖跃才彻底放下心来，向苗香寒告别。

"肖哥，不得不说，咱们现在可比当时从西京来杏林的时候放松多了。"小吴把着方向盘老神在在，此时此刻算是解决了一个问题，身心都放松了下来。

肖跃的表情却没有那么好，从告别孩子们开始，他就一直面带隐忧。

小吴用余光捕捉到肖跃的低迷，想了一会儿坐直身子问："你可别告诉我你没删 U 盘的东西！"

"怎么会，我又不傻。"肖跃苦笑着回答，"但是就算删了 U 盘上的资料，谁能保证于晴就拿不出来其他东西呢。"他的猜测一向准确，尤其是在今天撕破脸之后，于晴那种不甘心的眼神也似乎在佐证着这一点。窗外的夜空黝黑深沉，不见星光。

山雨欲来啊，肖跃暗想。

…………

一直到洪小元正式开学，网上的新闻都波澜不惊。

肖跃暗中关注着于晴的动向，可自从那天将清空资料的 U 盘还给她之后，无论是华城报业还是于晴个人的自媒体都像是销声匿迹一样，压根儿没有提到过任何有关他的信息。洪小元退回来的那 1000 元还妥妥帖帖地放在信封里，信封已经不像当初于晴给出去的那样干净，四周卷了边，表面也颇多褶皱，看起来垂头丧气的，可在肖跃拿出里面的钱去看时，那些钱却仍旧崭新，像是从来都没有打开过一样。这个信封是小吴带回来的，他接受了洪小元的求助，从白头村洪庆国家中等着洪小元将这个信封拿了出来，在送了孩子返校之后又原封不动地还到了肖跃手上。

"肖哥，孩子说了，这钱他没动过。"带回信封的小吴这样说。

这些钱原本在肖跃看来，是于晴向洪小元施放善意，可实际上，却更像是从洪小元口中买信息的交易款。他联系不到于晴。虽然也没怎么努力尝试过联系，但有了这个烫手的山芋在，肖跃还是试图让于晴收回这笔钱，同时……同时如果能尽量地拉一拉她，也是好的。可于晴根本就不给肖跃这个机会，所有肖跃打出去的电话都被挂断，短信也没有任何回复，包括冷漠而官方的商谈都像是发送到空气里一样毫无回音。

最终肖跃只得放弃了这个让于晴当面取回信封的想法，默默地开始工作。

工作缓慢展开，肖跃也就渐渐地忘却了这件事情，毕竟他的生活和以前并没有太大不同，不需要什么特别的缓冲阶段。直到有一天他原先准备好去采访的对象委婉地拒绝了他。

那是一家西京市城中村居住着的外来务工者，在西京市火车站旁的小商品集散批发商场跑车，车与一般的车辆不同，是三轮带一个简易铁皮制的窄小厢体以供坐人或者拉货用,柴油驱动着这种自重很轻的小车在行驶中时不时地颠簸着,像是一边蹦跳一边发出"突突突"富有节奏感的声音,故而也被西京市民亲切地称为"蹦蹦"。蹦蹦车主所居住的城中村恰好就被列为西京市要改建的项目地点,不是房主的他即将面临的是无家可归无房可租的未来,加之西京市近年来对市容的规范,这种蹦蹦被大范围地取缔,对于这样一位被采访者来说,他的生活仿佛就从一个虽不富裕却安稳祥和的地方突然直坠深渊。与受访者相同处境的人还有很多,肖跃这一次就是为了深入探寻这方面的真相而早早地就沟通好了相关事项,此前已做过沟通,正准备动身去采访时,却遭到了受访者的拒绝。

他本以为这是受访者不愿别人看见自己窘态的原因,可越来越多的受访者纷纷拒绝了他的时候,他才本能地感到不对劲。在小商品集散批发商场门口正奇怪的肖跃接到了小吴的来电,声音匆忙而愤怒。

"肖哥!你赶紧回来看看吧,世相头条发了条新闻,关于你的!他们简直太过分了!"

肖跃心里一紧,感到手指尖本能地发颤,脑海中唰的一声就浮现出于晴不甘的脸庞来。

顾不上再坐什么公共交通了,肖跃一边打车一边在心中骂娘,可西京这地方就是这么邪门,越是着急,车越迟迟不来,再加上堵车和下班高峰期,回到办公室的时候已经是晚上快8点了。

小吴出来迎接他,他也顾不上,满头大汗地坐在电脑前打开了那篇世相头条的报道。

仅仅是标题就让他险些因为炎热和激怒晕过去——从华城报业到杏林中学,揭露"大题肖做"不为人知的香艳秘辛。原来小吴口中"太过分"的"他们"不仅仅指的是世相头条,或者说,如果没有于晴,世相头条的这篇恶俗报道根本就是狗屁不通的污蔑了。

文章从肖跃的大学时期开始写起,写到他如何打着理想的旗号抛弃女友,随即利用女友和自己共同撰写的新闻稿进入华城报业,又如何与女上司眉来眼去导致女上司家破,再接着,来到九二六交通肇事案,详细描写了肖跃是如何通过与洪小元的亲近而离间洪小元与父亲家人的感情,又如何勾搭上了洪小元的指导老师的。更甚者是,这中间种种阶段甚至都有所谓的"证据",苗香寒接受了肖跃办公室钥匙的事情甚至还有被打了码的录像放出来。除了情感上,自然还有工作上的"恶行",比如说是要于晴去参与爱心助学的跟进,实际上却是由自己这边在背后操作,直到于晴奋不顾身去谈,才将实质工作交还,以及那1000元的"费用",同时随着这费用而来的,肖跃对于晴的不断骚扰。

整个圈子都因为这件事爆炸了。

网民的声讨一浪高过一浪，别说接到工作了，就好像那个拒绝了他的受访者一样，原定下来的计划纷纷被搁置甚至取消，而肖跃却百口莫辩。说谎的最高境界就是三分假七分真，甚至有时候都不需要七分，只要一分真，就可以在世相头条的春秋笔法下成为截然不同的"真相"。

"于晴这个贱人！U盘里的那么多资料用不上就开始胡编乱造了？看我怎么收拾她！"小吴气急败坏地在房间中来回踱着步，叉着腰破口大骂，天气如此炎热，他在办公室枯坐一下午，竟然也忘了开空调。

"事情已经发生了，想一想解决方法，追责有什么用，反而会带得自己一身腥。"肖跃深呼吸几口，才压抑着情绪缓缓说，"说不定，我们现在去找到于晴，反而会被世相头条抓住把柄，说我们是伺机报复。"

"那怎么办？！难道就干坐着任她欺负不成！你能忍，我可不能忍！"小吴瞪大眼睛盯着肖跃，浑身上下都散发着激怒的气息。

"办法肯定会有，只是我们现在需要冷静。"话虽如此，可肖跃实际上并不清楚究竟有没有能够翻盘的办法，他在与于晴接触的过程中根本没有想过要去留什么"证据"，而仅凭他多年下来积累的那些新闻稿，能让别人相信他吗？

小吴喘着粗气摇头，忍了半响还是忍不住："你能冷静，我冷静不了！我想撤去！"说完，不等肖跃阻拦就"啪"的一声带上门走了。没隔多久，肖跃听到小吴楼下发动车子的声音，发动机的轰鸣比起以往来猛烈不少，继而渐渐地被沉默不语的夜空吞进了食道深处，再听不到了。

…………

肖跃就这么枯坐了很多天，这些天里不断地有同行希望来对他进行采访，他一开始还会解释两句继而拒绝掉，到了后来这样的电话接了太多，干脆就将电话直接设置成不在服务区，扔在一边再不管了。如果不是小吴每天还来带了饭给他，他怕自己是连吃饭的心思都不会有。不得不说，难过是很难过的，就好像被一只大手抓着寒冰塞满了五脏六腑一样，大热的天里仍旧让他发寒，但平静也是很平静的，好像这件事的发生早就在他预料之中，没什么值得太过关注，也不必为此而懊恼多久一样。

这种纠缠着的状态让肖跃感到消极，他开始觉得自己的信念和理想原来如此软弱不堪，那些根植于他心房的参天大树，终究抵不过谣言这只小蛀虫，所以没有工作的状态或许也是好的吧，反正人们都喜欢世相头条这种能够动辄惊爆人们眼球的媒体，是不是真相，又有谁会关心呢？也不知道洪小元看到这个新闻会怎么想？是坚持看法不受影响，还是相信了世相头条认为肖跃自己是个欺世盗名之徒呢？经过了那么多事情才让洪小元从往事的阴影中一点点地走出来，如果自己这个莫须有的罪名再给孩子带去额外的伤害，又如何是好？

门铃突然响了，门铃声一下紧接着一下，给肖跃这几日安静的生活突然响出了个口子。他一时间有些分不清自己这是幻听还是真实，小吴没有带钥匙吗？一边狐疑着，肖跃一边站起来打开房门，令他震惊的是，房门口站着的不是小吴，而是苗香寒和洪小元。

"啊，你们怎么来了……先进来吧。"肖跃怔了几秒，立刻伸手挠着头将二人让进来。

苗香寒和洪小元脸上带着担心，或许还有些心痛，进来之后苗香寒轻轻地叹了一声，肖跃这才反应过来，自己这么久没出过门也没有工作，整个人过分懒散，房间里乱成一团不说，就连胡子也很多天没有刮，一定看起来颓唐又肮脏。这么想着，他脸就有些微红："那个，这两天忙，所以没顾得上收拾……"

"小吴都告诉我了。"苗香寒不忍抬头看肖跃，只是轻巧地将自己带来的饭菜放下，又拿起扫把干起活来，"前几天我看到新闻，急得给你打电话，怎么打也打不通，最后还是小吴告诉我们，我们这才趁着周末赶过来看看。肖跃哥，你为什么要一个人扛着呢，唉……"

洪小元也跟着不高兴地嘟囔："就是啊，张浩、范晓梨他们还专门过来问我怎么回事，我都说不上来。"

肖跃赶紧冲洪小元追问："你的同学们没有因为这件事情……欺负你吧？"

"总有几个人的。"洪小元想了想说，"但是总不能因为有这几个人，就哭天抢地吧？再说了，还有很多人支持我呀。"

很突然地，肖跃感到一道闪电刺穿了自己的心脏。远近不论，从小吴到专程抽出时间赶过来的苗香寒和洪小元，都让肖跃突然从近期的消沉中抬起了头。就如同洪小元不经意的一句话一样，总还是有人在支持他的，哪怕这些人并不多，这不重要，重要的是，他们总会在。想到这里肖跃不禁倍感羞愧，枉自己还一直以来对洪小元的成长忧心不已，结果洪小元却比自己的进步要快得多了，从那个被欺凌辱骂的瑟瑟少年到现如今的自信满满，竟有些让肖跃感到钦羡。

"嗯，现在自信了很多嘛，看来得谢谢苗老师对你的悉心教导。"肖跃扯了扯嘴角。

拖着地的苗香寒头也不回："人生在世，谁还没有些苦难要经历呢，如果但凡遇到点事情就垂头丧气的，那又从哪里来的希望？肖跃哥，不怕你笑话，我之前可是根本想都没想过自己真的能走入大学校园的，但最后不还是进了嘛……"

"苗老师，这是为什么？"洪小元是第一次听苗香寒提到自己的事情，十分好奇。

苗香寒撑住拖把，缓缓地抬头说："家里有弟弟，消费要大很多，家里没有钱能供我去上大学。那会儿我求助了希望工程，一个暑假过去了，没有任何回应，不过就在我有点儿心灰意懒的时候终于等来了好消息。"

洪小元兴奋："真的吗？什么好消息？"

肖跃对上苗香寒的眼神，有一种被知晓了所有事情的深邃感。

"有个好心人给我捐款了。"苗香寒笑着说，"是对大学生的捐助是一次性的付款，才让我顺利地进入学校。我很想当面感谢他，只不过资助是匿名的，我没办法找到他……"洪小元果然还是个孩子，听到苗香寒和自己的经历有些类似，就忍不住地拿眼睛去看肖跃，也跟着笑开了。肖跃没有笑，他安静地听苗香寒说完，然后问："后来呢？"苗香寒也很安静，笃定而诚恳的表情让肖跃都忍不住坐直了身子："后来，我偶然得知他发生了一些不好的事情，我很着急，但又觉得，这一次是我报恩的时候。"

"苗老师，你刚才不是说没办法找到他吗？"洪小元听得迷惑，"怎么现在又知道他发生了一些事情？"

"因为我有外援！"苗香寒看着肖跃了然的表情，突然笑起来，冲着洪小元挤挤鼻子，"所以你平常有没有好好用功学习，我可是一清二楚，不要指望能瞒得住我哟！"

"啊？……得了，我就不该多嘴问……"洪小元惊讶过后对肖跃无奈地摊摊手，引起肖跃和苗香寒两人都笑出声来。趁洪小元伏案学习的当口，肖跃才和苗香寒继续聊起了刚才的话题。"是小吴告诉你的吗？"

"也不算是。"苗香寒眨眨眼睛，歪着脑袋想了想之后有些羞涩地笑着说，"他第一次说漏了嘴，后来不管我怎么问，他都慌里慌张地躲着我，我一开始还以为是他去捐的款，但是想想他的年纪，再想想他周围的人，就猜到你这里了。"

肖跃恍然大悟，苦笑着摇头："看来这个小子业务能力还没提升到让我满意，嘴巴就先大起来了。"一边这样想，一边又想起自己不小心说漏嘴给于晴暴露了消息的事儿，眉头又不由自主地皱起来，脸上呈现出一个怪异的表情。

"肖跃哥，小吴很担心你，再加上这一次事关重大，我去说了你的名字逼问他，他才告诉我的。"苗香寒以为肖跃的表情是在气愤于小吴的大嘴巴，赶紧解释，"你千万别责怪他，而且我保证，这件事只到我为止，我是不会透露出去的，这样会给你平白无故增添许多麻烦。"

肖跃点点头，满腔满腹的感动。这种感动让他更加有了坚持这项助学事业的理由，像一个老父亲又像是朋友一般，让他体会到了别样的生命维度。

"小吴怎么还没回来呢，我还专门买了菜说好要一起吃的……我还是催催他得了。"苗香寒嘟囔着拿起手机噼里啪啦按下，不过一会儿就听见"叮咚"一声提示音，点开看了之后才笑眯眯地冲着肖跃说，"已经忙完了，就在楼下！"

肖跃越听越觉得哪里不对，他扒开脑海中层层叠叠的记忆搜寻着，半天才睁大了眼张圆了嘴问苗香寒："你不叫他小吴哥了？"苗香寒脸一红，头也低下来轻轻地点了点。这个消息让肖跃有些哭笑不得，既感受到了一种老父嫁女的忧愁，又乐于看见两个年龄脾性都相合的年轻人走到一起，十分纠结。

正纠结着就看见小吴开门进来，拎着手上的两瓶酒冲他摇晃："肖哥，整两杯？"

肖跃没好气地瞪着小吴，鼻尖朝苗香寒努了努："你这么大的事儿瞒着我，就整两杯？够？"饶是小吴平常再神经大条也知道肖跃的言下之意了，直接挠着头极不好意思地傻笑着。

"喊，你们聊吧，我做饭去！"苗香寒则干脆一跺脚，溜到厨房去了。

这会儿肖跃才拉着小吴问情况："今儿怎么想起来要喝酒，是有好消息？总不至于让我这会儿还为了你们俩的事情庆祝吧。""哪儿能呢肖哥，我俩这个事情……说来话长，"小吴先羞涩一笑，继而立刻恢复严肃，"不过要说今天这顿酒，还真的和香寒脱不了关系。"

在几天前肖跃身陷网络炮轰的时候，小吴就已经急得上火了，他早就被肖跃明令禁止去找于晴算账，自己目前在圈中又没有什么话语权，他接连找了多家曾经合作过的单位，但这些单位对这件事纷纷表现出一副明哲保身的态度来，别说帮忙了，能做到没有落井下石已经是不幸中的大幸。

而恰好肖跃那段时间直接关了手机，苗香寒联系他联系不到，正处于风口浪尖的肖跃也让苗香寒不敢贸然过来登门拜访，便只能与小吴商讨这件事的处理方法。面对着新谈不久的女朋友，小吴是一点都不愿意撒谎，苗香寒追问了半天有关"长腿哥哥"的事情，他左右挡不住，败下阵来承认了，上赶着跟女朋友道歉说不是故意要隐瞒事实的时候，苗香寒却不怎么生气，甚至有些欣喜。

"肖哥，香寒当时就告诉我，她可能有点办法！"小吴自豪地冲肖跃举杯。

苗香寒自从与希望工程那边有了联系之后，便和一直以来对接的工作人员保持联系，虽然那位工作人员现如今已经去做了别的工作，但之前的事情和经手过的项目都还有印象，在这位工作人员的帮助下，肖跃资助了好几个贫困学生的事迹被挖掘出来。

"这不合适！"小吴按住眼看就要慌起来的肖跃，"哎呀肖哥，先别激动，我虽然想得没那么多，但是保护隐私信息还是知道的，而且香寒联系的时候，就已经把这中间紧要的地方都交代过了，所以不会出什么问题。喏，这个新闻是下午出的，你看看吧。"肖跃接过小吴的手机，上面打开的正是下午经由希望工程直接发布于网上的信息，文中没有提到肖跃的准确信息，也没有提到工作人员以及被资助人的信息，只是交代了一位记者在这么多年的时间里，连续资助了不少学生的光辉事迹。

"这……有什么帮助吗？"肖跃快速地看完，一头雾水。

"别急啊肖哥，你再看这个。"小吴在手机上稍微按了几下，又将手机递还给肖跃。是微博和抖音的转载，转载人虽然不明确，但除了他转载了希望工程的这个消息之外，更添加了许多细节进去，内容感情无不丰满地明确点出了肖跃资助学生的事实。

"肖哥你看，这叫什么？这就叫线索，欸，你还别不信，如果直接爆料的话，肯定是没有这样来得效果好！"

肖跃知道这样的效果更好，单从那些不断上涨的网友留言就能看出来。

只是他向来不是很喜欢以这种动了心机的方式去操作，这带给他的感觉，是所有的新闻都可以被操作出一套流程来，是有漏洞的。

小吴看肖跃沉默不语，也猜到了七八分："肖哥，我知道你是在担心一旦媒体可以用某些方式操作，就会有很多问题，而且我就这么说吧，世相头条这种招数使得都不爱使了，但你能怎么办？难道别人给你使软刀子，你用硬枪能斩得断吗？"

媒体人需要不需要有自己的手腕，一直是肖跃内心思考着的大问题。如果太没有手腕，就如同这一次在网络被狙击一样，没有什么东西可以真正拿得出手去反驳，就算反驳了，力度也不够大，甚至会让网友觉得这是急眼后的跳脚行为，可如果太有手腕，又多了油滑狡诈，让新闻本身蒙上一层滑腻的薄膜，离人们可就太远了。

他摇摇脑袋，把乱七八糟的想法先从脑中摒除："不聊这个先，发帖的人是那个工作人员？"

"不是。"小吴摇摇头，"我和香寒都觉得如果直接是他来发，可能会给他造成影响，里面的一些数据是他提供的。再说了，这个帖子也不全都说的是资助学生的事儿，其他事儿他哪知道啊。"

"那是谁？"

"是香寒大学时候的一个学姐，一起打工认识的，好像现在也在任教，文笔不错，根据香寒说的事情拟的稿。"

这篇有关肖跃的反转稿件被大肆转发，世相头条里提到的除大学时期的事情以外，其余那些攻击的点全部都被这篇反转稿件逐个击破，从而引发了广泛的讨论。关注这件事的网友们有认为世相头条以讹传讹的，也有说肖跃垂死挣扎的，吵吵闹闹倒是让他们的事情压过了一些明星娱乐消息，跃居热搜榜首了。也不知道是哪个想拿到一手资料的同行优先发现肖跃最后一次出现是在小商品集散批发商场门口的，从肖跃还没出现在这里就提前早早地来蹲了点，一路跟拍到肖跃吃了闭门羹悻悻回家，早先也并没有放出来相关资料，直到这篇反转稿的爆热，才慢悠悠地一张接一张地放出了照片。

一开始这些照片都很正常，充其量也只是被网民调侃了一下肖跃遭受到这样的打击，结果连工作都没得谈，直到有一张照片上出现了另外几个人。这张照片的配文意味深长——"大题肖做"的低谷究竟是自作孽，还是有人故意为之呢？打开照片，几个西装革履的人正拉着拒绝了肖跃的蹦蹦司机，眼睛四下打探，手中却递过去了几张薄薄的钞票。那些钱看起来并不多，打眼看一看，不会超过500元，但从性质上来说，已经足够全网震惊了。这个同行还有些隐私概念，将人脸都统统打了码，不过可惜的是，照片上所有人都没有逃过火眼金睛的网友们，不出几天时间，就被挖了个底儿掉，尤其是塞钱的那一方，被直接查明是世相头条的在职人员。

虽然世相头条反应非常迅速，从照片出来之后就马不停蹄地对此进行了一番粉饰，但耐不住网友们合理的推测和联想，终究还是被骂到狗血淋头，不得不夹着尾巴撤掉了之前关于肖跃的新闻。

有仍旧愤愤不平的网友看到从事发至今肖跃本人或者"大题肖做"的相关人员没有一个人出来发言，便本能地替他们感到委屈：挨了打又不哭喊，全凭借自己脚踏实地的作风和人格魅力用事实征服造谣者，这是怎样的一种精神？！这种褒扬之风愈演愈烈，与对世相头条的谩骂相辅相成地轰烈起来，激昂了很多网友的情绪。情绪一浓烈，就容易生事。蹦蹦司机在肖跃的默不作声中被当成了第二个加害者，网友们攻击的剑戟开始渐渐地偏向这个生活岌岌可危的中年人。

在事情有些难以压制，已经有记者蠢蠢欲动想要对蹦蹦司机实地采访的时候，"大题肖做"终于在这场闹剧后第一次发了声。

只是这次发声的内容里，肖跃不仅只字未提自己曾经受到过的不公正待遇，反倒以一种十分诚恳的态度从蹦蹦司机的立场讲述了他的不易，文章最后，还建议网友们要用辩证的眼光去看待问题，并且表达了，自己仍旧会三顾茅庐去采访的愿望。世相头条的败北便显得更加彻底了，干脆龟缩在网络某个角落里，低调得仿佛从来都没有过之前的辉煌。肖跃"真相验证员"的名头经过这一段时间显得越发历久弥坚、熠熠生辉，事迹很快就被传播到了杏林中学，而洪小元也当仁不让地立刻做出了一档相关的节目，内容就是用辩证的眼光去看待问题。

视频发出来的时候，洪小元正在教室被老师批评，他的课业方面虽然有一些进步，但仍旧有很多错漏的地方。按老师的话说，就是"学生最重要的是学习，而不是搞这些小视频来博取大家关注"。洪小元有些不服气了，这些明明就是他一直以来想要去完成的事业，在学校中的这些节目也都是自己的"前期实习"，怎么能是博关注呢？可面对着自己试卷上不怎么令人满意的成绩，他的不服气便立刻萎靡起来。萎靡刺激了他想要加倍努力学习的决心，尤其是身边还有一个学霸同桌的情况下，向同桌看齐一门心思学习成了他的日常习惯。

- 5 -

重新开始

　　这种习惯被猝不及防地打破是在采访视频发出后不久。

　　洪小元自担任了学校电视台的记者以来，他的节目就受到学生们的广泛喜爱，尤其是最近的视频出来之后，主题深刻内容丰富，更加在学生圈子里也火了一把。伴随着火起来的节目，洪小元的身世也一点点地传开了，也和他告诉肖跃的一样，总有一些人会拿这件事当作攻击洪小元的点，但现在他不同了，他有朋友，有热爱着的"事业"，从第一个这样讽刺他的人开始，他就意识到，自己早就不知道在什么时候产生了一种莫名的安全感，他不怕了。

　　这一次的视频给他再次带来了不少的校园"粉丝"，他下课装起书本回宿舍的途中，有几个同学就那么一直看着他窃窃私语，让他心里很不舒服。后来才知道，这些同学是想要来向他学习节目知识的，他的节目带动了这些同学也想要参与到这件事情上来。洪小元何止是感到骄傲，他甚至感到一股势不可当的冲击力就要从喉头蹿出来，又惊又喜的他几乎是立刻就答应了同学们的请求。

　　于是洪小元中断了自己对课业的复习，每天下午都要抽出很多时间来与这些同学研究节目的好坏，连同桌张浩和搭档范晓梨都对此十分苦恼。"你们这次来找老师，就是希望老师能劝劝他？"苗香寒看着站在自己面前蹙着眉噘着嘴的张浩和范晓梨，亲切柔声问。

　　张浩瞟一眼范晓梨，没有说话，范晓梨急得跺脚，鼻子里哼出一声之后脆生生地说："张浩你不要觉得自己这是在打小报告！要让洪小元再这么下去，他还怎么直升高中！苗老师，洪小元现在学习状态太差劲了，本来和张浩约好了下课之后一起对难点进行学习的，结果这几天，天天都去弄节目！"

　　"张浩，是真的吗？"苗香寒脸色严肃。

　　"这……唉，是。但是苗老师，我是觉得他们那个节目不错，只是洪小元他，多少有点儿过火了，现在不到一年的时间就要中考，我真担心……"张浩说着说着，就有些想要哭鼻子,"我现在就特别后悔,当初要不是我撺掇他去校园电视台,他也不能这样,老师我……"

苗香寒理解地点着头:"我明白,这件事不怪你,校园电视台的节目对你们来说也是一种很好的锻炼,是好事,只是凡事都要有自制力,要对自己有个把握才行。你们都是他的好朋友,所以才这样为他着想,老师很欣慰,放心吧,老师会劝他好好学习的。"

"老师,实在不行,这个节目我也不做了!"范晓梨见张浩红了眼,自己也一点点激动起来,声音有些颤抖,"比起他节目做得好,我更希望他能考上个好大学,在大学里继续完成梦想!"

"嗯,老师知道你们的苦心,会好好说他的……"

苗香寒话还没说完,就看见洪小元开心地笑着跑了进来。

他抬眼看到张浩和范晓梨都站在表情十分严肃的苗香寒面前低头擦眼泪,一时间收住了笑,不明白地上前问:"张浩、范晓梨,你俩怎么了?苗老师,怎么回事?"张浩和范晓梨不理洪小元,把头纷纷扭向另一边。苗香寒想了想,沉声问:"小元,他们没什么事情,你先告诉老师,你来找老师,是有什么需要帮助吗?"

洪小元有些狐疑地点点头:"是,老师,我想带几个同学去校园电视台办公室试录一下节目,他们最近也准备了几天,我看了看稿件,感觉挺完整的,估计效果会不错。"

"不行。"苗香寒打断洪小元的话。

"为什么?"洪小元愣了愣,紧接着语气就有些急起来,"办公室那边全天开放嘛,而且现在又已经放学了,再说……再说我都答应他们了。"

"他们可以去,我可以带领他们去体验,但是你不行。"苗香寒的语气不容置喙。

洪小元难以置信地看着苗香寒,又慢慢将头扭向一边的张浩和范晓梨:"我知道了,你们是来告我的状的!张浩,你还算不算兄弟!"

"洪小元!"苗香寒猛地一拍桌子,"你的同学、朋友这样关心你的未来,自己劝不动你就来找老师劝你好好学习,你怎么还能这么想!你知不知道我们不到一年就要中考了?你又知不知道,如果没有办法直升高中,你怎么跟你的肖跃叔叔交代!"

"我……"直升高中四个字一出来,洪小元就又立刻被颓丧萎靡的感受席卷了。他不是不知道这些事情的重要性,只是那些想要了解节目的同学怎么办?他们对自己抱了那么大的期望,难道自己还要让他们失望不成吗?

"我会好好学习应对考试的,但是,但是节目这边,我答应了他们!"洪小元辩解道,"就这一次,这一次之后,我一定奋发图强认真学习!"

范晓梨抹了抹眼泪,有些伤心地回过头说:"洪小元,你上次答应过我,也答应过张浩，夏令营之前还答应过苗老师，可是现在呢？你又不是笨，为什么就不愿意好好学习呢？"洪小元无助地张着嘴，又把求助的目光瞥向张浩，而后者只是有些失望地看了他一眼又把目光移开了。

时间一点点地过去，洪小元最终还是没能说出来什么苍白的解释。

最后苗香寒叹了一口气说："洪小元，校园电视台的节目，以后你就不要再参与了。"

采访蹦蹦司机的新闻很快被肖跃整理好稿件发布出去，这一来是为了将自己的工作顺利进行下去，二来是为了让身影突然出现在阴谋论中而惴惴不安的蹦蹦司机安心。

虽然一篇简简单单的采访对那个司机来说并不能解决衣食住行的实际问题，但前期有了关注，后期再进行改善就是顺理成章的事情了。只是这一家人的孩子却也有些可怜，司机的妻子早年患病身故，留下他和一个儿子相依为命，孩子正是上学的年纪，而父亲本来就名不正言不顺的工作眼看又要画上终点，凄凉无奈的司机要那500元，不过是能多给孩子掏一掏学费和生活费，苟延残喘罢了。

肖跃打定了主意不像资助洪小元那样直接出资，而是答应这位可怜的父亲，自己会利用渠道资源尽量协助安排他对接到希望工程，司机自然千恩万谢。联系苗香寒从中沟通之后，肖跃才打道回府，撰写出一片情真意切的文章来，网友们纷纷期待着肖跃会写一写那500元司机收得糟心与否，但肖跃却一个字都没有提。对于肖跃并不拿着把柄当令箭的态度，自然又是引起一阵好评，之前保持观望态度的合作方纷纷放下心来，以至于让肖跃手头的工作竟然显得比出事之前还要多上一些，尤其是在资助学生们的事情上总有媒体蠢蠢欲动想要挖出一些料来，却一一都被肖跃的铜墙铁壁挡在了门外。

他对周围朋友们的要求是，再不要提相关的事情了，冷处理一段时间。

这也倒并不因为他自己惧怕麻烦，主要还是不愿意去影响那么多人的正常生活，他自认为自己出资的份额并不多，被当成膜拜对象实在也大可不必，况且一旦被别有用心的人再知道了他给蹦蹦司机从中拉了线，那恐怕免不了又是一场轩然大波。虽然现在世相头条颇有点日薄西山的惨状，但毕竟百足之虫死而不僵，既然没有拿肖跃做到文章，就干脆找人受过。

丁晴就是那个代人受过的对象。看到世相头条严正声明与华城报业终止合作的消息时，肖跃便早就预料到，于晴将为这件事付出不小的代价。和捏造肖跃的新闻如出一辙，世相头条不外乎又拿出了一个第三人旁观者的角度来。他们的新闻稿强调因华城报业态度积极业务超群，故而放心大胆地将新闻交给华城报业的内部人员去做，结果万万没有想到竟然有人会因为积怨而对肖跃进行人身攻击。

当看到这个消息时，小吴就忍不住地冷笑连连，不住地冲肖跃吐槽着这偌大的世相头条仿佛连个审稿的人都死绝了。可哪里又是审稿的死绝了呢？肖跃自知是被于晴利用了，那于晴又知不知道自己是被世相头条利用了呢？他无心揣测这些东西，只是静静地等待着有关于晴的处分决定。这个处分决定来得很艰难，哪怕圈子里早就吵得沸反盈天了都还迟迟没有下发出来，直到苗香寒来电告诉肖跃希望工程其中的一个助学项目已经收录了他提供的孩子信息后，肖跃休息时才从小吴口中得知了这个最终的消息。

"肖哥，好事儿！那女的被开了！"小吴的声音兴奋中带着痛快，像是处决了某个不成体统无恶不作的犯人。肖跃没有那么高兴，反而更多的是一股浓浓的悲哀。那个蹦蹦司机为了血淋淋的现实，去接受了世相头条递过来的500元，这件事一直让肖跃萦绕于心，听到小吴给出的拍板信息后，他感觉脑中于晴十指不沾阳春水一般的富贵样貌和那司机愁苦不堪布满沟壑的脸一点点地重合在了一起。

耳边还是于晴很早就问过的问题，现实一些有错吗？

没有错，其实是没有错的。人生总免不了要面临如此这般的问题，当一个个又快又急的问题像利箭一样射向你的面庞，当你躲避不及的时候，是带着一肚子的情怀赴死，还是先用手中的盾牌挡一挡？肖跃这个时候才感觉到大学时期的自己有些理想化得太过分了，不，时至今日仍旧是这样，否则他就不会因为于晴渴望现实的改变而心凉，就不会因为小吴他们操作手腕为他脱罪而难过。

理想和现实就像一把剑的正反面，它们紧贴着脊背，却好像永远也见不到面一般。

"肖哥，你想什么呢？那女的被开除了，现在声名扫地，只要是个正常的媒体都不敢用她，你怎么还一点都不高兴？哪，你可别告诉我你还对这种货色有什么向往！"

"小吴你说，有没有什么办法能让理想和现实合二为一呢？既能脚踏实地不出离社会规则，又能坚持本心。"肖跃没有回答小吴的问题，而是抬起头认真地发起了一个崭新的疑问。

小吴"啊"了一声之后，困惑着挠挠头："肖哥，我没明白你说什么，踏踏实实做自己的事情不就好了吗？哪有那么麻烦？"

"呵呵，没事，是我想太多了。"肖跃笑了笑，站起身拍拍小吴的肩膀，"我出去溜达溜达，你忙完就先回家吧。"

走下楼梯后，肖跃拿着新换的智能机点开新闻网页一边看一边漫无目的地缓步沿街而行，感叹着科技发展带来的日新月异的改变，在此之前他用的还是有些落后于时代的3G手机，那个时候点开一个网页要等待的时间何止缓慢，于是除了工作需要，他很少用手机去看这些，直到这次换了4G。网页打开的速度比肖跃想象中还要快，他还没来得及多走几步路，就看到小吴提到的有关于晴被华城报业开除的新闻。

新闻通篇都是对于晴的严厉指责，肖跃渐渐停下脚步，目不转睛地翻了好几遍，连一个好听的词都没有看见。

他脚下忽然有了方向，有一股力量牵引着他不断地朝着那个方向前进了起来，一开始是缓步走着，紧接着开始小跑，然后是飞奔……

抵达华城报业门口的时候，肖跃浑身大汗，用双手撑着膝盖猛喘气，额上的汗珠一滴滴落在地面上，很快又被阳光吹干了，像从来都没有滴落过似的。肖跃有些想笑，已经被开除的人，怎么还会留在这个将她视为洪水猛兽的单位里呢？自己这一趟突然跑过来，怕不是要白走一趟了。

不过肖跃还是想错了，他好容易喘匀了气再站直的时候，就看见于晴仍旧妆容精致，拎着背包，手中拿着一个薄薄的文件册站在自己面前，还是那个职场女强人的模样，除了眼底一抹妆容也盖不住的黯淡以外，一切都和原来没有任何不同。两人就这样对视了好半天，像武侠片里的对手，在沉默中试探。

终于肖跃先从内袋里掏出一个信封，向前递过去："你总不接电话也不回短信，只能带来给你了。"

于晴像没有猜到一般，大眼睛睁了睁，又摇头扯出一个不怎么好看的笑容，伸手接下："我以为你……呵呵，果然还是我狭隘。"

"我没有必要落井下石……或者说，我今天是有点其他的想要跟你谈。"肖跃想了想，郑重地说，"现在你也知道自己的情况不是很有利了，不过之前你说要完成理想，当时那个自媒体可是归你自己所有，可以从这个方面努力试试，虽然赚钱一定是少很多的，但也自由，对于你来说，也没什么限制，如果有机会，我还可以给你推荐一些题材……"

肖跃自顾目地低头给于晴出着主意，丝毫没有看到对面的于晴早已经在惊讶中泪流满面。她连哭带笑地骂肖跃："肖跃，你知道你这人最让人反感的是什么地方吗？就是你现在这副样子！你好大度，大度到我这样编造你的新闻都不找我算账，大度到给你的仇人推荐工作机会，大度到……大度到欺骗了你感情的女人，你还能保持这么绅士的态度！真是烦死了！"

肖跃被于晴这一嗓子吼得愣在当场，定神观察了于晴半天才说："我不是大度，我很恨你。你之前上学的时候不告而别，后来所做的每一件事都只是为了利用我，我当然恨你。"

"那你为什么这会儿还要过来给我建议？"

"我只是不相信罢了。"

"不相信？"

"于晴，你知道吗？虽然你是在利用我，但是那天你说希望做自媒体，想要完成理想的时候，眼神里有万千光彩，我只是不希望身处于媒体行业的我们，在这样一个话语权喉舌的位置，仍旧无法做些什么。"

于晴还在流泪，肖跃淡淡地笑了笑，上前给了于晴最后一个疏远的拥抱。

回过头，他感觉如释重负，仿佛身上的重担莫名其妙地都卸了下来。背后于晴号啕的声音渐渐远了，他不想回头，也没必要回头。

"值得吗？"肖跃轻快地踏着街边的石板路，忍不住喃喃出声问自己，而后望向大街上川流不息的车辆和橱窗里循环播放着的各类新闻语音，还是笑着告诉自己："嗯，值得。"

…………

洪小元不知道自己是怎么走出苗香寒办公室的，等他缓过神来之后，就已经呆立在门口了。

"洪小元，怎么样，咱们什么时候过去啊？"

"对！指导老师也会给我们协助吗？她凶不凶啊，我们不是校园电视台的成员也可以吗？"

"哇，我太激动了，我还没想过自己可以参与这种活动呢！"

听着四面八方的声音，洪小元的脸慢慢涨红起来，他不知道如何应对这种状况，怎么开口说明自己已经被"撤了职"，不能带领这些同学去尝试着录制节目了。

"你说话啊洪小元，该不会是跟我们说了一番大话之后，又办不到吧，这可不太好。"

洪小元想要解释，但又感觉解释十分苍白，便窘迫得用手死死拽住背包带子，嘴抿成了一条忧伤又愤怒的直线。

"洪小元现在要去补习了，他不能带你们过去。"范晓梨脆生生的声音从洪小元身后响起。

也就是在这一声之后，洪小元发现这几个跟着他的仿似"粉丝"般的同学，脸上都从惊讶化为了一阵鄙夷，好像是在嘲讽他的装模作样。

"不过苗老师说等一下她备案之后可以带你们去的，"范晓梨眼眶还有些红，瞟了眼一言不发脸色阴沉的洪小元之后又解释说，"本来你们过去这件事就是要打申请的，不过苗老师说，这次洪小元带你们体验，她可以安排，不过后面还是要正式向负责老师提出申请才行。"

同学们面面相觑，情绪这才好了下来，愿意放洪小元走了。洪小元走的步子很急，好像这样就能把心中的憋闷丢在身后一样，不管范晓梨和张浩在他身后怎么追赶，他都打定了主意不回头。这两个扬言要与自己同心同德的人，实际上是个只会打小报告的传话筒！洪小元不能忍。

"洪小元你等等！今天的化学题还没给你讲……你干吗跑那么快……"张浩的声音在背后飘过来，洪小元赌气地用双手捂住耳朵，跑得越发迅速了。他没有回宿舍，年纪虽然不大，但他知道这些朋友想要找到他是一件多么容易的事情，与其听他们那些假惺惺的废话，还不如自己找个地方安安静静地写稿呢。

于是在确认张浩和范晓梨没有追上来之后，洪小元一扭头，从校园的小道穿过去，返回图书馆。这是他在杏林中学时第一次敞开心扉的地方，所以感情自然是深的，再加上刚过来学校的时候通过自己的努力和同学帮助，他还在休息时做过实习管理员呢！想到同学的帮助，洪小元又有些不开心起来，之前还对自己这样好的朋友，现如今也变成了"敌人"！

他就这样带着一种超越年龄却又显得轻浮的悲壮踏进了图书馆的大门。

图书馆今天与往常不太一样，由于在中考在即，学校为了鼓励这些孩子，特地安排了从学校走出去的名校学生回来座谈，地点就设置在图书馆，所以图书馆的门厅里早早地就拉上了横幅，看上去十分气派，上面印着从杏林中学走出去的学生姓名，洪小元站在那看了看，刘畅的名字也赫然在列。

"名校啊……真好。"洪小元盯着刘畅的名字感慨了一会儿，才往微机教室走去，继续看着各种新闻，时不时埋头将临时想到的灵感记录在本子上。

时间过得很快，洪小元感觉自己还没怎么动笔，就已经早过了晚饭时间，一般在这个时间点，洪小元应该是在校园电视台的教室里忙碌着。难以言喻的空虚感涌上来，洪小元看着自己记录下的灵感，密密麻麻的，一个个钢笔字现如今毫无用途，却每一个都扎在他心上。

…………

洪小元萎靡厌学的状态持续了很多天，他的朋友老师都为这件事操碎了心，却又不知道该如何下手。苗香寒本意是不愿打扰肖跃的，肖跃从上次出事恢复后，工作量倍增，而且再加上小吴给她打电话提到肖跃时总是唉声叹气，不说也能体会到于晴的事情对他伤害有多大。

可是现在这个时间点，还有谁能帮助洪小元呢？苗香寒犯了难。

图书馆的老师已经多次向她提过洪小元每天都在图书馆的微机教室里，这几乎占用了他所有的休息时间，这位老师以为孩子是在玩什么游戏，于是无比慎重地告诫苗老师不能放松，苗香寒却知道，洪小元一定是在看新闻。她几乎有些懊悔自己那么快就下了决定让洪小元不要再参与学校节目的制作了。

"苗老师，虽然学校这边网络有限制，但不是我说，之前还真有孩子专门跑去微机教室联网打游戏的。"图书馆的老师语重心长，"倒不是说要限制孩子们，只是你们班那个洪小元啊，有点太过了，就算不提他是不是打游戏，这孩子身体各方面还在成长过程中，天天就这么盯着电脑一盯就几个小时不挪窝，眼睛也受不了啊！"

"可不是呢，唉，麻烦你了。"

"不麻烦，这孩子毕竟也在图书馆帮过忙，表现很好，而且刘畅也跟我提过很多次，可惜啊，洪小元要是能像刘畅那样，自制力强一些，你看，过上几年说不定就也能返校座谈了。"

苗香寒突然想到什么似的自言自语："对啊，刘畅过两天就要回来了！"

"可不，图书馆那边我们都布置好了，呵呵，这孩子看起来每天都文文静静，没事爱看书，结果居然考去了西京美院版画专业，这谁能想到！"

"刘畅不是理科生？"苗香寒有些惊讶。

图书馆的老师摆摆手，笑得神神秘秘："是理科生，那是她爸妈要求的，话都是我们那辈老一套，学好数理化，走遍天下都不怕嘛，但是刘畅这孩子有主意，闲暇时间学版画，上课也不耽误，最后偷偷地跑去考了专业课，还是国家八大美院之一，特厉害！"说到自己的得意门生，图书馆的老师也情不自禁地越夸越多起来，不过苗香寒却怎么也听不进去。她满脑子想着的就一件事，刘畅和洪小元在这一方面，也太相似了吧？说不定这一次刘畅回到学校，还真是洪小元解开心结的一个大好机会呢！这样想着，苗香寒手下已经开始忙活了，她先是将大学生回来座谈的时间点确认好之后，匆匆跟沉浸在得意中的老师打了个招呼之后就立刻去找张浩和范晓梨。

二人下课后看见苗香寒专程过来，都有些意外，直到听了苗香寒建议后才恍然大悟。

"放心吧苗老师，我们一定把洪小元带到！"范晓梨雀跃地说。

张浩挥了挥小拳头："押也要押到！哼，这小子最近不理我，就该给他点儿颜色看看！"大学生返校做座谈的日子是一个周五，大巴车缓缓停在校门口后，从上面鱼贯而下意气风发的大学生们吸引了杏林中学孩子们钦羡向往的目光。洪小元不知道自己为什么有些不敢上前，只是远远地看着，那种张扬恣意的气息扑面而来，让他有些想要躲避，可躲避什么，他又有些说不清楚。刘畅梳了长长的马尾，在与老师、同学们打招呼的时候亲切地一甩一甩，好像所有烦恼都能被马尾甩掉似的，灵动又惬意，这让洪小元忍不住地向往着大学以后的生活，就好像上了大学，所有被逼压的烦恼都不在了似的。

大学生们渐渐地过来图书馆了，今天图书馆是留给座谈会的，洪小元当然没有办法去微机教室，可这些人越是接近，他就越是莫名恐惧，还不等刘畅一行人要走过来，他就转身想窜回宿舍，只不过，被张浩和范晓梨抓了个正着。"洪小元，不许走！刘畅姐回来了，你不见她吗？"范晓梨气鼓鼓地瞪着临阵脱逃的洪小元。

洪小元挣了挣，没能从张浩的控制中逃脱，有些气急败坏："我非要见她做什么！"

范晓梨冷笑："哼，你就是不敢！没脸见她！你当时还答应刘畅姐姐好好学习来着，结果现在一点进步没有，当然不想见！"

洪小元被戳中心思，恼羞成怒："谁说我不敢见了！"

"那就去啊，跑什么！"

"去就去！"

受不住激将法的洪小元狠狠甩开张浩的手，为了证明自己一样雄赳赳气昂昂地大踏步向图书馆走过去，背后张浩目瞪口呆冲得意的范晓梨举了一个大拇指。座谈会顺利开始，洪小元走到门口想要后悔已经来不及了，张浩和范晓梨齐刷刷堵在他身后，让他进退两难。他只好硬着头皮走进去，刚抬眼，就对上了刘畅投来的，带着审视的目光。心虚的洪小元匆匆低下头，在最后排的地方草草找了个位置坐下，身子也不敢直起来，惴惴地在心中默念着刘畅姐姐千万不要提及对自己的失望。整个座谈会持续的时间不长，每一位大学生代表都针对自己高中的学习和日后考学进行了经验传授，洪小元担心的情况直到最后都没有发生，这时他才好容易呼了口气。得到经验和鼓励的学生们纷纷从图书馆中走了出去，洪小元冷哼一声冲范晓梨说："看，听完了吧，有什么敢不敢的，真是废话！"说完就要跟着人潮一起往外走，可张浩和范晓梨却仍然不放过他，一人一侧紧紧地拽着他的手。

"你们干什么！"洪小元猛地回过头，冲张浩和范晓梨发难。

这时，一个洪小元熟悉的声音响了起来。

"洪小元，我能和你聊聊吗？"由于曾经在图书馆进行过实习工作，洪小元很了解刘畅的日常。除了正常的课业学习之外，刘畅每每会在空闲的时间将自己省吃俭用购买的画材统统拿出来，不停地练着手，临毕业之前画材已经耗费掉了很多套。

在洪小元的印象里，刘畅几乎是一个连电视剧都不怎么看的姐姐。这让他在现在面对刘畅时，总有些说不清道不明的羞愧，这种羞愧源于自己对课业的疏忽放任，又好像辜负了他们对自己的期望一样，总让洪小元觉得自己近乎十恶不赦了。刘畅没有直接对洪小元进行责问，而是冲张浩和范晓梨点了点头，等二人退出图书馆之后，才轻车熟路地带着洪小元坐在当初他们一起"工作"过的引导台后面。

"洪小元，你还记得你第一次来图书馆的时候吗？那会儿你紧张得要命，好像很怕人似的。"洪小元想起自己刚转学来之后的样子，点了点头。

"你首先问我的就是和新闻有关的事情，紧接着就进了微机教室。"

那算是洪小元真正接触到媒体的开端，白头村贫困，尤其是他的家庭更是无力让他能够像别的孩子一样用上手机，更别提从手机中看到花花世界了。

"说真的，别看我现在已经算是完成了自己的理想，我有时候想起你来，还有些羡慕呢。"刘畅的声音缓慢温柔，像一首老歌一样抚慰人心，"我周围的人都不赞同我去学画画，他们都说画画是没有出路的行当，尤其版画，连毕业之后找工作都不知道怎么找，画材都给我扔了，但你不一样，你周围的朋友、同学、老师，都很支持你，我真的很羡慕。"

洪小元低下头，手指来回搓着自己的衣角，憋了半晌才说："可我现在不正在努力吗？所有人都觉得我节目做得很好。"

"你的节目我也看了，是非常不错。但是小元，你有没有想过，以后你要怎样做才能让自己真正走上这一行呢？"

"……继续努力？"

刘畅笑了："我知道，你一直希望成为肖跃叔叔那样的知名记者，但是你想过没有，不经历高考，你又怎么能进入你向往的学校，怎么和那么多有同样梦想的人竞争呢？"

"也不是所有人都必须走这样的路啊……"洪小元心里明白刘畅说得没错，但就像是要给自己找借口似的，他嘴上却唱了反调，"新闻上也说了，高考又不是成才的唯一标准。"

"是，你说得没错，我个人十分赞同。"洪小元听到刘畅这样说，完全不像是学校天天广播的那些"正统言论"，有些吃惊地抬起头，目不转睛地盯着刘畅的笑脸。

"只不过本质上，考学对所有学生来说，都是一种系统化、综合化的教学方式，如果自学，中间可能会遇到瓶颈或者干脆就找不到相关的知识，学校就不一样了，不仅直接把你需要的专业知识打包给你，甚至还配备了解题的人，这样做的好处是什么，你猜一猜？"

洪小元认真地想了想，说："至少我不用耗费很多时间精力去解决一个问题。"

"没错，节省下来的这些时间，你可以用来继续钻研专业，或者干脆拿来享受生活，但不论你用它来干什么，都不会影响你本身已经掌握到的知识了。这样难道不好吗？"

"好是好，可是……"

"苗老师是为了你好，她清楚你的爱好，也愿意去协助你，比我们高三当时那个老学究强太多了，但是你要学会平衡，远的不说了，你知道如果不能直升杏林中学的高中，你会增加多少负担吗？"

刘畅没有直接点明有关学费、名额等问题，这些话她不想说给一个单纯的孩子徒增洪小元的烦恼。不过洪小元很聪明，刘畅点到为止，洪小元也已经明白了过来：肖跃叔叔向他资助，虽不是强制要求他一定要取得多么好的成绩，但千挑万选在杏林中学这个举措也足以说明，是希望他可以通过一个更好的学习环境来实现自己的目标的。

看洪小元陷入沉思，刘畅便没有多问。

"刘畅姐姐，我知道了。"许久之后，洪小元才重展笑颜。

接下来的一个小时里，洪小元仿佛回到了刘畅还在图书馆里与他一起实习的日子，两人聊了很多有关爱好和学业平衡的问题，等洪小元再出门的时候，张浩和范晓梨，甚至苗香寒都还不无担心地等在门外，直到看到图书馆里走出的两人脸上轻松的表情才放下心来。刘畅走后，洪小元开始了自己攻克课程的路，张浩和范晓梨见到这种情形开心不已，争先恐后地对他进行了一系列的"辅导"。几个月的辅导颇见成效，终于到了中考放榜的那天，洪小元在名次表上看到了自己的成绩，虽然也只是年级二十八，但总算过了杏林中学直升高中的成绩线，正式成为杏林中学的高一学生。

这个消息第一时间传到了小吴耳朵里，并由小吴告诉了肖跃。由于洪小元的优秀奋进，肖跃和小吴当即决定开车赶往杏林中学，并带着洪小元一起回到白头村，将这个好消息告知孩子的奶奶。好几个小时的路程在一行人的热情澎湃下显得倒也不那么漫长了，心细的苗香寒提前买了很多零食饮料带上路，这次出行不像是回家，反倒像出游了。白头村因为之前助学扶贫的报道似乎有一些变化，起码肖跃和小吴最初来的时候村里那种破败凄凉的环境看起来好上许多，村口当年黄土遍飞的土路也经过修缮，虽然还是不能直接开车进去，但小石子铺成的道路走起来也比一脚深一脚浅的泥坑感受好太多了。

洪庆国的老房子也有一定程度的改善，门口的栅栏明显是新换上的，屋子墙边几个破漏的地方现在也已经被修补好，只是不见庆国妈往常总坐在门口的身影。他们走进去才发现，屋里的灯有些灰暗，庆国妈正躺在床上，似乎是在休息。

"奶奶，你睡着了吗？"洪小元轻手轻脚地摸到床边。

庆国妈像是浅眠中听到了洪小元的声音，蒙眬地眨眨眼，看到了回家的孙子和孙子身后的几个人。

"小元回来啦？记者同志你们怎么也大费周章过来，快，小元端凳子去！"庆国妈有些艰难地撑着手臂坐起身，吩咐着，"还有这个女娃是……"

肖跃和小吴连忙上去安抚老太太表示不用麻烦，小吴乐呵呵地说："奶奶，这是我女朋友，叫苗香寒，也是小元的班主任！"

"好！好！"庆国妈先咧开嘴笑了笑，旋而又有些纠结着问苗香寒，"得是娃在学校闹啥事啦？老师你不要惯，不学好就批评！"

老一辈的纯朴正直让几人都倍感亲切，苗香寒走上前拉着庆国妈的手说："洪小元很乖，也用功，可没有不学好，这一次我们来，是专门告诉你好消息的！洪小元这次中考成绩很好，已经考上杏林中学的高中部了！"

"真的？哎呀，好娃，好，好……"庆国妈有些激动，拉过洪小元不断摩挲，脸上的每一道皱纹中都洋溢出喜悦来，一连串说了几个"好"字。

只是没"好"一会儿，庆国妈就毫无征兆地开始咳嗽起来，十分剧烈，洪小元紧张地拍着奶奶的后背，忙不迭地问："奶奶，我都说过让你去医院看一看，总这么咳嗽怎么得了？"

其实肖跃从一开始进门来就想问了，庆国妈的脸色大不如前，身体看起来也很疲乏，他不是没有劝说过让老人家去医院，可哪怕他说由自己出资，庆国妈还是不答应。

"娃呀，人老了，就容易生毛病，你别管了，奶奶身体好着呢。"

这次果然也一样，庆国妈直接拒绝了洪小元的请求。老人这样坚决，其他人也不好再要求什么，只能大包大揽了家里的晚饭和清扫工作，让庆国妈不要再因为来客而劳累。

吃饭的时候，庆国妈不断地感慨着洪小元的长进，不断地感谢着众人的帮助，直到这顿饭欢欢喜喜地快吃完了，才嗫嚅着望向洪小元，从怀里颤巍巍地拿出一个信封。还没说话，洪小元就看到信封上的寄信地址，这个地址他太熟悉了，虽然一次都没有去过这个地方，甚至平常生活中都没有听到过有关这个地址的任何消息，但从第一次在信封上看到这个寄信地址时，它就深深地刻在洪小元脑子里，从来都没有忘怀过。

"奶奶，我不去。"不等庆国妈提出请求，洪小元就冷了脸，不复之前由于考试成功而欢欣的样子。饭桌上的气氛陡然冷下来，肖跃等人面面相觑，不免有些尴尬。庆国妈看洪小元决绝的样子，最终还是无奈地点了点头，自语一般地说："娃心里苦，没有啥。是我不该在娃高兴的时候提起这些事情，我老糊涂了。"

"奶奶，这跟你没关系。"洪小元心疼奶奶，忍不住开口，"他要是但凡有点良心，也不至于当初酿成大错导致现在你没人照顾了……咱们不提他好不好？奶奶你放心，等我以后长大了，我来照顾你，咱谁也不靠！"

"好，好，我娃乖，我娃有心……"庆国妈忍了忍想要逃出眼眶的泪，再颤巍巍地把信封装回衣衫里。

只有肖跃听到，洪小元这一次，没有直呼洪庆国的名字。

洪小元顺利踏入高中之后，忙碌程度比起之前有过之而无不及。

上了高中的洪小元仿佛彻头彻尾地开了窍，不仅学习成绩稳步上升，而且就连苗香寒建议他去参加校园电视台高中部的节目都拒绝了，这令肖跃十分意外。

对此洪小元的解释是，他觉得奶奶身体不比往常，而自己目前还有很长的路要走，所以舍不得再去浪费时间，一定要加快步伐接近自己的理想才行。

肖跃也一样忧心着这位身处偏远的老人家，几次三番趁工作不忙的时候与小吴一同前往白头村，希望老人可以听从建议去医院进行检查，实在不行，换一个舒适一些的生活环境也是好的，可庆国妈却始终不愿接受肖跃的好意，认为洪小元已经让肖跃负担了很大一部分学杂费，自己要懂得见好就收。

无奈之下，肖跃只能联系拜县一中曾有过几次交往的刘老师帮忙关注着老人家的情况，刘老师是个责任心很强的人，答应了肖跃之后，隔三岔五地也会将老人家的生活现状打电话告诉肖跃。学业的忙碌让洪小元无法像初中时那样时不时地回白头村看望奶奶，肖跃这种安排，已经算是最好的安排了。

时间过得飞快，在洪小元高二的时候，小吴的记者证终于拿到了手中，在苗香寒的支持下，他没有听从肖跃的安排走上图文创作的路，而是另辟蹊径，在各大视频网站以"大题肖做"的账号做起了视频新闻，每一则新闻的落脚点还是很亲民，加上他本身开朗风趣，不长时间里就累积下来无数粉丝，"大题肖做"也成为国内数一数二的自媒体。

账号越做越大，他们的选材也从之前围绕着西京市发展到了周边，除了一些令人反思的沉重话题以外，更多的目标则跟紧了时代的步伐，向着更远的扶贫项目开展起来。

肖跃是偶然间发现于晴的自媒体账号终于有了动静的。他已经想不起自己是几年前和于晴最后一次见面了，只记得于晴那天从华城报业离开，哭得很凶。

一开始他本以为于晴再也不会登录那个代表了"理想"的账号去发布文章，所以看到新鲜出炉的文章后，肖跃百味杂陈。

那件事已经早就被他抛在了身后，只是互联网并非没有记忆，肖跃想得到于晴再次发布文章会遭受怎样的攻击。

打开评论，果然如此。无数的网友还因为一个媒体人为了抹黑同行没有底线的行为和操作，根本不看于晴发表了些什么，就只顾自己骂得爽快。

肖跃点开评论想说些什么。他认真地看了于晴发表的这次关于扶贫进度的文章，看见了于晴认真严谨的态度，也看见了于晴重新开始的勇气。可是最终他还是没有评论，想了想关闭了网页。

一旁录完视频的小吴早就看出肖跃怔怔的模样，犹豫再三还是问道："肖哥，都过去的事儿了，还想它干吗？"

肖跃又想起那个问题，笑着问小吴："小吴，你还记不记得之前我问过你一个关于理想和现实的问题？"小吴有些摸不着头脑，但还是努力回忆了一下："我记得啊……你问我，有没有什么办法能让理想和现实合二为一呢？既能脚踏实地不出离社会规则，又能坚持本心。不过肖哥，我发现你有时候是真的玄乎，于晴就发篇文章，怎么又能让你扯到这里来？"

"你看，有时候理想和现实也并不是不能共存的嘛。"肖跃笑，"主要是看你有没有这个勇气。"

"这……肖哥，不至于吧，扶贫都能看出勇气来？"肖跃笑而不语，没有理会小吴满脑袋的问号。或许这个问题只有他自己才清楚，与于晴从大学到工作再到不打扰，这么久的岁月里，她到底花了多少时间去积攒这份原本就应该属于她的勇气。

也或许只有他自己才明白，这种勇气不是谁随随便便都可以拥有的，而一直都怀抱着它的自己，究竟有多么幸运。

"肖哥，你傻笑什么呢？"小吴不合时宜地打断肖跃的冥想，强行将肖跃从回忆中拉了出来。

"怎么，记者证到手了，采访欲望与日俱增？"肖跃心情好，也打趣小吴。

"别啊肖哥，我宁愿你回到原来那个时候天天念叨我这里业务又不行了，那里技术又没跟上了，也不乐意听你阴阳怪气我！"摆出一副可怜巴巴委屈脸的小吴让肖跃忍不住笑出声来："别以为拿到记者证业务就好了，路还长呢。"

"唉！舒坦！"小吴这才挺起胸，一只手拍拍胸脯，"我跟香寒还说过，倒也怪了，一开始你说我业务不行的时候，我怎么听怎么不服气，后来不常听到，还怪想的，哈哈你说这人嘿！"小吴和苗香寒的恋情在这几年里一直都十分稳定，两人都是乐天派的好性子，话也投缘，几年下来别说吵架，脸都没红过几次。肖跃掐着指头算算，小吴今年也有28岁了，苗香寒的年纪也不过比他小了两岁，两人现在的年龄已经是晚婚年龄，谈了这么久的恋爱也没个准信，让爱操心的他总有些放不下。

"好好跟你说啊小吴，香寒和我这个关系你是知道的，你可不能一直这么拖下去，让人姑娘白等你！"肖跃于是摆出十分严肃的老父亲态度出来，冲小吴絮叨着。

说他把苗香寒当成女儿实在是过分了，但因为资助过的关系，肖跃总觉得苗香寒与他十分亲近，像是……亲妹妹那样，如果有人要欺负苗香寒，他肖跃一定是第一个站出来不依不饶的。小吴听到肖跃这么说，整个人都垮下来，没精打采地趴在椅背上冲肖跃嘟囔："肖哥，这事儿我做不了主啊，而且要我说，这就怪你！"

"怪我？"肖跃好笑了，"你们俩谈恋爱，和我有什么关系？"

"怎么没关系了！你知道不知道香寒一天到晚聊谁最多？都不是聊我这个名正言顺的男朋友！一天到晚地跟我说她肖跃哥哥没个人照顾，说我没良心不给你介绍个对象……我，我也得有资源啊，你说是不是！"

肖跃有些卡壳，距离上次似是而非的感情过去之后，他好像不自觉地就将爱情视为了洪水猛兽，别说接触女性了，他几乎压根儿连想都没想过这一出。

小吴的嘟囔还在继续："你这个大妹子简直是我的克星！我本来意思说合适那就结婚呗，也方便我照顾她不是？结果人家说什么，人家说恩人都没着落，我怎么能这么自私只想到自己！唉，肖哥，你说她是不是被那些古板老教条给洗脑了？"

看着小吴一脸懊丧，肖跃也有些哭笑不得。他哪里不知道这是苗香寒为了让自己重视这件事而故意为之呢？可是这么多年下来，他早就习惯了单身，而且万一谈个恋爱又是个无法兼容的，倒不如孤独终老算了。

"你们俩的事儿，别带我。"肖跃大手一挥，白小吴一眼。

"那你去给香寒说，她要同意我就没意见！"这是笃定了肖跃掰不过苗香寒才这么说的。肖跃当然不可能直接去让苗香寒二话没说就结婚，也自知以苗香寒的性格，自己怎么说都没有用，于是也只能用同情的眼光看着小吴："那没辙了。"

"肖哥，别啊！你要不去谈个恋爱，帮帮兄弟我？"

"胡闹，谈恋爱能是随随便便就谈的事儿吗？"

"是不能随便，但是也总不能不谈，硬生生把自己过独了，你说对不对？"小吴目光诚恳，肖跃这才反应过来之前这小子说的种种也不过是为了引出他这个大问题。

"小吴，你不懂，人非草木，之前我也不是没有谈过恋爱，可是到现在，要考虑的实际问题很多……"

"肖哥，这些话你拿去骗骗别人还成，我跟你待一起工作多少年了，我还能不清楚你吗？不就是上次于晴那个操作伤了你的心吗，有什么不好承认的！再说了，人生在世，谁还没遇见过几个人渣，干吗要把自己封闭起来呢？"肖跃有些想要发火，他感觉到自己的灵魂仿佛也被扒光了，直白而赤裸地摊开在对方面前，但看着小吴的目光，肖跃最终还是平息了这股羞怒，叹了叹气。

"……哪有那么简单，有些事情不是光靠原谅和忘却就能让人释怀的。"肖跃用手指试图给小吴打着比方，"比如说一张纸，揉皱了，上面满是折痕，到后面你再想让它恢复原样，还有可能吗？"

小吴不同意："肖哥，你不要跟我讲这些大道理，我也跟你拿一张纸来打比方，一张纸揉皱了，摊平摊不平先两说，先要看你要拿它来做什么，怎么用，不是吗？再有折痕的纸张也不会影响你在上面用笔来描绘人生吧！"肖跃感到有些无言以对，小吴说得不无道理，可自己的心又是不是仍然能描绘人生的一张折痕纸呢？

"好了，你也别劝了，我自己会看着办的。"眼看着小吴又想要说些什么，肖跃立刻制止了他。或许小吴不清楚，但他自己十分明白，他在害怕。

肖跃这一拖，就拖到了洪小元临近高考的时间。

原本小吴和苗香寒没有想过肖跃竟然能保持单身这么久，但谁知道他真的油盐不进，两人也没了主意，最终决定，在辅导洪小元顺利高考之后成婚，也算是苗香寒对恩人报恩的一种其他方式。洪小元在高中三年的时间里十分争气，自从确定了自己的目标之后，成绩就没有再起伏过，而是一路上涨，临高考前最后一次月考时，已经从一开始的年级二十八飙升到了年级前三,成为学校响当当的一名学霸。虽然没有回到校园电视台,但关于自己的爱好,洪小元却像之前开导了自己的刘畅一样从来都没有放下过,他在闲暇的时间已经开始了自己的道路,为了保证学习质量,他没有做自己的账号,而是选择把自己看到听到或者研究到的题材整理成一篇篇文章,投稿给"大题肖做"。

肖跃将洪小元发来的稿子改动一下之后以实习生的名义发布出去,意外地获得了广泛好评,本身肖跃自己专注的领域就比较严肃,没有太多的年轻人喜欢,而洪小元的文章恰好填补了这个空当,一来二去的,无形中又将"大题肖做"的丰富性提高了不少。收到肖跃给出的稿费时,洪小元是拒绝的,钱虽然不多,但他还时刻惦念着肖跃给自己掏了这么多年的学费,实在不好意思再收下这份钱。

苗香寒说什么都要洪小元接过这笔钱:"一码归一码,这是你的工作所得,和资助没关系的!"

"不行不行,苗老师!"洪小元涨红着脸,连连后退,"我欠肖跃叔叔好多人情!实在不能让他再来资助我了!"

苗香寒无奈之下只能让肖跃与洪小元通话,在得知洪小元如此懂事之后,他也有些哭笑不得。肖跃在电话里冲洪小元说:"这可不是资助,这是你的兼职收入,你要知道你带来了很多流量,这些流量都是可以变现的,这个,就是你分到的部分。"洪小元还想拒绝,肖跃赶紧又开口:"不过由于你现在这充其量就是个兼职,所以钱可不多啊!作为老板嘛,我当然也要抽一部分的,哈哈!"

这样一番话说出来,洪小元只能红着脸从苗香寒手中接过钱。红艳艳的钱握在手中,让洪小元有了一种不同于之前校园电视台当记者时的成就感,那个时候他的成功在很大程度上来说是学校的同学和老师们的共同努力所致,而现在则不一样了,这一次是他自己学业百忙中抽出时间,亲力亲为获得的第一笔实实在在的收入,让他有一种幸福的刺痛感。

"傻啦?"苗香寒伸出手在洪小元面前晃了晃。

"没、没有……"洪小元羞赧地低下头,摩挲着纸币,感受这种并不陌生却又令他感到新奇的触觉。经过一段时间之后,他才抬头问苗香寒:"老师,我听刘畅姐说,到了大三大四的时候,学校是会安排实习的对吗?"

苗香寒点点头:"对呀,社会实践也是大学生活中很重要的一部分。不过时间还早,到时候可以慢慢考虑也来得及。"

洪小元却摇了摇头:"我不用慢慢考虑了,我想去肖跃叔叔那里实习。"

"小元,真正作为一名记者,工作起来是很辛苦的。"

"我不怕，肖跃叔叔可以，我也一定可以。"

....

肖跃并不知道洪小元的稿费会给这个孩子带来这么大的动力，他现在满脑子想着的都是另外一件事。

这件事是刘老师告诉他的，从拜托刘老师帮忙关照庆国妈开始，刘老师就十分负责地将这个责任承担得近乎完美，时不时就会与肖跃通过微信联系，简单地交代一下老人的情况，这是为了防止打断肖跃的采访工作。而几天前，刘老师却不得不第一次因为庆国妈而打扰了肖跃的采访。那天肖跃恰好还不在西京市，外市一个幼儿园爆发出来的高收费问题引发普通家庭父母的集体声讨，作为媒体界排得上号的"大V"，肖跃自然一早就去了外市，正在采访的过程中，他接到了刘老师打来的电话。

"肖记者，出事了！庆国妈突然呼吸不畅，跟我正打着电话，人就没声音了，还好赶过去的时候人已经缓了过来，但是脸色太难看，苍白得不像样！我们这会儿正在往西京医院走，你看你什么时间方便，也来看看吧？"肖跃紧张地抓着手机，刘老师忙乱的话语声中，他还能听见庆国妈力不从心说着自己不去医院要回家的声音。

"我马上来。"他当机立断地结束了这个大采访，动身往西京医院赶。赶到西京医院时，已经是夜里了，大医院的人很多，肖跃找了老半天才在熙熙攘攘的人群后看到了怔坐在长椅中木然的庆国妈和眉头紧锁的刘老师。"刘老师，老人家，是怎么回事，医生说应该怎么配合？需不需要住院？床位我可以找同学想想办法……"肖跃焦虑的话没有说完，庆国妈枯瘦干瘪的手就抚了上来："记者同志，我得回白头村啊，不住院咯，住院又有个啥用嘛，我还要赶紧回去收拾东西……"

"怎么能就现在回去呢！您身体成这样了，不好好治疗下可怎么好！"庆国妈的身子又瘦了一些，肖跃想，不，不能说是瘦，说干瘪才对，一个人怎样才会在这么短的时间内迅速枯萎成这样？肖跃有了一个非常不好的想法。

刘老师马上验证了肖跃这个想法："三期，小细胞……"这几个字艰难地被刘老师吐出来，像是在灼烧着他的咽喉一般，还不等说完就难以为继。

肖跃感觉自己的心被什么东西狠狠地挖了一下，他连呼吸都开始变得困难起来了。小细胞肺癌，三期。这几个字像恶魔手中的钉，一下又一下钉住了肖跃的所有活动，他的大脑已经开始迟缓，像从未听说过这些字，又好像置身云端，面前所有一切都飘忽得令他无法看清楚眼前这个老人。

"不是说……和吸烟关系很大吗？会不会、会不会是误诊了？"肖跃反复盯着诊断报告，仿佛想要从这些报告中看出哪怕一丁点蛛丝马迹能让他反驳。

庆国妈却淡淡地笑了："唉，肖记者，娃呀，没啥，老了生些毛病，都很正常，只是可怜我儿子孙子没着没落，免不了还得麻烦别人，我这个老婆子，老了，没用了。"尖锐的疼痛将肖跃紧紧地拢在怀里，让他一时间都不知道应该说些什么才合适。这个世界好像总是这样，还是他自己曾经说过的，天地不仁，以万物为刍狗，老天爷就静静地坐在天上冷眼看着众生，它从来不管谁是否世世代代财富过人，也从不肯给这样苦难的家庭施舍一点怜悯。一个好端端的家庭就这样被拆得七零八落，这让肖跃又不得不想起自己早早就离开人世的父母来，一时间，他竟然搞不清楚，究竟是洪小元幸运一些，还是他更幸运一些。

"娃呀，让我回去吧，好多东西还没有打理，庆国的信还堆在那，这都是要给小元的啊……"老人一遍又一遍恳求着，求着求着就掉下眼泪来，让不知所措的肖跃和刘老师都忍不住啜泣。

"娃呀，老婆子对不起你，连累你这么多事，结果到头了还是要你帮我，我自私，但是娃呀，让我回去吧，这病治不好，你千千万万不要再为这个破费了，不成的……"

肖跃很想反驳，却又无可反驳，他只能愣愣地陪老人家流泪，听老人家一遍一遍地絮叨着要回家。

"老人家，我做不了主，这样，我给洪小元打个电话……"话音未落，刘老师和庆国妈都急了起来。刘老师按住肖跃的手："不能打啊！小元再过没多久就要高考，现在打，你的一番心血不就白费了，孩子还有他奶奶的一番心血不都白费了吗？"

"难道瞒着他才对吗？！"肖跃不能接受，洪小元的身世他能隐瞒，但亲眷生死这样的大事，他不能就这样剥夺了洪小元知道的权利，"刘老师，我们没有这个资格瞒着孩子，如果一旦之后再被小元知道了，你觉得他会怎么想我们！"

"你不能只在乎洪小元怎么想我们，不能这么自私！"刘老师难得地生气了，指着肖跃的鼻子涨红了脸，"如果知道你害怕的是这个，我从一开始就不应该问你！"

"刘老师！难道我肖跃在你心中就是这样的一个人吗？我是为了孩子，不是为了我自己！"肖跃也急了眼，向刘老师顶了回去。

"娃，别吵，别吵了！"庆国妈费了好大的力气，才终于发出一声高音，肖跃和刘老师见状立刻停下口角，感愧地低了头。

"不能告诉小元，小元高考是多大的事儿啊，不能让娃分心。"庆国妈擦了擦眼泪，仍旧淡淡地，"他父子俩本身现在就闹不到一块去，再加上小元妈走之后，他就已经把账算在他爸头上了，现在说我的事，不是更让孩子怪罪他爸吗？我没有啥心愿，小元懂事乖巧，你们还都不停地帮助我，我很感激了，唯一放心不下的，就是小元的学习，还有他父子俩……唉，肖记者，我知道你是担心小元娃，但是算我求你了，先不要告诉他，我求求你了！"

肖跃用力地扶起庆国妈要向地上跪去的身子，心痛难耐地滴下泪来。

"老人家，我不说，你快起来吧，我答应你，咱们回家。"

庆国妈的突然生病让临近高考的洪小元有些慌了神。母亲病逝，父亲服刑的这段时间里，洪小元除了亲奶奶以外，再没有了别的依靠，虽然每次回到白头村，奶奶总要絮叨着将坐牢的父亲念叨过来又念叨过去，让洪小元不胜烦躁，可真等奶奶病了，他又觉得心疼。他头一次体会到，自己是多么希望父亲服刑结束之后能够再回到白头村，与奶奶和自己团聚。

学校临高考前的任务很重，除了不停的考试以外还有数不清的各种试卷和功课，这么大的事情传到洪小元的耳朵里，以极快的速度击溃了洪小元心里脆弱的一块，让他原本稳坐在全年级前三的位置都有了些颓势，这一次的月考中，成绩一下子落到了年级十五。苗香寒自然是不同意洪小元在这个节骨眼上要求回家的，哪怕洪小元给出了非常多的理由来，着急得茶饭不思也不成，她深知对于洪小元来说，高考或许不能逆天改命，但至少也是他人生中异常重要的一个环节，如果败北了，那么洪小元这个骄傲的孩子即将面临的就不是简单的一次复读，而是在新的高考制度可能随时会来临的情况下面临一次脱胎换骨的重新打磨。时间，洪小元还是充足的，可精力呢？千军万马每年都在过着独木桥，谁能肯定这孩子在照顾奶奶的过程中还能保持住一个精力充沛的状态来杀伐征战？

可偏偏洪小元是个倔强不已的孩子，学校不准他的假，他竟然选择了最激烈的冲突方式——他逃课了。这是洪小元进入杏林中学以来的第一次逃课，一逃就是整整两天。

老校长自然是清楚内里情况的，将事件影响极力地压到最低，但同时也对苗香寒下了最后通牒：逃课三天以上，要接受学校的大处分，再多，直接休学，不能商量。

带着劝说洪小元回到学校平稳度过最后临考期的任务，以及与刘老师在拜县做好的一系列安排，肖跃再次踏上了去往白头村的路。

"肖哥，你说洪小元这么聪明个孩子，就算庆国妈不说，他能看不出来？"小吴一边飞快地开着车，一边不无担心地问着，"而且一开始香寒告诉我他逃课的时候我就转告你了，谁知道你忙了这两天连个人影都不见，这下耽误了吧，三天就算大处分了！"

"我是去安排拜县那边的医院了。"肖跃将手上的入院通知握在手里，摩挲着说，"也是幸亏你现在可以独当一面了，我才敢放心在这两天把工作都交给你，好让自己抽出身来去处理庆国妈的事情。"

"不是吧肖哥！你安排医院？这可是癌症，你知道要花多少钱吗？"小吴惊讶地吼着，"而且庆国妈不都说自己要回家吗，她又怎么肯住院？"

"钱再赚就是了，老人家已经基本上等不到儿子出狱了，难不成让她也见不到孙子高考吗？况且……唉，还是开快点吧。"肖跃的心情无比沉重，他纠结着没有说下去，况且小细胞肺癌晚期，再加上庆国妈的年纪，能不能撑过这两个月还是个未知数，两个月的时间，就是有再多的钱，又能花去多少呢……

终于抵达白头村的时候，肖跃见洪小元正在照看着奶奶喝水，听到有人进房，洪小元一个激灵回过头看到来人后，神色尴尬动作局促，有一种犯了大错之后的主动乖觉。

"肖记者你们来了？"庆国妈的声音这时候听起来越发虚弱了，相比几天前在医院看到时更显苍白，人仿佛又瘦下去一圈，说话也费力，喉咙里似是永远堵着一块吐不出来的痰，气流微弱地从气管穿过，拉扯着这块秽物，发出风箱一般的呼哧声。

看庆国妈硬撑着想要坐起，肖跃连忙上前扶住她，连声说："老人家，你躺着，我们这次过来，是接小元回学校的。"

"我不能回去！"庆国妈眼神中流露着不舍，还没说话就被洪小元一声打断，"奶奶现在身体这个样子，没办法自己生活！"

"肖记者，娃不是……放假吗？"庆国妈憋着劲儿扯住肖跃的袖子问。

老人的手没什么力气，但硬是把肖跃的心都扯得疼了一下，他回头去看一旁焦急的洪小元，洪小元因说谎而涨红了脸杵在那里，但仍旧态度坚决，眼睛也十分担心不舍地看着床上的庆国妈。

"是放假，不过马上高考了，所以时间比较紧张。"肖跃想了想，温柔地安抚着庆国妈。听到肖跃这样说，庆国妈才放心地将瘦骨嶙峋的手松了松。

洪小元眼见着不愿意返校，肖跃一个眼神过去，小吴便拉着洪小元退到外面去陈清利弊，而他自己则对着庆国妈小心翼翼地掏出拜县县医院的入院通知单。

"肖记者，使不得……"看到通知单，庆国妈便十分了然肖跃想要做什么了，立刻心急火燎起来，话说不完，咳嗽就突然随着心跳喷涌出来，剧烈而绵长，因着洪小元还在门外，庆国妈颤巍巍地拽过被子将一声声咳嗽都悉数堵在了棉花里。

肖跃在庆国妈背后拍打了好久，才将这股突发的汹涌拍了下去。

"老人家，我知道你怕我花钱，不愿拖累我。"

肖跃话音刚落，庆国妈的眼眶就红了一圈。谁能没有生的希望呢？哪怕是被宣判了死刑，但虚无缥缈的生存欲就放在那里，但凡有那么一丁点念想，谁不想要牢牢抓住呢？可庆国妈没法去抓，她没有这个资本，癌症治疗高昂的费用是一座高不见顶的巨大门扉，将那点生的念想紧紧地挡在门外。她没有看到自己的儿子归来，甚至没有看到孙子出头，她不甘心，又不得不甘心。

"老人家，钱的事情你不用考虑，这些费用目前我还出得起，当然，这些钱算我借给小元的，以后他还要到我的公司实习，慢慢还给我就是，你千万不要有太大的心理负担。"肖跃深思熟虑，试图用最温和的语气将庆国妈"骗"去医院。

"肖记者,你还没结婚……"婚姻对于每个人来说似乎永远都是最重要的人生大事，尤其在白头村这样信息闭塞的农村更是如此，对肖跃这件人生大事的关心一直是庆国妈的心事，不仅每次见到肖跃的时候会问起，就连洪小元回家时，也时不时地要旁敲侧击一番。

这是一个纯朴的村民对善良之人最温暖而简单的祝福和期待。只是肖跃没有说，他自从于晴的事情之后，对这方面也不知是完全"创伤后应激"了，还是要求更高了，几年下来，别说心动，就连一丁点有关于这方面的想法都没有。但他还是决定安抚一下眼前这个善良的老人："我女朋友不在乎婚礼，她告诉我，如果不帮助你啊，她就觉得我是个坏人，不嫁给我，所以老人家，为了我的终身大事，你也得去住院才是。"

庆国妈半信半疑地看着肖跃，许久才叹了口气。

"另外，老人家，如果不住院的话，小元这边是肯定要回来照顾你的，这马上就要高考了，孩子确实也没有这么多精力，所以住院其实也算一种折中的方式，况且住院的地方不远，就在拜县县医院，我跟刘老师也商量过了，如果需要回白头村，他这边也会帮忙照应，方便一些。"这句话无疑是在给庆国妈住院的行为加码，果然肖跃缓缓说出来之后，庆国妈才抹了两滴泪，同意了。

"肖记者，我之前着急回家，是要整理一些东西，我儿的信，还有家里头一些用得上的……"庆国妈喘着气，拉着肖跃的手交代，"这些东西我都锁起来了，我怕自己不在家，陈家那边……唉……"

肖跃理解庆国妈的担心："老人家你放心，这些东西我会帮忙一并处理好。"之前在医院，庆国妈呼天抢地要赶回来，也是怕家里没人，现在有了肖跃首肯，哪怕再舍不得老房子，庆国妈为了孙子还是同意了住院。住院意味着要检查各项指标，包括病房和看护安排，这一点在之前肖跃已经答应了庆国妈不告知洪小元，于是，他决定计小吴开车先送洪小元回学校，而自己则联系刘老师，一起将庆国妈安排在县医院。

学校的大处分和奶奶的苦口婆心终于劝动了洪小元，一行人坐车来到拜县，肖跃搀扶着庆国妈下了车之后，洪小元就坐在车里趴在车窗上看奶奶。

车窗外的奶奶笑着冲他挥手，瘦弱的身躯仿佛一阵微风都能吹倒，但还是笑着，好像在说："我娃真是争气，高考可一定要考个好名堂出来！"

他不知道为什么有些心慌，眼泪毫无预警地淌了下来。车子渐行渐远，肖跃看到洪小元从侧面的车窗干脆趴到了后座的车窗上，一直在向这边盯着，也一直在招手。他搀扶着的老人也在不断笑着招手，一声声憋闷的咳嗽被不到他肩膀的弱小身躯硬挤在喉咙里。庆国妈的身子几乎是完全靠在他身上的，老人家早就有些站不住了，腿脚不断地颤着，只是因为急速瘦削而导致衣裤宽大才没有被洪小元看出来。直到车子再也看不到了，庆国妈的手才终于无力地放下，额头也布了汗，爆发出憋了许久的咳嗽声。

手忙脚乱地搀扶起庆国妈之后，肖跃听到老人家几乎力竭的嘶声。

"肖记者，谢谢你，谢谢你了……"

洪小元回到学校之后，县医院这边也有如打仗一般开始了忙碌。

庆国妈住院检查的情况并不乐观，处于广泛期的病灶已经开始扩散到身体其他部位，常规的治疗方法已经收效甚微，从医生不断的摇头和叹息中肖跃清楚，这种情况下哪怕转院也几乎可以说是药石无医，只能采取姑息治疗的方式。

但庆国妈对这样的安排已经是极为满意了，虽然时不时的癌痛让她经常辗转反侧，食欲大幅减退也折磨得她以肉眼可见的速度越发瘦削下来，但她仍旧坚持着，等待着孙子高考结束的那天。

刘老师和肖跃在有关庆国妈病情这方面很快达成了一致，由肖跃直接将庆国妈住院的消息带给洪小元，安抚他不必过于担心，并且将庆国妈的原话转告给他：这一段时间无论治疗还是学习都是重中之重，没有其他的事就别来回跑了。

肖跃清楚，这是庆国妈给自己留的一条艰难后路，她怕万一自己的身体零件提早停止转动，依靠这种方式，起码还能让孩子多安心一阵。

小吴承担了"大题肖做"的大部分工作，每天都十分忙碌，在这个节骨眼上，他宁可自己多担待一些工作任务，于是与苗香寒的联系也就少了些，除了每隔一段时间就会将洪小元的学习状况汇报一次以外，两人没有过多的沟通，苗香寒本能地觉得这次状况有些问题，但出于善意，她也从未追问过，只是尽自己所能，协助洪小元的学习生活。所有人都在以一种力所能及的方式为了一个看不见的目标而努力着。

庆国妈第一次咯血的时候，距离洪小元高考还有一个月的时间。

从刘老师电话里得知这个消息的肖跃连忙赶到医院，看到病床上奄奄一息的老人，他又感到了和当年父母事故时一样的手足无措。

"刚打了针，睡过去了。"刘老师声音低沉又哀伤，口中有很浓烈的烟味。

"刘老师，你也要多注意身体……"肖跃也沉重起来，拍了拍刘老师的肩，"我理解你的担心，不过烟……还是少抽些吧。"

刘老师苦笑着点点头："唉，是得戒，就是心里这个坎儿过不去……不说这些，庆国妈刚才清醒的时候交代了点事情，我实在走不开，只能麻烦你去跑一趟了。"

肖跃点头应允。

刘老师不仅要在拜县一中上班，闲暇的时间几乎都用来照顾庆国妈，好在爱人孩子支持，才一直坚持着这个善举，但要他去白头村跑，就太为难了，这一次的请求怕是庆国妈想要抓紧时间安排一些身后的交付，事关重大，所以肖跃根本就没有不答应的理由。

"不急，肖记者，吃完饭再去吧。"病房虽然小，但也是肖跃花了大价钱又让刘老师拜托同学朋友安排下来的单人间，比起多人病房的喧闹来说，已经算实属不易了，小小的病房里自然是没有用来吃饭的地方，肖跃看了一圈，只得去先将窗台上的东西挪开。

窗台上摆满了纸巾湿巾和纸杯暖壶，还有一个几年前款式的手持DV，肖跃拿起来把玩一会儿，冲刘老师笑笑："刘老师，这可是个老家伙。"

"可不嘛，用好几年了，功能不多，但好在能用。"刘老师挪着东西，也冲肖跃笑笑，"唉，以防万一吧。"

以防万一。

这四个字紧紧扣着庆国妈今天的身体状况，让肖跃刚扯出来的笑又瞬间消散了下去。咯血的开始代表着庆国妈的状况已经一日不如一日，肖跃甚至有了种迫不及待想要提前高考的愿望冒出来。

这一次替庆国妈回到白头村，是要完成她的几个心愿的。

一是这座老房子，庆国妈希望把这座在白头村都显得有些破旧的老房子留给日后出狱的儿子，她担心被贴上杀人犯标签的儿子在出狱后找不到什么工作，虽然房子又破旧又老，但好在还有个落脚之处，她希望肖跃从她上锁的衣柜中拿出这座老房子的相关证件，协助她完成这件事。

二是儿子入狱这么多年，从狱中寄回来的信件，它们被放在一个瓦楞纸盒里，小小的盒子被塞得满满当当。根据刘老师说，庆国妈一开始还十分担心他们找不到这个盒子，交代了半天地方，可肖跃一眼就看到了，这盒子被保存得非常好，连棱角都很干净，除了被经常翻动导致纸盒连接处有些破损以外，几乎就和新的一样，与房间内其他老旧的家具形成了太鲜明的对比。

看来庆国妈始终放心不下这个还在狱中服刑的儿子啊，肖跃感叹着。

麻利地装好一切相关资料之后，肖跃再次环视整个房间，庆国妈答应住院之后，他们已经将房子里里外外地收拾了一圈，除了床铺庆国妈强烈要求自己来整理以外，其余地方都被几人打扫得很干净。

肖跃当时根本不明白为什么庆国妈拖着负重不堪的身躯还仍旧要坚持自己去整理床铺，他把这种行为理解成一个妇女本能的隐私，床铺作为私密性极高的地方，是不容许随随便便一个年轻男人来染指的。

可庆国妈毕竟年迈又抱恙，床铺的整理也显得十分力不从心，被子无力去叠好，就简单地铺在床上，上面盖了一层塑料薄膜了事，而现在肖跃看过去，只觉得那层被子铺得实在勉强极了，尤其是靠近枕头那一边，鼓鼓囊囊的，不平整。

他想，虽然这座房子或许是回不来了，可总归来了一回，还是帮老人妥善铺平整了才好，再说隔了这么远，自己悄无声息地收拾一番，也不会让老人的隐私感被破坏。

于是，他伸手去掀那床铺得不甚平整的被褥。

塑料薄膜上落了几日的细微尘土被扬起，如真如幻一样缓缓飘浮在渗进房间的阳光中，被褥下面有一股别样的气味，像野兽的巨口终于在日光下得以张开，缓缓地喷出一阵腥重的鼻息。

肖跃的身体随着这阵鼻息定住了，感受到危险一般地，忍不住发抖地定住了。

他直愣愣地盯着被褥内侧的斑斑血迹，看着无法完整塞在枕头下、仿佛探出头来似的布满血痕的纸张，一时间竟不知道从哪里开始整理。

手有些渐渐地不听使唤了，肖跃费了好大的劲才调动起他的手臂，虚掏了两下都没能把轻飘飘的卫生纸从枕头下方掏出来，视线渐渐模糊起来，像隔了一层玻璃纸一样看不分明，肖跃抹了一把脸，用力睁大双眼想要努力将庆国妈屡卧病榻的样子看分明些，那层玻璃纸却一直在他眼前，怎么看也看不明白。

一张又一张被血液渗透揉皱的卫生纸被肖跃从枕头下掏出来，奇怪的是他已经感受不到那种触碰他人血迹带来的厌恶和恐惧，而是空洞，彻头彻尾的空洞，被谁将心肝都狠狠地掏出去一般的空洞。

这是怎样的一种毅力？孙子每日里都在身旁，而羸弱的身体已经不支持自己去彻底清理这些病中污秽，只得无奈地将它们都藏起来，以免孙子担心。

直到现在，庆国妈都没有亲口高呼过一次难受。

肖跃一边哭泣，一边将那些血液已经干涸的纸巾清理干净，又把被褥和枕套拆下来洗着，临近夏日了，村子里的水源却冰凉刺骨，刺得肖跃笨手笨脚，怎么揉搓都无法将被褥和枕套上的血迹搓洗干净。

电话声猛地响起，肖跃忍住难过，胡乱地将手在衣襟上抹了抹打开手机，是刘老师。

"肖记者，你大概什么时间回来？老太太刚才又醒了，说话不是很清楚，就是要那些她安排的东西，你看，要不然快一些？"

"……好，我马上就回来，对了，老人家现在状态？"

"唉……一次不如一次，刚才醒来我看着还是疼，但是去问她又不说，只是摇头，问你什么时间到，而且吧，又咯血了，你说这都两次了……"

肖跃绷紧的神经终于再也撑不住，突然断掉了，他扁了扁嘴，终于难耐地大哭起来。

"刘、刘老师！老人家……老人家已经咯血很久了啊！你说，你说被子和枕套用什么洗才能洗干净，肥皂不行的，得用84吧？我什么都没带，什么都没带！我怎么什么都没有带……"盆里的被罩上还冒着带血的沫子，阳光下破了一个又一个，肖跃感觉自己不能呼吸，肺泡也好像这些泡沫似的，被一个一个地戳破了。

…………

庆国妈是在洪小元高考前一周去世的。

医生面对着已经没有眼泪的肖跃感慨万分，这种病本身就几乎不能治愈，再加上发现的时候已经是晚期，能坚持到这个时间的老人，都算得上是意志过人了。庆国妈死之前所有的器官几乎都已经衰竭，就算是华佗再世也没有让她支撑到7月的能力了。

"我要告诉洪小元。"肖跃盯着病床边那些庆国妈交代过的，他也已经处理完毕的材料和信件，沉声说。

刘老师猛地转过头："肖跃，你疯了！孩子还有一个礼拜就高考了，你这个时候告诉他，不是要了他的命吗？"

"我能怎么办！"肖跃大吼着起身，逼近刘老师，"孩子本身就没能见到奶奶最后一面，现在是要干吗，连送他奶奶最后一程都不让吗？你知不知道自己连亲人葬礼都没法参与的感受！你懂不懂这是多么大的伤害！我告诉你，我懂！"

"肖跃！"刘老师青筋暴起，眼看着就想动手，却又缓缓地控制住了，"肖记者，我知道你心里难受，我又何尝不是？我求你，不是为了我，是为了庆国妈！"

看肖跃有所缓和，刘老师才重重地叹了一口气，从整理好的行李箱中拿出了那台老旧的DV。

"还有一周就要考试了，洪小元你紧张吗？"

下午的自习课间，同桌张浩趴在桌子上问洪小元，自己却是一副脱力的样子。

"有什么好紧张，平时什么样，现在还什么样呗……"洪小元笑着说，想了想脸色又沉重起来，"不过你要说完全没感觉也不是，我奶奶还在医院等我汇报好消息呢，万一再没考好，她老人家一生气再头疼脑热的，那我可就成了千古罪人了。"

"啧啧，真孝顺啊！"张浩趴在桌子上蹭着胳膊做出点头的样子，"对了，你奶奶怎么了啊，住院住这么久，还不让你去看她？"

洪小元放下手中的书摇摇头，看向窗外："不知道，我听肖跃叔叔说好像是长期劳累导致的，哼，一说到这，我就来气……"

张浩知道洪小元对自己父亲的敌视，这会儿也感觉是自己说错话了才引起洪小元这样的反应，于是赶紧直起身子赔笑："哎呀，还有一个礼拜就解脱了，还有啥好气的，不是我说，就你现在这个学习成绩，哪怕就紧张点儿，有个什么小失误，也肯定是好学校没跑了！唉，我当初就不该逼着你去好好学习，结果让你生我气生了好久不说，还被你给超过了！真不划算！"

"这怪谁？你怎么不学学人范晓梨呢，人家也逼我了，但是现在考试还是稳坐年级第一！"洪小元冲张浩揶揄地笑着，站起身。

"你又去图书馆复习？天天复习不累吗？打球去呗！"洪小元没有理会张浩的邀约，简单地摆了摆手就抬腿往外走，边走边说："就一个礼拜了，几天不打球憋不死人！我可不想有什么小失误，我奶奶还等我呢，走了！"

他清楚，自己目前是没有任何理由去玩的。

肖跃替他隐瞒了逃课的事实，苗香寒又每天冲着他耳提面命要他为了目标而努力，还有奶奶。奶奶那天在车窗外笑着冲他招手，渐渐地变成了一个看不见的小点，这个小点不知怎的住到了他梦里去，远得摸不着，看起来却又近在眼前，他把这个理解成奶奶对自己的期待，于是学习起来也自然更有动力些。

上一次的月考成绩中，他已经又稳稳地回到了第二名，只要再努努力，说不定就能超过范晓梨，进到自己心仪了这么多年的高校中去了，这样的好成绩，奶奶应该会开心得立刻好起来的吧？

洪小元就是抱着这样一种近乎冲锋陷阵的决心去应对初中最后的时光的。

在苗香寒眼里，这当然是再好不过的事情，洪小元在她心中一直是一个聪明稳妥的好孩子，只是这个孩子由于幼时的经历与旁人不同，所以情绪上稍微敏感了些，波动也就大了些，这种波动时不时地会体现在他生活上的各个方面，潜移默化地影响着他。

目前看起来，当然是还好的，洪小元不仅状态稳定，而且自己的主动性不是一般地强，除了班上安排的自习以外，自己每每还要去图书馆刷题到深夜，弄得她不由得已经开始担心起孩子的身体了。不过洪小元这样的表现，仍旧让她一点也开心不起来。作为身处恋爱中的女人来说，苗香寒已经属于很不黏人的那一种了，她深知记者工作的忙碌，从来不会过多地要求小吴时不时就要陪着她，或者如同网上流行语那样"秒回"，从小出身于重男轻女环境下的她有一颗强大无比的独立心脏，所以在与小吴交往的过程中，她自始至终都不会拿一些虚幻的"陪伴"去求证自己的地位。

只是从庆国妈住院至今，她对小吴也产生了一点点不满。

原因倒不是小吴因为承包了大部分的工作室工作而疏忽了与她的感情交流，而是她总觉得小吴似乎有意无意地在瞒着她。每每问起有关庆国妈的事情，小吴就开始避重就轻起来，不是说自己不清楚，就是干脆直接打哈哈说反正已经住院了，自然有医生去看护云云，一点都不像他平常疾恶如仇热情似火的样子。

苗香寒知道，小吴是一个不怎么会撒谎的人，他这样的表现，也无非就是点明了一个他从来没有说出口的事实，那就是，庆国妈的情况其实并不好。

似乎是因为自己与洪小元几乎算得上朝夕相对，他们担心苗香寒在与洪小元相处的过程中被看出端倪，所以要瞒干脆就一并都瞒了个密实，只是百密一疏，偏偏让小吴的用力过猛给暴露得一干二净了。

俩人的第一次争吵就是因为这么一档子事儿。长久以来苗香寒都把小吴看作自己的灵魂伴侣一般，也笃定在小吴眼中自己的重要性，高度契合让二人根本没有红过脸，这一次体验倒真的算很新鲜了。吵架是几天前的事情，那会儿苗香寒从视频里看到小吴越来越心不在焉的表情以及疲劳的神色，心里的怀疑是怎么都忍不住了，于是直接冲着小吴发问有关庆国妈的情况，小吴本就心情不好，听苗香寒打听起来就更加不耐烦，干脆吼了两声直接挂了视频。

两人赌气到今天都没有再联系过。苗香寒心里要说气也确实很气，她反反复复地在肚子里把小吴骂了个狗血淋头，但要说气也确实并没有什么气的理由，说到底他们的感情是很好的，生气的点跟他们两个人都毫无关系。

还有一周就要高考了，苗香寒清楚自己接下来一周的时间里将会有多么忙碌，而考完试还有那么多工作要做，两个人想要坐下来好好谈谈、顺利和好的话，还不知道要等到什么时候，于是她干脆趁着周末，决定去肖跃西京的办公室跑一趟。她没有告诉小吴自己要去的事情，一来是想搞一个突然袭击，说不定能明白庆国妈到底情况如何；二来是小两口好多时日没见了，在仪式感上给个惊喜。她知道肖跃这一段时间基本上工作之余都会去医院，几乎不在办公室，所以自己冒冒失失地过去，也不会有太大的影响。

苗香寒万万没有想到自己的这一番想法在看到办公室里给她开门的肖跃时被击碎成了粉末。

"肖跃哥，你怎么……"苗香寒老大地不好意思，想都没想就脱口而出。

肖跃也愣在当场，他和刘老师替庆国妈处理完火化的事情刚回来不久，所有东西都还摆在桌上，正在这个当儿苗香寒来了。

小吴还沉浸在悲痛中，根本就来不及收拾肖跃从医院带回来的东西以及遗照，遗照就这样被大大咧咧地摆放在正对着门的办公桌上，照片里庆国妈似笑非笑的眼睛刚好直直地看着门口的苗香寒。

"肖跃哥！这到底是怎么回事！"

不需要解释，苗香寒几乎是立刻就明白了她看见的黑白照片意味着什么，她有些慌张，本来以为庆国妈的情况不好只是病重，但她没想到竟然是这么差劲的一个结果。

小吴几乎是有些愤怒了，他站起身就把苗香寒向办公室门外推，一边推一边怒吼："谁让你来的！你现在可以啊苗香寒，干什么都不给我说了是吧？你把我当什么人了！你还知道我是你男朋友吗？！给我出去，出去！"

苗香寒急得眼泪都下来了，她一边死死抵着小吴，一边说："是谁先不给谁说的？！你把我当洪小元的老师了吗？出了这么大的事儿，你把我瞒在鼓里不告诉我，现在反倒还有理了？！我就不出去！我就要看看你到底准备跟我怎么解释！"

"苗香寒！我告诉你，你别激怒我啊，我犯不着跟你解释！你爱怎么想怎么想！"

"吴志强，你还算是个男人吗！"

"行了都安静点吧！"肖跃被吵得头疼，站在二人旁边打断，顺手拉了一把小吴，"行了小吴，别瞒了。"小吴这才仍有些愤愤地回过头。

肖跃看着苗香寒鼓着气擦了一把眼睛，也有些愧疚地冲苗香寒说："不好意思啊苗老师，这事儿不怪小吴，是我让他说什么也不能告诉你的，都是害怕影响小元的学习……这真不怪他，你要怪，就怪我吧。"

"我当然要怪你了！肖跃哥，别的事情也都罢了，我知道你是为了小元好才不得不做出隐瞒的选择，就好像之前小元到杏林中学的时候，你隐瞒了他父亲的事一样……但是这件事不一样！肖跃哥，这是洪小元的亲奶奶，你们怎么能让他连自己的亲奶奶最后一面都见不到呢！"苗香寒激烈的语气又引得小吴心头火起，他刚坐下掏出烟抽了两口就又气得站起来，烟头对着苗香寒指点："你！你懂个屁！什么叫妇人之仁你清不清楚？啊？你要吵架我随时奉陪！少冲着肖哥发火！"

小吴的烟是苗香寒和他交往后逼着他戒的，因为对身体的伤害太大，小吴也乖觉，苗香寒说了不要他抽，也就一直都没抽过，直到最近压力实在太大，才又拾了起来。

"吴志强！你答应过我不抽烟的，这玩意儿致癌你不知道吗！"苗香寒气得胸口起起伏伏，上前就要抢小吴手中的香烟。

"致癌就致癌！我就跟着庆国妈屁股后面，也得个什么小细胞肺癌，赶紧一了百了算了！"小吴气得怒不择言，直接将庆国妈的病就这样第一次暴露在苗香寒面前。

"你说什么！"苗香寒呆住了，不再跟小吴继续争吵，而是把难以置信的目光挪到了肖跃身上。肖跃看着她，痛苦地点了点头。苗香寒当然知道这种癌症的情况，她呆呆地立在当场，一时间竟然也不知道说些什么才好。

"唉，小吴，苗老师不知道情况，你这么说就过分了。"肖跃揉着太阳穴冲小吴下了指令，随后虚请了一下苗香寒就座，"苗老师，当时因为这个情况所以不敢告诉你，你也知道，这种病基本上治不好，扩散又快，一旦小元发现了点什么端倪，可能就会影响孩子接下来的学习生活。"

苗香寒木然地点点头。

"之前还一个劲儿地试探我,你说你试探什么?"小吴嘴上还在骂骂咧咧,但只抽了一半的烟也被他熄灭了,"现在好了,你说这剩下一个礼拜了,你得怎么控制情绪不让洪小元知道这事儿?"

"不让洪小元知道?!这怎么行!"苗香寒反应过来,急匆匆地说,"孩子本身就没见到奶奶最后一面,你们现在还不让他知道?他现在每天都在给同学说要好好考试考出好成绩让奶奶高兴的,到那会儿你让孩子心里怎么承受得了!"

苗香寒的想法很简单也很容易理解,她被小吴这段时间欺瞒下来,内心的震撼和难过尚且已经很激烈了,更不要提洪小元在面对亲奶奶去世的情况了,而且苗香寒再怎么说也是成年人,很多事情还可以想得通,可洪小元不过是一个没成年又原本就伤痕累累的孩子,他将来的反应会有多激烈,不用想都能猜得到。

一开始肖跃也是这样想的,他是经历过这些事情的人,在父母走后,他甚至还因为没能见到父母最后一面而悲愤狂怒过,可现在,庆国妈的遗愿在前,他还是无法忍心就直接将这个事实告诉洪小元,死者为大,他不能也不想忤逆。

"你说的我都理解,但是老太太临走前还清醒的时候,曾经让刘老师专门为了这件事录了一段DV。"肖跃其实有些不愿意提起这段录像,庆国妈的身体状况已经很差,一边挂着水一边打着氧在难得的清醒状态下坚持着录了很久,她有太多话想要告诉孙子了,有太多事情还没有来得及去交代,没有来得及去看见。

"苗老师,不管怎么样,瞒着洪小元到他成绩出来,是老人家的心愿,录像就在这里,你……你看看吧。"肖跃犹豫半大,小心翼翼地从一个大文件袋中取出一盒磁带交给苗香寒,自己则转身准备往外走。

苗香寒接过磁带的手有些颤抖,她问:"肖跃哥,你……你不看吗?"

肖跃顿了顿,轻声说:"看过一次,不敢再看了。"

说罢,头也不回地走到里间去,甚至带上了门,小吴看见也心疼不已,看着怔怔望着磁带出神的女朋友,上前接过磁带宽慰着:"唉,香寒,我知道自己脾气急,又隐瞒了你让你不高兴,但是你想一想,庆国妈发现的时候已经救不活了,每天都是吊着命在等,这一等不知道时日,洪小元要是知道了,庆国妈能走得心安吗?"

苗香寒不说话,眼泪却止不住地流。

小吴将磁带插好,准备播放文件的手却迟迟按不下去,想了想,轻声说:"我也没看过磁带里究竟是什么内容,但是看肖哥那个脸色,就让我根本没胆子看了。香寒,你看吧,我去陪肖哥一会儿。"

里间格外安静,肖跃这个办公室本身隔音就非常一般,这会儿被苗香寒那边的录像吊着,更让他有些坐立难安,本身就不大的里间两个大男人漫无目的又心急火燎地来回踱着步,像是在等待着某种宣判。宣判很快就出来了,苗香寒打开门的时候,脸上的泪痕已经干了,两只眼睛红肿得像只兔子。

"这么快?"小吴先惊呼一声,下意识地把手中刚点燃的烟按灭。

肖跃也觉得意外,但并没有多问,只是静静等着苗香寒发声。

终于,苗香寒长长地吐出一口气,抿着嘴一字一句地冲二人说:"我没看,这是老人家留给孩子的,我怕我看了难过。不过既然肖跃哥你说这是老人家的遗愿,那么好,我答应你,我不告诉洪小元,让他在高考的时候尽量正常发挥,能考出个好成绩来!"

想了想,又有些决绝地加了一句:"哪怕到时候他恨我这个当老师的,我也认了!"

小吴先松了一口气,上前将苗香寒轻轻搂了下:"你可算明白了!"

苗香寒却没好气地将他扒拉开,凶狠地瞪了一眼:"吴志强,你少来这套,庆国妈的事儿是庆国妈的事儿,你的事儿是你的事儿,不能相提并论!"

"嘿嘿嘿,不并论,不并论,我错了,都是我错了!"小吴赔着笑,安慰着苗香寒,"我戒烟,我发誓我要是再碰一次,你就打我,成不成?"

"喊!我又不是个母老虎……"两人别别扭扭地算是和好如初。可苗香寒看到肖跃的脸色依旧不怎么好,关心地问:"肖跃哥,是不是这几天太累了,老人去世你已经尽最大努力了,不要太难过。"

肖跃苦笑着摇摇头:"也不光是这件事。"因为庆国妈的去世,很多事情处理得很着急,但哪怕再着急,肖跃也没有忘记通知洪庆国这件事。他是通过李强来通知洪庆国的,之前为了磨合洪小元和洪庆国的关系,肖跃与李强有过很简短的通话,后来事忙加上洪小元对与父亲会面非常排斥,也就渐渐放了下来,直到这次庆国妈去世肖跃才想到去联系。联系的结果自然是令人难过的,洪庆国在牢狱中哭成了泪人,不断责备着自己的无能为力,按李强的话说是这些倒也还好,为难的是,洪庆国强烈要求见洪小元一面。

"肖跃哥,那你怎么办的?"苗香寒忍不住打断肖跃的讲述。

小吴短促地叹了口气:"嘿,还能怎么办,拒绝了呗。"

"是,拒绝了。"肖跃点头,努力将这些轻描淡写,"我告诉李强孩子奶奶的遗愿,这会儿就算洪小元愿意见面,也会影响到他的考试,不过洪庆国这一次似乎闹得挺厉害,李强也没有劝住,说洪庆国准备申请直接联系学校。"

"肖哥!这你可没告诉过我!"小吴大惊失色。

"吴志强,我告诉你,我今天来可算是来对了!"苗香寒眼睛转了转,冲小吴努努嘴,然后认真地对着肖跃说,"学校那边我可以去跟老校长沟通一下,先把这件事压下来，既然我答应帮你们隐瞒，肯定是会尽我最大努力的，好在时间也不算长，一个礼拜，我想没什么大问题。"

苗香寒带着满满当当的压力返回学校。虽然嘴上答应了肖跃和小吴，但实际上，她对自己的"演技"依旧有些没底，从来都没有隐瞒过这样大事件的她甚至有些害怕撞见洪小元，害怕面对着洪小元聪慧的眼睛时会露出马脚来，让整个计划功亏一篑。赶回学校与老校长的沟通十分顺利，老校长见过人间冷暖，这个时候也认为事情已经发生无可挽回，应该先让洪小元将高考的时间度过才好，于是已经确定下来如果洪庆国那边联系到学校，自己会在时间上做好安排。

千恩万谢从校长办公室退出来之后，苗香寒感到一阵疲劳，好像今天的事情像一台大功率的泵，抽空了她所有的力气，她此刻只希望飞奔回自己的宿舍里好好休息一下，将今天得到的信息再反刍反刍，看看能不能做得更好。谁知刚回到宿舍门口，苗香寒就看到洪小元已经等在那里了。

"苗老师，你回来了！"她本来想转身下楼躲一躲，可洪小元眼尖，先发现了她的身影，捧着书走了上来，她也只好硬着头皮对上洪小元的眼睛。

"回来了，下午去市里办了点儿事……"苗香寒强忍着心虚，笑着对洪小元说。

"办了点儿事？苗老师，你这可不像是办了点儿事的样子，眼睛都哭肿了……"

苗香寒心里一跳，支支吾吾半天说不出话来，心里全都是洪小元得知奶奶去世消息之后崩溃的神情。洪小元歪着头看了看，思索一会儿就恍然大悟一般点着头："我知道了！你跟小吴叔叔吵架了吧！他是不是欺负你了？哼，苗老师你放心，我绝对跟你是一伙的！"

苗香寒有些哑然，洪小元内心的世界太过单纯，让他这么误会一下，说不定也是好事。

"也没有欺负，就是……"苗香寒想起自己和小吴吵架的样子，入戏就快了很多，"就是他脾气不太好，拌了两句嘴。"

"拌嘴能哭成这样吗？我才不信！"洪小元恍若一个小大人一样，对苗香寒苍白的解释嗤之以鼻，"范晓梨都跟我说了，你们女孩子总是这样，嘴上说没事儿，其实心里气得半死！苗老师，你肯定也对小吴叔叔这么说的吧？不过你放心，小吴叔叔肯定没什么坏心眼，但他跟你吵架肯定就是他不对，等我高考完了，我替你出头！"

苗香寒被洪小元这一闹，倒是有些哭笑不得起来："大人的事儿，过两天就好了的，你替我出哪门子头？"

洪小元狡黠地眨眨眼："小孩子有小孩子的办法嘛，再说了，我也马上成年的人了，凭什么出不了头？"

"你可不要告诉我你是为了这个事儿来找我的哈。"

"不是不是，嘿嘿，我是有一道题不太明白，苗老师你帮我看看……"

看着洪小元求知的样子，苗香寒心中生出一丝酸楚。

或许他们的师生情谊，也就只有这一周时间了吧……

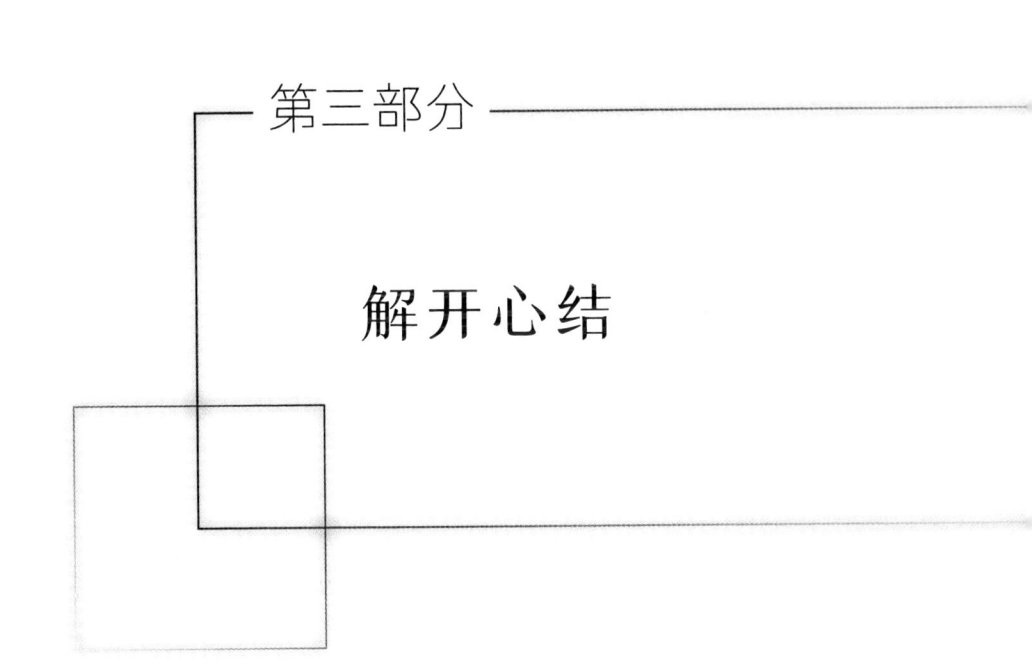

第三部分

解开心结

- 6 -
大学

  高考踏着烈日向广大高三学子走来。杏林中学校门口早早地就安装好了信号干扰器，甚至还有专门的校警时刻在校外巡逻，烈日炎炎，校门口的树荫下站满了密密麻麻的人，这些人都是考生们的家长亲戚，几乎像是感受不到炙烤一般，任凭身上的汗水流淌也岿然不动地站着，眼神不断地向庄严的教学楼望过去，像是在传递某种看不见的能量，试图用这些来给考生们最天然的鼓舞。

  肖跃和小吴当然也是这些家长中的一员，考试开始前夜，他们便早早地在苗香寒帮助下预订好了杏林县的酒店，为的就是一大早可以见到洪小元，给他鼓舞，让他在周围满是学生家长的人群中，也能有一份自己独特的归属感。

  这一次考试对洪小元和他们都至关重要，甚至重要到连刘老师都专程从拜县赶了过来，手里提着与肖跃、小吴一模一样的各种能量饮料和水果，几人才见面就相视一笑，这高考的规矩从来就没有人给家长们定过，但不管哪一个家长都会在这个时间段主动学会这种照顾考生的技能，有些放之四海而皆准的意思了。

  高考的两天里，洪小元被这几个大人安排得过于稳妥，让他自己都有些受宠若惊起来，连连表示自己不考出个好成绩都还不清人情债，而大人这边，却一改往日里要求洪小元好好学习天天向上的架势，纷纷改了口。

  "小元啊，你就心态放平和，这两天也不用看书了，一定要休息好知道吗？心里别多想，不要有压力，就当成平常月考那样就成。"肖跃说。

  "就是！什么人情债不人情债的，考好考坏就那么回事儿，和人的素质关系不大，小元你大胆地往前走！"小吴更夸张，说着说着都唱了起来。

  "唉，也不能太放松了，万一放松到睡过头不就完了？不过成绩不要考虑太多，最重要的是去考试之前一定要把文具尤其是准考证带好，多检查几次。成绩没考好不丢人，万一因为这种没带准考证的事儿没考成，你说多憋屈，对不对？"刘老师也苦口婆心。

洪小元哭笑不得地答应了一轮又一轮之后，还是拒绝了肖跃安排在酒店住下的建议，好容易脱身回到了学校宿舍。

高考，不仅仅是孩子们的战场，也好像成了家长们的战场一样，每个人的紧张都明晃晃地放在台面上展示出来。整个考试历时两天，肖跃感觉自己的睡眠就亏欠了两天，这两天里他几乎没能合眼，满心满脑都是洪小元考试会不会有好的成绩，更重要的是，考试之后该如何向洪小元开口，说明他奶奶已经过世的消息。这件事折磨了肖跃整整一周，眼下随着最后期限越来越近，折磨感也越来越强烈了。他打算在洪小元的考试成绩下来之后再告诉他，这样一来，老人家的心愿就可以了结，只是洪庆国那边……他或许就真的爱莫能助了。

肖跃能够想到洪小元届时会以一种怎样的激愤来面对自己，所以在时间一点点从指缝中流出时，他恨不得对洪小元再好一些，再多想一些。

随着一声长长的铃声，为期两天的高考终于落下了帷幕。

考生们或开怀或沮丧地从考场中涌出，门外的家长们也仿佛炸开了锅似的，纷纷冲向前去伸长了脖子眺望着自己战场归来的小英雄们，肖跃、小吴和刘老师老早就霸占好了校门口绝佳的位置，此时也个顶个地极目远眺着，直到看见洪小元笑意盈盈的脸才总算放下心来。能有这样的表情，证明这一次的考试，洪小元还是有把握的。肖跃干脆让小吴开车拉着洪小元和苗香寒一起回西京市去，办了一个相对来说十分隆重的"庆功宴"，他不同意苗香寒口中的稳妥为重，不知怎的，洪小元考试结束后那自信满满的笑容，就让他几乎已经确定这孩子的成绩绝不会差。

"不用等了，就今天晚上，刚好趁着劲儿大家开心，晚上去小贝壳，我们吃海鲜！"肖跃直截了当地安排，有一种大家不响应也不行的架势。

"肖跃叔叔，你们晚上要喝酒的，那我这些书怎么办？"

洪小元为了应对考试，甚至带了不少文具和书本、草稿纸。

车已经风驰电掣地上了高速，小吴自告奋勇道："不用专门回去放了，小贝壳离办公室不远，等下我直接把孩子的东西，还有刘老师的一并放在办公室！"这顿庆功宴吃得无比欢畅，就连平时几乎滴酒不沾的苗香寒也很高兴地小酌了两杯。刘老师拍着洪小元的脊背，面对着肖跃连连道谢："肖记者、吴记者，要不是你俩，这孩子真的不知道会怎么样……我真心感谢你们两个好人啊！"

"是，肖跃叔叔，小吴叔叔，还有苗老师……谢谢你们一直以来对我的鼓励还有关怀，让我才能有学上，有目标！"

肖跃心中像是猛烈地被人撞击了一下，刺痛感就这样爬了上来，顺着鼻腔一直爬到了眼眶里，继而又涌出来，在他脸上盘旋成一条蜿蜒的小河。

"肖哥，你看你，还感性得不行。"小吴已经喝得有些微醺了，怼着肖跃的胳膊揶揄，"香寒，你还没见过我肖哥哭吧，哈哈哈，你看给他感动的！"

提到香寒，旁边恰巧经过的一个姑娘侧了侧头，冲着苗香寒看了过来。

"香寒？！真的是你！"姑娘看着苗香寒，有些意外地叫起来。

"秀清姐？！你怎么也在这里呀，真巧！"苗香寒看看来人，是一个化了淡妆，知性打扮的姑娘，认了认便惊喜地站起身拉住，扭过头给大家介绍，"这是我学姐，叫林秀清，之前特别关照我！秀清姐，这些都是我的朋友，噢，这个孩子是我学生，今天高考结束，考得还不错，我们出来吃个饭！"

林秀清温柔地笑着，冲大家一一打了招呼，只是打到肖跃这里，看他满脸的眼泪倒怔了怔，也没多说什么，只是轻巧地递了一张纸巾过去，温和地点了点头。

"香寒，这是孩子的父亲吧？一定是孩子考得不错，才能让家人这么高兴呢。"林秀清小声冲着苗香寒耳语。苗香寒扑哧一声笑出来，引得一桌子人都古怪地看着她。

她赶忙拉了拉林秀清，小声低语："哪是啊，这是我之前跟你说过的，资助我上学的恩人，不过你可千万别告诉别人啊，这段时间你们大学是不是特别忙，都没空联系我。"

"何止忙，简直都要翻了天了……这么说吧，我换了个学校任教。"林秀清笑了笑，抿着嘴说。

"啊？换了个学校？"林秀清先抬眼看了一下周围的情况，才拉着苗香寒说："你们这会儿还在吃饭，我就先不拉着你聊了，刚好，我也是换完学校稳定下来不久，算是闲下来了，改天我们坐下来再详细说。"

苗香寒也知道自己这么自顾自地跟朋友聊大有些不大好，于是按捺住心中的好奇，点了点头送林秀清走了。小吴看了半天，问苗香寒："香寒，你学姐和你是怎么成为朋友的？你俩也太不一致了。"

"怎么不一致法？"苗香寒好奇。

"她嘛就静若处子，你嘛就动若脱兔……哎哟哎哟我错了我错了！"小吴摇头晃脑的话没说完，就被苗香寒狠狠地揪了一把，求饶半天才让她松开手，赶忙边揉边说，"哎，不过你学姐长得虽然普普通通，气质还真的好。"

"那肯定啊，她是她们那一级的学霸，腹有诗书气自华，明白吗？"想了想又仿佛想到了什么似的，冲肖跃说，"对了肖跃哥，我学姐也没对象呢，你看她怎么样？"

小吴瞟了一眼肖跃脸上还没干的泪痕，无奈抢答："我看人家姑娘怎么都好，就是肖哥这个眼泪……啧啧啧，算了，下一位吧。"

……

晚饭吃得几人都心满意足，等到出门之后，洪小元又一次强烈拒绝了肖跃住酒店的提议，他不想再多花肖跃的钱了，再说，他巴不得第二天就尽早回到拜县去看望奶奶，如果从西京市出发，可比从杏林县要远上很多，于是几人兵分两路，肖跃等人回到办公室，而苗香寒则带着洪小元返回杏林中学。

打好车走了一会儿，洪小元才突然发现哪里不对："苗老师，糟了！我没带东西！"

苗香寒这才想起来洪小元的书本、文具还被小吴放在肖跃的办公室里。

"小元，这个东西一定要现在拿吗？"

"要的，老师！"这些东西都是他专门带着用来记录考试情况的，他还要对照着一一告诉奶奶，怎么能不拿？

出租车就这样掉了头，向办公室行驶过去，抵达的时候洪小元让喝过酒的苗老师在车上稍等，自己快马加鞭上了楼。

蹦蹦跳跳走到办公室门口的时候，洪小元抬起手想要敲门，却发现门被拉开一个缝隙并没有关死，他起了玩笑的心，悄悄靠近门缝，想突然出现吓肖跃几人一跳！

洪小元的头渐渐地靠近了门缝，从窄窄的罅隙中，一句带着哭腔的话流淌了出来。

"庆国妈，小元考得不错，你在天有灵，就也能安息了吧……"

时间仿佛突然停了下来。

洪小元呆立在门口，有些不太明白刚才那句话的含义。

"小元？！你不是……回学校了吗？"

身后响起小吴熟悉又陌生的声音，似乎还带有一丝慌张，洪小元呆滞地回过头难以置信地盯着小吴，小吴在这种目光压迫下牵强地笑着开口："哈哈，我以为你们走了……噢，我刚才去扔了个垃圾，扔了个垃圾……"

小吴惊讶的声音惊动了门里的肖跃和刘老师，他们冲到门边将门果断地打开，小吴来不及去阻止的时候，洪小元已经透过肖跃和刘老师身体中间的缝隙看到了正对面的大办公桌上有一张巨大的黑白照片，照片上的人，正是他念叨了许久的奶奶。

"你们……这是……"洪小元试图让自己的声音听起来成熟而冷静，可事实上，他连一句完整的话都说不出口，每一个汉字都是那么熟悉地在嘴边盘旋着，或许是它们数量太多了，导致一齐拥堵在喉咙那里，咽不下去又吐不出来，将他的整个咽喉都顶得生疼。

"小元你听我说，这件事情不是你想的那样……"刘老师仓皇上前拦住洪小元，两只大手都不知道应该摆在哪里才能抚平孩子心中的震撼。

"我奶奶、我奶奶她……你们，不是，为什么……为什么啊？！你们这是为什么啊！！！"

洪小元吐字好艰难，他仿佛明白了这是怎么一回事儿，又仿佛依旧搞不懂，那些汉字一个接一个地被他以一种近乎自虐的方式硬生生从喉咙里拽了出来，终于在最后淌着血连成一道完整的线："你们为什么不告诉我？这是什么时候的事？我奶奶呢？我奶奶她人在哪！？"

沉默迅速笼罩住了所有人，空气中只能听到洪小元出离愤怒的呼吸声。

最终洪小元跌跌撞撞地撞开肖跃和刘老师，扑倒在庆国妈的遗像前，仔细地看着。他伸出手想要去触碰，可又怕触碰到之后，这件伤感的事就会立刻变成现实巨兽将他吞没一样，最终只是把手停在相框前微微颤抖着。

"奶奶……"刚轻轻地呼唤出一个字节，泪水伴随着哭号就止不住地往外奔流，悲伤迅速充满了整个办公室，强烈的气息压抑着肖跃，让他一动都不能动。

每个人都被这种哀恸感染，不由自主地淌下泪来，肖跃心中的愧疚像是找到了倾泻的出口，跟着眼泪鼻涕一把又一把地往外迸发。

"小元，我对不起你，我本来应该告诉你的……"

"你放屁！道貌岸然的狗东西！"洪小元愤怒地回过头，冲着肖跃破口大骂，"有几个钱就了不起了吗！就能决定我的人生了吗！你以为你给我出过力，我就必须感恩戴德，你做什么我都会在你身后鼓掌助威吗！肖跃！你不是人，你是魔鬼！！！"

"洪小元，你胡闹什么！"小吴冲进来站在肖跃身前，"你知道不知道肖哥他有多难？！为了你的事情，他哭过多少次，他努力过多少次！你怎么能就这么极端！"

"我极端？我问问你，如果换成是你呢！你爸爸坐牢，不知道什么时候才能出来，你奶奶照顾你半生，最后临去世之前都见不到你一面，而这所有的一切都是一个口口声声为你好的人干的，你会怎么想！"

"这些事情发生谁都不想的啊，小元你不能这么说你肖跃叔叔知道吗？要怪就怪我，是我拦着肖跃不让告诉你的啊！"刘老师也在哭，甚至快要冲着洪小元跪下了。

可洪小元却并不领情，他忍耐了半天，手指早已经握成拳，半晌才压下去自己的痛哭，冲着肖跃冷冰冰地问："肖跃，我奶奶到底怎么了！"

肖跃似乎是很累了，他的表情哀伤而疲惫，他不敢看洪小元，只是垂着头轻声说："小细胞肺癌，发现的时候已经治愈不了了，我本来……我本来也希望能够多拖延一段日子，可是实在不行了……一周前，一周前……"

他说不下去了，眼泪混合着愧疚将他堵死，脑中全部混沌成一团，任凭他费尽浑身力气也抽不出一点点思路线索。

洪小元也累了，他不断冷笑着，看着面前的三个男人露出鄙夷的目光来："呵呵，你们都是王八蛋。"

说完这句话，他转身跑下了楼，连原本上来要带走的文具、书本都没有拿，就这样飞奔下去了。小吴看肖跃和刘老师失神的样子，急得一跺脚就立刻跟了出去，可他毕竟已经喝了不少酒，哪里还能看到洪小元的身影？他只得在楼下不断地呼喊着洪小元的名字，一遍又一遍，终于，不远处坐在出租车上的苗香寒听到了小吴的声音，立刻付了钱蹿出车，冲小吴跑过来。

"怎么了？小元呢？"苗香寒拉着小吴的衣服慌张地问。

小吴满头大汗，脚步也有些虚浮，眼睛无助地向四周探看着："小元……小元刚才上楼的时候，不小心知道他奶奶的事，现在跑不见了！"

"你说什么！"

……

对洪小元的寻找持续了一整夜，在寻找的过程中，苗香寒从小吴口中得知了事情的全貌，她没有说话。她明白洪小元的激愤来由，也理解肖跃这边的处境，这件事根本谈不上谁对谁错，尽是无奈。一整夜的搜寻都没有结果，几个人都急疯了，肖跃给出了一个可能性，他苦着脸，有些精疲力竭，但仍旧坚持着提供了一个方向——白头村洪庆国的家。洪小元或许把高考后肖跃几人给他包的红包都拿来做这件事了吧。

小吴开不得车，干脆打了车要往白头村去，刘老师自然也自告奋勇，可肖跃却不愿上车。

"肖哥，你不去怎么能行？"

肖跃只是苦笑着摇头："他不愿意见我的，你们去吧……对了，把这些带上，这是老人家留给孩子的遗物，我……也算是尽力而为了。"

肖跃的坚持让几人只得自己前往白头村，他就连苗香寒建议小吴留下照顾的说法都拒绝了，只想一个人安安静静地待在办公室里。

几次白头村之行，这一次显得尤为漫长。

不知道过了几个小时，天已经擦亮的时候，车才终于在白头村口停了下来。

苗香寒第一个奔跑着冲到洪庆国的家，还没进门，就看到了房门大开着，里面乌漆墨黑没有开灯，却在初升的阳光中模糊着一个人影，那个人影正是趴在奶奶床边的洪小元。

"小元，你还好吗？"苗香寒想要斥责的话在看见这一幕之后立刻变成了担心和关怀，她放轻脚步走进去，仿佛是怕打扰了洪小元与奶奶的相处那样。

"苗老师，你知道的，对不对？"洪小元隐在暗处的声音有着童稚的苦痛，让苗香寒险些也掉下泪来。

"是，我知道。"

"你们为什么都要骗我,我那么信任你们……"这一次洪小元没有再如同晚上一般暴怒了,只是这种心碎仿佛还不如暴怒时那样容易让人接受。

苗香寒的眼睛渐渐地适应了屋里的情况,她看到洪小元跪在地上,整个上身都趴在庆国妈的床边,来回抚摸着那床已经破旧不堪却又十分干净的被褥,静悄悄地流着泪。她有些难以自持,走上前坐在床边,抚摸着洪小元的头发。

"我们不是想要骗你的。"苗香寒的声音也低下来,轻柔得好像一用力就会破坏了这一场生死团聚一般,"小元,你是个大人了,你知道一个人的一生中,做决定的是谁吗?"

"如果没有发生这件事,我本来以为是我自己的。"

"发生这件事,难道就不是了吗?小元,你奶奶的人生一直在围绕着你转,但是她的人生本该是她的,对吗?"

"是……"

"那么,她对自己人生的决定,我们是不是也应该尊重呢?"

"苗老师……"

"你是个聪明的孩子,应该能想到老师这样说,就是因为不告诉你她病情的这件事,是你奶奶自己做的决定了吧,但是你看,这样是不是就产生了矛盾呢,你有你的决定,她也有她的,作为老师,还有肖跃叔叔、小吴叔叔、刘老师,我们这些人究竟是应该尊重你的决定,还是你奶奶的呢?"

"……"

沉默的洪小元在努力地思考着,这对他来说是一个让他十分困惑的大话题。

苗香寒又轻轻地说起来:"当你们的决定互相冲突,一定会有伤害的话,作为成年人,我们往往会在无奈的情况下选择一种伤害最小的方式,我这样讲,你明白吗?"

"……我明白。但是苗老师,我接受不了……"

"你是不是觉得内疚?其实不是这样,小元,如果我们提前让你知道了,那你奶奶最后的时光里可能都会带着一份不安心,如果真的是这样,我相信你会更内疚的。"苗香寒说着说着,大滴大滴的眼泪落在了洪小元轻抚被褥的手上。

"小元啊,你知道吗?不管我们怎么做,内疚的永远都是我们啊……"小吴和刘老师站在门外,已经听了许久。房间内苗香寒和洪小元都在默默流泪,让他们的心情也难免沉重下来。

"苗老师,是我冲动了。"不知道等了多久,安静的空气里才终于传来洪小元的一声长叹,小吴按了按贴身装着的DV磁带,向拿着外部设备的刘老师点了点头,两人背着阳光走了进去。

"小元,这是你奶奶留给你的……我们帮你插好,你先慢慢看吧。"小吴一边说,一边麻利地与刘老师安装好了用以播放 DV 录像的设备,顺手打开了灯,在洪小元点了点头之后,将遥控器轻轻放在洪小元手上,拉着仍在擦泪的苗香寒退了出去。

屋子里立刻被灯光填满,陌生的机器让洪小元感到一种奇妙的联结,他想了想,按动了手上的遥控器,猝不及防地,小小的播放屏上突然现出奶奶躺在病床上的身影,洪小元吓了一跳,赶忙按了暂停键。

他细细观察着奶奶,画面上静止下来的奶奶和他记忆中的那样不同又那样相似。

相似的仍旧是那慈眉善目的神情,这种神情他看了多年,也刻在心底多年,但不同的是,画面中的奶奶苍白枯槁得像一张揉皱了的纸片,紧紧地贴在病床上,好像和病床融为一体似的,与之前那个撑起全家的老人家大相径庭。洪小元在静默中感到了自己的眼泪仿佛有了自己意志一般不断地从他的眼眶中冒出来,模糊了画面,他轻轻地碰了碰屏幕,屏幕在泪水蒙眬下显得亦真亦幻。

遥控器的按键再次被按动,录像缓缓地播放了起来。

"刘老师、喀,开始了?……噢,娃现在,就能看见?"

"……噢噢,那行……"奶奶与刘老师确认完毕之后,下意识地摸了摸夹在耳朵上通往鼻腔输送氧气的塑料软管,不知为什么,好像这样的形象让她觉得可笑一样,奶奶竟然像孩子一样呵呵地浅笑了几声。只是笑了没两下,她就又咳嗽起来,缓了老半天才平复下来,将浑浊中充满期盼的眼神直勾勾地望向摄像头。

只一眼,就好像看到了洪小元的肺腑中去。

"小元娃,最近学习还好吧?我听、喀喀、你苗老师带话说,月考成绩上去了?好娃……"奶奶的声音又像风箱一般响起来,让洪小元有一种她竟然穿越了科技与生死的限制,直接用灵魂面对自己的感受。

"娃呀,你要知足,这么多人都在帮助你,你说说……咱……咱何德何能?啊?要知足,好好学习,要知道报答……"洪小元焦急地等待着,他有些恍惚,不知道自己具体是在等待什么,却又十分明确着自己的等待,这让他有些焦虑,思想都不由自主地抛了锚,脑筋没办法转动,越是急切,就越是对屏幕中的奶奶感到愧疚,他不由自主地坐得更近了些,两只手也不知何时紧紧地抓住了显示屏的两侧。

"奶奶想着,不能再给娃,给肖记者他们增加负担了吧?咱家的房子不能卖,你爸出来之后还没个着落……奶奶存了一千六百八十块钱,这个钱就放在家里上锁的抽屉里,还有欠肖记者他们的账,都在一起……娃,你听我说,把钱拿去上大学用,等你出息了,按账还钱给他们啊,一定要记得……"

洪小元任由眼泪奔涌,死死地抿住嘴不让哭号从口中泻出,不停地点着头。

"我知道，这些钱上大学不够，可怜我娃了，你先拿去花吧，尽量节省些……娃呀，你上了大学之后要好好生活，千万不要钻牛角尖，唉，是奶奶老了，不中用了……"

"奶奶，不是的，不是的……"洪小元终于忍不住垂下头偷偷哭起来。

他不知道几乎没有生活来源的奶奶是以一种什么样的辛苦劳累在这几年竟然能够存到1680元的巨款的，在他眼中，奶奶永远都是那个腰板挺得端正，会拎着笤帚追在调皮的他身后威吓着要打他的矍铄老太太，说是要打，每次也并不真的打，只是拎着他的耳朵一遍又一遍地讲道理，道理的落脚点也惊人的一致，永远都是"好好生活"而已。在妈妈生病的时候，奶奶嘱咐他要好好生活；在爸爸坐牢时，奶奶也嘱咐他要好好生活；到了她弥留之际，仍在嘱咐他好好生活。

洪小元心里不断嘶吼着，为什么成年人的世界如此表里不一？奶奶勒令他要好好生活，可自己为何偏偏就做不到呢？

"娃，你看到这儿的时候，奶奶……估计就找你爷去咯，不过这是享福去，还有你妈，这都等着伺候我呢，我累这么多年，也该他们伺候伺候了，娃说对不？"

"对……对奶奶……对……"洪小元不敢抬头看视频，只能机械地应着声。

"……不过娃呀，奶奶还有两件事有些遗憾，一个是娃你的高考成绩，还有一个、喀喀、还有一个……娃呀，你爸他知错了，你爸他想你啊……"视频中一直虚弱却平缓的声音突然带上了一丝激动的哭腔，洪小元抬头看过去，奶奶坐在病床上，手颤巍巍地抬上来，抹着眼角的眼泪。

奶奶哭了。

她在说到自己要下九泉去找爷爷和妈妈的时候没有哭，在说自己努力存了1680元还不够孙子学费的时候没有哭，但是提到父亲，她还是忍不住，哭了。

"娃……你爸最放心不下的，就是你了，你看，现在我这个身体是彻底不好了，你爸再难过也出不来，我也见不到我的儿……娃，你原谅他，不要再……唉……"

奶奶说着说着便哽咽到说不出话来，身体虚弱再加上情绪激动，让奶奶的呼吸都有些开始急促起来。洪小元着急地抬起显示屏，恨不得自己立刻钻进去，为奶奶擦去眼泪，帮奶奶抚平伤痛。

"喀喀、娃，你爸来的信，我让肖记者带给你，你看看吧……奶奶还想着自己能撑到那个时候，和你还有你爸，一起好好生活，但是奶奶撑不下去了，娃，你别怪奶奶，好不好？"

"奶奶……奶奶我不怪你，奶奶你别走，你别走奶奶！"

视频的最后，奶奶恢复了平和，她哀伤又宁静的眼神看得屏幕外的洪小元忍不住地发抖，手指都不知道应该怎么摆才好。

"这个病太急，是奶奶求肖记者他们千万不要告诉你的……娃，你别怪奶奶，奶奶不能影响你，奶奶的身体好不了了，不能再让我娃忧心了，你要听话，要乖，好好学习好好做人……原谅你爸……"洪小元觉得自己的脑中被不知名的胶状物体填满了，他并不傻，他清楚奶奶的事情不是肖跃他们的主动隐瞒，可是真的从奶奶口中听到这些，却又让他想不明白自己究竟该怎么做才好。

他的怨、他的伤痛，仿佛都没有了一个着力点，摇摇欲坠地立在半空中，孤立无助，找不到可以容纳它的地方。

他头一次体会到之前肖跃曾经告诉过他的那些往事，有关肖跃父母双亡时那种纠结和痛苦无法排遣的往事，之前他不理解，现在却清晰地懂了。视频最终落在奶奶招呼刘老师进来的画面上，那双手曾经抚摸过洪小元的脸无数次，现在却只能勉强在视频中支撑着，好像再多录一秒钟，它们就会突然垮下来一样。洪小元木然地站起身，按照奶奶刚才的安排从上锁的抽屉中掏出了皱巴巴团成好几团的散乱零钱，又翻出一个本子，本子上歪歪扭扭地写满了从肖跃要资助洪小元开始的每一笔费用，笔迹越到后面越是扭曲得难以辨认，洪小元在这种模糊扭曲的铅笔字中看到的最后一条是关于住院的。奶奶写着：住院、费用不明，务必让小元确认。这是已经知道自己走不出医院才留下的叮咛，洪小元摸着歪曲倾斜的铅字，仿佛摸到了奶奶的灵魂。父亲的信件已经被小吴整理好放在一旁了，洪小元平复了很久的心情才将盒子打开，小小的盒子摞满了信件，这些信件他有的见过，有的却连知道都不知道，每一封信上都是被手掌摸过多次的痕迹，像是绝望中唯一的凭吊。

洪小元将信件一封封地打开，怀揣着一种复杂不堪的心情，他似乎是有些怕看见这种熟悉的字迹，却同时又十分迫不及待地想要知道这些信件的内容。父亲的文化程度并不高，写成的信件也不过都是一些简单的流水账，比如他在服刑期间都做了什么、吃了什么，哪天有点儿小感冒，又有哪天因为自己的货车技术好被调用去跑了一次车，密密麻麻事无巨细，竟有些像孩子们的日记一样。可无一例外的是，每一封信的最后，都有一段不长也不短的话，多时是八九句，少了就三四句，内容却出奇地一致。

所有的段落都是父亲对自己因事故无法照顾年迈母亲和年幼儿子的忏悔，语句变了又变，但每一句都在发自肺腑地道歉，这让洪小元多少也有些共情起来，他心里不由自主地为父亲感到难过，却同时又有怨气。

"有什么用呢……又有什么用呢？！"洪小元喃喃着打开最后一封信仔仔细细看完，一小箱子信件让他从清晨看到了下午，粒米未进也浑然不觉。

屏幕上奶奶的手臂还撑在空中，眼神里的期盼却印在洪小元脑中散不去。

他将父亲的信件收好，又重新放回了奶奶的衣柜，关掉播放设备。

DV 录像、1680 元以及那个账本，洪小元将它们妥帖地装好之后，毅然决然地走出房门，紧紧地将洪庆国的老屋锁在了身后。

看洪小元恢复平静，门外几人的心也就放了下来。

好容易劝慰刘老师先行回到家中休息后，小吴与苗香寒才带着洪小元坐上了返回西京市的车。车上洪小元一直缄默不语，眉眼间早就没有了一开始的暴怒，取而代之的是一种让人望而却步的平静，他就坐在后座一侧，眼睛望着窗外，有些如饥似渴地汲取着或美丽或破败的风景，像是要把它们全部留存封印在身体里一样。

小吴和苗香寒十分默契地谁也没有向洪小元多说些什么，几个小时的路程，车内一直都十分安静，只能听见风声呼啸夹杂着发动机的颤抖。

临近西京市之后，洪小元才终于看饱了风景，冷静地回过头来："苗老师，我爸的信里说，他希望通过联系学校来找到我，想见我一面是吗？"

洪小元之前并没有主动问起过这方面的情况，苗香寒有些意外之喜，点点头，眉却蹙起来："在你高考之前，你父亲就联系过学校，不过当时因为马上就要高考，再加上时间也不允许，所以就没有能顺利安排……不过你别担心，你肖跃叔叔那边有联系方式，比通过学校联系要方便很多！"

"噢，是这样，好的，我知道了。"静静听苗香寒说完之后，洪小元若有所思地点了点头，继而又将目光瞥向窗外。

苗香寒预料中可以借此机会聊一聊洪小元与父亲关系的愿望并没有实现，她突然发现洪小元经过这一场变故之后似乎隐隐约约有了些变化，整个人好像都静默了下来，不，不单单是言语上的静默，而是从骨子里渗出来的，一种沉着的度量。

"小元，"她想了想，还是咬咬牙开了口，"你应该知道，肖跃叔叔不是故意要隐瞒你这件事情的，他心里也非常不好受，他……"还没说完，洪小元竟然淡淡笑着转过头："我明白的苗老师，是我当时太冲动了，我们现在回去之后，我会跟肖跃叔叔道歉的。"

苗香寒一时有些分不清到底是她在安慰洪小元还是洪小元在安慰她，愣了半天才木然地回着"好、好"。

回到肖跃的办公室时，小吴和苗香寒已经累得有些撑不住了，只是出于担心，他们强打着精神，陪同洪小元一起上了楼。

办公室的门只是虚掩着，门口依然能看到头天拉扯下杂乱的痕迹，洪小元推开门，房门内所有的东西都和他夺门而出之前一模一样，只是多了一个人半坐在地板上，目光呆滞地望着那张黑白遗照出神。

大大的黑白照再次让洪小元的心抽搐起来，他平缓了好久才走进去，向呆滞中的肖跃伸出手试图将他搀扶起来。

"小元回来啦，累了吧，小吴你们也累了吧？都回去休息吧……"

肖跃坐了太久，骨架都锈在一处，被小元搀扶的过程中僵直得险些让他站不住。

他看起来也很疲劳了，一夜之间下巴上的胡茬都已经冒出了头，头发也乱蓬蓬的，屋子里充斥着一股莫可名状的气味，任谁一闻就知道这间房子的主人大概是饮了好长时间的酒，心情苦闷的具象化表现似的。

苗香寒上前默不作声地推开窗，晚风毫无预警地闯进来，将肖跃眼中的呆滞吹散了些。

"肖跃叔叔，我饿了。"洪小元洪亮的声音让在场的人都是一愣，心中压抑了很久的沉重负担仍在作祟，和疲乏感一起阻碍了他们的正常思维，于是他们只能面面相觑着，不明就里着，好像洪小元刚才说出口的，是他们前所未闻的一种特殊语言。

"肖跃叔叔、小吴叔叔还有苗老师，你们去洗把脸收拾收拾，我们吃饭去吧。"洪小元的声音仍旧洪亮而平静，仿佛昨天晚上之前的所有事情都没有发生，那些争吵哭泣和盘桓在心中的伤痛好像一场噩梦，而他们到现在才清醒。

"想吃什么？"肖跃最先反应过来，他用手随便地抹了下脸，冲洪小元问。

"嗯……我也不知道，不过，不吃小贝壳！"洪小元装模作样地想了半天也没有结果，最后还是打着趣将问题抛还给肖跃。

气氛肉眼可见地轻松起来，没有人再去提有关庆国妈去世这件事，只是在吃完饭回到办公室后，都很有默契地冲着庆国妈的遗像祭拜了下。小吴和苗香寒分别回程，洪小元却没有跟着苗香寒回杏林中学，而是想要与肖跃在办公室挤上一晚。

月明星稀，两人的身体已经疲劳到极限，眼睛却怎么也合不上。

"肖跃叔叔，我昨天不该冲你发那么大的火。"洪小元躺在床上，率先打破了沉默。

"你没说错，确实是我隐瞒了你……"

"奶奶现在应该是安心的吧？我好好地考了试,说实话我觉得这次考得还算不错，等成绩下来之后，我再去奶奶那亲自告诉她……"庆国妈在住院之前，肖跃就已经择好了一处墓地用来安置骨灰和祭拜，相关的地址证件就被放在那张黑白遗像的旁边，十分醒目，洪小元回到办公室给奶奶上香时也早早地就看到了。

"小元，你这次的志愿报的是？"

"西京大学，新闻与传播学院，你的母校。"

"呵呵，好，好……"

"肖跃叔叔，我想拜托你一件事。"

"什么？"

"奶奶不在了，我暑假结束之后也要上大学，我爸他……老房子可能一段时间内都是不会回去了，所以我想，能不能在暑假期间，让我在你这里打工？"

"当然好，你的文章写得不错，眼光也很敏锐，挺适合做这一行……不过小元，当记者是份苦差事，还不赚钱，你要好好考虑才行。"

"我考虑过了，今天看到奶奶的录像，她一直在告诉我，我们家受到了很大的帮助……可是肖跃叔叔，我们家这样的情况，如果不是你们帮助我，我的学费还有奶奶的病是根本无力承担的，我很幸运，能遇到你们这样的好人，但是还有那么多人和我的处境一样却没有我这样的好运气。肖跃叔叔，我想做些力所能及的事情，哪怕只是替这些没办法发声的人将他们的生活讲述出去也好。"肖跃再一次被洪小元的理想震动，这种似曾相识的冲动和他之前是这样相像，这让他体会到一种传承的力量。

"好，叔叔一定帮你实现这个目标。"肖跃重重地说。

小小的房间再次静谧下来，肖跃知道另一张行军床上的洪小元并没有睡着，他在极安静的环境下听到洪小元有些紧张的呼吸，好像是在犹豫着什么事。

终于不多时，洪小元叹息一声，还是开了口："肖跃叔叔，我问过苗老师，她说……她说从你这边，可以直接联系到看管我爸的狱警，是吗？"

肖跃本能地直起身，带着和苗香寒在车上时一样的意外之喜："对，小元你要去看父亲吗？现在有些晚……这样，明天我第一时间帮你安排，好吗？你爸那边探监需要打申请，估计还得等上几天，不过这都不是大问题，等审批下来我们随时……"

洪小元冷静地打断了肖跃的话："不是的，肖跃叔叔，我不想去见。"

话语像冰块一样地塞在肖跃的血管中，让他的惊喜迅速降了温。

"小元，其实你父亲他已经很自责了……"

"我知道的，肖跃叔叔，我都知道的。"洪小元轻声说，"我看了他寄回家的所有信，我爸他在信里写了许多心里话……"

"那为什么……"

"我不知道，我只是觉得没有办法去面对他。"洪小元说着，声音缥缈起来，好像不太真切，"我觉得自己不应该把所有事情都怪罪给他，但是我同时也没办法原谅，虽然奶奶苦口婆心地跟我说了那么多，我还是没办法……我好像，要对不起奶奶的期望了……"话音渐渐落下去，随之响起的是洪小元平缓而富有节奏感的深深呼吸声，声音里尽是与他年龄不符的疲劳艰难，像是把内疚和渴望都拽进梦里继续着苦难一般。

肖跃静默着，缓缓又躺下身凝神盯着窗外。

他睡不着。

哪怕已经这么久没有睡觉，身体运转已经达到了极限，他仍然睡不着。

脑中充斥着的是庆国妈的临终叮嘱、洪小元的歇斯底里，还有年幼孤寂哭泣着的自己，种种景象走马灯一般在他眼前绕着，让他有些喘不过气。

他感到自己的软弱。

这种软弱甚至让他认为自己还不如另一张床上熟睡着的孩子，在面对庆国妈的时候，他无法说服自己将噩耗按照他的原则告诉洪小元，而在面对洪小元的指责时，他又因为认定了自己的错误，连庆国妈的交代都最终假手于人。

他究竟是什么时候起变得这样瞻前顾后的？两难的局面每每出现在他面前逼着他选择，而他每每都选择了逃避。

不能这样下去了，肖跃想着，他需要改变，尤其在这样一个视他为偶像的少年面前。

肖跃将头微微地侧过去看着洪小元熟睡时仍在不由自主啜泣的身体，自顾自地定下了目标。他一定要让洪小元与父亲和解。

肖跃不知道自己是什么时候睡着的，等他被窗外车流的喇叭声吵醒时，他注意到另一张床上的被褥已经被叠得整整齐齐。穿好衣服从房间出来，洪小元竟然已经煮好了粥摆在茶几上，看肖跃醒过来，便招呼他过去吃早饭。

"小元，可以啊你！"肖跃不推辞，坐下就开始吃。洪小元半是得意半是腼腆地笑笑，也在肖跃对面坐下："那是，从小就自己在家的时间多，奶奶……奶奶年纪大了，所以我能做饭的时候，都是我做饭。不过我想着昨天大家都很劳累，吃点白粥养养胃。"

肖跃不住地点着头，一边啃馒头一边冲洪小元伸出大拇指，含混地表扬着他。

"对了肖跃叔叔……你家里，有没有黑布啊，就最简单的那种就行，我没敢翻……"洪小元垂头吃着饭，声音低低的，很不好意思的样子。这是白头村乃至整个省都有的习俗了，家里老人过世之后，一般都是要进行一场声势浩大的丧礼，再之后，就是洪小元口中的黑布了，在西京市这边，戴着它叫作戴孝，时间上各有不同，有讲究的要戴上三年。不过庆国妈这事情发生得仓促，家中也没什么人，所以一切从简，大部分的工作已经让肖跃代劳了。

洪小元要求的黑布肖跃是有的，之前他父母过世，村里老人就曾经送过来一大块，这种黑布并不常用，于是肖跃用完之后就顺手放在随身行李中，一路就这么带到了西京来，这会儿恰好就在箱底搁着。

"你等等，我去拿。"肖跃两三下扒完饭，起身就去扯布。

从房间里翻了半天，肖跃终于翻到了还剩下很多的黑布出来，按照戴孝的标准扯下一块之后，本想要将黑布放回去，临到头又住了手，想想再扯了一块下来，一并拿出来交给洪小元。

肖跃说："现在不兴封建迷信，戴孝也就是个念想，你马上要去上大学，这样戴着也不好，就戴一个暑假吧。"

洪小元接过黑布点点头："嗯，我一开始就是这么想的，其实我本身没什么迷信，只是没见到奶奶最后一面……就算是个念想！"

说着，他将黑布抖了抖，却抖出了两张。

洪小元眨眨眼睛抬头问肖跃："肖跃叔叔，一块就够了的。"

"我大概知道你想要戴孝的想法，不过除了你，你父亲也没能见到……也给他留个念想吧。"肖跃的点到为止让洪小元立刻明白过来，他愣了愣，点了点头也喃喃自语："是……"

"小元，我知道你现在不想见到父亲，这件事不怪你，而且你是个大人了，18岁了，有自己的想法，这件事，你自己来做决定，我配合你就可以。"肖跃坐下来，冲洪小元循循善诱，以朋友的口吻向他提出建议，"不过我可以给你一个建议，就是和看管你父亲的狱警那边沟通沟通，这样一来，起码你可以随时都知道父亲的情况，有什么事情，他那边也方便联系。"

洪小元咋舌："狱警？肖跃叔叔，这……不太合规吧？"

肖跃被洪小元的惊吓逗笑了："呵呵，你啊倒是把这些规章制度看得很重，这点很好，继续保持啊！你和他联系谈不上合不合规了，他算是肖跃叔叔的一个……一个朋友吧，平常沟通一些日常也算是在职权范围内帮了我们的忙……"

他含混地把洪小元关于规则方面的问话模糊了过去，这样的事情不至于触犯律法却又实在不能说全然合乎规则，这一点还需要洪小元在自己的人生中去慢慢体会才行。

"噢，好，肖跃叔叔，那我应该怎么联系他？他叫什么名字？"洪小元好奇地问。

见洪小元并没有过多排斥，肖跃觉得自己距离让洪小元和父亲和解的目标又在冥冥中近了一些，他于是打开手机将李强的号码记下来交到洪小元手中："他叫李强。"

洪小元与李强的第一次沟通十分顺利，肖跃不无担心地看着洪小元的状态，生怕在打电话的过程中，洪小元就因为各种各样的原因再次对父亲起了逆反心理，而实际上这一次的沟通极为顺畅，洪小元挂完电话之后淡淡笑着告诉肖跃李强是一个很靠谱的人，肖跃这才放下心来。

靠谱，这个词背后的含义可能就连说出它的洪小元本人都没有过多地注意到，却被肖跃敏锐地抓住了。这是洪小元潜意识里的放松，对父亲的担心和前期没有抚平的怨恨让他产生了一种类似于近乡情怯的感受来，哪怕自己不去真真切切地看到父亲，也总是在心底关怀着父亲是否能吃饱穿暖，而这个靠谱背后，就意味着李强在对父亲的照顾上几乎没有出过纰漏，这让洪小元放下了心防。

两人最终约定还是以寄信的形式将这个"孝"寄到监狱，好让狱中的洪庆国也可以遥寄哀思。

　　只是肖跃问到洪小元，是否要写点什么一并寄过去的时候，洪小元却又有些犹豫了。肖跃没有强迫，而是鼓励地拍了拍洪小元的肩膀，他知道这些事情绝无可能一蹴而就，但他有信心能在不远的将来协助他们父子破冰。

　　没过几日，苗香寒的电话打来了，高考成绩放榜，而洪小元这一次竟然比一直以来都用成绩压他一头的范晓梨还要高上十几分，成功拿下了年级第一的成绩。

　　从洪小元的分数来看，西京大学新闻与传播学院八成是十拿九稳，得知这个消息的大家都很雀跃，在这种雀跃中，洪小元迎来了自己暑期工时期的第一份工作。

　　这份工作和洪小元多少也有些关系，自从放榜之后，肖跃就主动地带着他去祭拜自己的奶奶，将这个好消息告知她，随后他们没有直接回到办公室，而是返身折回拜县县城。肖跃带着洪小元回到了庆国妈人生中最后一段时光所居住的地方。

　　他们先是去看了那个单间病房，病房中现如今住进去的是另一位重症病人，病人奄奄一息插着呼吸机的样子，让洪小元立刻将这位病人与 DV 磁带中的奶奶联系到了一起，他单单只是看着这位素未谋面的陌生人就已经足以令他揪心万分了。

　　"肖跃叔叔，病房一直都是这么多人吗？"洪小元揪着心退出来，看到走廊上满满当当来来往往的人，向肖跃发问。肖跃有些沉重地点点头："是，病房基本上是永远都不够用的，拜县还好，县医院的人还不算多，西京医院比拜县县医院要大上很多倍，但是在走廊里都加满了床的情况下，都很难有空病房。"

　　洪小元没有生过重病，当时母亲患病的时候，他年纪还小，每日都要住校，所以对这样"壮观"的景象根本没有任何概念。

　　"肖跃叔叔，有钱也不行吗？"他喃喃地问。肖跃只是轻轻地摇了摇头："医院不看这些，所有人都要一视同仁，和买票一样，需要排队。"

　　"那穷人怎么办……像我家这样的，我家这样的岂不是，更没有办法了……"肖跃没有答话，他今天带洪小元过来，目的也并不是希望他能从中读到什么深刻的思想，只是弥补自己心中的遗憾。洪小元没有参与庆国妈最后的人生路，他想让洪小元来看一看，捕捉一些有关庆国妈生命消弭前的画面而已，可他却没有想到，洪小元的思维已经想到了别的地方去。

　　"肖跃叔叔，平常像我家这种情况，如果得了很重的病，要怎么办？"洪小元带着震惊过后的神情望着肖跃。

　　如果再早些年，肖跃对于这个问题一定是回答不了的，他曾经亲眼见过太多身边的贫困家庭因重大疾病而丧失了求生希望，他也不清楚究竟该怎么办。

好在，现在不同了。

"国家有相关政策，而且个人也可以写补助申请，办法还是有的，只是……"

原本听到有相关政策和补助申请时已经开心起来的洪小元在听到肖跃的转折后又急了起来："只是？只是什么？"

"只是很多人并不清楚这些。"肖跃感叹道，"很多贫困地区伴随的是断水断电、交通不发达，这就意味着信息传入会非常缓慢而且不易让大家信任，所以关于这一点，还是需要从长计议的一件大事。"

"信息传入会慢而且不容易被信任的话……肖跃叔叔，我现在有两个月的假期，不如我们去试试采访看看啊？也算是把信息变相地带进去，并且做成新闻让大家相信，不是吗？"

肖跃看着洪小元目光灼灼的眼睛，有些震惊起来了："小元，出差可是非常辛苦的。"

洪小元却并不这样认为："我从小就帮着砍柴做家务，也不觉得辛苦啊，现在还有车坐，哪里辛苦？"

"可是……"这个议题肖跃并不是没有想过，可以说自从带着庆国妈来住院之后，肖跃就几乎是立刻想到了这个议题，只是他总觉得有些不太合适，他担心如果自己真的去做了这样的新闻，会被洪小元或者其他人误解为自己是一个彻头彻尾的工作狂，根本不在意他人的情感。

而让他没有想到的是洪小元竟然主动地将这个议题提起来了。

看着洪小元期待的样子，再想一想确实正如他们所说，还有那么多人并不知道所谓的重病补助，肖跃最终还是咬了咬牙，点着头。

"成，我们回去就开始准备！"采访的过程很快就开始了，洪小元取代了往常小吴的助理位置，跟着肖跃出差前往邻市一个相对贫困的地区。

小吴在临行前还不忘揶揄洪小元抢了自己的宠爱，在洪小元闹了个大红脸的时候才笑着给他加油，并送给洪小元一个全新的录音笔。苗香寒却不太高兴，虽说洪小元的分数考得很高，但录取通知书一天没有下来，她就一天不放心洪小元外出奔忙，在小吴的连哄带骗下，她才气鼓鼓地帮洪小元收拾好了一应日常用品。

就连李强都专程打来了电话，甚至就这个话题还与洪小元探讨了一番有关监狱方面犯人重病后的处理情况，说是在给洪小元提供素材，其实也是旁敲侧击地告诉洪小元让他放心父亲的身体状况和监狱的福利制度。

至于肖跃本人，则只能望着洪小元感叹，作为老板的自己甚至还没有这样一个实习的"打工仔"那么优渥的待遇。

洪小元就这样带着忐忑的心情和周围人的支持踏上了采访的道路。

这次的采访与他曾经中学时期的"小打小闹"完全不同，从他与肖跃踏上征程的那一刻开始，洪小元就体会到了前所未有的压力，说是风餐露宿倒也没有，肖跃考虑洪小元刚成年，又没实际意义上接触过这类工作，无论从交通还是住宿都尽可能地提供了好一些的环境，但饶是这样，也让洪小元对记者工作本身产生了更深的感悟。

"肖跃叔叔，你们平时也是这样起早贪黑的吗？"连着跑了两天的洪小元拖着快要累垮的身子勉力洗漱完毕之后，坐在老旧的招待所床上问肖跃。

肖跃一边整理着今天采访到的资料，一边轻笑着说："对啊，做记者的，披星戴月是常有的事情，是不是有些受不了了？"

"那怎么会呢！不过……确实比我想象中辛苦多了。"洪小元看肖跃手上的工作没有停下，也自告奋勇地上前帮着一并整理。老式招待所里没有空调，只有一个转起来声音都显得刺耳的立式电扇来回努力地摆着头，吃力地吹着充满暑气的袅袅微风，这样燥热的环境让刚冲完澡的洪小元身上立马又起了一层薄汗，刚才洗的一次澡算是白费了。

"肖跃叔叔，我现在算是能体会到一句老话了，由奢入俭难啊。"这倒是洪小元的真实想法，虽然他上高中时的生活和奢侈根本搭不上关系，但杏林中学拔群的设施已经让他习惯了相对舒适的环境，一下子再回到这样的处境来，他倒真有些不太适应。

"当记者，就是要习惯这些才是。"肖跃看洪小元并没有消极下来，整理资料也是井井有条，就干脆停了手交给他去处理。之前那样的心软已经在他眼中算是很大的失误，现在他已经扭转思路，把洪小元当成小吴那样的徒弟严格要求了："今天的采访，有什么感受吗？"

洪小元想了想，心情有些沉重地说："曾经我觉得小地方的人思维都很片面，包括当时在拜县一中的时候，三胜子他们欺负我，还有赵健生，那些人我一直以来愿意忍受的原因就是，我总觉得我们是不同的，他们理所当然地把欺负我当成发泄口，理所当然地不承认法律对九二六案件本身的判决，我认为是他们坏，不愿意接受。"

"噢？"肖跃没有想到洪小元会把他的问题联系到这里来，饶有兴趣地问，"现在你的想法变了？"

"是。"洪小元点点头，"不管是后来再见到赵健生，还是现在来这边采访都让我感受到一个很大的问题，贫困不是一种状态，而是一种病。"

"一种病？"

"一种潜移默化中会让人的眼界变得窄小、思维变得局限的病。"洪小元笃定地说，"这些人，包括白头村陈家的人，世世代代都在这片土地上，没有什么大奸大恶的心思，都很纯朴，可是就因为贫困，资源不够信息不通，才会导致一系列的问题，才会去为了活下来争抢或者伤害别人。比如说今天咱们采访的村民吧,他们总觉得是乡里县里的领导霸占了资源,但其实乡里县里的领导也有苦衷,这种对立情绪一起来,不管什么样的补助政策放下去,他们也都是不信的。"肖跃有些意外地看着洪小元,他没有想到洪小元小小的年纪,想法虽然稚嫩,却倒不失为独立思考的结论。

"还有啊肖跃叔叔,他们把我们当成……当成可以替他们出头的英雄人物一样,其实不是因为我们有多么能说会道,而主要是因为,我们与他们的资源没有任何关系,并且,我们能传递信息!"洪小元的意思很明确,这个村庄的人们在长期的贫困中产生了对乡镇领导的不信任感,于是他们带来的任何消息在村民眼中都变成了各种偷奸耍滑的伎俩,而肖跃和洪小元却不一样,这个村庄的好坏对他们来说并没有什么影响,他们的出现却又像村民的眼睛一样,可以带来一些"世外"的信息,来协助村民们判断,究竟什么是对什么是错。

"嗯,独立思考的能力是有了,就是想法还有些太书卷气,以后多接触接触实地采访对工作会大有帮助。"肖跃听完之后,冲洪小元鼓励地赞叹。得到了鼓励的洪小元开心得好像忘了身上一层层细密的汗,翻起资料来也越发有劲起来。

"对了,你和李强挺久没联系了吧?"肖跃忍不住问道。

在他们决定出差采访之前,洪小元一直与李强保持着不急不缓的沟通,大部分时间里都是李强在告诉洪小元有关洪庆国在狱中的情况,洪小元说得很少,最多不过就是讲一讲自己一切都好之类的话。

他们出差这两天,算算日子,肖跃觉得洪庆国应该已经开始挂心了。

谁知道洪小元却直接扔下一个肖跃都不知道的消息:"刚才我出去大浴室洗澡之前,用座机刚打过电话。"老式招待所的浴室和厕所都不在房间内,要洗澡的话就要经过一条长长的走廊才能抵达,浴室外间摆放着一台座机。

"嗯?我这里不是有手机吗?"肖跃不解地问。

洪小元却嘿嘿一笑:"嘿,这一段时间在办公室,你的手机动不动就响起来,一聊就得聊半天,我怎么能影响工作呢。"

肖跃暗叹着洪小元的体贴乖巧,但也忍不住说他:"外面打电话还是要交钱,方便和隐私程度也不够,以后别这样了……你父亲那边?"

"他一切都好。"洪小元边点头边垂下头说,"这一次采访也看到不少重症病人,心里确实也挺不是滋味……今天下午我听好几个人都说到心情其实对一个人的身体很重要,就一下子想到我爸,所以没忍住,晚上打了个电话。"

人是一种很奇妙的生物,虽然是一堆元素细胞的集合体,却神奇般地像是由各种情绪捏出来似的,心思郁结易生病,说出去好像没道理的道理,却又往往都是如此。

"一切都好就成。"

"嗯，采访这一圈看下来，对疾病和贫困都有了更新的认识，所以麻烦李强哥帮我多照顾照顾……"

肖跃盯着洪小元垂下的头，轻声道："如果说是要照顾父亲，又有谁能比自己儿子的关怀还管用呢？"洪小元照旧沉默了，整理资料的手也渐渐慢了下来，一言不发地将目光盯在某个地方，没有接肖跃的话。

肖跃只得心底叹气，这个夜晚就在这样奇异的沉默下度过了。

……

采访又持续了几天，肖跃和洪小元在烈日下纷纷黑了一圈的时候，二人终于整理好了所有的采访资料回程了。火车上的清晨肖跃还没醒过来就听见耳边的手机在疯狂地振动，刚一接起，苗香寒兴奋的声音就传了过来。

"肖跃哥，录取通知书到了！你们什么时候回来啊！"

"真的？太好了！我们现在就在回程路上，大概下午就到西京！"

抵达西京火车站的时候，小吴早早地开着车就等在那里，在看到黑了一整圈的肖跃和洪小元时，他捂着肚子笑了个痛快才拉着二人上车回家庆祝。

"小元，这一下你可真就彻底解放了啊，恭喜恭喜！"

"解放？为什么？"看洪小元不解地问着自己，肖跃哭笑不得地说："你别听你小吴叔叔乱讲，大学是人生中很重要的一个阶段，不仅仅是关于学习，更重要的是参与到这个'小社会'里去。"

"肖哥，你再把孩子给吓着！小元你不用太担心，其实上大学就是边学边玩，到时候你会看到比你上高中还要多的社团啦学生会啦，多参与参与，很有意思的！"

"可是……"洪小元并没有想象中那么高兴，他回忆起自己曾经偷偷搜索过的学费，忧心忡忡起来，"我没有时间玩的，要打工赚学费，大学学费太高了……"

肖跃越发觉得洪小元懂事了，按平常的孩子那样，这会儿早就沉浸在对大学校园生活的向往中，哪有什么工夫去考虑学费的问题？

他本想干脆连洪小元的学费都大包大揽得了，可突然又想到自己之前近乎放纵的心软，他还是决定，让洪小元自己去努力一把。

"小元，大学学费有很多种对贫困生的补助方式，你想要试试看吗？"

洪小元的眼睛这才亮起来："真的吗？太好了肖跃叔叔！我想！"

暑假在洪小元自主奔忙办理贫困助学申请的材料中一晃而过，有关肖跃与洪小元一起出发采访的相关新闻也被发布到网上，如同之前的新闻一样也获得了一致好评，洪小元因此在开学之前拿到了暑期工的第一笔收入。

初秋时节，西京大学的校门口熙熙攘攘的全是新入学的学生，由于要办理相关助学申请手续，肖跃等人也早早地带着洪小元来到学校。

在此之前，洪小元对大学的概念都是来源于杏林中学图书馆机房里的那台小小的显示屏，他不能像其他同学那样动辄外出旅游去实地看一看心仪学校的模样，这次得见，竟然也激动得有些不知道怎么办才好。

西京大学坐落在西京市城墙外侧，古朴的石质校门满是庄严恢宏，让洪小元还没正式踏进就不由自主地有了一种莫名的使命感，校门进去就是一个巨大的充满设计感的雕像，那是一个女性的身子，仿佛奔向太阳的动作像是在引领着洪小元奔赴理想一般，道路两旁是郁郁葱葱的参天大树，树荫下也摆满了桌椅，还围着不少新同学，像是集市。

"肖跃叔叔，他们是在做什么？"洪小元拉了拉肖跃，指向那些熙熙攘攘的人群。

"是社团招新，西京大学的社团很多，平常也会举行不少活动，等你正式开学了，可以去选择一下自己感兴趣的社团多参与。"

"那有没有新闻社？"

"当然有了，不瞒你说，我当年也是在新闻社混过的人，学校大到校园政策小到坊间八卦，我都一清二楚。"肖跃笑着冲洪小元科普，"不过这会儿咱们还不能像那些新生一样过去看，有更重要的事情要做。"

洪小元更重要的事情就是将已经准备齐全的资料全部上交给校领导过目，在校领导的批示下才能拿到助学款项。与学校方的沟通是苗香寒包揽下的任务，她考虑到肖跃陪同洪小元跑回白头村开具证明，小吴又忙着处理"大题肖做"的日常工作，于是自己也不能落于人后，干脆趁着洪小元报到的时候自告奋勇一起过来。

西京大学是西京市数一数二的名校，不仅学风正直，而且在对待贫困学生方面颇有经验，苗香寒的沟通迅速又准确，很快就将所有资料和洪小元的诉求一并提交齐全了。在她的帮助下，几人办理完所有事项之后还有很多空闲时间，于是肖跃决定干脆遂了洪小元的心意，带着他去转一转那些招新的社团。

大学的社团比起杏林中学来说丰富了很多，学生爱好也被大张旗鼓地发扬到各个方面，洪小元一个接一个桌子看过去，寻找着新闻社的身影，终于在一个不怎么起眼的地方发现了新闻社招新的位置。

"肖跃叔叔你看！新闻社！"洪小元兴奋地喊叫着，向新闻社的桌旁凑过去。

"这位同学你好，是对我们新闻社有兴趣吗？"洪小元还没有凑到桌子跟前，就听到一个似乎有些熟悉的温柔声音，抬起头看过去，是一个不太像学生的女人站在桌旁，身材颀长又有些消瘦，长相一般却显得饱读诗书，很有气质的样子。

"噢，我、我是感兴趣的！想要来了解了解！"洪小元拿不准应该怎么称呼，显得有些手足无措。女人看清洪小元的脸后，却有些意外地"咦"了一声，继而冲洪小元走近了些，上下打量着。

"秀清姐？！"熟悉的声音从洪小元身边响起，林秀清一抬头就看到苗香寒站在一旁，才恍然大悟地笑了说："我就说这同学看起来很眼熟，原来却是见过一次。"

"对，上次在小贝壳的时候嘛！嘿嘿，秀清姐，他叫洪小元，今天是过来报到的。"

晃晃悠悠跟过来的肖跃看到这一幕，也不由得感叹世界真小，林秀清的目光从洪小元身上瞟过来的时候，他想到自己第一次见到林秀清时的样子，未免有些尴尬，欠了欠身招呼着："还真是……人生何处不相逢啊，哈哈……"

林秀清被肖跃尴尬的样子逗笑了："看来肖记者果然是个性情中人呢。"

"性情中人"这四个字被林秀清字正腔圆地说出来，让肖跃越发不好意思了。

苗香寒倒不觉得什么，她自从跑去杏林中学任教之后，就和林秀清很少见面了，偶尔来西京市一趟还总是碰见林秀清在忙的时候，于是毕业几年下来，两人也没能再好好地像大学时那样坐下来聊聊天，她亲切地上前拉住林秀清的手说："上次就放跑你一次，这一次可不许跑了，让他们先忙，我们聊天去！"

林秀清看看苗香寒又看看洪小元："这……社团的事儿怎么办啊？"

肖跃立刻自告奋勇："我来就行！"他此刻迫不及待地希望自己赶紧脱离这个尴尬的状况，既然苗香寒给了这个台阶，他哪怕硬着头皮也要赶紧下来。

林秀清这才笑眯眯地点头应允了，随后带着苗香寒一路亲昵地走到校门口的小咖啡厅里找了座位坐下，开始畅聊这几年的人生。

"秀清姐，你现在是在西京大学任教吗？好厉害啊！"苗香寒不等咖啡端上来，就迫不及待地冲林秀清发问，"我听说在西京市这些大学里面，就西京大学的要求最高了！"

林秀清捂着嘴笑笑："再高也就是专业上的事情，考试考过了也还好，而且西京大学比较严格，我现在也还只不过是个讲师，想要往更高一层的职称走，也是任重道远的。"

"我看严格点儿挺好的，严格点儿就意味着工作环境单纯！不过你瞒得真够好的啊，什么时候的事儿，怎么从来都没告诉过我呢？"

"香寒，你这么说我可就要伤心了，自从你开始谈恋爱以后，每次来西京市啊，人都找不见，还说我？嗯？"林秀清慢悠悠地品着咖啡，冲苗香寒促狭地眨眨眼。

苗香寒被林秀清这样一揶揄，顿时害羞起来："秀清姐你看你！对了，你那个男朋友呢？"提到恋爱的事情，林秀清原本笑眯眯的脸上就突然浮现了一抹愁容。

"唉，算了算了，怪我，不提他了！"苗香寒见林秀清又是这副样子，心里暗暗责怪自己多嘴。在她上大学的时候，就与林秀清特别亲近，两人都是贫困地区出身，学习生活上免不了被其他同学看低，所以就有了一种惺惺相惜的感情出来，再加上林秀清比她还要凄惨点，原本好好的家庭突然在她大二暑假的时候遭遇天灾，全家老小就剩下林秀清因为暑期打工活了下来，于是苗香寒对她就越发亲近照顾，两人几乎形影不离起来。虽然一直都没有问过林秀清究竟是怎么样继续支撑学业的，但苗香寒知道，林秀清看起来冷冷淡淡的样子，骨子里却特别好强，哪怕她去问也问不出个所以然来。

也是在那个时候，林秀清开始了一段恋爱。对象是同校的男生，阳光高大，相当帅气，在整个大学也是非常受欢迎的人物，可苗香寒自从第一次见到林秀清对象的时候，就不怎么喜欢。一来是这个男生家里非常有钱，养成了大手大脚的习性；二来就是苗香寒根本看不出这个男生对林秀清有什么体贴之处，总是有一股子莫名其妙的优越感，这让苗香寒看起来很不舒服。

事实的发展一如苗香寒所料，男生与林秀清的恋爱分分合合，不仅不甜蜜，甚至还导致林秀清的学习都受到了很大的影响，直到后来苗香寒彻底看不下去自己犹如亲姐姐一般的学姐自甘堕落才狠狠地吵了一架，让林秀清总算是赶在大四考上了研究生。

她从那之后很少再见到林秀清与那个男生一起卿卿我我的身影了，虽然知道他们还没分手，吊着这份不知道应该怎么评价的感情，但苗香寒能感觉到林秀清与那个男生之间的渐行渐远。

"提了就提了，什么怪不怪的。"林秀清抬眼看看一脸不快的苗香寒，轻笑了笑，"分手了，在我过来内京大学之前就分手了。"

"啊？！"苗香寒愤愤不平，"我就知道！他这个人看着就没什么好心眼！"

林秀清哭笑不得："不至于……是我要求分手的，他求了很久，但是我认为，我们两个不合适。"苗香寒这才无比震惊起来，往事一幕幕地在她眼前闪过，她一直以为都是这男生对自己的亲学姐爱搭不理，怎么到后来……

"你是不是一直都这么看？"林秀清好笑地向苗香寒说，"一直以来都是他追着我，是我一直觉得和他相处起来有些奇怪，怎么讲，他是一个很好的人，但是很多事情他不明白，不明白我为什么要去教书，明明放着他家里安排好的赚钱的工作，我却根本正眼都不看，非要去做这一件吃力不讨好的活儿。"

"这怎么能是吃力不讨好呢！授人以鱼可不如授人以渔啊！"苗香寒重重地把杯子往桌上放去。林秀清摆摆手："无所谓了，反正我不认为自己的想法有什么问题，于是就分手咯。对了，你今天怎么也过来了？我看洪……是叫洪小元对吧，他不是有你那个爱哭鼻子的恩人跟着吗？"

"秀清姐，这么多年不见，你说话还是这么尖锐啊？"苗香寒听到"爱哭鼻子"，不禁失笑，"我是过来单纯帮忙的，毕竟是恩人嘛，你说呢？"苗香寒差一点就把洪小元接受肖跃资助的事情说出来，话到口边却硬生生地止住了。

"你那个恩人，叫肖跃吧。"林秀清笑笑，抬头问。

"你怎么知道？！"面对苗香寒的追问，林秀清却只是调皮地回敬了两个字："秘密！"苗香寒憋着一口气想了半天，才似乎琢磨到一点什么："秀清姐，你刚才是在新闻社跟前招新吧？哼哼，那这么说的话，你肯定是新闻社这边的辅导员呗，那事情就简单很多了，热爱这方面的，谁还能没听过'大题肖做'的名头，知道肖跃也没什么奇怪！"

林秀清愣了愣，才神秘兮兮地点点头："嗯，倒还不算笨。不过有一点猜错了，我是新闻与传播学院的辅导员。"

"那不是巧了嘛！洪小元就报的这个学院！"听到这个消息，林秀清也感兴趣起来，苗香寒在几年与洪小元的相处中也建立了深厚的师生情谊，得到这样的消息，她恨不得把自己的得意门生夸到天上去，为了确保洪小元进入大学校园之后还可以得到一定的关照，她将洪小元的身世对林秀清娓娓道来，只是隐去了肖跃资助过洪小元的事情。

这一场谈话持续了很长时间，听完洪小元的遭遇之后，林秀清也不由得十分感慨："这个孩子也是个苦命的，你放心吧，专业上要靠他自己去努力，但其他方面，作为他的辅导员，我一定会给予帮助的。"

"那可多谢学姐了！"苗香寒安下心来，有模有样地冲林秀清作了个揖，逗得林秀清大笑不止。

……

大学生活就这样风平浪静地开始了。与中学时期相比处处都显得新鲜的生活让洪小元好奇不已，课业强度一下子降了下来，反而是他一开始以为只是小打小闹的新闻社却办得如火如荼，除了比杏林中学还要完善的校园电视台和其他节目录制以外，甚至还有林林总总外出采访的机会，这在洪小元看来虽然是自己曾经也接触过的项目，却又因为与同龄人的相互协作而产生了不同于之前的新鲜火花。

洪小元所在的宿舍中加上他一共有6个学生，他们都是一个专业的，也有几人和他一样，一开学就加入了新闻社，为校园的新闻制作添砖加瓦，虽然制作的内容往往都是从大学生活角度出发，不会去涉及更深层的领域，但洪小元却十分满意，这种实践的机会让他对大学更加了解起来。

宿舍的人不像之前杏林中学那样都是周边的乡镇，而是来自全国各地五湖四海，洪小元在与不同地区的人交往过程中，也发现了不少有意思的事情。

比如那个来自海南的同学，从来都没有见过毛衣，于是经常被来自东北的同学嗤笑没有见过世面之类，这些有意思的事情都被他当作素材一点点地记录在小吴送给他的录音笔里，然后挑了时间去肖跃的办公室挪腾在电脑上细细珍藏着。

随手累积素材的习惯让洪小元拥有了一双不同于其他学生的敏锐眼睛，他往往立刻能从看似平平无奇的学校生活中找出值得在意的新闻素材来，也因此在进入新闻社没多久的时候，就已经成为新闻社中的"名人"。

只是这个"名人"却和中学那时不太相似，甚至也并不友好。

洪小元的出身一开始就是一个公开的秘密，虽然没有人真的会像小时候那样直截了当地把喜欢或者厌恶摆在脸上，却在暗地里多了许多口舌，这些流言蜚语随着洪小元在新闻社大放异彩的同时也渐渐发酵着，最终还是传到了宿舍里。

"洪小元，你那个……平常没有什么暴力倾向吧？"

这天洪小元刚回到宿舍，就听见杨烁躺在床上冲他懒洋洋地问出这个问题。

杨烁不是西京市人，家境也平平，但不知怎的，从洪小元一开始进入宿舍起，他就对洪小元始终怀抱着一种敌意，这种敌意演化成阴阳怪气，时不时就会爆发一次，这一次也一样，只是话锋却突然一转，从挪揄洪小元的贫穷直接上升到了人格角度。

洪小元本着不与人起纷争的心思，勉强冲他笑了笑："别开玩笑了，这怎么可能呢。"

可杨烁接下来的话就更不太好听了。他一边流露出十分不忿的表情，一边撇着嘴摇头冲其他人打趣一般地说："这咱可不敢信啊，毕竟老话大家都是听过的，什么龙生龙凤生凤，老鼠的儿子会打洞，哈哈……唉，洪小元，哥们儿就是开个玩笑，你要往心里去了那可就没劲了啊！"洪小元闭了嘴不说话，手中握着的书都被他捏出了痕迹。

"怎么说话呢杨烁，噢，老鼠的儿子会打洞，那按你这么说，你爸是不是也一样嘴特臭？哎哟喂，也真不知道你家是怎么忍下去的！"宿舍门口传来高宇洪亮的嗓音，像一个大大的巴掌似的抽向杨烁的脸，令后者立刻坐直身子，脸色难看至极，却忍了半天只是冷哼一声，背过头不吭气了。

洪小元感激地看看高宇，想要道谢却被高宇拦住了："洪小元，我说你这个人指定有点儿毛病，这么大个人了，怎么就不明白少跟畜生废话的道理呢？怪不得人家内涵你，搁我我也得内涵你，也太厌了……走走走吃饭去吃饭去！"

高宇说着就要来揽洪小元的肩膀，这一下洪小元是死活也不能跟着去了："不不不高宇，我去食堂打饭吃，你不要再破费了！"

"不准去！去什么食堂，"高宇一边说，一边用眼睛白着床上的杨烁，"还不知道食堂能碰见哪颗老鼠屎呢，听我的，别叨叨了啊！"

洪小元只得半推半就跟着高宇往宿舍门口走，他分明听见了背后宿舍里摔打东西的声音，以及杨烁闷声闷气骂着："贫困生多他妈好当啊，这边傍个大款朋友，那边再拿着国家补助，太他妈舒服了点儿！"

他表情凝重地看看高宇,高宇却嬉皮笑脸地凑过来冲着他说："你看给那小子嫉妒的，就要这么干！整天欺负你还欺负得不够吗，你这个闷葫芦，也不知道反抗反抗……"

高宇算是他宿舍中跟他关系最为微妙的一个同学了。

和杨烁不同，高宇不仅是西京市人，而且家里常年做房地产生意，趁着之前西京市放宽落户政策赚了不少钱，但他和洪小元之前所见到的那些"富二代"却有些不同。

洪小元自问是个学霸，可见到高宇之后他才隐约地在专业上感到了吃力。

高宇不仅专业了得，而且也和洪小元一样，一进校门就进入了新闻社，比起洪小元时常收集素材，高宇是完全属于灵光乍现的类型，一个厚积薄发，一个天资过人，两个大男孩各有千秋，也在私下彼此欣赏着，渐渐建立了友谊。

可洪小元很矛盾，一方面高宇是他的"战友"，另一方面高宇的家庭条件实在太好，见不得洪小元日子过得如此艰难，三天两头想着法地请洪小元吃饭，以至于洪小元面对着自己的助学贷款的时候都不由得羞愧万分，更别提杨烁今天这番话中的恶意了。他不止一次向高宇提起这件事，出于对友人的关切，他不好意思将友人的好意生硬地拒之门外，可高宇偏偏又是一个听不进去这些弯弯绕的人，竟然根本没有体会到洪小元的深意。

"洪小元，现在学校里的风可不小，今天杨烁能这么说，肯定是背后已经有不少人叨叨了，你想，他这人多胆小啊，也就有点儿传谣的本事，是根本没胆子造谣的！"

洪小元闷着头扒拉菜，不是很有胃口的样子："我知道，但是他说就让他说呗，反正说两句也伤不到我。"

"洪小元你想什么呢？！"高宇放下筷子，大大咧咧地吐槽着，"你知道不知道言语最伤人了？而且就他那张嘴，不杀人硌硬死人！也就你这个闷葫芦整天惯着他！你看看他敢对老子放个屁吗，不敢吧！"洪小元心里暗想，那还不是因为你有钱？但他没说，只是敷衍地点着头。

"哎哎哎，我说你想什么呢？今天不是新闻稿刚过了嘛，还能让杨烁给伤了心不成？"

"没有，我就这样……对了，今天报上去那些稿件，是不是就只有我的过了？"

"是啊，我还专门问林老师了，"高宇说着，直起身子装模作样地学着林秀清的表情，"高宇同学，你这篇稿子观点很新，但是深度不足，要好好跟洪小元同学的对比一下，学习学习，知道吗？"

像模像样的模仿让洪小元忍不住笑出声："瞅你夸张的，咱俩过稿次数差不多，哪能让你跟我学习！"

"哎，你还不信！这真是原话！哼，林老师可还把杨烁的稿子批了个体无完肤，我八成都能猜到杨烁那个心思，今天稿子刚写完大学生犯罪，他回到宿舍就开始怼你，就是因为看不惯你稿子写得比他好呗！"

"这次稿子也没多好，主要是……"洪小元想了想，还是笑着抬头坦然地说，"主要是我可能多少比其他同学有点关于犯罪者接触的心得，所以，这也算是犯规了。"

洪小元的坦然，让高宇原本一直悬着的心放了下来，他深深地点了点头，由衷夸赞道："林老师今天可专门跟我说了，最近学校风言风语多，担心你的状态来着，不过看你现在这样我也就放心了，杨烁那等贱民，根本伤不到你！不过小元，你爸最近怎么样？问过吗？"洪小元身世传开的同时，高宇是第一个主动来找洪小元宽慰他，并且从他这里得知整件事情全貌的人，也知道洪小元在一个亲戚的协助下，能够通过狱警了解父亲的近况。

"嗯，我跟李强哥打过电话，说一切都好。"高宇看着洪小元的表情，对面的男孩脸上波澜不惊，似乎与平常没什么不同，但作为和他朝夕相处的同学，高宇能感觉到洪小元似乎在本能地抗拒着什么。

"洪小元，咱俩可是哥们儿，你如果有什么需要帮助的，我希望你别跟个小姑娘似的藏着掖着，兄弟又不会笑话你！"

高宇是个性子直来直往的人，自从与洪小元建立了友谊之后，就一直贯彻着这种有一说一的性子，他的性格在洪小元眼中是外露而张扬的，与自己并不太相符，却也总能让洪小元感受到一种能够冲破枷锁的力量。可今天洪小元却并不想在这件事情上多谈，李强在电话里说的事情让他产生了不小的犹疑，在没有自己解决这个问题之前，他不太希望因此影响到同伴，尤其是现在这段时间，学校里正疯传着他身世的时候。

"你想多了高宇，我没什么事，就是有些累了。"洪小元于是敷衍着，自顾自地吃着饭。

"累？现在可比之前咱们一起外采的时候轻松多了吧，再说新闻都已经出过了，后续内容还要看林老师那边安排，我们这会儿就是等通知，有什么好累的。"高宇嘟囔着，不断用眼睛去瞟洪小元，看他怏怏着无心吃饭的样子，还主动将菜往那边推了推，"你该不是有什么事情瞒着不愿意告诉我吧，咱俩可是实打实的兄弟情谊。"

"这话说的，没事儿都被你说出事儿了。"洪小元打着哈哈，试图将这件事绕过去，可他自己都没注意到自己已经丧失了继续吃饭的兴致，再没动过筷子。

高宇将洪小元的状态不动声色地放在心里，说不担心是假的，而更多的却是一种被自家兄弟不信任的感受，这种感受折腾得他也没了胃口。

一顿饭吃得并不爽利，两人回到宿舍时，神色都有些没精打采。

"哎呀，我这个大学生活可真够凄凉的，眼瞅着这个月才过了一半，生活费就见底了，也不知道有些人到底是怎么做到不掏钱吃大餐还一副不情愿表情的，啧啧，羡慕不来，羡慕不来呀！"刚进宿舍，桌旁看电影的杨烁就吊儿郎当半躺在自己的椅子上摇头晃脑着冷嘲热讽。

"哎，我说杨烁，你是真一天到晚闲得了是吧？没别的事儿干一天到晚盯着洪小元，有人给你发工资呢？"高宇刚要上床，听见杨烁阴阳怪气，忍不住停下来吐槽。

杨烁却冷哼一声："我哪句话说是洪小元了？再者说了，就算我说他了，他自己都不放个屁，你高宇跟我转什么转？你把人家当佛似的天天供着，人家当你什么？提款机啊？"

高宇本来心中就不爽，再让杨烁这么一激，更是怒气冲冲地上前就要跟杨烁理论，宿舍其他同学见状只好赶紧上来劝和，将"都是一个班一个社团的"之类车轱辘话轮番说了好几遍，才把高宇好不容易劝了下来。

可这个过程中高宇发现，洪小元却一直都没有参与到这场冲突中来，不仅对杨烁的恶意没有反应，甚至在他高宇就要跟杨烁冲突时，也表现出了一副事不关己的样子。洪小元早早地爬上了自己的床铺，面冲着墙静静地躺着一动不动，像是睡着了那样，这让高宇心中更为憋闷，他不太理解自己究竟哪里做得不对以至于洪小元都开始躲着自己，思来想去也不明白，也只能气冲冲地上了床，将床铺狠狠地整理起来，发出扑哧扑哧的巨响。

另一张床上的洪小元心里想着的全部都是李强在今天的电话中告诉自己的那番话，他被这些话扰乱了正常的思路，对高宇和杨烁的冲突竟然也有些充耳不闻。

李强口中的这件事对他来说太重要了，让他几乎没有办法去考虑除此之外的其他事情。

他躺在床上，思绪不由自主地又回忆到下午的电话上，这个电话是他主动打过去的，没有手机的他只能挑自己空闲下来的时间，趁宿舍人都不在的时候用座机联系李强，由于之前新闻社的工作，他已经好一段时间没有去过电话了。

洪小元本想着这一次的电话不过仍旧和之前一样，是属于日常的问候，可谁知李强接起电话第一句就让洪小元觉得发生了什么大事。李强兴奋又急切的声音从电话里传过来："小元，你可算来电话了，本以为你该打电话来了，结果等来等去等不到，问了肖跃哥才知道你是在忙学校的事儿，看我，哈哈……"

"李强哥，是……我爸发生了什么事情吗？"洪小元被李强这种状态惊到，赶忙追问。

"是，也不是，哈哈，小元，其实这是好事情！你爸服刑期间表现良好，而且由于他本身开车技术就很厉害，监狱里有时候需要运送货物的时候，都是你爸来操作的，再加上他为人老实憨厚，所以监狱上下都对他评价非常高！"

"……噢，呵呵，这是好事，是好事。"洪小元心情有些复杂，一方面他希望听到父亲的好消息，但另一方面，有关父亲的好消息越多，就让他越发忍不住去联想之前的那起案件来，当时如果但凡父亲能够注意一些，也不至于……

"嘿，这不算什么，真正的好事是，我这边开会的时候听到说监狱的一批犯人可以开始申请减刑了，所以专门去查了查你爸的记录，他也算是有悔过之心、表现良好的那一批，所以这个事儿我当天就没忍住告诉他了！"

减刑？洪小元没想过这件事，不，与其说没有想过，倒不如说他从一开始就认为父亲的过错不仅仅是发生了那件惨案，而是连带着牵动了他们全家乃至陈家全家的命运，这样看起来"十恶不赦"的罪犯，竟然能够减刑吗？

"那个……李强哥，减刑指的是？"洪小元怯生生地问，他心乱如麻，也搞不清楚具体减刑是怎么实施的。

"噢，你爸现在的情况只能我们去尽量申请，但是也需要他本人的配合才行……小元，其实是这样的，从各个方面看起来，如果你爸提出申请，通过评定之后，应该可以减去最多1年的刑期，也就是说，距离你爸出狱就会更近一些，只是我跟他提到这件事之后，他个人的态度有些问题。"

"有什么问题啊？"洪小元有些急，身子也直了起来。

李强的话音沉重起来："他说，他不配，不想争取了。"

"啊？！怎么会！"洪小元也因为父亲的这句话而感到震惊万分，虽然服刑期间犯人们的衣食住行都得到了最基础的保障，但与社会脱节、与亲人隔绝的痛苦仍旧让几乎所有犯人都渴望着自己能重见天日的那一天，怎么到了父亲这里，就变成了这样？

"小元，其实这件事肖跃哥跟我提过，让我不要强迫你，但现在不说不行了。"李强犹豫着，话音却像刀剑一般锐利，"你爸最深的懊悔来自你，这并不是要给你增加什么压力，而是说他现在的状况就是这样，他自己无法原谅自己，因为犯下这桩案子已经时时刻刻折磨着他了，而现在你奶奶去世，他唯一的儿子也迟迟不愿原谅他，这让他感觉到，自己的罪恶是无止境的，也不值得被宽恕的。"

洪小元愣住了。他扪心自问着自己对父亲的感情，从一开始他多么理解父亲的失误，到后来被霸凌时充满了对父亲的恨意，再到这种恨意渐渐消弭，却又被一种难以捉摸的恐惧取代，直到他将父亲所有的信件都看完之后，才转化成为一种近乎近乡情怯的畏缩。还恨父亲吗？恨他将家庭的重担过早地扔到了自己和奶奶的头上，恨他让自己求学的路上经历了这么多的坎坷磨难，恨他连奶奶病重都无能为力？

洪小元就这样抓着听筒想了许久,他感觉到自己似乎是早已经就不恨了,只是很无力,他是一个没长大的孩子,他面对这些苦难的生活时,除了自己强迫自己坚强以外,别无他法。

"小元,小元你在听吗?"

"噢,我在的,不好意思啊李强哥,刚才跑神了……"洪小元的思绪被李强打断,他赶忙应着,这会儿才发现自己紧紧握着的掌心都起了一层黏腻的汗。

"小元,我试着劝过你爸,但是他总是多少有些听不进去,如果你这边方便的话……你看能不能过来看看他?"李强顿了顿,叹了口气,"唉,最近天变得厉害,你爸进来的时候看着就憔悴很多,现在风一吹,就有点儿发烧,不过你放心,我们这边已经安排治疗了。"提到嗓子眼的心稍稍放了放,洪小元拽着电话线轻轻点了点头:"那就好……"

"那探看的事情?"

"李强哥,我能不能想一想……"洪小元心乱如麻,他不知道自己应该以一种怎样的姿态去面对已经多年未见的父亲,"我想一想吧……"

"……好,你自己上学也要好好照顾好身体,有什么事情还是记得随时给我打电话,不过申请减刑这件事,当然是越早决定越好……好了好了,我也不是个老家伙,怎么唠叨成这样,呵呵,你忙吧小元。"

李强挂了电话,嘟嘟嘟的响声从听筒里传进洪小元的耳朵,像是催促似的。

林秀清敏锐地发现了洪小元近些天状态不对。之前有关于大学生犯罪的新闻一经校台发布,就引起了广泛的讨论,全校的同学都对这桩新闻产生了浓厚的兴趣。事件是早就由西京市电视台播放过的,一名在校大学生因忍受不了来自宿舍同学长久以来的冷嘲热讽和无限排外而崩溃,在夜间将平常欺辱自己的同学杀害,由于这则新闻与大学生心理健康息息相关,作为原本就以文科强校著称的西京大学自然也反应迅速,立刻将这一次案件作为心理健康教学案例进行了安排学习。

校新闻社根据这次学习进行了相关的新闻制作,洪小元的新闻稿则因为关注于犯罪大学生的生活经历作为出发点直接成为校台发布的新闻。

讨论声音越来越广泛,林秀清在校方的建议下不得不尽快安排后续的追加报道,可恰好是在这个时间里,洪小元的状态不太对劲了。

之前每次开会都会首先发表观点的洪小元近几次在会议上似乎都有些走神,林秀清每每点名提问的时候,也发现他对之前社员们聊起的话题语焉不详,几次会议下来,她觉得洪小元一定是遇到了什么大事。可在她试图与洪小元沟通的时候,洪小元却总是支支吾吾地推辞逃避,聊了几次,几次都无功而返,这让林秀清十分头疼,她进入西京大学做辅导员没有多长时间，身上又担着重担，如果处理不好学生的心理疏导，任务完不成还是其次，洪小元这样敏感的身世，万一出点什么事情，那就是她无法承担得起的事情了。

林秀清旁敲侧击地从与苗香寒的联系中多少知道了些洪小元曾经因父亲的案件被霸凌的往事，结合现在学校的风言风语来看，她心里暗暗担心这一次洪小元的情绪变化也是因此而来，她思忖许久，决定还是从洪小元同宿舍的学生们着手。

她叫来了新闻社里洪小元宿舍的高宇和杨烁，向他们提出了一些问题。

"高宇、杨烁，最近洪小元私下是不是情绪也有些低落？"杨烁听林秀清又提起洪小元，眼睛转了转答道："没有吧，洪小元向来都是独来独往的性子，平常就难得见他情绪高涨……高宇之前跟他还算熟悉点儿，最近不也被洪小元疏远了嘛，他那个样子，我们怎么好热脸去贴冷屁股……"

"你胡说什么！"高宇没好气地白杨烁一眼，然后才转向林秀清，"林老师，我感觉洪小元最近状态是不太好，但是问他吧，他又说不出来个一二三来，不瞒你说，我也挺头疼的……"

"哎，老师，你说会不会是因为之前的新闻啊？"杨烁不理会高宇对他的嫌弃，积极地冲林秀清询问着。

想到洪小元曾经遭受霸凌的经历，林秀清沉吟一会儿才开口："学校最近是不是有一些毫无根据的传言？"

杨烁听到这话，刚才积极的表情就有些端不住了："老师，这也不能说是毫无根据吧，毕竟他那些事儿大家都知道，铁板钉钉判了刑的！对，我承认不能戴有色眼镜去看待同学，但疏远……这也是人之常情，您说呢。"

"哼，人之常情，杨烁亏你还是接受高等教育的人，洪小元现在的情况不去帮助他也就算了，还搞分裂，你书都读到狗肚子里了！"高宇不忿地怼杨烁。

"高宇你怎么说话呢，噢，你是帮助他了，结果呢？还不是让人家给你踹了？我倒想帮洪小元，但你也得看人家主人公自己愿不愿意吧！"

林秀清没想到同宿舍同社团的几个大男孩之间还会因为这件事闹得不愉快，听高宇和杨烁你一言我一语吵得她头疼，她连忙制止："好了好了……杨烁，你的意思是洪小元最近主动不喜欢和你们接触？"

杨烁梗着脖子："是！高宇，我说的是真是假你自己心里清楚，看我把他洪小元说错了没有！"

林秀清询问的目光转过来，高宇也有些无奈，想到洪小元躲着自己的样子，也只得闷了声低头说："他应该这段时间心情不好……"

"好，我大概知道了。"看高宇的模样，林秀清大概了解了情况，轻轻地点了点头说，"作为舍友，你们平时也要多关怀一下他，可能是上次的报道给他的压力太大了，再加上……咳，不过现在后续的报道马上要开始，学校这边，还有咱们新闻社都需要洪小元继续对这条新闻深入挖掘一下，你们俩也要尽量协助，知道吗？"

高宇毫不犹豫地点了点头，而杨烁却有些不大乐意，只是勉强地答了声"是"。

在林秀清放二人回宿舍的路上，杨烁就忍不住吐槽起来："我说高大少爷您可真是能忍，洪小元自己心里过不去，让我们跟着擦屁股就不说了，现在连新闻后续都交给他负责，他现在那样子，负责得了吗？还不是重活累活我们兜着，好名声都留给他了？哼，您是对这些虚名不在乎，洪小元有了您这么个靠山也无所谓，但我们普通学生不一样啊，我们还指望着摸一摸奖学金的边儿呢！"

高宇听不得杨烁这样絮叨，渐渐地皱起眉头来，嫌恶地说："杨烁，你把你背后编派人的时间放在业务上，也不至于上一次初稿还没完成就被废了！还奖学金，就你那点儿半吊子水平，能在新闻社混到毕业拿个推荐就不错了！"

说完，也不听杨烁继续叨叨，快步离开了。

杨烁心里的嫉恨已经达到顶峰，他凶狠地瞪着高宇离开的身影，狠狠地向身侧"呸"的一声吐了口痰，嘟囔着："也是怪了，一个杀人犯的儿子，能有这么多人抢着去护？又是富二代又是老师的……"

说着说着，他似乎感到了哪里不大对劲。

他在学校花坛处停下脚步，有些恍惚地坐在一张长椅上，漫无目的地看着来来往往的学生。

校园的花坛是一条长廊，每隔几步就会有一条长椅出现，以供学生们漫步至此坐下休息观赏风景，漂亮的景色成为校园情侣们的最爱，长椅上也时常有年轻的情侣手挽手肩并肩地坐着聊一些恋爱话题。

杨烁盯着那些情侣，心里却想着在新闻社中的一幕幕，尤其是林秀清这样一个年轻却有气质风度的老师几次三番特意提携洪小元的场景。

一个有些罪恶的想法逐渐在他脑海中形成，一开始他还试图说服自己不要向这个方面去想，可思来想去，那些铁证一般的画面却总是在把他的想法向着这个深渊推过去，并且最终战胜了他的理智。

- 7 -
成 长

　　林秀清坐在办公室里思考着近期来新闻社里发生的一切，虽然自己安排了高宇和杨烁对洪小元多关注一些，但从洪小元恍惚的状态来看，这种关怀仍旧是收效甚微的，眼看着校台的报道提上日程，林秀清也不得不着急起来。

　　她本身是不希望请"外援"的，一来是苗香寒现在带高中，本身课业就比较繁重，二来苗香寒毕竟是恋爱中的人，时不时过来西京市总要和男朋友相处相处，她这样无事一身轻的单身人士总因为自己的工作耽搁着苗香寒，多少也会感觉有些愧疚了。

　　只是洪小元最近的状态让她有些没招，这个颇有自己主意的孩子不管谁去循循善诱都仿佛进不了他的脑子，让她也百思不得其解，考虑了很久，她不得不再次专程咨询苗香寒。苗香寒十分大方，听到林秀清的请求之后就挑了周末的时间来到西京大学，二人仍旧坐在已经成为她们据点的小咖啡厅里聊着天。

　　"噢，是这么回事儿，我明白了。"苗香寒听完林秀清的描述，非但没有紧张或者吃惊，甚至脸色平静，好像林秀清口中的那些话就如同街头巷尾的家长里短似的。

　　"洪小元要一直是这个状态可不行啊，大学可能和高中不太一样，是个小社会，如果他陷在这种情绪里出不来，不仅仅是影响学业的问题，更有可能让他的性格发生变化。"林秀清有些着急。

　　苗香寒笑着安抚学姐，随后又轻轻叹了一口气："唉，秀清姐我知道你是担心孩子再次感觉到被霸凌，对吗？其实不是，他之所以这样，我能猜到个大概。"

　　"你知道？"

　　"对，算是知道。我听志强说，他有次听到肖跃哥接到电话，谈的是有关洪庆国减刑的事情。"

　　"你说洪庆国要减刑了？！"林秀清十分惊讶，"我和洪小元私下聊过很多次，他可从来没有提到过这件事！"

　　"他当然没提过，要是真能告诉你，那他的情绪也就不成问题了。"苗香寒无奈地说，"洪庆国现在自己心灰意懒，所以那边希望洪小元可以去看看父亲，缓和缓和关系，这样对他们父子二人以后的相处也算是打个基础，但是洪小元这个孩子，主意强，心思又敏感细腻，他自己过不去的坎儿，还真就有点儿难度。我看他八成这一段时间都在天人交战，考虑着要不要去看父亲呢。"

"这……那可怎么好？我应该怎么帮助他？"

苗香寒笑着安慰林秀清："秀清姐，你不用太担心，这孩子虽然遇事儿容易情绪波动，但说实话，每一次我们都不用怎么劝，他自己就能处理好，而且毕竟是父子亲情的大事，我们插手，总归是不太合适。"

林秀清眉头微蹙："这样也好……只不过他上次的新闻后续还需要跟进，时间上有些来不及了，我怕影响他后边的评奖。"

"这样啊……"苗香寒也低头想了起来，不出片刻就又恢复笑容，抬起头促狭地冲林秀清笑，"这一点我倒是有个想法，秀清姐，交给我吧！"

肖跃在工作结束后来到了西京大学。从苗香寒返回办公室对他说明了洪小元的情况之后，肖跃就知道洪小元这孩子又陷入了那种进退两难的境地中。

因为洪小元对待与李强的联系十分谨慎，所以每每洪庆国在狱中有大小事情，往往李强都只能等着洪小元主动联系，或者退而求其次，先来联系肖跃。

肖跃本身是十分乐意协助洪小元做这样一个中间人的，只是在与洪小元一起并肩经历了这么多风雨之后，肖跃越来越确定了洪小元是一个有主见有想法的孩子，而自己对于洪小元生活的过多渗入不仅不能代表着关怀，反而有时候会变成利刃，伤人伤己。于是关于这件事，肖跃决定干脆以其他方式来协助洪小元。

他早在苗香寒告知他这件事的时候没怎么考虑就已经确定了想法，没歇脚地就从商场里带回来一部性价比高、适合学生使用的小巧玲珑的手机。洪小元家庭贫困，举家光是维持生活就已经让老太太生前精疲力竭，所以关于这些科技产品，洪小元一直十分乖巧地从来没有要求拥有过，按他自己的话讲，就是自己动手丰衣足食，用不着非要拿一部手机来帮自己做什么。

现在这个年代，没有手机的人们仿佛是短了手脚一般寸步难行，肖跃原本在洪小元上大学的时候就想过这件事，当时提起的时候就遭到了洪小元的强烈反对，这让他感到既心酸又欣慰，只好作罢。但到了现在这个节点上，洪庆国或许因为儿子的鼓舞重燃希望，那么一部方便随时沟通、私密性又比座机好得多的手机就非常有必要了。

肖跃挑这款手机的时候不可谓不下尽苦功，他明白洪小元不愿多麻烦自己的心情，兜兜转转了许久才找了一部款式稍旧、性能尚佳却平价很多的机型，趁着今天工作结束，兴冲冲地特地给洪小元送过来。

站在校门口的时候，肖跃就有些犯了愁，他到达学校的时候，学生们下午课都已经差不多要上完了，年轻人们或三三两两地外出逛街，或在操场上挥洒着青春，要找人，还着实算是有些难度。

肖跃硬着头皮往里走，那么多迎面走来的青春面容让他一时半会儿也不知道逮着谁去问比较合适。

好在他上一次来的时候，曾经陪同洪小元在新闻社那里进行了报到，新闻社一个同学刚好从教学楼走出来，一打眼就看见肖跃踱着步，在教学楼门口的广场上四处张望，似乎是在找人。

"你是……找洪小元吗？"学生上来问。

肖跃惊讶于学生的好记性，乐呵呵地握住学生的手回答："是的，刚去过他宿舍，不过宿舍没人……"

"今天新闻社开会，所以他这会儿在社团教室呢，我带你上去？"学生笑着，主动请缨引着肖跃上楼。抵达社团教室的时候，肖跃恰好看到林秀清正在对洪小元说着什么，他不方便打扰，便静静地站在门口等着。

这么一等，就让肖跃等出一些八卦来。教学楼除了新闻社活动的教室以外，还有其他社团，几个社团之间同学们也都互相认识，闲来无事时，自然也会聚在一处谈谈学习聊聊八卦。肖跃首先听到的就是有关洪小元上一次新闻报道大获成功的消息，这让他有种老父亲的安慰，虽然从苗香寒那里得知洪小元名声大噪之后随之而来的是各种风言风语，但谁又能说一个成功优秀的人背后少得了这些呢？

整体而言，他还是很为洪小元感到骄傲的。可听着听着话题就有些不对劲起来，肖跃在走廊中踱步的时候，恰好就听见有同学对新闻社的这些成员展开了一系列的讨论，而讨论的核心竟然就是有关辅导员林秀清与新闻社熠熠生辉的新星洪小元之间的关系。肖跃自认为从事媒体行业这么多年，早就有了常人或许没有的开阔视野和高接受度，但听到学生们议论林秀清和洪小元的时候，仍旧有些带了气。

他不是没有见过学生和自己的辅导员谈恋爱的，甚至他并不认为感情的发生有什么错，可是洪小元……肖跃无法接受洪小元在这样一个年纪，或者说，这样身担重任的情况下还会在这样的地方下功夫。

学生们往往对这样的校园秘辛很感兴趣，他们聊到林秀清时常会将洪小元单独留下，私下进行长久的交流沟通，并且在洪小元状态萎靡的近期还坚持要洪小元来完成新闻后续的追踪报道。

聊天的几个男生肖跃似乎有些印象，他们其中的一个人好像是在开学帮助洪小元安置宿舍时肖跃曾经见到过的一个面容。

此时此刻那个男生正在绘声绘色地描述着林秀清是如何对洪小元另眼相看，而洪小元又是如何对林秀清百依百顺的，脸上的神情带着撞破青春的猥琐，这让肖跃感到很不舒服。他本想上前去质问一番，但这时洪小元的声音却出现在教室门口。

"肖跃叔叔，你怎么来了？"

肖跃只得作罢，转过身就看到洪小元身后站着气质卓越的林秀清，正冲他温柔地笑着，眼底却有一丝来不及隐藏的担忧。

"林老师，你好，又见面了。"由于刚才听到的那些八卦，肖跃在面对林秀清时一时间也不知道应该说些什么，他这个人护犊子，被那些传得头头是道的小道消息一刺激，语气上就生硬疏远了几分。

林秀清感受到肖跃的态度只是微微一愣，继而又恢复了之前的笑容，点着头："你好，刚才在开会，让你久等了吧？实在不好意思。"

"哪里话。"肖跃仍旧硬邦邦地回答着。

"那……洪小元，你们先聊，老师这边还有资料要整理，就不打扰了。"林秀清让肖跃这样直截了当地怼了回来，脸上肉眼可见地尴尬起来，只是简单地客套了下就转身走了。

"肖跃叔叔，你心情不好吗？"洪小元看了看林秀清的背影，转过来问肖跃。

"啊，没有，可能是站久了，你这会儿忙完了？我们去吃饭。"肖跃不愿在这样的环境下多谈，只是简单地说了两句，就把洪小元带到了一旁的小饭店里，并没有看到身后那个散布传言的男生投过来的嫉妒眼神。就座点菜之后，肖跃才开始认真地端详洪小元的神情。刚才那一场说大不大说小不小的冲突，放在平常洪小元一定是会追问到底的，可现如今他却闷着头坐在那里，似乎丝毫没有感受到似的。

肖跃心里大概有了底，他想了想掏出手机推向洪小元。

洪小元这时才惊讶起来："肖跃叔叔，我不能要，而且……而且我平常上课睡觉都在学校，真的不需要。"

"怎么能不需要呢，你现在可不单单是在上课啊，还在我这边挂着实习的名头，是要给我提供稿件的。再说了，你见过哪个记者没有手机？"

"可是……可是我……"肖跃打断洪小元的拒绝，直接将手机硬塞给对方："别可是了，我这边事情越来越多，你小吴叔叔也一样，总不能我们需要你做什么工作的时候，还得围着你转吧？"

洪小元有些尴尬："那不是宿舍也有座机……"

"还说座机，我今天来学校跑到你宿舍找你都找不到，座机有什么用？拿着就是！"

洪小元推辞不过，只好讪讪地收下了手机。

肖跃心里一喜，语气也平缓了不少："李强这段时间找你找不到人，所以无奈之下就联系到我这边……当然我不是要求你要怎么做啊，只是你现在有了自己的手机了，不管什么情况下，和李强那边联系也要方便得多。"

　　崭新的手机静静地躺在洪小元手上，他这下才明白肖跃的良苦用心。与其说是为了工作为了实习，不如说肖跃根本就是为了让他能够更加安心地与父亲进行沟通才特地给他提供了这个设备。

　　"肖跃叔叔，我真的不知道怎么感谢你才是。"

　　"哎，少来这套，谁让你感谢我了？你现在好好学习，以后毕业了好好工作，这部手机的钱我可给你算在账上，赚够了还我。"肖跃开玩笑的话让洪小元一直以来沉闷的心情舒缓不少，也跟着笑了起来，饭似乎也比平常香甜了不少。可肖跃不知怎么，总是在想着刚才那个男生口中的那些香艳故事，吃起饭来，要显得心不在焉得多。

　　"肖跃叔叔，你今天确实心情不太好吧，怎么饭都不好好吃了？"洪小元奇怪地问，"是……如果是因为我爸那件事，我自己能处理的，只是，需要时间罢了……"

　　"我当然相信你能处理了！不过……"肖跃犹豫着，最终还是没忍住，"小元，你有没有……就是，比较喜欢的女同学？"

　　洪小元露出不解的表情："我这个情况还想这些干吗，压根儿就没注意过！肖跃叔叔，你问这个干吗？"

　　"噢，这样……"肖跃若有所思地点了点头，"没事，我就是随口问问，毕竟我看你们学校出双人对的还不少。"

　　"唉，那是别人，我没考虑过这些事，还是先把自己的工作做好再说。"

　　"对对，是这个道理……那，你觉得林老师怎么样？"

　　洪小元愣了愣，举着筷子想了半天："林老师……很好啊，对人和善，而且专业特别厉害，也很关照我。"

　　"噢……"

　　"肖跃叔叔，你今天好奇怪啊！"洪小元被肖跃的态度弄得一头雾水，有些烦躁起来。肖跃只得赔着笑："我这就是瞎操心，年纪大了，你别在意，吃饭吃饭！"

　　肖跃最终还是没能将自己的担忧向洪小元和盘托出。回到办公室，他仍旧在想着这件看起来毫无可能却又被传得有鼻子有眼的事情，不断思忖着自己是否过于刻板，过于不通人情。这样想着，肖跃不禁就对林秀清感兴趣起来。

　　虽然只见过寥寥数面，林秀清身上的知性气质却让他印象深刻，这姑娘并不像之前的于晴那样明艳出挑，也没有苗香寒的活泼灵动，却自带一种温润柔和的光环，显得平易近人同时又有着不容侵犯的光辉。

放在西京大学这种本身就以女学生居多、被称为美女摇篮的院校里，拥有着这样气度的女性都足以吸引从学生到教员的目光。

不奇怪，肖跃安慰着自己，他设身处地地将自己多年前上大学那血气方刚的心性翻出来做对比，深切地理解着这种传言的真实性。待到苗香寒和小吴看完电影回来，肖跃便迫不及待地向苗香寒追问起她这位学姐的事迹。

"肖跃哥，你开窍了？"苗香寒的反应像是发现了什么新大陆一般。长久以来肖跃对自己终身大事的消极态度让他们这些朋友看在眼里急在心上，也不是没有想过办法，可肖跃总能够将这种好意统统拒之门外，这样主动地询问起另外一个女性，简直是足够稀奇。肖跃让苗香寒这么一问，倒是十分窘迫起来，老脸也红了红地赶紧摆着手："别瞎想啊，我只是……今天去学校的时候听到一些传闻。"

他并不很想把这些听起来不太好入耳的小道消息擅自公布出去，作为洪小元某种程度上的"监护人"来说，他油然而生一种亲密的保护欲望，想要依靠自己的能力尽量让洪小元各方面都比较周全。苗香寒和小吴却显然是将肖跃这种窘迫理解偏了的，肖跃这样的态度显然与陷入恋爱初期的男人有着极高的相似度，于是二人暧昧地对视一眼之后，苗香寒便将自己学姐的种种好处向肖跃展示了个干干净净。

在听到苗香寒为林秀清信念的坚定大加赞扬时，肖跃彼时已经几乎可以确定校园里的传言并不真实了。从他自身经历来看，一个追逐着自己内心中传道授业解惑信念的教师，是很难有这个闲情逸致去在刚进入学校任教的时间点接触什么儿女情长的。

他一边为林秀清感到同样的敬佩，一边有些懊恼自己在学校时的冲动，还不等事情闹清楚就跟洪小元说了那些八竿子打不着的话出来。

……

洪小元在送走了肖跃之后，忍不住将肖跃送给自己的手机掏出来仔仔细细地看着。

这是他第一次拥有这种电子设备，自然是又激动又新奇，这样奇妙的感受让他的手指尖都有了些莫可名状的引力，不住地在轻薄的机身上恋爱地抚划着，像抚划着美女的脸。

就这么划弄着，洪小元又想起肖跃吃饭时跟他谈的那些古怪的话题，他的思想不由自主地开始抛锚，好像肖跃这个举动竟是在做着什么暗度陈仓的准备似的，隐秘的目的仿若一条草蛇灰线蛰伏在闪着光亮的银灰色手机壳下面，看不见摸不着，却足够让他惶惑。

"哎呀，小元，新手机不错啊！"

洪小元刚一进宿舍，高宇就凑了上来，表现出十分亲密的样子，只一眼就看到洪小元手中揣着的手机盒子，调笑着上来打探："哟呵，这个机型不错啊，性价比高又实用。当时哥们儿就劝你买部手机,咱新闻社缺不了这东西,你还不听,怎么,哪个神仙姐姐让你开窍了?"

"别闹,没个正形!"洪小元笑骂着高宇,把手机小心翼翼地抱回在胸口,生怕摔了它似的淡淡说,"这也不是我的东西,是……一个长辈专程送来的,让我先用着。"

虽然高宇已经算洪小元十分要好的朋友了,但有关于自己之前接受过肖跃的资助这件事,洪小元却一直都按照肖跃吩咐的那样守口如瓶,于是,在肖跃与他涉及这些馈赠的往来上,也就格外注意。

"曬,你这长辈不错啊!"高宇不疑有他,仍旧乐呵呵地说。

杨烁从洪小元回到宿舍一开始就注意到了,他眼睁睁地看着一个男人从他们活动教室叫走了洪小元,正不明白究竟发生了什么事呢,结果好巧不巧地就看到洪小元一脸喜色带了部手机回来。

这还是洪小元吗?他连吃饭的钱都恨不得掰成几瓣来花,能买手机?

听到洪小元解释后,杨烁几乎是立刻冒着酸水地冷哼了一声,没好气地说:"洪小元,有这种长辈,还占贫困生的名额干吗呀,不觉得掩耳盗铃嘛你。"

"杨烁,你每天都吃点儿什么腐败的东西?"仍旧是高宇站出来替洪小元出头,"不会说话就把嘴闭上!"

在洪小元不断的拉扯下,高宇终于没将更难听的话说出口,只是冷冷地瞪了一眼杨烁之后拉着洪小元走出宿舍门。

天还不是很晚,学校门口正巧有营业时间还算长的营业厅,高宇准备带着洪小元去给崭新的手机配上灵魂——SIM卡。

"小元,你这样任由杨烁胡说八道,早晚都得出事儿。"路上高宇苦苦劝慰着洪小元。洪小元淡淡笑笑:"也大可不必,总不能狗咬了我,我再去咬狗对不对?"

高宇愣一愣,继而大笑起来:"哎,我说你这个家伙,平常看着乖极了,没想到骂人比我还骂得狠啊?"

"不敢不敢,都是在你身边耳濡目染的成果!"洪小元今天心情本身就好上一些,得了这个机会,便兴起了与伙伴调笑的心思。

"嘿,蹬鼻子上脸!"高宇也笑着往洪小元身上扑过去……

笑闹了好一会儿,两人才磨蹭打闹着下了宿舍的楼,高宇领先几步跑到宿舍大楼外面等姗姗来迟的洪小元,适才的打闹让他有些喘着气,他叉着腰笑着冲洪小元说:"小元,看见你今天这个样子我就放心很多了,你是不知道,前两天你那个脸阴得比咱们教务处长还厉害,跟你说什么话你也都不听,真是急死人了!早知道一部手机能搞定你,我早就给你拿来了,顺便还能收你当个小弟?嘿嘿……"

洪小元冲高宇哭笑不得地白了一眼："谁告诉你是手机搞定的了……主要是，我爸那事儿。"说着，洪小元就收了笑容。

"小元，你爸到底……怎么了？"高宇放下手，不自觉地肃正了身体，严肃地问，"你这部手机主要是为了联系他那边的情况吧？"

"没怎么……就是，他想让我去见见他。"洪小元沉吟了一下，没有把父亲面临减刑这件事情说出口，"之前在宿舍一直跟李强哥打座机，不太方便，现在就好很多。"

"原来如此……嘿，这给我吓得，我还当出什么事儿了呢！"高宇夸张地将手抬在胸口处拍了拍，继而低下声冲洪小元道，"不过你一直这样也不是个事儿吧？"

洪小元不太想在这个问题上多纠缠，但他明白高宇的好意，也知道高宇这一段时间以来因为他的情绪不佳而憋了多少心事。他决定换个话题："你放心，这些我都自有安排的……不过今天吃饭的时候，那个长辈跟我说了点儿事儿，我没闹明白，你帮我参谋参谋？"

高宇豪气地拍着胸口："没问题啊！"

洪小元低下头回忆了一下肖跃口中说的那些散乱不堪又别有用意的话，再次感受到了那种惶惑的心情。他将这些问题毫无保留地冲高宇说出口，希望能从最好的朋友这里得到解答。高宇听着，心却一点点沉了下来，洪小元口中那些有关于林秀清的试探让他几乎是立刻就联系到了杨烁不论在宿舍还是在新闻社中大放的厥词。如果说一个唯恐天下不乱的杨烁口中并没有什么实话的话，那么就连洪小元的长辈也发现到这一点，是不是就足以证明这个问题的严重性了呢？

面对着洪小元渴求解答的眼神，高宇犹豫了，与洪小元接触了这么久的时日，他大抵也了解洪小元是个敏感而高自尊心的人，如果就这么大大咧咧地将这个秘密戳穿，很有可能会让洪小元受伤。

但为了让洪小元安心，高宇觉得自己应该坚定地站在洪小元身后，他最终还是咬了咬牙说："这个……小元，兄弟有句话不知道该不该说……"

"你什么时候那么多废话了……赶紧说！"洪小元笑着催促。

"其实师生恋真不是什么大事儿，而且……而且你不要因为这件事对自己的能力产生什么怀疑，这绝对没有的事儿！"高宇想着，脑中的话就十分顺畅自然地流淌出口。

洪小元脸上渐渐布满了阴霾，呆立在校门口的身体也有些微微颤抖着，他可算搞明白了肖跃的暗度陈仓究竟代表着什么，也搞明白了自己心系着的朋友在这段时间里那些时而有些窘迫暧昧的眼神究竟出于何处。

高宇浑然不觉的劝慰还在继续："……其实吧你也都这么大了，我感觉我说这些都属于没必要，你这么聪明，看得比我要远很多，林老师她确实是非常不错……"

"高宇你这个浑蛋！"洪小元暴怒的声音在听到"林老师"三个字之后终于喷薄而出，像施放了什么咒语一般，将面前的高宇狠狠地钉在了校门口的地面上。

往来的同学们纷纷停了脚步，投来了惊讶的目光，这些目光加上洪小元怒火中烧的神情，更让高宇觉得自己的坦率像个光天化日下赤裸裸的笑话。

"洪小元，你是不是有病！"终于，他反应过来，青筋暴起冲洪小元嘶吼着。洪小元没有接高宇的话，只是用冷冰冰的目光瞪视着高宇，默默无语的洪小元显得孤独而高尚，周身都散发着一种拒高宇于门外的压迫感。

"洪小元我告诉你，你知道不知道最近你的状态很不好？大家都看在眼里！"高宇懊恼地感觉到自己似乎是有些乱了阵脚，仓促地爆发出声讨。他脑海里不断地过着刚才的事情，从和和气气甚至开起玩笑到现在，好像就只有10分钟的工夫？怎么就变成这般模样了呢？

是对洪小元的劝慰出了问题吗？但洪小元本人已经明明都道出心情与父亲的事情无关，这样推测下来，除了那些暗藏在学生们中间有鼻子有眼甚至让他感觉到隐隐约约都有些证据的师生恋之外，难道还有其他的事情与洪小元的状态有关吗？

高宇觉得委屈，林秀清当时要他和杨烁去关心洪小元的时候，他已经感到这次任务的重担必然是担负在自己肩膀上的，甚至为了让杨烁不要抓住机会先行讽刺，他使尽了自己能想到的办法来试图让洪小元敞开心扉。

但结果却是自家的兄弟有些反目成仇了！尤其是现在，在他表明心迹之后，洪小元仍旧立在那里一言不发，脸上是愠怒的微红色，目光冰冷得像一把利刃不断划切着他。

"哼，你清高，你有苦说不出，我呢！没事儿当我是个玩意儿陪着你嘻嘻哈哈，有事儿就给我扔在一边？"高宇感受到一种被忽视的窘迫，这种窘迫迫使他情绪越来越激动，将对洪小元的怨气如潮水一般喷薄而出，"我把你当兄弟看，你倒把架子端得高得很，我配不上你是吧！"

高宇眼睁睁地看着洪小元愣住了。余光里来往的学生们渐渐围起了圈，将他们二人团在一张好奇织成的网里面，网口越收越紧。他意识到不能再继续说下去了，如果再吵嚷下去，不仅仅是他们的这次争吵，甚至连洪小元不愿告知别人的那些往事指不定又会被好事的学生翻出来，在已经传遍学校的流言上再添浓墨重彩的一笔，可意识终究只是意识，他的大脑因激愤和委屈而无法准确地控制他的行动思维，让他有些身不由己地将已经倾泻而出的冤枉继续倾倒着，收不住口。

"之前那个课题本来就是由你来做的，现在需要跟进了，结果你呢？一天到晚浑浑噩噩，开会的时候什么都说不出来，还怎么往下继续跟！你就算是现在有兼职，学校的事情你总不能当个甩手掌柜吧！再说了，大学生犯罪心理揣摩，谁能有你强！"

冲口而出后，高宇就后悔了。

他看见洪小元原本冰冷的眼神突然染上绝望，抓着新手机的手也因过于用力而不停地颤抖着，像是再用些力度就要把那部手机都捏碎似的。余光中那张好奇的大网似乎从他的口不择言中汲取到了什么养分，更加密密匝匝地缠绕了上来，别说是洪小元了，就连高宇也有些喘不过气。年轻的骄傲让高宇不愿意面对自己这番重话，他试图将话题引申到别的地方去："……报道马上就要继续跟进了，林老师很担心你，她……"

又是"林老师"，这三个字伴随着近期更加恶毒隐秘的传说让洪小元无法自持地涨红了脸，还不等高宇将后面的话说完，他便拔腿就向宿舍楼的地方走过去。好奇的同学们在闪耀着诡异贪婪光芒的眼神中纷纷让出一条道路，像是迎送某位勇士，又像是押解一个犯人。洪小元就这样顶着难以言喻的溃败和羞耻头也不回地向宿舍快步走过去，但命运好像并不打算放过他。

"哎哟我的天，搞什么鬼！"在洪小元闷头向前冲的时候撞上了一个胸膛，被撞到的人后退两步，发出抱怨的声音，继而在发现是洪小元后，蛇芯子一般吐出腥臭的谣言："哟，洪小元啊，哎，你别急着走啊，把你兄弟一个人撂在那干吗？为了个女老师连兄弟都不准备要了？"洪小元在拉扯中猛地抬头，果然就看到了杨烁幸灾乐祸的脸。

周围学生们的嘈杂声仿佛得到了一个确切的支点，越发哄闹起来，虽然他们其中很多人是知晓一开始洪小元和高宇的争吵由来的，但被杨烁这样铁板钉钉般地下了定论后，好像争论的重点也莫名地偏移到了一个更为香艳也更引人瞩目的地方去。

"你放开！"洪小元咬着牙，狠狠地将被杨烁拽住的胳膊甩了甩，但由于心烦气躁并没有甩开。

杨烁反倒好整以暇起来，也不在意有这样多的人围观，干脆大大咧咧地拽着洪小元大放厥词："不是我说你啊洪小元，你看看人高宇为了你也算是鞠躬尽瘁死而后已了，你这么干，属实是有点儿不地道了。不就谈恋爱嘛，哪怕是个暗恋呢？说白了谁还没暗恋过？再说，你这三天两头有人给留课题有人给送手机的，不稀罕咱们学生也正常……"

"杨烁你不是人！"话音未落，杨烁就整个人倒了下去，电光石火间洪小元看到高宇的身影冲过来，冲着杨烁脸上狠狠地打了一拳，他想要拦着，却碍于杨烁一直拽着他的胳膊，连转身都困难。

随着杨烁倒下去，他的衣袖好歹是松开了，洪小元几乎想都没想就将手中一直紧握着的手机松开，转身死死地搂住高宇往外拉扯，嘴里还不停地说着："你给我镇定一点！高宇！住手！"

高宇常年运动，无论身材还是力量都比洪小元要高出不少倍来，这让洪小元几乎是耗尽了自己所有体能去拦着他，生怕因为这件事情会造成什么处分。

杨烁擦着嘴角站起身,难以置信地怒视着眼前气势汹汹如同猛虎一般的高宇,将口中的血吐向一旁之后也干脆发了飙:"高宇,你仗着有几个钱就了不起了?!哼,一个富二代整得自己跟个舔狗似的跟在人屁股后面,你看看洪小元他会看你一眼吗!还是说你们这些有钱人脑子不好?那么多大好的学生你不去结交,跟他妈一个杀人犯的儿子搞兄弟情!呸!"

"洪小元你给老子撒开!"高宇气得眼睛都有些泛红,他猛烈地想要从洪小元的钳制中挣脱出来,好让他把眼前这个搬弄是非的渣滓饱揍一顿。

挣扎的过程中,洪小元吃了高宇暴怒下的好几下,但他仍旧紧咬着牙毫不放手。

周围的同学们叫来了负责老师,好容易才将陷入冲突的几人拉开,洪小元有些脱力地看着自己已经被勒红的双手,这时才想到那部新手机。

崭新的手机早就被冲突中的几人踩碎了屏幕,孤零零冷冰冰地支离破碎着躺在楼梯上,洪小元感到难以言喻的懊悔。

系主任的办公室里,三个大男生并排站着,无论刚才三人的立场有多么天差地别,此时此刻倒是都很默契地低了头不言不语,除了高宇和杨烁的眼神还迸发着怒火和怨气以外。洪小元却感到有些想笑,这种笑好像是从心底某个隐秘处悄无声息地钻出来一样,逗得他整个人都忍不住发痒。

他一时间都闹不清楚,怎么会发生这样离奇的事情来。但他"杀人犯的儿子"的名头终于还是被杨烁以这样的姿态挑明了,当着宿舍门口出出进进的那么多学生面前挑明了。或许一开始在他完成有关大学生犯罪那篇新闻报道的时候,这个名称就已经在学校四下散播,生长在每个学生心中了,只是遵循着表面的和气,没有人当面拆穿而已。

洪小元听不清系主任在说些什么,他突然回忆起多年前自己在拜县一中刚听闻这个称号时的愤怒,那种愤怒距离自己并不算远,却已经遥不可及,现如今的他不仅没有感到愤怒,甚至连本该有的凄凉感都没有,只觉得可笑。

就好像有关于林老师和他的传言一样可笑。

今天他感到自己受到了莫大的屈辱和伤害,这种伤害并非来源于学校里的这些流言蜚语,而是来源于自己最信任的两个人——高宇和肖跃。

他的震惊狂怒,让他冷静下来之后明白了这些人对他而言的重要程度,反倒是流言本身不太重要了,不过就是杨烁的小肚鸡肠引发的一场闹剧而已。

洪小元低着头想,他有一个致命的问题,无论是肖跃还是高宇,他对他们都有一种"不要拖累"的畏缩,或许是因为欠了肖跃不少的人情债、欠了高宇不少的兄弟义气,这让他越发不想麻烦别人,所以他选择将自己封闭起来,尽可能地先从自己这边解决问题,却从没有想过,他们会担心到误把传言当真的程度。

可笑，洪小元觉得自己可笑极了，最终还是没忍住，扑哧一声笑了出来。

"洪小元！你把学校当成什么了？不反省自己还有脸笑？！"系主任气急败坏的呵斥立刻传入他耳中，"你们的处分明天就会下来，给我好好反思反思！学校里就敢这么干，成何体统！"

学校的处分很快就下来了，由于杨烁是被揍的那一方，加上高宇冷静下来也不愿意再说具体争吵原因，学校最终给杨烁并没有下达什么处分，将他当成了无辜受过的一个围观者，而事件一开始被很多学生目击到从校门口吵到宿舍楼甚至动起手来的洪小元和高宇，却各自都顶了不大不小的一个处分。

林秀清迫于学校影响，自然也撤下了洪小元和高宇原本跟踪报道大学生犯罪的资格，杨烁小人得志接管下来这件大事，回到宿舍的时候也不禁春风得意。

宿舍的环境由于这次发生的事情保持着一种微妙的尴尬。终于得到看重的杨烁有了项目，又畏惧着高宇再次举拳相向，整个人倒也显得忙碌认真起来，并不在宿舍多待，而洪小元和高宇则保持着一种此处无声胜有声的静默，二人照旧同吃同行，只不过往往都是一前一后地按部就班完成学业，不像平日里那样勾肩搭背。事情的转机是洪小元要去维修手机，从爆发冲突那一天不慎将手机摔了个稀碎之后，洪小元背着处分再度投入课业中，等到好几天过去的周五下午没课才有时间去处理这件事。

洪小元前脚刚抱着破碎的手机走出门，高宇后脚就跟了上来，也并不靠近洪小元，只是装模作样地默默走着。洪小元感觉到身后的脚步声，停下向后看过去的时候，又见高宇低着头原地挪腾着，心里就明白了几分，他回过头继续向前走，也不搭腔，只是时不时停下来看看高宇的动静，就这么一路又走到校门外的营业厅前。

"喀，你这手机八成修不了了。"高宇闷声闷气的声音终于响起来。洪小元扭头看，只看见高宇并不与他四目相对，而是略显尴尬地一边挠着头一边冲空气发愿似的说："都坏成那样了，人给你修的价钱比你重新买一部都贵……这么的吧，反正这事儿也怪我冲动，我这刚好家里给生活费了，就当赔礼……"

絮絮叨叨说了半天，高宇都没听见洪小元的回音，心里有些着慌起来，生怕自己这口没遮拦的毛病再牵动洪小元哪根敏感的神经，赶紧瑟缩着抬眼去看，却看见洪小元抱着臂站在他面前，嘴角露出一个坦荡的……坏笑。

洪小元笑着问："这事儿憋着想好久了吧？"

高宇羞恼起来："得得得，轮也轮到我该让你笑话一次！对，想好久了，但你看看你那个样子，谁敢跟你搭话……"

随着话音渐小，高宇又把头冲地面别过去。

"唉，不怪你，是我一开始没把事情说清楚。"洪小元收起笑，走过来像安慰又像致歉似的拍了拍高宇的肩膀，"总觉得麻烦你们不好，结果这下好了，手机被我整坏了不说，还差点儿连个哥们儿都丢了。"

高宇闻言有些惊讶地抬头："不生气了？"

"不生气，捕风捉影的事情。"洪小元坦荡地报以微笑。他是打心眼里不觉得这些传言能够伤害到自己了，也渐渐地明白了如何与朋友更好地相处。

"嚯，你知不知道你快给我气死了？！洪小元啊你说说你，自己有什么事儿都喜欢憋着不告诉，那你让我怎么办？是不是只能猜？对，就算我猜错了吧，人电视节目猜错还给三次机会呢，到你这你直接就给我 pass 了！"高宇放松下来，几天不说的话此刻像脱缰的野马似的往外跑，洪小元不搭腔，只是宽厚地在一旁傻乐。

"还乐呢，你那天要能这么乐我给你说咱俩啥事儿都不会有！"高宇好气又好笑地白洪小元一眼，突然想起什么似的问，"对了，你在系主任那够勇的啊，我们都跟鹌鹑似的挨骂，你还敢笑？笑什么呢当时，跟兄弟讲讲。"

"就突然觉得好笑了呗，你想，三个大老爷们儿为点儿没来由的谣言打架，还不好笑？"

"净扯！杨烁那小子当时传得可是有模有样，什么林老师又把你单独留下了，什么处处事事都照顾你的……问你吧你也不吭气，谁知道是真是假！"

"对，以后有什么事儿都找你说！"洪小元乐起来，揽过高宇的肩膀，"省得你又跟个小姑娘似的到处猜忌……唉，不过就是可惜这手机了。"

"营业厅就有一个型号的，算我赔罪，买给你！"高宇拉着洪小元就往营业厅里走，洪小元本来不愿高宇这样，但看了看手上几乎已经不能再修缮的手机，又设身处地地考虑了一番高宇的心理压力，也就跟着走进营业厅了。恰好在营业厅，洪小元当下也就顺便办理了 SIM 卡，放在新手机里，看着高宇期待的眼神二话没说就先将他的号码录入进去。

"可以！"高宇冲洪小元竖起大拇指，"走，请你吃饭！"

"也别你请我吃饭了，这事儿我也有责任，我请你吃饭。"洪小元拒绝了高宇准备消费到底的建议，"而且我还有事儿要跟你谈。"

"什么事儿啊？这么正式？"高宇挠挠脑袋，"是因为报道吗？嘿，我就还不信了，凭他杨烁那点儿本事能攒出来个什么破稿子！也刚好，我还懒得去费那个神呢，学校里本来关于这些传言就多，老子还不伺候了！"

"话不能这么说，传言多就放弃？再说了，那些传言都是关于我的，跟你有什么关系。"

"行行行，那就算不是因为传言的事儿吧，问题是也不会让咱们俩的稿子发布啊，跟着凑什么热闹呢？劳民伤财的。"

洪小元笑着揶揄高宇："能伤得了你家的财，那得多大新闻啊？劳也不算有多劳吧，再说，以后咱们都是想往这个行业继续走的人，多锻炼锻炼本来就是好事儿，何况，我还有独家消息。"

"独家消息？"高宇眼睛亮了亮。

洪小元只是神秘地笑着，指了指自己的手机："先吃饭，到时候再跟你聊！"

……

碍于洪小元的贫困生身份，高宇拒绝了洪小元要去吃点儿好的的提议，生拉硬拽着洪小元来到一家性价比很高的大排档坐了下来。菜还没有上，洪小元就抬手点了两瓶啤酒，这让高宇着实有些意外了。

"小元，你今儿是怎么了？"

"要两瓶啤酒就能把你吓成这样？这可不像你啊，来，少喝一点儿，俗话说得好嘛，酒壮怂人胆！"高宇按住洪小元要给他倒酒的手，表情也跟着严肃起来："洪小元，你给我好好说你到底怎么了，别看咱俩这刚才和好，但是你要再跟我藏着掖着，信不信我也敢揍你！"洪小元笑了，他看出高宇是真切地担心着自己。

"我就是想通了一件事儿，关于我爸的。"他淡淡地说着，将高宇按住自己的手拿开，继续缓缓地给高宇倒着酒，"李强哥之前跟我联系过，有关我爸减刑的事儿，我一直很犹豫，这不，壮胆来了。"

"什么？！这么大的事儿你都能憋得住？！我真是不知道该夸你还是该揍你了！"高宇恨恨地说。

"李强哥劝我看看我爸……我爸他，心里愧疚得很，觉得自己不配减刑。"洪小元喝下一口啤酒，低着头说。

"这……怎么会呢？你爸当时那情况也算是过失啊，而且既然有减刑的事情出来，肯定证明你爸表现特别良好才对，怎么会不愿意呢，他不是一直很希望见你吗？"

洪小元有些苦涩起来，沉吟很久之后，才对高宇说出了一些往事。在奶奶去世前，父亲寄给奶奶的信中每每都提到自己想要见洪小元一面的期望，直到奶奶去世之后也是如此，可就是那一次父亲强烈要求甚至通过学校来向洪小元苦求着的见面却被洪小元拒绝了。

从那之后，父亲便好像突然明白过来自己与洪小元的隔阂之深，不仅再没有寄出过一封信，甚至连见面的要求也不再提了。

虽然从与李强的联系中洪小元知道父亲并不是不爱他或者不想他，但洪小元却没有一次将这个平衡打破。他明白父亲心中的绝望，这种绝望也一直蚕食着他的心灵，让他想起的时候总觉得自己做错了，又委屈于自己根本不明白自己哪里做错了。

事情就这么一直被耽搁下来，与李强的联系越发频繁起来，可见面却被他有意无意地忽略了，至今都再没有提到过。

"洪小元，你还是个人吗？"高宇边听边喝着酒，怒气冲冲，"他可是你爸！对，我知道你小时候受委屈了，但这些事儿你全推到他头上去，是不是也有点过了？"

洪小元不吱声，只是闷头喝酒。他觉得高宇在一定程度上说得对，但这些话却是高宇站在父亲的角度上去说的。未经他人苦，莫劝他人善，洪小元一直笃定地这样认为着，只是在高宇炮火一般的轮番攻击下，让他也不由自主地感觉自己是不是有些太过分了？

"行了，骂也骂够了，我也不是不准备去劝。"洪小元冲高宇举杯，堵住对方不停地指责。

"你想通了？准备去了？！哎！这才对嘛，来，喝！喝！"高宇这才高兴起来。

"等会儿，你以为探监是那么容易的事儿啊？就不说咱们离监狱多远了，光是申请审批就很麻烦……"不等洪小元说完，高宇就又有些生气起来："噢，合着说了半天都是找心理安慰呢？！"

"我说你这个人怎么情绪变得那么快呢？"洪小元苦笑着，"我是说，现在很多情况因为当时李强哥跟我聊的时候我心思乱，没注意，所以，我想再跟他沟通沟通具体情况，争取到时候能一次到位！"

高宇恍然大悟："噢，这么回事儿……哈哈是我着急了，我赔罪我赔罪！欸？李强哥不是就住在西京市吗？今儿周五，他明天放假吗？"

洪小元怔住了，想了半天点点头："按规律来说他放的，噢！你是说……"

"我们可以直接约他见面谈！"二人异口同声。

一如洪小元想的那样，李强在这个周末恰好轮休，在电话中很爽快地答应了邀约。周六一早，不等宿舍同学从睡梦中醒来的时候，洪小元就已经睁开了眼睛，似乎是期待了很久这一天的到来似的，他从周五晚上就开始隐隐地紧张起来，这份紧张伴随了他整个混沌的梦境，在阳光初升的时候又伴着他醒来。

自从肖跃将李强的联系方式告诉洪小元之后，他们之间的沟通就一直保持着一种固定的节奏，3天或4天，从来都不会超过一周，谈话的内容也不外乎是将洪庆国狱中的生活与洪小元的校园生活做以交换，看起来简单又枯燥的家常式聊天似乎没能将洪小元与父亲的关系拉得更近一些，却让他对这位从实习狱警慢慢转正的李强多了一份感激。

监狱里需要看管的犯人何其多，每个人如若都像洪庆国这样通过狱警去联系亲人朋友，那造成的混乱可想而知，于是在这种几近隐秘的沟通中，李强的孜孜不倦和强大的共情心理让洪小元由衷地感恩着。

洪小元不止一次想过，是否让李强能够脱离这种麻烦，由自己来跟父亲直接沟通，但往往却在李强的电话中又缩回了手。

父亲在狱中的生活似乎一切都很好，无论是劳动还是学习，都有一种默然的老实。李强在絮叨着这些琐事时往往带上了一种他自己也浑然不觉的悲悯态度，仿佛洪庆国不是多年前那个十恶不赦的罪人，而是某种上帝的使徒一般，承受着生活加诸他的、既定的苦难和轮回。

洪小元于是认为父亲难得地在奶奶去世后寻找到了一种生活的平静，他渴望又胆怯，害怕父亲因为自己的到访会将情绪猛然从这种平静中抽离出来，变成一股难言的欲望，让他们的生活再从这得来不易的平和状态中突然又回到激流中去，直到关于减刑的事情被他知晓，他才明白李强的良苦用心。

这位敦厚善良的狱警之所以没有告诉洪小元有关他父亲的一切痛苦，实际上只是为了让他在自己的人生中走得更加如常些，从某种意义上而言，李强也是遂了洪庆国的心愿，将之于孩子的内疚和期盼强压了下来。

洪小元就在这种心潮澎湃中体味着李强和父亲的一切没有说出口的感情。

"小元，小元？"高宇的声音从隔壁床上窸窸窣窣地响起来，天还没有亮到足以唤醒其他人的好梦。洪小元微微侧过头去看脚边，隔壁床上的高宇眼睛在不明不暗的清晨闪闪发亮，一看也正是早早就清醒过来的样子。

看到洪小元回应的眼神，高宇乐呵呵地压低声音说："嘿，我就说今儿这么重要的事情，你怎么还能睡得着？搞半天跟我一样，醒好久了吧？走，收拾去！"伙伴的兴奋打断洪小元的遐思，他抿嘴一笑，也学高宇一样轻巧地翻身下床开始整理。

不像高宇一样迅速，甚至不像他平日里那样雷厉风行，洪小元仔仔细细地刮了刮刚冒出来的胡茬，在镜子面前左右看了半晌，将有些凌乱的发梢整得服服帖帖后，又退远几步，把身上的衣物从头到脚地检查了一番，在高宇有些不耐烦的催促下才转身出了门。

"平常你也不这样啊，怎么今天跟个小姑娘似的对镜帖花黄呢还！"高宇拉着洪小元走出宿舍才敢稍微放大了些声音埋怨着。

"给别人留个好印象，毕竟也是头一次见。"很长的时间里洪小元与李强的联系都只是通过电话，并没有实际见到过本尊，他今天格外注意自己的形象，也是希望先通过李强的眼睛看到自己的风貌，好将这种风貌带给狱中的父亲。

约定的时间是早上，地点特地选了距离李强居住的地方不远处，高宇火急火燎地硬拉着洪小元打车过去，怕耽误了会面时间，可到达那个茶馆之后，李强却早早地身姿板正坐在那里了。

洪小元和高宇往茶馆里走的时候，是李强叫住了他们。

"洪小元吧？"李强站起身，挺拔的身姿给了洪小元和高宇强烈的冲击，二人面面相觑，一时间竟然不太敢认。李强咧开嘴笑笑，露出一排好看整齐的白牙："我从你爸那看过你的照片，快坐下吧！"

"李强哥，这么久才跟你第一次见面，我……"洪小元有些含愧地坐在李强对面，话还没说完就被李强截住了话茬儿。

"都是年轻人，就不要客气这些有的没的了，这次你约我出来，也是为了你父亲的事情吧。"洪小元点点头，将高宇介绍给李强之后，才开始针对父亲的事情询问起来。

"其实就是减刑的事情，你爸的表现在所有犯人里都是有目共睹的，身上有技术，为人也忠厚，不争不抢的，之前几次由于上面没有什么明确的态度，我也始终就没有提过，现在恰好有这样一个机会，你爸还年轻，出去不管做些什么或者干脆就在家里务农，也总比一直窝在牢里的好。"

"是啊小元，而且你家那个老房子不是还在嘛，也不用担心没地方住什么的，再说了，目前你也没什么负担，自己学费自己可以解决，你爸到时候出来了，爷俩养活自己也没什么大问题。"高宇掏出小本子一边认真聆听，一边也忍不住从自己的角度给予一些建议。

"是这样，不过小元，问题现在不是出在别人身上，而是出在你爸身上。"李强目光灼灼地看着洪小元，语重心长，"你爸因为过去的事情本身就很自责，心思郁结下来，整个人原本就瘦下去一圈，再加上上次你奶奶去世，他没能见到你……虽然他什么都没说，但我一天天看下来，也能感觉到一个词儿——心灰意懒。现在就有这么个机会摆在眼前，就算上面再有态度，我们这些旁人再想使劲儿，你爸自己不积极，也是没办法的啊。"洪小元感到有些局促，他不由自主地将双臂撑在身体两侧，用手指下意识地抠着沙发，犹豫了许久才缓慢地说："李强哥，我不是不想见他，我是……我是不知道要跟他说些什么好。"长久的怨怼让洪小元不能确定自己与父亲的会面究竟会是向父亲伸出去的橄榄枝抑或将父亲再度推入深渊的手。

"李强哥，我很想像你们说的那样，告诉自己他是做错了事情也已经受到惩罚，去原谅他，但我做不到，我怕我见到他之后会不由自主地跟他说我这么多年究竟受了什么样的罪，我唯一的奶奶，我的学业，我们全家人的生活是怎么天翻地覆地改变的，就因为他的错误……我担心，这对他来说，会是更难以承受的压力。"

高宇边听着洪小元的话边记录着什么，但听到这里也有些忍不住，甩开笔冲着洪小元说："洪小元你是不是想太多了？为了不让你爸承担被你指责的压力，所以干脆连这个爸都不认了？什么逻辑！"

洪小元没有想到高宇突然冲着自己发难，口中那些优柔寡断还没来得及说出口就被拦截在了舌根。李强却点了点头，冲洪小元说："小元，咱俩认识这么多年，我好像还没跟你说过我的事情吧？想听听看吗？"

面对着两张稚嫩的脸庞，李强笑了笑开始讲述往事。他是一名贫困出身的孩子，确切地说，是贫困山村的留守儿童，父母常年在外打工，赚取的钱也仅够三人糊口，用来给李强上学的钱都时断时续。在李强的整个童年过程中，父母的缺位对他而言造成了极大的伤害，他渴望着像别人家的孩子那样与父母共享家庭温馨，又痛恨于父母的不管不顾，于是根本不想见到他们。在这样的双重折磨中，他渐渐长大了。

长大之后的李强对待父母的态度与洪小元现在对父亲的复杂情感如出一辙，他几乎很少与已然回到家中的父母见面，而父母似乎也意识到自己的错误，只是一味地顺从着儿子，从不说什么。

"后来有一次过年，我在他们不怎么强烈的要求下还是回去了，回去之前我跟你一样，考虑着该怎么不让他们更加自责，结果一见面我就没忍住，把这么多年的委屈全部脱口而出，你是不知道，那年三十，我们一家三口抱头痛哭，那场面，呵呵……"李强说着说着，有些不好意思地笑了起来。

洪小元有些紧张地问："那……后来呢？"

李强止住笑，直直地盯着洪小元的眼睛："后来他们果然非常自责，甚至自责到不知道应该怎么弥补我受到的伤害，但很奇妙的是，自从我向他们发泄过我的痛苦之后，我们一家三口的关系却更加亲密了，我小时候求而不得的那种家庭温馨，在这样不讲道理的情况下又回来了。"

"他们……他们没有因为这件事而更加内疚、郁郁寡欢吗？！"看着洪小元纠结的神色，李强笃定万分地回答道："他们弥补不了我的过去，任何人包括我自己都无法再回到过去去弥补那些已经逝去的往事，但在他们和我的心中，我们都知道，起码我们还有未来。"李强的话简单朴实，却一举击中了洪小元的心。

他自问自己对父亲的怨恨在这么多年的成长中早就已经渐渐淡忘，早已经不是最初那番凶神恶煞的模样，却苦于过分忧虑它的杀伤力而迟迟不能开口。李强的话令他这才茅塞顿开起来，那些委屈和怨怼并非见不得人。

如果说父亲在狱中因内疚而憋闷，那么洪小元自己的这种愤懑又何尝不是在憋闷着自己呢？或许一味避让并不是解决问题的方式，适当地找到出口，让他们父子的关系重见天日，才不失为正确的道路。

"李强哥，我明白了。"洪小元经过思虑之后终于让紧皱的眉头舒缓开来，仿佛卸下许多重担一般坦然，"我爸那边还得申请吧？那就麻烦你了。"

李强和高宇看到洪小元终于突破了内心的关隘，也终于放松了下来。

"李强哥，刚才你跟小元讲到自己之前上学钱都是时有时没有的……"高宇记录着什么，突然抬起头问李强。洪小元用胳膊肘怼他："大少爷，你还以为世界多么美好，所有人都能跟你似的吃穿不愁啊？贫困孩子可多了去了，就我们白头村那边，村里最有钱的孩子，都上不起西京的大学。"

高宇瞠目结舌，手中的笔也停顿了下来："我不是不知道有贫困地区，只是没想到还能这么多……那李强哥你后来怎么上的学啊？"

李强笑笑："我爸妈当时外出打工的时候，款项没有结算下来，所以一直都很艰难，那会儿是通过希望工程帮助的，捐款人匿名，不过倒有个奇奇怪怪的昵称叫'长腿哥哥'。"洪小元歪着脑袋想了想，长腿哥哥这个名称，他似乎在哪里听过，但一时间又想不起具体的事情来了。

"后来呢后来呢？"高宇两眼放光地问着。

"后来就没有后来了啊，正常上学生活，也想要找到他去当面道谢，但没辙，这些信息都是保密的，怎么也找不到，只能就算了。"李强笑着说，"现在我做这行，也算是为人民服务吧，就算是，不辜负那位长腿哥哥的一番苦心。"

"啊？找不到人啊？"高宇兴奋的表情又无奈起来，十分可惜地摇着脑袋，"我还说这是个好话题，想收集收集素材呢，结果线索还真就断了……"

"收集素材？"李强一头雾水，伸出指头点了点高宇的本子，"从一开始你就拿个小本子记录着，怎么回事？"

高宇嘿嘿一笑，这才把他们两个肚子里藏着的小九九向李强说明："李强哥，我俩不新闻社的嘛，刚好这次想着能跟你探讨探讨，做做功课。"

两人把学校有关大学生犯罪的后续发散报道一五一十地告诉李强，高宇还顺带脚地将他们因为洪小元的传言而导致的被剥夺了后续报道资格也绘声绘色地描述了一番。

"啊，这事啊，我倒可以跟你们聊聊，不过小元你学校那些事情现在怎么样了？不是不让你们报道了吗？"

"也没什么，总归也是锻炼自己，而且学校发不成，我不还在其他自媒体那兼职嘛……呀！"洪小元说着说着，突然意识到自己从拿到手机开始就持续投身到学校和父亲的事情中，全然忘了跟肖跃打招呼的事儿，大声地惊呼让旁边的李强和高宇都吓了一跳。

"洪小元你干吗啊！一惊一乍的！"高宇不满地嘟囔着。

洪小元一边赶忙掏出手机给肖跃发信息，一边嘴上不住地说："完蛋了完蛋了，肖叔叔该急死了吧……"

……

肖跃这几天一直处于焦灼的状态中。"大题肖做"近期的工作很多，虽然有个精力旺盛的小吴在旁边，但很多图文内容还是得肖跃自己独自完成，上次给洪小元送完手机回来，就马不停蹄地跑外地出了趟差。

一路上肖跃都在等着洪小元拿到新手机之后会给他回复，可几天的出差时间过去，他到了回程的时间都没能等到来自洪小元的只言片语。

出于无奈，肖跃只能暗地里问了问苗香寒情况，毕竟他作为一个男性几次三番去找林秀清并不是什么合适的事，而且虽然已经确定有关洪小元和林秀清的事情不过是传言，他还是偏执地对这位女老师有一种隐隐约约的防备。

可苗香寒带回来的消息却让他不得不心急火燎起来。

洪小元在校园内与同学大打出手，以至于背上了学校的处分，并且就连一直跟着的新闻也丢了，这是什么情况？于是周五出差结束后，肖跃连办公室都没回，先跑了趟西京大学，想看看洪小元是不是出了什么状况，可谁承想抵达校园之后遍寻不到洪小元的身影，他只得硬着头皮又跑到新闻社那边，恰好撞见了刚忙完的林秀清。

林秀清还是那副云淡风轻的样子，只是眼角眉梢似乎看起来有些忧愁。

肖跃顾不得多想，在与洪小元相处中渐渐滋长了慈父情怀的他有些难以保持自己的理智，上前就逮住林秀清质问着洪小元的处分。

毕竟是关于自己的传言，林秀清话语中不免显得深思熟虑，唯恐伤害眼前这个因孩子而忧心的男人，可这种深思熟虑看在肖跃眼中却更像是一种推脱和逃避，这令他本身从苗香寒的描述中对林秀清的一点点好感都燃烧殆尽了。两人的谈话就在肖跃极主观的状态下闹得很不愉快，虽然林秀清一直试图解释，但肖跃却冷脸以对，根本就不给任何机会，之前的种种经历让肖跃对林秀清的抗拒和怀疑远超过本应有的程度，可肖跃却浑然不觉这一点。这种带着怒气的担忧直到周六才落下帷幕。

洪小元的消息发送到肖跃手机上的时候，肖跃正要再动身前往西京大学，看到消息之后肖跃才放下心来，心里忍不住吐槽自己的冲动，顺带脚地连洪小元也跟着指责了一番，直到他得知洪小元是在和李强会面，并且是讨论有关探看洪庆国的时候，这种指责才化为了欣慰。他忍不住地赞美着自己总算是做出了一件十分重要的决定，那就是之前让洪小元与李强直接面对面去沟通。

放下心来的肖跃才渐渐冷静下来去思考自己与林秀清周五的那场不愉快。

彼时他着急而慌张，一心希望能从林秀清口中得到确切的信息，关于洪小元的处分和传言、关于洪小元为何不在学校，他没有让自己正确地立在一个客观的角度去面对林秀清，故而激愤又强势，也实在口不择言。

再想想当时的林秀清，肖跃能感受到她的窘态，无论肖跃说什么，林秀清都保持了难得的隐忍态度。

"我是不是有点儿太过分了呢？"肖跃扶着下巴最终这样喃喃自语着，"要不改天请她吃个饭赔罪得了……"这么想着，肖跃就给苗香寒发消息问了问林秀清吃饭的喜好，果然引起苗香寒的一番大呼小叫。肖跃懒得解释，只是认认真真地将林秀清爱吃什么记录在了本子上，考虑着自己今后可不能再这样感情用事，眼瞅着忙碌的工作还没停歇，自己又给自己加上了不少码。

请林秀清吃饭赔罪的事情，算是肖跃除工作外的一个小任务，还有一个更重要一些的，自然是有关洪小元第一次与洪庆国的会面。虽然洪小元在信息中已经告诉肖跃，李强那边已经在处理探监申请了，但肖跃还是忍不住隔三岔五就去跟洪小元联系一番了解进度，看起来样子竟然比洪小元自己都要紧迫些，肖跃也不太明白自己这种情绪的来由，或许是由于这么多年的期望终将得成，也或许是怕洪小元这个心思敏感的孩子中间又出现什么其他的乱子。

西京市地方邪，肖跃这样想着，乱子果然就出现了。先是他追问进度的信息洪小元突然没有回复，紧接着开始的，是肖跃打过去的电话都一直在提示无人接听，最后甚至直接关了机。肖跃忍不住开始胡思乱想起来，事情正在朝着他最不希望的方向去发展，他忍不住开始猜测洪小元是否又在学校听到了一些传闻，是否又如同之前一样，对探望父亲产生了不小的逆反？

犹豫半天之后，他掏出本子，翻到之前记录林秀清口味的那一页来，为着方便，他向苗香寒要了林秀清的电话号码。毫不犹豫地，肖跃按下这几个数字，林秀清接得很快，肖跃顾不上道歉，劈头盖脸地冲着林秀清问："林老师，我是肖跃，我想问一下……"林秀清很快地打断了肖跃的话，不像之前在学校时那样深思熟虑，这一次林秀清口齿清晰，言语间有着非同一般的利索飒爽："肖记者，洪小元目前没事，他现在刚回去宿舍，你不要担心。"

"噢……"肖跃想问的话就这么卡在喉咙里，有些拿不准是否能从这位女老师这里了解到洪小元的态度。不过林秀清却没有给肖跃犹豫的机会，她直接通过听筒一字一句地告诉肖跃："小元的事情我大概了解一些，他目前无法进行探监，情绪比较激动，刚才已经劝慰过了，具体的情况应该过一会儿他就会主动联系你的。"

"无法探监？！为什么！"肖跃的心瞬间沉入谷底。答案在洪小元回到宿舍后发来的信息里得到了解答。

"肖跃叔叔，很抱歉刚才由于着急没有及时回复你的短信和电话，李强哥今天联系说不能探监了，因为我爸突然急病，现在刚送去就医，目前我也在等消息。"

急病？肖跃不可避免地想到了去世的庆国妈。他心里隐隐地觉得不好，也猜到洪小元情绪这样低落的原因大抵是与他一样想到了庆国妈当时的病灶。

肖跃试图说服自己冷静，他知道这个时间在李强没有消息传出来之前，任何无端的猜测都会使洪小元背负极大压力。

"小吴，明天的工作往后排一下，我得去一趟西京大学。"肖跃踟蹰片刻，毫不犹豫地吩咐下去。

经过一夜难熬的似睡似醒，肖跃一大早就顶着两个黑眼圈来到了西京大学门口，待洪小元早上的课下了之后，他就迫不及待地为洪小元宽着心："小元，你先不要考虑太多，情况都还没出来之前，我们不要自己吓自己。"

洪小元忧心忡忡地点着头，勉强地笑着应诺："肖跃叔叔我知道，我没想那么多……"两人沿着学校的大操场漫无目的地转着圈，洪小元盯着地面，向肖跃吐露心声："肖跃叔叔，我本来一直都对我爸挺憎恨的，说实话，到现在也还是有点儿。"

"嗯，我明白。"

"你说我爸也老大不小了，跑车跑了那么多年，怎么还能出这种问题？我看他八成也没想过家里还有我和奶奶，浑浑噩噩的，他不出事儿谁出事儿？"

"唉……人总有失误的时候。"

"但是这么多年过去了吧，要说恨确实是恨，但也不像小时候那么恨了，小时候巴不得世界上没他这个人在，结果也不知道是不是因为和李强哥联系多了，反而就成了习惯，如果隔时间长了没联系，心里还总惦记着他身体好不好，吃饭吃得怎么样，有没有好好表现……"

"是啊，怎么能说不在乎就不在乎呢……"

"但是就昨天这事儿吧，肖跃叔叔你知道吗，我还以为李强哥是跟我说申请通过了让我准备呢，当时我就跟高宇说了，我紧张，紧张得都不知道怎么接电话了，说来也怪啊，就接电话那么短短的几秒钟时间里，我甚至连面对我爸的时候怎么骂他都想好了，可结果……结果……"洪小元没有能说下去，他的眼泪无声地流出来，淌到嘴里去，将他所有的话都泡软了碾碎了噎在嘴里。

肖跃没有回应，与其说他是不清楚应该怎么劝慰洪小元，倒不如说他知道这个时候自己所有的语言都十分苍白，洪小元从小就没有一个完整的家庭环境，肖跃的出现似乎从某种意义上勉强补了补洪小元缺失的那些情感投放，肖跃知道，自己这个时候，只能默默地站在洪小元身边，给他无形的支持。

"肖跃叔叔，是不是如果我早早地就答应了我爸希望见面的请求，他就不会生病了？"洪小元抽泣着吐出这句话。

"这不是你的错。"肖跃叹息着说出这句话来,实际上他并不清楚洪庆国的突然生病与心结是否有关,但他目前也只能这么说。好在这样伤感的状态并没有持续太久。李强的电话是在下午打来的,洪小元和肖跃由于心情低落丧失了食欲,两人就这么呆呆地在操场上溜达着,走走停停,一直到了下午。这个来电让洪小元和肖跃终于从行尸走肉一样的状态中脱离出来,他们面对着来电显示十分急切,却又有些恐惧。

电话响了好几声,洪小元才咬着牙按下了免提,李强开朗的声音立刻在空气中飘散开来:"小元,没事了!医生检查结果出来了,你爸是因为之前休息不好,一直食欲不佳,胃上出了毛病自己又没及时说明,所以这次吃过饭以后突发急性肠胃炎,上吐下泻了好一阵,这会儿已经治疗完毕打了吊针了,没事儿了啊,别担心!"

肖跃感觉双腿都有些不像是自己的了,听完李强的描述之后,他就立刻感觉到了腿脚的不受控制,竟然软得有些动不了,于是他顺着跑道旁边的看台坐下,也不讲究看台上的灰尘,心里长吁了一口气。再去看洪小元,已经是泪流满面泣不成声,破碎的音节中隐约能听出来的几个字,都是对李强无休止的道谢。

"小元别这样,弄得我也怪不好意思的,医院这边跟我们本来就是两个系统,消息比较慢,我也是今天才知道,嘿,白让你们担心了,真是不好意思。得了,后边我会持续关注你爸的情况的,咱们随时联系啊!"李强说完就挂了电话,洪小元如释重负地淌着泪坐在肖跃旁边,过了很久很久之后,才终于吐出一句话来。

"肖跃叔叔,我真的要吓死了……"

说完话的洪小元干脆俯下身把一直隐忍未发的哭号声都埋进了臂弯里,肖跃则在一旁静静地坐着,一下又一下缓缓拍着洪小元的后背。

……

洪庆国的养护还需要一段时间,探监的事情就再次被耽搁了下来,不过这一次肖跃的心态已经比之前要好上许多了,因为洪小元经过这一次紧急事件之后,似乎同时说服了自己很多,在面对看望父亲这件事情上,再也没有出现过犹疑。

那天回到办公室后肖跃就收到了洪小元的消息。

"肖跃叔叔,可能我之前一直都太过于敏感,一直在考虑我自身的情绪,而忽略了我爸。毕竟相比我爸来说,有更多的人都在我周围关心鼓励着我的行动,也从来不刻意逼迫我做出什么决定,而我爸不是。我有出口,他一个出口都没有。

"今天我说是不是如果我早早地见到他,他就不会生病了,其实我真的这样想,到现在也这样想。他睡眠不好又把胃搞坏了,不会和心情没有关系,从这一点上来看,也有我的责任吧。他确实该为自己的行为受到相应的惩罚,但这种惩罚不该是我这个儿子强加给他的,肖跃叔叔,我想通了。"

  肖跃将这条消息保存了起来，他感到这几年的努力没有白费，现如今虽然还没有真正等到洪小元去探望洪庆国，他却已经实实在在地感受到了收获的酸楚和喜悦。

  回想着自己一开始的目的，肖跃其实在那时根本没有想过自己会陪着洪小元走这样远的道路，资助早就在洪小元获得了贫困补助后停止，而他这几年所做的一切也足够配得上他"长腿哥哥"的初衷了。

  那么是什么支撑着自己一路陪洪小元成长下来的呢？肖跃忍不住将这条信息翻来覆去地看，似乎从这条信息里，他看到了曾经那个敏感脆弱的自己，那个被村里人和其他匿名好心人帮助的自己，那个人生路上虽然缺了父母的陪伴，却总有朋友和老师们为他指点迷津。或许他也是在向洪小元学习吧，肖跃想着，洪小元可比他要坚强笃定得多了，从自暴自弃到逐渐逆转了想法，肖跃扪心自问，自己并没有过多地参与到洪小元的生活中去，可这个孩子以令人惊讶的速度在茁壮成长着，尤其是与自己的和解。

  想到这里，肖跃内心某一处突然动了动。他好像突然间就心明眼亮了起来，洪小元面对那个自暴自弃的自己时能够坚定内心重回正途，面对到处纷飞的流言时能够明辨是非、淡然处之，面对曾经犯错的父亲能够以己度人放下愤懑，这一路走来，洪小元无时无刻不在面对着如斯困难，却都选择了面对与和解。

  而肖跃自己呢？他不由自主地想到了于晴，那个曾经让他投注了太多痴心的女人。

  算算时间，他已经与于晴又有好几年没有来往了，但每每想起她带给自己一次又一次的伤害，肖跃仍旧会感到心如刀绞。

  小吴和苗香寒，包括工作中遇到的其他形形色色的朋友都在劝他多关注关注人生大事，他也每次都笑而不语，看起来云淡风轻，实际上不过就是无法认同那个在恋爱中一次又一次犯傻的自己。为了逃避这种归咎，他将责任统统推给了于晴，推给了现实与理想之间的不可调和，但却从来没有认真而严肃地像洪小元一般审视过自己。

  肖跃想着，心里有些不是滋味起来，那个"真相验证员"连真实的自己都无法验证，这让他感到可笑。

  迅速地，他把这种胡思乱想赶忙抛至一旁，让工作和洪小元的事情将自己的时间和精力填充得严丝合缝。

  洪庆国的病情一天天地好起来，或许因为儿子主动提出探监申请，李强说他就连恢复速度都快了些，而申请也已经批复完毕，只等着日期来临了。

  没有探过监的洪小元再度因为这个消息紧张起来，他与李强的沟通越发频繁，从探监流程的确认到都能带些什么东西统统问了个遍。

  在得到回复之后，洪小元在宿舍里就不停收拾着一股脑买来的吃穿用度，高宇已经提前拍着胸脯答应了从家里开车接送，这会儿也帮着洪小元一起拾掇。

"按我说啊，你人去比带什么都管用！"高宇一边嘟嘟囔囔，一边手上却没停地帮洪小元打点，"不过说好了啊，你要帮我跟李强哥说再给咱俩点儿素材。"

洪小元只是笑，这几天他笑得尤其多起来，想都不想就应下来："放心吧，李强哥说只要不违规，没问题的！"

宿舍里的谈话自然传到了一直默默在自己座位上磨稿子的杨烁那里。这一段时间以来，杨烁的心境早就从摊上了好事儿的狂喜坠入稿件数次被打回的痛苦上了，虽然他自认为比起林秀清的"宠儿"洪小元和高宇来讲，自己的能力并不差什么，可实际操作下来他却发现独立完成一篇内容翔实丰富的新闻稿件是一件多么困难的事情。

先不说那些丰富的辞藻描写了，在这一点上其实同一个班的大家都差不了太多，再退一万步讲，但凡是个能将话说明白的人都不至于在遣词造句上出现什么问题，更让他难以着手的，实际上是素材的累积。

杨烁平日里并算不上贪图玩耍享乐的人，甚至有事没事还会泡在图书馆里，只是他为人性格有些过于偏激跋扈，以至于身边能帮助他的朋友少之又少，而素材的累积并不在一时半会儿间，它们往往深藏在看似无关的嬉闹聊天中，线索被一点点从这些冗长的与朋友相处中抽丝剥茧出来，再加上对真相的搜索和探寻，如此之下，方能作为一个完整的素材来使用。可偏偏杨烁并不是一个能沉下心去探寻什么真相的人。他对任何事物的探索都浅尝辄止，在碰到瓶颈后立刻放弃几乎成为尽人皆知的事情。

"世上无难事，只要肯放弃"也就成了他每每放弃之后的口头语，只不过之前所有事情都看起来无关紧要，放弃也就放弃了，无伤大雅。这一次却不同，林秀清卡着时间点不断地对杨烁耳提面命，他也就不得不打起十二万分的精神来应对，可惜长久以来的习惯限制了他，离交稿的日子不远了，上次被打回来的稿子还有一多半都等着他来改。于是在洪小元和高宇收拾东西的时候，他便敏锐地捕捉到了"素材"两个字。

听二人聊天，这素材的口子仿佛是在洪小元手上拿捏着。杨烁当下就扔了手中的材料想蹲下来协助洪小元收拾行李，顺便探探口风，结果却被高宇无情地怼了回去。

"杨烁，你可别告诉我你要黄鼠狼给鸡拜年，帮小元一起收拾，别让我看不起你！拿出你当时造谣的态度来啊！"高宇的冷脸让洪小元也有些尴尬，他拽了拽高宇的袖子，使了个"不要"的眼神过去。

杨烁半蹲不蹲地也闹个没脸，自己嘟囔一句："喊，我写字时间长了活动活动碍着你了，大少爷？"说话间脑子已经转了开来。

他看到刚才洪小元阻止了高宇的眼神，心里渐渐活泛，总之那素材是卡在洪小元手里的，倒不如直接趁高宇不在的时候，自己从洪小元下手不就得了？再说，看刚才洪小元那个架势，对自己应该也是有些忌惮的。

心里有了主意之后，剩下的就是等待机会了。

洪小元和高宇仍旧按部就班地埋头在自己的稿子上，时不时一起出去看看在看望父亲之前还有没有其他需要准备的东西，两个人同行同住，竟然有点儿形影不离的意思，这让杨烁在一天天的等待中不免着急了很多。好大喜功让他看着自己的稿件怎么看怎么不满意，趁有一次洪小元和高宇出门的时候，他忍不住徘徊到洪小元的桌前，拿起对方的稿子满是嫉妒地读了起来。

原本只是想从洪小元这边套一点素材的杨烁这样一看下来才发现洪小元竟然在准备的还是大学生犯罪后续的课题！这几乎让杨烁有些出离愤怒起来了，他恨恨地将稿件摔在洪小元桌上，心里暗骂着洪小元没有自知之明，明明林秀清已经将任务交给了自己，怎么洪小元还死皮赖脸地往上凑？怕不是要抢了自己这份得来不易的功劳吧？

越是思索，杨烁就越是生气，他恨不得现在就将洪小元的手稿撕碎得了，可手刚碰到稿子，他又突然想到了另一件事。

"高宇说的'素材'，该不会就是指这个？"喃喃自语间杨烁好像发现了新大陆一般，"好啊，怪不得敢直接跟我对着干，搞半天他们有'外援'啊！哼，我就说背了处分还一天天嘚瑟得不行，原来是因为胸有成竹！"为了验证自己的想法似的，杨烁干脆趁着宿舍现下没人的当儿把洪小元的录音笔也偷偷翻了出来，怀着紧张忐忑的心情按下了播放键。

洪小元和高宇第一次会面李强时，李强给出的一些案件素材就这么在空旷的宿舍中响了起来。杨烁赶忙拿起笔记录，可无奈录音的速度太快太急，中间还时不时地夹杂着高宇的大嗓门，让他怎么也记不清楚。

宿舍门猝不及防地响起来，是高宇的声音。"嗯？怎么开不开，钥匙也没问题啊……谁在宿舍呢躲着不开门！赶紧开门！"杨烁一惊，手忙脚乱地将录音笔草草关闭之后扔在洪小元包里，又反手随意地将桌上的稿件整了整，这才干咳一声没好眼色地开了门。

"有什么好吵的！宿舍门敲坏了你赔呢？！"像是在掩饰自己的慌张，杨烁先声夺人冲高宇嚷嚷。高宇狐疑地打探了一下宿舍，发现没有什么异样之后才走进去，嘴角浮起不屑的笑："喊，神神鬼鬼，谁知道你在宿舍搞什么。小元，赶紧进来试试衣服了快！"

洪小元应了声，进宿舍的时候对杨烁干笑着点了点头，侧身走过去了。这一次他和高宇出门是为了给父亲买一件换季的厚衣服，因为预算有限又不愿接受高宇的馈赠，于是挑了打折款，店里不让上身试，两人这才买完之后匆忙赶回宿舍。

"洪小元你赶紧的，我过会儿还得回去给你问车的事儿呢！"高宇一个劲地催促着洪小元，端坐在自己的位置上跃跃欲试地等待着。

杨烁本来想要躲开高宇，可听到这句话之后又停住了脚步。

这不是现成的机会吗？于是他装模作样地去水房溜达一圈之后，转身又回到了宿舍，这会儿洪小元刚穿上那件为父亲买的厚棉衣，像个没打稳的木桩子一样在高宇来回地摆弄下转着身。杨烁心里冷哼一声"土老帽"，脸上却露出自然无比的好奇来。

高宇发现杨烁回来，摆弄着洪小元的手也停下，直截了当地对着杨烁问："不是出去了吗？又跑回来干吗？"杨烁心里早把高宇骂了成千上万次，但碍于高宇的人高马大和财大气粗也不敢真计较，只能阴阳怪气："大少爷意思是宿舍容不下我了呗，也行，但是我看人洪小元试试衣服我开开眼没啥问题吧！"

不等高宇反驳，他先把目光转向洪小元身上，口中啧啧称赞："行啊洪小元，平常你那些破烂衣服加起来还不如今天这件买得好看呢，不过就是得等等才能穿……"

洪小元没来得及客套，高宇先失笑了："杨烁，你是不是有什么目的啊？太阳从西边出来了这是，你能夸人？不过别说兄弟没帮你，我今天还真得给你泼一盆冷水，这衣服不是给洪小元买的！"

杨烁脸上有些挂不住，但稍微思索一下也就有了答案，衣服款式很旧，颜色也暗沉，再怎么说都不该是年轻人的穿着，他眼睛转了转自信地开口："这么明显是洪小元给他爸买的，你当我没脑子？"

洪小元听到杨烁说到自己的父亲，顿时回想起来之前杨烁的那些谣言，眼看着就不太高兴起来，但他实在无心让高宇和杨烁继续口舌之争，于是撺掇着高宇赶紧结束战斗："好了，合适着呢，我爸应该能穿，高宇你该回去了吧？"

高宇这才一拍脑袋："噢对，对对，再不走耽误大事儿了，那我先走了，回来联系你！"

洪小元点点头，小心翼翼地把衣服脱下来叠着，高宇则大步流星地往宿舍门口走，经过杨烁时还不忘居高临下地白了他一眼。

杨烁站在宿舍门口眼看着高宇下了楼才立刻转身回来往正在理衣服的洪小元身边走过去。

"小元啊，之前兄弟不懂事儿，听信了谣言！嘿嘿，那个，你别往心里去啊！"

洪小元没抬头，淡淡地说："都是同学，能有什么事儿呢，你不说我都忘了。"

杨烁见洪小元这么说，越发感觉到这个"杀人犯的儿子"根本不敢拿他怎么样，不禁得意起来，直接按住洪小元收拾的手，将那件刚被洪小元买回来还来不及叠整齐装好的衣服又抽到一边去搭在椅背上，大大咧咧地开了口。

"实不相瞒啊，我这次呢，还确实有点忙想请你帮帮我……哎，不过你可别瞎想，其实我早就想跟你道歉了，但是你看高宇那个大少爷，见谁都跟欠他多少钱似的拉个脸，我呀在他心里也就一长工，实在是没法直接跟你说……"洪小元没有理会杨烁的叨叨，他眼睁睁地看着被杨烁拎到一边的新衣服就那样随意地被扔在一旁，心里隐隐地有了些不耐烦："都是同学，有什么需要帮忙的，你先说出来，咱们看看怎么处理更好一些。"杨烁乐得搓手，他深刻感觉到自己对洪小元的策略之准确。

"对你来说也就是小事一桩！哎，你可以啊，竟然还能联系到懂那么多案子的人，是哥们儿就帮帮我，这几天我快被稿子折磨死了，马上就要到节点了，给哥带点儿新鲜的素材呗，哥请你……请你喝奶茶！"

洪小元没有答话，他只是将那件新衣服又取回手上，默默地叠起来。

这样的态度杨烁自然是不满意的，他一边看着洪小元的动作一边在心里琢磨，难道是自己说请喝奶茶让洪小元看不上了？但一个贫困生，每天能吃饱饭就不错了，有奶茶还有什么好不满意的！想着，手上的动作就不由自主地粗暴起来，他一把扯过洪小元正在叠的衣服，变得咄咄逼人起来。

"洪小元我跟你说话呢！给哥带点儿素材回来听见没，别老整这衣服了，啥时候不能整啊，我这截稿时间马上就到了，你还在这思想抛锚……"

"杨烁，你是怎么知道我认识这类人的？"洪小元打断杨烁的抱怨，强压着自己的怒火说道。杨烁这才意识到自己的暴露，但与此同时又想洪小元一个无依无靠的贫困生，唯一的铁哥们儿高宇也不在旁边，志气也就上来了，觍着脸笑道："这不是你们刚不在嘛，我吧就是想找找灵感，所以……"

"所以动了我的录音笔。"洪小元忍不住地接过杨烁的话，他其实从一进门就发现自己的书包有些不似往常，在整理给父亲的物品过程中，又发现录音笔不知何时从内袋中跑了出来，随随便便地被扔在一边。

"哎呀，就是听了两句，你们就回来了。"杨烁不以为意地打着哈哈，"小元啊，你可别告诉我，这种小事儿你还带生气的啊？"

"我没有时间去要素材了。"洪小元忍了半晌，最终还是叹了口气淡淡地说着。这个忙他从一开始就没有打算去帮，他自认为不是一个睚眦必报的人，但要与杨烁这样人品的同学结交对他来说也是不可能的事情。

要说生气，洪小元是很生气的，杨烁这样不经同意就乱翻他东西的做法令他不齿，甚至在杨烁提出这个请求的时候，他一度想要借此机会好好地让杨烁栽个跟头，但最终善良还是让他没有办法对别人使出这样的手段，于是他只能实话实说。

"洪小元你什么意思？！"杨烁对洪小元的回答极为不满，声音也高了八度。

"字面意思。"洪小元脸色平静，面对着杨烁一字一句地说道，"不是我不愿意帮你，而是离探监时间越来越近了，我有很多东西需要准备，所以真的顾不上。"

杨烁冷笑起来："顾不上？呵！洪小元你别给脸不要脸，口口声声在这跟我说顾不上，抢我的报道抢得倒没停过手！真没时间的话，你那稿子怎么写出来的？做梦写啊！你就这么见不得我独当一面？"

"我那是为了锻炼自己！根本就没有想过在学校发！"

"谁信呢洪小元？也不知道是谁，一开始学校把亲爹坐牢的事儿传开之后扬言不愿意见自己爹，现在好了，出点儿名屁颠屁颠地就去了，谁两面三刀？哼，你也好意思！"杨烁撂下话之后，愤愤地走出了宿舍的门，只剩下洪小元攥紧拳头，一言不发地闷声坐在原位。仅仅一两天的工夫，洪小元即将去探监的消息就又传遍了整个学校。

在林秀清看来，这是一件再好不过的事情了，她早早就从苗香寒那里得知了洪小元与自己父亲之间的龃龉，如果能够通过这次会面解开矛盾，那简直可以算得上是功德。只是这个消息听起来却并不像是那么简单。

首先是洪小元宿舍同学们在回到宿舍之后看见洪小元呆坐在那里一言不发，甚至晚饭都没有去吃，比起以往来说好像越发沉默寡言了，再就是关于大学生犯罪的稿件洪小元也在偷偷摸摸地写着，不知怎么被杨烁发现之后，洪小元竟然恼羞成怒地对杨烁发起了脾气。因为之前有过让杨烁和高宇劝慰洪小元，结果惹出麻烦的先例，林秀清这一次便格外地注意这中间的分寸，不敢再冒冒失失地直接安排学生去询问，她想，解铃还须系铃人，倒不如直接问一问洪小元的想法好一些。

于是，在新闻社例会结束之后，林秀清就点名让洪小元留下来。

"洪小元，我听同学们说你最近要去探望父亲？"林秀清看着眼前脸色平静的大男孩，犹豫了下，决定还是单刀直入。

"是的。"洪小元的回复简单明了。经过之前的流言，洪小元便有意无意地躲着林秀清，这倒并不是说他或者林秀清心里有鬼，而是他不想因为自己的一些举动给了旁人可乘之机，毕竟现如今的他在面对流言蜚语时已经足够成熟，但林老师还是一个刚过来任教不久的姑娘，姑娘被这样的流言所扰，总是不太好的。

"噢……一切都准备得差不多了？"林秀清没想到洪小元回答得这样干脆，于是愣了愣才继续问。

"嗯，差不多了，周末的时候出发。"

"这样也好，周末的话，不管是学习还是社里的事情都不会耽误。对了，我听同学说，你也写了有关大学生犯罪的后续稿件？"洪小元用脚指头想都知道这些事情是谁传开的，他心里觉得好笑，不过自己行得端坐得正，倒是不很在乎这些："对，这对我来说也是一个很好的锻炼。"

"有没有因为这件事和同学闹过不愉快？"

"不愉快？没有吧。"洪小元怔了半天才想到那天杨烁气冲冲走出教室的样子，刚才那种好笑的情绪更甚。他冷笑一声："噢，也不全是，杨烁问我素材的事儿，我这边没有时间帮他，所以他可能有点不高兴，但是更大的不愉快就没有了，本来也没多大的事情。"

"林老师，如果没什么事情的话，我就得回去继续准备了。"洪小元看林秀清不语，而由于放学的关系，周围同学来来往往得也很多，为着避嫌，干脆自己开口要走。

林秀清点了点头。相比其他人来说她是更加了解洪小元一些的，通过苗香寒的描述和自己相处下来的经验，她知道洪小元不是一个爱夸大声势的人，相反地，一件说大不大的事情在洪小元口中更有可能是轻描淡写到几乎没有发生过。所以洪小元刚才的那个状态就很值得玩味了，林秀清几乎断定杨烁和洪小元之间肯定有事，事情可能不大，但那种互相敌视的态度却已经十分分明了。

作为老师，林秀清有些愧疚于自己对学生们的疏于管理起来，她不像苗香寒那样可以毫无障碍地和学生们打成一片，清冷的性子让她在教育中往往有些疏离，而且自己也刚从校园出来没多久，还没有顺利完成从学生到老师的态度转变，这也是一直以来让她苦恼的地方。暗暗下了要多与学生们接触的决心之后，林秀清又不得不绕回到洪小元对自己的态度上。

洪小元之所以成为自己比较关注的学生，在很大程度上是因为苗香寒的托付，但除此之外，这个孩子优秀的能力也让林秀清刮目相看，从加入新闻社至今，洪小元几乎是校台新闻发布的长期供稿者了，工作上的往来让林秀清与洪小元的接触本身就相较其他同学要多一些，由于年纪差不了多大，心态又相似，聊起天来自然也没什么障碍。

但是最近她却明显地感觉到之前那种聊天不复存在了，林秀清当然知晓这中间的原因，但这些事情究竟是从何时开始的，她却不太清楚。她翻出自己的工作记录仔细地查看着，很快就定位到了洪小元开始有所变化的一天，那一天肖跃来到学校，在教室外等待了洪小元很久，而等洪小元再回来的时候，就发生了这样多的事情。

难道是肖跃跟洪小元聊了些有的没的？林秀清控制不住地这样想着。

她将那天之后的所有事情又在脑中过了一遍又一遍，试图从中找到一些其他的可能性，但最终什么都没有找到。最后她几乎可以断定下来，肖跃一定是告诉了洪小元什么，才导致洪小元最后面对这些流言时情绪不由自主地激动起来。

"怎么可能呢，他不是这样的人啊？"林秀清一边心里委屈着，一边嘟囔出声，不高兴极了。思来想去总归没个结果，她干脆拨通了学妹的电话一探究竟。

- 8 -
重拾亲情

"秀清姐,今天怎么想起来突然给我打电话了?是不是又有学生惹你不开心,你不知道怎么收拾他们啦?"苗香寒轻快的声音传过来,让林秀清的不高兴一下子就淡了很多。

"托你的福,最近学生们还都挺乖的,估计是眼瞅着快要期末了,再不好好学习,试都考不过!"

"哈哈,也是!那秀清姐,你今天找我是?"

"噢,有一件事觉得挺奇怪的,想不通,所以想跟你打听打听。"

"什么事儿能让你这个学霸想不通啊?你上知天文下知地理的,八成除了谈恋爱以外,没什么再能难住你了吧?"

"胡说八道!正经问你呢,你了解不了解肖跃这个人啊?"

"噗……肖跃?学姐,还说我刚才胡说八道,你看看,再没有比我说得更准的了!"

林秀清突然感觉到不好意思,伸手抚了抚自己的脸,笑骂:"我就了解个人,跟谈恋爱有什么关系!"

"那关系可就大了,没个男人,谁跟你谈恋爱呢?"

"哎呀,你再乱说我就挂电话了!"林秀清越发不好意思起来,感觉两边脸颊都有些发烫。苗香寒终于说了学姐:"好好好,我不乱说不乱说了成了吧,肖跃哥呢我还算有些了解的,说吧,想打听些什么?"

"他这个人……嘴碎吗?"

本以为正常的一句问话却引来了苗香寒的一阵大笑。

"笑什么!"林秀清有些窘迫起来,她不好意思直接告诉苗香寒自己是由于学校里的流言才有此一问,只能自己闷着声打断苗香寒爽朗的笑声,"反正你就告诉我得了。"

"唉,肖跃哥这个人不仅嘴碎,这么说吧,他甚至往往由于太关注对方的情绪,好多话都不敢直截了当地告诉人,只能拐弯抹角地打听,就跟你现在做的差不多!"

林秀清这才放下心来，想到刚才自己的委屈，也忍不住笑了："那还是个性情中人。"

"可不嘛，而且跟你似的，他之前不是去学校还跟你吵吵了两句嘛，一直不好意思当面问你，倒反过来问我该怎么办。你也是，明明早就从我这知道肖跃哥的电话，也不去直接问他，跑过来问我。"

林秀清这才明白过来，肖跃为什么在洪小元父亲生病那天突然拨通了自己的号码。转念她又脸红起来，听苗香寒的意思，肖跃竟然也通过苗香寒去特地询问过有关自己的事情？作为一个成年女性，她本能地感觉到了一丝暧昧的气息，但与此同时却又立刻打住了自己这个多少有些不合时宜的想法，急匆匆地敷衍苗香寒两句就挂了电话。

"肖跃……"林秀清挂机之后摸着手机忍不住地小声念叨，像在劝谏自己一样，"林秀清啊林秀清，这可是你的恩人，千万不要把持不住让人厌烦了才是……"

"林老师，自己嘀嘀咕咕什么哪？我听说你们新闻社那边那个明星小记者要去探望他爸了吧？"林秀清被突然进办公室的老师吓了一跳，赶忙回到之前的状态中去："对，周末的事儿。"

"那稿子这边还是你说的那个杨烁？啧，这孩子几次交上来我看都写得不怎么让人满意啊。"

"可能是突然赶鸭子上架有些撑不住吧，不打紧，周末反正也要交稿了，再交上来如果有问题的话，一起加班改改就是。"林秀清答着话，思路也回到了洪小元和杨烁的矛盾身上，刚才有关肖跃的打听已经让她明白了洪小元的冲动并不是因为肖跃，那跟杨烁的这些小九九就很有些问题了……

……

学校生活度过得很快，几乎是一眨眼的时间，洪小元就迎来了周末。

他起得格外早，将那些要带给父亲的东西又整理清点了下，就带着紧张坐在桌前拿起稿子边看边等待高宇开车过来接他。印满纸张的铅字他翻了又翻，一个字也看不进去，脑海中闪过的全都是很久以前父亲的样子，从他记事开始一直到父亲锒铛入狱，那些哭着笑着或者就干脆没有表情的脸渐渐地苍老起来，一条又一条新增的皱纹他之前并没有注意过，如今却是这样清晰地展现出来。

他还记得父亲之前领着自己去上学的样子，那会儿他们还不算穷，温柔的母亲也健在，一家人和和睦睦，日子幸福得像住在云端，可没多久苦难就接踵而来，从母亲去世开始，他就好像再也没有看到父亲脸上流露过笑容，那些恒增的皱纹也就是打那个时间起，一道又一道地刻在父亲脸上的。

近乡情怯，洪小元感觉到自己整个身体都在不受控制地微微颤抖着，他甚至都能听到自己牙尖传来的触碰声音。

父亲现如今，又会有多少皱纹横在他脸上呢？在见到他时，还会不会露出久违的笑容呢？稿子彻底看不下去了，洪小元焦急地等待着高宇来接他，顺手将稿件就摆在了桌子一旁，在宿舍来回踱步。

好在高宇并没有让他等很久，洪小元并没有踱步几分钟，就等来了高宇要他出门的电话，他慌乱又期待，拎起带给父亲的各种物品急匆匆地下了楼。一路上，洪小元都因为紧张而没有说话，路边的景色从繁复到苍凉，从红灯不断到一马平川，他都在揪着一颗心，直到看到监狱大门前的李强才稍稍放松了些。

下车之后，李强冲着洪小元点点头，带着他去办理手续，他本以为探监的人会很少，可真等到办理手续的时候，才知道远比他想象的要多上许多。洪小元为此感到很惊讶，在他的概念里，如同他父亲一般的服刑人员背负着各种各样的罪责，他们是罔顾了亲戚家人的生活走上了一条错误道路的，但为什么好像这些来探监的人们却并没有像自己想象中那样对此抗拒？难道说，只有他一个人紧紧地抓着父亲的过失不愿承认也不愿原谅，让父亲一个人孤苦伶仃地在这所牢笼里静默了这么多年吗？

他不敢想下去了，再想下去，怕是就要当场恸哭出声了。

想要见到父亲的心情越发迫切起来，几乎是有些难耐，洪小元感到一种强烈的愧疚，这种愧疚实体化起来，就在他身后推着他马不停蹄地向前走。终于，该递交审核的资料都已经审核完毕，洪小元在李强的引领下来到了接见室，忐忑不安地望着铁窗后那扇紧闭着的门。

好像是过了几分钟，又好像是一个世纪，那扇厚重的门终于在刺耳的声响下缓缓地拉开了，洪小元不由自主地站起身来，眼睛死死地盯着那扇门背后，或许因为眼睛睁得太过用力，他感觉到眼眶发酸，泪水也就突如其来地顺着眼眶渐渐积攒起来。

一个有些蹒跚的身影出现在铁门背后，脚步仿佛很缓慢似的，但又十分熟悉，洪小元紧紧地靠着铁窗，双手握住冰凉的栏杆探望着。洪小元看见父亲顶着满头的银发，眼神还仿佛有些浑浊，一张嘴合不住地颤抖着，连同手腕也一并抖着，引起手铐上叮叮当当的一阵响。父亲就那样停住了，直直地站在铁门那里，遥远地看着洪小元。

洪小元感觉自己的嘴巴突然喊出了一个陌生又亲切万分的音节，这几乎不像是自己发出来的声音了，好像血脉还没有经过大脑的反馈就直勾勾地现了形。

他喊："爸！"

接下来的事情让洪小元几近五雷轰顶了。父亲流出来的泪水冲刷在沟壑遍布的脸上，在洪小元还来不及制止的情况下，父亲竟然缓缓地跪了下去。

任洪小元已经哭喊着拒绝接受，父亲仍毅然决然地跪了下去，狠狠地磕了三个头之后，才缓慢地走向洪小元，坐在了铁窗的另一边。

洪小元又喊："爸！"

脑海中那些过了无数遍的指责和思念此时此刻好像都成了一团糨糊似的，怎么抽调也抽调不出，致使洪小元只能像个刚学会喊人的孩子一样，呜呜咽咽地哭号着，一声接一声地将这么多年没有喊出口的称谓悉数奉上。

父亲却看起来要好上很多，他虽然比洪小元印象中仿佛一下子老了太多岁，却在磕过头之后重拾了精神似的。

"小元啊……长这么大了，好……"父亲擦泪，破碎的语句化成一道道尖利的刺，戳得失语的洪小元心疼不已，"爸对不起陈家，对不起你奶……爸更对不起你……"

"爸……"

"刚才那三个头，是我能做的所有事了……我知道来不及，对不住，爸没有用……"

比起洪小元的呜咽，父亲的哭泣声音要小上很多，但一字一句说出来，竟然像在泣血。

"爸，不是的，不是的，是我不好……"洪小元终于让自己重拾了语言，咽着喉头的疼痛冲父亲说着。

话才一出口，他就感到了那种渴望倾诉的欲望，那些想过一遍又一遍的词句争先恐后地从他的腹腔中冒出来，急不可耐地想要将自己展示给面前这位流着泪的老人。

"爸，你不知道我这几年过得怎么样吧？我跟你讲讲……就从你当时坐牢开始？好不好？……唉，成，那会儿啊我年纪太小了，学校那些孩子你不是不知道，而且就三胜子，他一个陈家的人，总是看我不顺眼的……难熬啊爸，当时是真的难熬，说实话我那会儿真恨你！恨得都不愿意叫你！……唉，这也是我年纪小……"

洪小元就这样絮絮叨叨着，恨不得将父亲没有参与过的人生事无巨细地都讲上一遍，像要强行将父亲塞回到这段记忆中一样，连口水都顾不上喝。

那些逝去的人生里，他自己是多么无助而惶恐啊，到了终于见到父亲的时候，他才反应过来自己并不是拥有多么强韧的心性，更谈不上对自己的人生有多么宏大的追求，那些过往几年或幼稚或偏执的经历，都不过是为了这一天的重逢罢了。

父亲也同样认真地听着，洪小元发现父亲的眼泪从一开始就没有息止过，那么多的泪水，把洪小元所有的怨怼全部冲刷得一干二净。

他想，人生或许就是泪水构建起来的吧？从出生那一刻的啼哭开始，每个人就在这泪水中游荡沉浮，最终也在子孙们的呜咽中沉向灵魂深处，他与父亲分别了这么多年，隔了不知道多少泪水翻涌，才终于又见到这一面。

哭吧、哭吧，这条泪水长河让洪小元的心也要碎了，讲述的过程中他早就忘了自己为什么怨恨了父亲这么久的时日，他只能想到一件事。

"……爸，我终于见到你了……"

洪小元跟父亲讲述着往事，讲述那看似漫长实际上也只不过白驹过隙一般的岁月，不知道过了多久，两个人才在有些嘶哑干枯的嗓音中互相笑了出来。

笑容自然是含蓄内敛的，眼角眉梢的宽慰和喜悦不敢随便奔跑出来，怕它转瞬即逝不长存，于是都近乎羞赧起来，像坐在花轿上的大姑娘，欢快的心思早就飞了百里路遥，人却总得要在当场端着的。

"爸，你的身体怎么样？"洪小元从这种内敛的喜悦中暂时抽了抽身，看到父亲下意识地揉了揉肚子，于是问道。

"一切都好，领导他们都对我好得很……"重拾亲情的洪庆国笨嘴拙舌，只知道一味报喜报恩，"这动作习惯了，没啥事，娃放心。"

"可千万要注意身体，家里现在就剩下……噢，老房子我暑假的时候准备回去拾掇拾掇。"洪小元本想说家里只剩下父子二人相依为命，却又觉得这样一个貌似团圆的环境下，冒失地说出这句话有些不太妥当，于是匆忙改了口。本以为父亲并没有想过老房子的事情，一定会多少有些惊诧，谁料洪庆国却仍旧沉浸在团圆的温馨里，连眼睛都没眨地淡淡说："我知道，苦了我娃了。"

"爸，你知道？"洪小元有些惊讶地问，"我也没说过我暑假的去向啊。"

洪庆国似乎是看不够洪小元似的，紧紧将儿子的面容印在眼睛里，待儿子惊讶的神色出现后才流露出一丝疑惑来。

"你不是没事就回去拾掇的吗？"洪小元这下才感觉到似乎有什么不对劲的地方。

因为奶奶过世，再加上之前九二六案件的余波，让洪小元从上了大学开始就对白头村的老房子有一种难言的抵触，这种抵触随着对父亲的改观似乎有所改善，但他却也从来没有想过要真正回到那里再去多看一看。

那，又怎么谈得上没事就回去收拾？

"爸，是谁跟你说的这些？"洪小元心中模模糊糊地有了个概念，但仍旧不敢确定，于是换了方向试探。

"就那个孩子，李强，跟我说的啊。"洪庆国仍然不解，不过儿子既然问了，他也就实话实说，"你奶奶……走了以后，我就再没有寄过信，但是老家的房子还是惦记着，有时候聊到这里，李强就跟我说些。"

李强？如果真是李强说的，他为什么全然不知？

"还说了别的吗？"洪小元有些急迫地问。

"大部分都是关于你上学的事情，剩下的就是时不时地托他带点儿东西过来，头两年冬天不是冷嘛，牢里刚好水暖又出问题，你送来两件衣服就暖和得多了……"

洪小元不知道说些什么好了。从父亲的表达里，他当然清楚了这些东西根本不是由他来准备的，父亲絮絮叨叨地讲着，满怀愧疚地讲着，把牢狱生活的几年过程中那些由"洪小元"做的事情都悉数描述着。

"我知道你不愿意见我，你怪我……给我做的这些，也只是看在那一份骨肉亲情上罢了。"这些事情让洪小元有些不知该如何接话了，他脑海里想起来的是李强与他电话沟通时字里行间流露出的一些细枝末节的信息，虽然当时他并不在意，但想一想仿佛是因为自己心中存着魔障，所以故意视而不见了。

李强哥说："小元，最近牢里水暖不太行，今年冬天还挺冷的，你那边怎么样？已经买过棉衣了吧？"

李强哥说："小元，你爸之前是不是特别爱吃白头村那边手工烙的石头饼？哈哈你别管我是怎么知道的！"

李强哥说："小元，你爸今天还提起老房子了，说后面有机会一定要亲自收拾，不给你添麻烦……"

李强哥说……

李强哥说了那么多的话，洪小元此时此刻才明白这些话到底是来源于哪！他几乎是想要好好地骂一骂自己了，考上了西京大学，专业又是新闻，天天在校园里看似多么敏锐的样子，却连自己父亲的点点滴滴全部都遗漏了，他感到自己似乎是理应迁怒的，这些他没有做过的事情被一种隐秘的方式巧妙地安插在了他的生活中，这简直是对于自己人生的横加干涉！

可很奇怪的是，洪小元却丝毫感受不到愤怒，他整个人沉浸在对往事不可追的羞愧和懊恼中，甚至有些想要感谢那位替自己完成使命的"好心人"了。最终洪小元笑了笑说："爸，后面如果有什么事情要交代我，你直接告诉我就成，想吃什么我给你送来……里面吃穿肯定不如外面，你也别委屈到自己。"

洪庆国眼中渗出泪珠，很快地又被自己粗粝的手掌揩掉："好，好。"

时间飞快地流淌，洪小元突然想起李强交代过的事情来，于是赶忙结束了遥无尽头的倾诉，端正了身子问父亲："爸，我听李强哥说，你不愿意减刑？为什么？"

洪庆国的头低垂下去，重逢的喜悦在这一刻散去了大半，无可言喻的责难龙卷风一般包裹住老人的身体。

"两条人命，我对不起人家……"洪庆国沉闷地说，"这也好多年了，一直睡不着，一闭眼，两个娃的脸就飘过来，也不骂我，就干愣愣地飘着，盯着我看，盯得我浑身冷汗……娃呀，之前你妈不在的时候，每一天我都盼着睡着，一睡着你妈就来了，唠叨我来了，现在……"

他抿了抿嘴，十分悲哀起来："娃呀，从出事到现在，你奶奶不方便来看我，你恨我，也不来，你妈也没有再来唠叨过我了……"静谧就这样凝结了空气，洪小元突然感受到了父亲这些年在牢狱中的孤独，这种孤独和他一直以来以为的成长的孤独全然不同，那是一种对生命的绝望，对罹难者永远的负罪感。

"爸，是我不好，没来看过你。"洪小元张了张嘴，干哑的喉咙在心痛万分的情况下更显得声嘶，"我现在来了，你别多想。能减刑肯定是好事，你早一些出来，也好早一些回到家里面。"

想了想，他又说："爸，一直躲在牢里总也是没什么用处的，倒不如出来之后我们加倍偿还。"

白头村还有陈家，陈家的丧子之痛岂能轻易被短短几年的光阴磨过？父亲迟迟不愿争取减刑，或者也有这方面的顾虑，洪小元就是因为考虑到这样的顾虑，才在最后加上了这句话。

洪庆国久久没有说话，但身子却狠狠地抖动起来，嘴唇也跟着抖。

哆哆嗦嗦的嘴唇终于在很久之后才浅浅地吐出一个字来。

"好。"

……

探视的时间就这么过去了，洪小元在走出监狱的时候，心中虽然都是满满地不舍，整个人的状态却已经好上很多，连迎他出来的李强在看到他的时候都不由得眼前一亮。

高宇已经独自在车上睡了一觉了，这会儿看到洪小元终于出来，双目红肿却精神昂扬，一直悬着的心立刻放了下来。

"可以啊小元，是个爷们儿！"高宇等洪小元上车，二人向李强打过招呼之后就马不停蹄地启动了车子，"就是兄弟等得实在难熬，饿了，咱吃饭去！"

洪小元心情极佳，他神秘地笑着，没接高宇的话，只是拿出一个文件袋冲着高宇晃了晃："才等了多大工夫就把任务忘了？"

高宇乐坏了，伸出一只手摇晃着洪小元的胳膊："哎，我天，谁能想到你去看你爸还能记住我素材的事儿！小元，你是我亲兄弟！走走走，说你想吃什么，兄弟请客！"

"你说你也不是个饭桶，怎么我出来这么会儿工夫一直都吼着饿了？"洪小元失笑，"我觉着吧咱们得先回一趟学校去。"

"还回学校干什么啊？"

"放资料啊，拿着这些东西吃饭，万一给整丢了呢？再说了，你不得回家把车还给你爸吗？"

高宇更摸不着头脑了："放资料我能理解，车我爸这两天也不开啊，着急还干吗？"

洪小元恨铁不成钢地戳了戳高宇的头："我说你是不是饿得脑子都不转了？这么值得庆祝的事情……"

"噢噢！哎，你看我，真是把脑子饿没了！"高宇终于恍然大悟，大笑着回答洪小元，"这么值得庆祝的事情，还不得咱哥俩整点儿？哈哈哈！那我刚好从我爸那拿瓶好酒，连同请客一起，也算是报答你不忘我素材的恩情！"

"那倒也不必。"洪小元制止了高宇的行动，表情还是开始那样，充满了神秘的味道。

"不必？哎，洪小元，不是你说要整点儿的吗？怎么你这个人高兴起来神神鬼鬼的，说话说一半！这可不是什么好习惯啊，赶紧给我往出吐！"

洪小元这才哈哈笑着："我今天准备带你去蹭饭！"

"蹭饭？"

"嗯！你还记不记得我跟你提过，给我送手机来的长辈？"洪小元侧过头去问着，看高宇一头雾水地点了点头才继续说，"我啊今天就是准备带你去他那蹭饭的！"

"啊？能行吗？你家里的长辈，我跟着过去多不合适……"

"他才不是我家里的长辈呢！"洪小元说完，又抬着头仔细地想了想，"他啊，算是我的……恩师吧！你想知道他是谁吗？"

"什么乱七八糟的……哪跟哪啊？你的恩师我从哪知道去？赶紧麻溜地说！"

洪小元嘿然一笑："肖跃，你知道吗？"作为西京大学曾经的风云人物，又是现下民众评价极高的自媒体"大题肖做"的老板，肖跃的大名别人或许不清楚，但至少在西京大学是如雷贯耳了。

"嘿，肖跃别人不知道我还能不知道吗？你问这个问题真的是……"

话说到一半，高宇就发现了哪里不对，车都开得滞了滞。他腾地从驾驶座上坐直了身体，瞪大眼睛盯着路面，却由于震惊和好奇把头向洪小元那边侧了侧以示焦急："等会儿，洪小元，你别告诉我手机是肖跃送你的啊！"

"胡说八道什么哪，人凭什么送我手机！"洪小元白了一眼高宇，轻描淡写地说，"我之前不是说过吗？虽然咱们这次报道可能没办法上校台，但是我们好歹可以锻炼锻炼，然后能发到其他自媒体那去……"

"怪不得！怪不得，怪不得……"高宇右手一拍方向盘，自顾自地恍然大悟起来。

"干什么哪，跟个复读机似的？"洪小元哭笑不得。

"我说怪不得你当时说什么发别的自媒体，我还盘算是什么自媒体，结果谁能想到是肖跃那边！欸？那等于，这部手机是……？"

洪小元点点头："对，是我之前的……稿费！"

"我的天，搞半天我们在新闻社蹦跶来蹦跶去的争什么发表机会，谁知道你小子捷足先登了哈？嘿！真行！"高宇带着惊喜朗声说着，他是打心眼里为这个争气又上进的兄弟感到高兴，"不过洪小元你这人也是，什么事儿都瞒着！上次还说不瞒着我了，结果还是瞒着！"

洪小元嘿嘿一笑："哎呀，也不是什么大事，再说了，让同学知道这一层关系，那还得了？"

"嗯……也对！"高宇思考了半天，认同地点点头，西京大学的学生换了一批又一批，可能不怎么清楚肖跃的长相，但提到名字都是心知肚明的，大学环境本就比以往复杂很多，如果洪小元和肖跃这层"雇佣"关系被知道了，先不说别人，就单一个宿舍里爱搬弄是非的杨烁，便能搞得洪小元鸡犬不宁了。

其实，这并不是洪小元太过担心的地方。他从进入大学之后第一次听到有关自己流言的时候就发现了自己态度上的转变，这是一种很难描述的东西，就好像小时候非常怕打针，每每遇到那个时候一定要哭天抢地一番才能缓解自己内心的惊恐，而随着年龄的增长，见的世面广了，这样的事情早就稀松平常起来。

大概是"耐受"了？有了抗体的洪小元这样认为。所以哪怕真的被人知道自己在肖跃手下打工，洪小元也并不认为这会是多么严重的一件事，他自始至终所在意的，还是在遥远的几年前，白头村中刘老师千叮咛万嘱咐要他对肖跃资助过自己的事情保密。对洪小元来说，这件事才是至关紧要的，于是哪怕跟高宇的关系再好，他都自始至终没有透露过有关肖跃的信息。

不过今天不太一样。今天是个特别好的日子，阳光明媚鸟语花香，高宇陪着自己不计报酬地忙前忙后，在课业上齐头并进，生活上又替他出头，这份沉甸甸的友情压灭了洪小元的疑虑，他也希望同时能为高宇做些什么，哪怕是经过肖跃给高宇一些专业上的建议也好。所以，除了隐瞒下肖跃曾经资助过自己的事情外，洪小元干脆把自己在肖跃这里兼职的情况公开了。

"不过……小元啊，你怎么突然想起来这会儿去蹭饭了？还带着我？"高宇从狂喜中恢复之后，就开始隐隐约约地觉着不太对劲了。

"嗯，想他了呗。"洪小元不打算给高宇继续盘问的机会，干脆利落地截住了话头。

替父亲感谢的话现在还不能说出口，说出来就好像力道小了很多，也虚假了很多似的，所以要再等等，等到了肖跃面前之后，他才愿意讲。

从监狱出来的路上，洪小元问过李强，一直背后默默替他给父亲帮助的是不是肖跃，李强了然的笑容已经让他确定了下来。他觉得他有可能这辈子都还不清肖跃的恩情了，但是转念一想，又能怎么样呢？还不清就一直还着，反正他还有大把的时光。

高宇饿得不行，由于担心着洪小元不知道何时会从监狱出来，所以干脆在车上就没挪过窝。这会儿还了车，已经感觉前胸贴后背了，急吼吼地三步并作两步跨上宿舍楼要去放资料。

他已经顾不上洪小元在身后叮嘱着将资料放好再下楼的话了，着急忙慌拉开抽屉将资料往里面推了推就直接转身下楼，拉着洪小元就要打车往肖跃的办公室走。

"小元啊，你这个恩师可千万别不在家啊，我这会儿都快饿死了……"高宇捂着肚子露出痛苦的表情，叫车的手一直支棱着。

"放心吧，在，我刚才都联系过了的。"洪小元看着高宇的样子无奈摇头，想了想又说，"不行，你急成这样，八成资料就没放好，我还是上去看看……"

"哎呀，你是我亲哥！别看了放好了，专门塞抽屉里的，您老就行行好吧，我真的饿得一点力气都没了……哎哎车来了车来了，快走！"高宇不等洪小元说完就赶忙拽住他求着，一辆出租车恰好停在他们面前，洪小元无奈，只得摇着头跟高宇上了车。

抵达肖跃的办公室时，高宇和洪小元惊讶地发现肖跃已经准备了一桌子菜。

"肖跃叔叔！这位是我同学高宇。"洪小元乖巧地向肖跃介绍着。

"是哥们儿、兄弟！嘿嘿，肖跃叔叔你好！"高宇不怕生，跟谁都能开得了玩笑，只是这会儿他属实是太饿了，眼睛不由自主地一个劲向桌子上瞟。

肖跃盯着洪小元这个人高马大阳光单纯的"兄弟"，不知道怎么的就想到了几年前来应聘时咋咋呼呼的小吴，心里就有了好感，忍不住笑了："我好不好不重要，菜好不好比较重要吧。"

两个大男孩哪想到肖跃冷不丁地来打趣自己，都是一愣，继而大笑起来，高宇越发不好意思，挠着头抚着肚子嘿嘿笑着："肖跃叔叔，饿一天了，实在对不住。"

肖跃点头挥手虚请着："赶紧吃吧，小元刚才信息上跟我说你们去看他父亲，你在车上坐了一天了。不过我做饭不行，只能弄点儿简单的，这些菜基本上也都是从旁边饭店打包回来的，八成有点儿凉了吧……"

"不打紧不打紧！那……那我先垫吧点儿啊？不客气了，肖跃叔叔！"高宇伸手抓起筷子，冲肖跃和洪小元都抱了抱拳，随后便开始大快朵颐，看得肖跃和洪小元又是一顿笑。

"肖跃叔叔，谢谢你啊。"洪小元看高宇吃得旁若无人，收了收笑容，充满感激地对肖跃说。

突如其来的感谢让肖跃有些不明就里，但对上洪小元仿佛能说话的眸子之后，他便知道，自己在洪小元上大学之后为洪庆国做的那些事情，终究是被这个孩子发现了。

"小元，其实这些事是我有些冒犯了，你不该对我道谢的。"肖跃严肃下来，双肘撑膝，整个上身都冲着洪小元前倾过去，极认真地说，"是我有些心急，才采取了这样一种不太正确的方式，所以你道谢，我真的受不起，你没有怪我已经很好了。"

洪小元明白肖跃的意思，他摇摇头说："不是的肖跃叔叔，我不是谢你这些事……"

"哦？"

"我是谢谢你，一直以来都想尽办法在帮助我重新认识自己、认识与父亲的关系。"洪小元诚恳地说。

肖跃几近是有些感动了，难以言喻的情感在他身体里来回乱窜，让他好不容易才忍住喉头的哽痛不至于哭出来。

可他还没说话，一声响亮的饱嗝就打断了这种脉脉温情。

高宇不好意思地笑笑："实在对不住……那个，吃得太急了……"

两人互相看看对方，又一起看看高宇，实在忍耐不住地大笑起来，眼泪就这样变成了笑语融融，在长久的纠结中，洪小元终于迎来了自己最了无牵绊的一天。

这一场夜宴吃了很久，肖跃从洪小元那里听闻了他今天与父亲沟通的情况，在得知洪庆国终于放下心里的疙瘩准备申请减刑时也长吁了一口气。而后，高宇好不容易抓着这样知名的人士，缠着肖跃给他讲讲业务，肖跃心情不错，自然也一一应允。

在听到高宇绘声绘色描述着他和洪小元为了大学生犯罪后续的内容报道所付出的努力时，肖跃还真有些想到他刚开始做自媒体那段时间，与小吴一起热血创业的日子来。好久都没有过这样的好心情了，肖跃觉得自己不知道从什么时候开始，就习惯性地给自己套上一个沉重的枷锁，以至于每天都显得忧心忡忡过分严肃，而今天这两个大男孩虽然带来的是牢狱的消息，却让他重新体会到了那份难能可贵的热情。

除了在听到洪小元和高宇提到林秀清的时候，他有些不大自然以外，这个夜晚整体而言还是相当美好的。

准备要赔罪的饭由于接踵而来的事端一拖再拖，拖到连肖跃自己都有些记不得这档子事儿了，于是送走了洪小元和高宇之后，他决定让自己以最快的速度完成手头的工作，尽可能把这个迟来的道歉早点儿提上日程。

洪小元和高宇结伴回到宿舍的时候，已经是临近熄灯的时间了。两人很快地洗漱了下，几天的神经紧张加上疲劳让他们早就昏昏欲睡，高宇呫哝着向洪小元打了个招呼就爬上了自己的床，洪小元强忍着困意看了看高宇提到过的资料，那资料斜插在抽屉里露出一角来。

"嘿，就知道你马虎。"洪小元淡淡笑了笑，将资料重新放好，也就爬上自己的床铺，心满意足地睡去了。

这一觉睡得格外香甜，洪小元在似真似幻的睡梦中仿佛看到了自己迎接父亲出狱的样子，二人喜笑颜开地手挽手回到白头村的老房子，老房子在肖跃隔三岔五的整理下整洁无比，那些破旧的家具好像都隐隐约约发着光，父子二人就这么幸福而平静地住了下来……

隔天早上等他起床的时候，已经日上三竿了，原本他去看望父亲就是挑了周六，平常周日里学生们是很少见在宿舍里待着的，要么去参加各种活动，要么就干脆去和女朋友你侬我侬，这会儿宿舍里除了他和仍在埋头大睡的高宇之外竟然空无一人。

洪小元下床洗漱之后感到整个人都精神焕发了不少，事情都已经敲定，也该是时候专心将没写完的后续报道新闻稿完成了。

他轻手轻脚地坐在自己的桌案上，那份之前记录了密密麻麻笔记的素材稿就摆在桌上，看着自己之前的笔记，洪小元静静沉思片刻，就开始专心伏案写起稿件来。

这一次他决定在这些选定好的素材中加上一些其他的感悟，这些感悟是他探监之后的所得，对于父亲和自己的人生，他好像看得更加透彻清晰了些，理解也更深刻些了，他希望可以在这份新闻稿里将自己的所思所想充分地表达出来，于是奋笔疾书，直到过了中午饭点才停了手。

高宇才从懵懵懂懂的睡梦中起床，就发现自己已经错过学校食堂饭点的消息。

"小元，不是吧，你在宿舍都不叫我吗？"高宇欲哭无泪。

"忙着写稿了，没顾上……"洪小元这会儿也饿了，但食堂已经过了放饭的时候，两人也只好结伴在学校旁边的小饭馆里搞定咕咕乱叫的肠胃。

"高宇，你的稿子准备什么时候写？"洪小元吃饱喝足，冲高宇发起灵魂拷问。

高宇果然脸耷拉下来："你有时候真扫兴，吃个饭都让人吃不利索……这么急干吗啊，咱们反正又参与不了校台放送。"

"能不能参与是一回事儿，有没有去参与是另一回事儿！"洪小元义正词严地说，"下周一就是最后截稿时间了，赶着时候交上去，起码也代表了我们作为新闻社成员的态度不是？"

"啊？！那我岂不是只剩下一下午了？苍天啊！"高宇仰头哀号。

毕竟接受过肖跃的悉心指导，虽然高宇愁眉苦脸了一整个下午，却最终还是在将手头所有的资料都整理完备的情况下完成了稿件。

"只是有点儿可惜，时间太紧张，我又没睡醒，你看望你爸回来拿给我的素材都没用上。"高宇看着自己完成的新闻稿，不无可惜地摇头哀叹。

"之前的准备其实也已经差不多了，而且这些素材也不一定之后就用不上，先留着呗。"洪小元笑着说。

高宇听洪小元这么讲，也只能点点头应允，将文件册整理到自己的柜子里。

周一下午很快到来，新闻社的例会刚开始，洪小元和高宇就拿出了自己关于大学生犯罪的后续报道稿件交给林秀清。

平常他们交稿的时候，新闻社的同学们都不会有太大的反应，毕竟稿子人人都是要交的，这就如同考试一样，大家都总归要交卷，并不存在有什么引人注目的地方，可是这一次洪小元在交稿给林秀清的时候却明显地感受到教室里那种奇怪的气氛，被注目着的、古怪的难堪感受。

就连林老师也有些古怪了，她虽然脸上不动声色，也并没有表现出有什么奇怪的地方，但在洪小元交稿的时候，林老师那意味深长地一抬眼却让他十分在意。

这种心情折磨着洪小元，让他在整个例会过程中都有些心不在焉。

疑惑不解占据了洪小元整个脑子，他在例会过程中发现社员们好像都在有意无意地看着他，可是当他的视线真与别人对上的那一刻，那些人又迅速把视线移开了！

困惑在例会的最后得到了解答，林秀清抿着嘴点了他和杨烁的名字让二人留一留。说是只有他们两人留下，可好事的学生总是想要一探究竟的，都纷纷停在门外，从窗子里向里面看着。高宇也没有走，他早就看出来今天的洪小元一直心不在焉，出于担心，他首先占据了教室门口的位置，一眼不错地盯着里面发生的一切。

"小元，你周末有事情，所以大概不清楚，杨烁的新闻稿已经报送给校台了。"林秀清这样开场。

洪小元有些纳闷，看了一眼旁边好像有些得意又有些慌乱的杨烁，回过头来说："我确实不清楚，但是老师，我知道这次我是没机会的，只是想让你帮我看看稿件。"

"喊……"杨烁嘴里不屑地嘟囔着，将头扭在一边。

洪小元听见了，他不太想搭理杨烁，只是望着林秀清，想知道这一次被留堂的原因。

林秀清一言不发地望着面前的两个大男孩，洪小元眼神清澈，虽然饱含着深深的怀疑，但看起来却是坦荡的，而杨烁却不太一样，不仅头微微扬起偏到了一侧，而且那种目光，怎么看都像是揣着慌张。她埋下头去看洪小元交上来的稿件，稿件里所用的素材几乎与杨烁一模一样，哪怕就说成完全一致也不为过，按在平常，几乎就可以认定为这是她深恶痛绝的抄袭行为了，但凭着上一次孩子们的冲突来看，她觉得事情仿佛没有那么简单。

尤其是，如果洪小元这篇文章是抄袭，那又何必在最后用了那么多笔墨去自我发挥一段心路历程呢？

"小元，你的稿件是昨天完成的吧？"林秀清想了想，抬头问。

"也不算是，其实这些素材很早就有了，大概是……在我被处分之后不久的事儿，只不过中间事情比较多，当时整理完前面的部分就没有再动笔，直到昨天睡醒才完成的。"

洪小元将时间线整理得清清楚楚，思路清晰，让林秀清自然是更相信了几分。

在洪小元回答的过程中，林秀清的眼神却一直不住地向杨烁这边瞟着，她看到洪小元在说到有关自己素材来源的时候，杨烁的身子仿佛很不自然一般地挺了挺，嘴角也跟着抿紧又放松。

她抬头看看门外，偷看的学生吓得赶紧往后退过去。

"高宇你进来一下。"林秀清没多说什么，只是叫高宇进了门，给了他两份稿件去看。

没过几分钟，教室外同学们就听到了高宇的怒吼："杨烁你还要不要脸！抄洪小元的素材拿来自己用，你算是新闻社的人吗！"

学生们立刻就被这一消息震惊了，为了听后续，纷纷趴在窗户边静静听着。

杨烁气急败坏的声音没有让这群好奇的孩子失望："你、你血口喷人，高宇！我抄什么了！洪小元去探监的事儿谁不知道，一天到晚都在宿舍整他那堆破烂，你说他有时间赶稿子？我呸！你给我拿出证据来，拿出证据来我才认！"

学生们看热闹的情绪一下子就得到了极大的满足，七嘴八舌地开始了讨论，有一部分人认为洪小元平常表现优良，根本不至于去抄他杨烁的新闻稿，但也有人说洪小元这种不合群的性子，清高是难免的，为了保持人设，偶尔抄一下也不是不可能。

一时间教室里外都被各种嘈杂的声音充满，同样也吸引了来来往往的其他学生，好不热闹。

林秀清有些生气了，她原本就不想在事实还没有厘清之前将影响闹得这么大，但偏偏事件相关的几个人里，高宇是个天生藏不住事儿的大嗓门，杨烁又是但凡遇到点事情就爱吵吵嚷嚷的，让她头疼不已。不论教室里外，泾渭分明的两方都有些争执不下的意思，林秀清终于忍不住，爆喝一声："都住口！"

气质本就卓越的林秀清平常看着极温柔，不过一旦威严起来，学生们也往往都怕她几分，这一声清脆的怒喝下，所有人都乖觉地闭了嘴，无数双眼睛就这样齐刷刷地打在她身上，等待着她对这件事的最终判决。

她环顾了一下周围，深刻明白到这件事需要谨慎对待的道理，思索了好一会儿才拿起手机给校台的辅导员打电话。

"新闻社的稿件下周再发布吧……时间上来不及也没办法，稿件目前还有些小问题……对，问题不大，最多一周……好的，麻烦你了。"

两三句话之后，林秀清挂了电话，十分严肃地告诉洪小元和杨烁："关于这件事究竟是怎么回事，我一定会严查！"无论是洪小元还是高宇，又或者门外驻足观看这一幕的同学们，在听到林秀清下战书一般的话语后都忍不住想给这位老师鼓掌了，其实，新闻社稿件发布与否并非一件重要到足以动用教师去查探的事，在整个发布流程中，林秀清作为辅导员，不过就像一个单纯的工具人那样，替学生们做一些有限的工作罢了。所以这件事本质上来讲，于她而言实在是一件吃力不讨好的事情，但她还是选择去做了。这不得不让所有同学都对这位看似温柔没脾气的年轻女老师敬佩起来。

除了一个人，杨烁。

林秀清说完要说的话之后，就从教室中迤迤然地走了，同学们见没了后续，也纷纷地四散而去，只有杨烁还站在原地没有动，眼里全是怨恨的光。

他怎么能不恨？好不容易自己的第一个独立完成的新闻稿就要在校台发布了！甚至，已经递交到了校台那边，只要等着周一周二的节目剪辑完毕之后，那些曾经一直围绕在洪小元身上的光环就会属于他！虽然并没有什么实际上的奖励，但这种荣耀和得意，这种将杀人犯的儿子拉下马的优越感让杨烁不得不铤而走险。

本来就已经要成功了，明明就已经要成功了！

他开始怨恨洪小元为什么大周末的不与自己的杀人犯父亲多待一待，为什么不老老实实地休息休息，偏偏要去写什么稿？！

"杨烁，我告诉你，多行不义必自毙。"

这是高宁退出教室之前，冲他冷冰冰地扔下的一句话。

但他却不以为然，因为不管是谁，都无法拿出准确的证据来，而新闻稿明明就是他先交上去的，这一点，就足够了！

回到办公室的林秀清分明感觉到自己已经有了明显的倾向性，那就是比起杨烁，她更愿意相信洪小元是真材实料的，换言之，在她看到杨烁闪烁的眼神时，就几乎已经认定了是杨烁在抄袭了。

"林秀清，别乱下结论。"她在心里这样叮嘱自己。作为一名教师，她明白自己不能立场先行，没有证据的话，找就是了，反正类似这样吃力不讨好的事情她也并不是没做过，再多一两件，也累不着她。

校台的稿件很快从负责的学生手中送了回来，林秀清诚恳道谢之后就回到座位上拿出洪小元的稿件来细细比对着。

两份稿件的素材明显经过一些打乱，洪小元稿件中用的，确实全部都出现在了杨烁的稿件里，可这些却不是全部，杨烁的稿件虽然不像洪小元那样带了自我剖析的部分，但从素材量上来说，却要比洪小元厚重得多，除了那些洪小元稿件中出现的以外，还有一些其他的。

这又是怎么回事？

如果真的是抄袭，那么其他素材杨烁是从哪里得来的？自己去采访的？不太像，因为这些素材明显是和洪小元用的那些一样，一定是有专业相关的人来指导，那……抄袭的？也好像不太准确，毕竟明显这些素材要新上很多，洪小元没有理由弃之不用啊。林秀清就这么陷入苦恼中，一直纠结着，连饭也没有吃。

　　突然，电话铃冷不防响起来，吓了林秀清一跳，她抚着还在狂跳的胸口，顾不上看来电提示就顺手接了起来。

　　"林老师吧？我是肖跃，之前在学校跟你因为一点小事闹了误会，这次想跟你道个歉，你看什么时候有时间，我请你吃个饭？"

　　林秀清没想到会是肖跃的来电，而且还是要请她吃饭，她心里有些雀跃，刚想答应一低头又看到了手上的两份稿件。

　　"什么误会不误会的，都是为了孩子们，哪来的误会，肖记者你也太言重了。"林秀清苦笑着，盯着稿件十分可惜地下了决心，"吃饭可能不成，最近学校里有些事情，可能还挺忙的……也不知道什么时候能处理完，实在是不好意思啊。"她倒是想跟肖跃去吃个饭，好好坐下聊聊天，但要追查抄袭的证据也不是一两天就能结束的，为了孩子们，林秀清还是决定将这件事搞清楚之后再去做其他事，哪怕到时候由她来邀约也没问题。

　　而电话另一头的肖跃却没办法想到这些了，他本来就是一个极不擅长主动向女性邀约的人，准备了好久的腹稿心惊胆战地一气呵成说出来，就压根儿没考虑过被拒绝之后的对策，此时他尴尬极了，但林秀清既然已经这么讲，他也不好说些什么，只能打着哈哈缓解尴尬之后飞速地挂了电话。他觉得自己的脸都有些红了起来。

　　这么想着，对林秀清就有点来了气，前一句还说什么"言重"，后一句紧跟着就拒绝自己，根据他匮乏的恋爱经验来看，这简直就和于晴当年作的那个劲儿有点儿异曲同工了起来。

　　"哼，自作多情。"肖跃气恼着，冲手机骂了一句。肖跃没有想到，自己气恼的劲儿竟然能持续快一周的时间，在这一周的过程中他都有些心浮气躁，好像被女性拒绝这件事完全不曾存在于他的脑海却又直截了当地给了他莫大伤害似的，就连小吴也忍不住在工作的时候揶揄他这可算是动了世俗的感情，这么云淡风轻的一个人，竟然还有赌气的时候。

　　这种赌气在后面与洪小元的联系中才得到了舒缓。起因是洪小元终于在一天夜里给他发来了消息，消息内容很短，却让肖跃感觉到洪小元的心绪不宁。

　　"肖跃叔叔，你之前的稿子有被抄袭过吗？"

　　他本能地觉得这是一件大事，作为文字工作者，抄袭一直以来就是让肖跃极为不齿的事情，可放眼整个圈子里，似乎洗稿抄袭成了某种常态，他的稿件当然不能免俗地被一些小自媒体拿去反复利用。

面对这样的情况，肖跃当然是很气愤的，但从一开始想要维权之后才发现困难重重。不仅流程上困难，连带着去搜罗那些所谓"证据"都已经足够浪费时间，如果把重心都放在这些维权上，正常的工作就会被耽误，于是几经维权无果之后，肖跃只能选择睁一只眼闭一只眼。好在现如今的网络环境比头几年要规范得多，这种事情一旦爆出来，哪怕官方还没个解释，网民们就已经开始旗帜鲜明地反对了，网络环境的转好让肖跃遇到的此类事件越来越少。

不过洪小元身处的校园环境就不可同日而语了，那是一个小社会，比起网络环境要封闭许多，那些"证据"没了网络上自主自发蜂拥起之的网民一样的主动途径，自然也就难获得的多。

肖跃于是仔细地将洪小元遭遇到的事情了解了一番，弄清楚是洪小元宿舍的同学趁他忙碌的时候偷偷地窃取了李强提供的素材，又先洪小元一步提交了稿件之后，他决定用自己的方式来协助洪小元渡过这次难关。

他转手就在办公室拟了一封函件，盖上了公章。这种有公章的文件一般从效力上而言是最管用的，拿出去不仅意味着承担了洪小元的所有做法，也无形中将洪小元与自己联结在了一起，不论从哪个角度去看，似乎都是最便捷最有公信力的方式。

可肖跃万万没想到的是，这封义正词严的函件却被林秀清给拦了下来。

虽然得知林秀清确实为洪小元陷入抄袭的事情而奔忙才拒绝了自己的邀约，但她这样一番操作，又让肖跃刚平息下来的气性涨了起来。思来想去，肖跃还是忍不住心里的那股子不高兴，选择给林秀清打电话。

"林老师，我听洪小元说，我发过去的函件不能用吗？是用词上有什么问题，还是说有其他考虑？"

林秀清温柔却坚定的声音很快就从电话另一头传了过来："肖记者你误会了，函件本身没有什么问题的，只是……在学校这个环境里，可能不太合适。"

肖跃没有意识到自己的口气有些重，而且从头到尾似乎都带着一股孩子气："有什么不合适的，洪小元他本身没有抄袭，与其一直让他陷在这个传言里，倒不如直接把事情一次性解决得好！"

"呵呵，肖记者，我明白你对洪小元的苦心。"林秀清温柔地笑着，肖跃感觉这个女人仿佛不会生气一样，"其实是这样的，我非常明白你为洪小元辩驳的这份感情，当然，我也对照过两份稿件，也清楚洪小元的为人，相信他不会去做出抄袭的事情。"

"那为什么要截下函件？"

"肖记者，你曾经也是一个意气风发的大学生，大学这个地方其实就是一个半封闭的小社会，这个小社会有它自己的规则。这件事其实说大不大说小却也不小，如果能够在学校里自行解决了，那充其量也就是这个学校内部发生的事情，不管对哪个孩子的伤害都是最小的，我们做教师的也好进行教育。但是这件事一旦牵扯到外部单位，打破了学校原有的固定规则，事情就一下子复杂起来了。洪小元这边先不说被同学们知道了他有'外援'之后他自己的心理状态，哪怕是那个抄袭的学生，在看到自己的抄袭被这样大的一个自媒体单位公布之后，影响该有多大呀，对吗？"

肖跃沉默下来，林秀清娓娓道来，句句在理。这是肖跃根本没有想过的事情，他只想着替洪小元解决困境，却根本没有想过其他的学生如何。

"肖记者，能够教育每个孩子都成人是我们教师最大的愿望，我觉得不应该因为一件错事就放弃一个孩子，希望你能理解我的工作，好吗？"见肖跃不说话，林秀清顿了顿又加了一句说明。

在这种舒缓的语句和道理下，肖跃原本满腔的怒气都消失殆尽，取而代之的竟然是有些羞愧了。

"林老师，你说得对，是我心急了。"

林秀清挂掉肖跃的电话，嘴角有些上扬。在她的印象中，从未见过的肖跃是一个十分稳重大气的男人，永远亮着一双洞察世事的眼睛，怎么看怎么不食人间烟火，可谁知道就从她意外情况下第一次见到肖跃开始，他不是哭，就是窘，甚至到最后，还跟她闹了不少脾气，这让她有些啼笑皆非，却又十分乐见。

这种带着点儿脾气，性情中人的肖跃，好像才终于从她梦中高高的云端走了下来，由神祇变成凡人，有血有肉了许多。

不过自己在没有经过肖跃同意下就拦住了他发到学校的函件，这件事情本身也是有点冒失的，林秀清想着。

在已经过去几天的时间里，林秀清不断地从新闻社的社员们那里去了解有关洪小元和杨烁的信息，从专业到人情关系，她把自己有疑问的地方统统了解了个遍，得出的结论是洪小元虽然看起来有些不太合群，但本性上似乎没什么坏心眼，哪怕有些同学觉得他似乎是清高得有点儿过了，却也没见过洪小元有做过什么越界的事儿。

但杨烁就不太一样了，杨烁的好大喜功不只是社员们看在眼里，就连林秀清这个时不时才过来一趟的辅导员都有着深刻的印象，在这种性格驱使下，杨烁的行为往往就显得激进很多，他整个人的性格似乎都有些阴郁，对谁都无法信任，总显得有些唯利是图。不过社员们的评价整体也算不得太差劲，因为他这个人虽然不会说话，但也没那个胆子去做什么伤天害理的坏事儿。

两个人并排放在一起一对比，其实整个答案就呼之欲出了，可林秀清迟迟没有做任何处理的原因还有一个非常重要的部分，那就是实打实的证据。

　　这些对于同学间的评论只能算相处下来的感觉，整个新闻社没有一个同学曾经看到或者听到过杨烁或者洪小元提起过新闻稿的事情，就这样，呼之欲出的答案也就卡在了当场。

　　林秀清头疼着，看着唯一一个她没有去仔细问过的人——高宇。

　　高宇和洪小元的关系好，这是所有人都清楚的事情，林秀清也是为了得到更准确的信息，才特地将高宇空了过去，可现下眼看着陷入僵局，她也不得不向高宇问个清楚了。

　　到达洪小元和高宇的宿舍时，林秀清恰好看见高宇正趴在桌上打游戏，见林秀清突然到访，吓了高宇老大一跳，赶紧将笔记本合上，红着脸站起来一动不敢动。

　　"林老师，李老师好。"高宇闷闷地说。

　　林秀清是跟着校台的李老师一起上楼的，毕竟是男生宿舍，她一个女老师私下过去总不太好，于是干脆拉了校台李老师充当护卫，李老师原本就对稿件突然被林秀清按住不让发布十分好奇，在听到林秀清需要男老师陪同着来宿舍之后，二话没说就答应了下来。

　　"高宇，我这次过来是想问问你有关洪小元和杨烁的情况的，你别紧张。"林秀清笑着，给李老师和自己挪了椅子坐下，正坐在高宇对面。

　　高宇听是这么回事儿，立刻来了精神："他俩的情况还用了解？嗨，宿舍谁不知道杨烁不知道为什么就看洪小元不顺眼！一天到晚阴阳怪气个没完，要不是洪小元拦着，我早就……哼。"

　　"也就是说，他们关系不好？"

　　"何止是不好！简直就是水火不容！就这次抄袭的事儿，洪小元去看他爸的时候稿子没收，就放在桌面上，结果让杨烁就捷足先登了！我就说我俩看完他爸回来之后洪小元为啥一个劲儿叮嘱我把资料放好呢，敢情他早就觉得杨烁不对劲了！"

　　林秀清感觉自己抓到了什么关键，她敏锐地问："洪小元让你把资料放好？什么资料？"

　　高宇撇着嘴，从自己的柜子里抽出那份洪小元探监之后交给他的资料册递给林秀清："就是这个，我和洪小元看完他爸之后拿来的，回宿舍放了一桌就去吃饭了，第二天我就锁柜子里了，可惜，我起来太晚，上头的素材都没用上……"

　　林秀清打开高宇递给她的资料册，仔仔细细地看着里面文件上的素材，还没看两眼，旁边一直沉默不语的李老师就忍不住叫出了声。

"哎，这跟杨烁交上来的稿子不是一样吗？好几条呢！你看这个……还有这个！"

合上资料册，林秀清把目光朝向还在发愣的高宇，后者仿佛还没反应过来似的，恍恍惚惚接过资料看起来，才后知后觉地吼叫出声："杨烁个孙子！这些东西我都还没来得及看，他竟然就偷了？！"

林秀清制止了气头上的高宇。

"林老师，这事情发生在咱们学校可不是一个好现象，得严肃处理吧。"李老师虽然没有林秀清和高宇那样对这件事情感同身受，却仍然本着自己为人师表的自觉严肃地说。高宇跟着搭腔："对啊！这种事情肯定得严肃处理！让他背个处分！"

林秀清却默默地不说话，似乎是在思考着什么，想了半天才抬起头对着李老师说："处分是肯定要的，毕竟咱们这种文科院校，最忌讳的就是抄袭……不过至于其他方面，我倒觉得还是不要太过得好。"

"凭什么啊林老师？上次杨烁挑衅我，我把他揍了，行，不处分他，处分我我也没话说，但是洪小元什么都没干就挨了个处分！"高宇有些生气了，站起身冲林秀清嚷嚷，"这一次他杨烁干的事儿不比我们当时过分多了？凭什么护着他！"

"高宇，我不是在护着杨烁。"林秀清认真地看着高宇，用最诚恳的态度表达着自己的看法，"我刚才也说过了，这种事情是一定要给处分的，但是你要明白，学生间偶尔的口角其实容易理解，但抄袭就不一样了，在咱们学校来说，事情往严重了走，可能不止一个处分那么简单。"

李老师来了兴趣："他也不是考试的时候抄袭呀，一个新闻稿，不至于吧。"

林秀清摇摇头："虽然看起来是这样，但这个孩子平常就心思有些阴沉，和同学之间相处起来不太好，个性又太过好强，俗话说过强易折，我是担心孩子心里接受不了。"

"那洪小元就能接受了？这不公平！"高宇梗着脖子说。

林秀清冲高宇笑笑："公平不公平，等正式的通知下来你就知道了，不是吗？"

看林秀清似乎已经有了自己的主意，高宇也不知道再说些什么好，至于李老师原本就是过来看热闹的，这下子了解了事情真相之后，也不过就是跟着林老师劝了劝高宇就一起走了。高宇转头就将这件事情告诉了洪小元，他气愤于林老师的不公，想要好好跟兄弟一起控诉一番。可谁知道洪小元却好像很相信林老师似的，只给高宇扔下一句"既然已经有证据证明了，那咱们等学校的安排就好"，闹得高宇自己整了个没趣，窝在宿舍不停生闷气。

日子在这种等待下就显得有些难熬起来，高宇每天都要翻看日历好几次，好不容易才终于到了周一。

周一，不仅是新闻社惯常的例会，也是校台放送新闻的日子。

高宇和洪小元中午在食堂吃饭的时候就看见校台的节目播放，播着播着他就不由自主地停了筷子。

"小元，我怎么觉得这个新闻稿有点儿耳熟呢？"高宇怔怔地盯着电视发呆。

洪小元笑出声来："你是不是傻，这本来就是你写的稿子，肯定耳熟了啊！"

"我写的？怎么会安排我写的呢！"高宇有些不明状况，"不应该是发你写的吗？还有杨烁的稿子咋回事儿？"

高宇的疑问很快就在下午的新闻社例会上得到了解答。活动教室里坐着的社员们纷纷向自己旁边望着，高宇和洪小元也一样，他们挨着人头看过去，谁都没有看到杨烁的身影。紧接着就是林秀清带来的有关杨烁的学校处分，他已经被校新闻社除名，所有稿件也不会再度被校台选用。

高宇听得一愣一愣的，冲旁边的洪小元咋舌："挺狠啊，我感觉。"

洪小元笑着低声冲他翻白眼："你之前不是还要吐槽人林老师的不公吗？"

"哎呀，我这不是……她当时在宿舍一个劲儿替杨烁说好话，那我当然以为她要从宽处理了不是？"高宇干笑着，突然发现一个问题，"欸，不对啊小元，你有什么好乐的，你那稿子不是一样没被选用吗？凭什么啊！"

"刚说完公不公正的事儿你就又来了，我看你不该学新闻，你该学法官……我的稿子当然不能用，和杨烁的重合率太高，直接用了的话，杨烁的脸就不只打在新闻社，那得打到全校去了，这样不好。"

"喊，有什么不好，我就觉得挺好！他这种人，就该遭万人唾弃！哼！"

洪小元失笑："高大侠，你也手下留情点吧。杨烁性格确实有些别扭，但他胆子不大的，就是嘴臭而已，这次抄袭主要还是因为真急了。"

高宇斜睨着洪小元："哎哟我说洪圣人，你现在可是跟林老师越来越像了啊，怎么总给加害者找理由？"洪小元顿了顿，不知怎么的想起了父亲。他笑笑："没什么理由好找，犯了错，就该受到应有的惩罚，但是也只该受到应有的惩罚，懂吗，高大侠？"

杨烁的处分水花压得很小，除了新闻社的社员们把它当作茶余饭后的谈资聊了不多时以外，它很快就被其他的信息取代了。不过这个处分对杨烁本人来说打击几乎是巨大的，一开始杨烁在受到处分的时候，洪小元回宿舍还能见到他非常不服气的样子，可后面他去了一趟林秀清的办公室之后，眼神也平和很多，甚至整个人都显出一种改过自新的样子来。

这件事并没有给洪小元带去太大的惊讶，却属实让高宇颇为咋舌，他怎么也想不到杨烁这样的人品都能被改造，而且是通过自己的利益受损被改造，他好几次想跟洪小元深入探讨一下这个问题，却每每都被洪小元无情地拒绝了。

洪小元懒得搭理地说:"你没体验,你不懂。"

没体验的高宇于是就十分不服气起来,他总觉得自己以及洪小元之前受到过杨烁的阴阳怪气好多次,现在终于变了天,还不得让杨烁加倍偿还起来吗?可没等高宇真的冲着杨烁展开报复,洪小元的怒目而视和杨烁的臊眉耷眼就让他自己失去了报复的兴致,干脆闷着头坐在自己的座位上玩游戏去了。

这样的日子过了很长一段时间,杨烁和洪小元终于在这种奇妙的状态下达到了一种平和的生存状态。洪小元仍旧还是老样子,每天除了课业就是写稿,在别人看来近乎无聊的生活状态却带给了他别样的快乐。

那份没能在校台发布出去的新闻稿竟然通过林秀清的手推荐给了肖跃,并且由于真情实感的情感流露收获了不少好评,这让洪小元觉得既感激又有些怪异,明明自己本身就是肖跃的兼职员工,怎么一份稿件反而通过林老师递过去了?

洪小元敏锐地察觉到最近因为他的事情,肖跃和林老师的联系也多了起来,虽然他并非一个八卦的人,但这种奇妙的联系却让他不得不想到了其他地方去。

正想着,他就没有注意到面前的人,一不小心就结结实实地撞了上去。

"你、你没事吧?"一个生硬的熟悉的声音响起来,洪小元本能地一边说着"没事没事",一边抬起头来,刚看到撞上的人时就不由自主地住了口。

是杨烁。

两人都尴尬地愣了一会儿,最终洪小元打破了沉默:"实在不好意思,刚才在想事情,没注意看路。"说完就想继续走开,可杨烁却挪了挪身子,又将洪小元挡住了。洪小元皱了皱眉头,有些狐疑地看过去。

"洪小元……我,我是专门等你的。"杨烁的眼睛还在闪烁着,但又不像往常那样憋着什么坏水,反倒有些不好意思。

"噢……你找我有什么事情吗?"

"也没事……哈哈……"杨烁掩饰地笑笑,旋而又迅速地沉默下去,迟疑许久才垂着头冲洪小元说,"对不起。"

"什么?"洪小元哪里听到过杨烁冲自己道歉,被吓住似的。

但杨烁却鼓了鼓腮帮子,像是在忍耐着什么,半响之后更大声了些:"我说,对不起!之前的那些谣言,还有……还有抄袭,都对不起!"说完话,竟然有些认命地将头干脆别到一边去了。

洪小元一时间不知道说些什么才好,他又开始觉得好笑了,就好像他们几个因为打架站在系主任办公室那天一样。

"好了,没什么事情,都过去了。"他浅笑着点点头,又侧了侧身想要走。

可杨烁还是拦住了他，这一次杨烁的眼光没有逃避，而是直勾勾地盯着洪小元，脸上还有着有些激动的潮红："你这是、原谅我了吗？"

听到这句话之后，洪小元的笑容也渐渐隐去了。他思考了很久，才抬起了头，冲着杨烁认真地说："不，我没有，也不会原谅你。"

杨烁的双眼先是因惊讶而张大，紧接着又充满了难堪与羞愤，他有些赌气："但是你自己不是说过去了吗？！还有……还有林老师她跟我说，你不是一个小肚鸡肠的人，让我跟你好好相处，她说你一定会和我好好相处的！你们都骗我吗！"

洪小元却出奇地镇定起来。

"杨烁，所有的事情确实都已经是过去式了，不管是你或者我，都回不到过去，所以也没有必要再为它一直执着下去，但这并不代表你带给我的伤害就不存在了，这才是我无法原谅你的原因。"看着杨烁的眼睛里流露出绝望来，洪小元想了想，又挂上了笑容，"不原谅你是要你记住，你的所作所为会给别人带来难以治愈的伤害，在以后的日子里，请谨记这一点，不过林老师说得确实没有错，你是我的舍友，也是我的同学，我当然会和你好好相处了。"从杨烁有些愣怔的表情，洪小元明白他或许还需要将自己这些话理解一番，不过离大学毕业还早得很，洪小元不急。

穿过愣怔的杨烁之后，洪小元走在走廊上，走廊尽头的窗户射进丝丝缕缕的阳光，那些阳光在地面汇成一片，洪小元仿佛在这些阳光中看到了父亲的样子，他在心里暗暗地说："爸，我好像终于能正确地认识你了。"

……

洪小元的事情伴随着林秀清发来的稿件落下了帷幕，肖跃看着稿子已经发布出去许久仍在不断上涨的评论数量，心下宽慰很多，越发觉得这个年纪轻轻的林老师确实是为了教育事业深思熟虑的人。自己那顿说了一周多的饭至今还没个着落，看着这篇稿件，肖跃不由自主地又想起了这件悬而未决的事情。

说干就干！肖跃一边给自己鼓气，一边拨通了林秀清的电话。

"喂，肖记者！"林秀清的声音听起来十分雀跃，这让肖跃紧张的心情放松了不少。

"那个，林老师，上一次你不是在忙吗，我的赔罪饭也就没能请成，所以今天想再问问你，看看你什么时候有时间？"肖跃一边握紧拳头给自己鼓着气，一边试图以轻松些的方式说明着自己的诉求，"这一次应该没有学生再抄袭了吧？"

电话那头的林秀清十分给面子地乐了，温柔妩媚的轻笑声从听筒里钻出来，挠得肖跃整个耳朵都有些痒痒。

"抄袭确实是没有了，不过嘛一些大作业还是要批的。"

肖跃听林秀清这么说，心里又凉了半截，顿时没了兴致，正准备草草挂了电话的时候却突然又听到林秀清的声音响起来:"今天怕是有些晚了,不知道肖记者的赔罪饭放上一夜会不会吃不到呢?"

"怎么会!"肖跃的情绪立刻好了起来,"明天我刚好手头也没有工作,不如就在学校附近吧?林老师你选地方。"

"哦?随便挑吗?"林秀清笑语晏晏。

"当然!随便挑!"挂了电话之后肖跃就开始苦笑,他看着电脑有些发呆,为了赶紧解决赔罪的事情,他直接告诉林秀清自己明天没有工作,可实际情况却是明天他需要发布三篇文章顺带还有一个稿件需要修改,连同小吴那边的视频也要审核一番。

想了想,他掏出手机又给小吴打电话。

"肖哥,怎么啦?"小吴听起来正在吃晚饭,嘴里塞着什么东西似的含混不清。

"那个,我明天有些重要的事情要忙,所以工作室的这些工作需要你先顶一下……"话音未落,肖跃就听见小吴那边有碗筷倾倒的声音,果不其然没过两三秒小吴的大嗓门就响了起来:"肖哥!我明天还有视频要剪呢!你也不能太狠了吧?哪怕早点儿说都成啊!"肖跃内心感到有些抱歉,轻咳了咳:"喀,这个,确实是临时突发状况,我当然今天晚上会尽量多完成一些工作,但是剩下的尤其是文章发布……"

"唉,还能怎么办,成吧!肖哥你可得给我涨工资啊!"小吴哭丧着脸应了下来。

带着一种又愧疚又有些雀跃的心情,肖跃马不停蹄地将第二天能够提前的工作尽量提前,但他发现自己似乎总有些进入不了工作状态,半晌都没敲出来一个字。

到最后,他只能愤愤地骂自己:"没吃过饭吗?真是的!"

林秀清选择的地方,肖跃还真的很久都没有再吃过了。和她确定好地址之后,肖跃早早地就来到店里等待,这家店是一个平平常常的餐馆,距离西京大学很近,但非常难得的是,这家做的菜,都是肖跃那个山村里的家常菜。普普通通的菜式在西京市根本就入不了那些美食老饕的法眼,但对于肖跃而言,这是他难得一次能再感受到来自家乡的味道了。他忍不住去想林秀清怎么会选择得这么巧呢?

之前与苗香寒打电话还专门了解过林秀清的喜好,那会儿他就有些隐隐约约觉得是巧合了,但由于都是一个省份,肖跃也就没有想过那么多,直到今天来到这家店里他才真真切切地感到震惊。

肖跃在这种惊讶中抬头看看时间,距离他们约定好的时间还有10分钟了。

他忍不住想起来之前与于晴的约会,每每约定好了时间之后,肖跃至少都要在那里再等上半个多钟头,于晴才会姗姗来迟,还美其名曰"美女的特权"。想来,林秀清大概也会行使这种特权吧。

肖跃边想边笑,眼睛也百无聊赖地向外间看去,微微拢上的夜色里,一个身材窈窕、妆容精致、气质超群的美女向这边款款走来了。

"不是吧？"肖跃看着美女，难以置信地睁大了双眼，"林老师？！"

比起肖跃的拘束和惊讶，林秀清则大方得多。她款款走上前，随手拉开凳子冲肖跃一笑，平时扎起的长发此时披散着，经过她的手看似无意地被抚弄到背后，随着微风轻巧飘动。她今天身上穿得并不像之前总在学校中那样是一袭得体优雅又显得疏离的职业装，而是简简单单的休闲长裙，脚上一双小白鞋显得青春活力得多，看起来和西京市那些来来往往的大学生没什么两样。

"肖记者，我看起来很可怕吗？"肖跃在林秀清坐下之后才回过神来，看着林秀清冲他调皮地眨眼，他有些不好意思，低头笑了笑说："倒显得我年纪挺大了。"说完话就忍不住懊恼起来，林秀清明显是为了应约特地打扮过的，而自己却还是穿着那件两天都没换的外套，甚至胡子也不过是草草地刮了下，跟林秀清坐在一起，不知道的说不准还会以为他是对方的亲戚长辈。

林秀清对此浑然不觉，她看肖跃面前只有一杯茶水，自顾自地拿起菜单点菜。

这让肖跃感到很自在，不知道为什么，或许是极少单独和女性这样相处了，他没有任何可以对照的对象，只能将思维偏到之前与于晴的相处那里去，比起于晴在大学甚至到后来和他见面时那种娇嗔的劲儿，林秀清的一举一动都好像是褪去了这些"天赐的权利"，显得如小溪潺潺一般让人舒适。

"那个，林老师，上次实在对不住。"肖跃打住自己近乎罪恶的比较，等林秀清轻巧地点完菜之后向她诚恳地将自己翻来覆去想了好几遍的台词奉上，"因为孩子的事儿跟你闹了点不愉快，给你道歉。"

"电话里不都说过了嘛，没什么的。"林秀清柔和地笑了笑，似乎不太愿意谈这个话题似的，"今天刚好都没什么事情，我们不聊工作了。"不聊工作？肖跃感到有些吃力了，他似乎在与女性相处上已经退化了原有的技能，他的生活里全部都是工作，现在林秀清不聊工作，那还能聊什么？

"噢……洪小元那个文章反响还是蛮不错的，他这个孩子就是心思比较深，敏感了一些，不过敏感点也好，对很多事情的感触就更深点儿。"肖跃感觉自己的手心开始往外冒汗，心里一边暗骂着自己作为记者却找不到话题的失败，一边眼光随着饭馆来回上菜的服务员乱窜，像是想要找到一个支点。话说完又感觉有些心虚，林秀清才说过不谈工作，可自己说出口的话怎么听，怎么还是和工作相关。

林秀清抿了口茶水，肖跃有些心不在焉地盯着她手上的茶杯，经过嘴唇的触碰，茶杯上留下一道若有似无的浅红色唇印，轻薄透明，像是某种飞行昆虫的薄翼，让他的心也难免有些轻飘飘起来。

"是啊，洪小元平常在学校话不算很多，不过想法倒不少。"林秀清把话题接过来，偏着头一边想着一边说，"可能是和成长经历有关吧，父母亲的缺位往往会给孩子造成很大的影响，敏感些是难免的。不过我们都还算幸运，身边遇到了愿意帮助我们的人。"

"我们？"肖跃敏锐地发现了林秀清的用词。

林秀清点点头，带着一种沉静而锐利的眼神看着肖跃："虽然和洪小元的经历不太一样，不过我的父母也确实没有在我身边。"在肖跃的疑问还没有问出口的时候，林秀清先坦荡地说了："他们因为一场事故去世了，剩下我一个人，不过还好，当时我在上大学，已经成年了。"

"这……对不起。"肖跃没来由地感到内疚。

"都过去很久的事情啦。"林秀清笑笑，"当时真的辛苦得很，学也上不下去了，不过好在有人愿意伸出援手……"说完，眼睛直勾勾地盯着肖跃。

"其实，我也差不多。"不知道怎么的，看着林秀清坦然真诚的眼神，肖跃感到似乎是有一道光照进自己那灰暗的回忆中，不由自主地产生了将过往倾吐出来的冲动。

在林秀清温柔如水的眼神中，肖跃的神态也渐渐地从紧绷到轻松，他好像从来没有这么坦诚而无碍地将自己的过往再次摊开来说过，就连当时在小吴面前都没有过，肖跃就这样在家乡酒菜的抚慰和林老师的目光中难以自持地说着，时间仿佛都要停止了一样。从过往的经历一直聊到了两个人对待事业和理想的态度，再到现在对于彼此人生的理解，肖跃感觉自己很久没有说过这样多的话了。

分别的时候，肖跃看了看时间，已经是深夜了。他有些讶异，几个小时就这样急速地飞驰过去，但在这个小小的、温暖的饭馆里，却好像屏蔽了一切时光流淌似的，以至于在送林秀清回宿舍的时候他竟然都有了些不舍的感情。

"肖记者，今天的'赔罪宴'吃得很愉快，谢谢你！"站在宿舍门口，林秀清挺拔地站在月光下，冲肖跃温柔地笑着摆手。他也回敬以挥手，心里琢磨着下一次会面的机会，没有发现自己的嘴角早就已经高高地扬起来。

……

洪小元最近有些无心写稿。

父亲的减刑申请已经提报上去了，审批的过程在他看来有些漫长难熬，他没有办法能静下心来去处理其他的事情。与李强的电话从之前三四天一次很快就变成了隔天一次，再过了一阵，几乎要变成天天一次了，李强在电话里打趣他比他爸还要急于等着审批通过，他也只能呵呵一乐，把自己的忧虑掩饰过去。

快暑假了啊……

洪小元很希望在暑假来临前等到父亲减刑的好消息，好像这个消息比他即将开始的期末考试还要重要一些，高宇对他这个状态表示出了奇怪，其实别说高宇了，洪小元自己都觉得这种情绪是多么没来由，刨根究底去内心深处探寻一番也只能触碰到丝丝缕缕的微小情绪。他并不清楚自己的执念从何而来。

"小元，你整天这么焦虑也不是办法啊，人家流程是肯定要走完的，再说了，如果真有消息，李强哥不早就直接告诉你了？"

"我知道，但是我控制不住。"洪小元无奈地冲高宇摊手。

"那……实在不行，你找点儿事儿干啊？"

"不成，我现在稿子都写不进去，还能找什么事儿。"

高宇想了想，一拍大腿："这不马上要暑假了嘛，按你的习惯，暑假总不可能闲待在宿舍什么都不干吧？要不这么的，你暑假到我爸这边一个楼盘当俩月置业顾问去，又赚钱又打发时间，而且啊，这段时间你就可以开始先熟悉熟悉有关房产的知识了！"

"啊？不了吧，你爸那里你都避嫌不愿意去，还让我去？我不去……"洪小元十分拒绝地摇着手，可没过几秒又突然想到什么似的停了下来，"还别说，高宇，你还真算是给我提供了一个方向！"

高宇木然地问："啊？"

"暑假啊！我本来就一直在考虑我爸这个事儿，得跟奶奶说一声吧？还得回老房子看看吧？可是越想这件事儿我就越纠结，一开始我不知道我在急什么，现在倒是想通了！"

"洪小元你乱七八糟说什么哪？"高宇看洪小元精神起来，手舞足蹈地描述着，越发丈二和尚摸不着头脑。

"我不是暑假都要打工嘛，但是打暑期工就难免得留在西京肖跃叔叔那，那也没时间去看奶奶或者回老房子，一想到我爸马上能减刑，但是这些事儿我又没法完成，可不得焦虑吗？"洪小元详细地说着，"所以我特别盼望着减刑申请在暑假之前下来，好让我能回去一趟。"

高宇目瞪口呆："就这事儿？哪怕就是暑假过了，你说你要去看奶奶，肖跃叔叔能不让你去？"

"人家已经照顾我够多了，我哪好意思开口！再说了，肖跃叔叔那边说不定什么时间要出差，所以……"

"但是……你如果不在肖跃叔叔那，又不愿意到我爸的楼盘，你是准备这个暑假真就闲着？"

洪小元咧开嘴笑了："高宇，你说你这个人吧，有时候机灵得不行，但傻起来还真的是够傻的。我难道就不能找一份离白头村近点儿的工作？"

"啊？"高宇坐直身体，为难地挠挠头，"这可超出了我的认知范围了，白头村那边不是农村吗，能有什么工作留给你？"

"不一定非要白头村，近的地方就成。"洪小元若有所思地想着，不多时想起什么似的，从自己之前看过的剪报里翻出一页拿给高宇指着看，"看看这个。"

高宇狐疑地接过洪小元的剪报，仔细地看过去。那张洪小元指给他的照片中，是一间破旧不堪的小土房，土房里并排坐着稀稀拉拉的好几个学生，一个白白净净的年轻人站着，似乎用粉笔正在向老旧的黑板上写着什么。

"支教？！"高宇迅速判断出图中的意义，抬头冲洪小元惊呼。

洪小元笑着点点头："对，支教。白头村那边本来就属于贫困地区，周边也有村子里的小学，但从我小时候上学开始，就一直属于没什么人管的地方。"

"倒也不是不行，但是……你怎么知道该怎么操作？"高宇左思右想，犹豫着问。

"我是不知道，但是肯定有人知道啊。"

"谁知道？"

"林老师！"

"支教？！"林秀清看着眼前目光炯炯的洪小元，意外极了。

她这会儿正在整理之前有关大学生犯罪后续报道的反馈资料，在这份不长的资料里，学生们纷纷对这些一时鬼迷心窍的大学生的成长经历关注了起来，希望从这些罪责背后去探究他们的出发点。

学生们能有这样深入的思维，让林秀清感到很欣慰，出于想要力所能及做些事情的心理，她把高宇文章中提到过的一些相对典型的案例一一地记录在案。

"对，林老师，我想看看申请支教的话，需要什么手续。"洪小元认真地说。

旁边陪同他一道前来的高宇伸长脖子看林秀清手底下刚记录下来的名字，好奇地问："林老师，这不是我交上去的新闻稿里的吗？"

林秀清点点头："对，想深入了解了解。"

洪小元没好气地怼了怼高宇，暗示他别插嘴，自己又问林秀清："林老师，支教这边具体应该怎么操作啊？"

"你还是在校大学生，国家组织的支教活动是没办法参与的……"林秀清微微蹙了眉，歪着头思考着，"民间组织老师害怕不保险，这样，我帮你看看学校这边。"

说完，一边麻利地在电脑上开始了搜索，一边闲聊似的打趣洪小元："你自己还没毕业，就想着教书育人了啊？不是说理想是当记者吗，怎么变成老师了？"

洪小元还没说什么，高宇先大大咧咧地笑了："洪小元他这主要是有私心！"

"嗯？都选择支教了，怎么还有私心？"林秀清好奇起来。

洪小元瞪高宇一眼，有些羞赧："主要是……我这个暑假想回白头村看看，我爸那边申请快下来了。"林秀清立刻明白了洪小元的意思，洪庆国的减刑申请批复，这也算得上他们一家的大事，按西北这片土地上的老传统，是要向已经过世的老人知会一声的，而且洪小元从上大学至今也没回到过老家，想要趁这次机会回去看看，也是情理之中。

"我明白了，嗯，学校这边之前也是有过相关活动的……"林秀清查了查西京大学的数据库，又想起什么似的低头看看自己手卜的资料，"上井村，这个地方距离白头村很近，那边倒是也有一个学校，但是好像已经没什么学生的样子。"上井村是林秀清手中资料上一个大学生的出生地，在上大学的过程中因为盗窃被退学。

"这个学生家里情况不太好，父亲常年在外赌博，又有家暴的习惯，母亲早早地忍受不了偷偷跑了，要不是村里人帮扶着，可能也上不了大学，只是孩子心理终归还是多少有些问题……"林秀清将手上的记录递给洪小元，说，"如果去这边短期支教的话，也可以探一探这家人的情况。"

"欸？老师，这可是我的人！"高宇抢过洪小元手上的记录看着，"要跟踪肯定还得我跟踪啊，小元你说对吧！"

"你？你可拉倒吧，养尊处优惯了的人突然让你去这样的地方生活，能忍住才怪！别闹，我自己去就行。"洪小元对高宇的突发奇想不以为然地拒绝了。

林秀清却愣了愣，表情严肃地说："你们不是商量好要一起去吗？"

洪小元老老实实交代："不是，是我想要去。"

"那不行，虽然是在你老家旁边，但毕竟也是不同的地方，万一出现什么问题可怎么办？"林秀清干脆把那张记录又从洪小元手里抽回来，"你们现在还没毕业，也不能跟国家组织的团体一起，再说了，上井村的民风可没那么淳朴，老师不能拿你们的安全开玩笑，不行。"洪小元立刻就急了起来，好不容易看到的希望连着那张记录一同被林秀清抽走了。

高宇却嘿嘿一笑，用胳膊肘怼洪小元："你看，兄弟这次要不去的话，你也去个了！别怪我没帮你啊，林老师，我一起去！"也不管洪小元古怪怀疑的目光，高宇一门心思想着去探究一卜他报道中的事情，拍着胸脯向林秀清保证："要说专业知识，我自问我和小元的水平可以说是齐头并进的，去教小孩子绰绰有余！"

林秀清扑哧笑出声，好一会儿才别有深意地说："高宇，你各方面都挺好，就是太天真了！"

哪怕洪小元再不情愿，这件事最终也这样定了下来，林秀清将需要准备的材料和大致流程仔细交代过之后，洪小元就闷着声从办公室里走出来。

"洪小元，干吗拉着一张脸啊，有我陪你去，你多个伴难道还不好？"洪小元叹口气，有些同情地望向高宇："多个伴是好的，但多个大麻烦可就不太好了。"

　　"大麻烦？为什么会多个大麻烦？"高宇摸着下巴想了半天才反应过来，追上洪小元早就走远的身影上去就是一拳，"好你个洪小元，你敢说我是麻烦？！"

　　洪小元却没有动，就连吭气都没吭一声，只是低着头看着手机。

　　"你怎么了？"高宇吓了一跳，不由自主地也跟着看向洪小元的手机。手机上是一条消息，十分简短："开会不方便打电话，先告诉你消息让你放心，减刑申请已经批完了，通知过两天就下来。"

　　"李强哥？！"高宇看完消息，忍不住激动起来，"太好了，洪小元，你爸可以减刑了！"恍惚中的洪小元半晌才抬起头来，高宇欢快的脸在他看来也有些模糊了，他感到心中如擂鼓一般咚咚作响，幸福的冲击让他的舌头都有些打结。这一次焦急的等待回头望去也不过是两周多的时间，当时觉得无比难熬的日子如今回过头去看却好像快得像一道闪电。

　　"唉，着急，李强哥还在开会，也不知道到底能减多久。"高宇用一种烦恼的快意掰着指头算账，"算起来你爸这也关了很久了，再加上减刑，说不定赶在你毕业之前就能出来！到时候你和你爸就真的可以团聚了！"

　　洪小元心中猛地一震。在长长的岁月里他模糊了每一年和每一年的间隔，似乎是有意无意地将父亲坐牢的事情刻意要从脑海中驱逐一样，根本没有去仔细算过时间，他以为自己早就忘了当时父亲判决的日子，忘记父亲是从什么时候突然离开他身边，换到一个陌生狭小又暗无天日的牢笼里去的。

　　高宇算来算去，始终有些算不过来，嘴里一个劲地嘟囔着减刑大概能减多少之类的话，指头都快被他掰出花来了。

　　洪小元轻轻地开口，他感到自己的声音好像有些颤抖："快8年了。"

　　"什么？"高宇歪着头看过来，问洪小元。眼泪再次突如其来地恣意奔流在洪小元年轻而富有神采的脸庞上，洪小元笑中带泪地说："快8年了，这一次减刑下来，情况好的话，或许明年我就能再见到我爸了！"

　　原来所有被他刻意藏在记忆深处的那些往事，那些让他一度无法面对的日子都是那样清晰，埋葬在记忆阁楼里的物件，哪怕没有墓碑都依然可以被他精准地翻找出来。

　　"真的？！那太好了！哎呀，这么高兴的事儿你哭什么！跟个小姑娘似的……"高宇虽然这么说着，但看到洪小元泪流不止的样子自己也早就共情起来，眼里也有些氤氲，"行了行了，现在嘛就要庆祝！庆祝呢就得……"

　　洪小元带着大笑接上高宇最后几个字，两人异口同声："就得整点儿！"

去吃饭的路上，李强的电话如约而至，会议已经结束，他告诉洪小元，由于一直以来洪庆国在狱中表现都十分不错，有明显的悔过表现，虽然无法办理假释并且没有什么特别突出的贡献，但仍旧给出了减刑1年的通知。

"李强哥，我爸呢？他现在情绪怎么样？"爽朗的笑声从电话另一端传来："你爸开心得跟个孩子一样，直接问我要了个日历，我看见他今天给日期上画对钩，还问他怎么不跟别人似的画叉，你爸说，画对钩是要提醒自己，后面的每一天都不能做错事，哈哈！"洪小元眼眶蓄着泪，千恩万谢地向李强表达着自己的感激。

"嘿，没什么，毕竟我也是受过好心人帮助才渡过难关的，遇到这样的事情，可不得一马当先嘛，起码不能辜负了我恩人'长腿哥哥'的期望不是，行了，我还得赶紧处理后面的事儿，你们先庆祝你们的，改天等我休假了，再跟你们一起吃饭！"

洪小元应了声，挂机之后才又想起来上一次他就隐约觉得在哪里听到过"长腿哥哥"，筷子也就不由自主地放下了。

"想什么哪？这么高兴的事儿不吃饭发什么呆！"高宇一边尽情撸串一边冲洪小元含混不清地问。

"噢，没什么……"洪小元笑笑，回过神来，电光石火间突然想到了之前听到过的苗香寒与吴志强之间的对话。这是有一次他们坐车从杏林中学来西京的事儿了，苗香寒坐在副驾驶，他自己在后座上已经迷迷糊糊地闭上眼睛，快要进入梦乡了。

"志强，我跟你说过的那个'长腿哥哥'的事儿，你可千万记得别再大嘴巴不小心透露出去了啊！上次被我发现的时候，就一副不知道怎么办的样子，一眼就看穿了！听见没有！"苗香寒压低了声音说。

吴志强也轻声细语连番应声："成，你接受过他资助这件事儿，今天保证从我脑子里直接删除！"

……

"长腿哥哥"不就是苗老师当时说过的、那个资助过她上大学的好心人吗？！有一条细如发丝的线好像渐渐地在洪小元脑海中连起来了。

炙热的阳光普照下，洪小元和高宇迎来了自己别样的暑假。

还不等假期正式开始，二人就在网上学习了不少有关支教的信息，由于都是第一次参与这种活动，两个大男孩都多少有些紧张，还不等正式出发，课件就备了一套又一套。

林秀清在他们临行前给了他们上井村那边负责人的联系电话，那是一个还没成年的孩子，在县里上高二，每年寒暑假回去之后，都会在上井村的小学校里帮一阵忙，电话是他家里的座机，林秀清叮咛洪小元在出发前就跟那孩子打上一个电话，上井村的路不像白头村那样平坦，如果没有人带着，恐怕洪小元和高宇会迷路。

正式出发的时候，洪小元整理好了一个双肩包的行李，站在西京大学门口等高宇到来，离出发的时间越来越近了，但是洪小元却一直没有看到高宇的身影。

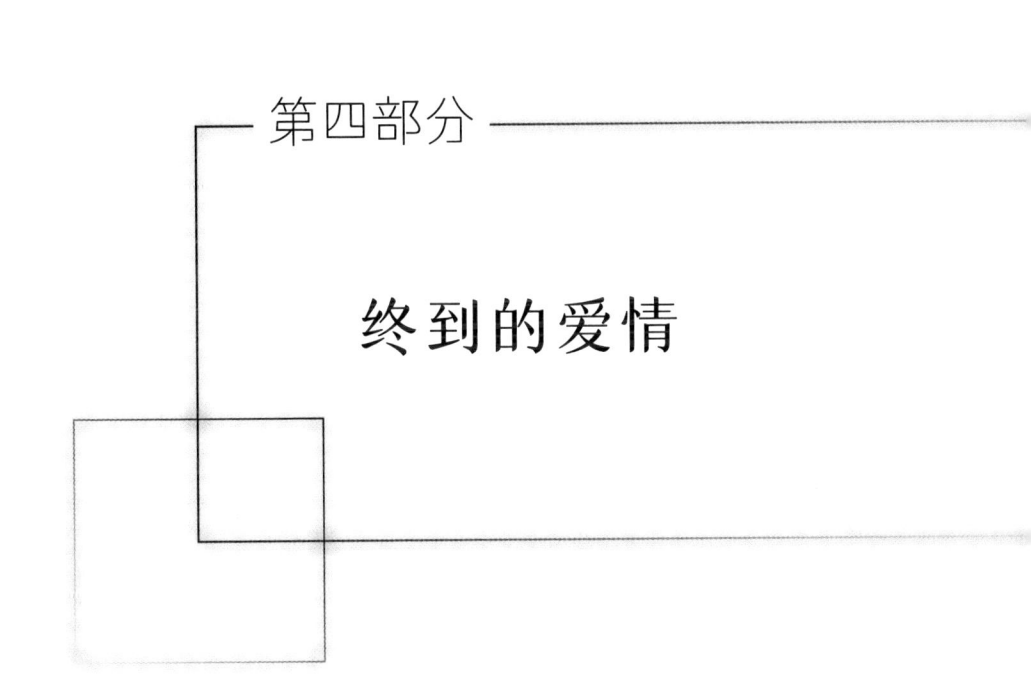

第四部分

终到的爱情

- 9 -
另有隐情

等了20多分钟的洪小元有些郁闷,忍不住要打电话将这个没有时间观念的人臭骂一番,刚拿出手机,就看见一辆熟悉的车停在了校门口。

车门在停稳后就被打开来,高宇只探出个脑袋冲洪小元招手,洪小元抿着嘴摇了摇头才没好气地走过去。今天高宇没有开车,开车的是他父亲。

高父回过头冲洪小元和蔼地笑了笑:"你就是洪小元吧,经常听我儿子提起你,实在不好意思,早上是我耽搁了一会儿,所以才出来晚了。"

洪小元慌忙摇手:"不,叔叔,不晚,没事的。"

车很快启动,洪小元带着疑惑瞟向高宇,高宇则做出了一个无奈的表情,继而指了指手机。

洪小元了然地点头,打开手机就看到高宇刚发过来的信息:"我妈担心我出事儿,非得让我爸跟着,死活要他开车送我们到车站,多担待。"再扭头看看车内的空间,都不用费力去伸脑袋就能看见副驾驶座位上带的大包小包,本来宽敞的一排后座上也放了好大一兜衣服。

洪小元低下头给高宇回信息:"你是准备支教,还是准备在那安家啊?"

高宇埋着头欲哭无泪地打字:"这已经是我强烈要求下精简过的东西了,我能怎么办,我也很无助啊!"

"反正我不帮你提,自己看着办。"洪小元好笑地发完信息斜睨着高宇,后者全然一副绝望表情。

"小元啊,我听说你们这次要去支教,是在一个比较闭塞的地方吧?"高父的声音突然在安静的车里响起,吓了洪小元一跳。他马上正襟危坐起来:"是的叔叔,那片地区好几个村子都比较穷,不过这些年已经好得多了,该有的水电之类都已经逐步落实下去了,叔叔您也别太担心。"

高父呵呵一笑,笑起来那种爽朗的样子倒和高宇很是相似:"担心?他这个孩子就是缺乏锻炼，每天想法倒是挺多，就是太想当然了，出去锻炼锻炼挺好，就是他妈受不了，说什么农村生活苦，唉，这都是让他妈给惯坏了！"

"父母都是担心孩子的嘛。"见高父似乎很平易近人，洪小元的紧张情绪也放松了很多。

"唉，能理解到父母的苦心，就已经很懂事了，高宇你得好好学学。还有啊，你看看你同学带的东西，再看看你带的这么一堆，你是要去支教啊还是搬家啊？"

洪小元忍不住笑了，高宇这么大包小包的，还真的很像是搬家。

"这都怪我妈啊！"高宇不服气地嘟囔，"再说了，您明明今天还要开会，还不是让我妈按着头来送我……"

"哎，你这小子！当着你同学的面都敢跟老爹顶嘴了？"高父话这样说，但洪小元看到他脸上其实充盈着笑容和骄傲。真好啊……洪小元想，能这样跟父母相处，是他已经很久没有过的事情了。心情难免失落下来，洪小元不想扫兴，将头微微地偏了偏，看向窗外去。不过好在，他的父亲也很快就能再与他见面了。

……

上井村和白头村离得很近，从西京市出发乘坐同一趟车就可以，只是下车的站点有些不同，背着双肩包的洪小元和精简过行李的高宇下车之后，远远地就看见一个清瘦纯朴的孩子，穿着普普通通的 T 恤和运动裤，正在一棵大树下等着什么人。

洪小元赶紧走上前问："你好，请问是罗刚吗？"

罗刚擦擦脑门上的汗，冲洪小元露出纯净的笑容："对，我是！你们是洪小元和高宇吧？哟，真是带了不少东西来，我帮你拿！"汗没擦完罗刚就冲着高宇走过去，想要接过他身上两个大包中的一个。

高宇臊得连连后退："别别别，你看我这个体格快顶上你俩了，再让你帮我拎包，那我这不是欺负人嘛！我自己来，嘿嘿，权当锻炼了！"

罗刚还想说点儿什么，洪小元就笑着拦住了他："就让他好好锻炼锻炼吧，不忙，你在这里等很久了？"

"也没很久，你打电话的时候我才出的门。"罗刚笑眯眯地回。

"啊？我打电话都是几个小时之前的事情了，你怎么……？"洪小元有些愧疚起来，"这个天气，热坏了吧？"

"还好，不打紧，我是怕你们来了找不到我，干脆直接在路边等着，那咱们现在就过去吧？房间我都给你们安顿好了！"罗刚说着，露出一种羞怯来，"就是……就是这里的条件肯定和城里比不了，不过不要担心！上井村去年也算是脱贫了，只是很多东西还在建设中，后面都会好的，会好的！"

"不要紧，我就是白头村那边的人，所以谈不上习惯不习惯的。"洪小元见罗刚纯朴，心里早就是好感拉满，于是说起话来也亲切很多。

罗刚一怔，有些惊讶地说："你是白头村的人？那不是洪……呃，对不起。"

"嗨，没事儿。"洪小元大方地摆摆手。

高宇却有些不太高兴："洪小元，你们这边怎么回事儿，好事不出门坏事传千里啊？"听高宇这么说生养自己的土地，罗刚立刻就据理力争了起来："不是的高宇哥，我们这边虽然闭塞，但是也没那么不讲道理，事情传到我们这边没错，但是村子里的人也都没有什么坏心思乱传些什么的，至少……至少我自己就没有这么想过。"

"嘿，那你是怎么想的？"高宇来了兴致，问道。

"白头村和我们村因为都是赶一个集市，所以来往也还算是密切，事情当时也就是从集市上传过来的，那会儿其实对我们来说震惊的成分大点儿，因为小元哥他爸在这一带经常跑车，人品很好的！不过……"罗刚想了想，看了看洪小元，发现洪小元似乎没有生气，才敢继续说，"不过小元哥，陈家那边说的那些话你也不要往心里去，毕竟是失去了两个孩子……"罗刚越说声音越小，有些不大敢看洪小元。

高宇也没想到小小年纪的罗刚这么敢说，他也吃不准洪小元再次听到陈家会不会生气，也就一同把头扭了过去。

洪小元淡淡一笑："你说得没错，所以我从来就没有怪过他们，他们也有自己的苦衷。"这让罗刚十分惊讶起来，看着洪小元的眼神很快地就转为敬佩，带路也带得更卖力些了。

上井村不像白头村那样尘土飞扬，由于植被还算好一些，所以空气也清新了不少，但由于地势的关系，山路七拐八绕又坡度很大，罗刚走惯了自然是健步如飞，洪小元也努力跟在后面，但带了两个沉甸甸大包的高宇这会儿却已经有些力不可支了。

洪小元忍不住调笑高宇："车站那不是还逞能嘛，大少爷，走不动啦？"

"你这小子……我，我就不该听我妈的带这么多东西！"高宇喘着粗气怒吼，恨不得要把包都扔了似的。罗刚笑着轻巧地三两步跳下来，再次接过高宇手上的包，这一次高宇没有拒绝，他实在是拎不动了。

"高宇哥，你们平常很少走山路，缺乏技巧，所以才会感觉到累的。"罗刚背上包之后仍旧健步如飞。高宇笑："别说，你小小年纪，说话倒是很能安慰人。"

"我说真的！"罗刚认真道，"山里住惯了的孩子都很懂得怎么调动身上的力气，要不然又要上学又要帮家里的忙，累都要累死了，还怎么上学看书？"

终于提到了上井村的学校，洪小元便也就询问起来："罗刚，咱们这边的学校，大概规模有多大啊？"

罗刚想了想，回过头之后不好意思地比了一个"1"的手势。

"什么意思？1栋？1层？"高宇迷糊着问。

"是只有1个教室。"罗刚闷声说，"最早之前其实是有3个教室的，分成不同年级，但是后来村里穷，家里孩子都让回去帮忙下地了，所以渐渐地就没什么人来上学，也没家长送孩子过来，到最后干脆剩下的两间房间就当成了仓库，只隔出来一间房当教室。"高宇难以置信地高声惊道："1个教室？！那怎么坐得下人啊！"

"坐得下的。"罗刚仍旧有些无奈地闷声说，"我这次暑假回来，班上就只有不到10个孩子了。"

"小元，这什么情况啊……"不理会高宇的欲哭无泪，洪小元想了想问："你刚才不是说这边已经算是脱贫了吗？怎么学校这块……"

"水电那些的都通了，还专门设了基站，但是学校还没建设好，因为……村里现在让孩子在家成了习惯，就成这样了。"

"噢，这样啊……"洪小元点着头，又问，"那那些孩子是几年级？"

"好几个……唉，小元哥，你去看了就知道了。"罗刚强笑着说。

气喘吁吁跟着罗刚来到上井村之后，洪小元才弄懂了他说的"去看了就知道"是什么意思。在二人要求下，罗刚率先带着他们到1间教室组成的学校去看了看，学校旁边的两间屋子其中一间仍然是作为仓库使用，堆满了各种农具杂物，平日里门都是锁起来的，也少有人进出，另一间则是学校之前70多岁高龄的、唯一一位老师罗友良的住所兼办公地点。

罗友良见到两个大男孩自然是开心的，领着他们进屋，又按照他们的要求取出了学生的花名册。洪小元和高宇看着看着就发了愁，一共9个学生，年龄层从六七岁到十几岁，显然就不能按同一个班级来授课，他们问了问罗友良授课的情况，原来罗友良在上课时也只是利用了那间唯一的教室，分批进行教学，年纪相近的几个孩子用一套教材，就这样勉勉强强地把学校支撑到了现在。

"后面就好了，这不刚脱贫，什么都没有，乡里领导考察过，新建设的学校规模就大点儿，估计到了冬天才能起地基。"罗友良的说明让洪小元和高宇好受了很多。

紧跟着，罗刚就带着洪小元和高宇来到离学校不远处的一处极小的院子里，这里是罗刚的家，家里房子一共三间，看起来似乎是比洪小元的老房子要大上一些，其中一间相当于客厅的位置，另外两间原本是罗刚和生病的母亲一人一间的，但由于洪小元和高宇的到来，罗刚便把自己那间腾了出来，让远道而来的支教老师暂时居住。

他们把东西收拾停当的时候，罗刚的母亲从另一间出来打招呼，罗母和上井村里他们一路上遇到的妇女差不多，只是大概由于生病，脸色有些不大好。

"家里环境不好，你们多担待。"罗母环视一眼逼仄的小房间，不好意思地冲着洪小元和高宇笑笑。

"很好了阿姨，您先休息吧，不用担心我们。"洪小元赶忙站起来说。

"妈，没事儿，我会招呼的，你回房躺着吧，药吃了吗？"罗刚搀扶着母亲回房，神色十分孝顺。

洪小元拉开自己的双肩包开始打理，高宇却好像并不着急似的四下打量着，对洪小元感叹："我的天，我是真没想过自己还能住这样的地方！"

"大少爷哪有可能随随便便住到这样的环境呢？"洪小元一边笑一边拉出一套干净的睡衣随手扔在已经铺好的床上，坐下来跟高宇闲聊，"支教什么意思？那些环境好的地方哪轮得到咱们支教呢。你要真习惯不了的话明天应该还有车，到时候我去送送你……"话没说完就被高宇十分不高兴地打断："说什么呢洪小元，看不起人啊你！我是觉得这样挺好，没见识过，怪新鲜的。"

"哼，再待几天你就知道新鲜不新鲜了。"洪小元笑笑。

"对了洪小元，上井村咱们也算是转了一圈了，我看那些村民还都算挺纯朴的哈？你说我要直接去采访那个盗窃学生家里，人家能让我进去吗？"高宇屁股被椅子硌得疼，干脆也脱了鞋盘腿坐在床上问洪小元。

洪小元想了想，说："我觉得你还是别太冒失了，村里人不比西京市那边，人们想法单纯，反而有可能引起点儿误会，这样，我看罗刚虽然年纪小，但为人处世还都不错，要不到时候你问问他得了，说不定他能给你点儿帮助呢？"

高宇若有所思地伸出下巴慢慢点了点："也是。"

不多时，罗刚照顾完母亲就回到了洪小元这边。

"小元哥，高宇哥，这边是有点小，不过靠着树荫，晚上也不会太热的。"

罗刚家里没有装空调，洪小元和高宇一进门的时候就看到，唯一的电扇应该是一直摆在罗母的房间里。

"不要紧的罗刚，你放松点，我们没那么矫情啊。"洪小元还没说话，高宇就抢先对罗刚笑着说道，仿佛是要证明自己一样。

"嘿嘿，行。"罗刚领了情，笑眯眯坐在二人对面。

"对了罗刚，我看你家就你和你妈两个人啊，你爸呢？"高宇问。

罗刚的笑容忽地隐了下去："不知道。"

"不知道？不知道像话嘛！哎，你……"高宇正惊讶着，就被洪小元一把拽住狠狠地瞪了一眼，他这才意识到自己是说错话了，赶紧捂了嘴，不知所措地将眼睛在洪小元和罗刚身上来回打转。

"小元哥，也没什么。"罗刚宽容地说，"这其实是村子里都知道的事情了，不打紧的。"说着，就将自己的经历与洪小元和高宇讲述了一番。

罗刚是土生土长的上井村人，母亲从小就在这个小院落中长大，平常除了去集会以外，最多也不过就是偶尔去一趟乡上县上，除此之外没有再去过其他的地方。

很多年前，在罗母去乡上办事之后，家人就久久没有等到人回来，全家人急得不行，分头去找，找来找去好不容易才在深夜时分看到罗母披头散发脸上带伤地沿着山路往回走，回家之后的罗母再也不愿意出远门，甚至有些自闭起来。家人苦劝无用，又因为心疼女儿，也只能睁一只眼闭一只眼。再过了不到一年的光景，罗刚便出生了。

罗刚的出生让村子里流言四起，但好在那个时候罗刚的姥姥姥爷都是村子里有名望的老人家，一辈子都行得端坐得正，口碑是数一数二的，这才免去了很多污秽入耳。后来姥姥姥爷相继去世，罗母直到父母去世都不愿带着孩子再嫁人，生怕罗刚以后受欺负，故而罗刚从小就十分懂事，对母亲也极其孝顺。

渐渐地，村子里也习惯了，流言声音早就一点点地小了下来，虽然上井村贫困，但大多数村民仍然保持着纯朴，这样互帮互助下，罗刚也渐渐长大了。

"世事无常……"洪小元不知道说些什么好，他本来觉得自己的经历已经足够丰富，但面前这个乐天又善良的孩子好像比他还要艰难，上天仿佛在给罗刚设计人生时打了瞌睡一样，让人心疼。

"是呀，后来我妈身体就一直不大好，又病倒了，肝上的问题，累不得气不得，只能生养着。"罗刚说这些的时候脸色十分平静，甚至让洪小元和高宇都感觉不到他有任何一丝的抱怨。

"罗刚，肝上的病……"高宇嗫嚅着想说些什么。

罗刚却坦然笑了笑："对，挺花钱的，所以虽然村子算是脱贫了，我家嘛就真的还差点儿，哈哈。不过还好，我上学没怎么花钱，老师说有一个'长腿哥哥'专门给我进行了资助呢！"

"长腿哥哥"？！洪小元感觉到那根联系一切的线似乎又清晰了一些，他惊讶地想要叫出声，却还是硬生生地忍住了。

"'长腿哥哥'？嘿这个名字不错！"高宇乐呵呵地复述着，想了想又从自己包里掏出一沓现金想递给罗刚，"罗刚，你家里这个情况就算有资助可能也还是很困难吧，这样，把这些钱拿去给你妈妈看病，如果不够了还可以跟我说……"

罗刚却直接站起身来一个劲儿地摇晃着脑袋和手："不行！我不能要！"

"小元你看这傻孩子，哥给你你就拿着呀！"

"我不能要，高宇哥，你要是这样，我可就生气了！"罗刚态度坚决，"虽然家里现在还是很穷，但是上井村这不是已经脱贫了嘛，政府有补助，再加上生活上的支持，再怎么样也不至于要拿你的钱呀！"

高宇握着钱没了主意，求助似的看洪小元："小元，这……"

"人家不要就收起来嘛！"洪小元笑，"我觉得也没什么不好，罗刚肯定是有自己的想法。"

"还是小元哥懂我！嘿嘿。"罗刚看到高宇在洪小元的劝说下无奈地收起了钱，这才开心起来，继续坐回椅子上，"我是觉得现在的日子过得挺幸福的，穷是穷了点儿，但我和我妈过得也没有多差，再加上上学目前还有资助，真的很好了，小元哥、高宇哥，比起那些不能上学的孩子来说，我真的非常幸福了！"

高宇怔了半天，才叹出一口气对洪小元说："按说该高兴的事儿，这么懂事的孩子西京市可是没有，但小元你说我怎么这心里还怪不得劲的呢……"

"罗刚，你也快考大学了吧？"洪小元明白高宇的不舒服来源于哪，干脆换了话题。

罗刚点点头："对，明年高考。"

"有没有想过学什么专业？或者，以后想干什么？"

"当然了！我从很早之前就开始想了，从一开始我就是在上井村上学，后来学校渐渐没人了，就到镇上学校去，再后来又到了县上，我那个时候才发现原来不一样的学校真的能学到那么多不一样的知识！所以当时，我就觉得上井村没能上学的孩子很可怜，我就想着，等我学成归来，一定要把上井村的学校也办得和县上一样好，让人人都能学到更多的东西！"

"噢，够宏大的啊！"高宇赞叹。

"但是……谁知道我这个目标，被你们给先完成了，哈哈，不过刚好，你们也可以给我打个样，对吧！"罗刚聊起自己的理想，整个脸庞都像是发着光。

洪小元和高宇自然乐得答应这个简单的孩子。

"哦，对了，高宇，你刚才不是还问我说你报道的事情嘛，这会儿罗刚回来了，你跟他打听打听啊。"洪小元想起高宇的正经事，连忙提醒。

高宇这才一拍脑袋，从包里翻出资料向罗刚递过去："唉，差点儿让我给耽误正事儿了，罗刚，你看看你认不认识这个人？"

"咦？这不是罗老师的孙子嘛！"罗刚盯着资料上的照片，惊讶地说。

"你说什么？！"洪小元和高宇异口同声地惊讶着。

罗刚立刻扭头看了看母亲那边的房间，转过头眯着眼冲震惊过度的洪小元和高宇比了个"嘘"，两人这才意识到罗母身体不好也已经睡下了，尴尬地冲罗刚点点头。

"罗刚，你说这个是罗老师的孙子？"高宇有些难以置信地问。

罗刚点点头："对啊，叫罗鸿博，头几年考上大学了，全村人都怪意外的，以他家那个情况他能考进大学可不容易了，当时罗老师特别高兴，都不骂他儿子了，唉，可惜后来就硬是因为自己不学好，这不，开除之后就在家里也不出门，罗老师其实挺头疼的，但是也管不住。"

洪小元和高宇仍沉浸在震惊中无法自拔。本以为要费很大工夫去寻找的线索居然近在眼前，而且还与他们的关系这么近，这让他们俩谁都没有想到。

洪小元这才又回忆起他们去到上井村学校见到罗友良样子的时候，老人身上根本看不出来有任何苦闷，一直都乐呵呵地像平常那些慈祥的老人一样，当时唯一让洪小元觉得奇怪的地方就是，这样的一位老人为何会独自住在学校里，直到刚才罗刚提到罗鸿博之后才隐隐约约知晓了原因。

"罗刚，如果我们想去见见罗鸿博，可行吗？"洪小元试探地问。

罗刚连连摆手："不行的，小元哥，你别看罗老师现在这个样子看起来没什么，但这件事儿可是他心里的刺，碰不得的！当时罗鸿博刚一回来没两天罗老师就气冲冲地搬出来了，到现在这都一年多了吧？再没回去过！你们要直接去问他这件事，他不气个半死才怪！"

高宇还不死心："那……那直接到他家呢？"

"那就更不成了！罗鸿博回来之后脾气就不太好，听村子人说，他爸本来就在外面躲债不回来，后来一回来爷俩就吵个没完，摔东西！村子里有人去劝过他，结果被他赶出来了，根本就什么都不听！"

"啊？小元，那我这条线不就完全断了嘛……"高宇噘着嘴，浑身无力地瘫倒在床上，"算了，我还是跟着你一起好好教孩子们吧，反正年级也不一样，咱俩一人带一个年级还能方便点儿，也给罗老师减轻点儿负担。"

"你这人，刚遇到困难就放弃啊？以后还怎么做记者……"洪小元好气又好笑地冲高宇白了一眼，扭过头继续问罗刚，"罗鸿博他有没有什么特别喜欢或者在意的东西？或者爱好呢？说不定我们能从这方面想想办法？"

罗刚皱起眉想了半天："这个我就真不知道了，印象中他小时候经常跟着爷爷来学校的，那会儿特别开朗，谁知道现在一回来就闷在家里……"

看来只能慢慢来了，洪小元心里忖度着，好在他们还有一整个暑假的时间，如果不能从罗鸿博身上入手，那就只能去多接触接触罗友良了。

……

村子里鸡鸣早，洪小元就着鸡鸣声睁开眼就看见高宇已经坐在床边不住地往身上挠着，一边挠一边嘟囔："树荫多是不太热了，但蚊子也太猖狂了吧！哎哟，痒死我了……"

洪小元有些想笑，顺手从双肩包里掏出清凉油递给高宇："我说你这个大少爷习惯不了吧？山上的蚊子可不是西京市那些能比的，个顶个的大，咬人也狠。"

"哼，洪小元你还真别激我啊我告诉你！"高宇一边将清凉油迫不及待地往身上抹，一边不乐意地瞥着洪小元，"古人都云过，故天将降大任于是人也，必先苦其心志，劳其筋骨！我这才哪到哪，早得很呢！"

"好好好，早得很早得很……"洪小元摇着头低笑，起身换衣服，也刚好就是这会儿收到了来自肖跃的信息。他这才想起来自己出发之前给肖跃打了招呼，结果从到达上井村开始就全然忘记了要给肖跃回消息这件事，于是立刻手忙脚乱起来。

"嗯？小元你干吗，刚才不是还不痒吗，怎么换个衣服鸡飞狗跳的。"高宇擦完清凉油，整个人的感受都好了很多，他看洪小元着急忙慌地扯着袖子于是打趣着。

"哎呀，我忘给肖跃叔叔回信息了！"洪小元匆忙解释完，赶紧就在手机上开始了按键，将自己安全抵达的消息传递回去。

"噢……欸？！"高宇先点了点头，突然又直挺挺地坐起来盯着洪小元，"对啊！肖跃叔叔可以帮帮我的忙啊！"

"帮什么忙？"洪小元一脸疑惑。

"帮我看看那个罗鸿博的事情啊！"高宇乐开了花，扳过洪小元的肩膀猛烈摇晃着。

……

肖跃收到洪小元的请求之后，忍不住摇着头感叹起来，他一开始不知道洪小元要去支教的消息，为了让洪小元的兼职工资在暑期再高一些，甚至还特地安排了一堆适合洪小元的工作，结果现在这些工作都要自己处理不说，罪魁祸首竟然还给他出了这么一道难题。

不过想一想，洪小元的进步可谓神速了，肖跃几乎都已经有些记不清当年那个十几岁，个头只比桌子高不了多少，瑟缩着不敢与他说话的孩子了，这些年肖跃几乎是看着洪小元一步步成长起来的，洪小元现在对于自己的人生渐渐有了更坚定的方向，这让肖跃体味到一种老父亲般的欣慰感。

自己看着长大的孩子，当然也得自己负责下去了，肖跃打开洪小元传过来的有关罗鸿博的资料，越看越觉得似乎有些熟悉，想了半天才记起来是在之前请林秀清吃饭的那天，两个人聊天时不经意提到的。那会儿肖跃和林秀清正聊到有关洪小元被抄袭的处理上，于是顺带脚地就把高宇的这篇报道也让肖跃看了看。

这个罗鸿博，看起来根本就不像是个会偷盗同学的样子，他长着一张近乎是有些怕事的脸，体形也很文弱，都不用特别描绘其他，仅仅从外形，肖跃就看出这是个内向的孩子。

肖跃对罗鸿博家里的情况自然也是清楚的，那个家暴赌博成性的父亲给肖跃留下了十分深刻的印象，只是不管是报道还是李强当时给出的第一手资料里，都完全没有提到过洪小元口中说过的这一点，那就是，罗鸿博有一个在上井村学校坚持授课的爷爷。

于是他干脆又拨通了林秀清的电话，心里还浑然不觉自己把这件事情当成了与林秀清见面的理由。这一次见面，肖跃比起第一次来说就自然很多了，林秀清依然是化了精致的淡妆，和学校里那个素面朝天的清冷女老师差了很多。

肖跃忍不住赞叹："林老师，你这算得上是学生口中的千面女神了啊。"

"哈哈，这句赞扬我很喜欢，就不客气地收下了，谢谢肖记者。"林秀清也不扭捏，干脆大大方方地接了肖跃的话茬儿，这让肖跃对她的好感又增加了几分。

为怕着自己再思想抛锚，肖跃赶紧咳了咳嗓子，迅速进入工作时的状态。

"林老师，小元跟我说了下有关罗鸿博的事，他还有一个爷爷，你知道吗？"

林秀清也认真起来，她想了半天说："这个我倒不是很确定，因为当时高宇拿过来的资料里就没有有关罗鸿博爷爷的信息，是我后面在调查家庭关系的时候发现，上井村那边似乎很多人家都姓罗，不过只有一位罗姓老人是自己独居，平常来往最多的就是罗鸿博家，所以我猜，会不会是这位老人呢？"肖跃本来没有想过林秀清能回答上来什么准确的消息，这会儿听她侃侃而谈，倒是实打实地惊讶起来了。

"林老师，你不去做记者真的可惜了啊，确实是那位老人，他叫罗友良，目前在上井村小学教学生。"

"噢，原来是这样。那这么看，老人跟罗鸿博的关系可能出了些问题，肖记者，这应该是和罗鸿博盗窃有关吧？"

"是啊……好端端一个孩子因为这件事被判了一年半，本来要不是因为盗窃，一年下来也该毕业上班了。"肖跃感叹着，"只是我今天又看了看那个孩子的照片，怎么也想不出他会做出这种行为。"

"因为都是同一个系统的，我也专门去打听了下，好像是说大学三年，罗鸿博虽然表现算不上特别好，但也并不差，没有干过什么违法乱纪的事情，也不知道为什么突然就想起来去偷宿舍同学的东西，一个笔记本一部手机，拿出去以后不知道卖到了哪里，结果学校后来追赃款的时候，他身上还是一分钱没有。"

"啊？怎么会这样？一个笔记本一部手机，也值好几千了，怎么会……"

"是啊，他的辅导员也不理解，平常看起来很朴素的一个孩子，没有见他有过什么大手大脚的行为，几千块钱就这么不见了，问他什么也不说……他爷爷大概就是因为这件事一直耿耿于怀，所以不愿意回家去的吧。"林秀清说完了自己的推测，不由自主地叹息着。

"林老师，这件事情不太对劲。"肖跃思考了很久，却给出了一个不太一致的答案，"钱没得无声无息，肯定中间有什么事情被遗漏了。"

支教正式开始是在洪小元和高宇来到上井村的第二天。

虽然之前为了展开支教准备的一系列教案基本上因为复杂的学生情况没能用得上，但洪小元和高宇也并没有因此而气馁，在老人罗友良的帮助下，支教活动进行得十分顺利，学生们对这两位来自市里的大学生充满好奇，比起听课，他们对一直只有耳闻的西京市仿佛更感兴趣些。

"西京市的老师们都和你们一样年轻吗？"

"教室肯定比我们这边大上不少吧！"

"我们以后也可以去那边上学吗？"

……

整个上午，洪小元和高宇几乎都是被这些天真有趣的问题围绕着度过的。

负责之前学生教育的罗友良抿着嘴笑，静默地站在教室门口，将时间宽容地让给这两位大学生，听他们不厌其烦地回答着孩子们的问题，只是在提到洪小元和高宇的大学生活时，眉宇间才显露一丝难言的无奈。这个细节没有被洪小元放在脑后，他一边向同学们回答着问题，一边将足够的注意力放在了这位老人的身上。

虽然罗友良年纪已经很大了，但精神还算得上矍铄，从他们刚来学校时，就被老人房间里的书架折服，书架上满满当当的都是各类书籍，按那些书籍破损的程度来看，罗友良一定是经常翻阅它们。

气度非凡又和蔼可亲的罗友良让洪小元和高宇心中都不禁生出疑惑，这样的老人教育出来的孙子，为什么会在已经快大学毕业的时候突然走上盗窃这条路？尤其是肖跃在回复过来的电话中也提到了那些被偷窃的设备根本追查不到的消息，这一点几乎成了洪小元和高宇的心头刺，让他们百思不得其解。

第一次的尝试可以说是徒劳的，他们在获悉罗鸿博的消息之后立刻找到了与罗鸿博息息相关的罗友良，可老人陡然冷下的脸和不断送客的举措让二人无法开口将心中的疑惑和盘托出，他们只能灰头土脸地回到罗刚家里改变策略，希望能通过支教期间的相处让老人敞开心扉。

于是洪小元干脆在支教开始的时候，就有意无意地提到西京市的大学。他谈到自己的大学生活，谈到能够通过知识改变命运是多么不易的一条道路，最后终于谈到了有关个人行为准则的问题上。

"洪老师，我们上课的时候不听话，罗老师都要罚站的！大学生都不用罚站，我也想上大学！"终于有天真的孩子顺着这个问题说道，天真的小脸上不乏羡慕。

271

洪小元注意到罗友良脸上的表情怔了怔。

"你们年纪还小，很多时候没有办法承担自己做错事的后果，所以老师让你们罚站，为的是要你们明白，这个行为是不对的。"洪小元将瞥向罗友良的目光收回来，柔声冲着提问的孩子说，"不过大学生已经成年，自己做的事情都要自己去承担责任，所以看起来大学的处罚没有那么多，可实际上也就意味着，没有人能再替你去承担这个责任了，一切后果，都要由你自己承担。"

"很严重吗？"学生继续问道，小小年纪的他似乎并不太能充分理解洪小元的话。

"要看是什么事情了……比如说你伤害了其他同学，情节严重的话，可能会让你退学的。"洪小元想了想，没有把具体的行为说出口。

退学两个字引起学生们小小的惊呼，他们眨巴着惊讶的眼睛面面相觑，似乎没有料到这种严重的后果居然会真的发生一样。高宇笑一笑，接过洪小元的话："不用担心，你们都是好孩子，只要好好学习，不去做这些坏事，就与这种处罚没有关系了！"

洪小元趁高宇说话的当儿，再瞟了一眼门口，只看到罗友良反剪着手离开的背影，背影看起来很有几分寥落在里面。

……

有了洪小元和高宇一开始的耳提面命，仅有的几个孩子在上课时都争先恐后地表现着自己灵巧乖觉的一面，力求连罚站的机会都不要给西京市来的两个新老师，这种面貌带动了村子里其他的孩子们，渐渐地，上井村学校里的孩子们竟然一反常态地多了起来。从一开始洪小元和高宇来到这里的只有9名学生，到他们支教不到两周的时间里，愿意来听课的孩子竟然直接到了十几个，这对罗友良来说，简直成了意外收获，于是到了休息日，还不等洪小元和高宇主动找上门，罗友良便拿出了看家本领炒了几个菜，特地叫罗刚邀请了两位老师过来。

"你们二位来上井村，可真的算是帮了大忙了！"罗友良苍老的脸上红光满面，伸手就冲着洪小元和高宇要举杯。洪小元和高宇有些不好意思，将杯中罗刚专程买回来的饮料也倒满，回敬着罗友良。

"罗老师，您太客气了，我们这是第一次参加支教活动，很多事情不懂，还得您和罗刚多多帮助才行。"洪小元谦虚地说着，把饮料代替酒向罗友良高举了举。

高宇探头去问："罗老师，现在学生多了些，但是我看学费这边也没有什么计划啊？"

"上井村学校原本几年前都已经没人了，早先的那些校长什么的老早就不见人，从那会儿开始，罗老师就只是象征性地收一点费用。"罗刚向高宇解释着，"贫困村子，生活都困难，哪能拿得出来钱上学呢？"

"那罗老师……"

看高宇懵懂的样子，罗友良宽厚地笑笑："我之前在乡上学校工作，退休之后也有退休金……上井村这些孩子可怜，不能跟别的地方那些孩子比，能让他们多获取点儿知识也是好的，我老了，也吃喝不了个什么……"

洪小元和高宇立刻对这位老人十分敬佩起来，一时间竟然也有些难以言语，看出高宇又冲动地想直接拿钱，洪小元赶紧将他拦住问："罗老师，您年纪大了，个人生活也要好好注意才行啊。"

罗友良举杯的手顿了顿才复又抬起来："不碍事，老头子花费少……"话没说完，一直寒暑假都来上井村学校陪伴罗友良、给孩子们时不时代课的罗刚就有些不忿起来："够什么啊！家里之前的东西都被罗鸿博他爸祸祸得差不多了，罗老师今天是为了感谢你们才专门做了这样的菜，把自己存了多少年的酒拿出来的……"

"罗刚！"罗友良面色有些不悦，喝止了愤愤不平的罗刚。

洪小元往桌上看看，虽然他也是贫困地区出身，但经过肖跃的帮助，无论是在杏林中学还是现在上了大学，都几乎是已经距离那个贫困的时期很远了，桌上摆着的几个简单小菜都很家常，只有一道菜里沾了肉。结合罗刚刚才的话，罗友良这几道看起来极其不起眼的菜，竟然算得上一个拥有退休金的老知识分子难能可贵的盛宴，这让洪小元震惊，更让他心痛。

桌案上的气氛沉下来，几个人因为刚才罗刚的一席话都有些沉重。

"罗老师，有些问题，我们还是得面对之后才能彻底解决它，您说是吗？"洪小元考虑了很久，最后还是决定趁这个机会打开天窗说亮话，"我明白您的心情，自己的孙子在大好前程面前突然拐了弯，家里的很多事情又被媒体爆出来，这让您很不好受，可是无论我们怎么逃避，该来的事情还是要来……"

"你们又明白些什么！"罗友良见锥心的话题再次被洪小元提起，气得将酒杯往桌上重重一放，透明色的琼浆来不及跟着酒杯一同起落，洒在桌面上变成一处又一处泪痕似的斑点。

"罗老师，我明白的。您或许听过九二六交通肇事案吧？"鼓起勇气，洪小元咬了咬牙开口，一旁高宇听见这话之后想要去拦着洪小元，但洪小元只是转过头冲他笑笑，给了他一个"我没事"的表情。

罗友良果然被洪小元这句话吸引，想了会儿才大惊失色道："难道你就是……"

"对。"洪小元点着头，"我就是那个肇事者——洪庆国的儿子。"

白头村的这场大案早在当时已经传遍了周边的村镇，上井村当然不例外，对于平日里甚喜读书看报的罗友良来说尤其如此，只不过洪小元和高宇只是以西京大学学生的身份前来，他当然也根本没有往那个地方去想。

就连罗刚也意外得很，盯着洪小元半晌说不出话来。

"罗老师，我的父亲犯过很严重的错误，当时家里为了赔偿，也几乎是背上了一身的债务，但是总不能因为这样，我就假装看不见听不到，自顾自地逃避着生活吧。"洪小元语速很慢地说着，一边说一边观察着罗友良的表情。

老人的表情从惊讶渐渐地变成了喟叹，再变成近乎十分感同身受的沮丧和懊恼。

洪小元觉得罗友良似乎在他的讲述中渐渐地开始游离起来，闪烁的目光间隐有一些晶莹的点滴，像是想到了触动老人心弦的记忆，他没有过多地再去说明什么，只是默默地等待着。

他知道，老人一定会开口的。

"唉……不一样，我儿子孙子会弄成这样，都是我作的孽啊……"终于在几人的静默中，老人开口了。

几杯薄酒下肚，老人家终于借着酒劲将儿孙的事情一一告之。

罗友良曾经是乡上高中的老师，对知识和教育都有着不同于这个小地方的独到见解，在教学生涯中不仅受学生敬重，同时也是其他教师的楷模。可就是这样一位楷模，在迎来自己人生中的做父亲的重要阶段时，却突然丢弃了所有雷厉风行的手段，对自己的儿子无限溺爱起来。罗友良的妻子在生产时，他当时正在学校监考，当时信息的闭塞以及对教学工作的责任心让他没能及时赶到医院陪产，等他终于监考结束赶到医院时，却听到了妻子因难产大出血无法救治的消息。

于是对于妻儿，罗友良始终有着难以言喻的愧疚，这份愧疚让他一改平日里对待学生们的教学风格，在养大儿子的过程中，他几乎对儿子千依百顺。

溺爱的弊端是从儿子在青春期过去之后开始一点点展现出来的，一开始，罗友良只是发现儿子学业不精且爱玩，那个时候他原以为是人生必经的青春期叛逆阶段，笑笑也就过去了，直到几年后陆续有债主找上门来，他才知道，原来自己的儿子非但逃课，甚至还沾染上了赌博的恶习。

不断地赔付就是从那个时候开始的，儿子瞒着他进行了数额巨大的赌博，他多年教学积攒下为数不多的工资几乎悉数进行了赔偿还是不能填补这个窟窿，直到有高利贷债主找上门来，扬言要剁掉儿子的手时，他才一咬牙将乡里学校旁新买的房子直接卖掉，替儿子还了债，一家人就回到了上井村的老屋。

罗友良没有想到儿子对于这件事竟然难以接受，他不明白儿子闯了这样大的祸竟然还会愤怒着叫嚣世事不公，到底哪里不公了？可他仍旧一次又一次想到难产而亡的妻子，也一次又一次地原谅了儿子。

他总以为儿子的陋习能在他好不容易给其说了一门亲事之后改善，对儿子成家立业的向往不久后就在这位老人心中轰然倒塌，孙子罗鸿博还不到 10 岁，儿子又踏上了原来的赌博道路，甚至越赌越仿佛没了人性，将儿媳妇也家暴走了，自己也躲了起来。

又是一轮看起来无止尽的赔偿让罗友良终于认清了事实，在对孙子的教育上，他痛彻心扉地让自己不要再走之前的老路。

"鸿博还是争气的，乖得很，学习也好，基本上没让我多念叨，最后就考上了大学，但是……唉，"罗友良皱着眉，声音中满是凄凉，"退学之后，孩子跟我说，他爸跑到学校去找了，扬言说只要几千块钱就能还完债，之后再也不赌了，鸿博担心他爸家暴的习惯没有改，害怕得很，一时糊涂铤而走险，谁知道他爸这次还是没回来。"

别说洪小元和高宇，就连一直陪在罗友良身边的罗刚都是第一次听到完整的故事。

罗刚有些着急："鸿博哥这是从小被打怕了吧，怪不得这次回来就一直窝在家不出门……"

"连我都不见，没法说，没法说……"罗友良疲惫地摇着头。

洪小元多少有些明白罗鸿博这种心理，说是惧怕家暴其实也太简单了，更准确地说，更像是罗鸿博有些孤注一掷地相信着自己的父亲可以改邪归正，而现实对罗鸿博的打击过于沉重，丧失希望的罗鸿博就此泄气，干脆也让自己变成了寄居蟹。

"罗老师，我们来想想办法吧。"洪小元看一眼高宇，转头对着老人说。老人抬起头本想说些什么，但看到洪小元和高宇坚定的神色，最终还是半信半疑地点了点头。

高宇更是冲着罗刚也招呼起来："罗刚，你比我们熟悉情况，也来一起帮帮忙！"

"好嘞！"罗刚点头应着。

第二天支教结束之后，罗刚就带着洪小元和高宇来到了罗鸿博居住的地方，这个地方让洪小元感觉很亲切，感觉像是看到了白头村的老房子一样，同样的破旧沉闷，看起来有一种没生气的感觉。罗刚打头阵去敲门，好半天的工夫，一个胡子拉碴却样貌年轻的男人才开了门，洪小元和高宇注意到这个年轻人神色呆滞，心下了然，这一定就是罗鸿博了。

"你们要干吗？"罗鸿博警惕地瞪着前来的几人，整个人将打开的门缝堵得严严实实。罗刚好声好气地笑着说："鸿博哥，这是咱们学校暑假来支教的老师，他们从你爷爷那边听了你的事情，想来看看你……"

话没说完就被罗鸿博硬邦邦地怼了回来："有什么好看的！一天到晚没有其他正经事做了吗？偏要来打听我们家的事儿做什么！神经病！"说完就侧了侧身，要把门再关上。高宇一急，不等罗鸿博有动作就赶紧上前将门推住，他身强力壮，稍显瘦弱的罗鸿博根本就不是他的对手，推了好几下都没能将门关上，渐渐地红了脸生起气来。

"有病吗你们！还有王法吗？"罗鸿博气急败坏地叫嚷着。

"罗鸿博！你难道就准备窝在这个破地方一辈子，靠啃你爷爷的老过日子吗！到底是谁一天到晚没有正经事做？你好意思吗！"很突然地，一向温和惯了的洪小元突然上前几步，冲着罗鸿博开始发难。这一下让高宇和罗刚都有些愣，罗鸿博也干脆忘了推门，直勾勾地盯着洪小元。骚动引起了旁边村民们的注意，罗鸿博看人越来越多，更加焦躁起来："你是个什么东西！"

"我是个什么东西不重要，你看看你自己人不人鬼不鬼的样子，靠爷爷的退休金苟延残喘，你又是个什么东西！"洪小元丝毫不让步，声如洪钟。

趁罗鸿博心浮气躁无心关注那扇没关上的门时，高宇微微使了使劲儿就直接将门撞开了，趁着罗鸿博不注意，三人立刻当着罗鸿博的面挤了进去。

"你们！你们这是私闯民宅！"罗鸿博被罗刚劝拉着，一边挣扎一边吼叫，脖子上的青筋都已经开始暴起了。

洪小元没有说话，他径直走到罗鸿博的卧室里去，卧室十分简单，除了床铺就只有一张桌子，而桌子上摆着的，是罗鸿博大学的专业书籍。洪小元走上前查看，钢笔画过的字迹还似乎有些湿润。他叹了口气，看着被高宇和罗刚架着进来、仍在骂骂咧咧的罗鸿博，淡淡地问："既然有心上进，为什么要避着你爷爷？"

罗鸿博顿时失去了挣扎的力气，满脸涨红，嗫嚅了半天却不知道该说什么，最后只能低声愤愤道："要你管。"高宇怒了，他将罗鸿博的小身板往床上一掼："罗鸿博你别不知好歹啊我告诉你！你爷爷那么辛苦在学校教课，心心念念的可都是你，你倒好，躲起来玩隐居呢？"

"那你告诉我我就算告诉爷爷了又有什么用！我学都被退了！你们哪经历过我这种家庭？让你们老爹也跑一个试试啊！"罗鸿博眼眶含泪地怒吼着。

高宇刚想发作，洪小元就走过来制止了他。

"小元，你不会又要……"高宇有些心急，但罗刚似乎是明白了什么，只是将他拉了拉，他也只好叹了口气，跟着罗刚退出卧室。

卧室里响起窸窸窣窣的低声谈天声，高宇在外间眉头紧缩，一个劲儿地叹气。

"高宇哥，你是不是担心小元哥他……"罗刚看了看闭着门的卧室，又担心地问高宇。

"你不知道，洪小元他自己是花了多久的时间才好不容易从他爸的事儿中走出来的，现在倒好，天天挂在嘴上！"高宇气哼哼地嘟囔，"每说一次就是他自己用刀子拉自己一次啊，他也不管不顾的！"

罗刚侧着头想了想，劝慰着："其实我明白小元哥是怎么想的，过去的事情再怎么说都没办法挽回了，但如果能通过自己的经历帮助到别人，大概也算是为父亲赎罪吧。"

"这……这算哪门子赎罪！"

"我也不懂。"罗刚笑了，"我只知道，我自己没有父亲，体会不到这种感情，但如果有人愿意跟我去讲这些，去引导我，那我大概也会感到非常温暖吧。"

高宇沉默下来，他仍旧在心里担心着自己的好兄弟因为将自己的伤疤暴露在外而承受不住，但听罗刚这么讲着，也只好对此表达了支持。

"唉，自家兄弟，他愿意这样做，我也只能支持他了。"

两人就这样沉默下来，有一搭没一搭地聊着些不相干的话题。

卧室里窸窸窣窣的谈话一直持续到了晚上，这让高宇几乎都要觉得洪小元和罗鸿博是失散多年的兄弟重逢一样地话多了，但他却很意外地没有任何不耐烦的感觉，他猜想，一定是洪小元触动到了罗鸿博的内心，才会这样健谈的吧？或许罗鸿博这么久以来，就是缺少能够这样聊天的一位朋友也未可知呢？

在罗刚回家为母亲准备晚饭之后不久，卧室门才终于打开了，洪小元先走了出来，身后跟着的是眼眶红肿，精神看起来却好了一截的罗鸿博。

高宇憋着自己的疑问跟着洪小元走到房外，洪小元转过头冲罗鸿博笑了笑说了句"明天见"，随后罗鸿博似乎有些羞愧地点了点头，才快速把房门锁上了。

"小元，怎么样了？明天见是？"高宇终于可以抒发自己的疑惑，迫不及待地拉着洪小元低声问。

洪小元看看天上时隐时现开始渐渐多起来的星子，笑着说："明天你就知道了。"

高宇带着疑问迎来了清晨，从一大早起来去支教的路上，他就一个劲地缠着洪小元答疑解惑，但洪小元却一直是老神在在地笑着并不回答，除了提醒高宇将录音笔带着之外，其他一切都闭口不谈，搞得高宇郁闷极了。

等真正来到上井村学校之后，高宇才回过神来，明白了为什么洪小元让他特地带上了录音笔。他看到罗鸿博低着头站在爷爷罗友良面前一言不发，却又好像是已经说过了很多似的，而比罗鸿博低了半个头的老人则站在罗鸿博对面微微抬着头，看着孙子的眼里似乎满含晶莹。

"小元，这是怎么回事儿？"高宇惊讶地撞撞洪小元的胳膊。

洪小元笑眯眯地说："就是这么回事儿啊，罗鸿博准备来学校帮爷爷的忙了。"

"啊？！"

高宇感觉一时间有些难以消化，他们去找罗鸿博的时候，那个对抗场面还没有完全过去，只不过一夜而已，怎么变化能如此巨大？

他想了想，脸色沉下来："小元，我担心你这样经常把自己的经历拿出来说，会对你不好。"

"嗯？高宇你担心我啊？"洪小元带着意外和感激侧过脑袋，从心底笑出来，"我没怎么说自己的事情，只是告诉他有关他爷爷的一些想法罢了，而且罗老师不是都说了嘛，罗鸿博是因为对自己和父亲过分失望才这样，但他目前还能看得进去书，说明其实他自己本身就没有放弃啊。"

"他就这么心甘情愿帮他爷爷代课？我怎么不信呢。"高宇远远看着那对爷孙俩说。

"信不信的看了再说吧。"洪小元也跟着高宇的目光看过去，"罗老师年纪大了，我记得我奶奶去世的时候还没有他这么大的岁数，当时我没陪奶奶最后一段时间，心里很难过的……"高宇明白了为什么洪小元会相信罗鸿博。

等爷孙俩似乎终于聊完、喜笑颜开之后，洪小元和高宇才迎了上去，洪小元看到老人家眼中激动感谢的光，只是淡淡地笑了笑。

出于对村子的熟悉，罗鸿博很快就对如何教育这些孩子上了手，虽然一开始他仍然不习惯当着这么多孩子的面来讲课，但在洪小元等人的鼓励下，他还是渐渐地克服了这些情感上的障碍，课程越讲越好，甚至受欢迎的程度还一度超过了这两位来自西京市的大学生。罗友良见到自己的孙子能在这么短的时间里打起精神走出自我封闭的状态，自然也是欣慰至极，只是他依然选择住在学校里，根据老人的话说，这个学校等到政府新建的学校盖起来之后就要废弃了，自己想陪着它再多待待，也不枉费自己教书育人的一生。

在所有人的预想中，事情本来应该这样安宁而舒缓地进行下去，直到有一天，洪小元来到学校时发现大家的脸色都不怎么好看。他刚想问些什么，就看到了高宇的眼神，高宇向教室指了指，他顺着手指探头去看教室里，才发现原本已经有十几个学生的教室，现在突然又少了很多孩子。

正狐疑着，高宇走过来低声说："罗刚去问过情况了，村子里的人对罗鸿博家里本身就有点儿忌讳，再加上罗鸿博盗窃的事儿……家长不放心，说反正学校要新建，等学校建好有正经老师再说，于是干脆把孩子都领回去了。"洪小元下意识地去看罗友良办公室里垂头坐着的罗鸿博，后者一语不发，左右手来回搓着，好像是在忍耐什么。

"高宇，你说等新学校建好都什么时候了，中间空着这么久，孩子会落下很多课程的。"洪小元低声说。

高宇摊了摊手："有什么办法，那些村民说风就是雨，一个不愿意让罗鸿博教的出现了，后头就紧跟着两个三个……罗刚说，那些村民意见很一致，接受不了有这些坏毛病的老师，怕带坏孩子，除非罗鸿博不教，他们才愿意让孩子继续上学。"

"这怎么行？！"洪小元惊讶道，"罗鸿博好容易才重拾信心，这不是让他再受一次打击吗？"

"是啊……哎，对了小元，要不然，问问肖跃叔叔那边有没有办法？"高宇拉着洪小元低声问，"咱们上次闯进罗鸿博家里就被肖跃叔叔好大一通骂，这会儿这么大的事儿，还是别自作主张了，你说呢？"

"这倒也是个办法。这样吧，我等下就去问问情况。"洪小元思忖着答道。

早在一开始，洪小元和高宇就将罗鸿博的事情向肖跃和林秀清都做了说明，得知事情全貌的肖跃在听到洪小元的请求之后自然是乐意帮忙的，只是他最近为了追查有关罗鸿博父亲的下落抽不出来手脚，于是这项任务就落在了林秀清身上。

林秀清倒是很快地给出了一个建议。上井村脱贫之后，极为重要的一件大事就是有关教育方面，于是早在一两年前，教育系统就有了关于上井村学校改建的相关信息，林秀清通过同一系统的朋友了解到，目前学校的建设已经开始，硬件方面基本上不成问题，可是软件方面却有着严重的缺口——已经在其他地方任教的老师们，根本没有几个人愿意到这样一个刚脱贫的村子里去教书。

这倒让林秀清想到一个办法，她立刻建议洪小元鼓励罗鸿博去考取教师资格证，并且在自己的学历上进行提升，这样一来，在不远的未来上井村学校建设完毕之后，罗鸿博便可以为自己的村子出一份力，当然也就可以凭借自身的努力让村民们刮目相看了。洪小元接受了林秀清的建议。

由于学生流失得越来越快，原本就没有多少人的组合班级现在看起来更是人丁稀少，显得可怜极了，罗鸿博强撑着精神将下午的最后课程讲完之后就垂头丧气地从教室出来，刚回到罗友良的办公室，就看到洪小元、高宁正襟危坐，和爷爷罗友良一起看着他。他们正是在等待着罗鸿博下课。

"鸿博啊，你过来坐。"罗友良严肃地冲罗鸿博招手，后者懵懂着走进门，坐在罗友良的行军床上。

"那个……是出了什么事情吗？"他有些忐忑地问。村里最近关于罗鸿博的事情也是讨论极多的，就算罗鸿博假装没有听见，但实际上有没有事他却心知肚明，这样一问，只不过是抓着最后的希望一搏而已。

"鸿博啊，明天开始你就不要过来了，我让罗刚已经去通知那些孩子家长了。"罗友良冲孙子说着。洪小元看见罗鸿博的身子明显一抖，眼看着就有些想要缩起来的样子。

"我知道了。"罗鸿博扁着嘴，声音颤抖地说完这句话，紧接着就想起身，却被罗友良按住了。

"我听小元他们说，你在家里还在看书，没有扔下，对吧？"罗友良跟着问。

罗鸿博对这个问题感到奇怪，环视了一圈之后才点了点头。

"那应该可以。"罗友良放心地点了点头，才冲着洪小元说："小元，你跟他说吧。"

看着罗鸿博越来越疑惑的眼神，洪小元和高宇对视一眼，笑了："你别紧张，是好事。"随着洪小元将林秀清的建议娓娓道来时，罗鸿博刚才还畏缩着的身板也不由得渐渐直了起来，他看着洪小元好像是在看着一个希望那样，身体不断地前倾，像要把洪小元口中的话听得再仔细一点。

"你是说，我现在可以去考个教师资格证，然后……就可以直接在上井村这边工作对吗？"罗鸿博听完洪小元的计划，整张脸都有些微微发红。

高宇失笑道："当然还是要应聘的啊！不过你既然没放下学习，我感觉问题不大，而且之前你教课那两天，我看学生们还都挺喜欢你的，说明你有这个天赋！"

罗鸿博先是如释重负地轻笑了一下，又想到自己的往事，隐了笑容不无担忧地问："可是我……我被退学了，也可以吗？"

"有错担责，而后改之。"洪小元认真地说，"没有什么不可以的，相信自己。"说到这里的时候，洪小元不可避免地想到了父亲洪庆国，他有些讶异于自己竟然可以如此积极地面对"有错担责，而后改之"这句话。想一想之前的几年时间里，他似乎也像罗鸿博一样，龟缩在一个自以为安全的角落里，逃避着所有责难的目光。

"好，好。我会努力的，爷爷，我肯定会努力的！"罗鸿博终于放下心来，看着爷爷罗友良，爷孙俩似乎头一次这样放松地笑着。

"应聘者的大概要求估计过一会儿就会发过来，我到时候誊一份给你看，你可一定要争气呀！"洪小元也被爷孙俩感染，笑着说。

罗友良替孙子答话："他敢不争气！我当年教书的时候，班上就没有学生敢不好好争气的。"恢复了之前教学理念的罗友良今天看起来是有些意气风发的样子了，精神头儿甚至比罗鸿博要来学校上课那天还要更好一些，他一只手搭在罗鸿博的肩上无比严肃地说出了这句底气十足的话来。

语气很严厉，但洪小元觉得，罗友良看着孙子的眼神里全部都是浓浓的慈爱。

在收到洪小元誊写的应聘要求之后，罗鸿博便安安静静地在家开始了学习考证的道路，这似乎是罗鸿博再次回到了之前龟缩于家里不外出的生活中去，而实际上却又大不相同。

罗友良和罗鸿博的关系在几个年轻孩子的帮助下逐渐好起来，罗鸿博也早就一改往日的阴郁，尤其是在上井村学校教课的那几天里，他看到年迈的爷爷如此辛勤，感触良多，于是虽然现在他仍旧回到之前的日子中，却仍旧记得每天给爷爷做好饭并且送到学校来。洪小元和高宇的支教生涯就这样再度平缓了下来，几个基本上算是同龄人的孩子间也建立了深厚的友谊。

有了罗刚的通知，之前将孩子领回家去的家长们得知罗鸿博不再教课，又纷纷将孩子送了过来，虽然罗鸿博对这件事一直没有多说过什么，但一段日子的相处让洪小元早就发现了这个大男孩心底受到的伤害。

别的不说，就只是罗鸿博见到那些孩子下午上学来的时候自己躲起来偷偷看着的样子，已经足够洪小元明白了。

这种不被人认可和接受的感觉他也曾经有过，那种隐藏在自然而然行为下的刺激如箭矢一般将他的幼年生活刺得千疮百孔，他透过罗鸿博有些卑微的样子仿佛再次看到了那些孔洞，却没有再施以援手。

高宇对此很不理解。一日放学后，两人回到罗刚家里准备第二天的课程，高宇终于沉不住气问洪小元："小元，我看一开始你对罗鸿博的事情很上心啊，怎么到这会儿明明见他那么难过的样子却也不去劝什么了？"

"这种事情劝不得的，除非他自己想通，否则我再怎么说，也不会有任何改变的。"洪小元一边伏案备课一边淡淡地说，"我之前上学的时候，也有很多人劝过我，但是当时哪听得进去啊，根本就是觉得这些人在假好心，站着说话不腰疼。"

"那小元哥，你是怎么改变这个状况的啊？"一旁听八卦的罗刚插嘴问道。

洪小元想起了当时肖跃带来的转学消息。

那个时候，对于年幼的他来说，能够逃离地狱一般的拜县一中，这是他拼了命都想要做到的事情，而肖跃刚刚好就带来了这个机会。

"是希望吧。"洪小元说。

高宇挠挠头："希望？小元你这说得也有点儿太玄乎了吧。"

年纪在几人中最小的罗刚却很是理解这番话："高宇哥，你没有经历过我们这种童年，可能不太理解，我倒是挺有感触的。你看我家这个情况，别的孩子都开开心心去上学，好像全世界就我一个人连学都上不起，当时别提多绝望了……好在有'长腿可可'在，他这就算是给了我好大的一个希望呢！所以后来不管遇到什么，我都觉得没那么重要了。"

洪小元这会儿才突然想起他之前一直耿耿于怀的"长腿哥哥"来。

"罗刚，你说的那个'长腿哥哥'，是怎么联系到你的？"罗刚摇摇头："他可没联系我，是当时我们乡上的学校有收集过学生信息，然后报给希望工程了，我听老师说，是希望工程搭的桥。"原来是这样，洪小元想，不论是苗老师，还是罗刚，他们在冥冥中都接受了"长腿哥哥"的资助，却好像都不知道那个资助人是谁。不过无论是谁又有什么关系呢，这份希望总归是通过这样的方式传递到每个人心中了，让这些苦难中近乎绝望的孩子们重燃热血，是多么大的一份壮举啊。

"我倒还希望'长腿哥哥'直接联系到我呢，这样以后我工作了，就可以回馈他了，至少能当面见到他，跟他说一声谢谢吧。"罗刚叹着气，不无遗憾地说着。

看到罗刚这个表情，洪小元再次感受到了自己人生的幸运。他何其有幸从一开始就知道给予自己希望的那个人，何其有幸自己的人生中可以一直跟随着这个人一起前进，甚至在不远的未来，他就可以对着肖跃郑重地说一声谢谢。

"也别放弃希望嘛，万一呢？"洪小元笑着说。在车上模糊的记忆中，他想起苗香寒应该是已经知道了那位"长腿哥哥"究竟是谁，既然自己已经尽所能帮助了罗鸿博，那就没有理由不帮助一下罗刚呀。

于是洪小元想着，掏出手机给肖跃发短信。

"肖跃叔叔，你有没有听过'长腿哥哥'的名字？"往常在这个点几乎都是秒回的肖跃那边却一直没有动静，洪小元抱着希望等到快要睡着了还是没能等来肖跃的回复。

"小元，你还不睡啊？明天还要代课呢。"高宇迷迷糊糊地翻了个身，看见洪小元手机发出的幽光，模糊地冲他嘟囔着。

"噢，就睡了。"洪小元等不来肖跃的信息，有些失落地躺了下去，心里充斥着疑问。人刚躺下，就感觉到来自手机的振动，洪小元突然没了睡意，赶忙打开手机界面查看，果然是来自肖跃的消息。

"一直在忙，你说的这个人我不认识，不过，你是从哪知道他的名字的？"

洪小元本能地觉得肖跃的回复有些奇怪，但深夜中他的脑筋仿佛也已经开始停止了运转，这让他没想那么多。

"是我们支教时住在他家那个孩子，叫罗刚的，他说他接受了'长腿哥哥'的资助，很希望当面谢谢他，所以我就问问你看看有没有可能认识。"

这一次消息回复得很快。

"可惜了，帮不上你的忙，不过我相信'长腿哥哥'一定也明白他的苦心，而且，他只要好好学习好好做人，'长腿哥哥'的资助也就算是没有白费吧。很晚了，快睡吧。"

洪小元很想多问一问，肖跃作为一个知名记者，面对这样好的题材为什么不好奇，难道是因为资助了洪小元让他已经足够了解这方面的信息了吗？但"快睡吧"三个字又仿佛在直截了当地告诉洪小元不该继续追问，他想了很久，最终也只是回复了一个"晚安"。

但他内心中可以确定的是，不管肖跃是不是对这个话题不感兴趣，他自己则有些放不下了。

整个睡梦中，洪小元都被"长腿哥哥"的善良深深吸引着，他在梦中历尽千辛万苦找到了"长腿哥哥"，并且做了一场极其出色的采访。

这场采访是被高宇打断的。"小元，小元别睡了！再睡你就要迟到了！"

洪小元腾地睁开眼，再看看表已经临近上课的时间，他一骨碌翻起身，紧赶慢赶着洗漱之后就和高宇一路往上井村学校奔。

"高宇你怎么不早点叫我！"

"平常不都是各自准备嘛！想着你昨天晚上睡得晚，估计再眯一会儿就能起来了，我才自己先到学校的，谁知道快上课了你还没起来！"

"哼，塑料兄弟！"

"少来这套！做人贵在自律你知道吗你！"

……

两人一边笑骂对方，一边以最快的速度往学校赶，等抵达学校的时候，罗友良已经准备去敲上课铃了。洪小元和高宇赶忙冲罗友良抱歉地鞠了鞠躬，紧接着便开始了一天的教学。

今天恰好是洪小元和高宇安排的小考试，同学们纷纷埋头奋笔疾书，他们二人则来回在学生们中间穿梭着，时不时地低头去看看学生们答题的情况。考试的结果并不理想，这让洪小元和高宇有些受挫，他们自认为在授课的过程中已经极尽所能去努力教授了，可成果却并不怎么喜人。

一整个下午，两人都沉浸在这种不很开心的情绪里，耐心无比地将同学们的错题一遍又一遍地讲解着，由于这次考试的打击，两人连中饭都没顾得上吃，等下午讲题结束之后，早已经饿得前胸贴后背了。罗友良见二人失落，笑着招呼他们："村里孩子们本来教育程度就不高，理解能力可能差一点，需要慢慢来，你们两个主要是经验太少，不是水平不够啊。"

二人对视一眼，这才感觉好了些。

"饿了吧？鸿博等下送饭过来，我中午就提醒他多准备一些，知道你们俩心情不好中午没吃饭，等下可要多吃一点儿啊！"罗友良指着高宇咕咕叫的肚子呵呵笑着，让两人都不好意思地也跟着笑了出来。

罗鸿博没过多久就拎着一个大袋子远远地走过来了，里面装了好几个饭盒，还有一兜馒头，看起来比平常送的菜量要多了很多。不等走到跟前，罗鸿博就笑着高声说："饿了吧？刚弄好，耽误了一会儿。"边说边加快步伐走到爷爷的办公室里，将小菜和馒头都拿了出来，一瞬间，热腾腾的菜香就钻进了洪小元和高宇的鼻腔。

"不行了饿死我了，我先吃了啊！"高宇一点也不把自己当外人地拿起筷子就夹菜吃，洪小元抱歉地看着罗友良爷孙俩，爷孙俩倒并不觉得有什么，反而十分亲切地笑了起来。

正当洪小元准备大快朵颐的时候，门口突然传来一个童稚的声音，刚举起筷子的罗友良制止了洪小元想要起身查看的动作，自己乐呵呵地反剪着手走了出去，一看，是已经放学的学生。

"小娟，怎么回来啦？是不是有题不会做？"罗友良慈爱地笑着问。

被叫作小娟的姑娘却摇摇头，稚嫩的表情上是说不出的严肃与恐惧。

"罗老师，你儿子回来了，正找鸿博哥呢，你快回去看看吧！"

孩子的话音还没落下，罗友良办公室里就传来一阵盆碗碰撞的声音，紧跟着，罗鸿博便失神地跑了出来。

"小娟，你说什么？我爸回来了？！"罗鸿博忍不住冲上前，对着名叫小娟的姑娘大声问。

小娟被吓得赶紧倒退了几步，高声喊着："别过来！"

这让罗鸿博想要追问的话语卡在了喉咙里，他只能呆呆地站着，什么动作都做不出来。洪小元和高宇当然也没了吃饭的心情，他们在罗鸿博身后紧跟着跑了出来，现在看到罗鸿博这个样子，赶忙一人一边将罗鸿博搀扶住。

"你没事吧，小娟年纪小，见人突然冲过去所以会害怕。"洪小元着急地解释着，却被渐渐缓过劲儿来的罗鸿博苦笑一声挥了挥手挡了回去。罗鸿博说："村里人害怕我是正常的，有个赌博成性又家暴的爹，自己还是个小偷……"

"你怎么能这样想呢？！"高宇在一旁呵斥，"让你面对自己不是说你就可以自暴自弃了！说这些气话有什么意思！"

还没争执出个结果，小娟带着哭腔的声音又响起来："罗老师！"

乱成一团的三人抬头去看，那个慈爱老人早就不在原地了，而是气势汹汹地向村子里走着。

"坏了！赶紧过去！"罗鸿博皱眉大吼一声，挣脱还在怔忡的洪小元和高宇，赶忙小跑着去追罗友良。

"愣着干吗啊小元，咱俩也赶紧跟上去！"高宇反应快一些，冲小元背上狠狠一拍，紧赶慢赶地也加快了跟上前的脚步。精神矍铄又突然得知儿子回村消息的罗友良似乎是心急火燎，步伐都快得惊人，直到快走到村口时，洪小元等人才勉强追上了老人的步伐。刚走近，就听见老人口中不住地怒骂："孽子，还有脸回来！现在把家里弄成这个样子，几年几年不出现，还有脸回来！！！把我的孙子害成这样……这是要跟我拼了这条老命吗？！啊？！孽子，孽子！！！"

罗鸿博没有接爷爷的话，但脸上也有着和爷爷如出一辙的沉痛，他搀扶着爷爷快步向前走着。

洪小元和高宇只能跟在二人身后。

洪小元清楚，这种家务事他不能也无力去做过多的事情，只能以防万一在出事的时候好施以援手才紧紧跟着不敢怠慢，风风火火的前进过程中，他看到周围的村民们不住地讨论着，投来好奇又令人难堪的目光。

他陡地想起当时整个村子几乎都在白头村老房前堵在他家门口的样子，还有陈家那位老人，哭号着扯着他偿命……

不敢再继续想下去了，洪小元用力地摇了摇头，想要把这种糟糕的感觉甩出脑海，他感到自己的喉咙开始干涩，喘息声也越来越大了，凝神听了许久之后才发现这种喘息声原来不是从自己喉头冒出来，而是从前方罗友良的喉中冒出来的。

他无法确定，罗友良究竟是累得，还是气得。

"爷爷，慢一些吧？"罗鸿博抿了抿嘴，心疼不已地看着老人，轻声建议着。

可罗友良却红着眼，根本没有回应孙子的建议，甚至脚步还要更快上一些，口中仍然不停地说着"孽子，孽子"。

洪小元感觉自己竟然很意外地能够理解罗友良的痛心。

口中的谩骂仿佛已经不是在骂儿子了，更像是一声声砸在了自己的脊梁骨上，怎么惩罚自己都不够的样子。像是配合洪小元的这种想法似的，越向村子中间挺进，罗友良的谩骂也渐渐地低声了下来，每一声"孽子"都越来越拖长了尾音，长长的尾音里全然听不到对儿子的责难，而是深不见底的愧疚。

村民们不知何时已经将快速行进中的几人围了起来，他们纷纷交头接耳，为怒火冲天的老人和隐忍不发的孩子让出一条被脚心踩得温热的道路，用目光追随着二人前进。这些目光洪小元是见识过的，如果说带着恶意也难免太过偏颇，可若是说它全然善良，却又有些太宽宏了。

随即，洪小元听到了一个浑厚沙哑的声音呼唤着："鸿博？鸿博你开门，我回来了，我有话要告诉你！"

面前的爷孙俩显然也听到了同样的声音，洪小元看见他们似乎顿了顿身子，又紧接着以更快的速度赶了过去，罗友良口中的"孽子"已经变得嘶哑起来，早就没了最初的响亮，但现在听起来却更让洪小元心惊，也更让他从心底生出一股子难以言喻的恐惧来。他很害怕。害怕当时被陈家咄咄逼人的情况再来一次，害怕面对那个犯了错的父亲，抑或说，犯了错的父亲他尚且可以面对，但他仍旧无法面对的是那件错事本身。

脑中一片混乱的洪小元还搞不懂罗鸿博是否也是同样害怕的时候，就眼睁睁地看见罗友良在家门口甩脱了孙子的搀扶，在高宇来不及上前阻拦的时候，快步冲上前去，高扬着头冲一脸惊喜笑意还未来得及绽放的儿子狠狠地甩了一巴掌。

"啪！"这一巴掌打得响亮而果断，让所有在场的人都有些猝不及防，以至于除了响亮的巴掌声外，围绕在旁的村民们都极有默契地没有发出一个音节来。

同样被这一巴掌镇住的还有罗鸿博的父亲，他呆立在家门口，脸上是来不及收敛的笑和还没能爆发出来的惊痛，古怪的神色在短短几秒内被洪小元敏锐地捕捉到，这让他有些走神地想起自己当时被围观着的神情是否也如此这般。

罗友良的第二个巴掌眼看着就要落下的时候，洪小元终于在高宇的拉扯下反应过来，绕过一样呆住的罗鸿博，他和高宇上前将怒发冲冠的老人紧紧地拦住了。

老人挣扎着，冲面前的男人怒吼："你怎么不死在外面，还回来干什么！！！你知不知道你儿子被你害成了什么样！"男人捂着脸，一时间有些愣住了，洪小元看到男人的喉结急速地上下涌动，好像沉溺在海里挣扎着求生的人。

"爸，我……我回来看看你们，我……"男人木讷地老实开口，洪小元看来他这样诚恳，近乎是和赌博以及家暴毫无关系似的。周围交头接耳的声音再次伴随着男人的话响了起来。

"又回来要钱来了？"

"八成……之前家里那些东西不都被他变卖光了嘛，赌鬼还能有什么事儿回来？"

"刚才罗老头说他害了鸿博，害的啥啊？"

"谁知道呢，人家说老鼠的儿子会打洞，估计是这些吧……"

……

人言鼎沸，罗友良原本听到儿子那一声颤颤巍巍的"爸"时已经忍不住要心软流泪，却在这样的七嘴八舌中又硬下了心肠。

"你是不是把家里逼死你才满意？啊？！"不听儿子说完，罗友良已经按捺不住，"家里哪来的钱给你去花？噢，从我这再要不来了，就敢黑着心问你儿子要？你知道不知道你逼着他小小年纪去偷东西，让学校都把他退学了！你儿子一辈子都让你毁完了，你还有没有良心，还敢回来要钱！！！"

村民们"轰"的一声爆发出惊呼。

罗鸿博因盗窃被退学的事情在上井村早就不是什么新闻了，虽然各家各户都几乎看着他长大，也对这个孩子经常经受父亲打骂和无人看管十分同情，甚至对他的懂事还表示过辛酸，可在得知他退学的原因后，所有人都只剩下一个概念，就是他们刚才说的——"老鼠的儿子会打洞"。

直到今天罗友良因激愤而爆发之后，村民们才得知罗鸿博以身犯险的原因，这一下仿佛捅了马蜂窝，大家纷纷因罗父的恶行而愤慨万分，同时又对罗鸿博的遭遇立刻同情起来，仿佛在此之前，他们不曾拒绝过罗鸿博在上井村学校教课一般。

洪小元没有料到的是，罗父看起来竟然也和这些知晓真相的村民一样震惊。

"爸！你胡说些什么啊？鸿博他……他不是毕业了吗？"罗父捂着脸的手都忘记放下来，就这样呆呆地将目光转向一旁瑟缩在爷爷身后的罗鸿博身上，"鸿博，你不是当时告诉我，你就要毕业了吗？啊？怎么变成退学了？！"

父亲的吼叫让罗鸿博忍不住闭起眼睛后退一步，整个身子都有些发抖。

罗友良几乎已经是怒不可遏了："你离我孙子远一点！你能让你儿子去偷东西，怎么就想不到他会被抓住？！你一个人烂也就算了，我大不了就当没生过你，但是你不该祸害下一代！！"

"爸！你们到底在说什么！！"罗父眼看着也激动起来，着急地向罗鸿博这边走，却被一脸警惕的高宇拦住了。

他拽着高宇的胳膊，冲罗鸿博喊："你不是说，让我不要担心钱吗！你怎么什么都不告诉我呢！！！"

见罗鸿博不吱声，只是一味地躲着，又带着泪冲罗友良说："爸，我改了，真的改了！！！我那次就是把钱还过了，今天回来是告诉你们好消息的啊！！！"

"滚！！！你能有什么好消息！"罗友良正要骂，强烈的怒火却让他的身体有些支撑不住，摇了摇就向一侧倒过去。

罗鸿博大惊失色，赶忙扶住爷爷，哭着冲自己惊讶挣扎中的父亲大吼："我不想让你失望，还不是希望你能早点好起来吗？！你怎么能就这么一走了之了呢！！！"

儿子悲愤的叫喊让罗父停住了挣扎。洪小元看着这一幕，感到有什么东西正从心里崩裂着，他仿佛又回到那个年幼的时候，面对着陈家的指责和村民的好奇，他无所适从。

"罗老师，咱们有什么事情到家里面再说吧，您先消消气，"洪小元正愣着，高宇率先冲罗友良说，"有我高宇在，不会出什么事儿的！"

高宇说完，若有所思地看了看一旁愣着神的洪小元。

"高宇说得对，罗老师，鸿博，咱们先进去再说。"洪小元抱歉地冲高宇点点头，立刻说着。推搡之下，几人终于进了门，洪小元略感抱歉地面对着周围好奇的目光点了点头，将房门轻轻掩上。

"鸿博，你学校里到底是怎么回事？"罗父刚进门，就急匆匆地冲着还在强忍泪水的罗鸿博这样问着。

"你还有脸问？你当时是怎么跟孩子说的，啊？！"罗友良被孙子搀扶到椅子上坐下，胸膛仍在不停地起伏着，长久的郁结从他年迈的身体里找到出口，恣意向外迸发。

洪小元和高宇一人一边将罗父和罗友良爷孙俩看护着，静静地站着。

罗父看了看这两个陌生人，似乎是有什么难言之隐，嗫嚅着不肯吐露心声，在罗友良一掌狠狠地拍在身边高几上之后，才带着懊悔低声开了口。

洪小元和高宇这才听到了有关罗鸿博盗窃之事的另一个版本。

与罗友良前期大概的描述一致，罗父的赌博成性让整个罗家急速地破败下来，自从回到上井村之后，罗父便成日沉浸在一种抬不起头的羞耻感中，这种感情在罗友良替他操办了婚事之后越发强烈起来，成日里的无所事事让他心烦，村民们的悠悠众口堵不住，只能日复一日地沉积起来，最终化成名为嫉妒的恶魔折磨着他。

那时还算年轻的罗父在对优渥生活的冒进式向往中重蹈覆辙，也正是因此，与妻子结下了很深的仇怨，两人不知道是什么时候开始从吵架变成动手的，但罗父分明感觉到，这样的事情，只要经历过一次，那么之后就变成了有如家常便饭一般的常规操作。

拳头向妻子挥舞过去，年幼的罗鸿博在这样畸形的环境下生发出保卫家庭的欲望来，逐渐地接过了打在母亲身上的重拳。家中财物日渐亏空，罗父不清楚自己是何时开始意识到这样的人生实在错误至极，对儿子的并不少一分的父爱并没有得到同样的收获而是得到孩子瑟缩的颤抖后，他心灰意懒，背着一身债务开始了东躲西藏打工还债的日子。

"……干过苦力，也看过店，就这么一路过来的……"罗父紧锁眉头这样说着。

在罗鸿博考上大学时，罗父也没有回家，只是寄回来一张汇款单，上面是几千块钱，备注里写着"儿子的学费"。

无论是罗友良还是罗鸿博都不知道父亲的准确下落，罗友良因羞愤不欲去寻找自己的儿子，但罗鸿博却上了心，他看到汇款单上的信息指向了自己就学的西京市，于是仍旧怀抱着保卫家庭的信念开始了对父亲的寻觅。

"那会儿我在城中村跑'摩的'，债已经还得差不多了，有一天突然送个孩子回学校，远远地就听见有人喊我，回头看才知道是鸿博。"罗父抬起眼，看看一旁沉默不语的罗鸿博，说道，"当时我跟他说，就快还完钱了，拢共也就差那么最后几千块钱的利息，孩子跟我说，他来想办法……"

屋子里的目光就这样全部归拢在罗鸿博身上。

他身子僵了僵，颤抖着说："爸，你当时告诉我只是倒一下钱，过两天就还给我的……"

罗父流露出十分痛苦的神色来，一直以来都十分干涸的眼眶陡地涌出大颗大颗的泪水，整个人也蜷缩在地上蹲成一个团状，两只手抱着头，紧紧揪着已经开始泛白的头发，时不时还要用拳在脑后狠狠地捶打一下。

"怪我，我以为这些钱是你的，所以就想着之前我也只汇过这么一次款，想补偿给你，我以为一次可以回本的……"罗父断断续续地边哭边说，"谁知道……谁知道那些人耍诈，我……"

"你到底在外面欠了多少钱！！！"罗友良终于按捺不住，将高几上的一个搪瓷杯子甩手就冲儿子的头顶扔了过去，搪瓷杯子撞在罗父的头上，似乎是没有反应过来似的闷声响了下，才后知后觉地落在地面，引起叮叮当当刺耳又激烈的哀叫声。

"爸，我错了，我不知道鸿博他……"懊恼的罗父泣涕横流，乱糟糟的脑袋从双膝间迷茫地抬起来，面对着爷孙俩说，"但是在那之后我就再没有过了！我发誓！"

罗友良压根儿听不进去，怒气让他的声音在显得阴暗的房间里越发洪亮："没有过？那你今天还敢回来找我孙子要钱？！"

"我不是来要钱的！我是来给钱的！"罗父焦急地打断罗友良。

那一次将罗鸿博给的钱又砸进赌博的无底洞之后，罗父突然意识到自己这么多年来是被骗了，被一夜暴富的梦欺骗了。阴暗混乱又隐秘的小赌场里，多的是那些胡作非为的勾当，想要通过这种行为赚钱几乎是不可能的，而一旦欠得太多，高额的利息又会将人后半生直接打入畜生道似的，被当成赌场隐暗圈地中的牛马，费尽浑身力气一点一点地偿还着巨债，暗无天日。好在罗父当时还没有将浑身的财物全部押在那里，在他感觉不对时，多年混迹赌博圈子的经验在脑中绷成紧紧的弦，勒令他停止。

而后事情就简单得多了，还不上儿子那些钱财的罗父干脆再度隐匿了起来，依靠在西京市的临时小工一点点地累积着自己可怜巴巴的存款，好在他这一次似乎是真的意识到自己的弥天大错，踏踏实实地将那些利息还清，甚至还积累下了一笔不多的钱。

罗父丧气地说着自己的经历，或许是儿子退学这件事对他打击过大，以至于他在谈的时候，好像是在说什么其他不相干的人物一般干瘪无力："……我心里就觉得对不起儿子，想多给他存点钱，所以才撑下来的……"

故事终了，每个人听完都觉得疲惫。

罗友良颤抖着唇，像是还想要斥责些什么似的，但最终也只化为含泪的叹息。

"爸，我本来回来，是希望你和鸿博能原谅我的，呵呵，但是我现在才知道自己有多罪孽深重……"罗父自嘲地笑，伸出粗粝的手擦了擦泪水，弓着背站起身，从衣服里掏了掏，拿出一个已经十分破旧的卡包来。

他沉默地翻开这个已经扣合不上的卡包，卡包中只有一张银行卡，孤零零地待在空荡荡的卡包里，显得十分寂寥。

"这张卡里是我之前存的钱，本来就是想拿给你和鸿博的……我放在桌上吧。"罗父伸出手将卡向前递了递，但看见罗友良似乎只是责怪地审视着自己，又缩回手，讪讪地将卡包放在了身后的大桌子上，"我不配让你们原谅我，我还是……还是走吧。"

罗友良的情绪再度激动起来，洪小元看到老人家身子前倾，大腿也使了使劲，但碍于一种莫名的原因却没法直接起身阻拦儿子。

"罗叔叔，你别急！"他想都没想就脱口而出道。罗父意外地看着这个他不认识的孩子。

"爸，你别再逃避了，成吗？"正在洪小元尴尬着不知道与罗父说些什么好的时候，罗鸿博突然发出了声音，这种声音洪小元十分熟悉，里面那种复杂的感情让他立刻回到了父亲当时被逮捕的那个晚上，那个晚上洪小元也在用稚嫩的声音对父亲哭求着"别走"。

对，洪小元突然明白了，无论是这爷孙俩的哪一位，他们都看起来是在对罗父进行着指责，可实际上却都在恳求，恳求着又是儿子又是父亲的这个男人不要再离开自己了。

"可是我……"

"爸，我现在退学了，这件事也不能全都怪你，我本来就不应该一时鬼迷心窍，为了自己家的事情去偷东西……"罗鸿博面对着父亲流下懊悔的眼泪，"我该受罚，也该好好地把这件事记住。"

"鸿博，是爸不好，爸对不起你……"

罗鸿博打断父亲的喃喃："爸，你是对不起我，也对不起爷爷，还有……还有我妈，但是你现在就算跑掉了，走了，不还是对不起吗？"罗父面对儿子的质问，一时语塞。

"爸，我本来也以为自己没什么机会从头再来了，但是他们，噢，他们是西京市来的支教老师，他们都是好心人，劝我重新来过，爸，你就不想重新来过吗？"罗鸿博拉过洪小元，此时才顾得上进行这样一个似是而非的简单介绍。

紧接着，罗鸿博将洪小元和高宇提供给他的机会告诉了父亲。罗鸿博积极准备考试，打算努力在新的上井村学校建设好之后作为教职人员的目标让罗父感慨不已。

"鸿博，这样能行吗？"罗父一边开心，一边忍不住担忧，"有前科的话……"一直没有说话的罗友良突然开口了："有什么不行！知错能改善莫大焉，你小时候的书都读到狗肚子里去了？！"

罗父听到父亲的呵斥，缩了缩脖子，尴尬地扯出一个笑容低下了头。

"鸿博都能做到的事情，你多大一个人了，做不到？村子里是容不下你了还是没活干？"罗友良不去看儿子，满脸都写满了怒气，但这些怒气里，藏着的都是隐忧和不舍，"还有，你说你改了，我能知你改没改？真改了就拿出点儿样子看看！别光一天到晚用嘴说！"

在罗父连声应诺的状态下，洪小元突然明白了，与其说这是一场讨伐，还不如说这是祖孙三代的一场团聚。

罗父是不是真的改邪归正了洪小元不清楚，但他看得明白，面前的爷孙俩内心早就已经确定了这一点。这让他不由得想起了自己的父亲。

祖孙三代在看起来十分漫长却又爽利得好像须臾一般的沟通中结束了对往事的追忆。大概是罗父太久没有回过家了，在罗友良提到饭还没有吃完，要大家一同先去吃饭的时候，他还保持着一种无措的态度。

洪小元在内心确定了罗父已经受到爷俩宽恕后就放下心来，看着面前的人，让他有一种恍惚的错位，好像是自己和奶奶在面对着出狱归来的父亲。他想，虽然时至今日已经再看不到这样的情况了，而自己一直以来却始终都在做着同样的梦。

"坏了，学校那边还什么都没收拾呢。"罗友良提到吃饭，才想起来自己办公室里那一堆朴素的吃食，想都没想就要起身，却在开了房门后看见了拎着菜的罗刚，罗刚手里拿着的还是罗鸿博今天送去的那些吃食，仍旧用一个大袋子装着，菜品被分装在饭盒里，还有没吃完的馒头……

房门这一下被拉开得突然，正午的光漏进来，闪得洪小元眯了眯眼。他透过指缝看见村民们仍旧在张望着，窃窃私语嘀咕着被房门关起来的秘密。

"罗老师，赶紧吃饭吧，我看你们走得急，自作主张地就把饭菜带来了。"罗刚擦着汗笑着说，洪小元看出他似乎是在门外等待了很久的样子。既然已经打开了房门，罗友良似乎是想要证明什么似的，也没有再关上门的意思，反而抬手招呼着罗刚也一同进来吃饭，村民们看到这个架势，古怪的表情中有惊讶也有了然，竟然不多时就又纷纷散去了。高宁惊魂甫定地看着人们稀稀拉拉地走掉，心有余悸冲洪小元低语："就这么走了？那后面再有什么传言怎么办，让罗鸿博怎么活人？"

这句关心的话好巧不巧被罗友良听到，他拍拍高宇的肩膀："各人有各人的想法，随他们去，日子是自己过的。"高宇于是闭起了嘴深以为然，检查了下录音笔之后，才露出笑脸给洪小元展示刚才的激烈冲突是如何在他的胳膊上留下了几道红痕的，也当然收到了洪小元好笑的白眼。

暑期天虽然热，但饭菜比起之前也有些凉了，罗父自告奋勇去热菜，其余人围坐在桌旁聊着天，只有洪小元坐在那里沉默着。

"……我们确实没帮上什么忙，而且罗老师你没看到，刚才小元还一个劲地发呆呢！哎，小元！"高宇聊着天，扭头看到洪小元还在发愣，忍不住笑了，"罗老师你看，这会儿还发呆。小元你想什么呢心不在焉的？"一桌子的人经过冲突都难得轻松，看高宇打趣洪小元也报以微笑，但洪小元没有笑。他不仅没有笑，还以一种十分严肃的态度问罗友良："罗老师，鸿博爸爸现在回到上井村，应该就是在外面已经不工作了，那现在回来他能够做点什么？总要为他以后打算打算吧。"

突如其来的尖锐发问让所有人的笑容都卡在脸上，尴尬得不合时宜。

高宇撞了撞洪小元，脸上带着责怪小声说："你干吗啊，正高兴呢突然问这么个送命的问题，就不能等吃完饭了再说？"

"小元是好心，而且这个问题也确实需要考虑。"罗友良收了笑容，伸手冲高宇压了压。

"高宇，我不是那个意思！"洪小元经由高宇这么一强调，才发现自己似乎是有些不近人情，连忙摆着手红着脸解释，"我是说，之前不是问过鸿博的事情吗？我寻思如果真的罗叔叔不知道回来做些什么好，倒不如再问问看学校建设这边缺不缺人呢？刚才听罗叔叔说他也曾经在工地上干过活儿的。"话说到这里，高宇渐渐明白起来，他高兴地长臂一伸就将洪小元揽起来摇晃着："可以啊你！脑子转得够快的，我都没想到！"罗友良和罗鸿博的眼睛也亮了起来，爷孙俩对视一眼，兴奋掩藏不住却小心翼翼地问："可以吗？"

"我不知道。"洪小元诚恳地摇摇头，"具体是什么情况我也需要先打听再说，我是觉得，这起码是一条路子，行不行的，咱们可以先试试看再说。"

洪小元也没有想到，这一试就试出了麻烦来。肖跃收到洪小元的短信后立刻也将此事拿去特地询问了林秀清，但辗转打听回来的消息却让他们不是那么开心了。

不论是什么地方，各种工程建设项目都是旁人眼中的肥差，哪怕是在刚脱贫的村庄里，要进行这样大刀阔斧的校园建设，也不是一般施工队可以拿下的事情，更何况从中途硬塞进去一个无人知晓的工人了。更何况罗父还是曾经有过特别严重的不良记录。

洪小元等了好几天的消息也不过是肖跃说愿意帮忙走动走动，可走动的结果具体是什么样子，谁都无法保证。他将这个消息有些为难地告诉罗家人，明显地感受到对方的失落，但无论是谁都没有将这件事拿来揶揄，罗父更是向洪小元表达了衷心的感谢。

"我自己浑蛋了半辈子，有这个结果太正常了，倒是你，小小年纪还替我去说合这些事情，真是太感谢你了。"洪小元越发不好意思起来："罗叔叔你也别太灰心，目前情况还不一定，再等等说不定就有更好的结果呢？"

罗父听洪小元说完只是笑，并不给一个确切具体的答案，这让洪小元心里仍旧有些慌，这种无法排遣的心慌终于在有一天罗鸿博没来学校送饭时变成了现实。

在等不来孙子之后，罗友良便本能地觉得事情不太对劲，洪小元安排高宇留在学校打点，自己则跟着罗友良一同返回村子里的家，到家之后，果然只看到罗鸿博一个人抱头坐在床边，嘴里不住地念叨着"狗改不了吃屎"之类的话。

大惊之下，二人连忙上前去问，问了才知道，从罗鸿博早上起来就再也没看见过父亲的身影，村里找了好几圈，整个人都被酷暑摧残得有些虚了，仍旧没找到。

罗友良身子晃了晃，洪小元立马撑了上去。

罗家立刻又陷入了希望被踩碎一般的地狱中，洪小元心情十分矛盾，一方面他在和罗父交谈时总能感受到罗父的真诚；但另一方面，那人之前的恶行确实也不能当作没有发生……他想了想，给高宇发了一条信息，简单地将情况告知他之后，便开始劝解面前痛苦不堪的一老一少。

"罗老师、鸿博，叔叔可能是找朋友聊天或者……四处看看而已，毕竟这么多年没回来，走动走动也是正常……"

"他能有什么朋友！就他那个德行，之前的朋友早都被得罪个遍了……鸿博，你看看家里是不是有什么丢了的东西，你那些书还在不在？别让那个狗东西把你的书都卖了换钱！"罗鸿博双眼无神地摇摇头："家里所有东西都在，没动过……而且我那些书能卖多少钱呢。"

罗友良皱着眉思考着，突然一拍大腿："卡呢，他不是曾经给过你一张卡吗！是不是把卡给拿走了？！"

"没有，我今天第一时间就去找的卡，还专门打了电话去银行问，折腾半天查到他一分钱都没有提过。"罗鸿博闷声说，"我爸什么都没拿，爷爷，你说他到底去哪了？他身上没钱，能去干什么啊？"不时的叹气声夹杂着困惑在房中此起彼伏。

"吱啦——"不知道等了多久，洪小元感觉自己的腿脚都要站酸了，才突然听到在内心中反复过了许多次的门响声。

他赶紧回过头去看，看到罗父的时候，他感觉自己的手心都有些湿了。

"爸？你怎么没在学校？"罗父似乎对眼前的状况也十分意外，"你们这是怎么了？出什么事儿了？"罗友良看起来似乎是松了一口气，但语气却仍旧十分激烈："说！你跑出去干什么去了！"

洪小元放下了提着的心，才有精力去细细地看罗父的样子。

天气炎热，罗父满头满脸都是汗水，薄薄的汗衫上也好像灰扑扑的，前后都沾着泥土，裤子皱巴巴地无力地垂着，脚下的鞋子上更脏，干涸的水泥印成一块块的斑点，将黑面的布鞋前前后后染了个遍。

罗父还没搭腔，洪小元就迫不及待地问："叔叔，你去工地了？"

"工地？"罗友良爷孙俩异口同声，旋而向罗父上下打量。

"小元观察力还是这个！"罗父呵呵笑着，冲洪小元伸出个大拇指，"你不是说上井村学校工地那边可能不要人嘛，我就过去看看情况。"

- 10 -
我 愿 意

原来罗父在知道工地不要人之后,虽然失落,却并没有像洪小元担心的那样放弃过,他特地挑了一天只身前往工地,费了口舌说服被太阳炙烤得受不住的工头,不计报酬地试了试活儿。工头本以为这个男人不过就是奸懒滑馋想要混个工钱,却被罗父吃苦耐劳踏实肯干的作风折服,干脆利落地达成了邀请罗父过来做临时工的协议,虽然工资是差了不少,但总算为自己争取了一席之地。

之前还债的漫长时间里,他就是凭借着这种劲儿才一点点地让自己脱离了那片泥泞深坑的。

"我这不是想着,反正我也有经验,行不行的试试再说呗。"罗父笑得耿直,"再说了,总不能让小元还有他朋友为了我的事情去求人,不好看。"

洪小元的心慌这才止住了。在罗父突然不见踪影的时候,他总是会想到如若是父亲,自己会怎么办?于是这种感情也不可避免地被投射在罗父的身上,洪小元孤注一掷地在心里坚定地认为罗父不会这样不负责任地逃掉,而父亲也一定不会。

他感到自己这样也像是在内心中与自己的豪赌,不过好在,他赌赢了。

好消息并不止于此。罗父在工地上的优秀表现很快被得知此事的村民们当成意想不到的新闻在四下里传播开来,紧接着,罗鸿博努力奋进要进行教师资格证考试的消息也就不胫而走。

通过罗刚不厌其烦地与村民们沟通孩子教育的重要性,终于在洪小元和高宇前来支教已经有月余之后,罗鸿博通过了村民们的认可,再度返回上井村学校陪着爷爷进行义务式的教学。原本只有罗友良一个人苦苦撑着的日薄西山的小学校现如今在这个时间点内竟然有了4位代课老师,可以算得上前所未有的豪华阵容了。

罗家因此对洪小元和高宇非常感谢,面对这样的感谢洪小元总觉得有些受之有愧。

在他眼里,父亲已经获得减刑,在不远的未来就可以返回家中,而自己做的这些微不足道的小事与其说是为了帮助他们,倒不如说成是在心底对即将到来的生活的某种预演，似乎只有经历了这样"向死而生"的路程之后，洪小元才能心安理得地坦然面对与父亲未来的人生道路一样。现在的一切都让洪小元感到满意。

肖跃那边免去了替罗家走动的麻烦，学校班级里的孩子也越来越多，甚至目前一个教室看起来都似乎有些开始拥挤了，高宇的采访材料做得充分圆满已经开始收尾，而最为重要的支教工作看起来也颇有些成效。

洪小元觉得，自己是时候该回白头村一趟了。返回白头村倒不是一件难事，上井村距离白头村不远，坐车也不过是一个多小时的路程，洪小元向罗友良几人说明了情况之后，就简单带了几件衣服踏上了回家的路，只是在洪小元的心里，却总带着几分忐忑。那些几乎已经被忘却的陈年往事接二连三地从他心里冒出来，被伤害或被善待的经历让洪小元的心脏随着车轮颤动一起跳跃着。

洪小元的第一站并不是白头村的老房子，他在上车前就已经做好了打算，要先前往拜县一中看望一下刘老师。刘老师仍旧在拜县一中做着主任，暑假时拜县一中虽然没有几个学生，但按照往常对刘老师的了解，洪小元知道这位责任心很重的教师一定早早地就开始了新学期的准备，时常还在中学里待着工作。

他并不急于打扰刘老师，而是来到那家见证了他许多往事的轧面馆，小小的店铺支撑了许多年还屹立不倒，老板已经换成了老板的儿子来当，轧面的风味却仍旧是记忆中的味道。一碗热腾腾的轧面下肚之后，洪小元额头上已经满是薄汗了，他不慌不忙地给刘老师打了电话，放下手机时才看到已经退居二线的老板冲着他笑。

"天气太热，没带纸。"洪小元腼腆地笑了笑，以为老板是看他这样满头大汗有些不雅。老板嘴里叼着烟，从柜台后拿纸出来递给他，笑眯眯地说："和小时候可太不一样了，开朗多了，你们刘老师隔三岔五就念叨你，说你出息了。"

熟悉的感觉一下子涌上来，洪小元接过纸的时候既感觉意外，又觉得这实在也是情理之中，便多了几分感慨："刘老师真的不容易。"刘老师仿佛是听到这话才风风火火地进门来了，仍旧是穿着白衬衫，着急忙慌的老样子，一如当年洪小元被肖跃和小吴营救下来，在轧面馆里擦拭时遇到的那样，只是头上原来的黑发似乎稀疏了些，也有了星星点点的白灰色。

"小元！哎呀，真是不得了了，娃长大了啊！老板来一碗轧面！"刘老师喜不自胜地往里走着，看着小元如同新长成的小树般挺拔，停不住眼地上下打量着。

洪小元咧开嘴笑了，刘老师亲切的样子让他感觉自己又回到了十三四岁的年纪，他将自己还没撤下的空碗推到一旁，拉住刘老师指尖有些发黄的手，从包里掏出一条好烟来："刘老师，说来惭愧得很，不知道你喜欢什么，只能买条烟来带给你了。"

刘老师像被小小地吓到，转而又深点着头感叹起来："娃，有心了，不过你刘老师现在把烟已经戒了，抽是抽不了，但你放心，这烟还是要搁在架子上！这是学生娃的一份心！"

"啊？不抽烟了？"洪小元十分意外，印象中的刘老师几乎是一根接着一根地抽着烟，紧锁着眉头絮叨着学生们的各种琐事。

"你师母不让抽，去医院检查的时候说身体不大好。"刘老师仍旧乐呵着，"上课嘛粉尘本来就多，医生也让停了，我不爱跟我家那老婆子争，不抽就不抽了吧。"

洪小元听在耳里，心里一紧，他想起奶奶去世前的病灶，又在大学时了解到那些粉尘对肺部的伤害，于是紧张地问："去医院了？没什么大事吧！"

刘老师大气地摆手："没事，都好着呢，医生这么说也是让预防为主，你不要担心，老师硬朗得很！"看刘老师声音洪亮面色红润，洪小元才稍稍地放了心。

轧面很快地做好端上来，老板端面的时候还不忘打趣："呀，刘老师你这个人缘不错啊，小元现在出息得很嘛，还能记住你这个老头子，怎么样，心里美开花了吧？"

刘老师从鼻子里哼了一声，似笑非笑地用十分愉悦的声音回击："咋，还用心里美？我直接就美在面子上！之前我跟你说的时候你还说啥，说这么自闭一个娃以后肯定不行，你看看行了没有？是不是你老眼昏花了？"

"好好好，是我老眼昏花，我不对，那这两碗面就当赔罪，你看能成？"老板好脾气地赔着笑，"行了，你师生俩好好聊吧，多少年没有见过了，娃呀，你这个老师还经常去白头村帮你招呼打点呢，你可不敢忘了。"

洪小元本来一路上还在担心刘老师这样感情充沛的人会不会在他面前哭出来，可谁承想到头来刘老师和老板都乐呵呵的，反而自己的鼻子堵得发慌，像是一说话就要泪流满面一样。他忍耐了半天，将这种流泪的欲望压了下去，才冲刘老师诚恳地道谢。

"刘老师，这么多年辛苦你了，肖跃叔叔跟我说起过，奶奶过世之前你就没少帮忙照看，奶奶走后，你也时不时去白头村帮我们家打扫房子，我实在……不知道怎么感谢你才好，原本想着一条烟已经太拿不出手了，可是谁知道，谁知道你还戒了，我……"

刘老师从呼噜呼噜吸着的面里抬起头来制止洪小元："娃，这些都是该做的，当然了，学校里那么多娃，我们老师人再多也不可能一个个地都照顾得过来，但是凡事都有个轻重缓急，所以看起来好像是我为了你家做了那些小事情，可实际上，这就是我们的工作。"

"高中那会儿苗老师，还有林老师都说过差不多的话。"洪小元感慨着，"我真是三生有幸才能遇到你们这样的好老师。"

"欸，话不能这么说，我听你肖跃叔叔说过了，你和你同学不是还克服困难，跑到旁边上井村学校支教了吗，这就很好！这种情怀一代一代地能传播下去，比啥都强。"

对了，这么多年没回来，都过得怎么样？你看我，我就还是老样子，没有你们年轻人变化这么大。"

刘老师确实是老样子，年纪虽然比之前要大上不少，却仍旧怀抱着教书育人的赤诚心肠，他这么问，也是关心自己曾经带过的学生究竟在人生路上走得稳不稳。

洪小元于是将自己的经历一五一十地精简着向刘老师讲述着，刘老师听得极认真，时不时因洪小元那些描述而点头称赞或感慨叹气。在听到赵健生将洪小元的经历不小心公布出去之后，刘老师也跟着紧张起来，直到洪小元笑着表示自己当时就已经处理好了，刘老师才露出宽慰的表情，不住点头："之前不让告诉学校你爸的事儿，就是担心你受不了，想着你上了大学成人之后应该就能理解了，结果你还真是争气，好啊……"

洪小元羞赧地笑了笑，犹豫着问："刘老师，后来三胜子怎么样了？赵健生结束夏令营之后不久就转学了，他也不太清楚三胜子的事情，之后准备高考一忙起来，我和赵健生联系也就慢慢断了，这下就真的彻底不清楚情况了。"

刘老师赞叹："能开口问之前的'仇人'，也算是你娃成长了不少哇……唉，三胜子那个娃长大之后其实也好了很多，小时候调皮捣蛋惯了，家里条件又好，自大得很，后来你转学之后，他也没人可以欺负，身边那些浑小子一个个又开始好好学习天天向上，把他这个不爱看书学习的就给耽误下来了，高中毕业之后好像就去上了个什么大专，现在暑假，应该回家了吧。"洪小元心里咯噔一下，他之前无数次地预演过这一幕，与三胜子的再次相遇会是一个怎样的情形。他想到过他们彼此或许见了面会亲切地笑笑，为小时候那些幼稚的傻事释怀，又或许见了面只剩下尴尬，两个人面对面走过去都不会相认，再或许……三胜子仍旧没有忘却对父亲的仇恨，只要见到他就会毫不犹豫地冲上来，像小时候那样再次对他施以暴力……

"小元，你是不是准备回白头村？"刘老师猜出洪小元的想法，问道，"三胜子八成就在村里，他哥，就是陈兴业的娃，头几年生了小子，三胜子喜欢得不行，整天带着，应该不会当着小孩子的面干什么。"刘老师这样担心，让洪小元倒有些不好意思了起来。

"刘老师，没事的，我们都长大了。"洪小元给刘老师这样宽着心说道。

与刘老师的畅聊持续到下午，洪小元才有些依依不舍地告了别。原本刘老师是想要留洪小元在家住一夜，爷俩好好谈谈的，但奈何洪小元实在想回到老房去看看，加上他不愿占用太多支教的时间，于是只得作罢。

当然，占用支教时间在洪小元看来有些牵强了，他心知肚明的是自己并不急于一时回去上井村，拒绝刘老师邀约的原因更主要是在于他的归心似箭。老房子现在究竟是什么模样？村里这么多年以来到底有没有什么变化？几年前尘土飞扬的景象会不会已经大为改善？最重要的是，三胜子，那个曾经将自己视为仇敌，不住地欺负自己的孩子，他也长大了，他现如今过得怎么样？陈家的仇恨放下了吗？他们一家人又过得怎么样呢？

洪小元是在交付了沉痛代价之后才逐渐地在自己的人生中学会了去体谅这种痛苦的。他从一个一直扪心自问着为什么的孩子渐渐成长为一个思考怎么做的成熟男人，这种成长的阵痛一直伴随着他，让他反复不断地想起陈家和三胜子来，这种思考其实并没有带给他任何解决这件事的方式，毕竟两条人命，他不知道要怎么去偿还，可这些思考的阵痛却足够带给他勇气。与其说他这一次回到白头村主要是为了收拾整理老房子和告诉奶奶有关父亲减刑的消息，倒不如说他从一开始就打定了主意，要趁着这次机会，勇敢地面对多年前那场灾祸的沉疴。

他要见一见三胜子。带着这种信念，洪小元的思绪从远方收回来，落在了道路两旁的景色上。他这才发现回白头村的路又一次换成了柏油路面，比较起之前的煤渣路面来说更是平坦宽阔，而远远的村庄已经从一个微小的点逐渐扩大起来，再也难见幼年时黄土漫天的景象。惊讶中的洪小元发现原本进村要走上好久的土路已经完全不见了，取而代之的是车辆直接通向村口，一脚深一脚浅地腾挪在主路与村落中的时光一去不复返，所有景象都是焕然一新的模样。

下车之后，洪小元发现自己好像一时半会儿竟然有些不清楚老房子该怎么走了。曾经破破烂烂用黄泥夹着枯秸秆糊成的墙面根本再也看不到了，本来只有陈家专属的小楼一座座地林立起来，片片规整的田地就在身后山塬上不远处，甚至再远一些，他还看到了烟囱里冒着袅袅白烟的小工厂。

这与他记忆中的白头村相去甚远，不，根本就是天翻地覆！惊讶之余，洪小元也不由得苦笑了一声。洪家的老房子没有人住，现如今或许会成为村里最显眼的所在吧？贫困村落的发展在他成长过程中猝不及防地悄悄进行着，等到他后知后觉的时候，好像已经赶不上这种飞快的脚步了。

可洪小元没有想到的是，自己似乎猜错了。又是晚饭的时间，伴随着熟悉又陌生的炊烟，洪小元走走停停，按记忆中已经踏过千万次的回家路走到了老房门前，却又不太敢认了。

堆满杂物的院落和全是孔洞的大门不见了，铺着秸秆不停漏水的房顶不见了，灰扑扑掉着土渣的外墙不见了，就连那个晃晃悠悠，根本挡不住村民当时轰然而上的破旧栅栏也消失得无影无踪。

面前是一个简单的小平房，看起来十分熟悉，却新得让洪小元说不出话来。

他站了半晌才掏出钥匙试探性地去开门上结结实实的大锁，这把锁他认得，几乎可以算洪家最结实的物件儿，一如他想的那样，"咔嗒"一声轻响，锁开了。

洪小元进门就看见了熟悉的家具，虽然陈旧却都被打理得干干净净，可地面却是新铺设的一样，早就不再像原来那般坑坑洼洼，他又惊又喜地往里走，轻轻推开似乎是一个卧室的门，掀开门帘就看到奶奶的黑白照摆在香炉和供果的后面，慈祥仁爱地冲着他笑。

"奶奶……"洪小元的呼唤被眼泪堵住了，他说不上来自己的眼泪究竟是由于激动还是别的什么。家中所有的大小物件都是经过精心打理的样子，虽然似乎已经是好几日没有人再来过，可浅浅的一层薄灰和香炉里的香灰都告诉洪小元——肖跃和刘老师是多么经常地帮他照顾自己的家，甚至连整个家的翻新都悄没声地帮他处理了，却从来没有告诉过他。

怔怔地呆立了很久，洪小元才满足地喟叹一声，掏出手机给肖跃发了条感谢的信息，之后着手开始了打扫。要清扫的地方实在很少，几乎除了擦去浮灰和将盖着床铺的塑料薄膜掀开以外就没有什么好整理的了，洪小元坐在床边忍不住开始为父亲出狱后的生活做着规划：这边可以放下一台冰箱，而那边刚好可以买台电视回来好让父亲闲暇的时候看看，至于床也总得再换一张，父亲腿脚渐渐地开始不太好了，得找一张舒服又价位合适的……脑海中的场景就这样活灵活现起来，洪小元乐此不疲地想着，舟车劳顿的疲倦感也没有了，好像崭新的房屋恰好能与父亲崭新的生活契合上一样，如果现在不提前想好，就实在太浪费了点儿。这样规划半晌，洪小元才草草地将带在身上的饼子拿出来随便吃掉。胡乱吃完饭，屋里已经是需要掌灯的时间了，洪小元锁好门，才端了凳子坐在奶奶的遗照前，伸手去抚摸照片上奶奶的皱纹，轻轻地叹息着："奶奶，我爸减刑了，再过不久，他就能回来这里，你天天都能见到他了。"

照片中的奶奶笑貌依旧，洪小元觉得她像是听懂了似的。

"奶奶，我这个暑假没有在肖跃叔叔那打工，跟学校争取了旁边上井村的支教呢，那些孩子年纪都很小，听起课来特别认真，对了，上井村之前也是贫困村，现在好像刚脱贫，算起来比白头村还晚上一些？"

"奶奶，我支教的时候碰见一件事儿，有个孩子吧他叫罗鸿博，他爸爸也因为一些很不好的事情好几年都不着家呢，赌博，这可也是要命的大事儿啊……不过他爸现在改好了，那边见过的人说，在工地上特别卖力，你说这样也挺好哈，有机会改，总比没机会好太多了。"

"我当时知道这事儿的时候吧，就特别想我爸，他现在也有机会改，对吧奶奶？以后啊我可得好好地跟在他旁边，我替你监督着！那个罗鸿博还有个爷爷呢，老人家精神还不错，尤其现在儿子也改邪归正了，更硬朗了，上课都比我刚去之前有劲儿得多！我们经常几个人和他们祖孙三人一起吃饭，现在这一家子人总算是团聚了……"

"奶奶，如果你还在的话，我们也马上就能团聚了……"

"奶奶，我好想你啊……"饶是再克制着自己，洪小元依然能感觉到从体内涌上来的酸楚，看到罗鸿博一家人的团聚，这种遗憾一直萦绕在他心中，绕成他不可避免的伤感。洪小元告诉自己，今天是带来好消息的日子，可不能在奶奶面前掉眼泪了，于是他吸着鼻子打着岔，絮絮叨叨地将这么多年没回家所堆积成塔的思念一股脑地冲着已经被抚热的玻璃框倾诉着，这种温暖让他感到安慰，像奶奶微笑着聆听，时不时还从嗓子里由衷地叹一句"我的好娃"。

敲门声猝不及防地响起来，洪小元看看窗外，已经是夜里了。他有些慌乱地眨了眨眼，把刚才过于外露的情感压了压才去开门，门外站着的是已经年纪老迈的村支书以及几个好奇的村民。

"你看我就说是娃回来了嘛！"村支书冲村民们不耐烦地说着，转过头笑着对洪小元才开始招呼，"小元，你不知道，往常这屋子里头都是黑黢黢的，你突然一回来，亮着灯，旁边人都不知道咋回事，非拉着我来看看，哈哈……哎呀，小元你现在可是大变样了，还是大城市养人啊！"

洪小元这才知道这座无人居住的老房由于太久没人回来，自己突然来这一趟，倒吓着村里人了，也不好意思地笑笑："实在是对不住，刚回来，还没来得及大串门。"说罢就作势要把村民们往进请。

村支书挥挥手："天晚，你刚回来也没好好休息，我们就不打扰了，而且都是村里人，不用客套地挨家挨户转悠，自己住好就是，有啥需要的，跟叔说，叔给你准备！"爽朗的村支书带动了其他村民，他们纷纷对着洪小元表示着自己要帮忙的意愿，这让洪小元倍感温暖，点头谢过之后，洪小元突然想起什么似的拉住转身欲走的村支书问："叔，三胜子是不是这段时间在村里呢？"

"三胜子？"村支书愣了愣，似乎是没有想到洪小元居然对昔日的仇敌感兴趣，"他在啊，刚毕业不久，说是家里安排到后面砖厂上班呢，干脆就直接回来了。小元，你不是要找他去吧？"

"我……是想见见他，叔，是不是有什么不方便？"

"那倒没有，他现在跟小时候也不大像了，乖了不少，整天带着小侄子转悠，不过你家这个事情……"

从村支书的态度来看，洪小元知道他是在担心自己好不容易回村一趟，万一闹出个什么大事不太好收场。

半是安抚半是自语，洪小元笑着安慰村支书："叔，没事，我这次来不会闹什么事的。"

301

"哎呀，倒也不是说担心你闹事……你找他主要是要干啥？"

"……我是回来道歉的。"

再次收到洪小元的感谢信息，肖跃忍不住嘴角上扬。

这个孩子现如今是越来越习惯于将自己的感情开诚布公地说出来了，比起最早见到的那个畏缩惊惧的稚子来说，已经成长了太多。肖跃很感谢当初的自己坚持了自己心中的想法，一路陪着洪小元成长，在洪小元的成长过程中，他仿佛看到和年幼的自己有些类似的道路，却也总是暗暗地钦佩着洪小元甚至要比年幼的自己成熟上许多。

至少在开诚布公地表达自己感情的这一点上，洪小元就比肖跃自己要强上千百倍了。肖跃看看手边的两份东西，一份是他已经整理完毕的有关罗鸿博盗窃被退学一案的前因后果，在小吴的帮助下，视频和图文版报道都已经整理完毕等待发布，而他现在只不过是需要再次将这些材料校对一遍以防出现错漏。

另一份却让他多少有些心里不得劲儿，装在大红色崭新信封里的是几张婚礼请帖，经过精美装饰后的卡片光是看着就能体会到幸福，再翻开来，小吴和苗香寒互相依偎着微笑的照片被印在上面，底下是诚恳至极的邀请词。

小吴和苗香寒，经过这么多年的恋爱长跑，终于下定决心走入婚姻的殿堂了，典礼就定在 8 月 28 日，一个听起来就十分吉利的日子。肖跃掐着指头算了算，这个时间正好是洪小元结束支教回到学校，又还没正式开学的时间段。

心里着实不得劲儿极了。他还记得苗香寒和小吴收拾利索去民政局领证的情形，当时小吴紧张兮兮地拉着有些羞涩的苗香寒前来向他请假，在知道原因之后他有一瞬间的怔愣，随即很快地开起了二人的玩笑。

"你俩总算做好准备步入'坟墓'了？好事儿好事儿，批你的假了！"肖跃笑看二人，有一种长辈的欣喜，"不过小吴，你可不能欺负香寒啊，香寒，如果之后他欺负你，你就直接来告诉我，看我怎么收拾他！"

小吴苦着脸求饶："肖哥，这还没结婚呢，你就开始偏心了啊？合着就我没个长腿哥哥保护我……"

苗香寒啐他一口："吴志强，你想造反啊？"几人的笑声中小吴乖觉地向苗香寒讨着饶，笑闹半天之后才在临出门之前冲着肖跃撂下了一句话："肖哥，我们可都等你好几年了，实在是等不住才捷足先登的，你可千万得抓点儿紧，人林老师多好一姑娘……"话音未落，就被苗香寒一把捂住嘴拖了出去。

两人顾不及关门就这么推搡着下楼，肖跃苦笑着摇摇头去关门时，恰好还听到小吴冲苗香寒不满："你也别老整天说肖哥醉心事业不谈恋爱，那能是醉心事业的事儿吗？傻子都能看出来他对你师姐有意思了，就这临门一脚踢不下去，你也不帮帮他……"声音随着二人进入电梯后戛然而止，肖跃却心中翻腾，站在门口久久没有动弹。

原来已经这样明显了吗？肖跃想。从之前与林秀清吃过几顿饭之后，肖跃便不由自主地将这个知性的女人在心中不断地与于晴做着对比，那些他从大学就习以为常的固有观念被林秀清一个接一个地打破了，这让他意外又惊喜，与林秀清难免就话多了起来，以至于在所有的借口都用过之后，他仍旧忍不住地挖空心思想着能与林秀清再度一起畅谈的办法。

当然，他每一次都告诉自己，他这是为了工作，抑或是为了洪小元。

说来也巧，洪小元在这个暑假里刚好申请了去支教，又同时告诉了肖跃有关罗鸿博的事情，这让肖跃几乎是有些大喜过望了，因着这件事，肖跃与林秀清的接触也更多了起来，他发现无论是工作还是寻常聊天，林秀清总能对准他最希望寻找的那个点。

这位女教师和他一样，对自己的事业有着非常清晰的认知以及执着的态度，在面对各自不同的专业时，两人往往都有着共同的追求，在面对洪小元的事情上，甚至林秀清比起肖跃有些生硬的方式来更胜一筹，能用自己最感性的部分鞭辟入里地分析洪小元的状态，从而给予肖跃非常有价值的建议。

点点滴滴让肖跃忍不住想到他遇到于晴之后的那段时间，他本身是十分不屑于进行这种比较的，可却忍不住。

于晴当时对他也表达过事业上的憧憬，但这种憧憬往往都有些假大空，只是当时肖跃心之所向，根本没有听出来端倪，而面对洪小元时，于晴更是关怀备至，但这种关怀备至又显得目的性强烈、手段简单粗暴，只是肖跃却从来没有往深处去想过。

他原本以为自己遇到的所有女人大概有可能都是于晴这个样子的，有着美女蛇一般诱惑的外形，实际上却早在那些温柔的欲擒故纵中设置好了尖刀。

于是林秀清让他感到难得的畅快与愉悦，在与她聊天时，肖跃甚至经常会忘记时间流逝，只是看着她淡淡笑着的样子就好像受到了鼓励似的。

可是他们没有一次聊起过感情。

不，他们不是没有机会谈及这方面的，确切地说，肖跃甚至可以明显地感受到林秀清在面对他时的与众不同，可他却压根儿不敢提及感情。

"万一呢？"肖跃喃喃自语，"万一她只不过是出于礼节才对我这个态度，又或者她说的这些也不过是虚无的呢……"

看着请帖，肖跃心乱如麻。他由衷地祝福着小吴和苗香寒，发自肺腑地觉得这一对璧人是天赐的缘分，就该白头偕老，他心乱如麻，是因为想到了自己百孔千疮的感情。

于晴在大学和工作之后，用截然不同的两副面孔将他仅有的热情全部榨了个干干净净，他对自己是否会再次面对这样的伤害有一种不可遏制的怀疑，担惊受怕得厉害。

就算是鼓足了勇气，他也还是无法向前迈进了，自己已经干涸的心灵早就不知道再拿出什么来交给一个崭新的另一半，好像是铺上了一层泥泞的污秽，洗不掉擦不尽，面目可憎，难以示人。

还有，还有他现如今的状态。"大题肖做"在几年的时间里成为出身西京市最成功的自媒体，甚至可以说整个互联网的新闻媒体里都赫赫有名，随着名气的水涨船高，肖跃对自家新闻的要求也越来越苛刻，他坚守着最初那个"传递真相"的底线，面对着越来越多的工作，他也理所当然地越发忙碌起来。

应了于晴那句话，钱少事儿多。这样的一个状态，他要怎么样才能重拾信心与时间去开启一段一开始就注定不会完美的恋情？退一万步来讲，哪怕就是他愿意，那林秀清呢？毕竟是一个大好青春的姑娘，她，愿意吗？

肖跃忍不住去想这些有的没的，不停地在心里向自己传递着放弃。

罗鸿博的材料他已经完全注意不到了，肖跃此时此刻盯着请帖上幸福的笑容，只觉得内心的痛苦空洞越来越大，大到足以将他整个人都吞没。

"要不然，还是算了吧？"声音猝然从肖跃口中逸出来，连他自己都被这突如其来的声音吓了一跳。不过只一瞬的工夫，肖跃就又恢复了平静，这一声好像是来自内心的呼喊让他冷静下来，将那些不切实际的旖旎幻想从脑中轰散出去。

他不能耽误一个拥有着大好年华的姑娘，这是肖跃最终的结论。

……

林秀清收到苗香寒的请帖时，也发自肺腑地为师妹感到开心，虽然她并没有见过小吴多少次，但出于对肖跃的信任以及这么寥寥几次会面里小吴的表现，她对于师妹嫁给这样一个人高马大的阳光青年还是十分放心的。

表达恭喜送走了师妹之后，她就不由自主地想到了肖跃，想着想着就笑起来，别看肖跃和小吴个子都是一般高，但整个人看着可要瘦削得多了，搁外人看起来，小吴反而更像比肖跃还年长几岁呢。

"外人？林秀清可真有你的，你不是外人，还能是内人啊？"林秀清想着，忍不住自言自语地吐槽自己，提到"内人"这个词儿的时候，在无人的房间里唰地红了脸。

她想，"内人"，也可以说是自己人嘛，而且她和肖跃的缘分可早早地就开始了，不算自己人，还能算什么？

林秀清抿着嘴笑，盯着请帖上两个甜甜笑着的小人，忍不住在脑中将自己和肖跃的脸往进去套。"别说，挺般配的。"她红着脸自言自语，笑得露出八颗皓齿。

请帖上的时间被她确认了好几次，林秀清只犹豫了片刻就掏出手机，搜出肖跃的号码拨过去。不像往常那样秒接，这一次铃声响了许久之后，林秀清才在疑惑中听到了肖跃的声音，一个简简单单的"喂"字。

她从肖跃的声音中听出了深深的疲倦，但又不太明白为何之前一贯热情的肖跃突然会以这样的状态示人，她的心渐渐沉了下去，脸上的笑容也淡了。

"肖跃，是这样的，我刚才收到了师妹的请帖，但是没有洪小元的，所以才想问问你，他的是不是在你那边？"林秀清带着点慌乱，试图用轻松点的语气说着，"我想啊，如果在你那，我可就不用再特地提前跑回学校一趟了。"肖跃的声音却没有什么感情："噢，林老师，是在我这里，你不要担心，我给他就是。"

林老师，他说，林老师？林秀清这样想着，一股不祥的预感就这样爬上了她的脚踝。

林秀清的预感在不久后就得到了验证，这一次通话是她与肖跃的最后一次联系。

她有些想不通，整个暑期都与她保持着联系，甚至时不时总会一起出来约会的肖跃为什么会突然切断了与自己的几乎所有联系。虽然他们从头到尾都没有在约会中提到任何有关感情的事情，聊天内容也几乎都是围绕着上井村支教的洪小元以及罗鸿博的事件展开，但林秀清却已经能实打实地感受到自己与肖跃之间微妙流淌着的情愫。甚至包括肖跃在这期间有关罗鸿博事件的一系列采访，林秀清都有过一定的支持。所以她不明白，为什么原本按照正常事态发展的事情，会突然间变成这样。

师妹的婚礼越发近了，洪小元和高宇也即将支教结束，但肖跃却好像整个人都失踪了一样。

林秀清想了很多借口去和肖跃取得联系。作为一个女性，她自认为还是多少有些保守的，不大习惯自己过分主动去做些什么，那些有关工作上的借口被她几近找了个遍，但肖跃还是那副样子，不是说自己在忙，就是干脆连电话和信息都不回，只让她等到发慌的时候才不咸不淡地回上一条"十分抱歉，一直在忙"的信息。

任谁去看，都知道这不过是懒于见人的敷衍之词罢了。

林秀清有些心急，在再次被肖跃忽略后，她忍不住从自己密密匝匝的文件中掏出那张在她父母去世后给予她支持的薄薄的信笺来。

上面的字体刚劲有力，仅是看着就觉得寄信的人心性坚毅。内容并不长，只有短短的几行字："……希望你能够实现你的人生理想，为今后的教育事业添砖加瓦。"

朴素又官方，林秀清每次看到都忍不住想笑，这一次也一样，只是笑着笑着又叹了口气，轻轻抚摸上写有落款的地方。

落款处的纸张和这页信笺其他地方有着显著的区别，那里褶皱得有些厉害了，页面也隐隐有些发黄，一看便是经常抚摸的关系。

"谁能想到过去了那么多年，那个人还是这样官方呢……"林秀清叹着气，眉尖蹙起，嘴角还含着来不及撤销的苦笑。

"长腿哥哥"。洪小元曾经在暑假过程中就有一次突然询问过她这个人，大概是因为苗香寒与自己的关系亲密，这孩子似乎本能地以为她会将这些情况通通告知他。然而她没有说过，甚至就连同样接受了"长腿哥哥"资助的师妹苗香寒她都没有说过。林秀清时刻记得，当时在接受资助的时候，对方就明确表示了自己需要匿名的诉求，面对恩人这样的要求，她无法拒绝。

　　这是她在父母去世后遇到的唯一一束光，她不愿也不能让恩人为难。西京市地方邪，这种邪门体现在各种巧合上，让林秀清对这句往日里听来多少有些诡异的话忍不住感谢起来。她还记得当时从有关自己学校的报道上看见肖跃的字体时的狂喜，没有刻意去寻找的人就这样出现在自己的世界里，这让她立刻升腾出一种感恩之情。

　　这种感恩之情被她好好地隐藏在心中，随着"大题肖做"的发展而愈加深沉。

　　到底是什么时候，这种感情渐渐地产生变化的？她也不清楚。或许是之前肖跃对于九二六交通肇事案的真相探寻？又或许是他在面对世相头条与华城报业的双重打压时的不屈服？再或者就是因为那一次意外见面时，肖跃为洪小元流的泪？

　　她不清楚，她只知道原先的那些感恩早就开始慢慢发酵出醉人的馨香，让她不得不拒绝了周围形形色色的青年，只一门心思地等待，或者干脆说就是隐秘地主动出击起来。是不是肖跃他已经知道了什么，所以才断绝了与自己的更进一步接触呢？

　　林秀清突然想到这个问题，有些犹豫了。她有些后悔没有及时了解清楚肖跃之前的感情经历，在他们面对面坐在咖啡厅畅谈的时候，肖跃时不时会提到令他有些为难的感情经历，但她总是刻意地回避了过去。原因很简单，她在他谈及感情时，总是多少会有些酸楚。但现在却似乎不能不正视这个问题了，如果肖跃真的会因为知晓了自己曾经施以援手的女孩已经长大成人，并且对他有情的话，会不会突然望而却步起来？

　　这个发现让林秀清越发地坐不住了，好像自己的感情就这样被上了一道巨大的闸门，所有想要吐露出的情意都被冰冷地阻隔在她这一边，让她有了一种难以忍受的憋闷。

　　干脆去当面聊聊好了！这个念头一出现，就像鱼儿跃了龙门，不可遏制地飞上高空，连给林秀清再去反刍思考的时间都没有留地轰烈起来。

　　妆也没有好生去化的林秀清就这样径直从宿舍跑出来，端向着肖跃的工作室跑去。

　　气喘吁吁地来到工作室门口的时候，林秀清在喘息中才想到肖跃有可能会不在办公室的事情，她抬手试探性地敲了敲门，果然不在。

　　喘息声还没有平复，她就已经感到自己的幼稚可笑了。

　　林秀清靠着墙壁缓缓蹲下来，心里早就换过了无数个想法，一腔孤勇让她抛弃了以往的骄矜勇往直前，但谁知道，就连老天爷好像都不站在她这一边。发梢因奔忙显得十分散乱起来，衣服也皱成一团，她懒得去打理，只是无神地圈住膝盖默默地在心中考虑着究竟是再等等完成这个壮举，还是干脆走掉，全然当自己这一场可笑的告白计划从来就没有开始过。

她的纠结仿佛像岁月一样长，长到呼吸已经渐渐平缓下来，双腿都有些发麻了还没有结束。肖跃急匆匆往回赶的时候，一上楼看到的就是林秀清满脸苦闷发梢凌乱蹲在办公室门口的样子。

"林老师？"肖跃忍不住出声询问，声线被意外刺激得像是受惊的小兔惊叫一样不自然。林秀清一时半会儿似乎并没有反应过来，她不知道自己等了多久，恍惚中以为是脑海中思念所致的声音，愣神片刻之后，眼底的苦闷更多了。她喃喃自语，头也没有抬："呵呵，林秀清你这么想肖跃吗，连声音都能脑补出来了，真够可以的……"

肖跃听到这句话，整个人都有些发窘。他是接到高宇的电话才急匆匆结束了外面的采访回到家来的，本准备着要收拾收拾东西赶紧往白头村去找洪小元，可眼前的状况却让他一时间竟然不知道如何是好了。

更何况，他完全没有想到会在这样一个急迫的情况下，听到了这样一个似是而非的告白。是紧张吗？好像也不是，无论是在学校还是工作之后，肖跃玉树临风的外形本就会吸引很多女性的青睐了，直截了当的告白也不知道听过多少次，他向来都不会因此而感到窘迫。那是开心吗？好像也并不完全准确，不可否认肖跃打从心底能感受到自己对林秀清非同一般的感情，但他背负的压力太过重大，让他几乎已经从自己内心中断绝了与林秀清发展的可能性。

肖跃就这样愣着，盯着林秀清看起来可爱又可怜的蜷缩着的身体，产生了一种难以言喻的心酸怜惜之情。是动摇，肖跃明白了，林秀清让他本来已经坚定的铁石心肠开始动摇了。

"那个……林老师，"肖跃努力地控制住了自己上前搀扶林秀清的冲动，艰难地打断沉默，"我刚回来，你这是？"

林秀清这才感觉到不对劲，猛地从自己的世界中清醒过来，赶忙抬头来看。

肖跃一脸关心地站在她面前。

想到自己刚才脱口而出的话，林秀清又羞又急，慌张地猛一下站起身，由于蹲了太久，起得又急，立刻就有些眩晕起来，她不受控制地往前扑过去，下一秒就撞上了一个温暖的胸膛。

肖跃红着脸扶着林秀清，眼睛都不知道该往哪里放。

"林老师，没，没事吧……"林秀清脸也红起来，慌忙站起身，掩饰一样地扑打着自己已经皱皱巴巴的衣服，抚弄着长发："没事……我就是，我……"

早就鼓足了的勇气在见到肖跃的一瞬间消失殆尽，林秀清忍不住在心里骂自己的怯懦。

"肖跃，我有事情要告诉你。"终于在肖跃尴尬地想要去开门的时候，林秀清红着脸垂着头开了口。

肖跃本能地顿住了，钥匙就插在锁眼里，他好像没有力气去扭动它似的。或者说，他其实心底就在等待着这个他心仪的女人能向前一步，好打消自己心中的疑虑？

"我不知道你这么久以来是怎么看待我们的相处的，我也知道这样过来找你是有些冒失……"林秀清没有抬头，手指不住地交叠拧紧，"你可以什么都不用回答我，只听我说就好，我有很多话想要告诉你……"一种悲喜交加的情绪缠绕住了肖跃，将他紧紧地拥抱在怀里，让他整个人都有些轻飘飘起来，酸楚伴随着甜蜜逐渐升腾，他不知道自己应该面对还是逃避。

"好，我在听。"终于，肖跃还是抗拒不了林秀清近乎渴求的话语，他推开门低着头说，"进来说吧。"

"肖跃，可能你不知道，我其实已经认识你好久好久了……"坐在沙发上的林秀清忐忑地开了口，她试图将自己的经历尽量以一种舒缓的方式道来，但还没来得及开口，电话铃声又突然响起了。

这一次不是肖跃的来电，林秀清突然被打断，有些懊恼地将手机拿起来，是高宇。

她有些疑惑地看看肖跃，在肖跃仿佛是突然想到什么的神色中接起了电话。

"林老师，你现在在西京市吗？"高宇的声音十分急迫，听起来像是发生了什么大事，林秀清心一沉，也不由得紧张起来。

"我在，怎么了，你听起来很慌张？"

"我刚才给肖跃叔叔也打过了电话，思来想去也得跟你说一声！最好是你也能和肖跃叔叔一起来一趟白头村。"

"白头村？"林秀清几乎立刻想到了洪小元，"是不是洪小元出了什么事！"

"洪小元落水了！不过没什么大事，现在在家里，但是好像之前他爸撞死的那家人也过去了，我担心他有事！"

"你说什么！"林秀清被这个冷不丁的消息吓了一跳，立刻站起身，"你现在在哪里？还在上井村吗？"

"我在车上，正往白头村赶，你和肖跃叔叔快过来吧，我担心有事儿！"

"好好……我们马上过去！"林秀清慌忙交代着，"你告诉小元，让他凡事都不要冲动，一切事情等我们到了再说……对，让村支书先安抚一下情况，记得啊！"

林秀清在收到高宇的答复之后便着急忙慌地挂了电话，求助似的向肖跃看过去："肖跃，我们得赶紧过去白头村一趟！"在林秀清接电话的过程中，肖跃已经简单地收拾完毕了，他一边懊恼于自己刚才的恍惚，一边忙不迭冲林秀清点着头："已经整理好了，咱们现在出发还是？"

"现在就过去！"出租车开得飞快，两人在车上都露出十分焦虑的表情。但不同于林秀清的担心，肖跃仍旧在林秀清还没说完的话上打着转，他对自己这样的不专心感到十分抱歉，但却又忍不住思绪万千。

林秀清刚才提到，和自己已经认识很久了？他忍不住把目光挪向后视镜中，林秀清趴在车窗边，脸色因急切而显得越发白皙起来。

高宇这个电话之后他就向洪小元联系过，只是电话不知道怎么回事一直都打不通，于是他当机立断将这件事告诉了刘老师，或许是因为刘老师已经动身过去，他才不至于那样急切吧。

"林老师，洪小元之前的中学老师已经提前过去了，有他在，你不要太担心。"肖跃苍白地劝慰着。林秀清点了点头，长叹一声："我知道，就算没有刘老师，那边的村民大都是很明事理的，他告诉过我……但是，他终归是我的学生，让我不担心是实在做不到。"

肖跃沉默下来，感到自己在这段时间亲手斩断与林秀清联系的过程中仿佛整个人都疲劳到无法很好地顾及周遭众人了。

"是我失言了。"他干巴巴地回复着，心里一阵懊恼。

林秀清听出肖跃声音中的懊丧，她像是在给肖跃鼓气一般说："也不是，我们做老师的都喜欢瞎操心吓自己……就好像你之前跟我提起刘老师的事情，其实我们都一样，明明知道应该不会有太大的事故，但仍旧管不住自己的心。每个孩子都像是我们自己的孩子一样，孩子出事，哪怕蹭破了点皮，都是要心疼的。你们记者的角度和我们不太一样，记者嘛，探寻真相比强调人情总要多得多，所以客观些。再说了，你最近忙成这样，一时间累了也是有的。"

林秀清不说还好，说完之后，肖跃感觉自己更懊恼了。他最近因为小吴和苗香寒的婚礼将近，还特地将工作安排得少了些，他口中的忙碌主要是由于自己无法面对感情所致。可林秀清这样体谅，却让他恨不得自己在之前那段时间里是扎扎实实地忙碌过了，至少如果是那样的话，他还不算是辜负了林秀清的体贴。

沉默中的二人终于在看到白头村模糊的身影时开始有了反应。

走进村口之后，肖跃仿佛回到了之前那一次前来告诉洪小元九二六新闻的时候。

往常稀稀拉拉的村民今天仿佛是商议好了似的，三三两两从洪庆国老房子那条路上走出来纷纷散去，脸上几乎都带着讶然的神色。

肖跃在洪小元上大学的时候来过这里好几次了，村民们看他也眼熟，于是有村民在看到他时就上来传递消息："小元娃没事，陈兴业家人和村支书都还在呢。"来不及多问，林秀清就拽着肖跃向村民道谢之后赶忙向洪庆国家走过去，肖跃在慌乱中还隐隐约约地听到似乎有村民在说他与林秀清十分般配……

洪庆国家门口想当然地围了一群人，这群人中肖跃一眼就看到了之前指着庆国妈鼻子的那个男人，是陈兴业的儿子，两位堂哥都死在洪庆国车轮下的那个"新郎"。

肖跃有些心急，一路上都因恍惚而没有发散出的担心忧虑此时立刻冲上脑子，他迫不及待地向前小跑两步之后，才感觉到这男人的脸色似乎不太寻常。之前肖跃从没有见到他笑过。不仅是他，连他的媳妇和自己的父亲陈兴业都没有笑过，他们一直在追究着洪庆国一家人偿命，脸上的寒冰像是多少年都不能化开。

但这会儿，肖跃发现这个儿子虽然仍旧没有笑容，但脸上温柔的神色中却全是笑意。还不等肖跃弄清楚这是怎么回事儿，旁边的林秀清就赶上前拨开人群，嘴里喊着："高宇，洪小元？"村民们的目光被这声音吸引过来，这样一个陌生的女人让他们都有些纳闷，直到守在床边的高宇拍着脑袋迎上来。

"林老师你来了，哎呀你看我，一着急就忘了跟你说后续，怪我怪我……你急坏了吧？"高宇一脸愧疚，猛拍着脑袋将林秀清和肖跃迎进去。床上斜靠着的洪小元带着几分怪罪冲高宇嚷嚷："都告诉你了没什么事儿，你倒好，还让肖跃叔叔和林老师从西京市折腾过来！"

"我这不是看你打电话都不是自己的手机，担心嘛……"高宇挠着头嘿嘿一笑，"再说了，我也不是没从你嘴里听过三胜子的大名……"一个高壮的大男孩有点儿不满又有点儿羞愧地回过头，冲高宇嘟囔："行了啊，现在都没事儿了，别再提这些。"

三胜子，陈壮，陈兴业弟弟老来得子的儿子，也是九二六交通肇事案受害者的亲属。肖跃有些吃惊地看过去，那个只存在于他记忆中的孩子现如今身强体壮，个头仿佛比洪小元要矮一些，但看起来仍旧和小时候一样结实。那个曾经对洪小元拳打脚踢的孩子，似乎还能在如今这个大男孩身上看到踪影，而眼神却早已经不是当年那般狠戾，甚至多了些憨厚。时光对一个人的感染看似悄无声息，却实际上巨大到令人无法忽视。

"肖跃，这是？"不明白情况的林秀清侧身低声问肖跃。

林秀清作为洪小元大学期间的辅导员，虽然对九二六案有一定的了解，但那些了解也仅限于肖跃的报道，这些年中发生的琐碎却不很清楚明白。

肖跃低声向林秀清解释着，旁边的村支书也乐呵呵笑着开了口："哎，肖记者已经过来了，你们也让小元娃好好休息休息，有什么事明天再说一样的，都散了吧散了吧。"村民们和陈家的人也点着头，十分听从吩咐地往外走，三胜子临走前还不忘回到洪小元旁边叮嘱："你好好养身体，有什么需要就让高宇或者肖记者过来问我，我明天再来看你。"

洪小元笑眯眯地点着头送了客，村支书这才笑着指了指正在听肖跃讲述来龙去脉的林秀清自说自话："肖记者媳妇看着也排场得很。"

高宇咋舌："支书，这是我们辅导员！"

村支书哈哈笑："那还不好？咱西京女娃不外嫁！走了走了，有啥情况你们再来找我！"

"嘿，这都行？"高宇冲洪小元笑。洪小元却已经看到肖跃渐渐红起来的耳根，抿着嘴淡笑着扯了扯高宇的衣角让他闭嘴："行了，这会儿已经清净多了，赶紧让林老师和肖跃叔叔坐吧。"

"洪小元我可是发现了，我就是伺候你的工具人是吧？唉，可惹不起见义勇为的英雄呢！"嘴上嘟囔，但高宇还是笑呵呵地乖乖照做。

待肖跃大概将洪小元和陈家的关系给林秀清讲述完之后，几人终于围坐在洪小元床边。肖跃上下打量着洪小元，他整个人看起来都还算精神奕奕，除了脸色有些微微发白以外似乎没有其他不妥的地方。

"小元，到底是怎么回事？好好的，怎么能落水？"放下心来之后，肖跃问道。

洪小元张了张嘴刚想说话，高宇就把椅子拉近了点，带着喜色高声对肖跃和林秀清说："肖跃叔叔，林老师，小元这一次可是厉害了，他见义勇为去了！"

"见义勇为？"

"见义勇为？"肖跃和林秀清对视一眼，异口同声地问。

高宇也愣了愣之后才大笑着说："肖跃叔叔，林老师，你俩要不要这么有默契啊？"

林秀清脸红了红，啐高宇一声："赶紧说正事儿！多大个人了，一点没个正形呢！"

高宇哈哈一乐，冲洪小元努努嘴："还是让正主来说吧。"

洪小元淡淡一笑，在肖跃和林秀清好奇的注视下开始了讲述。

"我是回来道歉的。"洪小元冲将走未走的村支书说。

"道歉？"村支书听到洪小元字正腔圆的话，仿佛有些不认识，又有些为难地说，"小元啊，这个事本来是个好事，按说我也没有啥可反对的，但是现在村子里这个情况，怕是你不太好去……"

"为什么？"

"是这样的，你爸这个事情陈家人一直心里耿耿于怀这个你是知道的，原本这么多年过去了，事情虽然发生，但是也忘得七七八八，前几午陈兴业儿子媳妇生了娃，生活都走上正轨了，如果不去提起，人家自然也好好地活着，但你要是现在一去，再把这事情提起来，怕是要闹……"洪小元这才明白，村支书这是担心已经平静下来的日子被他打破。

"支书，我是听说三胜子也回来了，想着跟他先聊聊……"

"嗐，一个道理，三胜子虽然和陈兴业一家不住在一起，但是整天也带着他那个小侄子耍，你想想，他之前欺负你欺负成啥样子了，现在带着娃，再起什么冲突，你担得起？"

洪小元沉默了下来，他一开始早已在心里做好了充分的准备，一旦起了冲突，他已经有了最坏的打算，但牵扯上一个孩子的话，事情确实有些麻烦……正想着，村支书看洪小元似乎有些动摇，又劝说道："小元，我看你就还是别去了，反正你现在已经不在老房住了，以后也没什么来往，说不说，都是一个道理。"

是一个道理吗？洪小元不禁想起了肖跃，如果是肖跃，他会怎么做？

世界上的事情往往都是这么奇怪的，很多之前看起来无比巨大的事情，到最后仿佛都可以通过时间的一双妙手抚平甚至渐渐消失掉，村支书口中的陈家仿佛就是这样，任凭之前有多么的痛苦，现如今也生活得红红火火，甚至好像那件事都随着时间巨轮已经被遗忘了似的。那么他是不是已经没有必要再去提起了？这种揭伤疤的行为，是不是对谁来说都不好呢？

"支书，我明白了，我想想吧。"洪小元有些勉强地冲村支书笑了笑。

"小元啊，有些事情，过去了就过去了，不要太较真。行，我先走了啊……"在村支书犹疑的目光中，洪小元不置可否地摇了摇头，关上了门。

过去了吗？他扪心自问着，想起自己这么多年没有父亲在旁边的日子里，从肖跃那里学到的点点滴滴，他想起肖跃无论在做什么新闻，都免不了要刨根问底，哪怕是他自己也会因此而被反噬都不愿放弃的样子。

如果没有这样的执着，于晴当年对于自己的伤害肖跃就不会放在眼里，父亲的减刑就不会成为肖跃坚持奔走的理由，奶奶的过世也没有理由让肖跃内心痛苦不堪。更甚者，如果不是肖跃这样近乎自我剖析一般地对真相坚持，自己早就在三胜子的欺负下丧失了对生活的希望，早早地耗费了人生这样美好的光阴。

洪小元想，肖跃叔叔不止一次地向他重申过作为一个记者的自觉，那就是探明真相无愧于心，现如今真相早已经被探明了，但他真的无愧于心吗？

这件事还没有彻底地过去呢。

他在人生似短却也漫长的几年里，让颓废无望的自己重新获得了目标与使命，从对九二六案件的拒绝到可以直面，不愿结交朋友的自己渐渐地也有了能过命的兄弟，甚至连对父亲的恨意也已经悄然化解了。可还有一件始终沉在洪小元心底的事情是没有解决的，那就是接纳和面对九二六案件本身。饶是他再对周围的同学、老师、朋友坦然，他也从未在陈家人面前坦然过。

这件事可以说并不是他的错，但也可以说是他必须接受的一段经历，只是他自己的软弱和逃避在肖跃的帮助下找到了躲藏的出口。面对九二六案件的余波，他是个逃兵。洪小元靠在门上，暗暗地坚定了自己的信念，他决定拒绝村支书的好意。他决意面对这个他已经逃避了多年的问题，哪怕自己遍体鳞伤，也要求一个内心安稳。

这一夜，洪小元睡得格外香甜，白头村的夏季没有西京炎热，山上的微风透过窗飘进来，仿佛也在鼓励着他似的，轻柔无比。

洪小元在睡梦中第一次见到奶奶，奶奶就站在一团看得不甚清晰的光晕里含笑看着他，好像了却了什么心愿似的冲着他微微颔首。

……

第二天一大早，洪小元便收拾齐整地出了门，他的目的地十分明确，就是那座村中最早拔地而起的小二层——陈兴业家。

走在新铺成的路面上，洪小元原以为会十分沉重的心情此时却轻松很多，周遭的一切都变得无比可爱亲切，这让他感受到温柔，同时也微微地有些讶异。原来面对并不是一件太难的事情，甚至它能带给人别样的愉悦。在这种心情的驱使下，洪小元突然兴起了先在村里周围转转的兴致，那些熟悉又陌生的草木河流如今早没有了尘土的滋扰，看起来越发地眉目可亲。

他绕过村子周围的树木，层峦叠嶂迷蒙在隐约云朵下的山峰像一幅幅画，他贪婪地将这些画面刻在脑中，咀嚼消化着，将这份乡情咽下。村口处原来的小河也变了模样，曾经看起来灰蒙蒙的一条浊流如今已经被拓宽很多，清澈的河底还能看到处处水草和时而游过去的几尾小鱼。洪小元拨弄着河面，清凉冷冽的河水让他整颗心好像都通透起来。

"小翔！小翔！"很突然地，一声凄厉的叫喊打破了洪小元内心的宁静，他抬头向声音的方向看过去，只看到平缓的河面上突然迸出大片大片的水花，古怪浮动着的雪白水花上，一个孩童的小脑袋还在上下起伏着。

岸上是一个和自己差不多大的男孩，粗粗壮壮的男孩现在急得似乎快要哭出来一般，整个身体都向前探着，趴在河边，手掌撑在水没过的河床边吼着。

"小翔！！！我不会游泳，救命，救命啊！！！"男孩呼号的声音带着浓重的哭腔，水花里的小脑袋渐渐地就要看不见了。

洪小元还来不及反应之前，就感到自己的身体已经蹿进了冰冷的河水里。他奋力地向那个小脑袋的方向游过去，急切地、奋不顾身地游过去。

河水不断地扑上来，打在他的头顶和眼皮上，打得他有些看不清方向，只能用手着急地去摸着，洪小元竭尽所能地伸长脖子，努力将眼睛睁得发酸，终于看到了那个渐渐沉下来的小脑袋离自己只有一个手臂的距离了。他干脆地将身子深入河水里，在河水里尽力忍受着河水对眼球的侵蚀，努力地探着看着，也不知道过了多久，似乎只是一瞬间的工夫，他感到自己的手摸到了一个软乎乎鼓囊囊还有着温热的胳膊。

洪小元想都没有想就猛地将这个胳膊拽了过来，反过身背在自己身上，奋力地从水中伸出脑袋。

"小翔！！！欸？！"岸上传来的声音似乎是顿了顿，继而又紧张不已地叫起来，"来，就在这边，谢谢啊，谢谢！"洪小元其实并没有看到这个大男孩的身影，只是凭借着听到声音的方向努力游着，水流不算太湍急，他似乎并没有游多久，就摸到了凸起的河床。似乎是大男孩的手迎了上来，洪小元感到自己被一股强大的力量拖曳到了岸边。

"小翔你没事吧！"大男孩来不及冲洪小元道谢，而是把孩子奋力地从洪小元背上放下来，洪小元这时才有空将脸上的水擦了擦。

他感觉自己整个人都要虚脱了。伸手的时候，洪小元感觉自己整个身体都在止不住地发抖，颤抖一直持续着，他努力了半天才将上下打战的牙齿努力地控制住。

艰难扭过头去看时，那个孩子才映入洪小元的眼帘，那是一个只有五六岁的男孩，现在脸色苍白地躺在地上浑身是水一动不动，旁边的大男孩已经快要哭出声了，不知所措地摇动着男孩的身体，无力地喊着那个名字："小翔！小翔！！！"

洪小元咬着牙撑起还在颤抖的身子，将大男孩推开之后，凭借着自己在大学学过的急救知识对面如死灰的男孩进行了急救，一旁的大男孩死死盯着洪小元的动作，强忍着喉咙里的声音一动不动。终于在几分钟之后，男孩口中吐出大量的河水，咳嗽着哭出了声。

"小翔！！！"大男孩再也忍不住，跪在男孩身旁紧紧地搂住他，"没事了没事了……怪我没有看好你，没事了啊……"男孩的哭声还在继续，洪小元似乎是脱力一般放下了心，整个人都瘫倒在旁边喘着粗气。他一边喘一边想，看来今天打算要收拾齐整去道歉的计划又要被打断了呢，不过也好，他救了一个孩子。

后怕如潮水一般向洪小元涌过来，他此前从来没有遇到过这样的情况，这是他第一次连思考都没有就直接进行了行动的援救，山上的河水冰凉得不像话，洪小元不知道自己究竟是被冻得，还是怕得，又越发剧烈地颤抖了起来。

"谢谢你，谢谢你啊！"大男孩的声音又飘了过来，在疲劳失神的洪小元耳朵里，都显得有些不太真实起来，"要不是你，小翔今天……谢谢你啊，洪小元，谢谢你……"

听到自己的名字，洪小元狐疑而惊讶地睁开眼，向大男孩的方向看过去。男孩看起来很有几分眼熟，洪小元愣怔地盯着他看，眼神中有几分不敢确定。

"你没事吧？你看起来很冷……是这吧，你跟我回去！"大男孩颇有几分不由分说的样子，不等洪小元哆嗦着拒绝，就先一步掏出手机拨打了电话向那一头大致说明了情况。不一会儿，就有一男一女过来，气冲冲地怪罪着大男孩，将还在哭泣的孩子抱起身，而这个大男孩则把脱了力的洪小元搀扶架起，走到了一个洪小元此生都不会忘怀的房门前。门口的两只石狮子经过几年的岁月洗礼却仍旧保持了威严的样貌，此时正在瞪视着话都有些说不出的洪小元。

他艰难地往旁边瞥过去，那对抱着孩子的男女，可不就是陈兴业的儿子儿媳？

洪小元心中又觉得有些好笑起来，他在家做了那么久的准备，竟然全没有派上用场。

他挣扎着偏过头，看着近在咫尺的大男孩结实的侧脸，努力地从口中蹦出几个字："三……胜子？"

三胜子一愣，没有回过眼神，只是淡淡地说："先别说话了，耗体力，有什么事儿回去再聊。"回去？洪小元反应了半天，才明白过来三胜子说的回去，就是回到面前的陈兴业家去。

他突然觉得有些不妥起来，自己现在这个狼狈不堪的样子，还怎么好生跟这家人道歉呢？但虚弱不堪的他此时根本无法动弹，只能靠在三胜子的身体上，仿佛一个大号的挂件。挂件洪小元于是在不久之后，被三胜子安排在了陈兴业家的沙发上，不只如此，三胜子还十分贴心地拿来了浴巾和热水，前后为洪小元擦着冰冷的河水，将他裹得严严实实。

在洪小元窝在沙发上回神的过程中，他看到陈兴业似乎是从楼上下来了，正在与三胜子和儿子儿媳聊着什么，眼神也不住地向他这边射过来，很惊讶的样子。

洪小元牙齿打战，本能地有些想要逃，只是在家中做好的那些思想建设一直苦苦地支撑着他，这才让他不至于倒下。不知道过了多久，他才感到自己的身子渐渐暖和起来，四肢仿佛也可以动作了，牙齿不再打战，刚才那些脆弱的思维似乎也随着身体逐渐恢复而飘到了不知哪去。他抬起头，陈兴业带着三胜子正表情严肃地向他走过来。

洪小元下意识地想站起身，口中不由自主地喃喃出一句："陈爷爷，对不起，我爸他一直念叨着……"

陈兴业就这样停住了脚步，眼神中似乎是有些难以置信，又仿佛是早已了然似的，盯着洪小元一动不动。

旁边的三胜子插进嘴："大伯，这是巧合……"

"洪小元，你爸现在怎么样了？"不等三胜子说完，陈兴业就开口冲洪小元问着，这话听起来像是关心，又好像是质问，陈兴业声如洪钟，带着门口石狮一样的威严，让洪小元一时有些语塞。

洪小元定了定神，缓慢又坚定地说着："我爸一直在后悔，为什么当初没有好好检查车辆的问题，为什么在出事之后，没有第一时间来陈家负荆请罪，这件事一直折磨着他，让他在牢狱里的这几年也并不好过。"陈兴业将拐杖狠狠地怼向地面，拐杖与地板碰撞出巨大的闷响，也像是敲击在洪小元心上："你还可怜你爸得很？！"

"陈爷爷，我爸坐牢，这是他犯错应得的。"洪小元不知怎么的，突然冒上来一股勇气，他直面着陈兴业，哀伤又勇敢地说，"不管怎么说，他对陈家的伤害都是实际存在的，我们全家在他坐牢之后，也一直心怀愧疚，我明白不论我怎么愧疚都没办法挽回这件事，所以，今天我就是专程过来向您请罪，您怎么对我，我都没有二话！"

"大伯，洪小元救了小翔……"

"我知道他救了小翔！"陈兴业不满三胜子的插嘴，狠狠地瞪了一眼，三胜子无奈噤声下来，陈兴业这才逼近洪小元，一字一句地说着，"你还记不记得你当年说过什么话？"洪小元咬咬牙。他怎么能不记得呢，在那个肖跃特地通报好消息的那天，陈兴业堵住自己和奶奶，叫嚷着要求他偿命！

"陈爷爷，我记得，我说我来抵命。"洪小元的牙关都被自己咬得生疼。

三胜子有些急起来："大伯，现在已经过去这么久了！"

陈兴业并不答话，一旁三胜子急得跺脚，不断地给洪小元使眼色，但洪小元仿佛没看到一样，也坚定地回望着陈兴业。

"好，你娃还算是个能扛住事儿的！"陈兴业看了洪小元许久，才点着头说了这句话，说完之后却也不问什么，只是转过身，往小翔的房间里走过去。

"大伯……"三胜子惊魂未定，疑惑地问。陈兴业不回头，只是冷冷地说："他救了小翔，命就算抵了，但是我家不欢迎他，让他走。"

说罢，不管三胜子怎么喊，陈兴业也只是摆摆手，头也不回。

洪小元却突然感到身上的枷锁陡地一下消失了，好像过了这么多年，他所求的不过是自己说出来这番话而已，他明知陈家不会原谅他，他自然也无法在今后的人生中将这种不原谅无视，但现在，他突然感觉不重要了。

人生永远都在向前奔跑着，在剩余的时间里，似乎自己还有很多事情可以做。哪怕就如同今天一样，鼓起勇气向陈家表达自己和父亲最真切的感受。

"洪小元，我带你回去吧，你看我大伯……"三胜子有些尴尬地冲洪小元说。

洪小元却笑一笑："谢谢你，谢谢陈爷爷，谢谢你们……"

……

肖跃和林秀清静静地听着，许久都没有说话。"这么大的事情，他们竟然……"肖跃喃喃道，他看向林秀清，后者却表情平静，像是历尽万水千山之后一般。

林秀清伸出手覆上洪小元被子外的手："不用苦求原谅，要求问心无愧才是。"

肖跃突然就明白了洪小元为何会感到如释重负。这种感情仿佛就如同肖跃当年面对大山时从无力狂怒到释怀的体验一般，往事不敢追，但人生总是新的，活着的人可以做的事情，还有很多。

"肖跃叔叔，后来我和三胜子在我家还聊了很久。"洪小元坦然笑着说，"提到之前他带着一帮孩子欺负我的事。"

"噢？他在跟你道歉？"洪小元笑得明艳，他摇摇头：「没有，他跟我很老实地说了，他从来都没有因为这件事后悔过。"逝去的亲人堵在少年的心里化为魔鬼，在作恶的过程中，三胜子的内心也从来没有好受过。哪里会存在那么多圣母一般洁白的思维呢？当圆满的人生被从中切断，当天天可以见到的亲友无端地消失在迷雾中，那种伤痛洪小元明白，也无意去与三胜子纠缠形式上的对错。

"欺负也就欺负了吧，其实也没什么。"洪小元偏过头，看着三胜子送来的补品水果，暗自喟叹着说，"好在我们现在都长大了，都没有因过去受到的伤害而沉溺。"

"肖跃叔叔，林老师，说实话我从来就没有见过洪小元的这种表情。"高宇也很感慨，哪怕他已经从洪小元口中听过一次事情的全貌了，再次去听依旧有一种不真切感。

"嗯？我什么表情？"洪小元好奇地问。

"之前跟你认识的时候，就感觉你心里总有事，虽然平常你都淡淡的，也看起来很坚强，但是总感觉自己是在跟自己较劲似的。"高宇歪着脑袋侃侃而谈，"也不喜欢交朋友，说起自己的事儿也有一种发狠一样的神情，不暴露就不舒服似的。"

洪小元失笑："我有吗？"

林秀清温柔的声音响起："高宇说得没错，洪小元，你今天才算是真真正正地成长了。"

"成长……"洪小元思索着，轻声道，"说实话，我从来都没有搞清楚所谓的成长是怎么一回事儿，但是我看到三胜子现在已经不会被情绪困扰，看到陈家人虽然不能原谅却也认可了我的态度，我感到自己肩上的责任更重大了。"

或许开始懂得去直面这种必要的责任，就是真正的成长吧。肖跃这样想着，心中默念自己似乎又从洪小元身上学到了些什么一般，他突然想起林秀清没有来得及说完的那些剖白话来。

"噢，对了，高宇，你们那边支教活动有没有跟罗老师确定回程的时间？"林秀清也想到什么似的，突然转向高宇问道。高宇乖巧点头："我过来之前有谈到，时间差不多了，眼看着就要开学，开学前还有一些必要准备，原本计划就是这两天结束支教回去的。"

"那时间就还来得及。"

"林老师，什么时间来得及？"洪小元问。

林秀清笑着看向肖跃，肖跃也不由自主地笑了，冲洪小元说："大事，你苗老师和小吴叔叔的婚礼。"高宇兴奋地站起来："欸？小吴叔叔要结婚了？！洪小元，你可赶紧给我好起来啊！"

洪小元也惊喜地笑道："好说好说！"他的眼神随即挪到肖跃和林秀清的身上来，苗老师和小吴叔叔已经要走入婚姻的殿堂了，那肖跃叔叔还远吗？

"洪小元，你傻笑什么呢？"高宇怼了怼洪小元，纳闷道。

"我笑你啊，眼神儿不好！"洪小元故弄玄虚着，感到一股莫名的幸福。

婚礼在苗香寒的要求下安排得十分简单，在确认好最后的流程之后，终于等到了婚礼前夜。林秀清作为伴娘，早早地来到苗香寒的宿舍陪师妹说悄悄话。

由于准备婚礼，苗香寒已经挺久顾不上与林秀清说些闺中密语了，再加上婚礼第二天就要举行，苗香寒的心里也紧张不已，干脆拉着林秀清彻夜长聊，要说他个痛快的样子。林秀清舍命陪君子，将暑假期间苗香寒没有顾得上参与的大事小情都啰唆了一遍，尤其提到洪小元舍己救人和勇敢面对陈家时，还让苗香寒十分共情地掉了眼泪。

"唉，香寒，你明天可就要成为别人家的太太了，也不知道我们还有没有这么多时间聚在一起聊这些有的没的八卦。"

"怎么没有时间啦，结婚是结婚，咱俩归咱俩，难不成志强还能拦着我不让我见你？哼，他也不敢呀！"苗香寒笑眯眯地拉着林秀清的胳膊，边撒娇边幸福地说。

看着苗香寒浑身都散发出来一种小女儿的情态，林秀清觉得好笑又羡慕，她忍不住感叹："话是这么说，但我要经常霸占着你，小吴可就得怪罪我了，我可不干这种得罪人的事儿。"

"秀清姐你这又是调笑我了！"苗香寒嘟起嘴假意生气，"那这么的吧，我还是多陪陪你，先不结婚好了！"林秀清笑着求饶："姑奶奶，你饶了我吧，我可担不起这么大的责任，小吴要知道你因为陪我就不结婚，非杀了我不可！"苗香寒眼睛一转，古灵精怪地凑到林秀清怀里冲她眨眼："那他可没有这个胆子，他也不想想，我秀清姐身后还有他的大老板呢，对不对？"林秀清被苗香寒突如其来的一句话弄了个大红脸："又胡说八道了，小心我撕烂你的嘴，让你明天上不了台！"

"哎呀，秀清姐，如果我是胡说八道的话，你脸红什么呀？"苗香寒夸张地叹着气，还拿眼神不住地瞟着林秀清，"说说嘛，说说又不妨什么事儿，你俩都相处这么久了，他该不会到现在都没跟你表示表示吧？"

苗香寒嬉笑着问出的话却让林秀清有些苦涩起来。从白头村回到西京市的时候，肖跃似乎比一开始拒人于千里之外的样子好上一些了，虽然没有什么进展，却也是笑语嫣然地将她送回了宿舍，甚至在送别的时候，看起来似乎还有些不舍，可最终他们谁都没能再将之前的话题继续下去。临近苗香寒婚期的这几天，肖跃更是什么都没有表示过，他们又回到了完全没有联系的状态中去，好像去白头村那天的所有事情都没有发生过那样。

"表示什么啊，我们从白头村回来到现在就没联系过。"林秀清苦笑着闷闷地说。

"啊？"苗香寒惊讶地后仰着身子，"不对啊，我听志强说，肖跃哥之前暑假那会儿还有点儿闷闷不乐，但是从白头村回来之后明显状态好多了的呀，说是伴郎要帮着新郎挑东西，结果挑着挑着他就给自己看上了，手表、项链什么的看了一大堆呢！搞半天没告诉你？"

林秀清心里堵得更厉害了，她摇摇头："没有。"

"咦？那就怪了……"苗香寒也百思不得其解。

"说不定……是有工作上的事情，或者、或者……"林秀清犹豫着，不想把自己想到的不好的方面说出口。苗香寒敏锐地察觉到这一点，心里暗笑着说："或者找了什么别的小姑娘？秀清姐，你是不是想说这个？"

"我可没说！"林秀清满脸飞红，迅速接过话来，说完才发现苗香寒古怪地看着自己，知道是上当了，气呼呼地就伸出手向苗香寒打过去。

"哎呀，秀清姐，我错了我错了！"苗香寒笑着讨饶，"不过这个你放心吧，肖跃哥在感情上可以算是块木头！他除了跟你接触多一点以外，跟别的女的简直是绝缘，绝缘你懂吧！"林秀清停住手，想了想，似乎是下定决心一般地问道："他条件是很不错的，为什么在感情上就能成了木头？"

"还不是他那个前女友？秀清姐你没听肖跃哥提过吗？"林秀清心里咯噔一下，果然肖跃的木讷是和之前的经历有关……

"秀清姐，肖跃哥的前女友叫于晴，从学校的时候，到前几年，连着伤害了肖跃可两次！"

苗香寒打开话匣子，将肖跃和于晴的往事不厌其烦地对林秀清细细地讲解了一遍。林秀清有些意外，想不到这样刚强果断的肖跃竟然在感情中会如此弱势善良，以至于被利用了还不自知，甚至还想着要施以援手。她感觉有一股很酸楚的意蕴从心里咕嘟咕嘟地冒了出来，但与此同时，更强烈的保护欲也生了出来。

"秀清姐，你吃醋啦？"苗香寒探着头，轻巧地问。

林秀清这一次却没有急于反驳，而是叹着气认真地冲苗香寒说："更多的是心疼吧，你想，一个孤零零长大的人，他本身的安全感就很匮乏的，心里一定很多苦楚。"

"秀清姐你可真像是一个圣人啊，心里有很多苦楚，那要多少温柔才能让他苦尽甘来呢？"林秀清蹙眉淡笑着说："一点点就够了，他之前的女朋友就只给了一点点，但他却因为这一点点全力以赴了。"说完，两人都有些沉闷起来。

"唉，你看我说什么呢，你的大好日子，聊我来干吗！"林秀清看气氛冷场，有些不好意思地想要岔开话题，但苗香寒仿佛不准备放过她。

苗香寒严肃地说："秀清姐，你也是孤零零长大的人呢。"

……

"行了，不能再喝了，小吴你要是再喝的话明天接新娘可会出事儿啊我告诉你！"肖跃晕乎乎地放下酒杯，冲着已经有些大了舌头的小吴制止着。

小吴情绪激动地点点头："肖哥，我紧张。"

肖跃笑："可不紧张嘛，一辈子一次的大事儿。"

"谁说的！你看那于晴还不就……"小吴正说着，突然意识到自己失言，小心翼翼地看向肖跃，"肖哥对不住，我这喝点儿酒就管不住自己的嘴……"

"嗐，没事儿，你当新郎你最大，说了就说了，"肖跃还是笑着，"再说了，别人离不离婚那是他们的事儿，你也不能拿别人的经历当模板吧？"说完之后，仿佛还觉得十分好笑似的，肖跃又忍不住喝了一口酒，饮罢抬起头来才看到小吴直勾勾地盯着他。"盯着我看干吗？"肖跃奇怪地笑问着。

小吴却有些啧啧称奇："肖哥，你是不是没发现，现在提到于晴，你居然已经不自闭了！之前但凡不小心提到她你都得难受半天，今天倒好，啥事儿没有？我的天，你进化了啊肖哥！"

肖跃这才愣住了。从他与于晴再也没了来往之后，于晴这个名字似乎就变成了几人之间的禁忌，肖跃并没有刻意地要求小吴他们不要提起这个人，但确实不知从何时起，这个名字就再也没有出现在他们口中。他现在还能清晰地回忆起自己后来听到于晴时心中那股难以言喻的伤痛，可不知为何，这种伤痛最近却再也没有出现过了。

"啊……我也不清楚为什么……"肖跃有些不知所措地淡淡回应着。

"肖哥这就是你的不对了！"小吴豪气干云地一挥手，"我们可都看在眼里的啊，你还装什么劲！"

"你们看什么了？神神叨叨的……"

"林老师啊！肖哥你别告诉我你没发现，自从你俩联系紧密之后，你脸上那个笑容啊，啧啧，绝了！不过你俩之前是不是吵架了？我还跟香寒说，你俩暑假后期那会儿好像不太对劲，整天愁眉苦脸的，工作又不多，还一堆问题让我改来改去……啊，我这可不是吐槽你啊，毕竟我改文章也是理所应当……"

小吴絮絮叨叨还没停，肖跃就忍不住打断他问："这么明显吗？"

小吴一愣，接着笃定地点点头："明显啊！特别明显！不过白头村回来之后好像好很多……我看你这两天是不是在挑礼物呢？打算表白了？"

肖跃皱起眉头："其实我还没想好……"

"这还用想好什么啊！怎么，这么多年好不容易碰见个心动的，还跟个小姑娘似的不敢上前一步？"

"我现在这个情况……我害怕耽误人家。"

"那人家万一就想被耽误呢？！"小吴不耐烦地打断肖跃，"肖哥，你哪都好，就是有一点，感情上也太犹豫了点儿，你看看人家小元，一开始那么畏畏缩缩的孩子，经过那么大的事儿现在也敢敞开心扉面对新生活了，你比人家大那么多，怎么这点还不如个孩子呢！"

肖跃手中的酒杯顿了顿。小吴没有说错，从白头村回来的时候，肖跃被洪小元的勇敢鼓舞着，一路都在反思自己愚蠢的作为。洪小元尚且能够在明知不会被原谅的情况下鼓起勇气去追求内心的原则，而自己，好为人师地给洪小元的人生那样多的建议，可到了自己的事情面前，却怂得像一只小虫。不过是经历过失败的感情罢了，人生还有那么多时光，能做的事情还有太多，肖跃觉得自己之前被动地拒绝着林秀清的好意简直像一个没有长大的孩子在求更多的关注，这让他无比羞愧。

"叮咚——"手机突然微微一振。肖跃眼神蒙眬地掏出手机，有些意外大半夜的怎么会有人联系自己，紧接着他心头一紧。

这是林秀清发来的消息，只有一句话："与君初相识，犹如故人归。"

肖跃突然就笑了，面对着小吴不明就里的表情，肖跃说："不耽误，人生还长，幸好没有耽误。"

简单的婚礼终于在喜庆的气氛中开始了。酒店里坐着的人不多，除了同事领导之外，就是他们这些平常走动频繁的朋友们，肖跃和林秀清作为伴郎伴娘，在婚礼正式开场时都各自陪伴着新郎新娘，一直也没有见到过。肖跃将手伸进兜里，紧紧握了握口袋中的小盒子，盒子一早上被他握了很多次，到现在都隐隐约约地还有些温度。

他感觉自己的心也跟着手指间传来的温度逐渐热了起来。早上去迎亲的时候，肖跃在忙乱中没有看到林秀清的身影，他脑补了无数次林秀清与他见面时妆容精致的样子，却也想象不到穿上伴娘纱的林秀清会是一副什么模样，比较起一旁紧张得不断转圈的小吴来说，他感觉自己的紧张也似乎不遑多让。

酒店门口开始嘈杂起来，有人跑进休息室叫新郎到门口去迎宾，肖跃作为伴郎自然也紧张兮兮地跟在后面。

今天西京市的阳光很好，昨晚刚下过雨，今天的日头便明亮而温柔，没有了往日里张牙舞爪热得发慌的样子，仿佛是老天爷也紧赶慢赶着出来为这对新人送上祝福。肖跃就在这阳光下看到了站在光晕里一身娇俏白裙的林秀清。只一眼，就好像让他有些愣住了，虽然不是新娘纱裙的装扮，但一袭白裙美目倩兮的林秀清却也美得犹如天使一样。她本不是那种侵略性极强的美人，眉眼的轮廓都淡淡地隐藏在气韵中，只能去细细品味方能体会得到那种美感。但今天却不一样，站在阳光下的林秀清仿佛将所有的美丽都迸发出来一般，沾染了阳光的温柔和炽热，让肖跃一时间竟然恍惚得难以自持了。

他不由自主地又将口袋里的盒子紧了紧。咚咚的心跳声不住地提醒着他，催促着他上前问候，于是他像是初出茅庐的笨拙大学生时那样冲着笑眯眯的林秀清说："你来啦？"问完话，他又觉得自己蠢得不行，赶忙住了口，呵呵傻笑着将头扭到一边去，掩饰地说："今天还挺热……"刚说完话，连老天爷似乎都要戏耍他一番似的刮起一阵轻柔的风，将林秀清乌黑的发梢拂起来，掠过肖跃的脸庞，留下淡淡的清香。

林秀清咯咯笑着，脸色红扑扑的，仿佛是被日头晒出的那样鲜嫩："肖跃，我来啦。"答非所问一般的话听在肖跃耳中却有如起誓一般，撩动着他的心房。

"林老师，好漂亮啊！小元你看，我就说林老师打扮打扮绝对是个大美女吧！"

"我本来就觉得林老师是大美女，哪像你，非要打扮打扮才大美女？林老师你看高宇，他这绝对是故意的！"

"好你个洪小元！林老师你别相信他啊！"

高宇和洪小元笑着走过来，向肖跃和林秀清递过红包，肖跃本能地刚想推辞，却被林秀清温温柔柔地挡住了："你可别再把他们总当成小孩子啊。"

肖跃于是停了手，点头应了。

高宇盯着肖跃和林秀清左看右看，看了半晌才喃喃地问身旁的洪小元："小元，我怎么觉得肖跃叔叔和林老师有点怪怪的呢……"

洪小元抿着嘴笑："就你事儿多，赶紧过去道喜了！"

……

12点刚过，婚礼就开场了。

肖跃抬眼去看，林秀清旁边不知为何还没有人，眼看着苗香寒学校的一位男老师抬脚准备往那个地方走过去，肖跃立刻快马加鞭抢在之前霸占下这个位置，引来男老师好一阵腹诽。林秀清不说话，只是笑而不语地低头喝着饮料。

台上主持人声情并茂地讲述着苗香寒和吴志强的心路历程，两位新人泪眼汪汪地对望着，再加上音乐一催，顿时有了一种一眼万年的氛围。

台下，林秀清也忍不住开始抹起了眼泪。坐在林秀清旁边的肖跃已经很久没有见到女人哭了，尤其是自己心爱的女人就在自己的面前掉眼泪，手忙脚乱得不知如何是好，慌张地从桌上还没拆封的纸巾盒中掏出一把皱皱巴巴的纸巾递给林秀清。

林秀清感觉到自己的胳膊被撞了撞，低头一看，肖跃紧张兮兮地握着纸巾，满脸都写着不知所措，突然就笑了出来。

"……林老师，那，这纸巾还用吗？"肖跃盯着梨花带雨又突然绽放出笑容的林秀清，越发不知道应该怎么办了，只好皱巴着一张脸问。

"要，怎么不要。"林秀清柔声说着，从肖跃手中抽出纸巾来，手指尖轻轻划过肖跃的掌心，留下一道没有印迹却深刻无比的印痕。

"……无论是顺境或是逆境、富裕或贫穷、健康或疾病、快乐或忧愁，你都将永远爱着苗香寒小姐，珍惜她、对她忠诚，直到永永远远吗？"

台上的主持人感情充沛地模仿着电影里无数次被奉为经典的这句誓词，冲小吴激动万分地问道。小吴眼眶里含着泪，声音都有些微微地颤抖："我愿意！"

肖跃心中也感触逐渐深起来，眼眶不自觉地微微开始湿润了，旁边的林秀清甚至开始呜咽，口中还喃喃地似乎说着什么。他假装不经意地往近凑了凑，才好不容易听到了林秀清口中的自语。林秀清说："真好。"

肖跃想了想，手在兜里又紧了紧。他感到自己有些心急，这份礼物是他假借陪小吴采购的时候特意挑选来的，费了他好大的工夫，哪怕是在学校与于晴的热恋中都没有这样耗时地准备过。可是不知道，林秀清会不会愿意接受？

"我愿意！"苗香寒带着哭腔的声音从台上传来，又是一遍誓词，又是林秀清低喃着"真好"。

肖跃咬了咬牙，突然拿出一股不回头的勇气来。他终于将这个已经被他握得温热的细长盒子掏了出来，在林秀清还在抹着泪的时候，突然地塞到了她手中。林秀清流着泪，意外地低头去看，细细窄窄的盒子上毫无装饰，连包装纸都被捏搓得不成样子。她意外地抬起头，泪滴还挂在红润娇艳的脸蛋上。

肖跃目不斜视地盯着台上，整个身子都绷直了。"我也不知道现在小姑娘都喜欢什么，就……随便买的。"肖跃紧张兮兮地低声说，像在做贼。林秀清有些想笑，但不知道为什么，眼泪却突然大滴大滴地落了下来。

"你不喜欢吗？"肖跃紧张不已，有些慌乱，想了片刻之后又好像打气似的说，"不喜欢的话也不用哭啊，不喜欢……你就告诉我你喜欢什么，我重新买！"林秀清被傻乎乎的肖跃彻底逗笑了，淌着泪笑着回答："喜欢的，肯定喜欢的。"她拆开破破烂烂的包装纸，抽出盒子看，里面静静躺着的是一支通体黝黑光滑的钢笔。

"我想着，你是老师嘛……"肖跃慌乱地补充着。

"我喜欢的，"林秀清低着头笑着说，"很喜欢的。"话音刚落，周围的叫好声突然越发大了起来，二人抬头看台上，原来是小吴和苗香寒喜悦地交换完戒指后拥抱在一起。肖跃松了口气，低声说："像是在祝福我似的。"林秀清听到了，她也点点头："说不定，本来也就是祝福我们呢？"

很快地，婚礼整个流程就进行完毕了，苗香寒和小吴流完了喜悦的泪水，笑容又重新回到了他们的脸上。两人的爱情长跑引得很多人好奇，主持人特地加了一个提问的环节，将本来已经显得虽小却热络的现场烘托得更热闹了些。提问总是五花八门，有人对他们的相识感兴趣，也有人使坏，追问他们是谁追的谁，种种问题引起了一阵又一阵哄笑，小小的酒店现场温馨热烈。

"没有问题了？新郎新娘可是打了包票，有问必答啊！"主持人烘托着气氛，搞得苗香寒和小吴老大不好意思，脸蛋都红扑扑的。

洪小元憋着一股劲儿，他有一个问题想问好久了。这会儿他坐在肖跃旁边，一言不发地盯着台上，肖跃刚刚在暗中确定了林秀清的心意，这会儿才放松下来，看洪小元这样，也不住好奇着。

"小元，你是不是有什么事儿想问？"肖跃好笑地看着洪小元，"怎么不趁现在问呢？"洪小元只是神秘兮兮地对肖跃说："现在不能问，这是苗老师的秘密！"

好容易等到苗香寒换了敬酒服来到桌旁之后，洪小元才压着嗓子冲苗香寒说："苗老师，刚才主持人说有问必答，还算话吗？"

苗香寒看着洪小元严肃的表情笑起来："当然算了，不过你肖跃叔叔和林老师都在旁边，你还有什么需要问我的呀？"

林秀清也被洪小元的举动吸引，好奇地扭过身子。

洪小元清了清嗓子，凑在苗香寒耳边说："苗老师，其实之前你和小吴叔叔说到'长腿哥哥'的时候，我听到了。"苗香寒不由自主地将惊讶的眼神瞥向肖跃，洪小元刹那间仿佛明白了什么似的，也无比震惊起来。"肖跃叔叔……你……"洪小元看着被拆穿之后十分无奈的肖跃瞠目结舌。

林秀清却笑了。她看着似乎是有些苦恼、脸上却露出幸福神色的肖跃，轻轻地在心中默念："'长腿哥哥'，好久不见。"